HEYNE
ENCORE

Sándor Zsigmond Papp

DER SÜSSE BETRUG DES LEBENS

Aus dem Ungarischen
von Christina Kunze

WILHELM HEYNE VERLAG
MÜNCHEN

Die Originalausgabe erschien 2011 unter dem Titel
Semmi kis életek bei Libri Kiadó, Budapest

Diese Übersetzung wurde mit der finanziellen Unterstützung
des Petőfi Irodalmi Múzeum in Budapest veröffentlicht.

Unter www.heyne-encore.de finden Sie
das komplette Encore-Programm.

Weitere News unter www.heyne-encore.de/facebook

MIX
Papier aus verantwortungsvollen Quellen
FSC® C014496

Verlagsgruppe Random House FSC® N001967

Printed in Germany
Redaktion: Eva Zador
Umschlaggestaltung: Johannes Wiebel / punchdesign,
unter Verwendung eines Motivs von photocase.de (Tim T.)
Satz: Schaber Datentechnik, Austria
Druck und Bindung: GGP Media GmbH, Pößneck

ISBN: 978-3-453-27158-6

www.heyne-encore.de

Für Saci, für wen sonst.

»Was ich gern möchte«, sagte Lucien, »ist, eine Geschichte erzählen, in der es nicht um einen Helden geht, sondern um einen Ort – nimm zum Beispiel eine Parkallee wie diese hier –, ich möchte erzählen, was hier vom Morgen bis zum Abend geschieht.«

André Gide: *Die Falschmünzer*,
deutsch von Hans Hinterhäuser

»Ich versuchte aufzuschauen. Aber die Dunkelheit hatte mich schon eingehüllt. Eine unsichtbare Hand zog behutsam das kurze Schwert aus meiner Brust. Sogleich quoll mir noch einmal ein Blutstrom aus dem Mund, und dann versank ich für immer in der Finsternis des Lichts.«

Akutagawa Ryūnosuke: *Im Dickicht*,
deutsch von Jürgen Berndt

I.

1.

DIE STRASSE DES FORTSCHRITTS 79 war ein massives, graubraun vertrocknetes Eckhaus. Weitab vom Zentrum, aber noch diesseits der Stadttore hatte offensichtlich niemand mehr Lust gehabt, die Dinge übermäßig zu komplizieren, und so hatte man die vier Etagen einfach nur aufeinandergestapelt. Einige Straßen weiter stadteinwärts hätte man dem Haus vielleicht Gipsengel und straßenseitige Balkone zugestanden. Den üppigen Überfluss des Materials. So aber sah es aus wie ein Offizier nach der Degradierung. Ein kleiner Dreyfus.

Auch hatte es rechtzeitig erkannt, wie es sich drücken konnte: Von den Bombardierungen war es verschont geblieben, von der neuzeitlichen Stadtplanung eben nur gestreift worden. Es stand an der Kreuzung von Engels-Straße und Straße des Fortschritts, aber die Engels machte vor dem Rendezvous, als müsste sie es sich noch einmal überlegen, einen tückischen kleinen Abstecher und bog bei den Platanen am Park der Steinewerfer in Richtung Zentrum ab. Der halbmondförmige Platz, eigentlich kaum größer als der Park selbst, konnte sich nie zum Vollmond runden, denn er wurde an einer Seite von der pfeilgeraden Straße abgeschnitten, die vom Bahnhof her kam. Vielleicht wegen der Kurve oder weil man durch die verlockende Ruhe der Bäume leicht die Geschwindigkeit vergaß, waren Unfälle hier beinahe die Regel. Wenn der Nebel in dichten Schwaden vom Csemergi-Hügel herabzog oder wenn bleierner Regen prasselte, brauchte man sich nur an ein Fenster im ersten Stock zu setzen und zu warten, wann sich der Platz mit Flüchen füllte. Dann durfte ein wenig Dampf abgelassen werden, endlich konnten sich alle ehrlich verhalten, man musste nicht über Worte und Sätze nachdenken, nichts filtern oder zurückhalten. Das war Erregung pur, ein Hauch von Freiheit. Und dann gab es auch keine Probleme mit den Polizisten, niemand beklagte sich wegen der nicht vorhandenen Verkehrsschilder oder fragte sich, warum sie nicht wenigstens einen Spiegel an die Ecke der Straße des Fortschritts stellen könnten, das alles war dann egal, völlig egal.

Toroczkays blutdruckgeplagte Mutter hatte wohl das engste Verhältnis zu der Kreuzung. Leise murmelnd redete sie mit ihr und gab ihr Kosenamen. Nur noch die Kreuzung ertrug sie, und *Dallas*. Zeitung las sie nicht, den Nachbarn ging sie aus dem Weg. Aber die Unfälle klassifizierte sie wie Erdbeben. Für einen Aufprall der Stärke eins lohnte nicht einmal der Blick aus dem Fenster, bei einem Sechser wurde nicht mehr lange gefackelt, man lief nach dem Krankenwagen, alle waren hektisch und machten sich wichtig. Beim Achter wandten die Frauen den Kopf ab und riefen die Kinder hoch, und der Zehner war eine rein theoretische Möglichkeit, um das Ganze abzurunden. Trotz aller Routine brach die alte Margit schon beim Siebener in Schweiß aus. Das Blut erinnerte sie nämlich an den Krieg, an den stillen Sonntagnachmittag, als eine Bombe den Personenzug aus Bükkvárad bei der Einfahrt in die Stadt getroffen hatte. Gott, was da los gewesen war! Alles war zerfetzt und zerrissen, als hätte man den ganzen Zug durch den Fleischwolf gedreht. Aber auch das Lebensmittellager in der Nähe musste etwas abbekommen haben, denn noch eine Woche später konnte man vom Hauptplatz getrocknete Bohnen auflesen. Wenn einem denn danach war.

Sie hätte es niemals zugegeben, aber ihr ganzes Wesen dürstete nach einem Zehner. Ohne ihn war die Skala letztlich sinnlos: Wozu sollte man etwas bezeichnen, das es gar nicht gab? Und vielleicht käme er dem damaligen Erlebnis am nächsten, jenem eher theoretischen Grad von Grauen, den man nicht mehr anschauen, nicht mehr ertragen konnte: Denn wie konnte es sein, dass die Trümmer eines Zuges in ein Taschentuch passten? Erst als sie heimgekommen war, kreidebleich und mit Herzrasen, nachdem sie ein paar Schlucke Kognak hinuntergewürgt hatte und aufs Kanapee gesunken war, erleichtert, weil Rauch und Ziegelstaub ihr nicht mehr in der Lunge brannten, da war ihr alles klar geworden. Die kaum zu verbergende Freude des Daseins, an die sie sonst nicht einmal gedacht hatte, überraschte sie: Ja, sie lebte, sie atmete, wenn auch vielleicht nur eine halbe Minute, einen Augenblick länger als die, die sich schon bereit gemacht hatten, aus jenem Zug auszusteigen. Diese hauchdünne Freude, die sie sich kaum ohne Scham eingestehen konnte, brachte sie dazu, sich Tag für Tag ans Fenster zu setzen. Manchmal kämmte sie sich auch, schminkte sich dezent den Mund, damit sie das Schaudern nicht unvorbereitet traf. Und wenn sie danach wieder wochenlang nicht schlafen konnte, wenn der Teufel wieder käme, um seine Schulden einzutreiben, dann würde sie ihren Sohn bitten, zu ihr zu ziehen, das war ohnehin schon lange fällig. Weder sie noch Pista kamen ja mit der Kopfration aus, aber wenn sie ihre Findigkeit, die selbst das Nichts zu vermehren vermochte, und die Verschwendung ihres Sohnes zusammenlegten, dann würde gewiss auch sie Düfte hervorbringen können, wie sie hinter der Tür von Rakucsinec zweimal am Tag waberten und sich schwer auf das Haus legten. Denn wozu sollte man es leugnen, darum drehte sich letztendlich alles. Wer das Ganze hier erfunden hatte, wusste genau: Den Magen konnte man nicht ausschalten. Der lauerte, lauschte und schwatzte anstelle von allen anderen. Und das war auch gut so. Wenn schon Gottes Platz leer geworden war, musste doch irgendeine innere Stimme bleiben.

Die Lebensmittelmarken, die man am Ende des Monats abholen konnte, glichen am ehesten einem Lottoschein: ohne Garantie eines Gewinns, doch mit der Erlaubnis zum Spiel. Theoretisch konnte jeder ein Kilo Schweinefleisch im Monat bekommen, ein Kilo Zucker, ein Pfund Reis, ein halbes Pfund Butter, wenn er gut aufpasste. Und Rakucsinec war einer, der schon am Geruch erkannte, wohin man markenfreies Hühnerklein gebracht hatte und wohin Bohnenkaffee. Wenn er Bescheid gab, kam das Haus in Bewegung. Man trug Schemel und Stühle, nicht selten auch Feldbetten herbei. Der Trick bestand darin, sich in aller Frühe, wenn es noch nicht einmal dämmerte, hinter das Geschäft zu stellen, damit man bei Ladenöffnung eine möglichst gute Position hatte. Schließlich konnte man nie wissen, wann der Vorrat ausging und wie viel unter dem Ladentisch weggegeben wurde.

Etwas Besseres als das Schlangestehen hätte man kaum erfinden können. Es ersetzte Fernsehen und Zeitung: Was hier keine Nachricht war, würde es nirgends mehr sein. Legenden entstanden und vergingen binnen Augenblicken, nur die Politik ließ man aus, schließlich hatte man ja nicht vollkommen den Verstand verloren. Streithähne söhnten sich aus oder zerstritten sich noch mehr, denn die langen Morgenstunden verschonten nichts und niemanden: Hier war sogar derjenige ehrlich, der selbst dann log, wenn er seinen Namen nannte. Der Vorposten wurde alle zwei Stunden abgelöst, so konnte jeder ein bisschen schlafen, aber wenn sich die Tür näherte, holten sie sogar die Kinder herunter, denn nur Anwesende zählten. Berufen konnte man sich natürlich auf alle möglichen Leute: auf bettlägerige Großeltern, Ehemänner mit gebrochenen Beinen, schwangere Ehefrauen, aber darauf reagierte ein routinierter Verkäufer nicht einmal. Als hörte eine Mutter ihren quengelnden Sprösslingen zu. Das System verlangte ständige Wachsamkeit und eine gewisse Flexibilität, denn innerhalb weniger Augenblicke musste das Familienmittagessen, ein Verwandtenbesuch oder das Kino am Nachmittag verschoben werden, wenn Rakucsinec gerade mit der Nachricht hereinplatzte oder sich unterwegs vor dem Gemischtwarenladen eine vielversprechende Schlange bildete. Vor einem Geschäft ungestraft stehen zu bleiben war gar nicht möglich, denn hinter zwei Leute stellte sich, ohne nachzudenken, sofort eine dritte Person und eine vierte, und eine halbe Stunde später reichte die Schlange schon bis zur Ecke, während sie nervös von der immer gleichen Frage durchwogt wurde: Was wird verteilt, was wird verteilt? Eigentlich war das auch gar nicht wichtig. Hauptsache Schlange.

Rudolf legte den Bleistift hin. Er konnte nie mehr als ein paar Seiten am Stück schreiben. Etwas in ihm ermüdete, dann musste er sich rekeln, sich die eingeschlafenen Glieder massieren oder ein wenig um den Tisch herumgehen, um die Schreiblust in sich wiederzufinden. Aber es kam auch vor, dass sich die Inspiration für den Tag verabschiedet hatte, dass er sich vergeblich über das Blatt beugte und nur die vergehenden Stunden mehrte.

Vielleicht würden sie ihm nicht glauben, aber auch zum Spitzeln brauchte man eine gewisse Routine. Es war wie die Arbeit eines Klempners oder Tischlers: Solange man nicht die grundlegenden Griffe heraushatte, quälte man sich nur und pfuschte. Meistens vor der Nase des Kunden. Wobei ihm hier freilich niemand zuschaute. Natürlich hatte er seinerzeit einige Ratschläge bekommen, worauf er achten, was er wohin schreiben sollte, aber es war trotzdem nicht leicht. An manchen Tagen saß er nur verloren vor dem bereitgelegten Blatt und hatte keine Ahnung, wie er anfangen könnte. Er war allein wie im Mutterleib. Wie sollte der alles entscheidende erste Satz lauten? Sollte das Ganze einen Bogen haben oder nur im Gänsemarsch aus reinen Fakten bestehen? Welcher Tonfall war überzeugender: der zurückhaltend langweilige oder der vertraulich leserfreundliche? So viele Entscheidungen an einem einzigen Tag …

Gerade das war es, was Rudolf an sich selbst nicht mochte. Aber so war er eben erzogen worden. Immer so zu handeln, als wachte über jedem Satz und jeder Geste das ewige Gewissen, eine Lehrerin im Kattunkleid. Vielleicht hatte sein Sohn doch recht: Er hätte dieses trockene, humorlose Frauenzimmer gleich ganz am Anfang flachlegen müssen, dann hätte sie ihn an nichts mehr gehindert. Wie hätte ihm dann noch irgendwer befehlen sollen? Sie oder die Mutter, die Lehrer oder seine Freunde, wenn sie doch alle Komplizen in derselben, allumfassenden Heuchelei waren? Was geschehen war, war gesetzmäßig geschehen, und vielleicht war es auch gesetzmäßig, dass er diesen Preis zu zahlen hatte.

Er erinnerte sich, dass man ihm nach dem Unterschreiben dieses jämmerlichen Papiers in der Krypta geraten hatte, in solchen Momenten sei es am besten, nach Hause zu gehen und sich auszuweinen. Mutig. Männlich. Denn wenn er das nicht täte, würden der angestaute Stress und die Verzweiflung sich negativ auf seine Arbeit auswirken.

Was hätte er dazu sagen können? Als ginge das so einfach. Als müsste man nur nach dem Baden den Stöpsel herausziehen, damit die schmutzige Brühe abfloss.

Nach dem Mittagessen spülte er so wie sonst auch die Teller ab und legte sich auf dem Küchentisch den Bleistift bereit, daneben leere Blätter, außerdem stellte er sich ein Glas Sodawasser hin, weil er vor Aufregung ständig Durst bekam. In letzter Zeit fühlte er sich nur noch hier in der Küche wohl. Diesen engsten Raum der Wohnung, der nur eine Armlänge Platz bot, konnte er noch beherrschen. Die Gläser hinter den Scheiben der Kredenz, die auf dem Boden der Töpfe festgetrockneten Speisen, den vom Kochen braun gewordenen Herd. Hier gehorchten ihm die Dinge noch. Augenblicke der Gnade waren dies, der Läuterung. Es tat gut zu sehen, wie sich die Zeit nach einigem Widerstand dem Papier ergab. Die Erinnerungen, wie sie sich schließlich zwischen den Zeilen aneinanderklammerten, als hätte sie schon immer die Ordnung reglementiert. Dabei hielt er wahllos alles fest. Alles, was ihm unterkam. Er hatte das Gefühl, es sei nicht seine Aufgabe abzuwägen, einzelne Details hervorzuheben. Das Schreiben selbst wühlte sich das Flussbett, er folgte ihm nur gehorsam.

Zu dieser Zeit umhüllte nicht nur die Wohnung, sondern das ganze Haus seine eigene Stille. Sogar die Hunde wurden auf Zehenspitzen auf die Straße geführt, und kein Knopffußballspiel war so spannend, dass nicht elterliche Strenge es unterbrochen hätte, wenn die Fans ihre Mannschaft allzu laut anfeuerten. Die Ruhezeiten hielten ausnahmslos alle in Ehren. Man raunte, dass verantwortungslose Elemente, die in der Stadt einen Aufstand vom Zaun brechen wollten, bis drei Uhr am Nachmittag damit fertig sein müssten, denn danach würde die ganze Revolution im Stehen einschlafen. Der Mittagsschlaf halte den Kommunismus am Leben, sagte Rudolf immer wieder. Er hatte nämlich einmal ausgerechnet, dass ein Aufstand, der wirklich als solcher gelten wollte, mindestens drei Tage in Anspruch nehmen würde, dass man also von vornherein mit drei Schwachpunkten am Nachmittag zu rechnen hatte, denn die Besetzung der Zentrale des Inneren und des Parteihauses, die Blockade der wichtigsten Straßen, die sorgfältige Zerstörung der Schienen, die Überzeugung und der Übertritt der Armee wären selbst bei perfekt organisierten Kräften nicht schneller durchführbar, wenn man die mögliche Anzahl der Widerständler berücksichtigte, sie durch die Eingänge der Häuser dividierte und soundso viel Munition voraussetzte.

Alles in allem hatte er für diesen Text die meiste Aufmerksamkeit bekommen. Sogar Nicu Zmeură war gekommen, um sich den Mann anzusehen, der mit akribischer Genauigkeit das Ende des Regimes vorausgesagt hatte. Und es hatte auch Ereigniswert, dass dieser grantige, präzise Offizier, der sonst schon beim bloßen Gedanken an Ausschreitungen einige unmenschliche Ohrfeigen verteilte, damals Wein bringen ließ und Rudolf diesen guten wer weiß für welchen Anlass aufbewahrten Muskateller geradezu aufzwang.

Seither betrachteten sie ihn mit anderen Augen. Sie spotteten nicht über ihn, wenn er als Wochenbericht einen ganzen Roman abgab, dabei hätte er nun wirklich etwas kompakter, mehr aufs Wesentliche konzentriert schreiben können. Aber jetzt war alles gut, so wie es war. Selbst wenn er gewollt hätte, hätte er nichts falsch machen können. Zwei Jahre nachdem er den Stift zum ersten Mal in die Hand genommen hatte, war das sein erster wirklicher Erfolg gewesen.

Was das Rohmaterial anging, so hatte er Gott sei Dank keinen Augenblick Grund zur Klage. Diese Stadt, diese Straße und dieses Haus waren so beschaffen, dass immer etwas aufgeschrieben werden wollte. Eine zwischen Hügeln gezwängte, zugige Landschaft, die niemanden wirklich duldete. Auch der Fluss beschleunigte plötzlich, wenn er hier ankam, unberechenbare Strudel wühlten das Wasser auf, jedes Jahr ertranken ein paar waghalsige Schwimmer. Von Wurzeln und Traditionen sprach man selten, und wenn doch, dann klang es meist wie das Kichern nicht mehr ganz junger Frauen. Doch wenn jemand absolut darauf bestand, zeigte man ihm einige Sehenswürdigkeiten: den Feuerlöschturm, den aus alten Zeiten verbliebenen Hauptplatz, das protzige Gebäude der Universität oder ein paar Statuen von Menschen, die niemals in der Stadt gewohnt hatten. So viel und nicht mehr. Hier wurde einem das Maßhalten schon in Kindertagen eingebläut. Selbst im Tiefschlaf wusste jeder, vor wem er kuschen und wer wen zuerst grüßen musste.

Die vergangenen Jahre hielt man in Erinnerung wie zweifelhaften Ruhm oder eine Rechnung, die unbedingt beglichen werden musste. Zudem tat es gut zu wissen, dass sich hier Beton, Holz und alles, was dem Bau diente, anders verhielten und dass ein unbewachter Augenblick sehr wohl ausreichte, um den Zerfall in Gang zu setzen. Doch davon wussten nur wenige, weil es nicht guttat, darüber nachzudenken, wenn man über das Ganze auch lachen konnte. Die aufgesetzte Fröhlichkeit galt als eine Art lokales Merkmal wie der Baggersee ein paar Kilometer südlich und die Polenta mit Speck und Frischkäse. Bücher wurden nur selten geschrieben, und wenn doch, dann waren es meist unlesbare Konfusitäten, aber ins Theater gingen alle gern. Die Schauspieler wurden mehrfach auf die Bühne gerufen, der Applaus rauschte minutenlang, auf der Straße wurden sie jedoch schon allein aus Trotz nicht erkannt. Künstler gehörten möglichst nicht in Zivilkleidung. Das Reisen bedeutete vielleicht noch etwas, denn der eine oder andere war schon einmal jenseits der Hügel gewesen, weiter, als man auf einer dürftig skizzierten Landkarte zeigen konnte. Aber vergeblich hättest du jemanden nach seinen Erlebnissen gefragt, ob das Meer wirklich so salzig war und ob es stimmte, dass man dort tatsächlich mehrere Käsesorten im selben Laden kaufen konnte, denn darauf wollte niemand mehr antworten. Sie bezeichneten das Ganze als anstrengend oder grinsten allwissend vor sich hin. Höchstens die braun gebrannten Gesichter und einige grelle Kleidungsstücke, die man nur draußen in den Schrebergärten trug, weil sie zu nichts passten, hätten etwas verraten können.

Die vollbusige Eszter Koltai aus der Nummer drei im Parterre hatte einmal vom Weltjugendtreffen in Havanna einen rothaarigen Kerl mit Sommersprossen mit nach Hause gebracht. Er behauptete, Ire zu sein, und redete viel davon, dass es auch bei ihnen Berge gebe. Schließlich bekamen sie ein rothaariges Kind mit einem Froschgesicht und blonden Augenbrauen und Wimpern. Den Knirps konnte man gar nicht ansehen, ohne lachen zu müssen. Den zweiten Geburtstag wartete der Ire nicht mehr ab, er ging im Baggersee baden und sprang nicht dort ins Wasser, wo man es ihm gesagt hatte. Seither stand da ein Schild am Ufer, damit nicht der Wächter für die Dummheit anderer verantwortlich gemacht werden konnte. Damals war im See einen Monat lang kein rechter Fang zu machen gewesen, selbst wenn man fette Würmer, Maden und Brotkrumen mitnahm und rund um den Steg in Milch eingeweichten Mais streute. Aber die Angler taten niemandem leid, dabei hatten auch sie Familien.

Unten klapperte Kalcsek, der Vorsitzende der Hausgemeinschaftsleitung. Dem Geräusch nach zu urteilen, rollte er die

Mülltonnen auf den Gehweg hinaus. Neuerdings waren die Müllmänner bequem geworden, sie nahmen nur noch mit, was man ihnen vor die Nase schob. Dabei gab er ihnen Geld, extra dafür, ja, er bewirtete die grölenden, schmutzigen Männer sogar mit Kaffee, aber es gab eben Dinge, die man weder mit Koffein noch mit Kumpanei lösen konnte. Der arme Kalcsek wusste es noch nicht, aber am nächsten Tag würde er wieder lange zum Aufwachen brauchen. Nicu Zmeură hatte sich schon vor einer Woche angekündigt, und nach seinem Zwinkern zu urteilen, konnte Rudolf sich sicher sein, dass er außer dem heimischen wieder irgendeinen ausländischen Alkohol mitbrachte, extra für den Vorsitzenden. Zmeură kam gewöhnlich um sieben, bis dahin blieben Rudolf nur noch zwei Stunden.

2.

SICHER, DASS ES UNSERE IST?

Das war Mártas erste Frage, nachdem sie aufmerksam durch die leere Wohnung gegangen war und sogar die Wände befühlt hatte. Sie schaute erschrocken, aber ihre Augen strahlten. Weil sie noch immer als frisch verheiratet galten, hatte man ihnen auf dem Amt die erste Monatsmiete erlassen. Sie werden jetzt ohnehin viel zu tun haben, hatte die Sachbearbeiterin mit dem aufgetürmten Haar erklärt und sie so streng angesehen, als wollte sie am liebsten persönlich kontrollieren, ob sie wohl nach dem Einzug sofort mit der umsichtigen Familienplanung begannen oder – wie sie annahm – die ihnen zugewiesene Zeit eher mit Faulenzen verschwendeten. Rudolf hatte da gar keine rechte Lust mehr gehabt, die Papiere zu unterschreiben. Wäre Márta nicht dort gewesen, die ihn die ganze Zeit aufgeregt in die Seite stieß, hätte er das Büro auf der Stelle verlassen.

Dieses Wunder an Geräumigkeit verwirrte sie vollkommen. Sie hatten einander unmittelbar nach dem Krieg in einer Notwohnung zu ertragen gelernt, und nun war der Zwang auf einen Schlag verschwunden. In den Durchgangszimmern, in der halbdunklen Küche konnte man sich verstecken, und das taten sie auch. Márta zog sich nicht mehr jeden Abend vor ihm aus, und wenn Rudolf etwas von ihr wollte, musste er ihre Brüste mit den trotzigen dunklen Brustwarzen wie aus einer Höhle unter dem Nachthemd hervorlocken. Sie erlaubte nicht einmal mehr, dass Rudolf einfach zur Sache kam: Erst musste er lange ihre Hand halten, den makellosen Samt ihres Handgelenks massieren, mit geschickten Bewegungen den Wächter zwischen den Schenkeln bestechen, doch nach der Bestechung war Márta wieder nicht mehr als Fleisch. Eine lebende, dampfende Masse.

Innerhalb eines Nachmittags hatten sie die Eckwohnung im dritten Stock bezogen. Sie hätten sich gar keine bessere als die Siebenunddreißig aussuchen können: nicht im Erdgeschoss, wo jeder durchs Fenster klettern konnte, aber auch nicht ganz oben, wo sich im Sommer das Blech aufheizte und im Winter die durchs Dach eindringenden Fröste Probleme machten. Drei Zimmer im Winkel, wie sie es nannten, in die immer die Sonne strahlte, gegen die man sich später regelrecht verbünden musste. Sie setzten Verdunkelungsvorhänge, später Rollläden ein, um den Sonnenschein hinauszukomplimentieren, denn Márta war dieses sicher geglaubte, schamhafte Halbdunkel gewohnt.

Das kleine Zimmer zur Straße richteten sie schließlich nicht ein. Das war eigentlich auch nicht möglich. Die paar Möbel, die sie mitgebracht hatten, lungerten in den anderen beiden Zimmern herum wie Straßenjungen, die ihre Hände in die Hosentaschen steckten und hier weder jetzt noch später etwas zu suchen hatten. Lassen wir es so, bat Márta mit einem verschmitzten Lächeln und dennoch ernst, weil sie vielleicht ahnte, dass diese paar leeren Quadratmeter entscheiden sollten, was aus ihnen würde. Denn je nach Laune des Schicksals hätte hier ein lautes Kinderzimmer entstehen können, eine Kammer voller Lachen oder aber mangels besserer Ideen ein zweites Wohnzimmer. Man musste ihr glauben, auch wenn der gesunde Menschenverstand etwas anderes sagte. Rudolf spürte selbst, als er das kalte, ungeheizte Zimmer betrat, dass er dort dem Unbekannten ins Auge blickte, dass er die Zukunft sah, die sich ständig allen Antworten entzog. Aber wäre es möglich gewesen, ihr zu entgehen? Hätte er rechtzeitig eine Liege in das Zimmer geschoben und dort einige bibbernde Nächte verbracht, hätte er später auch Márta dorthin genötigt und nicht auf ihre Proteste und ihr Geschrei gehört, hätte er ihr das Kleid heruntergerissen, sie sich einfach genommen und das Zimmer von seinen Unglücksverheißungen befreit, wäre es dann möglich gewesen, ihr zu entgehen?

Er sollte es nie erfahren.

Dreißig Jahre hatten ausgereicht, um hier alle einst gewesenen Zweifel und Gefühle auszulüften; geblieben waren schließlich nur die beinahe völlig zerfallenen, kahlen Wände. Gut möglich, dass sie auch selbst schuld gewesen waren. Denn hier hatte es keine glühende Liebe gegeben, die Luft war ihnen nicht knapp geworden. Eher herrschte eine Art stummer Demut vor dem Willen der vorbeihuschenden Jahre, den man nicht Schicksal und schon gar nicht Vorsehung nennen konnte. Márta dachte manchmal, nichts anderes würde ihr mehr Freude bereiten, als das Wissen um ihre Unentbehrlichkeit: Rudolf brauchte sie, und sie selbst brauchte dieses Gebrauchtwerden, denn auch sie lebte Tag und Nacht davon, besonders nachts, wenn niemand allein sein wollte. Und auch nicht alt werden und sterben, nur sich an den anderen schmiegen wie ein Stein, denn auch darin konnte Freude liegen, Verlangen und Erfüllung, wenn auch nicht so, wie es in den Büchern stand. Es konnte auch Liebe sein, wenn Menschen einander keine Minute lang belogen. Sie gaben, was mit Worten nicht auszudrücken war. Das war schön, weil es sowieso nie mehr anders würde.

Nur Balázs' Geburt brachte vielleicht für ein paar zwanglosere Jahre Bewegung in ihr Leben. Dabei war auch das ein Zufall gewesen. Eines Montags war sie aus dem Büro in der Zuckerfabrik nach Hause gekommen, sie sei schwanger, noch ein paar Tage, und sie würde die Frist überschreiten, in der man noch etwas tun könne, also müssten sie dringend darüber reden. Wenn sie nicht darauf bestünden, wenn sie es aus irgendeinem Grund nicht haben wollten, wüsste Márta eine Kollegin, deren Mutter sich damit beschäftigte, zum Glück machte sie es nicht mit der Stricknadel und, soweit es möglich war, steril, dennoch müsste sie ein paar Tage lang liegen; Gott sei Dank waren ihr noch ausreichend freie Tage geblieben, und Geld hatte sie auch schon zur Seite gelegt. Was sollte also werden? Von ihrer Hose rieselte frischer Schnee und sammelte sich zu einer Pfütze um ihre Schuhe. Ohne auch nur den Mantel abzulegen, stand sie in der Küchentür, erschrocken, mit glänzenden Augen, das Einkaufsnetz fest umklammert, als wollte sie schon im nächsten Moment mit der Antwort wieder umkehren. Was sollte werden? Und da schob er den Teller beiseite, klopfte die Krümel ab und ging zu Márta, die mit starrer Miene jede seiner Bewegungen beobachtete, weil sie auf alles gefasst war, auf die Abtreibung genauso wie aufs aufgeregte Aussuchen von Kinderkleidung. Vielleicht hatte sie sich unterwegs darauf vorbereitet oder bereits hier im Treppenhaus, und jetzt war sie gehorsam und diszipliniert wie ein Soldat im Dienst. Als Rudolf sie umarmte, regte sich in seinem Magen endlich der Nerv, den er weder vor dem Priester noch beim Junggesellenabschied gespürt hatte, und er wusste auch, dass er diese beklemmende Nervosität von nun an mangels eines besseren Wortes Liebe nennen würde. Als er seine Frau an sich zog, diesen durchgefrorenen, fleischlosen Leib, da begannen auch Mártas Schultern, sich zu schütteln. Lautlos und nur etwas signalisierend, über das man einfach keine Worte mehr verlieren musste. Nun konnte er sich wieder an seinen Teller setzen und weiteressen. Es gab Kartoffelsuppe. Mit Estragon, wie er sie mochte.

Dann war es lange so, als wohnten sie gar nicht hier.

Sein Vater hatte immer gesagt, ein gutes Haus sei wie eine Glucke, es schare immer die Bewohner um sich, die zu ihm passten. Darin lag noch eine prickelnde, lebendige Erfahrung von Ordnung, dass sich Gleiches zu Gleichem gesellte, sich das Teil dem Ganzen anpasste und dass so oder so jeder seinen Platz unter der Sonne hatte. Sollten sie hierhergehört haben? Sollten sie etwa von jener Sorte sein wie Mecseki, der wie ein Italiener aussah, wie Toroczkay oder die Kalcseks? Wer könnte das heute noch sagen? In dem Haus waren längst alle wie in einem großen Topf zu einem Brei verkocht. Und diese Masse gebar keine Helden, sie reproduzierte nur sich selbst, zäh und unverwüstlich, um jeden freigelassenen Spalt auszufüllen. Hätte ein ehrgeiziger Künstler aus der Geschichte der Stadt, der vergehenden Zeit, eine Sehenswürdigkeit meißeln wollen, denn Platz gab es reichlich, dann hätte er diesem miteinander verschmorten Nichts eine Form geben müssen, der verdorrten

Stimmung sonntäglicher Mittagessen, der stillen Verpflichtung gegenüber dem Dasein, was hier Gleichgültigkeit bedeutete oder eine sonderbare Teilnahmslosigkeit.

Vielleicht waren sie zu lange geblieben. Hatten zu lange gezaudert. Bis dahin hatten sich der Putz, die in den Ziegeln erstarrte Zeit, der Salpeter in sie hineingefressen, hatten sie bis auf die Knochen entblößt, und was stattdessen wuchs, war nicht mehr ihr Fleisch. Nur noch irgendein irreführender Kunststoff. Auch deshalb sahen sie seltener in den Spiegel, denn sie hatten Angst, ja, es graute ihnen davor, dass ihnen nicht mehr ihr eigenes Gesicht entgegenblicken könnte. Und dann rief man entweder den Krankenwagen oder stürzte sich aus dem Fenster. Nach dem Rummel um den Aufprall waren Fernsehen und Speck für Wochen eine Wohltat. Das Leben versprach wieder ein bisschen Aufregung.

3.

JEMAND DRÜCKTE MIT ALLER KRAFT auf die Klingel.

Als das feine Kratzen des Bleistifts verstummte, wurden die Geräusche vom Hof lauter. Die Mittagsruhe musste schon vorbei sein. Rudolf sah verdrießlich auf die Uhr, kurz vor halb sechs.

»Wer ist da?«, rief er aus der Küche.

Stille. Der vor der Tür hörte ihn entweder nicht oder wollte ihn nicht hören. Dann fiel ihm, als er zur Tür schlurfte, bereits ein, wer da wahrscheinlich draußen stand. Am Tag zuvor hatte man gegenüber der orthodoxen Kathedrale Hühnchen verteilt, Hühnerklein, *tacîmuri*, wie man hier sagte, aber an diesem Tag war ihm das Glück irgendwie hold gewesen: Außer den üblichen gelb-lila Hälsen, Füßen, Flügeln und Rücken fanden sich auch zwei gesunde Schenkel in der Tüte. Vielleicht waren sie gar nicht für ihn gedacht gewesen. Das Problem war nur, dass er unfähig gewesen war, seine Freude über den großen Fang zu verbergen; als er den Laden verließ, machte sich auf seinem Gesicht sofort das Gefühl des Triumphs breit. Und Rakucsinec, der immer das Ende der Verteilung abwartete, um zu sehen, wer was bekam, hatte sich ihn sofort herausgepickt. Man konnte nicht sagen, dass dieser Möchtegernschlosser, dieser Hilfsnazi, wie er hinter seinem Rücken genannt wurde, sich das Beste von den Portionen geschnappt hätte. O nein. So tief wäre er nie gesunken. Er machte es eher so, dass er nach den Beschaffungen, für die er die Tipps gegeben hatte – aber langsam gab es keine mehr, zu denen die Tipps nicht von ihm gekommen wären –, bei einigen Nachbarn vorbeischaute, sich höflich erkundigte, ob sie zufrieden seien, ob es für das Geburtstagsessen oder die lang angekündigte Torte denn reiche. Und dann gehörte es sich, ihm ein paar Eier anzubieten, ein Stück Fleisch, eine Portion Kaffee, und schon anstandshalber gab ihm niemand die Reste, die Fettstücke.

»Habe die Ehre«, grinste er in der Tür stehend.

»Ich wusste, dass Sie es sind.« Rudolf nickte.

»Der Instinkt, was? Ich sage ja immer, der Instinkt kann manchmal Leben retten«, säuselte Rakucsinec und drängte den Alten bis ins Vorzimmer zurück. Von hier war es nur noch ein Schritt bis in die Küche. »Hätte mein Schwager auf seinen Instinkt gehört und nicht verkatert angefangen, mit nassen Händen den Boiler zu reparieren, dann hätte er jetzt noch etwas, womit er seine Frau streicheln könnte.« Er verstummte plötzlich. Der Geruch von gebratenem Hähnchen schlängelte sich aus der Küche. Ein würziger, intensiver Duft. Rakucsinec fuhr zusammen, als hätte man ihm ein Messer in die Rippen gerammt.

»Aber Sie sind doch wohl nicht gekommen, um mir das zu sagen?«, fragte Rudolf.

»Ich mag es, dass man bei Ihnen nicht um den heißen Brei herumreden muss. Sie kommen immer gleich auf den Punkt.«

»Wissen Sie wieder etwas? Ein bisschen Zucker käme gerade recht.«

»Warum sagen Sie denn nicht Bescheid, Herr Nachbar, warum sagen Sie nichts?!« Rakucsinec ließ nervös die Finger knacken. Der Geruch drang immer kräftiger hervor. Er spürte ihn schon in seinem Kopf, in der Wirbelsäule.

»Jetzt sage ich ja Bescheid.«

»Jetzt, jetzt … Aber ich bin kein goldener Fisch, dass ich Ihren Wunsch sofort erfüllen kann.«

»Der erfüllt ja auch normalerweise drei.«

»Diese Sorte ist schon lange ausgestorben.«

»Tja, wenn ihn niemand ins Wasser zurückwirft, muss man sich auch nicht wundern.«

Rakucsinec wurde unsicher. Die bildliche Rede war nicht gerade seine Stärke, es ermüdete ihn, wenn er lange um die Dinge herumreden musste. Dann zog er sich so entschlossen das Hemd zurecht, als wollte er das Muster von den Kunstfasern schütteln.

»Vielleicht nächste Woche. Am Victoria-Kino … Aber das ist noch nicht sicher, es wäre besser, wenn das unter uns bliebe.«

»Das brauchen Sie nicht extra zu sagen.«

»Ich sage es aber! Man kann ja nie wissen, wo man sich verplappert.«

»Soll ich es dann einpacken, oder nehmen Sie es in der Hand mit?«

»Was denn?« Rakucsinec sah ihn verblüfft an.

»Was Sie fressen wollen. Den schönen kleinen Hähnchenschenkel.«

Dem Schlosser entglitten die Gesichtszüge. Damit hatte er nun nicht gerechnet. Mit diesem Angriff oder was. Denn jetzt konnte er entweder sagen, dies käme doch gar nicht infrage, und dann war er einfach dämlich, ganz zu schweigen davon, was er von seiner Frau zu hören bekäme, oder aber sich darauf einlassen, dann jedoch würde er den Stempel nie wieder loswerden, dass er so durchschaubar zu Werke ging.

»Also, wenigstens in Papier, wenn Sie nichts anderes haben.«

»Wird gemacht.«

Rudolf begann zwischen den Zeitungen zu suchen. Rakucsinec wischte sich, einen Schritt vom Eingang entfernt, die Stirn. Man sah ihm an, dass er es nicht wagte, näher zu kommen. Zu beobachten, welche Keule er bekam. Denn sie waren nie genau gleich. So verloren hatte er vielleicht auch letztes Jahr dagestanden, als man ihn vor Weihnachten aus der Obstschlange geworfen hatte. Apfelsinen hatte es gegeben, und er hatte sich mit seinen Kumpels schon früh um drei angestellt. Im Haus hatte er niemandem Bescheid gesagt, was verständlich war: Er wollte eine Überraschung, ein bisschen Apfelsinenduft unter dem Baum. Der konnte sich so schön auf dem Flur verteilen, durch die Fensterritzen kriechen, den Menschen in die Nase, geradewegs bis an die Nerven! Bis um fünf hatten sie sich alle Schwiegermutterwitze erzählt, und dann kam einer von ihnen auf die Idee, dass der Schlosser schnell das Päckchen Karten holen sollte, weil die Zeit bei einer Partie Ulti doch schneller vergehen würde. Sie legten auch gleich ein Brett über die Mülltonnen, das sollte der Tisch sein. Rakucsinec wohnte am nächsten, also konnte er eigentlich auch nichts einwenden. Zu Hause, in der Wärme der gemachten Betten, empfand er die Sache dann doch nicht mehr als so dringlich. Das Haus war bis zum Überlaufen voll mit dem süßen, ruhigen Atem des Schlafes. Wie Honig umfing er ihn von allen Seiten. Er würde nur kurz die Schuhe ausziehen, dachte er, die Jungs merkten es gar nicht, wenn er fünf Minuten später käme. Er würde sich selbst einstellen, um Viertel stünde er schon wieder in der Schlange. Sein Gehirn war wie der beste Wecker. Mein Kopf ist aus der Schweiz importiert!, prahlte er gern mit diesem Blödsinn. Er schlüpfte unter die Bettdecke, dort war es schön warm.

Grelles Licht weckte ihn. Die Wohnung war leer, niemand regte sich. Seine Frau hatte ihn nicht geweckt! Aber warum hätte sie es auch tun sollen, fuhr es ihm durch den Kopf, er hatte sich ja gestern Urlaub genommen. Sie hatten ihn ausschlafen lassen. Hektisch zog er sich seine Kleider an. Eine Minute, und er war am Tor, zwei bis zum Ende der Straße des Fortschritts, noch zwei bis zur Petru-Groza-Straße. Der Gehweg war von der Menschenmenge schon ganz schwarz. Nirgends ein bekanntes Gesicht. Wo mochten seine Kollegen sein? Nichts und niemand würde ihm Zutritt zu dem Geschäft verschaffen, damit er sich wenigstens umsehen konnte. Er wolle nichts kaufen, er wolle nur mal schauen, brüllte er. Sie lachten ihn aus. Ein Mann mit Pelzmütze zerrte ihn am Kragen vom Eingang weg. Lernen Sie erst einmal, was Ordnung ist, schrien einige. Die Schlange war nicht wiederzuerkennen: Sie war gewachsen, angeschwollen. An der Tür des Gemüseladens standen sie schon in Dreierreihen. Das Ende reichte außerdem bis zur Straße des 1. Mai, vielleicht sogar bis zur elektrischen Uhr. Das wäre ein ganzer Nachmittag, stellte er bleich fest. Die Leute trugen die Apfelsinen in Tüten davon, faustgroß waren sie, und es waren wirklich nur wenige grüne dabei. Kubanische, sagte jemand. Dünnschalig. Am liebsten wäre er in Ohnmacht gefallen. Dann lungerte er nur noch herum, sah zu, wie sie voranrückten, wie ihr Gesicht vor dem Eingang aufleuchtete. Er war allein. Wusste nicht, wann er zum letzten Mal so geweint hatte.

»Wissen Sie, ich spiele sehr gut Karten.« Rakucsinec drehte sich in der Tür um. Er sprach vertraulich, als wollte er die Scharte auswetzen. Jetzt war es an Rudolf, überrascht zu sein: War Rakucsinec etwa nicht wegen des Hähnchens gekommen?!

»Poker, Ulti, Canasta, mir ist es egal. Aber wenn es sein muss, lerne ich auch was Neues. Es reicht, wenn man es mir einmal zeigt«, sagte er hastig.

»Und warum erzählen Sie mir das?«

»Na, wenn Ihnen noch jemand fehlt, dann können Sie mir ruhig Bescheid sagen. Ich halte auch bis morgens durch, wenn es keinen Stromausfall gibt.« Er lachte. Seine schmalen Kinderzähne blitzten.

Rudolf verstand ihn nicht, und es ärgerte ihn, dass er nicht begriff. Warum sollte er mit diesem jämmerlichen Kerl Karten spielen? Aber auch der Schlosser wurde unruhig.

»Bekommen Sie nicht jede Woche Besuch? Ich dachte, da käme ein vierter Mann gerade recht.«

»Von wem haben Sie das gehört?«

»Alle reden davon.«

»Von wem?!«

»Mecseki und Dan Vlahilă verbreiten das. Ich will ja nichts sagen, aber sie würden auch mitmachen …«

Das war allerhand! Das war ja wirklich allerhand! Mecseki konnte man noch verstehen, denn seit er einen Fleck auf der Weste hatte, nutzte er jede Gelegenheit, sich reinzuwaschen, aber was mochte der Kinderarzt wollen? Der hatte doch sein Auskommen. Kein Patient, der nicht etwas Brauchbares mitgebracht hätte. Schlechtere Zigaretten als Kent hatte Rudolf in seinem Mund noch nie gesehen. Die Gedanken rasten ihm durch den Kopf. Natürlich! Auf Nicu Zmeură hatten sie es abgesehen! Auf seinen Gast. Diese Dummköpfe! Diese schleimigen Rindviecher! Dachten sie, bei einer Partie Karten könnte man mit jedem warm werden? Dass ihnen jemand, mit dem sie einmal zusammen getrunken hatten, nicht mehr ins Bein biss? Na gut, er konnte eigentlich nicht leugnen, dass sich Zmeură bei ihm tadellos verhielt. Blut war noch nicht geflossen, falls sie das gedacht haben sollten. Auch den Aschenbecher leerte er selber, das konnte er ihnen zeigen. Aber sie sollten sich mal Kalcsek ansehen! Sobald er heraufkam, machte er sich über den Schnaps her, es dauerte keine Stunde, und er war schon sturzbetrunken. Denn so hörte und sah er wenigstens nichts. Wenn etwas geschähe, wäre er nicht Komplize, sondern höchstens stiller Teilhaber. Dabei hatte er dem Hausverantwortlichen schon mehrfach zu erklären versucht, dass er sich nicht in die Hose machen solle, weil Zmeură, so sonderbar das auch sei, komme, um sich zu unterhalten. Um abzuschalten. Weiter nichts. Aber Feri Kalcsek wiegte nur seinen traurigen, struppigen Kopf, er habe das mit seiner Frau schon beredet, und Rudolf solle glauben, so sei es am besten, am sichersten für sie alle. Kalcsek sah das natürlich nicht, aber in letzter Zeit glänzte seine Haut wächsern, sein Gesicht aber hing schlaff herunter, als wisse er selbst nicht, wozu er gut sei. Irgendwie hatte der ganze Mann ausgedient wie ein abgetragener Mantel, über den man selbst auf dem Flohmarkt lachte. Da half es nichts, dass er die Hände in die Taschen steckte, sie zitterten auch dort. Die Kinder zeigten schon hinter seinem Rücken mit dem Finger auf ihn, weil er mit den Händen in den Taschen aussah, als ob er von früh bis spät an seinem Ding herumfummeln würde. Niemand wusste, warum er so schnell alterte. Obwohl er fünf Jahre jünger war als Rudolf, sah er aus wie siebzig. Wohin die Eile? Oder war das eine raffinierte Art des Selbstmords?

Es war nicht einmal vier Jahre her, dass Kalcsek mit seinem Sportfernseher auf den Csemergi-Hügel gestiegen war, um dort die Vorrundenspiele zu empfangen. Im Hof kam nämlich außer der inländischen Propaganda alles grießig an, als wäre die ganze Welt scharf auf diesen hartnäckigen Brei, als wäre auch dies Propaganda. Aber damals munkelte man schon, seine Sportbegeisterung sei nur Tarnung, eine geistreiche List, Kalcsek interessierten eigentlich die politischen Sendungen. Er habe sich in den Kopf gesetzt, dass die Amerikaner in der Region bald für Ordnung sorgen würden, denn da drüben, so verbreitete der Mechaniker, habe ein echter Revolverheld die Macht übernommen, und solche Leute fackelten nicht lange, und so würde er den Russen schon über kurz oder lang die bittere Pille zu schlucken geben. Wegen dieser Pille ging Kalcsek angeblich auf den Csemergi-Hügel. Woche für Woche. Auf das Erdgeschoss legte sich nach einer Weile eine Mischung aus Angst und Zuversicht. Ein Gefühl des Wartens, das einem die Knie zittern ließ, denn es gab keinen einzigen Bewohner, der nicht wenigstens einmal gesehen hatte, wie John Wayne auf Indianerleichen hinabsah und grinste. Und etwas Dämlicheres auf der Welt als die Hoffnung gab es wohl kaum. Man merkte es nicht einmal und begann, sich so zu verhalten, als könnte man mitten innerhalb der Absperrung für die Feierlichkeiten lauthals Witze machen, als könnte man in seinem Parteiausweis herumkritzeln, und es verkrampfte sich einem nicht einmal der Magen, wenn man sich ausweisen musste. Wenn man Glück hatte, hielten einen die harten Jungs schlicht und ergreifend für verrückt und machten ein paar Späße, denn auch sie brauchten ja ein bisschen Entspannung. Aber wenn nicht, kamen schwere Jahre auf einen zu, nach denen man zu Recht für vollkommen schwachsinnig gehalten wurde. Außer man machte sich zwischenzeitlich in die Hölle davon, um Kohle zu schaufeln. Aber die Bewohner richteten sich so ein, als hätten sie von der Hölle nie gehört, oder wenn doch, als würden ihnen dort irgendwelche Girls Juice servieren und Kalcsek säße auf dem Platz des Teufels, in echten stonewashed Jeans. Sie nahmen nachlässige und veraltete Gewohnheiten an, so lasen sie bei dampfendem Tee die Morgenzeitung, als schriebe sie nicht Tag für Tag dasselbe, und sie winkten den Polizisten mit der Maschinenpistole zu sich heran, als wäre es seine heiligste Pflicht, ihnen den Weg zu weisen und nach dem Regen die Kleider der Frauen vor den rasenden Autofahrern zu schützen. Vergeblich legte Kalcsek sein kariertes Heft mit den Olympiaergebnissen und der Gruppeneinteilung der Fußball-WM auf die Veranda, alle beobachteten erwartungsvoll sein Gesicht, wenn er von seinen Ausflügen zurückkam. War die Pille schon da, oder musste man noch ein paar Tage warten?

Wer weiß, was passiert wäre, wenn der Fernseher der Veterényis in der Nachbarschaft nicht rechtzeitig angefangen hätte, Russisch zu sprechen.

Der Maschinenbauingenieur Veterényi und sein älterer Sohn Lajos hatten sich ausgedacht, eine Antenne zu bauen, mit der ungarische Quizsendungen mit dem Showmaster György Rózsa ins Haus kämen und man nicht bis zur Schutzhütte hinaufsteigen musste, um sie zu empfangen. Kalcsek holten sie sich als Assistenten. Zuerst versuchten sie es mit monströsen Konstruktionen, länger als der Blitzableiter. Sie reichten bis in die niedrig ziehenden Wolken hinauf. Diese drehten sie in alle Richtungen, aber vergeblich: Auf dem Bildschirm des Orion war nur Schneegriesel zu sehen. Danach versuchten sie es mit fast allem, was ihnen in die Hände kam. Rudolf gefiel der verbogene Grillrost am besten, zu dem Kalcsek die Aluminiumflügel zusammengeklaut hatte, weil man damit angeblich Wunder bewirken konnte. Aber da war der ganze Hof schon neidisch, weil sie wussten, wenn das klappte, hätten sie das große Los gezogen: Die hausierenden Gábor-Zigeuner mit ihren großen Hüten würden ihnen für die Konstruktion schon unbesehen Devisen und zwei Stangen bulgarische Zigaretten bieten.

Lajos war für das Grieseln verantwortlich. Er beobachtete starr den Bildschirm, während Kalcsek und sein Vater oben ihre neueste Idee einstellten, und meldete über die Dachbodentreppe sofort jede noch so kleine Veränderung. Nach einigen Tagen konnte er schon zwischen dichtem, knisterndem Griesel und blinkenden milchweißen Flocken unterscheiden, bei denen nie etwas Gutes herauskam. Aber an jenem Tag im März überzogen unbekannte, graue Schneegriesel den Bildschirm des Orion, dann ein paar schwarze Streifen, und als das Ganze plötzlich nachließ und es schien, als klarte es auf, als fänden die bisher hin und her schwirrenden Flocken sich zu erkennbaren Flecken zusammen, brüllte er sofort das Ergebnis hinauf. Und wirklich: Ein paar Minuten später erschien hinter dem grauen Schleier eine menschliche Gestalt mit Dauerwelle, die ein Blatt Papier in der Hand hielt. Fraglos eine Ansagerin. Als dann sein Vater das Gerät zurechtrückte und vorsichtig an den Knöpfen drehte, kam gurgelnd und unsicher auch der Ton. Sie wagten sich kaum zu bewegen. Durch den bevorstehenden Erfolg waren sie fast wie gelähmt. Angespannt lauschten sie, um aus dem Tongewirr so schnell wie möglich verständliche Wörter herauszufischen. Kalcsek bewegte aufgeregt den Mund, als suchte er so nach dem Sinn der fernen Sprache, und Veterényi beugte sich ganz nah an den Lautsprecher. Beinahe gleichzeitig richteten sie sich auf und traten zurück ins Innere des Zimmers.

»Was ist?«, schrie Lajos seinen Vater an.

»Nichts«, sagte der endlich. »Sie spricht Russisch.«

Seine Frau sah nicht einmal hin. Demonstrativ richtete sie ihr Kleid und fing an, das Porzellan in der Vitrine abzustauben. Stück für Stück knallte sie es auf den Tisch. Veterényi übersetzte leise ein paar aufgeschnappte Wörter, Kalcsek aber grinste, als hätte er mit nichts anderem gerechnet. Denn wo wir auch hinsehen, das ist alles, was es gibt, dieses Nichts, Nichts, Nichts, wiederholte er noch am Tag danach. Wer ihn hörte, wusste nicht, was er denken sollte. Spielte er vielleicht auf die alles einspinnenden, unsichtbaren Wellen an, von denen hier infolge eines Irrtums außer den heimischen und diesem russischen Schrottsender nichts ankommen konnte? Obwohl, wenn wir es recht bedenken, fügte Rudolf hinzu, wirbelt die ganze Welt hier über unserem Dach, wir müssten nur den Arm ausstrecken, und alles würde durch uns hindurchkribbeln.

Einig waren sich jedoch fast alle darin, dass dieses Unglück verheißende Vorzeichen das ganze Unternehmen sprengen konnte. Zu der Zeit überraschte Kalcsek am Morgen keiner mehr mit einem Kaffee, und man lachte ihm beinahe ins Gesicht, als er im Haus-Toto zwei Hunderter darauf setzte, dass die Italiener Weltmeister würden. Aber der Mechaniker beugte sich den Tatsachen nicht, er stieg immer öfter den Hang hinauf und klopfte alle zwei Wochen mit einer findigen Idee bei den Veterényis an. Edelstahllegierung, Kugelkonstruktion, Importkabel ... Aber es half nichts: Das milchweiße Nichts hatte sich endgültig im Orion eingenistet. Der Haufen Alteisen auf dem benachbarten Schrottplatz lenkt die Wellen ab, erklärte Kalcsek eines regnerischen Nachmittags und betrachtete streng die dunklen Hügel am Rand der Wohnsiedlung, als wollte er sie mit seinem Blick forttragen.

Dann wendete sich doch alles zum Guten: Die Italiener verdreifachten unter Rossis Führung Kalcseks Hunderter, und auch die Angst kehrte in ihr altes, sicheres Bett zurück. Sie trat erst wieder über die Ufer, als die Nachricht kam, dass man in Moskau Breschnew aufgebahrt habe und der Werklautsprecher einen Tag Staatstrauer anordnete. Zu allem Überfluss wies nichts darauf hin, dass in diesem kritischen Augenblick ein amerikanischer Panzerwagen am Ende der Straße des Fortschritts erschiene, um, wenn schon keinen anderen, so doch wenigstens Kalcsek zu retten. Denn zu der Zeit hätte dafür, dass der Mechaniker einmal eine Rente bekäme, kein vernünftiger Mensch mehr auch nur einen roten Heller gegeben. Kalcsek würde man gewiss lebendig begraben. Und mit Veterényi geschähe, was eben geschähe.

Hinter den Tönen der Fernsehübertragung am Trauertag war nämlich – darauf hätten einige geschworen – das Quaken deutlich zu hören.

Das Erscheinen der Kerle in Lederjacken überraschte alles in allem niemanden mehr. Man möchte sagen, das war das Mindeste. Die packten hämisch lachend das Aluminium und die Kupferkabel samt einigen Fachbüchern zusammen. Sie warteten nicht einmal bis zum Mittag. Kalcsek war zwar rot im Gesicht, zeigte aber nicht einmal einen Anflug von Reue. Er setzte sich hinaus auf die Schwelle und rauchte. Man konnte ihn kaum ansprechen. Und auch am nächsten und übernächsten Tag wurde er nicht in Handschellen abgeführt, man schlug ihm die Nase nicht blutig, sie schoben ihn nicht einmal ab, um gleichsam die Gegend zu desinfizieren. Selbst Toroczkay fand sich in den Ereignissen nicht mehr zurecht, dabei ergriff er sogar auf den Parteiversammlungen regelmäßig das Wort, denn entweder war Kalcsek jetzt ein Held, vielleicht ein Seher, oder hatte mächtig Schwein gehabt, so viel war todsicher, erklärte er den Verständnislosen. Einige Wochen später wurde Kalcsek auf Anweisung von oben einstimmig zum Vorsitzenden der Hausgemeinschaftsleitung gewählt. Er versah seine Aufgaben mit einer solchen Gewissenhaftigkeit – sogar die Streunerei stellte er ein –, dass außer dem hitzköpfigen Toroczkay niemandem in den Sinn kam, ihn abzulösen.

»Sehen Sie, am besten wird es sein, wenn Sie jetzt brav nach Hause gehen und das Ganze so schnell wie möglich vergessen«, sagte Rudolf endlich zu Rakucsinec, der an der Tür wartete.

Rudolf bemühte sich, ein möglichst wohlwollendes Gesicht zu ziehen, aber eine Zurückweisung war auch dann eine Zurückweisung, wenn man dazu lächelte. Das Ergebnis blieb nicht aus. Es tat gut zu sehen, wie die Gekränktheit, die eingebildete Ungebührlichkeit den zuvor noch so selbstsicher dastehenden Schlosser nach und nach aufblies. Schon schwebte er über Rudolfs Kopf wie ein widerspenstiger Luftballon.

»Wenn Sie anderen nicht helfen, brauchen Sie auch nicht zu hoffen, dass wir Ihnen helfen«, sagte er schließlich mit erhobener Stimme, woraus sich schließen ließ, dass Rudolf den Zucker für ein paar Wochen abschreiben konnte. Wenn er sich denn nicht ans Fenster setzte und aufpasste, wann auf dem Hof Unruhe aufkam, wann die anderen mit dem Einkaufsnetz loszogen, und ihnen verstohlen hinterherschlich. Aber das wäre noch schlimmer gewesen, als offen um Verzeihung zu bitten. So war es auch Öcsi Keller ergangen, dem ewigen Schnüffler. Ihn und seine Mutter konnte Rakucsinec nicht ausstehen. Vielleicht, weil früher einmal das ganze Haus ihr Eigentum gewesen war und sie immer noch nicht ganz aufgehört hatten, es als ihren Besitz zu betrachten. Vor allem Kellers Mutter nicht, die auch jetzt noch so in die eine oder andere hintere Wohnung hineinsah, als käme sie die Dienstmädchen kontrollieren. Und wenn Rakucsinec jemanden verachtete, dann mussten denjenigen alle schneiden, denn Rakucsinec' Frau gab viel auf Solidarität. Sie führte Buch über die Verhältnisse im Haus, und man erzählte sich, dass sie sogar in ein Schulheft schrieb, wer gerade wem verpflichtet war und in welchem Maße, von wem in Zukunft was zu erwarten sei, und wenn die Bilanz nicht stimmte oder sich irgendwo eine Lücke zeigte, dann konnte der Schuldige in dieser Woche seine Suppe aus Wasser kochen, weil ihm niemand auch nur einen Knochen lieh.

Es hätte gutgetan, trotzig die Tür zuzuziehen und Rakucsinec nicht zu belauern, wie er das Treppenpodest erreichte, aber da war nichts zu machen. Bei Vlahilă legte er seine Gekränktheit bereits ab und konnte in seinem eigenen gemessenen, akkuraten Tempo weitergehen. Denn ich weiß nicht, ob Sie das schon mal bemerkt haben, hatte er einmal gesagt und sich zu Rudolf gebeugt, wer eine Mission hat, wer auch nur ein bisschen zählt, der hat es niemals eilig. Mit dem Schicksal kann man nicht um die Wette laufen, hatte der Schlosser mit einem überlegenen Lächeln hinzugefügt. Und so eilte er niemals irgendwohin, trabte höchstens mit seiner sich selbst auferlegten Langsamkeit der rumpelnden Straßenbahn hinterher oder legte einen Zahn zu, wenn er sein Portemonnaie im Laden vergessen hatte.

Rudolf stand hilflos auf dem Laubengang und konnte nur noch rätseln, ob wohl der größere Hähnchenschenkel dieses kleine Intermezzo ausgleichen könne. Ob er wohl bis zu Hause den patzigen Tonfall vergessen hätte oder sich sofort bei seiner Frau beklagte. Er wartete, bis Rakucsinec zu seiner Tür geschlurft war, die in Papier eingepackte Beute übergeben hatte, und auch, bis die Frau schließlich herüberwinkte, worauf er sofort zurückwinkte, denn wer seinen Kaffee nicht bitter trinken wollte, wer am liebsten auch das Leitungswasser mit zwei Löffeln Zucker gesüßt hätte, der sollte nicht zimperlich sein, nicht den Beleidigten spielen, sondern tief hineinkriechen, wenn schon jemand so gnädig war, seine Hose gerade vor seiner Nase herunterzulassen.

4.

DIE NASE KANN MAN NICHT IRREFÜHREN. Müde kann sie vielleicht werden, aber hereinlegen lässt sie sich trotzdem nicht. Mártas Haar, ihr Nacken, die feinen Krater ihrer Poren verströmten vom ersten Tag an denselben Geruch, versprühten dasselbe Parfüm: den unentrinnbaren Duft von Schimmel. Eine Zeit lang konnte man darüber Witze machen: Fleming und das Penicillin, und dann Käse, unerreichbar delikate Käsesorten – was wäre die Welt ohne sie? Im Dunkel des Kinos, das das Selbstvertrauen förderte, oder auf der Terrasse der Konditorei, wo der Luftzug immer im rechten Augenblick über die Tische fegte, ließ sich das noch aushalten, aber im Bett, im Gefängnis der frischen

Laken, war schon jedes unpassende Wort eine Beleidigung, eine unentschuldbare Grobheit.

Solange es nur möglich war, log sie: mit sowjetischem Parfüm, Netzstrümpfen, ziellosen Spaziergängen in den Laubengängen am Fluss oder damit, dass sie sich das Rauchen angewöhnte. Schließlich gab es nichts, das im Qualm nicht begehrenswerter wurde, aber sie übertrieb es ein wenig, denn zwei Schachteln am Tag mussten es mindestens sein. Ihr Ziel erreichte sie jedoch: Alles bekam denselben ekelhaften Geruch. Die ganze kleine Wohnung schwamm in verräuchertem Odeur, und in diesem süßlichen Wurstgeruch konnten auch ein paar gelangweilte Sätze mehr bedeuten, so konnten sie leichter Hingabe mimen und brachten die Flitterwochen einfacher hinter sich, obwohl sie auf Mártas Bitte am dritten Tag einen Abstecher zum Baggersee machten.

Die junge Frau hatte recht gehabt. Die Kühle des Wassers war eine Wohltat, und ebenso gut tat es ihnen, sich unter dem Vorwand, jemand müsse auf die Sachen am Strand aufpassen, voneinander loszureißen und bis zur Mitte des Sees nicht einmal anzuhalten. Sich aufs Wasser zu legen und das unvergleichliche Alleinsein zu genießen. Als wäre unter dem Wasser ein anderer, ein größerer See: der See der Ruhe. Dorthin strebte der erschlaffende Körper erschöpft, doch mit angespannten Muskeln, eine dumme, sich selbst eliminierende Hoffnung. Da draußen, in einer anderen Welt, nannte man so etwas Einsamkeit und verbarg es mit Bedauern, aber hier konnte niemand mehr als das bekommen. Und wenn Rudolf noch weiter hinausschwamm, auch die letzte Boje hinter sich ließ, dann überraschten ihn bereits rätselhafte, kalte Strömungen, die ihm eine Gänsehaut machten, ihn weiterlockten, immer weiter. Man erzählte sich, dass in jenem Jahr mehr Menschen im

See ertrunken seien als je zuvor. Als wäre dieser uferlose, unverdiente Friede gefährlicher als der Krieg selbst.

Doch Rudolf hatte nie etwas auf Gerüchte gegeben. Nach langen Wochen spürte er jetzt zum ersten Mal, dass er einen klaren Kopf bekam. Mitten auf dem See, in dieser wiegenden Einsamkeit war er endlich in der Lage, seine Gefühle vom Zwang der Pflicht zu trennen, und das gab ihm jetzt vielleicht genügend Mut, um Márta zu gestehen: Diese plötzliche Ehe war nichts anderes als ein dummes Missverständnis. Eine instinktive Antwort auf eine peinliche und unüberschaubare Situation, die ihnen das gesamte Leben zerstören konnte, wenn sie nicht beizeiten behoben wurde. Es konnte doch nicht wahr sein, dass Márta niemals daran gedacht hatte! Hatte sie die verräterischen Zeichen denn nicht bemerkt?! Sah ein Mann, der seine Angetraute liebte, bis dass der Tod sie schied, etwa so aus wie er? Einer, der glücklich war, wenn er sich auch nur für eine Stunde freimachen konnte? Und ihre Hochzeitsnacht! Über die wollte er lieber gar kein Wort verlieren. Sie sollte ihm doch einmal sagen, zu was für einem erbärmlichen Ehemann einer werden musste, der selbst in der wichtigsten Nacht mehr mit seiner Bequemlichkeit im Bett beschäftigt war als mit den Kurven seiner geduldig wartenden Frau? Brauchte es denn noch mehr Beweise?

Aber wenn Márta es trotzdem für gut hielt, dass sie weitermachten, dann würde er eben weitermachen. Man hatte ihn so erzogen, dass er niemals jemanden im Stich ließ. Er wäre nun wirklich der Letzte gewesen, der sein einmal gegebenes Wort brach und sich abwandte. Selbst wenn das Ausharren schon längst seinen Sinn verloren hatte. Wenn er schon wusste, dass alles Abwarten den Sinn aus sich selbst gewann: Ausharren bedeutete eigentlich, dem Sinnlosen einen Sinn zu geben. Den immer nackten Wahnsinn einzukleiden, weil man ihn sich so, wie es einem passte, zurechtlügen konnte: zu Treue, zu Anhänglichkeit oder sogar zu Liebe. In solchen Momenten drängten sich die Worte geradezu in ihm. Aber wenn Márta auch jetzt nicht verstand, wenn sie ihr Leben um jeden Preis in dieser Falle verbringen wollte, wenn sie lieber eine Heldin sein wollte als lebendig, dann würde er, Rudolf, versuchen, diese Falle so wohnlich zu gestalten, wie es ihm nur möglich war.

Mit diesem Entschluss schwamm er an das Ufer zurück.

Als Márta ihn erblickte, lächelte sie ihm sofort zu wie ein mit einer Feder betriebener, feiner Mechanismus und fragte ihn dann mit ihrer dünnen Kinderstimme aus, wie das Wasser sei. Wunderbar, antwortete er mit fast schon unangemessener Begeisterung, aber das Handtuch wies er zurück. Er hatte es schon immer gemocht, wenn die Sonne seine Haut erwärmte. Wozu sollte man verderben, was doch gut war, hatte sein Vater tagein, tagaus gepredigt, und jetzt hörte er den Tonfall des Vaters aus seinem eigenen heraus. Seine süßlichen Lügen. Über Mártas Gesicht huschte eine gewisse Besorgnis, verlegen faltete sie das Handtuch zusammen und blinzelte in Richtung See. Die Maisonne wurde immer heißer, und hier, auf der schattenlosen Böschung, immer unbarmherziger. Auf Rudolfs Haut glitzerte das Wasser, und dieses Glitzern lockte Márta immer durstiger. Sie schaute, sehnsuchtsvoll und doch nüchtern, als wollte sie, dass der See herkäme, dass er bis an die Decke kröche, weil sie dann keinen Schritt tun müsste, denn wie sah das aus, ihren Mann schon in den ersten Tagen allein zu lassen? Rudolf packte schließlich das Mitleid. Geh nur, sagte er, es wird dir guttun.

Von der Böschung konnte man den ganzen See überblicken. Gegenüber die kleine Bucht mit den morschen Booten der Fischer, dahinter die buckligen Bergehalden. Links drängten sich erschrocken die letzten Häuser des Bergbaudorfes. In großen Körben trugen von dort Frauen mit breiten Hüften ihre Wäsche zum Damm, von denen die Zeit alle Weiblichkeit abgerieben hatte. Rechts aber wand sich der den Hügeln ausweichende, kahle Uferabschnitt bis zum Wald von Eperjes. Am Ufer hatte man so lange immer wieder Bäume gepflanzt, bis endlich einige stehen blieben, der Feldweg dahin war hingegen mit einer Schranke abgesperrt. Manche sagten, zwischen die Bäume sollten Villen gebaut werden, andere glaubten, man würde einen Bunker und schwere Flakstellungen anlegen. Die Sowjets würden die Amerikaner nämlich irgendwo hier aufhalten, hier versetzten sie ihnen den entscheidenden Schlag, wenn sie nicht auch sie bis nach Stalingrad lockten. Dabei hatten sie sich gerade erst an den Frieden gewöhnt, an die frischen Regeln fürs Überleben. Aber wenn er es genau bedachte, konnte auch das die Leute wahnsinnig machen: diese Stille ohne das Rattern der Maschinengewehre. Das nervenaufreibende Wissen, dass jederzeit wieder geschossen werden konnte. Die Bäume waren noch kümmerlich, durch ihr kraftloses Laub blitzte die Rostfarbe der Erde auf, vorerst verdeckten sie nicht einmal einen Menschen, erst recht keine Flakbatterie, aber wieso sollte man gerade die Unsinnigkeit nicht vorausplanen können?

Seine Frau entfernte sich immer weiter vom Ufer. Vielleicht spürte sie jetzt dasselbe. Vielleicht begann die Stille, auch sie zu locken. Der See unter dem See. Wenn er ihr ein bisschen Zeit ließe, würde vielleicht sie das alles entscheidende Wort aussprechen. Würde sie selbst die Trennung anregen. Nur hatte er nicht einmal mehr dazu Zeit! Jeder einzelne gemeinsam verbrachte Tag legte sich wie eine unerträgliche Last auf ihn. Stampfte ihn immer sicherer in den Boden. Am Morgen schien noch alles leicht, aber am

Abend schleppte er seine zentnerschweren, tauben Glieder bereits zähneknirschend voran. Doch was sollte er machen, wenn seine Frau so vorsichtig war, so extrem ängstlich, dass sie sich ohne Erlaubnis nicht einmal einen Splitter aus der eigenen Ferse ziehen würde?

Die Sonne kam hinter den Wolken hervor und begann, sofort zu brennen. Er drehte sich auf die Seite, schlug die ausgebreitete Decke an einer Ecke um und starrte auf die platt gedrückten Grasbüschel. Die zerquetschten, entstellten Käfer, die wenige Minuten vorher noch lebendig irgendwohin geeilt waren. Das Ganze machte ihm schlechte Laune. Er, der gerade drauf und dran war, zu morden, urteilte noch?! Konnte er es doch kaum erwarten, jemanden endlich zu vernichten. Dafür sammelte er seine Kräfte. Was sollte daran anders sein als am Krieg? War es nur deshalb menschlicher, weil es sich nicht um eine Kugel oder Granate handelte, die eindrucksvoll das Fleisch zerfetzte? Er lachte auf. Was für ein dämlicher Gedanke! Márta würde nie im Traum mit den in Blut erstarrten, verstümmelten Körpern tauschen, die man unter den Trümmern ausgegraben hatte. Das Leben war gerade wegen solcher Herzwirren lebendig. Wie viele Menschen würden mit Freude so eine popelige Trennung in Kauf nehmen, wenn sie dafür ihren Arm, ihre Frau, ihre Familie zurückbekämen? Warum sollte man Márta das Leben ersparen? Warum sollte er sein Leben mit Leichenflecken fristen? Lächerlich! Wenn sie dafür zahlten, ließe sich vielleicht sogar dafür sorgen, dass von ihrer Ehe keine Spur zurückbliebe. Die Ämter hatten ja gerade erst zu arbeiten begonnen. Noch konnte jedes Papier verloren gehen. Jeder konnte unaufmerksam sein. Wegen der paar dummen Tage sollten sie nicht gleich geschieden und gebrandmarkt sein. Vielleicht müsste er damit beginnen. Mit dem überraschenden Farbenreichtum des Lebens.

Wäre da nicht diese Kleinigkeit dazwischengekommen, hätte er es ihr gesagt.

Márta kletterte schon die Böschung hoch, in dem Badeanzug, den sie ihrer Mutter abgeluchst hatte. Sie sah aus wie die vergilbten Badenden auf einer vergessenen Ansichtskarte. Nun war es nicht so, dass sie die Wahl gehabt hätte: Sie konnte entweder in diesem Aufzug kommen oder nackt. In Wahrheit ging es in Mártas gesamtem Leben darum, wie sie die einzige Möglichkeit, die das Leben ihr bot, annahm, wie sie mit den immer spärlicheren Angeboten wirtschaftete. Sollte sie sich jetzt mit dem Unabänderlichen abfinden oder noch ein paar glückliche Tage warten? Doch als sie oben ankam und einen Augenblick stehen blieb, um auf den See zurückzuschauen, zog sie selbst in diesem lächerlichen, mit Rüschen besetzten Badeanzug vom Anfang des Jahrhunderts die Blicke auf sich. Die verständigen Blicke der Hobbyangler am Steg ebenso wie das ermüdete Interesse der Familienväter, die Frauenkleider höchstens durch ihren Preis in gewisse Erregung versetzten, denn schließlich tat nur die Natur so, als verfügte sie über unerschöpfliche Vorstellungskraft, obwohl ihre Bemühungen durchaus zum Lächeln reizten: Wer eine Frau gesehen hatte, kannte sie alle. Allenfalls quetschte das Leben noch ein paar selbstvergessen blinde Jahre zwischen Ahnung und Erkenntnis. Dieses junge Mädchen, das trotz aller Anstrengung nicht Frau war, ja gar nicht Frau sein konnte, war dann doch mehr als die puren Formen. Mehr als der jungenhafte Hintern, als die erschrockenen, von der Kälte gezwickten Brüste. Mit seiner Schamhaftigkeit, seiner Unbeholfenheit war es mehr. Einerseits wollte es etwas verbergen, für das sich niemand interessierte, andererseits hätte es gern glücklich all das gezeigt, was bei solch einer Gelegenheit kaum zeigbar war. Vielleicht suchten nur wirklich Ungeduldige oder vollkommen Enttäuschte die Weiblichkeit an den offensichtlichsten Orten und waren glücklich, wenn sie das Gefühl hatten, sie sei mit einer einzigen Bewegung zu ergattern. Aber hier war niemand verzweifelt. Niemand eilte irgendwohin. Es war Mai. Ein strahlender, ruhiger Nachmittag. Wenn jemand mit einem Wunder rechnete, dann sollte er in solchen Augenblicken damit rechnen.

Márta erstrahlte im Licht der Aufmerksamkeit. Unbewusst, wie eine Glühlampe, die auf ein einziges Schnippen aufleuchtete. Und in diesem Augenblick badete wirklich der ganze Strand im Licht. Funkelnd warf es der Glimmer auf den Halden hinter der Bucht zurück, es spielte in tausend Gestalten auf den Schuppen des Sees. Und da hatte er, Rudolf, keine andere Wahl mehr, als diese bibbernde Birne wie ein guter Besitzer an sich zu ziehen, ihr mit dem rauen Handtuch den Rücken rot zu rubbeln und die anerkennenden Blicke einzusammeln. Das Schönste daran war, dass Márta von alledem nichts bemerkte. Sie spürte allein die Umarmung, die Fürsorge, die endlich auch ihr galt; und dass diese Geste für sie lange Jahre die Hochzeitsreise bedeutete, war schon dem sanften Humor des Schöpfers zu verdanken. Während andere vom Meer, von Badeorten, von versteckten Pensionen in den Bergen, engen Gassen und stickigen Plätzen erzählten, rief sie sich diese Geste ins Gedächtnis, suchte dieses Bild aus ihren Erinnerungen hervor. Den Augenblick, in dem sie sich zitternd an ihren Mann schmiegen durfte und er sie annahm, sie an sich drückte. An dem Punkt, an dem andere losgingen, kam sie an. Und am Abend, in der wohltuenden Nacktheit ihrer sonnengetränkten Haut zog sie Rudolfs sich widerwillig aufbäumendes Glied schon fast instinktiv an ihren Mund. Um seinen halb missbilligenden, halb erstaunten Blick, den sehr bald andere Empfindungen verzerrten, kümmerte sie sich nicht;

sie begann, an dem winzigen und doch fordernden Stück Fleisch zu schmecken und zu knabbern, als kostete sie eine besondere Delikatesse, von der man sich nur vorsichtig nehmen durfte. Als Rudolfs klagendes Stöhnen immer heftiger wurde, scherte sie sich nicht um Gepflogenheiten oder mahnende Worte, sondern setzte sich auf ihn. Und während sie spürte, dass bald auch ihr Körper klagen würde, stellte sie sich das besorgte Gesicht ihrer Mutter vor, die sie ermahnte: So etwas machten nur die billigsten Frauen, und wenn sie auf sie hören wollte, so würde sie nur steif daliegen, ihretwegen könnte sie ja die Lampe anstarren, das zählte nicht, sie dürfe nur nichts ausschmücken, ihre Gedanken dürften nicht abschweifen, denn sonst brächte man sie noch zu ihr zurück wie ein Vorstadtflittchen.

Einige Tage lang konnte sie nicht verbergen, wie stolz sie auf sich war. Mit roten Wangen erwiderte sie die dreisten Blicke der Fahrer, die im Büro auftauchten, und der Burschen, die an der Bushaltestelle herumlungerten. Und erst im letzten, aber wirklich im allerletzten Augenblick wandte sie den Kopf ab. Bis dahin genoss sie es, wie sie flüsternd Vermutungen anstellten, mit schwitzenden Handflächen untereinander herauszufinden versuchten, wohin, an was für einen Ort sie diese verheiratete Frau mitnehmen könnten, die offensichtlich das Leben in vollen Zügen genoss. Täte es eine heimelige Tordurchfahrt, oder brauchte man dazu schon ein Restaurant oder mindestens eine Konditorei mit Dobostorte und Kaffee mit Sahnehäubchen? Einige gesegnete Tage lang schien es tatsächlich so, als hätte Rudolf sie als diese Frau aus der Halbwelt, die sie nie gewesen war, und wegen der in ihr schlummernden, wunderbaren Sünde geheiratet. Denn wer, wenn nicht ein Mann, könnte am genauesten sehen, was sich wirklich in einer Frau verbarg? Was für einen Sinn hätte all das sonst?

Es sei ein Irrtum, ein schrecklicher Irrtum gewesen, sich auf das hier einzulassen. Sein eigenes Gewissen habe er geheiratet, ihm die ewige Treue geschworen, erzählte Rudolf dem Wirt im Blauen Albatros immer wieder. Und wenn er auf einen Doppelten eingeladen wurde, kam er auch auf die Einzelheiten zu sprechen. Nach drei Gespritzten oder zwei Kognak, je nachdem, wie es sich ergab, suchte er die Schuld nur noch bei sich selbst. Mit strenger Miene zählte er auf, wann und wo er hätte eingreifen, wie er der Geschichte eine andere Richtung hätte geben können. Aber er hatte es nicht getan. Feige war er, ein Hosenschisser. Wenn sie wollten, bitte, dann sprach er das auch aus. Aber konnte man das verheimlichen? Verstecken wie ein ungewolltes Kind? Was, wenn es aufschrie, wenn es Platz für sich einforderte? Wenn es zu wachsen und anzuschwellen begann und sich in Rudolfs Leben hineinfraß, in die Muskeln, ins Gewebe?

Kurz nach dem Krieg hatte er in der Praxis in der Blumenstraße eine Stelle angenommen. Ignác Taller, der berühmte Zahnarztprofessor, mit dem er über ein paar Ecken verwandt war, hatte sie ihm angeboten. Taller hatte auch dafür gesorgt, dass Rudolf den Krieg hinter der Front als Sanitäter überstand, obwohl er ein paar Monate nach dem triumphierenden Einzug des Reichsverwesers den Einberufungsbefehl bekommen hatte. Da begannen ihn, seine Verwandten zu verstecken, er zog mit einem Senkfuß, mit Gelbsucht und Nierenversagen von Krankenhaus zu Krankenhaus, je nachdem, was sich gerade ergab, aber im Herbst 42 gab es keine Bescheinigung mehr, mit der er hätte kneifen können. Dafür hatten sie weder genügend Geld noch einen ausreichend hohen Rang. Es wurden vorwiegend die gestandenen Familienväter eingezogen und solche Habenichtse wie er, außerdem war er in den Augen der Musterungskommission nicht einmal ein reiner Ungar. Als Mischling bezeichneten sie ihn, aber erst an der Front stellte sich heraus, dass sie damit einen Bastard meinten, den jeder herumkommandieren konnte. Gewiss, Taller hatte auch da noch die Hand nach ihm ausgestreckt, und so war er nur ein halbes Jahr an der Front geblieben. Er erinnerte sich, wie er davor gezittert hatte, wenn er länger bliebe, ebenfalls von diesem grassierenden Virus erwischt zu werden oder was das war, dass er mit der Waffe aufstand und mit der Waffe schlafen ging und in allem, was sich bewegte, ein Ziel sah. Denn an der Front brach die Welt endgültig entzwei: in sich noch Bewegende und schon Unbewegliche, und sie würden sicher nicht aufhören, bis sie die letzte große Bewegungslosigkeit erreicht hätten, bis man das Gelände dem Schöpfer überlassen musste, damit er aus der durch den Fleischwolf gedrehten, zerstreuten Materie etwas Neues machte.

Taller hatte natürlich Pläne. Er teilte nicht nur seine Praxis mit Rudolf, sondern setzte auch die gesamte Wut seiner Kinderlosigkeit in Gang, um einen echten Arzt und Krawattenträger aus ihm zu machen, einen akzeptablen Nachfolger, obwohl Rudolf selbst am liebsten im Labor geblieben wäre. Einerseits fehlten ihm die Ambitionen, die hartnäckige Ausdauer, andererseits hasste er es, im Mund anderer Leute herumzuwühlen, Zähne aufzubohren, Wurzeln zu behandeln und das Gejammer der Patienten zu ertragen. Er war zufrieden, wenn er als Techniker aus Gips und Wachs ein zum Verwechseln ähnliches Abbild des Originals anfertigen konnte. Bei dem einen oder anderen vertrackteren Fall musste er sich aber doch neben den baumlangen Professor Taller stellen, seine mit lateinischen Wörtern gespickten Erklärungen über den Verlauf der Nervenfasern zwischen den Wurzeln der Weisheitszähne, über die Zahnhöcker und den tiefen Biss anhören, dann seine blassen Finger beobachten, wie sie geradewegs in die Mitte des Übels griffen, unfehlbar, präzise. Nur gegen den weißen Kittel hatte er nichts. Die ganze Stadt war damals von einem rußigen, schmutzigen Grau überzogen, als hätte es jahrelang nicht geregnet, als hätte nichts den Schmutz weggespült, der auf den Gehwegen klebte, als hätten sich nur immer neue Schichten auf die anderen gelagert, der unbewegliche Guano der schlechten Laune. Die fleckige Himmelskuppel ertrug die Sonne gerade so, und irgendetwas ordnete dort oben die umherschweifenden Wolken, schob sie hin und her, bis sie sich zu einem einzigen grauen Batzen zusammenballten. Auch tagsüber musste man durch die Straßen stolpern, als suchte man in verhängten Zimmern nach einstigen Möbeln. Da war ein gestärkter weißer Kittel alles, wovon die Stadt träumen konnte. Die Hoffnung, dass hier wieder etwas käme, was einem Leben glich. Dass der Korso wieder Ansehen genoss, ebenso wie die schläfrigen Nachmittage, die Kartenpartien und Theaterpremieren. Dass es eine süße Verantwortungslosigkeit wäre, ständig mit jemand anderem zu schlafen, und auch der Hunger würde einem dann höchstens noch vom Arzt verschrieben, gegen überflüssige Kilos.

In die Praxis in der Blumenstraße war das Leben vielleicht am schnellsten zurückgekehrt. In die obere Etage zogen die monatlich wechselnden Grünschnäbel, das Erdgeschoss blieb für die betagteren Kollegen, die nicht selten längst das Rentenalter erreicht hatten. Damals war es üblich, mit einer einfachen Zahnfleischentzündung das Obergeschoss aufzusuchen, denn dort stand stets ein Vorrat an duftenden, rasierten Männern bereit, die sogar Zeit fanden, die schmerzende Stelle persönlich mit in Kamille getauchter Watte abzutupfen. Zu der Zeit konnte man den Frieden schon beißen. Unter den Bäumen, hinter den Büschen im Park, gegen Brandmauern gelehnt tat die Stadt mit lüsterner und unaufhaltsamer Wildheit Buße. Als nähme man plötzlich den Deckel vom Topf, schlug einem das Schuldbewusstsein entgegen, in das sich Euphorie mischte, denn man musste so schnell wie möglich die verloren geglaubten Jahre aufholen, die Zweifel gegenüber der Zukunft vertreiben und natürlich vergessen, vergessen mit schäumendem und unbändigem Wollen.

Die Alten unten munkelten, dass die Patientinnen, die sich beim Richten einer gestanzten Krone den obersten Knopf der Bluse öffnen ließen, auch beim Schlüpfer nicht kreischen würden. Das war ein alter Trick, und es schien, sogar der ansonsten unversöhnliche Professor Taller drückte hier beide Augen zu, denn auch er meinte, dass das Land bald eine frische Generation brauchte, möglichst viele neue Menschen, damit die auf der Schwelle stehende neue Ordnung zu Kräften käme und sich entfalten könnte. Nur in seiner eigenen Praxis duldete er keine solchen Ausschreitungen. So erfuhr Rudolf erst in der Mittagspause von den immer neuen Fängen. Davon, wie man den Zahnarztstuhl mit zwei Bewegungen waagerecht stellte, möglichst so, dass im Fußbereich genug Platz blieb. Und obwohl all das ausführbar schien, schon fast natürlich, konnte er trotzdem nicht entscheiden, ob das, was er hörte, nur Legenden waren, Produkte der Angeberei, wie sie unter Männern ab und an um sich griff, oder ob all das wirklich geschah, kaum ein paar Meter von ihm entfernt. Von Minute zu Minute pochte diese Frage dringlicher in seinem Kopf. Vor dem Einschlafen, auf dem Weg zur Arbeit, wenn er die Daten neuer Patienten notierte.

Seine Ungeduld war verständlich. Es mochte drei Jahre her sein, dass er zum ersten und letzten Mal mit einer Frau zusammen gewesen war. Zwei Monate waren bereits vergangen, seit man sie über die sowjetische Grenze geworfen hatte, als zwei Soldaten aus Máramaros um ihn herumscharwenzelt waren. Zuerst wollten sie nur eine Zigarette, dann Stoff für Fußlappen, Verbandsmaterial auf Vorrat, denn der eine hatte starke Schmerzen in seinem von einer Kugel zerfetzten Arm. Am dankbarsten jedoch waren sie dafür, dass endlich jemand in ihrer Muttersprache mit ihnen sprach, und einander ins Wort fallend versicherten sie nach ein paar Tropfen Pálinka, dass Rudolf ganz beruhigt sein könne, ihnen tue es nicht leid um Siebenbürgen, die Sache könnte von ihnen aus so bleiben, Hauptsache, es kehrten Gesundheit und Ruhe ein. Dann wechselten sie einen Blick und gaben zu, dass sie ihr Weg aus dem Krankenrevier geradewegs nach Hause führte. Sie hätten die Nase voll davon, hier von allen als feige Walachen bezeichnet zu werden, nur weil sie die Tiefe des Schützengrabens lieber mochten als das offene Gelände und nicht gern Befehle befolgten. Als ob irgendwer aus Gefälligkeit hier wäre, fielen sie einander ins Wort, dabei sagten sogar die ungarischen Offiziere, dieser Ort sei nichts anderes als eine verdammte Schlachtbank, wo die minderwertigsten Viecher massakriert würden. Aber die Macht sei sogar dazu zu faul, eigene Schlächter anzustellen, also überlasse sie die Sache den Russkis. Nun, sie würden das nicht abwarten, und wenn Gott wolle, dann könnten sie zu Weihnachten schon zu Hause sein, nur müsse ihnen jemand zeigen, welche Richtung sie einschlagen sollten.

Zwei Tage später, als sich ihnen auch noch ein unrasierter Ruthene angeschlossen hatte, luden sie Rudolf, vielleicht zum Dank oder weil sie auf seine Ortskenntnis vertrauten, in die nahe gelegene Siedlung ein, wo sie eine ungeduldige Schenka erwartete. Worte waren eigentlich nicht nötig. Sie gingen schnurstracks zum Holzschuppen, wo die stämmige junge Frau mit dem runden Hintern, die ihren Namen nicht verriet, Rudolfs verlegene Männlichkeit ohne weitere Umstände in ihren Pelz steckte und ihr Gesäß auf eine Weise zu schütteln und zu drehen begann, dass sie, bevor Rudolf überhaupt begriff, was für eine Gnade ihm da zuteilwurde, mit ihrer Sache fertig war, ihn wieder aus sich herausstieß und zur Tür blickte, damit der Vierte und zugleich Letzte hereinkommen konnte. Er mochte sich gar nicht vorstellen, mit welchen Tricks, verlockenden Angeboten oder vielleicht Drohungen die beiden Kerle aus Máramaros das nach Heu duftende Mädchen mit dem gleichgültigen Gesicht dazu gebracht hatten, ihnen zu Willen zu sein, denn außer der Tagesration an Munition besaßen sie so gut wie nichts. Wenn sie denn nicht, fuhr ihm durch den Kopf, die von ihm ergaunerten Dinge insgeheim mit ihr geteilt hatten, aber zu fragen wagte er nicht. Er fürchtete, dass diese wenigen Minuten Frieden, diese vorgetäuschte Waffenruhe, binnen Augenblicken in Splitter zerbersten könnten, wenn er nach den Gründen zu forschen begann. Erst im Nachhinein kam er darauf, dass womöglich gerade das der Krieg gewesen war. Diese in ihrer Einfachheit gewissermaßen sogar imponierende Welt ohne Fragen, die gleichzeitig allerlei Geschenke bereithalten konnte, aber auch Grausamkeiten, dass sich einem der Magen umdrehte, bis man nicht mehr fähig war, zu unterscheiden: Der rosa Hintern des Mädchens gehörte für ihn nach einer Zeit ebenso dazu wie die erfrorenen Gliedmaßen und der vom Blut dampfende Schnee.

Von letzteren Dingen wusste Rudolf in den warmen Minuten des Holzschuppens noch nichts. Er stammelte lieber eine Art Dank, weil er glaubte, das stehe jedem zu, der mit ihm aus freiem Willen so etwas tat, worauf das Mädchen noch einmal, wenn möglich noch fachkundiger, seinen glitschigen und geschrumpften Penis ansah, als betrachtete sie ihre eigene, plötzlich erlangte und ebenso rasch wieder vergangene Macht, Rudolf hatte sich nämlich noch nie so ausgeliefert und verlassen gefühlt wie damals dort, mit halb heruntergelassener Hose.

Davon konnte man den Kollegen natürlich nicht erzählen. Weder von den Walachen noch von dem warmen fleischigen Bauernmädchen. Lieber erzählte er von irgendeiner großzügigen Tante, wenn er schon um jeden Preis reden musste, die anlässlich eines Familienurlaubs, noch 39, in sein Zelt gehuscht sei, um dort das zu tun, was eine bürgerliche Familie von ihr erwarten konnte, aber darüber lächelten die anderen nur.

Márta Kuti rettete sein schon fast verloren geglaubtes Ansehen gerade noch rechtzeitig. An jenem Tag war der Professor nicht zur Arbeit gekommen. Eine flüchtige Grippe, teilte ihm Éva, Tallers Sprechstundenhilfe, mit, und man sah ihr an, dass sie auch am liebsten nach Hause gegangen wäre, aber Rudolf wies sie zurecht: So gern sie das auch wollte, die Zahnschmerzen könnten eben keinen Urlaub nehmen, und so war Éva gezwungen, den bereits zurechtgelegten Mantel in den Schrank zurückzuhängen. Um zehn Uhr kam ein junger Mann, der grinsend um Goldzähne bat, von Eckzahn bis Eckzahn, damit man ihn sofort bemerkte. Aber da müssen wir Ihnen ja, fuhr Rudolf auf, die gesunden Zähne abschleifen, um auf die Stümpfe Kronen zu setzen! Macht nichts, erwiderte der Mann, das halte er schon aus. Gold habe er auch mitgebracht. Stolz zeigte er die glitzernden, zerbrochenen Stücke in seiner Hand. Sie waren wohl irgendwann ein Ehering gewesen. Rudolf komplimentierte ihn nervös hinaus, denn in den wenigen Wochen hatte ihm der Professor bereits eingebläut, dass ein echter Arzt nicht einmal unter Drohungen etwas zerstörte, was die Natur bewahrt hatte. Obwohl er auch wusste, dass die Zeiten, in denen das gegolten hatte, längst vergangen waren. Der Krieg hatte sie mitgenommen, die alltägliche Routine der Trickserei. Schließlich würde auch dieser Kerl in der Stadt jederzeit jemanden finden, nicht einmal unbedingt nur einen Feldscher mit zwei linken Händen oder einen Trunkenbold, und in ein paar Tagen könnte er mit seinem glitzernden Lächeln die perplexe Verwandtschaft in Erstaunen versetzen. Nicht mehr als die Hälfte des mitgebrachten Goldes musste er dafür ausgeben.

Aber vergeblich erklärte er Éva hitzig, dass sie richtig entschieden hatten, sie ließ sich nicht überzeugen und verschränkte die Arme, die massiver waren als eine Burgmauer. Sie wusste genau, dass bei der Arbeit auch für sie etwas abgefallen wäre, vielleicht hätte es für ein Paar Ohrringe gereicht. Außerdem war sie längst darüber hinweg, irgendetwas, was Geld oder Lebensmittel einbringen konnte, beim Professor zu verpfeifen, und so musterten sie einander wütend bis zum Mittag, als er die dicke Frau schließlich nach Hause schickte. Er wollte gerade Pause machen, als jemand an der Tür stehen blieb. Zuerst bemerkte er nur den Schatten auf dem Fußboden, als er sich dann erhob, sah er auch den dazugehörigen schmächtigen Körper. Er erinnerte sich, dass er sogar ein bisschen gelächelt hatte, denn die in einen abgetragenen Herrenmantel gehüllte junge Frau schien selbst eher ein verwaschener Fleck zu sein als ein lebendiges Wesen. Rudolf hatte das Gefühl, dass der echte Körper, der den Schatten erzeugte, irgendwo hinter ihr sein müsste, obwohl er das natürlich nicht war, hinter ihr konnte nichts anderes sein als der ausgestorbene, nach Arzneimitteln riechende Flur.

Ihr Zahn tue weh, sagte sie plötzlich, als fürchte sie, weggeschickt zu werden, wenn sie nichts sagte. Darauf wäre ich jetzt auch gekommen, antwortete Rudolf, aber die Frau lachte nicht. Sie errötete, als hätte man sie bei einer Lüge ertappt, dabei konnte davon keine Rede sein: Schon ihr geschwollenes Gesicht zeigte das Übel an. Warum haben Sie das so vernachlässigt, fragte Rudolf tadelnd, aber er wartete die Antwort nicht ab, weil ihm klar war, dass sie durch den hinterhältigen, stechenden Schmerz nicht einmal mehr schlafen konnte und dass genau dieser Schmerz sie dazu gebracht hatte, sich ohne Geld oder eine andere Gegenleistung hierherzuwagen, wo man ihr diesen eitrigen, glühenden Brandherd endlich ziehen würde oder ihr aus Mitleid ein geeignetes Instrument in die Hand gäbe, mit dem sie ihn selbst herausreißen konnte. Als sie den Mantel auszog und sich auf den Stuhl setzte, blitzte unter der Bluse ihre unberührte milchweiße Haut hervor. Ihren Rock, der ihr zwei Größen zu groß war, hatte sie mit einem breiten rissigen Ledergürtel um die Hüfte gebunden. Auch er musste einmal einem Mann gehört haben, denn hinter den ursprünglichen Löchern waren, vielleicht mit einem Nagel oder einem anderen scharfen Gegenstand, neue Löcher ins Leder gebohrt worden, damit die Schnalle besser hielt. Wie viele Leute diese Kleider wohl schon getragen hatten, überlegte Rudolf düster, aber er sagte nichts, denn die Bluse der jungen Frau mit dem Blumenmuster sah ganz neu aus. Vielleicht hatte sie sie sich gerade für diesen Anlass irgendwo beschafft.

Márta Kuti war eine filigrane junge Frau mit einem Körper wie aus Glas. Die schlanken Fesseln, die lang gestreckten Schenkel, ihre kleinen, aber umso stolzeren Brüste waren zwar von der Kleidung verdeckt, dennoch konnte man ahnen, dass sie dort waren und dass sie so dort waren, wie es die Handgelenke, die schlanken Finger, das zu einem Knoten gebundene Haar und der flaumige Hals darunter andeuteten. Zudem roch sie nach nichts, jedenfalls spürte Rudolf damals noch nichts beziehungsweise nur, dass die Frau kein Parfüm benutzte und den frischen Windduft weiter Wiesen verströmte. Wie Wasser, das auf Blättern perlte, und ein wenig nach Waschseife, die eine so empfindliche Haut eher zerkratzte als reinigte.

Der muss wirklich gezogen werden, sagte er später, als er die Eiterblase über dem löchrigen Backenzahn mit den Fingern ertasten konnte. Es wird ein bisschen wehtun, mahnte er, wir haben kein Betäubungsmittel mehr, doch dann verstummte er schnell, denn das stimmte nur teilweise. In Tallers Schrank waren noch einige Ampullen für schwerere Fälle beiseitegelegt. Die Frau machte schließlich keinen Mucks, nur an ihren weißen, um die Lehnen geklammerten Fingern war zu erkennen, dass schon die Berührung mit der eiskalten Zange einen heftigen Schmerz auslöste. Schließlich holte sich Rudolf den Täter mit einem einzigen leisen Knacken, doch erlaubte er ihr noch nicht, sich erleichtert aufzusetzen. Rasch wechselte er die durchgeweichten Watterollen, wischte die paar Tropfen mit Speichel vermischten Blutes ab, die ihm auf die Hand gespritzt waren. Er zögerte sichtlich. Was sollte jetzt passieren? Der ganze Nachmittag lag vor ihm. Wenn die Blutung nachließe, wollte er sich noch die Wundstelle ansehen, ob das Zahnfleisch verletzt war, ob man die Lücke mit einer Brücke schließen konnte oder ob auch eine andere Lösung infrage kam, aber stattdessen sagte er schließlich nur: Wir wollen noch ein bisschen warten, bis Ihr Gesicht abgeschwollen ist.

Wenn er es recht vermutete, hatte dieser einigermaßen unerwartete Satz signalisiert, dass in ihm schon alles bereitstand. Denn er konnte doch nicht ernsthaft gedacht haben, dass das Mädchen hier darauf warten würde, bis sich die Entzündung akkurat zurückzog und das beschädigte Zahnfleisch statt des Bordeauxrots wieder sein natürliches Rosa annahm. Mit überstrecktem Kopf und aufgesperrtem Mund wirkte die junge Frau noch anziehender. Die Wehrlosigkeit kleidete sie in jene glänzende, unsichtbare Seide, deren Berührung Rudolf sich nicht mehr versagen konnte. Zudem begann an ihrem Hals, eine nervöse Ader zart zu pochen und zu zittern, und es war vielleicht gar nicht der Mann, sondern der zukünftige Arzt, der den obersten Blusenknopf öffnete, damit der Körper leichter atmen konnte und diese zappelnde Ader aus ihrem Gefängnis befreit wurde. Hier musste sie die Sonne öfter beschienen haben, denn die kleine Vertiefung unter dem Hals und die kaum sichtbaren Hügel der Schultern glänzten braun, aber als auch der zweite Knopf nachgab, erschrak Rudolf plötzlich. Selbst der kühnste Reisende wird unsicher, wenn er die sicheren, mit bunten Flecken gemalten Gebiete der Landkarte verlässt. Ebenso näherte auch er sich mit dem wachsenden Gefühl der Gefahr diesen weißen, von der Sonne unberührten Feldern über der Brust, denn der dritte Knopf ließ endgültig klar werden, was schon beim zweiten zu erahnen war.

Das Mädchen trug keinen BH. Wahrhaftig, noch eine einzige Bewegung, und die vor der Sonne geschützten Brustwarzen würden zum Vorschein kommen, in Rudolfs zitternder, unsicherer Hand tanzen. Noch ein Knopf, und es gab keinen Weg zurück, konnte keinen geben. Die junge Frau regte sich nicht. Vielleicht presste sie nur den Hintern fester in den mit Kunstleder bezogenen Zahnarztstuhl. Ihre Augen füllten sich mit Staunen und einer gewissen Schicksalsergebenheit. Ihr Blick wurde klarer und durchdringender als eine Laterne, die mitten im finsteren Wald plötzlich aufleuchtet. Angst war ihr nicht anzusehen, schließlich bekam sie, womit sie immer gerechnet hatte. Nicht mehr und nicht weniger. Es gab eben Menschen, die für die scheinbaren Wohltaten des Lebens immer mit sich selbst bezahlten. Wieso sollte es hier, in der Praxis in der Blumenstraße, anders sein? Über diesen Ort hatte auch sie schon schlüpfrige Geschichten gehört, aber damals konnte sie noch nicht ahnen, dass sie das Glück haben würde, nicht an einen alten Mann mit Mundgeruch und nicht einmal an einen hemmungslosen Wüstling zu geraten, sondern an einen so gut aussehenden, etwas schüchternen jungen Arzt, von dem man unter anderen Umständen vielleicht gar nicht denken würde, dass er bis zwei zählen konnte. Hätte sie sprechen können, hätte sie nur darum gebeten, der Herr Doktor möge doch, wenn möglich, diese Wattestücke aus ihrem Mund nehmen, denn ihr Mund sei schon ganz ausgetrocknet und ihre Zunge eingeschlafen. Und dass er mit ihrem Rock vorsichtig umgehen solle und nicht zu sehr daran zerren, weil er leicht zerreißen könnte, zerreißen und ausfransen, er dürfe ruhig glauben, dass das, was sich darunter befand, nur auf ihn wartete.

Aber es geschah nichts. Rudolf begannen nämlich schon nach dem zweiten Knopf, Schweißtropfen über den Rücken zu laufen. Es war, als sabotierte sein Körper die ganze Sache: Seine Lunge schnappte asthmatisch nach Luft, und die Knie zitterten. Es stand zu befürchten, dass er in wenigen Minuten aus den Schuhen kippte. Wie komisch, nur daran konnte er denken, wie komisch er jetzt aussehen musste. Ein Chaplin, der sich von Klaviermusik begleitet auf eine Vergewaltigung vorbereitete. Oder ein Buster Keaton mit regloser Miene, der die neben dem Stuhl bereitgelegten Instrumente hinunterfegte. Zudem steigerte der gefügige Blick des Mädchens diese Atemnot der Scham nur noch mehr, aber darüber hätte er sich vielleicht noch irgendwie hinwegsetzen können, wenn er nicht auf dem Flur die klopfenden Schritte des Professors gehört hätte, gerade vor dem vierten Knopf, wie er immer eiliger und energischer auf die Tür zukam. Gleich öffnet er sie, fuhr ihm durch den Kopf. Hatte er das nötig? Den Skandal, die Verwarnung, die Demütigung? Er wusste selbst nicht, mit welchen Worten, aber stammelnd und ziemlich unzusammenhängend bot er der jungen Frau an, dass sie sich in der Konditorei am Kossuthplatz treffen könnten, wo die Cremeschnitten so mürbe seien, sagen wir, morgen um vier, wenn es Ihnen passt. Márta nickte, denn sprechen konnte sie erst, als Rudolf endlich ihre Zunge befreit hatte, aber auch da musste sie sie noch ein bisschen massieren, damit sich der Speichel wieder sammelte.

Es war nicht der Professor gewesen, der damals den Flur entlanggegangen war, aber das war nun schon völlig egal. Márta wurde bei dem geschenkten Rendezvous nämlich bald entspannter, vielleicht versöhnte sie schon der erste Schluck Kaffee mit Sahne, aber vielleicht hatte sie Rudolf schon früher, bereits in der Praxis, bei seinen ersten, unbeholfenen Sätzen verziehen. Er aber schien ihren dankbaren Blick gar nicht zu bemerken, ihm war ja schon mehr Gutes geschehen als das, womit er von vornherein hatte rechnen können. Als hörte er in ihrer Stimme die Wärme der Absolution nicht, jagte er der lang erwarteten Freisprechung noch weiter nach, forderte er noch offensichtlichere Zeichen für sich. Denn ihm reichte nicht der verstohlene Kuss während der Wochenschau im Victoria-Kino, der zähneklappernd verbrachte Abend im ausgestorbenen Gartenlokal Lilie, wo Márta seine immer kalte Hand nach dem Auslöffeln der perlenden Suppe erst auf ihren Bauch und dann tiefer, zur Quelle aller Hitze, zog. Es reichte nicht der Frühling und der anbrechende Sommer, Rudolf wartete auf die bedingungslose Vergebung. Auf eine Garantie, sicherer als das gegebene Wort, dass von der Affäre unter keinen Umständen eine Spur zurückbleiben werde. Márta wäre es nicht einmal aus Rache eingefallen, den Professor aufzusuchen. Und inzwischen schmeichelte ihm seine eigene Großmütigkeit immer mehr, denn er hatte Márta schon beinahe selbstlos in die Möglichkeiten eines ganz anderen Lebens eingeweiht. Nur dass es eigentlich die junge Frau war, deren Großmut unschlagbar schien: Für jede Geste gab sie zwei zurück. Während Rudolf nur auf ihren kleinen Finger hoffte, reichte sie ihm schon die ganze Hand. Ihr Dank ähnelte der entwaffnenden Dankbarkeit streunender Tiere, die das Schicksal eines Tages mit einem warmen Unterschlupf und ein paar Essensresten überraschte, wofür sie nichts anderes tun mussten, als das zu mögen, was sie ohnehin mochten. So verging kein Tag, an dem er sie nicht mit immer schöneren und größeren Sträußen verwöhnte, während er ihr immer stürmischer und konkreter Komplimente machte und dabei selbst ganz überrascht war, wie leicht ihm dieses notgedrungene Liebeswerben fiel. Auf dem bis zum Morgengrauen dauernden Zahnarztball schließlich, nachdem sie in die winzige Kabine der Garderobe gehuscht waren und auf gut Glück ein paar Mäntel auf dem ölig glänzenden Boden ausgebreitet hatten, wurde plötzlich alles einfach und unumkehrbar. Beherzt nahm er Haltung an, und wie jemand, der nirgendwohin mehr fliehen konnte als geradewegs in die feindlichen Mündungsfeuer, bat er Márta stolz und in einem Atemzug, damit ihn keiner unterbrechen konnte, um ihre Hand. Sie erschrak natürlich, beschwichtigte ihn mit weit aufgerissenen Augen, flehte ihn an, keinen Unsinn zu reden. Jetzt spreche doch nur der

Wein aus ihm, obwohl es schön sei, wirklich wunderbar, dass ihm auch solche Gedanken durch den Kopf gingen, sie würde ihm zwar gern bis zum Morgen zuhören, wolle ihn jedoch bitten, dies nicht hier und nicht jetzt zu tun, sondern sich diesen unerwarteten Schatz lieber für ein andermal aufzuheben. Denn als Frau wisse sie immerhin, dass die Männer, wenn sie so Dampf abgelassen hätten, wenn ihr Körper nach den Anstrengungen des Zusammenseins endlich erschlaffte und sich die Lust noch nicht ganz gelegt hatte, dazu neigten, die Welt in anderem Licht zu sehen. Dinge zu planen, die sie, Rudolf möge ihr die offenen Worte verzeihen, in nüchternem Zustand niemals nebeneinanderstellen würden. Aber als sie sah, dass durch den wütenden Mut des Alkohols dennoch etwas wie eine Absicht durchschien, denn als er alle Taschen mitsamt dem Futter umgedreht hatte, erblickte sie in seiner Hand schließlich den kleinen Ring, den Rudolf in seiner Ungeduld zweimal hinunterfallen ließ, da gab sie nach: Beim dritten Mal hob sie ihn vom Boden auf und steckte ihn sich selbst an den Finger, damit es gleich ein Problem weniger gäbe. Voll zaghafter Freude schmiegte sie sich an ihn. Sie ließ zu, dass sie diese Freude, wie ein plötzlich aufgeflammtes Streichholz, mehr und mehr erwärmte. Ihre Mutter hatte doch recht gehabt, dass sie Geduld haben sollte, auf nichts drängen, aber wenn sie das Glück einmal beim Schopf hatte, nicht loslassen sollte, denn früher oder später würden sich in jedem schüchternen jungen Mann die Instinkte regen und der Apfel im eigenen Garten wäre ihm wichtiger als irgendeiner in weiter Ferne, selbst wenn er madig, selbst wenn er unreif sei. Sie wusste nicht, woher hätte sie auch wissen sollen, dass Rudolf sie schon da, in diesem gesegneten Augenblick, betrog, denn er hatte nicht nur sie auf diese Weise an sich gelockt, nicht nur sie mit dem Sakrament der Ehe gezähmt, sondern auch ein fernes, in seiner Erinnerung noch immer lebendiges russisches Mädchen auf ewig an sich gekettet. Gibt es nämlich keine Möglichkeit zur Buße, sollten wir wenigstens unsere Sünden um uns versammeln, damit sie nicht umherstreunen und uns in einen schlechten Ruf bringen.

Auch das stellte sich erst im Nachhinein heraus, wie sehr sie diese plötzliche Nähe in der Garderobe hätte schätzen müssen, denn nachdem Rudolf um ihre Hand angehalten hatte und noch lange Wochen später, bis sie alle Hürden von Verlobung und Hochzeit gemeistert hatten, rührte er sie nicht an. Mit sparsamem Lächeln trug er die Kosten. Mit diesem Lächeln beruhigte er sie, wenn sie unsicher wurde, hatte sie doch mehrmals das Gefühl, dieser fischblütige Kerl gleiche ihrem Rudolf keinen Deut, jenem mit geschwollenen Adern liebenden Mann, der damals sogar bereit gewesen wäre, seine Stelle für sie aufs Spiel zu setzen. Sie verstand nicht, wie dieses Ding da zwischen ihren Beinen, das die Mutter und zuerst auch Rudolf als kaum zu überschätzende Kostbarkeit behandelt hatten, dieser Diamant, der darauf wartete, geschliffen zu werden oder was auch immer, derart schnell seinen Wert verlieren konnte. Warum zog es den Blick ihres Ehemannes nicht mehr an? Warum brachte ihn der reine Anblick nicht ins Schwitzen, wo er doch, wenn man es zuspitzen wollte, diese ganze Komödie für seine Eroberung gespielt hatte? Denn es machte ihr nichts, es beleidigte sie wirklich nicht bis aufs Blut, dass Rudolf, wie die meisten Männer, dies als ihren kostbarsten, nicht weiterzuverschenkenden Teil ansah, als den Inbegriff ihrer Weiblichkeit, nur sollte er dann endlich auch so handeln! Er sollte es Tag und Nacht behüten, sie streicheln wie ein Bauer seine beste Milchkuh, denn daraus konnte ja noch etwas werden: Verlangen, Liebe, Reise. Aber Rudolf tat so, als ob ihn dieses einvernehmliche Geschäft nicht mehr interessierte. Als wüsste er schon, dass sich die Investition niemals rentieren würde. Was hätte sie tun können? Von einem Tag auf den anderen begann sie, ihre Brüste zu verstecken wie wertloses Zeug. Sie zog Unterwäsche an, die bis zu den Knien reichte, wie die Leidner-Schwestern in der Marx-Straße, die alle Burschen hinter ihrem Rücken als Tugendbeulen verspotteten. Schließlich brachte diese listige Vorsicht, diese übertriebene Schamhaftigkeit, ihr ein paar verbergenswerte Stunden, ein paar uneingestehbare Momente. Obwohl Márta ahnte, dass diese erzwungene Leidenschaft, fähig dazu, alles kurz und klein zu schlagen, dass diese unendliche Stunde bald zu Minuten und dann zu deren Bruchteilen schrumpfen würde: Eines Tages müsste sie vielleicht nicht einmal mehr das Kleid ausziehen, sondern würde nur einfach an den Küchenschrank gelehnt und fertig, Schluss aus, nichts weiter. Dennoch beschloss sie, es bis dahin zu genießen. Die Zähne zusammenzubeißen und das Wenige zu genießen, was das Schicksal ihr vor die Füße warf, denn zu klagen hatte wirklich überhaupt keinen Sinn. Es war niemals ihre Art gewesen, ihre Wunden aufzukratzen, nur damit die immer Gleichgültigen sich am Anblick ihres Blutes berauschten.

Einige Tage nachdem sie geheiratet hatten, stellte sich auch heraus, dass Rudolf seine Stelle in der Blumenstraße auf keine Weise retten konnte. Professor Taller hatte schon ihre Hochzeit nicht mehr erlebt. Sein Herz hatte den Dienst quittiert, sein Herz, sein Herz, wiederholte Rudolf immer wieder, als versuchte er, den Sinn eines Verderben bringenden Fluchs zu enträtseln. Jedoch hätte er nicht einmal im Traum gedacht, dass Éva das Interregnum ausnutzen und ihn schon am nächsten Tag bei den Rumänen anschwärzen würde. Viel erreichte sie damit freilich nicht, denn Ion

Ardenel, der neue Chefarzt, brachte seine eigene Sprechstundenhilfe mit, sodass sich außer Éva alle freuten, dass der neueste Machtwechsel so schmerzlos abgelaufen war. Inzwischen erzählte man sich bereits in der ganzen Stadt, dass diejenigen, die in ungarischer Zeit ein Amt übernommen hatten, sich besser keine Hoffnungen machen sollten. Sie konnten sich noch freuen, wenn sie nicht in der Zelle landeten. Zu beneiden war also am ehesten Professor Taller, immerhin hatte er den besten Vorwand gefunden, um sich alldem noch rechtzeitig mit der gewohnten Eleganz zu entziehen.

5.

ER WAR NICHT IMMER UNSCHULDIG GEWESEN. Das war auch gar nicht möglich. Zu gewissen Zeiten galt die Unschuld als größere Sünde denn die niederträchtigste Schandtat. Nach der Beerdigung, daran erinnerte sich Rudolf genau, hatte ihn noch das lächerliche Verlangen nach Rache getrieben. Ein paar Tage lang schrieb er aus Wut und Hass und war selbst überrascht, dass er zu so verblendeten Gefühlen fähig war. Dass seinem stets gezügelten Wesen etwas Derartiges entsprießen konnte, während gerade das Schreiben der Wut – mit jeder Seite mehr – ihre Kraft nahm und ihn nach und nach zur Ruhe kommen ließ. Schreiben, notierte er am Ende des ersten Monats, bedeutet, uns selbst zu befreien und die Last der Erinnerung anderen aufzubürden. Anfangs kam er aus dem Wundern gar nicht heraus, wie herzlos das, was er dem Führungsoffizier als Meldung übergab, diese tote, erstarrte Materie, doch ausschwatzte, worüber alle nur schweigen wollten. Wie es den schüchternen Mecseki verriet und Rakucsinec' Machenschaften aufdeckte. Die Machenschaften aller, mit denen er zu tun hatte. Er verstand gar nicht, wie er früher hatte glauben können, dass das, was er einmal aufgeschrieben, was er hinter sich gelassen hatte, nie mehr zum Leben erwachen konnte. Schließlich behandelte er sie, die Bekannten und Nachbarn, so, als presste er seltene Pflanzen zwischen die Seiten eines Lexikons. Aber statt zu Staub zu zerfallen, wurden sie auf den Papierblättern lebendig und trieben aus: begannen, von fremden und wilden Säften anzuschwellen. Von den schwarzen Säften der Sätze. Sie wurden in einer Weise neu geboren, verzerrt und verkrüppelt, dass sie keine ihrer Sünden mehr verheimlichen konnten. Man musste sie gar nicht besonders ausfragen: Es reichte, sie anzusehen und auf der Stelle das Urteil zu verlesen.

Wer hätte sie schützen können?

Zum Beispiel Frau Szilasi. Die verschrumpelte Alte aus dem ersten Stock vier. Deren Geruch am ehesten an den von Thermalwasser erinnerte, wie er im Winter immer vom nahen Ufer herübergeweht wurde. So überzeugend, dass Rudolf in seinen leeren Stunden am liebsten darin eingetaucht wäre. Es war so gut wie sicher, dass dies auch viele getan hatten, als die Haut der Witwe noch dem Ansturm der Leberflecke widerstanden hatte und auch ihre Formen nicht wie bezwungene Basteien und zertrampelte Ruinen wirkten. Freilich, das wissen wir, schlägt jedem seine Stunde, obwohl sie Frau Szilasi möglicherweise etwas schneller schlug als nötig. Schneller als jedem anderen wurde ihr klar, dass sie niemanden mehr heilen konnte, niemand bei ihr den Ausweg aus seinen hartnäckigen Übeln suchte, und vielleicht war auch das Thermalwasser selbst schon versickert, hatte den Geruch nur als quälende Erinnerung an ihre einstigen Fähigkeiten hinterlassen. Eine

Empfindsamkeit von unbekanntem Ursprung, doch derart intensiv, dass sie sich keine Nachrichtensendung anschauen konnte, ohne unentwegt zu seufzen: ach mein Gott, mein lieber Gott. Das konnte eine Hungersnot in Afrika ebenso auslösen wie ein Grubenunglück in Kanada oder ein Taifun an den Küsten Japans. Für Frau Szilasi war nichts zu fern, nichts zu unbedeutend. Später war auch das nicht mehr nötig, dieses Massenausmaß an Elend, es reichte ein mitgehörtes Gerücht auf dem Gang: ein Mord aus Eifersucht, ein schwerer Unfall irgendwo am Stadtrand.

Ihre Verwandten, zu denen sie jeden Sommer für ein paar Wochen mit dem Zug fuhr, erzählten, dass man in ihrer Gesellschaft nicht einmal mehr die Ratesendungen oder Talentwettbewerbe im Fernsehen genießen konnte, denn auch bei denen stieß Klárika einen Seufzer nach dem anderen aus. Schließlich verlor ja immer jemand, schied immer jemand aus, ach mein Gott, mein lieber Gott. So wie sie auch unfähig war, über die Versprecher der Ansager oder stolpernde Kellner zu lachen, da auch in den deftigsten Pointen, in den harmlosesten Streichen das Elend steckte. Als hätte sich die ganze Welt ausschließlich zum Elend verschworen, als zerfräße es alles von innen her. So gab es einfach niemanden, der sich in ihrer Gesellschaft nicht für seine Herzlosigkeit schämte, denn die Verwandten drückten fest die Daumen, damit nicht der gemischte Chor des Zuckerwerks Zemplén, sondern die Ragtime Band Sonnenschein im Ausscheid weiterkam, und sie verstanden durchaus, dass nicht jeder so viel fressen konnte, wie in ihn hineinpasste. Sie hatten sich längst damit abgefunden, dass Menschen einander manchmal ohne besonderen Grund umbrachten, selbst dann, wenn der Mann mit der schwarzen Hornbrille in der Sendung *Kék fény*, Blaulicht, den Hintergrund der meisten Straftaten so gut erklären konnte.

Aber gegen Frau Szilasis Empathie wirkte dieses Verständnis wie die Boshaftigkeit schlechthin. Dabei prahlte sie niemals damit, tadelte niemals jemanden dafür und berief sich auch nicht lautstark auf das Gewissen. Sie seufzte instinktiv wie eine gottverdammte Maschine, die gerade in drei Schichten die Sünden der Welt beichtete.

Im Sommer zuvor, fast ein Jahr nach Balázs' Tod, hatte sie die Taktik gewechselt. Sie seufzte nicht mehr in der Öffentlichkeit, aber fernsehen konnte man mit ihr weiterhin nicht besonders gut. Mürrisch lehnte sie, indem sie sich auf die Hitze berief, jede Einladung ab. Sie sollten sie alle in Ruhe lassen, zischte sie durch den Türspalt. Auch von ihrem verschrumpelten Gebäck stellte sie nichts mehr zum Kosten auf den Gang, damit die abgemagerten Veterényi-Kinder davon naschen konnten. Rudolf legte sie damit nicht herein. Er wusste, vergebens zog sie sich demonstrativ zurück, vergebens trickste sie und stellte beim Abendfilm den Ton lauter, sie hatte mit dem Ach-mein-Gott nicht aufgehört, ganz und gar nicht, sie murmelte es vor sich hin oder wimmerte es unter der Decke, völlig egal, denn die Absicht war wichtig, die Tatsache des Rückfalls. Zudem wurde immer deutlicher, dass sie jetzt nicht mehr über die dummen Beiträge in den Nachrichten seufzte, nicht über den sichtlichen Verfall des Kapitalismus, sondern über sie. Über die Familie, die vor ihren Augen in die Brüche ging. Das war ebenso pikant, so spektakulär wie die Fernsehnachrichten. Natürlich, hätte Rudolf nachgegeben, dann hätte Frau Szilasi mit ihm gewiss eine Ausnahme gemacht. Vielleicht hätte er nicht einmal etwas sagen müssen, und sie wäre jeden Nachmittag zu ihm herübergekommen, hätte seine Hand gehalten, wie im Krankenhaus, und ihm mit dem Gesang einer Sirene ihre Anteilnahme ins Ohr gesäuselt. Vielleicht hätte sie sogar für ihn geputzt, nur um an seinem

Schmerz teilhaben zu können und damit Rudolf auch ihr etwas davon abgab. Aber er sagte nichts. Schon allein aus Trotz. Lieber schrieb er solange, zählte er so lange Frau Szilasis Schandtaten auf, bis ein Schlaganfall sie hinwegraffte. Danach kamen nur noch ihre Verwandten, die glaubten, die Verhältnisse hier mit ein paar Manövern ändern zu können, aber auch über sie schrieb er. Mit keinem von ihnen hatte er Mitleid, denn sie trugen Frau Szilasis gesamte Bibliothek zu den Mülltonnen hinunter, nur die gebundene Victor-Hugo-Ausgabe und *Révais Großes Lexikon* behielten sie. Die ganze Sammlung vergammelte unten in der Tordurchfahrt, dabei war auch offizielle Literatur darunter, aber an die roten Buchdeckel wagten sich nicht einmal die Müllsucher, denn es hieß, sie seien giftig wie Quecksilber.

Im Haus dachten alle, Rudolf trauere ebenfalls. Einige Jahre zuvor hatte Frau Szilasi noch als Familienmitglied gegolten. Er hatte Márta und Balázs immer von dort, aus dem Dunst der Gobelins und des akkurat servierten Tees nach Hause zerren müssen. Sein Sohn war vor allem wegen des fantastischen, mit Zimt abgeschmeckten Grießbreis zu der Alten gegangen, zu dem sie in winzigen Porzellanschälchen geriebenen Apfel reichte, aber davon konnte er zu Hause nur mit gezügelter Begeisterung sprechen. Er war schon klug genug, um zu wissen: Die Kochkünste einer anderen durfte man vor der Mutter nicht ungestraft loben. Dabei hätte er eigentlich recht gehabt, denn Márta setzte ihnen damals schon lauter geschmackloses, miserables Essen vor. War das Fleisch gerade nicht angebrannt, so war es zäh, das Kartoffelpüree war von der sauren Milch ganz matschig, und aus der Erbsensuppe, bei der man wirklich nichts falsch machen konnte, ragten wie Eisberge die Stücke der verklumpten Mehlschwitze heraus. Balázs begriff gar nicht, wieso sein Vater nichts sagte, wieso er sich über seinen Teller beugte und gehorsam die versalzenen Suppen auslöffelte, wieso er mit immer röter werdendem Gesicht auf dem Braten herumkaute und sich dann mit scheinheiliger Miene auch noch bedankte. Was sollte dieser Stummfilm? Drückte er seine Gefühle damit aus, dass er selbst diese Scheiße so aß, als wäre es eine Cremetorte? Was war das für ein Sandkastenspiel, dass die Mutter so schlecht kochte, wie es der Magen seines Vaters und sein eigener gerade noch ertrugen? Sie aßen, wortlos, wie eine Familie.

Doch auch Márta floh zu Frau Szilasi, wenn sie frische Luft schnappen wollte. Damals waren die Snagov oder die filterlosen Carpaţi schon fast Rudolfs Hauptnahrungsmittel. Je billiger, desto mehr. Während der Rauchpausen, wie Márta diese immer häufigeren Besuche nannte, kam dann alles zur Sprache. Rudolf ahnte, dass seine Frau im Tausch gegen die ersehnte Aufmerksamkeit schon fast unverschämt ehrlich alles ausbreitete. Dass sie voller Genuss ihre schmutzige Wäsche zu Frau Szilasi trug, damit diese nach Belieben darin herumwühlen konnte, damit sie das, was sich noch reinigen ließ, vom Hoffnungslosen trennte, doch die Ratschläge, die jahrzehntealten, bewährten Praktiken wies Márta bereits selbstbewusst zurück. Vielleicht, weil sie für ihre Situation gar keine Lösung mehr suchte, sondern lieber etwas fixieren wollte, das sie nicht einmal benennen konnte. Nur aufspießen wie einen Käfer. Und nur, wenn Frau Szilasi schon sehr bedenklich den Kopf wiegte, wandte Márta ein, dass sie vergeblich nach einem Sündenbock suchten, weil auch sie, Márta, an diesem lang andauernden, unblutigen Krieg schuld sei. Aber hatte sie nicht genug gebüßt für diesen kleinen Ausrutscher? Hatte ihr Rudolf nicht feierlich versichert, dass sie es ein für alle Mal vergessen wollten? Oder hatte er das nur gesagt, damit er nicht mehr davon reden musste, damit sie lieber schwiegen, als wären sie lächelnde Wachspuppen in irgendeinem gottverdammten Panoptikum?

Dabei war Rudolf bei Weitem nicht so unempfindlich. Um die Rauchpausen beneidete er sie sehr wohl. Was sie mir nicht sagen kann, plaudert sie dort leichthin aus, beklagte er sich bei Veterényi, der ziemlich verständnisvoll sogleich zwei Lösungen skizzierte. Entweder Sie fangen an, Ihre Frau systematisch zu verprügeln, oder Sie werden mit der Zeit zum Alkoholiker, sagte er, während deutlich zu sehen war, dass Veterényi nicht einmal einer Fliege ernsthaft etwas zuleide tun konnte. So verschlang die Erde beim Begräbnis von Frau Szilasi dann auch Mártas Geheimnisse, dabei hätte Rudolf, wenn er im letzten Augenblick über den frischen Hügel hergefallen wäre und mit allen zehn Fingern die Holzkiste wieder ausgescharrt hätte, wie ihm im letzten Augenblick durch den Kopf fuhr, seine Frau vielleicht besser verstehen können. Denn so war es, als hätte man aus einem Detektivroman gerade die letzten zehn Seiten herausgerissen, und noch dazu vor seinen eigenen Augen. Aber er tat es nicht, er scharrte nichts wieder aus. Dafür eignete er sich auch gar nicht: Sein ganzes Leben hatte es ihm vor theatralischen Szenen gegraut.

Die Beerdigung von Frau Szilasi fiel auf einen bitteren, verregneten Tag im Herbst vierundachtzig. In der Luft zog schon die Kälte des Winters ihre Kreise. Sie krallte sich unter dem Mantelkragen in die Haut und ließ die Äste der Bäume gegeneinanderklirren. Kalcsek umklammerte nervös den Kranz der Hausgemeinschaft, für den er das restliche Geld schon fast brüllend eingesammelt hatte. Auch Mecseki war gekommen, unausgeschlafen und mit blutunterlaufenen Augen starrte er in die Grube, als würde er gerade nüchtern. Sie waren nur wenige. Einige unbekannte, runzlige Gesichter lungerten um die Grube herum und versuchten sichtlich gezwungen, sich eine nette, erwärmende Erinnerung an Frau Szilasi ins Gedächtnis zu rufen, damit ihnen die Tränen kämen. Der Wind jedoch war für die Tragik nicht zu haben. Er zerrte immer wilder an der Heiligen Schrift in der Hand des Pfarrers und an dem zwischen die Seiten gesteckten Zettel, auf dem einige persönliche Angaben standen, die der auf alles bedachte Kalcsek diktiert hatte, bis der Pfarrer das Buch schließlich routiniert zuschlug und so aus dem Kopf ein paar triefende Details aus Frau Szilasis Leben zitierte. Denn inzwischen hatte auch der Regen all seinen Mut zusammengenommen, als hätte der liebe Gott schon genug von dem Drumherum, und Rudolf musste beinahe lachen, als er bemerkte, dass ihm gegenüber, hinter dem Chor der Trauernden, ebenfalls jemand lächelte. In der ergrauten, fast blendend weißhaarigen Frau erkannte er, als sie hinter der Deckung hervortrat, sofort Márta. Seit Balázs' Tod färbte sie sich die Haare nicht mehr, aber auch so, da sie dem Verfall freie Bahn ließ, da sie schon aus Trotz nichts verdeckte, wirkte sie noch schön. Sie war schön in ihrer Würde, wurde Rudolf plötzlich klar, und es fehlte wirklich wenig, und er wäre zu ihr gegangen.

Vor dem Friedhof wartete ein gelber Dacia auf sie. Wer sich hinters Lenkrad setzte, konnte Rudolf nicht mehr sehen, nur, dass es ein baumlanger Mann war. Warum hätte es auch anders sein sollen? Wäre ihm noch genug Kraft geblieben, dann hätte er vielleicht gerätselt: Kannte er ihn, oder hatte er ihn noch nie hier in der Gegend gesehen? Als auch die Totengräber mit ihrer Arbeit fertig waren, half er Kalcsek noch, die Sträuße und Kränze auf dem Grab zu richten. Die schönsten musste man ein bisschen zerrupfen, damit sie nicht von den Gaunern geklaut wurden, die schon in der Nähe lauerten. Dann bat er, nass, wie er war, den Vorsitzenden, ihn in seinem Moskwitsch mitzunehmen, denn inzwischen prasselte der Regen draußen in großen Tropfen und pladderte in langen Fäden aus der Traufe herab.

Im Auto hielt es Kalcsek nicht mehr aus, er fuhr Rudolf an. Er habe wirklich schon viele Scheidungen gesehen, das möge er ihm glauben, auch viel vertracktere als die seine, aber es wolle ihm einfach nicht in den Kopf, wieso er nicht wenigstens zu Márta hingegangen sei, wieso er sie nicht umarmt habe; mehr als dreißig Jahre könne man doch schließlich nicht so mir nichts, dir nichts verschwinden lassen. Für den Zauberer, der das fertigbrächte, würde er sich die Hände blutig klatschen.

»Wir sind noch nicht geschieden«, sagte Rudolf. »Offiziell noch nicht.«

»Dann erst recht!«

Kalcsek starrte eine Weile auf das Armaturenbrett, auf die in Schweigen gehüllten Zeiger, als läge dort irgendwo die Lösung. In solchen Situationen, fuhr er schließlich fort, sei jede Geste Gold wert, und er solle ja nicht glauben, dass es Márta nicht guttäte, wenn er seinen Trotz endlich ablegte und auf sie zuginge. Er könne sie doch auf einen Kaffee einladen, sie zur Arbeit begleiten oder, wenn es nicht anders gehe und alles noch zu frisch sei, ihr wenigstens einen Brief schreiben. Triumphierend und erleichtert sah er Rudolf an. Wie ein Arzt, der nach langer Untersuchung endlich die Krankheit beim Namen nennen konnte.

»Ich schreibe ihr ja«, entgegnete Rudolf leise. »Einmal in der Woche.«

Oje, gleich war es sieben! Wegen Rakucsinec war er zu spät dran, dabei hatte er doch noch sauber machen wollen. Einen schönen starken Kaffee aufsetzen. Nicu Zmeură kam außerdem immer pünktlich. So kannte Rudolf die Rumänen sonst nicht. Diese Walachen mit ihren lumpigen Bundschuhen, von denen seine Mutter erzählt hatte, waren ganz und gar nicht sympathisch gewesen. Wenn sie auch nicht das Blut der Magyaren tranken, so konnte man doch spüren, dass sie jederzeit zu irgendwelchen sagenhaften Untaten fähig waren. Lässt du sie in Ruhe, lassen sie dich auch in Ruhe, hatte ihm sein Vater geraten, und zu seiner Überraschung erkannte Rudolf, dass tief hinter diesem vernünftigen Rat dieselbe instinktive Angst steckte wie hinter den Schauergeschichten seiner Mutter. Schließlich, so stellte er später fest, war Gegenseitigkeit immer die Wahrheit der Feiglinge und wärmte nur so wie ein gestohlener Mantel. Demgegenüber musste man sich vor Zmeurăs gelassener Ruhe, seiner unwillkürlich ausgestrahlten Autorität auch dann verneigen, wenn man nicht gerade mit Gewalt dazu gezwungen wurde.

Die Uhr bei Veterényis schlug mit dem Rákóczi-Marsch sieben. Selbst durch die Wand war das elektronische Gedudel zu hören. Er musste sich wirklich beeilen. Nachdem er die vollgeschriebenen Blätter sorgsam nummeriert hatte, packte er sie zusammen. Es war ohnehin an der Zeit, mit dem Schreiben aufzuhören, die Bleistiftspitze schimmerte schon stumpf. Er zog den Mülleimer heraus und spitzte den Stift mit einem scharf geschliffenen Messer sorgfältig an. So musste er nicht einmal fegen. Nach einer Weile lernt jeder, die Dinge zu optimieren. Sparsam zu sein mit dem Leben. Seine Socken beispielsweise wusch er immer an den Füßen, beim Baden. Zum einen konnte er so den Schmutz besser sehen, zum anderen musste er dann nicht extra Wasser aufwärmen. Einmal hatte er es auch mit dem Unterhemd versucht, hatte seinen Rücken aber nicht erreichen können, sondern nur wild mit der Seife um sich geschlagen. Hätte ihn Márta so gesehen, wäre sie überzeugt gewesen, er sei vollkommen verrückt geworden.

Vor dem Fenster schlurfte Mecseki vorbei. Der Mistkerl. Dieser Mösenjäger aus der Vorstadt. Daran war nichts zu beschönigen. Er war vielleicht der Einzige, bei dem der Tod von Frau Szilasi keine Spuren hinterlassen hatte, weil er in niemandes Tod imstande war, seinen eigenen zu sehen. Im Haus war man übrigens der Meinung, dass er niemals sterben würde. Er würde den Tod einfach schwänzen. Entweder jemand anderen an seiner Stelle schicken oder sich beim Teufel rausreden. Dabei war er von Geburt an nicht der Hellste gewesen. Wenn eine Armbanduhr oder irgendein wertloser Modeschmuck verschwand, kam er meistens unter Mecsekis Kram wieder zum Vorschein. Er mochte alles, was auch nur ein bisschen nach Gold aussah, aber dann konnte er es entweder nicht verhökern, oder er verwöhnte die Frauen in der Kneipe damit, die ihn dann regelmäßig beim Besitzer anschwärzten. Trotzdem verzieh man ihm, denn er galt als geschickt und konnte Fernseher und Wasserhähne binnen Minuten reparieren, vorausgesetzt, er schlief nicht unter dem Waschbecken auf den bloßen Fliesen ein. In der Kneipe nannten sie ihn nur Trottel-Jani, weil keiner seinen echten Namen kannte. Sie hatten sogar Wetten abgeschlossen, wer ihm seine Papiere klauen würde, damit sie endlich einmal so richtig etwas zum Lachen hätten. Aber sie fanden in seinen Taschen niemals etwas anderes als ein paar entwertete Busfahrkarten, Münzen und verklebte Taschentücher. Ansonsten gab es keine Probleme mit ihm. Wenn man ihn nicht hinauswarf, kam er bis zur Sperrstunde mit zwei Gläsern aus. Meistens war er trotzdem so umtriebig, dass sich um ihn herum eine laute Gesellschaft zusammenfand, aber auch die wortkargeren Fremden landeten regelmäßig an seinem Tisch. Er war seinen Lebtag ein dünner, herziger Mann mit ausrasiertem Schnurrbart gewesen. Die Haare schmierte er sich wie die Italiener nach hinten, und wenn er rasiert war, konnte keine Verkäuferin seiner gurrenden Stimme widerstehen. Mit halb gesenkten Lidern, unter den Wimpern raffiniert hervorlugend, trällerte er die paar Schlager, die er hier und dort aufgeschnappt hatte. Den heiseren Celentano oder die berechnende Karády. Darauf verstand er sich, und auch darauf, niemals, unter keinen Umständen durcheinanderzutrinken.

In der letzten Zeit jedoch war ihm nichts erspart geblieben. An einem Abend im Januar beispielsweise hatte er so lange gegen die Haustür aus Eichenholz getreten, bis diese aus den Angeln gesprungen war. Natürlich konnte man ihn auch verstehen, es war Mitternacht, unterhalb des Gefrierpunktes, und wer da seinen Schlüssel nicht fand, fackelte nicht lange. Entweder er bettelte seine Geliebte an, ihm Einlass zu gewähren, oder er trommelte die Nachbarn aus dem Schlaf. Aber hier schliefen alle fest, denn damit konnte man nichts falsch machen. Und von anderswo hatte er keine Hilfe zu erwarten, er lebte ja seit Jahren allein. Seine gelegentlichen Eroberungen schleppte er ans Ende des Flurs, hinter den Aufgang zum Dachboden, dort schäkerte er mit ihnen bis zu den Nachrichten, nicht selten warteten sie auch noch den Film ab, denn in seine Wohnung ließ Mecseki keine Sterbensseele. Das ist kein Puff und auch kein Museum, pflegte er zu sagen. Man konnte nur raten, ob er die Ausgehaltenen des *Melody* aus Langeweile, als Hobby oder wegen seiner mächtig großen Männlichkeit mit wöchentlicher Regelmäßigkeit mitbrachte. Die, denen gerade vor dem letzten Fusel das Geld ausging. Für seine Beute musste er neuerdings immer weitere Wege zurücklegen, vor allem, seit Rudolf ihm klipp und klar erklärt hatte, dass er ihm die Eier abschneiden würde, wenn er sich weiter an die Hausbewohnerinnen heranmachte. Dabei war es keine drei Monate her, dass Mecseki von der anderen Seite der Berge hergezogen war, und schon hatte ihn dieser Büffel auf dem Kieker! Der hat einen Schwung, dass er dir die Schnauze abreißt, erzählte er im Bistro, noch zitternd vor Aufregung. Seitdem sprachen sie nur gelegentlich miteinander. Wenn es sehr wichtig war oder wenn sie sehr betrunken waren.

Der Trick bestand übrigens darin, dass er oben, vor seiner Tür, um nichts auf der Welt seinen Schlüssel finden konnte. Dabei sei der eben noch in seiner Gesäßtasche gewesen, schwor er bei allem, was ihm heilig war, und breitete die Arme aus. Die Frauen glaubten ihm, weil er so schön redete, leise und höflich, und manchmal italienische Ausdrücke in die Konversation mischte. Und wenn er eine aufgegabelt hatte, die absolut nicht kapieren wollte, wie sie hierhergeraten waren, wozu dieser intime kleine Winkel diente, der immerhin nicht allzu zugig war, dann spielte Mecseki seinen letzten Trumpf aus. Mit geschlossenen Augen und einem gefühlvollen Beben in der Stimme begann er, die ungarische Hymne zu singen, kam aber nie weiter als bis zur ersten Zeile, bis zu *Gib dem Volk der Ungarn, Gott,* denn die Frauen, vor Entsetzen nüchtern geworden, knöpften ihm schon den Schlitz auf, vielleicht würde ihm ja ein bisschen Fürsorge die Lust an dem Gesinge nehmen, und das tat sie auch sofort, da er ja schließlich auch nicht in der Krypta übernachten wollte.

In jener Nacht, in der er das Tor aus den ohnehin schon klapprigen Angeln getreten hatte, stolperte er allein hinauf ins Obergeschoss. Er lehnte sich ans Geländer und starrte in die nachtschwarze Tiefe des Hofes wie ein Straßenkünstler, der sich auf einen dreifachen Salto vorbereitete. Er hörte, wie die Fenster den Atem anhielten und sah noch aus dem Augenwinkel, wie sich die Teppichstange die Augen zuhielt. Rudolf stand hinter dem Vorhang und rätselte, was er vorhatte: Machte er sich wirklich an die große Attraktion, oder würde er sich mit dem Gaffen begnügen? Dann aber sah er, dass Mecsekis Hand vom Ellbogen abwärts heftig in Bewegung war, als wollte er das Geländer des Laubengangs zersägen. So lange, bis mit leiser Erleichterung eine kleine weiße Wolke aus seinem Mund herausquoll, die lange über seinem Kopf schwebte. Andere stellten sich so vielleicht einen Engel vor. Dann, als er eine ganze Weile mit seinem Schlüssel herumgefingert hatte, verzog sich auch die Wolke, und Mecseki war nichts anderes mehr als ein einsamer Betrunkener, der die Tür zu seiner eigenen Wohnung vollkotzte. Zur Wahrheit gehört auch, dass er am nächsten Tag mit schuldbewusstem Gesicht den Flur wischte und sogar Kalcsek, den Vorsitzenden der Hausgemeinschaftsleitung, aufsuchte, um seinen Beitrag zu einem neuen Tor zu leisten, doch der sah durch ihn hindurch wie durch eine Glasscheibe. Auch seither war das Geld nicht zusammengekommen, dabei hatte die Sache auf der Bewohnerversammlung schon zweimal auf der Tagesordnung gestanden. Es fielen natürlich laute Worte, weil jetzt alle zum Pinkeln hereinkamen, angeblich konnte man unten an der Treppe für einen Apfel und ein Ei Bruchgold kaufen, und auch die nach billigem Parfüm riechenden Schülerinnen und Schüler des nahen Gymnasiums kamen zum Rauchen hierher. Eine ungelüftete Tordurchfahrt mit Gewölbe, die man von der Straße kaum einsehen konnte, außer wenn man sehr neugierig war. Aber solche wurden rasch davongejagt.

Rudolf holte zwei Stühle aus dem kleinen Zimmer, das ihm als Abstellkammer diente. Den einen für Zmeură, den anderen für Kalcsek, obwohl der sowieso nur für die erste Stunde einen brauchte, bis der Alkohol in ihm zu arbeiten begann. Dann würde er ihn drinnen hinlegen. Für sich selbst hatte er nur noch das Notwendigste in der Wohnung. Tisch und Stuhl in der Küche, im Wohnzimmer einen Schrank und ein einziges Bücherregal mit den wichtigsten Büchern gleich neben dem Bett. Diese puritanische Umgebung, die sich nicht mehr weiter reduzieren ließ, wirkte auf Rudolf befreiend. So stießen seine Gedanken nicht ständig auf irgendwelche Erinnerungen, versteckten sich nicht hinter vertrauten Gegenständen. Dadurch fühlte er sich in der Wohnung, als stünde er noch am Anfang von allem, als begönne jetzt das Leben, mit diesen klobigen, doch haltbar scheinenden Möbeln.

Auch Márta musste wohl so denken, denn sie war bis heute nicht gekommen, um ihre Kisten abzuholen, die im kleinen Zimmer standen. Dabei hatte er darin nicht nur die Sachen von Balázs für sie zusammengesammelt, sondern sicherheitshalber, damit sie auch bestimmt alles mitnahm, noch einige alte Blusen und ein Kostüm hineingeknüllt, aber anscheinend hatte Márta schließlich auch darauf verzichtet. Vielleicht hatte der Mann mit dem gelben Dacia ihr neue Kleider gekauft, oder sie wollte ihre alten einfach nicht mehr tragen. Die ausgeblichenen Kostüme eines nie da gewesenen Lebens. Denn dann hätte sie das Schicksal vielleicht ermutigt, sie in dieselben Irrtümer zu zwingen, ihr dieselben Fehler unter die Nase zu reiben. Von Zeit zu Zeit war die Versuchung freilich sogar für Rudolf groß, die Kisten zu öffnen und die Auszeichnungen, die Balázs in der Schule bekommen hatte, oder die großen bunten Bilder von den Wänden seines Zimmers herauszunehmen, Poster hatte sein Sohn sie genannt und mit Zahnpasta angeklebt. Rudolf erinnerte sich noch, wie ihn fast der Schlag getroffen hatte, aber dann hatte Balázs ihm erklärt, dass an einer so unebenen Wand sowohl Klebestreifen als auch das für die Möbel verwendete Aracet versagten, Zahnpasta in kleinen Mengen hingegen Wunder wirkte, und tatsächlich: Als er die Bilder abnehmen musste, löste sich mit der Zahnpasta die Farbe von der Wand. Wenn er sich recht erinnerte, kamen ihm damals die Tränen. Nicht auf der Beerdigung, nicht einmal in der Krypta, sondern hier, vor der fleckigen Wand. In der selbstgefälligen Gesellschaft der zusammengefalteten Rockstars.

Dass er in die Krypta sollte, hörte er damals erst im Auto, das beinahe unbemerkt vor der Zahnklinik hielt. Es blieb ihm nur so viel Zeit, seine angefangene Prothese beiseitezulegen und die bläuliche Flamme des Spiritusbrenners auszublasen. Dann brachten sie ihn schon hinaus. Von außen betrachtet mochte es scheinen, als würde er zu einem dringenden Fall gerufen, denn niemand schrie, und sie zerrten ihn auch nicht offensichtlich mit sich. Höflich, aber entschieden drängten sie ihn auf das wartende Auto zu, sodass die Kollegen zwischen den Kronen und Brücken höchstens kurz aufsahen, um mit einem kleinen Nicken die Lage zu quittieren. Auch später, beim Kaffeetrinken am Mittag, rätselten sie nicht, zu was für einem Fall man einen Zahntechniker geholt haben mochte, was wohl derart verhängnisvoll unaufschiebbar war. Es kamen vielleicht nur einige wirre Vermutungen auf, doch diese unterdrückte der diensthabende Arzt rasch mit einem Zischen.

Erst nach der Kreuzung hatte er den Mut, nachzufragen, wohin sie ihn überhaupt brachten. Aber da teilten sie ihm auch schon ungefragt mit, dass in der vergangenen Nacht mit Balázs Schiffer unweit der Grenze etwas passiert sei, deshalb müsse er jetzt ins Büro mitkommen, damit sie die

Papierarbeit erledigen könnten, die damit einhergehe. Das Wort Krypta sprachen sie derart selbstsicher aus, als sei ihnen absolut klar, dass hinter der spöttischen Benennung trotz allem Humor dennoch das Wesentliche erkennbar war. Und wenn jemand danach immer noch lachen wollte, nun, dann konnte er das sehr bald im eigenen Dreck tun.

Die Fahrt dauerte auf den wie montags immer ausgestorbenen Straßen eine Viertelstunde. Rudolf hatte damit gerechnet, dass sie vielleicht auch die Sirene einschalten und heulend über den breiten Boulevard fahren würden, als ob es irgendwo ein Feuer gebe, aber sie verhielten sich die ganze Zeit über unauffällig. Die Stadt war nach draußen verbannt, sie blieb außerhalb der Windschutzscheibe, ein verwaschener, belangloser Fleck. Sie fuhren einen Umweg, vielleicht, damit er Zeit zum Nachdenken hatte. Obwohl er nicht so recht wusste, worüber; so viele Möglichkeiten gab es ja nicht, was in der Grenzzone passiert sein konnte. Im Büro begannen sie damit, dass ein Uniformierter mit fleischigem Gesicht den Tatbestand herunterratterte. Sein Sohn sei in den Morgenstunden auf der Flucht erschossen worden. Er sei beinahe sofort tot gewesen. Auf Aufforderung der Patrouille sei er nicht stehen geblieben, auf Warnschüsse habe er nicht reagiert. Er sei auf den Wald zugelaufen, sie konnten nicht zulassen, dass er ihn erreichte. Es sei schon an sich eine staatsfeindliche Handlung, wenn sich jemand ohne Erlaubnis in der Grenzzone aufhalte. Zudem sei anzunehmen, dass er nicht allein gewesen sei, daher werde jetzt nicht in einer einfachen Fluchtangelegenheit ermittelt, vielmehr sei ihnen – das zeige der derzeitige Tatbestand – eine ganze Bande von Schleusern ins Blickfeld gerückt. Schwerelos prasselten die Worte auf ihn herab. Rudolf verstand gar nicht richtig, was sie sagten. Sie haben ihn in den Rücken geschossen, nicht wahr, hätte er beinahe gefragt, verbiss es sich aber rechtzeitig. Er wollte sie nicht mit offensichtlichen Dingen reizen.

»Am besten wird es sein, wenn Sie alles aufschreiben.« Der hagere Offizier, der seine Daten aufgenommen hatte, schob ihm ein leeres Blatt hin.

»Aber ich weiß doch nichts.«

»Dann beginnen Sie damit.«

»Womit? Dass ich nicht helfen kann?!«

»Zum Beispiel. Aber Sie können auch schreiben, dass Sie helfen würden, nur momentan nicht könnten. Wenn ich Ihren Standpunkt recht verstehe.«

Eine derart gewählte Sprache hatte er ihm gar nicht zugetraut. Aber das hieß nichts, schließlich hätte er in dieser stillen Straße auch nicht dieses gut instand gehaltene Gebäude vermutet. Die engen Treppen, die aus dem Haus in die Tiefe führten, die zellenartige Reihe von Kellerräumen, die das ganze Gebäude entstellte. Mit ihr wurden die Straße und die Stadt verschandelt, als ob allein das Bewusstsein, dass ein solcher Ort existieren konnte, alles unwiderruflich brandmarkte. Er konnte die Grigorescu-Straße von da an nur noch so sehen wie ein Arzt, der in der Lage ist, hinter der gesund wirkenden Haut die bereits streuende Geschwulst zu erkennen. Natürlich war er nicht naiv. Er hatte auch vorher schon gewusst, dass es diese Straße, dieses Haus gab. Dass es existierte, weil es existieren musste. Alle wussten es, alle kannten die Spielregeln. Man musste so leben, lieben und miteinander schlafen, ins Kino gehen und tratschen, dass man nie etwas mit diesem Haus zu tun bekam. Man sah es zwar, aber es war doch nicht da. Das war das Maximum dessen, was man tun konnte: sich nicht mit ihm zu befassen, solange es sich nicht mit einem befasste. Danach war es sowieso egal.

Er griff nicht nach dem Blatt.

»Wie steht's?«, fragte ein anderer Offizier, der gerade eintrat. Er musste Offizier gewesen sein, auch wenn er in Zivil war. Er trug eine schwarze Hose aus festem Leinen und einen Norwegerpullover. Jedenfalls hielt ihn Rudolf im blendend starken Licht der Lampe dafür. In seiner Stimme lag Ungeduld.

»Vorerst wissen wir nichts«, sagte der Dünnere. Der Plural machte sie zu Komplizen, wogegen Rudolf auf die Schnelle gar nicht zu protestieren wagte. Ihn überkam eher eine Art Schamgefühl, dass sie noch immer auf der Stelle traten, während man ihm doch sichtlich die besten Bedingungen für eine hübsche kleine Aussage garantierte.

Der Mann im Pullover ging ein paar Schritte um den Tisch und blieb dann abrupt vor Rudolf stehen. Das ruhige, beinahe gefühllose Gesicht war das eines routinierten Monteurs, der jetzt den Fehler an der eingelieferten Apparatur suchte. Ein paar Minuten, und er würde sie zerlegen, um nach Lust und Laune in ihr herumzuwühlen. Und es war ganz und gar nicht sicher, dass das schmerzfrei ablaufen würde. Fast unwillkürlich begann Rudolf zu sprechen.

»Ich habe Ihrem Kollegen schon gesagt, dass …«

»Halten Sie den Mund! Wie viele Transporte bringen Sie pro Woche rüber?«

»Keinen einzigen.«

»Wer wirbt die Leute an, und wo treffen sie sich?«

»Niemand organisiert irgendetwas. Ich …«

»Haben Sie selbst das Geld eingesammelt oder Ihr Sohn?«

»Ich bin Zahntechniker, schon seit dreißig Jahren.«

»Auf welcher Route fahren Sie den Transport?«

»Ich rühre mich kaum aus meiner Wohnung.«

»Kennen Sie jemanden bei der Grenzwache?«

»Absolut niemanden!«

»Wer wartet drüben auf Sie?«

»Sind Sie völlig verrückt?! Hören Sie, was ich sage?!«

Rudolf zitterte fast vor Wut. Der Mann im Pullover beugte sich näher.

»Sehen Sie, deshalb ist es besser, wenn Sie selbst Ihr Geständnis schreiben und nicht ich. Meine Fantasie ist bunter.«

Sein Atem roch nach Knoblauch. Dieser Mann hatte vor Kurzem, vielleicht im Kreise seiner Familie, in seiner Wohnung oder hinten im Garten Mititei gebraten. Und auch da keinen Fehler gemacht: Er hatte die beiden Sorten Fleisch einige Tage ziehen lassen, die Masse gründlich gewürzt, dann hatte er das vorbereitete Holz herunterbrennen lassen und die länglichen Röllchen auf der rot schwelenden Glut so lange gedreht, bis sie braun wurden, aber ihren Saft noch nicht verloren hatten. Rudolf versuchte, sich an dieser Behaglichkeit festzuhalten.

»Ich kann es versuchen«, sagt er schließlich gefügig.

»Sie haben zwanzig Minuten.«

Kaum hatte sich die Tür hinter ihnen geschlossen, begann er zu schreiben. Zuerst nur zögerlich, doch als er in Schwung kam, brachte er ein Wort nach dem anderen zu Papier. Er schrieb alles auf, was ihm einfiel. Was den Keller und die Offiziere ein wenig auf Abstand halten konnte. Auch um Balázs und Márta ging es in den Sätzen, aber nicht so, wie er sie bisher gekannt hatte. Auf dem Papier schien irgendwie jeder unbedeutender. Leblos, wie die Figuren in einem schlecht geschriebenen Roman. Denen man nicht schaden konnte.

Er schrieb zwei volle Seiten. Und kaum war er fertig, kamen die Offiziere auch schon zurück. Der Mann im Pullover hielt irgendeinen Lumpen in der Hand, er sah nicht genau, was es war, weil er ihn auf den Stuhl warf, der hinter der Lampe stand. Es mochte ein Kleidungsstück sein oder ein zusammengelegtes Stück Seil. Während er sein Geschreibsel überflog, konnte Rudolf ihn genauer in Augenschein nehmen. Der Mann war untersetzt, hatte buschige Brauen und dicke Lippen. Einer von der Sorte, der auf nichts gern verzichtete. Aber auch nicht erst das Glas auf den Tisch hauen musste, damit in der Kneipe Ruhe einkehrte. Später erfuhr er, dass er Dincu Trufa hieß.

»Das ist alles?«, fragte Trufa.

»Mehr ist mir jetzt nicht eingefallen.«

»Das reicht nicht. Ich brauche Namen, Adressen, Zeitangaben.«

»Aber ich kenne überhaupt keinen Schleuser. Auch im Ausland waren wir nur einmal.«

»Dann sprechen Sie über andere.«

»Über wen?«

»Nachbarn, Kollegen, Bekannte. Mir ist es egal.«

»Ich verstehe nicht.«

»Was verstehen Sie nicht?«

»Na, was Sie von mir wollen.«

Wieder starrte er ihn mit diesem Monteursgesicht an. Teils interessiert, teils wütend.

»Wenn Sie sich Ihren Spaß mit mir machen, kommen Sie nie nach Hause.«

»Ich mache keinen Spaß, aber …«

»Wenn Sie keinen Spaß machen und auch nicht völlig bescheuert sind, dann reden Sie!«, brüllte ihn Trufa an. Auch der dünne Offizier trat näher.

Rudolf fürchtete sich nicht mehr. Im schlimmsten Fall bekam er noch eine Ohrfeige. Oder sie schlugen ihm den Kopf zu Brei. Aber auch das hätte einmal ein Ende, und dann könnte er immer noch nichts sagen. Genau deswegen waren sie nicht ernst zu nehmen. Amüsant schien ja allein schon, dass sie die Antwort auf Fragen suchten, die er beim besten Willen nicht hätte geben können. Und je aussichtsloser die Lage seiner Vernehmer schien, desto eifriger versuchten sie, ihm auf die Fährte zu kommen. So wie ein Hund, der Witterung aufgenommen hat und den Boden aufscharrt, aber nichts anderes findet als nach Knochen riechende Erde. Amüsant war auch diese Kulisse, die an eine mittelalterliche Folterkammer erinnerte, der dunkle, modrige Keller, das Metalltischchen in der Mitte, auf dem das Blut keine Spuren hinterließ, und die beiden Stühle. Aber vor allem war amüsant, dass diese mit großer Kunstfertigkeit aufgebaute Räumlichkeit trotz allem auf ihn wirkte. Sie drang ihm in die Nerven und pumpte ihm Angst in die Adern. Denn auf eine gewisse Weise fürchtete er sich doch. Seit dem ersten Moment, als er hier eingetreten war. Vor der kommenden Ohrfeige, vor den unberechenbaren Reaktionen seines Körpers, denn in diesen Mauern waberte der Geruch von Urin, Blut und wer weiß noch welchen Flüssigkeiten. Vielleicht durch die unsichtbaren Spalten in der Tür. Aber auch über die Angst konnte er sich irgendwie freuen, denn solange er sich vor ihnen fürchtete und sich über sie amüsierte, solange er zwischen den beiden Empfindungen hin und her schwankte, dachte er an nichts anderes. Er musste dem Schmerz und den Gewissensbissen nicht ins Auge blicken, und überhaupt, stellte Rudolf am Ende seiner Überlegungen fest, konnten sie weder die Angst sonderlich steigern noch die Hoffnung, dass sich für das Ganze hier noch irgendwie eine Lösung fand, denn sie hatten schon alle Trümpfe ausgespielt: Selbst sie waren nicht imstande, seinen Sohn zweimal zu erschießen. Vergebens die Versuche, eine Sünde ließ sich nicht vervielfachen.

Trotzig sah er vor sich hin.

»Mir ist es so auch recht«, sagte Trufa schließlich. »Wenn Sie unbedingt nach Hause gehen wollen, gehen Sie.« Er warf Rudolf den Lumpen hin, den er zuvor hereingebracht hatte.

Er erkannte ihn sofort: Es war Balázs' Jeansjacke, die er zu Weihnachten bekommen hatte. Damals hatte er sie wegen der roten Knöpfe gehasst, vergeblich erklärten sie ihm, dass dies die letzte in dem Dresdener Geschäft gewesen war, in dem sie mit den Verwandten unter dem Vorwand der Stadtbesichtigung noch vorbeischauen konnten, er hatte sie nur vorwurfsvoll angestarrt. Dann wurde sie sein Lieblingsstück, in ihr ging er auf Mädchenjagd. Rudolf wagte nicht, sie anzufassen. Bis jetzt hatte er, so unwahrscheinlich es auch schien, noch glauben können, das alles sei nur ein dummer Irrtum. Sein Sohn sitze schon längst zu Hause und sehe fern oder würde mit seinen Kumpels auf dem Platz abhängen und dass sie über all das laut lachen könnten, wenn er nach Hause käme. Aber als er auf Trufas Wink die Jacke in die Hand nahm und das Loch unter dem Schulterblatt befühlte, dann eine Handbreit tiefer das andere, da wusste er, dass sich alle Türen geschlossen hatten: Er konnte der Gewissheit nicht entfliehen. Er glaubte, er müsse weinen, wie irrsinnig brüllen, doch wurde nur die Leere größer. Als hätte ein geschickter Pathologe ihm ein Organ nach dem anderen herausstibitzt, das Herz, die Lunge, die Leber, dann die Knochen, sodass schließlich nur die äußere Hülle übrig blieb. Diese aufgeblasene Glasur.

»Und jetzt? Was passiert jetzt?«, fragte Rudolf heiser.

»Nichts. Sie nehmen die Jacke mit nach Hause und zeigen sie Ihrer Frau«, sagte Trufa und ging zur Tür.

»Warten Sie. Und die Beerdigung?«

»Was sagen Sie?«

»Wann können wir meinen Sohn beerdigen?«

»Hörst du, er kommt hier noch mit Ideen!« Trufa sah den dünnen Offizier an.

»Jeder hat das Recht auf ein Begräbnis«, sagte Rudolf.

»Beruhigen Sie sich, wir werden ihn begraben. Unordnung kann niemand leiden. Allerdings weiß ich noch nicht, wo.«

»Wie, das wissen Sie nicht?«

Statt Trufa antwortete der hagere Offizier.

»Hinter das Gebäude passt nichts mehr, also kommt im Prinzip jeder öffentliche Friedhof infrage.«

»Versprich lieber nichts. Die Chefetage mag momentan versteckte Orte lieber«, mahnte ihn Trufa.

»Und was wird aus uns?«

»Die Angehörigen verschonen wir im Allgemeinen mit dem Anblick.«

»Das können Sie nicht machen.«

»Sie wissen selbst, dass wir das machen können.«

»Wollen Sie damit sagen …?«

»Es wird weder einen Grabpfahl noch eine Zeremonie geben.« Der dünne Offizier wiegte mit gespieltem Bedauern den Kopf.

»Das glaube ich nicht.«

»Was haben Sie denn gedacht? Freuen Sie sich, dass Sie wenigstens diesen Lumpen bekommen haben!« Trufa sah ihn streng an.

»So kann ich nicht nach Hause gehen.«

»Das ist Ihr Problem«, sagte der Mann im Pullover und gab dem dünnen Offizier einen Wink, er solle die Tür öffnen. Das Verhör war zu Ende.

»Dan … Dan Vlahilă.«

»Was ist mit ihm?« Trufa wandte sich in der Tür zurück.

»Er handelt mit Valuta. Habe ich jedenfalls gehört.«

»Wissen Sie es jetzt, oder wissen Sie es nicht?!«

»Ich weiß es. Jemand hat gesagt, dass man bei ihm Geld wechseln kann.«

»Wer hat das gesagt?«

»Feri Kalcsek. Der Vorsitzende der Hausgemeinschaftsleitung.«

»Was hat er genau gesagt?«

»Na, dass er angeblich mit Dollars Geschäfte macht, aber auch D-Mark besorgen kann.«

»Und wer ist dieser Mann?«

»Ein Kinderarzt.«

»Wohnt er bei Ihnen?«

»Ein Stockwerk unter uns. Er ist um die vierzig, hat braune Haare …«

»Schreiben Sie alles auf!«

»Aber das reicht doch dann, oder?«

»Wollen Sie jetzt feilschen? Glauben Sie, Sie sind hier auf dem Markt?«

Rudolf wagte Trufa nicht in die Augen zu sehen. Er fürchtete, die selbstsichere Ruhe dieses graublauen Augenpaars würde ihn endgültig verschlingen. Allerdings konzentrierte sich dieser jetzt auf etwas anderes. Er beobachtete die wachsende Zahl der Zeilen auf dem Papier.

Es war der Mühe wert, denn Trufa las die halbe Seite viel zufriedener als die zwei Seiten zuvor. Er gab seinem Kameraden einen Wink, sie allein zu lassen.

»Das ist schon viel, viel besser. So können wir uns unterhalten.«

»Wann kann ich meinen Sohn mit nach Hause nehmen?«

»Nur keine Eile. Wir haben ja gerade erst angefangen.«

»Haben Sie Familie?«

Trufa schlug zu, ohne zu zögern. Mit der Hand, an der er den Siegelring trug. Ein heftiger, mit nichts zu vergleichender Schmerz fuhr Rudolf in den Unterkiefer. Sein Mund füllte sich sofort mit frischem Blut.

»Sehen Sie, das wollte ich vermeiden. Spucken Sie ruhig aus«, sagte Trufa und wartete routiniert, bis sich Rudolf gefasst hatte. Bis er seine aufgeplatzte Lippe betastet und überprüft hatte, ob der Backenzahn wirklich locker war oder es ihm nur so schien. Als er fertig war, lag das maschinengeschriebene Blatt schon vor ihm.

»Unterschreiben Sie das noch, dann sind wir für heute fertig.«

»Darf ich es wenigstens lesen?«, fragte Rudolf.

»Natürlich. Wir haben Zeit.«

Rudolf legte das Papier entsetzt aus der Hand.

»Nein, das kann ich nicht machen. Ich werde kein …«

»… Spitzel? Wollten Sie das sagen?«

Rudolf nickte. Trufa sah ihn an, als hätte er damit gerechnet.

»Sie fürchten sich doch wohl nicht vor der Regelmäßigkeit?«

Rudolf schüttelte den Kopf.

»Natürlich fürchten Sie sich nicht. Sie sind ja Schwabe, und denen liegt die Disziplin im Blut. Aber dann muss ich doch denken, dass Sie mit uns ein Problem haben. Soll ich das denken, oder soll ich es nicht denken?« Er beugte sich näher zu Rudolf.

»Ich will nicht für Sie arbeiten«, sagte dieser. Er freute sich, es endlich aussprechen zu können. In einem, unversehrt.

»Das ist keine Frage mehr.«

»Warum unterschreiben Sie dann nicht an meiner Stelle?« Rudolf sah Trufa provozierend an. Er hatte das Gefühl, jetzt sei schon alles egal.

»Das könnte ich machen.«

»Dann bitte, tun Sie es!« Mit einer von Trufa abgeschauten Bewegung schob er ihm das Blatt hin.

»Haben Sie schon gemerkt, dass Sie immer dann mutig werden, wenn an der Sache nichts mehr zu ändern ist? Dabei könnten Sie dann auch schon gleich logisch denken. Vlahilă haben Sie schon angeschwärzt. Daran können Sie nichts mehr ändern. Am Mittwoch sehen wir uns in seiner Wohnung um und holen ihn ab.«

»Das wollte ich nicht«, sagte Rudolf erschrocken. Vor seinem inneren Auge sah er plötzlich die durchwühlten Zimmer, die beiden schreienden Kinder.

»Trotzdem haben Sie sich für ihn entschieden. Nicht für Ihren Freund Kalcsek oder für den Hausierer und Nichtsnutz Rakucsinec, sondern für den Arzt. Nicht einmal gezögert haben Sie.«

»Aber das ...«

»... war Zufall. Ich weiß. Aber jetzt mal ehrlich: Spielt das eine Rolle?«

»Ja, das spielt sehr wohl eine Rolle!«

»Natürlich, die Leute sind ja sehr verständnisvoll. Vielleicht werden Sie sogar dafür gelobt.«

»Unterschätzen Sie sie nicht.«

»Ich unterschätze sie nur in dem Maße wie Sie, wenn Sie glauben, dass man Sie dafür bemitleiden wird.«

»Dabei können sie nichts anderes tun. Es ist die Wahrheit! Mein Sohn ist tot!«

Trufa schüttelte den Kopf.

»Das ist jetzt nebensächlich.«

»Ich kann es trotzdem nicht.«

»Selbstverständlich können Sie. Sie sind gut geeignet. Glauben Sie mir, ich kann das beurteilen«, sagte Trufa. Es war wie früher, wenn sein Vater seine Muskeln befühlt hatte.

Es half nichts, dass er wütend auf sich war, er konnte nichts dagegen tun: Das Lob strömte ihm warm durch den

Körper. Es strahlte in den Brustkorb aus, von dort durch das Geflecht der Adern in den Magen, hinunter bis in die Füße, in seine fast tauben Zehen. Das letzte Mal hatte ihn jemand vielleicht in der Schule gelobt, aber auch dort eher wegen seiner Familie. Dann später Márta, doch hatte sie irgendwie nie gezählt.

»Sind wir uns dann einig?«, fragte Trufa komplizenhaft.

Rudolf hatte nicht die Kraft zu antworten. Endlich stieß er doch hervor:

»Und … was wäre meine Aufgabe?«

»Keine große Sache. Zuerst schreiben Sie nur. Fast egal, was. Stimmungen, Gefühle, Eindrücke. Gehen Sie viel spazieren und suchen Sie Gesellschaft. Mit einem Wort: Gewöhnen Sie sich an die Situation.«

»An welche Situation?«

»Daran, dass jetzt Sie der Beobachter sind und nicht die anderen. Das ist ein großer Luxus, wenn Sie damit umgehen können.«

»Und dann?«

»Wenn Sie sich erst einmal reingefuchst haben, wenn die Wörter Ihnen keine Schwierigkeiten mehr bereiten, wenn Ihnen alles zufliegt, dann können Sie langsam ans Konkrete gehen.«

»Ans Konkrete?«

»Ja. Beschreiben Sie beispielsweise eine Diskussion mit Ihren Bekannten, die heftiger als üblich ausgefallen ist. Und wer von ihnen mit wem Kontakt hält. Ob sie Mitglied in irgendeiner Gruppierung sind. Solche Dinge. Sie werden sehen, wenn Sie es gut machen, wird alles immer genauer.«

»Gehen Sie zum Teufel!«

Trufa lächelte. Nichts wies darauf hin, dass er ihn schlagen wollte. Er faltete Rudolfs ersten Bericht akkurat in der Mitte zusammen.

»Ob es Ihnen passt oder nicht, Sie gelten schon so halb als Familienmitglied. Auch wenn Sie bisher nur die Nachteile davon zu spüren bekommen haben. Aber wenn Sie auf mich hören, dann ist es jetzt an der Zeit, auch die Vorteile kennenzulernen.«

Rudolf sah Dincu Trufa blass an. Ihm fiel ein, dass Márta zu Hause auf ihn wartete und noch von nichts wusste. Dass sie in ihrem kleinen Sessel am Fenster saß und strickte. Eine Masche nach der anderen von der Nadel hob. Zwei rechts, eine links. Bis jetzt hatte sie gerätselt, aber je mehr Zeit verging, desto weniger Möglichkeiten blieben. Es wäre schon eine Erlösung, wenn es jemand ausspräche. Laut, damit man es nicht missverstehen konnte. Vielleicht hörte dann das Zittern auf.

»Denken Sie ruhig nach. Sie haben reichlich Zeit.« Trufa stand auf. »Aber ich weiß sowieso, wie es ausgeht. Und dafür brauchen Sie sich nicht zu schämen.«

Er verspürte auch keine Scham, weder damals noch später. Der Pfarrer ratterte gerade nur das Notwendigste herunter. Es war kaum jemand gekommen: Kalcsek, Rakucsinec, Frau Szilasi, Verwandte, ein paar fremde Gesichter. Schließlich hatte es seine Wirkung getan, dass sie sogar auf die Traueranzeige am Tor der Kapelle erst im letzten Augenblick den genauen Zeitpunkt der Beerdigung schreiben konnten. Dass die Zeitungen den schablonenhaften Text der Traueranzeige nicht drucken durften. Plötzlich waren jede Mitteilung und Nachricht, jeder Artikel, in dem Balázs' Name vorkam, gefährlich geworden: Selbst der einfachste, völlig unschuldig wirkende Satz konnte eine Lawine von unerwünschten Ereignissen auslösen. Etwas in der Richtung hätte die Dame in der Anzeigenabteilung gestammelt, wenn sie überhaupt etwas zu sagen gewagt hätte. Da stand Rudolf also in dem kahlen Kabuff, in der

Hand das ausgefüllte Blatt, das die völlig ergraute Frau nur hätte unterschreiben müssen. Aber dann tauschten sie bloß überflüssig Höflichkeiten aus. Ihm ging sogar durch den Kopf, dass all das eine Gefälligkeit war. Dass die Macht auf diese Weise versuchte, etwas von ihrem Irrtum wieder in Ordnung zu bringen. Dieses trotzige Schweigen suggerierte nämlich, dass Balázs möglicherweise doch nicht gestorben war. Vergeblich die glaubhafte Geschichte, die Schrecken des Verhörs; wenn sie seinen Tod nicht aussprechen konnten, dann gab es keine andere Möglichkeit: Er musste noch irgendwo leben. Gerade diese Sorgfalt, diese grauenhafte, pedantische Überorganisiertheit erweckte ihn zum Leben. Er hätte sich freuen sollen, stellte aber erstaunt fest, dass er unfähig war, sich irgendeine Empfindung abzuringen. Er stand in dem winzigen Büro, das schweißnasse Blatt in der Hand, und fühlte sich bis zur Ratlosigkeit hilflos. Vielleicht würde er auch so dastehen, wenn jetzt sein Sohn zur Tür hereinkäme, deren Scheibe von den Regeln für das Ausfüllen der Anzeigenvordrucke abgedunkelt wurde. Er hatte alle Vorschriften eingehalten, und doch kam er nicht voran.

Als auf dem Friedhof, der am Hang des Hügels lag, die ersten Trauergäste erschienen, war auch diese Illusion dahin. Balázs lebte nicht. Weder hier noch anderswo. Die Nachricht hatte auch seine Klassenkameraden und Lehrer erreicht, doch die Männer in den grauen Anzügen wimmelten alle größeren Gruppen am Tor ab. Andere, die sich aus eigener Feigheit nicht trauten, näher heranzukommen, blieben vor einem aufs Geratewohl ausgesuchten Grab unruhig stehen. Als Alibi rupften sie noch ein wenig Unkraut, fegten die fremde Betonplatte ab, als seien sie Verwandte, fürsorgliche Angehörige. Jemand erzählte später, alle seien fotografiert worden, und für jeden habe man in der zuständigen Abteilung gleich am nächsten Tag eine Akte angelegt.

Schließlich hatte man ihm das Zugeständnis gemacht, dass Balázs aus dem Kühlhaus nicht direkt in die Leichenhalle gebracht wurde. Es wurde ein kleiner Umweg gefahren. Ein müder, schwer schnaufender Lieferwagen hielt im Sommer zweiundachtzig in der Mittagssonne auf dem Hof der Straße des Fortschritts 79. Darin wurde der Sarg transportiert, genauer gesagt die bleigraue, verplombte Metallkiste, in der angeblich die Leiche seines Sohnes lag. Niemand durfte sie anfassen. Etwas in der Art sagte der nach Tabak riechende Mann, den man mit der Aufsicht über die Kiste beauftragt hatte. Für einen Hunderter trugen sie sie trotzdem nach oben. Auch jetzt noch sah Rudolf vor sich, wie der sehnige Mann mit dem eingefallenen Gesicht sich erst in die Hände spuckte, als wäre nur ein Sofa anzuheben, dann den Fahrer zu sich heranwinkte und wie sie die Kiste mit geschwollenen Adern und unter lautem Stöhnen an den Treppenpodesten schließlich hinauftrugen. Sie schwitzend und erleichtert im Wohnzimmer absetzten und wie beinahe die Frage in der Luft lag, wo die gnädige Frau sie nun hinhaben wolle. Ob es hier neben dem Schrank recht sei oder ob sie sie lieber vor dem Fenster hätte. Als würde nur das lang ersehnte neue Bücherregal geliefert. Und am sonderbarsten war, dass sich auch Márta diesem Wahnsinn nicht entziehen konnte. Zuerst wischte sie die Kiste mit einem Lappen ab, dann versuchte sie, eine Blume daraufzulegen, sie hübscher zu machen, sie den anderen Möbeln anzupassen, aber auch so war es nicht gut, denn der graue massive Block wollte sich um nichts in der Welt an irgendetwas anpassen. Er verströmte etwas Niederträchtiges, vielleicht die Fieberdünste der Verwesung oder nur ein farbloses, geruchloses Gas, das sofort die Lunge zu zerfressen begann.

Rudolf war nun schon klar, dass es ein Fehler gewesen war, die Kiste herauftragen zu lassen. Unten hätte man die Sache noch irgendwie abbiegen können, doch hier oben blieb ihnen keine Wahl: Sie hatten Gäste. Rechtschaffene Männer mit einer fremden Kiste. Márta bot ihnen Kaffee an, und obwohl sie den Kopf schüttelten und an der Tür nervös von einem Bein aufs andere traten, war ihnen anzusehen, dass sie ihn trotzdem nehmen würden. Denn so geschah es seit uralten Zeiten: Wer schleppte, erwies dem anderen eine Gefälligkeit und durfte also auch entgegennehmen, was ihm angeboten wurde. Wenn nicht Bier, dann eben Kaffee. Und nicht irgendeinen Dreck, sondern möglichst ausländischen. Ungarischen oder seltener deutschen. Es gehörte sich nicht, mit etwas anderem anzukommen. Was schlecht war, trank man selbst.

Márta wusste selbst nicht, wie, aber sie hatte sich auf diesen Anlass vorbereitet. Hatte die Tassen auf dem Inoxtablett bereitgestellt und irgendwo sogar Würfelzucker besorgt. Nicht um anzugeben; vielmehr hatte ihr Sicherheitsgefühl ihr suggeriert, es sollte alles in Ordnung sein. Denn manchmal hingen die Dinge von solchen Kleinigkeiten ab. Und als sie eine Armweite voneinander entfernt ihren Kaffee tranken, nicht hastig, aber doch zügig, wie Menschen, denen selten ein Platz angeboten wurde, da war schon zu spüren, dass sich hieraus keine großen Probleme ergäben. Sie würden diesen kleinen Umweg niemandem melden.

Solange Márta zu tun hatte, beachtete sie die Kiste gar nicht weiter. Sie spülte die Tassen, fegte unsichtbare Krümel vom Tisch in ihre gekrümmte Handfläche. Als sie dann alles an seinen Platz gestellt und sich gegenüber der Kiste hingesetzt hatte, ihre noch vom Wasser geröteten Hände in den Schoß sinken ließ, da begann sie endlich zu weinen. Nicht aus Erregung oder Wut, sie weinte eher wie jemand, der es nicht mehr zurückhalten konnte. Denn plötzlich war der Körper voller Schmerz oder was, und nach einer Weile schwappte etwas zwangsläufig über. Da nahmen auch die Männer die Mützen ab und starrten mit gefalteten Händen vor sich hin.

Schließlich brach der Fahrer die Stille. Zuerst setzte er sich die verschlissene Mütze zurück auf den Kopf, dann schaute er zu Márta, vielleicht um zu sehen, ob sie noch weinte, oder um sie um Erlaubnis zu bitten, auf den Gang hinausgehen zu dürfen. Als er müde vor die Tür trat und sie einen Spaltbreit offen ließ, kroch der Geruch von frischen Kohlrouladen ins Zimmer. Veterényis Schwiegermutter musste sie zubereitet haben. Eine verschrumpelte, aus lauter Falten zusammengesetzte Frau, die selten herkam, deren Ankunft aber immer ein Festtag war, vielleicht, weil nur sie dem Schmalz mit etwas Tomatenpaste den Geschmack nehmen konnte, wodurch das Ganze süßlich mild schmeckte. Leicht, französisch. Rudolf hatte schon mehrfach kosten wollen, aber irgendwie waren er und die Veterényis sich nie so nahegekommen, dass er auf einen Teller zu ihnen hinübergehen konnte. Jetzt war der Geruch wieder hier, eine Armlänge entfernt. Schon allein davon, dass er sich beherrschen musste, brach ihm der Schweiß aus. Davon, dass er nicht daran denken, keinen Gedanken daran verschwenden durfte, dass drüben jetzt das Brot geschnitten wurde, dass sie ein paar Minuten später schon die Soße aus den gekippten Tellern tunken würden, dazu etwas Wein tränken und zufriedene, fettige Halbkreise am Rand der Gläser zurückblieben. Er konnte nichts dagegen tun, stand nur erschüttert da, mit einer schmerzhaften Leere im Herzen, und versuchte zu verheimlichen, dass in ihm drinnen jetzt gerade jemand mit vollen Backen mampfte.

Dem anderen, dem Kollegen des Fahrers, musste der Essensgeruch auch in die Nase gestiegen sein, denn mit geschlossenen Augen neigte er sich etwas vor. In Richtung der Tür, als wollte er im nächsten Augenblick auch schon losgehen, doch er rührte sich nicht von der Stelle. Man sah ihm an, dass der Hunderter nicht mehr dafür ausreichte, noch eine Regel zu brechen und sie mit der Kiste allein zu lassen. Da begriff Rudolf, dass dieser kleine Wichtigtuer, der in der Kneipe nur deswegen nicht verprügelt wurde, weil niemand Lust hatte, beizeiten einen Krankenwagen zu rufen und Daten zu diktieren, sie unter dem Schleier des Mitleids zugleich bewachte. Achtgab auf diese ausgehandelte, mit Kaffee eine gewisse Behaglichkeit vortäuschende Ordnung. Vielleicht sogar in ihrer aller Interesse. Doch in diesem Augenblick regte Rudolf diese umsichtige Feigheit derart auf, dass er trotz Mártas vorwurfsvollem Blick hinaus auf den Gang flüchtete.

Die Luft war klar, richtiges Badewetter. Nur einige spärliche Wolkenfetzen versuchten, sich am blauen Nichts festzuklammern. Die Sonne streute gelangweilt ihr Licht auf die Blechdächer. Von dort, von den Dächern, rann die Wärme auf die Gehwege. Zähflüssig wie gutes Karamell. Alles klebte davon: die Teppichstange, der Gehweg, die Häuser. Nur am Fluss verdünnte sie sich so, dass man bereits auch ohne Schatten umherschauen konnte, ans Geländer gelehnt minutenlang die dahinsiechenden Bäume auf der anderen Seite betrachten. So war es überall. Feiner, kaum sichtbarer Rauch bedeckte die Straßen, als brodelte der Platz auf behutsamer Flamme: der blau glühende Asphalt, die sich welk neigenden Laternen, die Fenster. Dieser Rauch sickerte auch aus der Kunstlederjacke des Fahrers. Der saure

Dunst zurückgelegter Kilometer, ein endloser Weg, dem Stationen wie diese hier Farbe verliehen. Wo man sich nur eine anzünden und den Blicken der anderen ausweichen konnte. Sie sprachen nicht. Rudolf wollte den Mann auch gar nicht stören. Es reichte völlig, dass er ihm sofort eine Zigarette gegeben hatte.

Vom Haus gegenüber war ein dumpfer Knall zu hören, als wäre ein Schrank umgefallen. Eine vom Platz verscheuchte Taubenschar zog über sie hinweg und ließ sich auf dem Blechdach nieder. Leise platschte etwas auf das Kunstleder. Das musste eine der Tauben gewesen sein. Eine ordentliche Portion. Der Fahrer betrachtete angewidert den Jackenärmel, als wäre es gar nicht seiner. Dann riss er Rudolf das angebotene Taschentuch beinahe aus der Hand.

»Ich hasse es, wenn man auf mich scheißt«, grummelte er.

»Dabei bringt es Glück«, sagte Rudolf, aber entweder klang seine Stimme nicht aufrichtig, oder der andere hatte das Gefühl, verspottet zu werden, denn sein Gesicht verfinsterte sich plötzlich. Als hätte die frühere, jetzt schon fast freundschaftlich wirkende Gleichgültigkeit niemals existiert. Da wusste er bereits, jeglicher Versuch wäre vergeblich, dieser Mann hatte ihn abgeschrieben, aus und vorbei. Er hatte nichts mehr zu erhoffen. Wenn sie in die Kneipe gehen und zwei Tage lang saufen würden wie die Bürstenbinder, dann gäbe er ihm vielleicht zum Abschied die Hand und fragte: Sag mal, Kumpel, wie ist noch mal dein Sohn abgenippelt?

Er musste wieder hineingehen.

Drinnen starrte Márta immer noch auf die Kiste. Der Sehnige sah nach halb zwei immer öfter auf die Uhr, als wollte er auch damit signalisieren, dass die Zeit für die Anteilnahme vorbei war. Von hier an hatte offensichtlich Rudolf das Sagen. Er wählte den Parkplatz vor dem Friedhof aus, bat einige Verwandte zu helfen, und auf seine Bitte deckte der herbeieilende Friedhofsangestellte das Sargtuch über die Kiste. Der Sehnige sagte gar nichts. Sicherheitshalber warf er noch einen flüchtigen Blick auf die Plomben, und erst als sie die Kiste wieder auf das Auto geladen hatten, ging er zu Rudolf hin, um ihm auf Rumänisch etwas in der Art zuzuraunen, dass sie ruhig Bescheid sagen sollten, wenn sie in Zukunft irgendetwas bräuchten. Nicu Zmeură kenne seine Nummer. Damals hörte er diesen Namen zum ersten Mal.

In der Kapelle wies nichts darauf hin, was stattfinden sollte. In der kühlen, feuchten Stille ließ Márta nicht mehr zu, dass er sie an die Bahre führte. Sie wiederholte erst leise, dann in immer schärferem Ton, ja, sie bitte darum, dass man ihr den Sarg öffne. Sie interessierten keine Ausflüchte, sie sollten Werkzeug holen und so lange hämmern, bis die Kiste in Stücke falle. Wenn sie ihn getötet hätten, könne das doch wohl kein Problem mehr sein. Sie müsse die Löcher sehen, das Blut. Alles. Wenn sie wollten, dass sie lüge, dann sollten sie wenigstens nicht auch sie belügen. Sie ließ sich nicht zurückhalten.

Trufa, der zu diesem Anlass einen dunklen Anzug angezogen und eine modische, schmale Lederkrawatte umgebunden hatte, kam vom Friedhofstor bis zur Kapelle hinauf, um die Frau von ihrem Vorhaben abzubringen. Ich habe ein Recht darauf, sagte Márta trotzig. Trufa lächelte blass, gerade noch an der Grenze des Anstands, doch da versuchte auch Mecseki schon, sie zu beruhigen. Bevor sich um sie herum eine größere Gruppierung bilden konnte, die auch unabsichtlich die Ordnung der Zeremonie zerstört hätte, erschien ein gedrungener schwarzhaariger Mann, den Rudolf noch nie gesehen hatte. Seine Mutter hatte derartige Männer früher Gecken genannt. Seine Schuhe glänzten unwahrscheinlich, als hätte er sich mindestens zum Tanzen herausgeputzt, und die Bügelfalten seiner Hose waren messerscharf. Er musste ebenfalls vom Friedhofstor heraufgekommen sein. Mit einem Blick befahl er Trufa sofort, beiseitezutreten, dann begleitete er die schwarz gekleidete Frau vorsichtig, sie kaum berührend, aus der Kapelle hinaus und setzte sie unter einen Baum in den Schatten. Er ließ ihr Wasser bringen, und nachdem Márta getrunken hatte, griff er still nach ihrer Hand. Er musste große Übung darin haben, denn sie versuchte nicht einmal, die Hand wegzuziehen. Sie sahen aus, als gehörten sie schon lange zusammen. Rudolf war weit weg, und so konnte er nicht hören, wie die beruhigende, am Rand der Vertraulichkeit balancierende Stimme raunte, wie sie raunte unter dem vollkommen farblosen Himmel, in dieser einige Minuten Linderung gewährenden Kühle. Es gibt hier kein Problem, meine Dame, sagte der Mann, ein Unfall ist ein Unfall. Mit menschlichem Verstand kann man den Grund nicht ermessen.

Zuerst wollte Rudolf zu ihnen gehen, dann aber richtete er lieber die Kränze an der Kapellenmauer. Er strich die Bänder glatt, sodass man die silberfarbenen Aufschriften von allen Seiten lesen konnte. Er musste gar nicht lauschen, um zu wissen, womit der Mann im Anzug Márta schließlich entwaffnete. In trockenem, diplomatischem Ton teilte er ihr mit, es tue ihm sehr leid, aber es sei schon alles mit ihrem Mann abgesprochen, und er sehe keinen besonderen Grund, in irgendeiner Hinsicht von der Vereinbarung abzuweichen. Und da kam es Rudolf einen Augenblick lang auch so vor, als ob sie es in der Krypta wirklich so abgesprochen hätten. Als wäre es die ganze Zeit um diese Kiste gegangen und nicht um den Körper seines Sohnes. Als hätten sie von dieser Konservenbüchse geredet, die sich nicht öffnen ließ und zu der – sieh an! – einzig Márta fähig war, sich auf eine menschliche Weise zu verhalten. Sie wollte sie endlich öffnen, damit sich herausstellte, ob tatsächlich das darin war, was das Etikett so hochtrabend versprach. Nun wusste er schon: Es war ein grundlegender Fehler gewesen, nicht zu Márta zu gehen. Keine Szene zu machen. Dabei hätte er wirklich besser als jeder andere wissen müssen, dass es seiner Frau nicht um das Blut und nicht einmal um die Wunden ging. Balázs' Gesicht wollte sie sehen oder, besser gesagt, jenen Nachmittag im August, an dem dieses Gesicht zum letzten Mal lebendig gewesen war. Etwas mürrisch, weil seine Mutter ihm um jeden Preis das Mittagessen aufzwingen wollte, ihm aber nur nach einem Leberwurstbrot war, nach weiter nichts, und auch das strich er sich im Stehen an der Ecke des Küchenschranks, während sie über den Tisch gebeugt die Fleischbrühe löffelten. Es war ein Sonnabend gewesen. Nichts Besonderes. Márta massierte sich zwischen zwei Löffeln Suppe unter dem Tisch ihre Waden, weil in ihnen die ganze Woche pulsierte. Sie konnte es kaum erwarten, sich mit ihrem Strickzeug vor den Fernseher zu setzen, obwohl sie das Programm nicht sonderlich interessierte, Hauptsache, irgendetwas machte Geräusche, bis sie dabei einschlief. Rudolf überflog mit einem Auge die Nachrichten der Sportzeitung, weil Öcsi Keller schon am Mittwoch die Idee eingeworfen hatte, was denn wäre, wenn sie am Sonntag zum Spiel gingen, für Politechnica sähe es ganz gut aus, sie könnten auch Balázs Bescheid sagen. Ach nee, an dem Wochenende passe es ihm nicht, da habe er keine Zeit, hatte sein Sohn schließlich gesagt. Er wolle auf eine Party gehen, in einer Datscha am Györköser Hang, hinter dem großen Strandbad, und damit packte er auch schon Wechselkleidung und Badehose in die Sporttasche, damit er am nächsten Morgen schwimmen gehen konnte. Das kalte Wasser tut einem dann immer gut, es macht nüchtern, und der Start in die Woche ist so gleich ganz anders, erklärte er, als hätte er schon alles durchdacht. Wieso, kommst du am Sonntag nicht nach Hause? Seine Mutter sah ihn entsetzt an. Aber diesen Schreck nahm niemand ernst. In Wirklichkeit war das auch keine richtige Angst, sondern eine Art Reflex, wie wenn sich die Pupillen bei starkem Licht zusammenzogen. Auch sein Vater fügte nur hinzu, dass er für seinen Teil den Sud von sauren Gurken empfehle, und zwar reichlich, denn der wasche den Magen wirklich aus und schmiere ihn nicht nur so ein bisschen ein wie ein Löffelchen Medizin. Balázs lächelte ihnen beiden nachsichtig zu. Zwei alte Trottel, die schon zu abgestumpft waren fürs Leben. Etwas in der Art lag in seinem Blick, ein nachsichtiges Verzeihen oder eher ein Überrest von Liebe. Der Schreck seiner Mutter wandelte sich umgehend in Stolz, als Balázs mit allem fertig war, sich durchs dichte, damals schon bis zu den Schultern reichende Haar fuhr, sich dann seine Sporttasche schnappte und auf den Gang hinaustrat, von wo sofort der ölig glänzende, doch schon müde Duft des Augustsommers hereinströmte.

Wäre er mit irgendetwas aufzuhalten gewesen? Mit etwas, das die Geschehnisse in eine andere Richtung gewendet hätte? Hätten sie ihn beschützen können? Balázs war gerade in dem Alter, das mit etwas Glück für jeden Mann einmal kommt, in dem er beinahe nichts sagen oder tun muss, weil die Mädchen den Satz sowieso an seiner Stelle beenden, und keine Bewegung so linkisch sein kann, dass sie nicht sofort eine Antwort hervorriefe. Davon erzählten jedenfalls die Schuhe vor dem kleinen Zimmer, denn das war das verabredete Zeichen: Wenn am Morgen fremde Schuhe vor seiner Tür standen, dann sollten sie ihn nicht stören, nicht einmal dezent anklopfen, sondern warten, bis sie etwas verstrubbelt und verschämt zum Vorschein kämen. Und bis zeremoniell verkündet wurde, dass diese Dame Tímea sei, Klári oder Barbara, eigentlich egal, da sein Vater sowieso darüber hinweghörte, denn er hatte klar und deutlich gesagt, er werde sich den Namen einer neuen Frau erst dann merken, wenn er mindestens einen Monat lang beim Frühstück immer dasselbe Gesicht sehe. Vorher würde er sein Gehirn zu keiner Akrobatik zwingen. In Balázs' Blinzeln, mit dem er die Tür hinter sich zugezogen hatte, lag auch: Na gut, sollte der Vater doch seinen Willen haben, dann sparte er ihnen eben die gewohnte Szene beim Frühstück, wenn sich eine langbeinige Blondine oder eine volllippige Rothaarige mit einem geheimnisvollen, dennoch alles verratenden Lächeln an ihren Tisch setzte. Woraufhin Márta natürlich immer sofort die Eifersucht packte und Rudolf leise vor sich hin fluchte, zum Teufel aber auch, werden die hübschen Mädchen heute etwa am Fließband produziert?!

Wer hätte bei alledem ahnen können, was bevorstand? Dass dieser nichtssagende, routinierte Abschied, dieses zwischen den Zähnen hervorgepresste *Tschüss* schließlich das letzte sein sollte? Rudolf brauchte keine allzu große Empathie, um zu bemerken, dass Márta diese letzte Szene in den Stunden der Zeremonie tausendmal im Kopf abspielte, dass sie versuchte, ein verdächtiges Moment im Gesichtsausdruck zu finden, in Balázs' Eile, die im Nachhinein wirklich ungewohnt schien, oder eben in seiner Disziplin. Versuchte, aus einem zuvor nicht sichtbaren Zeichen zu schlussfolgern, ob er bereits beschlossen hatte: In der kommenden Nacht würde er das Land verlassen. Ob er es schon Tage, ja Wochen vorher geplant oder ob ihm ganz im Gegenteil dieser Nachmittag die Ruhe für den endgültigen Entschluss gegeben hatte. War damals die Entscheidung gefallen, dass ihn jetzt wirklich nichts und niemand mehr zurückhalten konnte? Allerdings wusste nur Márta, dass sie im toten Gesicht ihres Sohnes in Wirklichkeit nicht nach Zeichen suchen würde, die die Selbstzerfleischung endlich vertreiben und dem reinen Schmerz Platz machen könnten. Eher war sie darauf neugierig, suchte sie mit letzter Kraft nur noch darauf eine Antwort, ob ihr Sohn wohl genug Zeit gehabt hatte, sein Schicksal anzunehmen. Hatte er sich mit ihm ausgesöhnt? Und wenn nicht, wenn sich in jenem letzten Augenblick alles, was ihn ans Leben band, ins Extreme verzerrt hatte, war dann derjenige, der ihn in diese Kiste legte, wenigstens so behutsam und sorgfältig gewesen, ihn auf den Tod vorzubereiten? Hatte er ihm das Haar gekämmt, die Gesichtszüge geglättet, die wächserne Blässe der Haut weggeschminkt? Damit er sich vor seinen Richtern nicht schämen musste? Selbst wenn sich Márta jetzt zum ersten Mal in ihrem Leben ganz sicher war, dass drüben niemand auf diesen Körper wartete. Weder die Ungeheuer der Hölle noch die Boten des Himmels, denn, was die Vergänglichkeit anging, waren die Würmer heutzutage sehr viel eher zuständig als der Schöpfer und seine ganze bucklige Sippschaft.

Rudolf musste sich entscheiden, und er entschied sich schnell. Er würde nicht zu ihnen hingehen, würde keine Szene machen. So konnte sich die Kapelle wieder in das sanfte Raunen hüllen, in das unverständliche Summen gedämpften Sprechens, das nach einer Weile genauso betäubend wirkte wie ein Schmerzmittel. Während er dieses Raunen hörte, kam ihm, und das war vielleicht das Schrecklichste, die schlimme Ahnung, dass er, wenn er von dieser Frau in seinem Leben noch irgendetwas wollte, wenn er sie an seiner Seite wissen wollte, jetzt mit bloßen Händen auf dieses Metall losgehen müsste. Sich nicht um Drohungen und gesunden Menschenverstand scheren, sondern die Plomben abreißen und endlich den Deckel anheben. Er fürchtete nur, und diese unaussprechliche Vermutung hielt ihn zurück, dass er da unten in der Kiste zu Spott und Schande nicht seinen Sohn fände, sondern sich und seine Frau. Zwei im Stich gelassene, hinfällige Körper, die sich hoffnungslos aneinanderklammerten.

Am Grab wurde noch ein Psalm gesungen. Rudolf kannte den Text nicht, bewegte jedoch den Mund, damit sie dachten, auch er singe mit. Márta sah nicht auf das Grab oder den Sarg, selbst das dumpfe Aufschlagen der Erdschollen interessierte sie nicht, dabei verloren in solchen Augenblicken auch die Stärksten für eine Zeit lang die Kontrolle, sondern musterte die ziegelrote Mauer des Friedhofs, als wollte sie abschätzen, ob sie darüber springen konnte, wenn sie losrannte. Das war es vielleicht, weswegen Rudolf sie fester am Arm fasste, damit sie nicht loslaufen konnte oder ihn wenigstens, wenn sie doch Anlauf nähme, nicht einsam unter den Trauernden zurückließe. Diese unerbetene Komplizenschaft war das Einzige, das er sich heute noch gern in Erinnerung rief. Und dann erinnerte er sich auch daran, dass sie, als die Zeremonie zu Ende war und sie endlich nach Hause gehen konnten, vor der Tür der bereitgestellte, sorgsam mit Folie abgedeckte Teller erwartete, darauf vier rötlich schimmernde Kohlrouladen. Noch warm. Doch Rudolf war nicht fähig, hineinzubeißen, er bekam keinen Bissen hinunter, dabei hatte er sich in seiner Vorstellung sogar schon die saure Sahne und das Brot geholt. Nicht einmal die Folie nahm er vom Teller, er gab Mártas sanftem Blick nach und warf dieses unsensible Geschenk geradewegs in den Müll, denn wer trauerte, der hatte keinen Appetit mehr und würde auch nie mehr welchen haben. Der hatte keine Bedürfnisse, keine Wünsche. Der saß längst im Gefängnis, hatte keine Nase, um Düfte einzuatmen, und auch keine Zunge, um die langersehnten Geschmäcker auf ihr zergehen zu lassen. Und trotzdem war es gut so. Denn als auch die letzte Kohlroulade im Mülleimer verschwunden war, lächelte ihn Márta mit einer unerwarteten Heiterkeit an, als wäre dieser ganze Tag oder diese Woche nicht ihnen geschehen. Als wollten sie mit dem schwarzen Anzug und Kostüm an einem solchen Sonnentag nur ihre Marotten ausleben, während sie eigentlich in Strandkleidung hier stehen müssten, mit dem Gummigeruch der Luftmatratze auf der Haut und dem chlorigen Dunst des Wassers im Haar, den nicht einmal das Shampoo beseitigte. Rudolf bemühte sich, so viel wie möglich von dieser Heiterkeit aufzubewahren. Einen Vorrat von ihr anzulegen, denn so etwas konnte nicht lange dauern, das konnte nur ein verwirrter, außergewöhnlicher Augenblick sein, als würde man auf der Straße ein fremdes mit einem bekannten Gesicht verwechseln und den Irrtum trotz der offensichtlichen Gewissheit nicht einsehen wollen. Dabei wäre es sinnvoll, sofort um Entschuldigung zu bitten, bevor der andere laut zu protestieren begann oder die Polizei rief. Schließlich sah niemand gern dem alltäglichen Wahnsinn in die Augen.

Und tatsächlich erinnerte sich Rudolf noch Monate später an diesen Augenblick. Márta hüllte sich nämlich schon am Tag nach der Beerdigung in Wortlosigkeit und ließ lange Wochen nicht davon ab. Auch wenn sie sprach, dann nur mit Geräuschen. Ein Türknallen bedeutete etwas anderes als das Klirren der Gardinenringe. Ein Moment Frieden war, wenn sie die Tischdecken auf dem Hof ausschüttelte, und unbändige Wut, wenn beim Wechseln der Bettwäsche ein frisches Laken in ihren Händen knisterte. Sie war nicht zu bremsen. Unablässig putzte sie, als fürchtete sie sich davor, dass die Nachbarn etwas sagten, oder als hätten sich wer weiß was für pingelige Verwandte zu Besuch angekündigt. Es kam immer öfter vor, dass sie sich einen Tag freinahm, um den einen oder anderen unzugänglichen Winkel mit diesen oder jenen Bürsten sowie sündhaft teuren Reinigungsmitteln blank zu scheuern. Anfangs, als sie nur Balázs' Kleider wusch, protestierte Rudolf noch nicht. Vielleicht fand er auch selbst, dass es sich nach einer solchen Tragödie gehörte, alle Sachen des Verstorbenen zu reinigen, glatt zu bügeln und mit fast geometrischer Präzision in die Schränke zu stapeln. Doch eine Woche später begann Márta, indem sie sich auf Staub und nicht existierende Flecken berief, von Neuem, als wären die Kleidungsstücke unter dem Schutzmantel der Nacht ausgerissen und auf die Straße hinausgelaufen, als hätten sie das Leben ihres einstigen Besitzers imitiert und sich mit Blut, Schmutz und Sand beschmiert, auf dass dieser wahnsinnige Kreislauf niemals ein Ende nähme. Vergeblich redete ihr Rudolf ins Gewissen, vergeblich wurde er laut, flehte er sie an und versuchte dann in letzter Verzweiflung, die Schränke zu verschließen, Márta würdigte ihn keiner Antwort, beziehungsweise reagierte sie doch irgendwie: Sie wusch und putzte von früh bis spät, sodass die ganze Wohnung schließlich derart glänzte, dass man nichts anfassen konnte. Die Sauberkeit versengte einen beinahe.

Vielleicht sucht sie die Gewissheit, kam Rudolf eines Morgens in den Sinn. Er hatte es ja besser gehabt als sie, er hatte die blutigen, unwiderruflichen Löcher in Balázs' Jeansjacke befühlen, sich die letzten Zuckungen des Körpers, die lange oder auch erlösend kurze Agonie dazu denken können. Er allein war in Besitz der einzig möglichen Antwort gewesen, denn schließlich hatte man ihm doch nicht erlaubt, das Beweisstück aus der Krypta mitzunehmen, egal, wie sehr er auch darum bat, und so konnte er nicht allzu viel über den Fall erzählen. Er ist tot, wiederholte er nur stets von Neuem. Dabei hatten die Nachbarn da schon seit mehreren Stunden auf ihn gewartet und sich, kaum war er oben an der Treppe erschienen, sofort um ihn geschart und beinahe den Gang versperrt. Es war ihnen anzusehen, dass sie alles für ein einziges brauchbares Detail gegeben hätten, aus dem ein paar saftige Augenblicke dieser Geschichte herauszuschälen wären, denn schließlich war nichts schlimmer, als sich vor etwas zu fürchten, das man nicht einmal benennen konnte. Doch auch Márta sagte er nicht mehr als das, was er für das Notwendigste hielt. Ein paar ungelenke Sätze. Ganz verheimlichen konnte er es trotzdem nicht, denn immer, wenn er seiner Frau in die Augen sah, immer, wenn er sich im Bett an sie schmiegte, drängte sich auch der steife und leichenfleckige Körper seines Sohnes zwischen sie. Und aus Rudolfs sanftem Ekel, aus der zurückgehaltenen Qual seines Taktgefühls konnte man sich die von der Kugel gerissenen Wunden und das auf Unterschrift wartende Blatt Papier zusammen mit der modrigen Luft der Krypta zusammenreimen. Als er glaubte, er sei rücksichtsvoll, da war er am grausamsten: Statt der beruhigenden Eindeutigkeit der Worte hatte er den Tod seines Sohnes den Exzessen der Einbildungskraft überlassen.

Ja, sie hasst mein Glück, dachte Rudolf am Ende seiner Überlegungen, denn auch er neigte bereits dazu, all das wirklich als Glück anzusehen. Das Klopfen der Schritte um fünf, das Türknarren, das ungeduldige Klappern der Teller und des Bestecks um sechs, mit dem Márta die Zeit des Abendessens anzeigte, dann das leise Klicken des Schalters an der kleinen Lampe, dem man entnehmen konnte, dass sie den Abend wieder mit Lesen verbringen würde. Oder jedenfalls damit, starr in ein Buch zu schauen, weil sie so wenigstens einen Grund hatte, ihr Gesicht zu verbergen.

Aber auch das sollte einmal zu Ende sein.

An einem bewölkten Tag Ende November nahm Márta gerade die Kleider aus der Waschmaschine, als sie bemerkte, dass das wer weiß wie oft gewaschene und gestärkte Hemd, Balázs' warmes Hemd für den Hausgebrauch, beinahe völlig verschlissen war. Man konnte es nicht einmal mehr nähen. Wie ein hilfloser, kalter Lappen lag es in Mártas Händen. Sie schaute es an wie allabendlich ihr Buch. Rudolf lag es schon auf der Zunge, sie sanft, doch sein Erschrecken nicht verheimlichend zu fragen: Willst du das, möchtest du wirklich, dass alles so endet wie er? Aber ihm blieb keine Zeit.

»Morgen kaufe ich ein neues«, sagte Márta plötzlich und legte das Hemd zusammen. Eine Woche später sah Rudolf es bei den Staubtüchern wieder, verblichen und unkenntlich.

Die Heilung ereilte, wenn man so wollte, alle noch unerwarteter. In dem Maß, in dem Mártas bekannte Sätze zurückkehrten, verlor die glänzende Wohnung immer mehr an Sinn. Das tägliche Putzen unterblieb, und es kam auch schon vor, dass sie auf Rudolfs Drängen bis zum Hauptplatz spazierten. Und wenn auch nicht Hand in Hand, so schlenderten sie doch durch die Straßen, kümmerten sich nicht um die anderen Fußgänger, als hätten sie mehr mit den schweigenden Häusern gemeinsam als mit den Lebenden. Einige Tage später wagte Rudolf schon, sie vorsichtig zu bitten, sie möge doch, wenn sie etwas Zeit fände, zum Friseur gehen und sich die Haare neu färben lassen. Ein halbes Jahr nach Balázs' Beerdigung war das gewohnte Mahagoni schon ganz herausgewachsen, am Haaransatz wogte ein glänzendes, seidiges Weiß. Im Dunkeln, nach dem Ausschalten der Lampe, dämmerte ebenfalls ein eigenartiges, blasses Licht um Mártas Kopf, als wäre sie in einem dichten Schneetreiben nach Hause gekommen. Doch wollte dieses Licht einfach nicht schmelzen. Es war sonderbar. Das klebrige, nachsichtige Lächeln in den Gesichtern der Entgegenkommenden ließ sich einfach nicht wegwischen. Nicht selten kam es vor, dass die Leute in den Geschäften hinter ihrem Rücken zu flüstern begannen. Aber Márta hörte auf niemanden, nicht auf Rudolf und auch nicht auf Frau Szilasi, die sich in dieser Sache überraschend auf Rudolfs Seite stellte. Sie wolle keine Verehrer mehr, sagte sie und lächelte entwaffnend.

In jenem Herbst stellte sich auch heraus, dass es im Haus einen Spitzel gab. Nach der Hausdurchsuchung beim Kinderarzt war Rakucsinec für zwei Tage verschwunden, und obwohl er hinterher allen versicherte, das Ganze sei ein Missverständnis gewesen, konnte man sehen, dass er sich am liebsten jede Minute nach hinten umgesehen hätte. Es überraschte niemanden, dass er seine sich stets erfüllenden Vorahnungen über Kaffee, Fleisch und Zucker danach nur noch mit den Vertrauenswürdigsten teilte. Als schaltete man vor dem Schlafengehen das Licht aus, so still wurde es im Haus. Kalcsek musste nicht einmal mehr Veterényis Kinder ermahnen, beim Fußballtennis nicht so laut zu schreien, und langsam blieben die Freunde aus, wie auch die Bekannten lieber nur einen Zettel im Briefkasten hinterließen, dass sie später wiederkommen würden, wenn überhaupt. Niemand redete überflüssig auf dem Gang, dabei war das Gerede immer genauer gewesen als jede Zeitungsnachricht. Auch Toroczkay schimpfte lieber bei heruntergelassenen Rollläden mit seiner Mutter, dass sie nicht so viel glotzen solle und vor allem nicht kombinieren, denn am Ende bekämen sie wirklich noch Ärger. Von dem Herumrätseln, dem vorfühlenden Geflüster erfuhr Rudolf erst, als Öcsi Keller es nicht mehr aushielt und so lange um ihn herumscharwenzelte, bis er den angebotenen Kognak annahm. Doch als Rudolf ihn ebenfalls auf eine Runde einladen wollte, da bat Öcsi ihn nur darum, dass er, der immer für seinen Scharfblick und seine Besonnenheit bekannt gewesen war, statt des Getränks lieber verraten solle, wen er eigentlich im Verdacht habe.

»Warum, wen könnte ich denn verdächtigen?«, fragte Rudolf.

»Na jeden.« Keller sah ihn verblüfft an. »Das ist die Hauptsache!«

»Dich auch?«

»Der ist gut, der ist wirklich gut!« Der andere lachte, als hätte er einen wirklich guten Witz gehört, dann sah er sich verstohlen um, ob noch jemand anders außer ihm diesen Blödsinn gehört hatte. Aber er stahl sich nicht davon, wie es Rudolf erwartet hatte, denn im *Melody* lachte sonst niemand so qequält, nicht einmal, wenn unter dem Tresen Importwodka ausgeschenkt wurde. Keller sah ihn eher mit noch flehenderem Blick an, als hinge tatsächlich sein Leben von diesem jämmerlichen Tipp ab. Beim Pferderennen konnte man nach einem abgebrochenen Lauf solche leeren Gesichter sehen.

Sooft Rudolf an jenen Nachmittag zurückdachte, fiel ihm immer dasselbe ein: Dies wäre die einzige Gelegenheit für ihn gewesen, sich zu erkennen zu geben. Keller in die geröteten Augen zu sehen und die Wahrheit zu sagen. Sie ihm hinzuwerfen wie einen Lappen. Und zuzulassen, dass er ihn anspuckte oder sich still abwandte. Aber er tat es nicht. Er konnte es nicht aussprechen. Dabei hätte Balázs' Leben, wenn es überhaupt eine Bedeutung gehabt hatte, vielleicht gerade diese Bedeutung haben können. Aber was würde dann aus Márta? Wie würde sie es ertragen? Würde sie anfangen, auch seine Kleider zu waschen?

Er würde lügen. Etwas anderes konnte er eigentlich auch nicht tun. Waren sie denn nicht wegen der Lügen immer noch zusammen? Hatte sie nicht schon ganz am Anfang diese in strahlenden Sonnenschein verpackte Mailüge miteinander verbunden? Die Lüge, als er um ihre Hand anhielt, die Lüge, als sie schwanger wurde, und die der Kiste, deren Schatten auch jetzt noch über dem Wohnzimmer lag? Alles Pfeiler unter der ungeheuren Last der Liebe. In Wahrheit hatte er gar nicht mehr das Recht, die Wahrheit zu sagen. Er durfte nicht eigenmächtig gegen eine der Säulen treten, um dann zuzusehen, wie alles einstürzte. Kein Mann würde so etwas tun. Wenn ihn Márta noch liebte, liebte sie ihn für seine Lügen. Dafür, dass er sich mit so reiner Verzweiflung an sie klammerte, als wären sie Wahrheiten, die gehätschelt werden müssten. Es war schwer, darüber zu sprechen. Hier, auf den Tresen gestützt, brachen Gefühle auf, die er längst abgeschrieben hatte. Er machte sich Sorgen um Márta und hätte alles getan, um sie zu schützen. Ja, er liebte sie. Ihren Schmerz, ihre Schutzlosigkeit. Die von Tag zu Tag brennendere Notwendigkeit, bei ihr zu bleiben. Die unsichtbare, aber umso lebendigere Wunde, die Balázs' Tod ihr zugefügt hatte. Die Lücke, die er nicht füllen, von der er ihre Aufmerksamkeit aber vielleicht noch ablenken konnte. Während er auch wusste, dass ihm nur noch wenig Zeit blieb. Vielleicht nur so viel, bis die Wunde verschorfte. Aber solange die Lüge anhielt, gefährdete auch die Gefühle nichts. Wer wollte sie verurteilen? Keller? Dieser Armleuchter hatte ja nicht einmal sein eigenes Leben verdient! Und überhaupt: Vielleicht würde er gerade über ihn als Nächsten schreiben. Möglicherweise könnte er mit ihm das erste Mal konkret werden. Zeigen, dass er bereits imstande war, einen Schritt weiterzugehen. Trufa hatte schon darauf angespielt. Selbst ein Blinder konnte sehen, dass hier eine staatsfeindliche Agitation im Gange war.

»Ich glaube, es ist Toroczkay. Zu ihm würde es passen«, sagte Rudolf endlich und wusste, dass ihm an diesem Tag kein Bier und kein Pálinka mehr schmecken würden.

»Siehst du, das kann sein.« Keller nickte mit finsterer Miene. In diesem Augenblick fiel ihm ein, dass der Pista schon seit einer Weile so dämlich herumlief, als würde er ständig seine Schuhspitzen anstarren. Niemandem sah er in die Augen, dabei war er vorher nie gebeugt gegangen. Komitatsmeister im Hundertmeterlauf war er gewesen, alle Zeitungen hatten es gebracht.

Dankbar dafür, dass Rudolf ihm die Augen geöffnet hatte, sagte Keller keinen Ton davon, dass die meisten im Haus – Tragödie hin oder her – Márta im Verdacht hatten. Wie konnte es denn sonst sein, dass eine eigentlich so nette, vorwitzige junge Frau plötzlich mit niemandem mehr redete, sondern nur schwieg und zuhörte, als wollte sie alles in sich aufsaugen? Das wäre sogar in friedlichen Zeiten verdächtig gewesen, heutzutage aber erst recht.

Im Frühling dreiundachtzig, an einem der ersten warmen Tage, begann Márta zu packen. Vorher spülte sie, kochte eine große Portion Paprikasch und einen Topf Tschorba, damit Rudolf nicht sofort in die Gaststätte rannte. Es war schon damit zu rechnen gewesen. In jenem Jahr war der Frühling zäh und unfreundlich. Ein niederträchtiger Wind, der einem unter die Haut kroch, hatte ihn herbeigeweht, gar nicht geweht, eher nur geschoben, vor sich hergestoßen wie ein gelangweilter Fuhrmann, der seine Arbeit zwar machte, aber keine Verantwortung dafür übernahm. Wieder hatten der Kontrolleur, der Pförtner, der Gasableser eine Stimme, auch wenn sie die Zahlen aufs Geratewohl in ihr Notizbuch schrieben, und sie stimmten, mit überwältigender Mehrheit, stumm für die, deren Gesichter schon hier und da in den Schaufenstern der Lebensmittelläden auftauchten. Während der abendlichen Stromsperren, wenn das Regenwasser müde auf dem Blech trommelte, wenn das Kerzenlicht im Luftzug lebhaft flackerte und das Zimmer mit schweren Schatten füllte, schmiegten sich selbst jene aneinander, die sich im Sonnenlicht kaum mehr ansehen konnten. Die Gliedmaßen und der unwillige, schwere Rumpf erwärmten sich bald unter der Decke, und dann war es schon leicht, einen Schritt weiterzugehen: Glücklich befingerten sie einander in dieser plötzlichen Nähe. Und die Liebe, dieser für alles verwendbare Ersatz, löste sie auf ihre Weise schnell von allem. Von den kalten Heizkörpern ebenso wie von den allmählich fälligen Aufmärschen. Während einer solchen Stromsperre hatten auch sie sich zum letzten Mal aneinandergeschmiegt.

Es war zufällig dazu gekommen. Zuerst hatte sich Mártas Hand auf Rudolfs Knie verirrt, als wollte sie ihn nur darauf aufmerksam machen, dass die Kerze in ein paar Minuten heruntergebrannt wäre, aber dann bewegte sich die Hand unschlüssig, als sei sie selbst nicht sicher, ob sie das wollte, nach oben. Durch die Hose ertastete sie Rudolfs müdes und weiches Glied, begann es dann, mit den bewährten Bewegungen zu streicheln und zu verwöhnen, bis es endlich reagierte, auf seine faule und überraschte Weise ungeduldig wurde. Dann erlosch die Kerze, gerade zur rechten Zeit, denn so sahen sie wenigstens nicht ihre Gesichter, diese wütende Mischung von Ausgeliefertsein und Entschlossenheit. Nach einer Weile setzte sich Márta nämlich beinahe gebietend auf seinen Schoß, und mit wenigen Bewegungen, mit der müden, rasch erlöschenden Kraft der Muskeln geizend, schleppten sie sich bis zum Höhepunkt der Lust. Als das Sperma heiß ausströmte und sich Mártas Hände stärker als gewohnt um seine Schultern schlangen, wusste Rudolf gar nicht, was er mit diesem Augenblick anfangen sollte. Ob er weinen oder lachen sollte. Das Ganze war ja so, als ob jemand die Autos auf dem Schrottplatz mit teurem Öl schmierte und dann mit angehaltenem Atem darauf wartete, dass der von Spinnweben überzogene Motor plötzlich aufheulte. Aber der Körper ist ein sonderbares Tier, manchmal ist selbst eine Illusion fähig, ihn zu verjüngen. Vielleicht hatten sich die Lust und die dichte pechschwarze Dunkelheit verbündet, um Rudolf das Gefühl zu geben, dass eigentlich noch alles vor ihnen lag. Dass sie in Wirklichkeit immer noch am Strand des Baggersees lagen, Márta in ihrem geborgten Badeanzug und mit den duftenden Tropfen des Badens auf der Haut und er wieder stark genug dazu, nicht die Wahrheit zu sagen, sondern nur Komplimente über Komplimente zu machen, weil Márta sich durch die Worte in eine aufregende fremde Frau verwandelte. Und mit dieser Frau konnte man alles Mögliche anfangen. Sie erobern ebenso wie sie sitzen lassen.

Er wusste gar nicht, wie lange er diese unverdiente Gnade in sich gehätschelt hätte, wenn nicht plötzlich der Strom wieder angegangen wäre und das scharfe Licht den Betrug nicht enttarnt hätte. Nun lag wieder nur ein schmerbäuchiger alter Mann auf dem Sofa, mit zitternden Schenkeln, einem sturmgepeitschten Glied, dem zudem fast das Herz aus der Brust sprang. Dann kam Márta aus dem Bad zurück. Die Haut an ihrem Bauch war schlaff und schlug bei jeder Bewegung Falten, aber selbst diese Gruben konnten ihre nunmehr nutzlose Gebärmutter nicht verstecken, die mit blauen Adern durch die Haut schimmerte. Auch Márta sah ihm nicht in die Augen, als käme sie ebenfalls gerade darauf, mit wem sie versucht hatte, sich etwas Glück herbeizuferkeln. Nichts konnten sie mehr verbergen. Und obwohl Rudolf damit rechnete, dass seine Frau sich hinter dem Sessel hastig anziehen würde, kam es doch anders. Márta ging nackt, wie sie war, zu ihm und wischte ihm mit einem feuchten Lappen die Schenkel ab, dann auch sein schlaffes Glied. Sie lächelte nicht, weinte aber auch nicht. Wenn es nicht geklingelt hätte, hätte sie sich vielleicht sogar an ihn geschmiegt.

Es war Rakucsinec. Mit düsterem Blechgesicht, rechtzeitig zurückgehaltenem Lächeln, weil er dachte, wer trauerte, bedürfe der Freude anderer nicht. Sie ließen ihn herein. Einige Minuten trat er im Vorzimmer unschlüssig von einem Bein aufs andere. Mal sah er Márta an, mal Rudolf, vielleicht würden sie ihm ja etwas sagen, vielleicht ihm dafür danken, dass er auch in der vergangenen Woche für sie den Gang gefegt hatte. Schließlich platzte er damit heraus, sie sollten sich nicht um das Gerede kümmern, er halte sie auch weiterhin für sichere Kunden, sie könnten sich also gleich aufschreiben, Dienstag Rindfleisch bei Biazin. Erstrangige Ware, es lohne sich, etwas früher hinzugehen, aber wenn sie nicht aufstehen wollten, gäbe es auch dafür eine Lösung. Für sie ließe sich jetzt alles machen. Schuldbewusst sahen sie ihn an. Sie fürchteten, dass ihren Gesichtern anzusehen war, wobei er sie gestört hatte. Aber Rakucsinec verstand auch das falsch, er befürchtete, dass ihnen das Schmiergeld zu schade war, dabei hätte er es doch auch in dieser ungewohnten Lage verdient, denn das war doch wohl ein prima Tipp, und schon wollte er erklären, dass er direkt vom Schlachthof komme und dort diesen Hinweis erhalten habe, aber er musste nichts erklären, denn Márta bot ihm schließlich ein Glas Limonade an. Nun sah er sich erleichtert um. Betrachtete die Wände, die Durchgangszimmer, was für eine schöne große Wohnung das sei, man sehe das erst jetzt, rutschte ihm heraus. Es folgte eine große, taube Stille. Wie in einem Sack. Oder eher in einer Kiste. Mártas Mund wollte sich schon zu der Frage öffnen, was verdammt noch mal er darunter verstand: *erst jetzt*, aber dann überlegte sie es sich anders. Sie wartete nicht einmal ab, bis Rakucsinec den Rest ausgetrunken hatte, sondern sammelte rasch die Gläser ein. Klapperte dabei so wütend, dass es sogar der Schlosser bemerken musste. Hier kann man glatt Fußball spielen, versuchte er, das Ganze mit einem Witz abzutun und wartete noch ein bisschen, ob der Gang und das Fegen vielleicht noch zur Sprache kämen und diese ganze Selbstaufopferung, die er hier Tag für Tag leistete, dabei hätte er schon längst damit aufhören können, erst recht, nachdem er sich deswegen die Finger verbrannt hatte. Aber keine Reaktion. Rudolfs Gesicht war wie versteinert, und so verabschiedete er sich und machte sich endlich davon.

Sie standen im Vorzimmer, hinter ihnen die gepriesene, geräumige Stille der Wohnung. Gern wären sie in die vorherige Szene zurückgekehrt, doch fehlte ihnen dazu die Kraft. Vielleicht wäre die Strenge eines Regisseurs hilfreich gewesen. Der so lange keine Ruhe gegeben hätte, bis er das Wertvollste aus ihnen herausgeholt hätte. Aber jetzt schien es schon unvorstellbar, dass Rudolf die eben erst hastig hochgezogene Hose wieder herunterließ, damit Márta die Reinigung beenden konnte. Sie waren sich nicht einmal mehr sicher, ob das vorhin geschehen war und ob es wirklich so geschehen war, wie sie es sich jetzt vorstellen wollten. Rudolf wusste, dass alle Tricks vergeblich waren: In ein paar Minuten würde Márta sowieso im Badezimmer verschwinden und dort in das bereitgelegte Handtuch schluchzen. Diskret, um niemanden zu stören, aber irgendetwas musste passieren, denn Rakucsinec war ein Miststück, und Rudolf war auch ein Miststück, weil er sich das alles wie ein Hammel angehört hatte. Aber wen sollte sie schlagen? Wer würde endlich einmal nicht zurückschlagen?

Rudolf vermutete bis heute, dass Márta in diesem Augenblick beschlossen hatte, von ihrem Ausflug am Frauentag nicht zurückzukommen. Vielleicht war das der letzte Tropfen gewesen. Wie sonderbar, grübelte er eines Vormittags, dass in den wirklich wichtigen Augenblicken immer andere an ihrer Stelle entschieden hatten. Mal Professor Tallers Schritte auf dem Flur, mal Frau Szilasis hilfsbereite Ideen. Und jetzt Rakucsinec mit seinem Fußballplatz. Als schlängelte sich ihr Leben immer durch Taktlosigkeiten anderer.

Und so rief Rudolf, als auch der letzte Teller Tschorba aufgegessen war, einen Schlosser an und ließ das Schloss auswechseln. Der Schlosser war ein mitfühlender Mann. Angesichts des schon leicht riechenden Geschirrs, das sich in der Küche angesammelt hatte, und der Asche auf den Teppichen wiegte er nur den Kopf und fragte nichts, doch den Pálinka nahm er an. Nach dem dritten Gläschen kramte Rudolf auch den Grundig-Kassettenrekorder aus dem Schrank, zwängte eine Kassette hinein, und in den verstaubten Lautsprechern erwachte sofort jene heisere italienische Stimme zum Leben, die ihnen die Melodie, die sie beim ersten Hören gleich mitsummen konnten, geradewegs bis ins Herz pumpte.

Als legte sich etwas mediterrane Luft über den Fettgeruch und den Schweißdunst, und ja, für einen Augenblick schossen dem Schlosser ebenfalls die Tränen in die Augen, denn das war auch das Lieblingslied seines Schwagers gewesen, bis er den Gashahn aufgedreht hatte. Dann tranken sie, zügig, nunmehr zu dritt, denn der Geruch des Pálinka hatte Mecseki angelockt, der sich später mit dem Schlosser in den Armen lag. Sie torkelten auf dem Parkett herum, denn da sangen schon diese Schweden mit dem schönen Namen über Waterloo, und Mecseki hob die Beine, als wäre er auf eine Reißzwecke getreten, aber trotz der lauten Musik kamen nicht noch mehr Leute, vielleicht, weil in einem Trauerhaus niemand gern sang. Rudolf störte das zum Glück kein bisschen, sollen die doch verdammte Scheiße noch mal alle predigen!, brüllte er zwischen zwei Liedern. Er konnte sich absolut nicht erinnern, wann er zum letzten Mal auf einer Party gewesen war, wann er zuletzt so richtig gefeiert hatte. Vielleicht bei seiner Hochzeit oder bei Balázs' Taufe, aber da hatte es nicht so gute Musik gegeben, gar nichts hatte es da gegeben, nur ein paar Verwandte, die in der Ecke von dem grün gestrichenen Gartentor und von dem Regiment knarzten, das ständig vor den Fenstern vorbeimarschierte. Und Rudolfs Vater hatte sich sein liebstes Volkslied vom Geiger so oft vorspielen lassen, bis ihm vor Traurigkeit übel wurde.

Er habe es wirklich verdient, endlich ein bisschen Dampf abzulassen, nicht wahr, fragte er Mecseki, der dankbar nickte, weil er spürte, dass es mit Rudolf von nun an keine Probleme mehr geben würde. Anscheinend war diese alte Sache jetzt endlich abgeschlossen, und wenn sie auch nicht gleich Freunde wurden, so müsste er doch nicht mehr befürchten, dass dieser schwäbische Stier eines Tages seine Tür aufbrach und sich mit bloßen Händen Genugtuung verschaffte. Am Morgen war der Schlosser verschwunden und mit ihm der Kassettenrekorder samt Kassette und eine antik wirkende Schmuckschatulle. So viel wie in eine Plastiktüte passte. Aber über das Schloss konnte man sich nicht beklagen. Dieser drahtige, wortkarge Mann verstand seine Sache, und schließlich konnte niemand etwas dafür, dass der Pálinka als Erstes die Ehrlichkeit zerfraß. Da brauchte man nur Kalcsek zu fragen. Doch Rudolf hielt es auch nicht lange aus, schon am nächsten Tag ließ er einen Ersatzschlüssel unter dem Fußabtreter, der seitdem dort lag. Ein Wunder, dass noch nicht eingebrochen worden war. Obwohl es langsam einem Wunder gleichgekommen wäre, wenn man noch etwas zum Mitnehmen hätte finden können.

Es klopfte.

In der Tür blickte ihm Nicu Zmeurăs rot geflecktes Gesicht entgegen.

6.

WARUM KAUFT IHR EUCH denn dann keinen Hund?!, fragte Böske mit Blitzen in den Augen.

Es war Weihnachten, und niemand hatte damit gerechnet, dass Mártas Mutter selbst bei diesem Anlass mit ihrer fixen Idee ankommen würde. Rudolf schob unwillig die Fleischbrühe beiseite; am liebsten hätte er die Krawatte genommen, die ihm Böske geschenkt hatte, und sie draußen über dem Herd verbrannt, wenn man das schon mit dieser alten Hexe selbst nicht tun konnte. Auf den ersten Blick mochte es in der Tat sonderbar scheinen, dass sie nach fünf Jahren Ehe nicht einmal eine spontane Fehlgeburt aufzuweisen hatten oder wenigstens eine ausgebliebene Menstruation, einfach irgendetwas, was Böske, wenn auch nur für einen Augenblick, beruhigt hätte: dass im gemachten Bett, in den geheimen Winkeln des Hauses, wenn auch mit Schweiß und Mühe, doch etwas in Arbeit war. Rudolf hatte schon im Vorhinein davor gezittert, dass seine Schwiegermutter einmal bei einem solchen Familientreffen, bei dem sich alle in ihren gebügelten Kleidern ohnehin unwohl fühlten und auf den Stühlen hin und her rutschten, bei dem sein Vater beispielsweise im Schutz der Tischdecke gerade schon zum zweiten Mal auf die Uhr gesehen hatte, dass also seine Schwiegermutter es nicht mehr aushalten und auch nach den Details fragen würde. Wie oft und in welcher Stellung sie es denn eigentlich machten? Fachgerecht oder mit barbarischer Gleichgültigkeit? Dass sie nach alledem fragen würde, mit dem sie bislang nur Márta in der Küche in den Ohren lag. Wo sie mit wissenschaftlichem Eifer die Vorteile der Missionarsstellung mit leicht angehobener Hüfte schilderte, weil so der Samen ungehindert bis zur Eizelle gelangen könne, und es fehlte nicht viel, und sie hätte all das auf dem Flickenteppich demonstriert, dabei ihre krampfadrigen Beine in die Luft geworfen, denn für so etwas müsse man sich nicht schämen, das gehöre doch seit Jahrtausenden zum Leben dazu, so wie das Rülpsen oder der Furzgeruch.

Das Schrecklichste an Böske war vielleicht, dass sie die Wörter nicht in Verlegenheit brachten. Sie war fähig, selbst in der unerwartetsten Situation einfach alles auszusprechen. Mit einer solchen Offenheit und Begeisterung, dass man sich zuerst wunderte und dann entsetzt war, weil man nicht wissen konnte, wann auf den *Kindersegen* die *Monatsblutung* oder der *Penis* folgten. Dies erklärte nur teilweise, dass sie als Sprechstundenhilfe des Frauenarztes Aladár Tihanyi schon vertracktere Sachen gesehen hatte, die schließlich auch in Worte gefasst werden mussten, denn *Pinsel, Spazierstock* oder *meine kleine Höhle* mochten zwar weitverbreitet sein, drückten wohl aber kaum das Wesentliche aus. Mit Poesie ist noch keine geschwängert worden, pflegte sie zu Márta zu sagen. Und dem war nichts hinzuzufügen, denn Böske war in ihrem ganzen Leben von der Überzeugung geleitet, dass eine Krankheit, die man beim Namen nannte, schon fast geheilt war. Schließlich waren es Vertuschung und das gärende Schuldbewusstsein, die alle Übel hervorriefen und am Leben hielten. Aber auch in den Ratschlägen und lebenspraktischen Hinweisen, die ihr niemals ausgingen und mit denen sie ihre Tochter nur so überschwemmte, spiegelte sich ihr Glaube an die Einfachheit der Welt. Eine Art unausrottbarer Optimismus, dass alles, aber wirklich alles mit zwei Grundrechenarten beschreibbar war, als bestünde das gesamte Universum aus Zusammenzählen und Abziehen und als existierte alles nur als Folge daraus. Wenn also Rudolf die Erfüllung seiner ehelichen Pflichten hinauszögerte, dann verschrieb sie zuerst Aushungerung und anschließend beherrschte, aber umso schlauere Koketterie. Beispielsweise ein leichtes Schwingen der Brüste. Und als auch das nur halbe Erfolge zeitigte, spielte sie wie ein routinierter Kartenspieler das Trumpfass aus: Márta sollte sich am nächsten Tag das Schamhaar abrasieren, das empfehle auch Tihanyi oft in schwereren Fällen, um eine Infektion zu vermeiden und wegen der Hygiene. Und so unglaublich es auch klinge, aber Márta werde schon sehen: Wenn dieses Hügelchen seine kindliche Unschuld wiedergewonnen habe, wenn diese Haut erst einmal von ihren dunklen Geheimnissen befreit sei und auf jede Berührung mit rosiger Zufriedenheit reagiere, würde das auch so einen kräftigen, bekanntlich fischblütigen Mann erschüttern können.

Und sie, Böske, könne wirklich bestätigen, dass es keineswegs aus der Luft gegriffen sei, was man sich in der Stadt erzählte, dass nämlich so manche für unfruchtbar gehaltene Ehefrau Tihanyis Sprösslinge unter dem Herzen getragen habe. So war es kein Wunder, wenn sich Mártas und Rudolfs Kinderlosigkeit nicht nur als alltägliche Enttäuschung, sondern auch als Aufgabe, mehr noch: als Herausforderung vor Böske auftürmte. Wie vor einem Bergsteiger der schneebedeckte Gipfel. Und wenn sie das nicht löste, sagte sie mehr als einmal, dann wäre das nicht nur ein Schandfleck auf der Ehre der Familie Kuti, sondern würde es auch die paar sorglosen Jahre infrage stellen, die sie unter Tihanyis – an manchen Tagen alles umfassender – Fürsorge verbracht hatte. So konnte es geschehen, dass ihr einmal sogar der erlösende Gedanke kam, ihre Tochter zu einer Blitzvisite zu dem schon kurz vor der Rente stehenden Professor zu bringen. Er ist vielleicht schon ein bisschen vertrottelt, aber sein Samen ist Gold wert, erklärte sie Márta, und als diese den eigentlich so simplen Plan absolut nicht verstehen wollte, zuckte die Mutter mit den Schultern und sagte nur: Du machst einfach die Beine breit, meine Liebe, und Rudolf zieht es dann auf.

Márta hörte sich alle Ratschläge an und probierte alle Tricks aus. Vor lauter Eifer schnitt sie sich mit Rudolfs Rasierer sogar in die Scham, sodass sie ein paar Tage warten musste, bis die Wunde verheilt war, denn es stand zu befürchten, dass Rudolf, wenn er den gepeinigten Hügel erblickte, vielleicht sogar der Gedanke an eine Scheidung käme. Wenn es sein musste, zog sie derart raffinierte Kleider an, dass sich jede anständige Frau gesträubt hätte, weil sie entweder zu einer Blasenentzündung oder zum bitteren Gefühl des Ausgeliefertseins führten; sie ertrug alles, Hauptsache, sie musste nicht zu dem alten Bock gehen. Ein anderer Mann solle sie nicht einmal in Gedanken berühren, solle seine fremden Säfte nicht in ihr absondern, brüllte sie, denn dann bliebe wirklich nichts, aber auch rein gar nichts von dem, weswegen sie das Ganze angefangen hatte, weswegen es sich überhaupt noch lohnte.

Du liebst ihn immer noch? Die Mutter drehte sich verblüfft zu ihr um und starrte Mártas Tränen an, als sähe sie Gespenster. Mit Liebe sei doch auf dieser Welt wirklich noch nie etwas gelöst worden. Das sei nur eine Legende, ein gottverdammter Mythos, damit die Frauen nicht gleich in der ersten Nacht kreischten und vor dem Altar in Ohnmacht fielen. Was denn Márta denke, ob sie selbst etwa aus Liebe auf diese elende Welt geboren worden sei?!

Warum denn sonst, fragte die Tochter leise, und darauf wusste auch Böske nichts mehr zu antworten, weil ihr die Antwort irgendwo abhandengekommen war. Vielleicht steckte sie in den immer drängenden Lenden der wechselnden Männer, in den Sehnsüchten und Bedürfnissen, in der Einsamkeit und dem schwangeren Beisammensein, aber vor allem in den blauen Augen eines vornehmen Chauffeurs, der für Wein und Karten immer zu haben war und dem man nichts abschlagen konnte.

Wolle Márta das denn auch? Wolle sie das wirklich? Dieses nirgendwohin führende Gefühl des Glücks, das auf der Haut brannte wie ein Brandmal, sodass man es nie wieder leugnen oder verstecken konnte? Denn je glücklicher jemand sei, und das möge sich Márta hinter die Ohren schreiben, umso schändlicher die Dinge, zu denen er fähig sei, schließlich wisse doch jeder: Der Teufel kneift niemals den Traurigen in den Hintern.

Mit dem Rasiertrick erreichte sie schließlich ihr Ziel. Rudolf starrte mit aufgerissenen Augen auf diesen schneeweißen Körperteil, der verlockender war als alles andere. Dennoch ging er an seine Entdeckung so vorsichtig und gelangweilt heran, eroberte das jungfräuliche Land mit denselben trägen Bewegungen, die er auch zuvor schon als zielführend erachtet hatte. Er war weise genug, um zu ahnen, dass einen auf dem Grund jeder Neuigkeit das hoffnungslose Alte angähnte. Er liebte jede ihrer Fasern und zugleich war er ihrer überdrüssig, denn auf jede seiner Bewegungen antwortete immer dieselbe Bewegung. Er wusste bereits, wie seine Frau ihm nach dem Höhepunkt übers Haar streichen würde, wann sie ins Bad ging, um sich sofort zu waschen und sich zwischen den Beinen mit dem Handtuch rot zu rubbeln, weil es sie sogar vor ihrer eigenen Feuchtigkeit ekelte.

Seit fünf Jahren lebten sie zusammen, und noch immer ekelte sie sich vor ihm, wer hatte denn so etwas schon gehört! Ein Kind will sie, aber würde niemals die Wichse ihres Mannes anfassen, dabei ist das ja nun wirklich kein großes Ding!, rief er einmal in der Kneipe und schlug auf den Tisch. Ein durchsichtiges Zeug, nichts sozusagen. Weder Konsistenz noch Charakter. Bei Blut wendet sie sich natürlich nie ab, sieht sich sogar aufgeregt ihr Taschentuch an, wenn sie ordentlich hineingeschnäuzt hat. Alle nickten wortlos. Das ist so eine Frauenmacke, fasste der Wirt schließlich zusammen, doch stellte sich damit nur heraus, dass auch er nicht anders geliebt wurde.

Rudolf hatte während der fünf Jahre alles gelernt, was zu lernen war. Er hatte sich vorbereitet wie ein Musterschüler. Er wusste, wieso Márta kicherte und wieso sie ihn vorwurfsvoll ansah, er wusste, wie sie nach einem unverschuldeten Furz schnell die Hand vor den Mund hielt, als hätte man sie bei einer Lüge ertappt, und mit schelmischen Blicken versuchte, ihn vom Atemholen abzuhalten. Er kannte auch die Choreografie von Leidenschaft und Unwilligkeit. So wie man ein Buch hundertmal und tausendmal liest. Da braucht man sich auch nicht zu wundern, wenn der Gärtner immer auf derselben Seite mordet und am selben Ort verhaftet wird. Deshalb konnte es geschehen, dass er sich unzählige Male dabei ertappte, in Gedanken schon ganz woanders zu sein. Überlegte, ob er lieber zuerst den Müll hinunterbringen oder mit dem Wasserhahn im Badezimmer beginnen sollte, der schon seit Tagen tropfte und den er vergeblich immer fester zudrehte: Eines Tages würde das Wasser doch in Strömen fließen. Nach der Reparatur täte dann ein Bier gut, wenn das Kostgeld dafür noch reichte. Unterdessen hielt er, ohne es recht zu bemerken, das ohnehin nicht allzu stramme Tempo immer länger durch, war immer mehr fähig, sich von seinem eigenen Körper zu lösen, der dann, wie ein sich selbst überlassener, großartiger Apparat, die ihm anvertraute Aufgabe fast von selbst erledigte.

Anfangs freute sich Márta über dieses ausgedehnte Liebesspiel. Es hatte sie schon immer gestört, dass Rudolf zur Zeit ihres Kennenlernens kaum auf sie gewartet hatte. Mit immer ungeduldigeren Stößen hatte er versucht, den größtmöglichen Genuss zu erreichen, als wollte er ein paar Minuten später schon alles vergessen, dann aber bat er sie keuchend um Entschuldigung, und das hatte sie anfangs auch dankbar angenommen, weil sie die angeschwollenen Adern, das vor Schweiß glänzende Gesicht und den wilden Herzrhythmus ihrer eigenen Weiblichkeit zuschrieb. So lange, bis ihr klar wurde, dass ihre Seele solche Ausreden vielleicht akzeptierte, ihr Körper aber nicht fähig war, zu vergessen: Ihre Lust, die auf der Strecke blieb, drückte die Muskeln auseinander, fraß sich bis ins Mark, um sich schließlich in quälende Kopfschmerzen zu verwandeln. So kam es vor, dass sie öfter einmal ins Bad hinaushuschen musste, wo sie ihren schmerzhaft angeschwollenen Kitzler zuerst voller Abscheu, später aber mit immer genaueren Bewegungen zu streicheln begann, damit sich die erzwungene Lust ein paar Sekunden später auch ihrer erbarmte. Und danach konnte sie nun wirklich mit verzeihendem

Blick und ihrem Handtuch zu Rudolf zurückkehren, denn sie hätte nie gewagt zuzugeben, dass sie diese selbst portionierte, nach Aussage ihrer Mutter jedoch von jedem Fachbuch verbotene Freude immer mehr genoss.

In letzter Zeit war aber alles anders geworden. Sie konnte sich leicht auf Rudolfs lang angehaltenen Rhythmus einstimmen, und so ging sie nur noch ins Bad, damit ihr Mann nicht wegen ihrer veränderten Gewohnheiten Verdacht schöpfte. Sie war schon fast so weit, ihm eines Nachmittags für die ausgedehnte Fürsorge zu danken, möglichst noch bevor die Lust sie übermannte, damit auch Rudolf spüren konnte, womit die Aufmerksamkeit, die er ihr entgegenbrachte, sie Tag für Tag beschenkte. Doch als sie ihrem Mann ins Gesicht sah, ging ihr auf, dass Rudolf sie schon seit Monaten mit geschlossenen Augen und stumm vögelte. Als wäre er eine gottverdammte Maschine, bei der man nur ein paar Münzen einwerfen musste, damit die Zahnräder ineinandergriffen und sich die Gliedmaßen im entsprechenden Rhythmus bewegten. Genau so wie diese albernen Apparate auf dem Jahrmarkt, vor denen sie immer stehen blieb und mit angehaltenem Atem darauf wartete, dass die kleinen Männchen endlich die Becken zusammenschlugen oder ihren Hut abnahmen und mit verzerrter Stimme fragten: Wie geht's, wie steht's, Gnädigste? Da war nichts zu machen. Márta wandte lieber den Kopf ab und betrachtete die Decke oder die lackierte Seitenwand des Schranks. Sie ließ ihren Körper von dem reichlich gedeckten Tisch speisen, den ihr Rudolf bot. Dabei achtete sie sehr darauf, dass sie nicht einmal versehentlich zwei Sportler vor sich sah, die mit immer perfekteren Bewegungen die Grenzen der menschlichen Leistungsfähigkeit erstürmten. Auch jenes Bild versuchte sie zu verscheuchen, dass sie ihre Sache auf einer Art Podium erledigten, während sie das Publikum mit zum Zerreißen gespannten Nerven beobachtete, bereit zum Applaus, in den sich allerdings auch Töne des Neides mischten, und sie sich dann nach dem erlittenen Höhepunkt an den Händen fassten und verneigten, die Blumen entgegennahmen. Von diesen Fantasien blieb schließlich nur übrig, dass sie sich von Zeit zu Zeit anstelle des Schrankes einen Mann mit stechendem Blick vorstellte, eine Art Lehrer, in engem Anzug und mit Brille auf der Nase, der alle ihre Bewegungen verfolgte. Und obwohl ihr Körper für dieses Spiel dankbar war und sie in noch größere, noch unberechenbarere Strudel warf, blieb, wenn sie mit pulsierenden Gliedern wieder ins Bett schlüpfte, dennoch ein sonderbarer, bisher unbekannter metallener Geschmack in ihr zurück: der stille Belag der Scham, den man nur mit neuen und immer raffinierteren Sünden abwaschen konnte.

Aber sosehr der Überdruss auch eine gefällige Erklärung gewesen wäre, wollte Rudolf doch nicht deswegen keine Kinder. Er fürchtete einfach, dass ein winziges Wesen, das aus Mártas Bauch schlüpfte, so gut wie sicher nicht ihm, sondern seiner Frau ähneln würde. Es würde ihren Geruch, ihre Stimme und ihre Figur erben, und dann stünde er sofort nicht nur einem, sondern gleich zwei Problemen gegenüber, und seine Gewissensbisse würden in Zukunft nicht mehr von nur einer, sondern von zwei Quellen genährt. Von Márta und ihrem zwergenhaften Spiegelbild, das, sobald es sprechen lernte, vielleicht dieselben Worte wie seine Mutter samt der sichtlich verrückten Großmutter gleich einem Echo wiederholen würde. Und das war einfach zu viel. Das riskierte er lieber nicht. Er würde warten, solange es möglich war.

Der rasierten Muschi hatte Rudolf dennoch viel zu verdanken. Als er in der Vorstadtkneipe damit herausrückte, womit ihn seine Frau nach fünf Jahren Ehe zu verführen versuchte, war er plötzlich wer. Im *Stern* wurde es mindestens so still, als suchte die Staatssicherheit zwischen den Tischen nach zweifelhaften Elementen. Nur die Gläser klirrten, und der Wirt räusperte sich ein wenig.

Sie meinen, sie hat da gar nichts? Er schob Rudolf das Bier hin.

Kein einziges Haar. Rudolf warf sich in die Brust. Glatt wie meine Handfläche.

Das musste besprochen werden. In den *Stern* kamen vor allem die Arbeiter aus dem Lederwerk, lauter mürrische, nach Chemikalien stinkende Männer. In den vergangenen Monaten hatten sie wenig gesprochen, sie hatten nur den zusammenfallenden Bierschaum angestarrt, sich nach der Sperrstunde ein bisschen im Hinterhof geprügelt, aber mehr als das riskierten selbst die mutigsten nicht, denn langsam gab es keinen Satz mehr, der nicht missverstanden werden konnte. Aber man musste ja nicht viel sprechen. Auch so wussten alle, wer um den König und wer um die Gardisten weinte, wer immer noch darauf wartete, dass sein jüdischer Nachbar heimkehrte, und wer dem neuen Parteisekretär sofort in den Arsch kriechen würde. Und wenn sie trotzdem zu diskutieren anfingen, nahm ihnen der Kneipenwirt Tiberiu, der sich einst als Dockarbeiter einen Namen gemacht hatte, sofort den Krug weg, auch, wenn der noch bis oben voll mit Gezapftem war. Da gab es kein Pardon und keine Ausnahme. Der mit der großen Klappe konnte dann entweder etwas Neues bestellen, oder er verdrückte sich unter Hohn und Spott aus der Spelunke. Mehr als das konnte sich nur Anton Popescu mit seinen Schaufelhänden erlauben, aber der war im Krieg auch zweimal verwundet worden. Einmal hatten ihn die Russen angeschossen und dann die Nazis in der Nähe der ungarischen Grenze, sein rechtes Knie ließ ihm immer noch keine Ruhe, wenn es Vollmond wurde oder wenn der Frost vom Csemergi-Hügel her kam. Auch er schimpfte meistens auf die Sowjets, dass die jetzt alles aus dem Land schleppten, Öl, Holz, vielleicht sogar den Boden. Ja, ist es denn nicht zum Lachen, fragte er Tiberiu einmal, dass die Russen jetzt alles verschlingen, was der Deutsche noch nicht aus uns ausgesaugt hat, denn letztlich wälzt sich die Nation doch zwischen diesen beiden Nutten hin und her, aber Tiberiu sagte nichts. Was hätte er sagen sollen? Am nächsten Tag kam Popescu auch so nicht mehr, um sich den bereitgestellten Pálinka abzuholen. Damals hieß es, wer nicht rechtzeitig nach Hause kam oder zwei Tage nicht zur Arbeit erschien, den lohnte es gleich am Donaukanal zu suchen. Der wühlte dort in der Erde, wenn nötig, mit bloßen Händen, bis all sein Widerstandsgeist verflogen war. Und das konnte durchaus einige Jahre dauern. Alle meinten zu wissen, dass man mit dem Kanalbau erst dann aufhören würde, wenn Bukarest zu einer Hafenstadt geworden war. Ein kleines sowjetisches Marseille, damit der Westen endlich vor Neid krepierte.

Aber die kahle Muschi, so schien es, ließ sie das alles eine Weile lang vergessen. Niemand würde es glauben, aber Mitte der fünfziger Jahre wurde die Vorstadt zwischen der Lederfabrik und der Gemarkung Tercse von einer sexuellen Revolution erschüttert, die alle Marotten dieser Zeit weit übertraf. Als sich die Männer vom Lederwerk nämlich Rudolfs äußerst detailgetreuen Bericht angehört hatten, zahlten sie mit ausdrucksloser Miene, was sie getrunken hatten, und begannen noch am selben Abend, ihre Frauen weichzuklopfen. Zuerst mit Blumen, dann mit Küchenmöbeln, aber manch einer versprach auch einen Ausflug ans Meer, den sie ihr Lebtag nicht vergessen würde. Über

Kohle gebratenen Fisch und Sonnenuntergang. Und es gab auch solche, die einfach ihren Rasierer neben die Wanne legten und der Frau ein paar Minuten Zeit für die Entscheidung ließen, ob sie selbst Hand anlegen und sich ihr altmodisches Gestrüpp abkratzen wollte und es dann vielleicht schneller hinter sich hätte oder lieber ihren Mann zwang, den neuen Prinzipien selbst den Weg zu bahnen, denn dabei konnte durchaus Blut fließen. Vor allem, wenn sie währenddessen auch noch herumzappelte.

Einige Wochen später bedauerte der Parteisekretär Vlad Dincu nur noch, dass im Bezirk des Lederwerks kein sozialistischer Wettbewerb ausgeschrieben worden war, denn an ihrem Sieg hätte kein Zweifel bestanden. So viele lächelnde und zufriedene Menschen hatte man selten in der Gegend gesehen. Mehrere der Abteilungen arbeiteten beispielhaft, die ansonsten für unerfüllbar gehaltenen Pläne wurden übererfüllt, und die Männer zogen sogar in der Kneipe saubere Hemden an. Das Fluchen und sinnlose Herumschreien nahm ab, und auch von dem Hunger, den sie noch immer oft verspürten, sprachen sie so, als ginge es nur um eine Art Diät, die der Figur guttat, dabei kam es damals – Tauwetter hin, Stalins Tod her – schon immer öfter zu Beerdigungen. Da schien es durchaus glaubhaft, dass diese zähen, milchig weißen Nebel, die jeden Morgen Mensch und Tier gleichermaßen blendeten, aus den Seelen bestanden, die nicht zur Ruhe kamen und zusammengeballt umherschweiften. Sie rissen die Knospen von den Bäumen und zerfraßen die Mauern der Häuser bis zu den Ziegeln, sodass auch der Polizist zähneklappernd den Kragen zusammenzog, weil man sich erzählte, dass höchstens der Mairegen die Geister der Selbstmörder vertreiben könne, wenn man nicht vorher auf dem Hof warme Asche verstreute.

Um die paar bockigen und rückständigen Frauenzimmer, die sich weder von Drohungen noch von dem bedrückenden Gedanken an eine Scheidung überzeugen ließen, kümmerte man sich kaum. Ebenso verbuchte man als missgünstiges Gerede, dass Tiberiu sich sein Gesicht deshalb so oft massierte, weil er immer noch die gehörige Ohrfeige spürte, die ihm seine Braut verpasst hatte, als er ihr begeistert den Körperteil einer fremden Frau zu beschreiben begann. Die Revolution gewann dennoch von Tag zu Tag an Stärke. Rudolfs Ansehen wuchs proportional zur Zahl der Bekehrten; die Männer aus dem Lederwerk kamen nun nicht mehr nur mit ihren Zähnen zu ihm, sondern auch mit anderen Angelegenheiten, und manche von ihnen blieben ihm auch nach vielen Jahren noch treu, als man in dem zur Praxis umgestalteten Badezimmer schon ein wenig Privatgeschäfte betreiben konnte.

Dabei gab es anfangs durchaus Probleme. Beispielsweise das Kratzen, das sich ganz und gar nicht mit der sozialistischen Moral vereinbaren ließ. Nach ein paar Tagen Selbstvergessenheit begannen nämlich die Borsten zu sprießen, und mit ihnen nahm die Qual des Juckens ihren Anfang, die minütlich nach der erlösenden Hand zu verlangen schien. Die Frauen mussten daher immer öfter darum bitten, auf die Toilette hinausgehen zu dürfen, oder rieben sich, wenn niemand hinsah, mit einer unschuldigen, befreienden Bewegung an der Nähmaschine, der Türklinke oder der Kante der Wandzeitung des Betriebs, von der aus die retuschierten Bestarbeiter den immer ereignisreichen Lärm der Abteilung überwachten.

Wie ein Sack ungefickte Flöhe, knurrte der Schichtleiter der Textilfabrik und hätte sich schwer gewundert, wie sehr er sich in der Einschätzung der Lage irrte. Freilich hätte etwas Mut dazugehört, nach den gründlich durchgekauten

Komplimenten endlich ein wenig unter den Kleidern der verträumteren Näherinnen herumzufingern, denn obwohl die meisten verheiratet waren, erwarteten sie doch ab und zu eine gewisse, über die reine Kollegialität hinausgehende Annäherung. Hätte es die nicht gegeben, wer weiß, wie sie das Ganze überlebt hätten.

Breiige, gärige Jahre waren das. Man musste das Nichts rationieren, vorsichtig, damit für jeden Tag etwas blieb und man doch nicht verrückt dabei wurde. In der Luft lag ständiger Unmut, denn auch von der unablässigen Angst konnte man genug bekommen, irgendwann ermüdeten die Nerven, und was blieb, war nur noch ein dumpfes, klebriges Gefühl. In der Vorstadt, wohin sich Rudolf und Márta nach der Hochzeit zurückgezogen hatten, war Gott sei Dank keine Zeit, über so etwas zu grübeln. Eine unerwartete, aber desto süßere Hitzewelle überflutete den mit rostigen Loren und zerfallenden Waggons übersäten ehemaligen Waldstreifen und die um ihn herum kauernden Häuser, die sich nur sehr schwer zu Straßen, zu häppchengroßen Plätzen zusammensetzten. Eine neue, eine unaussprechliche Trunkenheit vibrierte unter der grauen schmierigen Arbeitskleidung. Ein Zusammenhalt, den die Macht mehr fürchtete als die Verräter in ihren eigenen Reihen, denn so etwas konnte man nicht ausrotten, nicht einmal besonders gut dämpfen, höchstens über die Haut kribbeln lassen wie einen verbotenen Frühlingsduft. Davon also waren Tiberiu und der Schichtleiter ausgeschlossen. Doch Letzteren brauchte man nicht allzu sehr zu bedauern.

Er kam jeden Morgen mit dem Sechszwanziger aus Szentiván, unter dem Arm das Schmalzbrot, das ihm seine Mutter sorgfältig in Zeitungspapier gewickelt hatte, aber auch das half nichts, denn wenn er ankam, hatte das Schmalz schon alles durchtränkt, der Geruch kroch ihm bis auf die

Haut, als käme er jeden Tag vom Schweineschlachten, man tuschelte hinter seinem Rücken über ihn, und obwohl er dürr war wie eine Schindmähre, konnte er sich von dem Verdacht, unter der Hand mit verstecktem Fleisch Geschäfte zu machen, nie reinwaschen. Es wunderte niemanden, dass er nicht in der Lage war, sich Respekt zu verschaffen. Auch wenn er von Jahr zu Jahr strenger wurde, winkten die anderen nur ab, da er damit sicher nur seinem immer hoffnungsloseren Dasein als Junggeselle die Schärfe nehmen wollte.

Márta mochte ihn sonderbarerweise trotzdem. Vielleicht weil sie von ihm erfahren hatte, dass sie endlich eine Arbeit im Büro bekam und sich nicht mehr von früh bis spät über die Nähmaschine krümmen musste. Sie würde eine »Tischlerin«, wie die in einem extra Gebäude residierenden Büromitarbeiter von den anderen genannt wurden. Es war also ganz und gar nicht Professor Tihanyi, der die größte Versuchung darstellen sollte, wie ihre Mutter geglaubt hatte, sondern dieser Bauer aus Szentiván mit seinem gegerbten Gesicht. Und nicht in einer Wohnung in der Innenstadt mit vielen Zimmern, sondern auf den paar Metern zwischen dem Werk und den Büros. Auf einem dunklen Flur, der nach durchgeweichten Ballen roch und wo schon eine versehentliche Berührung des Schichtleiters ausgereicht hätte, damit sie seine zitternde Hand ganz von selbst an ihre Brust zog; dann hätten sie das Ganze an die Ballen gelehnt innerhalb von Augenblicken hinter sich gebracht, so wie früher mit Rudolf. Das war gewiss auch dem Mann in den Sinn gekommen, denn er vermied es verdächtig, sie anzusehen, starrte ständig auf seine Schuhe, als wäre dort die Betriebsvorschrift eingraviert, als gäbe es wenigstens irgendeine Vorschrift für solche Fälle. Sie hätte nachgegeben, obwohl sie damals kaum noch Grund zur Klage hatte.

Einige Tage, nachdem sie ins Büro versetzt worden war, hatte Rudolf sie zu Hause mit einem Blumenstrauß und einem offiziellen Papier erwartet. Zuerst traute sie ihren Ohren nicht, sie musste ihren Mann bitten, es noch einmal zu wiederholen, und noch einmal, denn es schien wirklich unglaublich, dass sie nach wer weiß wie vielen Jahren Verbannung wieder in die Stadt zurückziehen konnten. Da stand es schwarz auf weiß: Straße des Fortschritts 79, dritter Stock, Wohneinheit siebenunddreißig; das kann nur ein Mietshaus sein, flüsterte Rudolf, und das kam damals einem Geständnis gleich.

Aber jetzt müsst ihr euch an die Arbeit machen, grinste der noch immer dankbare Vlad Dincu, als er Rudolf die Zuteilung in die Hand drückte, denn auf dem Papier habt ihr schon zwei Kinder.

Ein paar Jahre lang geschah trotzdem nichts. Als würden sie jemanden erwarten, der seiner Natur nach nicht kommen konnte. Vergeblich verabredeten sie immer wieder neue Treffen, nur die Enttäuschung wurde immer dumpfer und berechenbarer. Rudolf hatte manchmal das Gefühl, dass die Tage mit dem auf Mitternacht zugehenden Abend gar nicht verschwanden, dass sie ihnen diesen Gefallen nicht taten, sondern sich in einem Winkel der Wohnung im Dunklen versammelten wie aus Büchern gefallene Seiten oder altes Laub. Dort häuften sie sich ungezählt. Und er wusste: Wenn er einmal so viel Geduld hätte, wie sich vielleicht während eines Menschenlebens in einem ansammelte, und sie alle in eine Reihenfolge brächte, aber natürlich nicht die Montage zu den Montagen und die Sonnabende zu den Sonnabenden, sondern nach einer viel ausgefeilteren Logik, dann würde er seinem eigenen Leben vielleicht näherkommen. Nein, nicht den Geheimnissen, nur dem nackten Gerüst des Daseins. Obwohl zu befürchten stand, dass es sich damit ebenso verhielt wie mit der Zeit: Man erfuhr ihre Kraft am stärksten, wenn sie einen schon fast zermalmte. Man konnte ihr erst ins Gesicht sehen, wenn sie einen schon zur Strecke gebracht hatte. Und wie dieser Haufen in den Zimmerecken anwuchs, so begann er, die Menschen immer besser zu verstehen. Er hüllte sich in dieses plötzliche Verständnis, hörte sich schon beinahe stolz den Schwachkopf auf der Straße an, der etwas vom Ende der Welt vor sich hinbrabbelte, oder Öcsi Keller, den Nachbarn von unten, der beinahe in Tränen ausbrach, wenn sich jemand auf ein Gespräch mit ihm einließ, und schon nach ein paar Minuten bei seiner adligen Sippschaft ankam, wie er seine Papiere und mit ihnen sein Adelsprädikat im letzten Kriegsjahr an einen jüdischen Flüchtling verkauft hatte. Wie für eine Speckseite aus Kaáli Nagy dieser dünne Keller, dieses Nichts geworden war.

Hat denn der Speck wenigstens geschmeckt, fragte Rudolf, woraufhin Öcsi Keller zusammenzuckte, als spürte er wieder diesen salzigen, vollen Bissen im Mund, den er in Gedanken schon tausendmal ausgespuckt, tausendmal zurückgewiesen hatte.

Ich habe noch nie so etwas Gutes gegessen, sagte er schließlich, und der Kummer schnitt ihm beinahe das Gesicht entzwei.

Am ehesten verstand Rudolf aber doch Márta. Beziehungsweise schmeichelte er sich damit, dass er diese Frau verstand, die sich jeden Tag für ein Stündchen auf den Gang setzte, wo gerade die Sonne hereinschien. Mit geschlossenen Augen und entspannten Gliedern sah sie aus wie eine bezahlte Illusionistin, ein Fakir, der fähig war, sich aus dem Strom des Lebens auszuschließen oder, ganz im Gegenteil, gerade jetzt in ihn eintauchte. Er erinnerte sich, dass sich bei diesen Gelegenheiten sogar Öcsi Keller in den dritten Stock geschlichen hatte, weil ihn Márta entschieden an seine Mutter erinnerte. An eine echte Frau von Welt, die sich am Strand der Adria sonnte, diskret, aber dennoch mit allen Zeichen der materiellen Sicherheit. Und als Keller ihm davon erzählte, war es nicht schwer, sich anstelle des Hofes schäumende Wogen vorzustellen, die an den Gittern des Laubengangs leckten. Ein Fakir am Meeresstrand, darüber lachte Rudolf herzhaft und wusste gar nicht, was er mit dem Neid anfangen sollte, der ihn plötzlich überkam. Schließlich hatte Márta in dieser anscheinend friedlichen Gleichgültigkeit immerhin Böskes Tod erlebt und sogar den von Rudolfs Mutter. Auf der Beerdigung tuschelten alle, Márta beweine ihre Schwiegermutter mehr als deren eigener Sohn, dabei war er es gewesen, der alles dafür getan hatte, dass die Zeremonie ungestört ablaufen konnte.

Er hatte die Traueranzeige aufgegeben, darauf geachtet, dass die Grube tief genug ausgehoben wurde, dass an der Bahre nach Möglichkeit alle am rechten Platz standen, dass es kein Gedränge gab und möglichst die ausgewählten Psalmen gesungen wurden, und als er alles erledigt hatte, blieb in ihm nichts als das Gefühl der Freude an der wohlverrichteten Arbeit, darüber, dass er etwas nach bestem Können erledigt hatte. Warum reichte das nicht? Was lösten denn Tränen, und was löste Disziplin nicht? Und als wenn das noch nicht genug gewesen wäre, blieb in Mártas Blick noch lange Zeit danach etwas von der Trauer, vielleicht wusste sie es selbst gar nicht, sondern konnte es nur daraus schlussfolgern, dass Bekannte, aber manchmal auch Fremde ihr im Büro die Hand auf die Schulter legten, ihr auf der Treppe den Vortritt ließen, gedämpft mit ihr sprachen, um ja nicht die hauchdünne Hülle zu verletzen, mit der der Kummer sie umschloss. Rudolf hingegen wurde mit jeder solcher Berührungen, mit jeder Beileidsbekundung kleiner und kleiner, vergeblich versuchte er, diese Traurigkeit zu bestechen, sie mit den alten Tricks auf seine Seite zu ziehen, nichts half. Vergeblich schwammen sie zusammen an einem strahlenden Sommertag bis zur Mitte des Baggersees, vergeblich umarmte er den im Wasser entspannten Körper, Mártas Blick schenkte ihm keine Gnade. Sie drehte nicht den Kopf weg wie bei anderen Gelegenheiten, sondern schaute nur zurück, gleichmütig, als bereite sich unter der Trauer Tag für Tag etwas vor, als erstarke etwas, von dem man besser nicht wusste, weil es einem die Knochen zerfraß, so wie der Rost das sich selbst überlassene Eisen.

Vielleicht bekam sie auch deshalb eine Abmahnung im Textilwerk. Man hatte gespürt, dass es wegen der Trauer von Tag zu Tag schwerer wurde, mit ihr umzugehen. Dass sie immer mehr aus der Reihe tanzte, mit ihren Träumereien und ihrem Grübeln sichtlich eine zunehmend größere Gefahr für das Kollektiv, für ihre unmittelbare Umgebung darstellte. Der Personalchef schüttelte den Kopf, warum haben Sie nicht wenigstens die zu Hause behalten, fragte er später und nahm das Corpus Delicti in die Hand, eine schon etwas zerfledderte Bibel, die man in der Schublade ihres Tisches gefunden hatte. Mit so etwas macht man keine Scherze, setzte er wohlwollend hinzu, und sein Gesicht sah ein bisschen aus wie auf einem Heiligenbild. Sie zu versetzen wagte er jedoch nicht, denn das hätte man begründen müssen, Papiere hin- und herschicken, und wenn er es einmal niederschrieb, konnte nichts mehr die Lawine aufhalten, früher oder später würden einige wortkarge Männer auftauchen und die ganze Abteilung durchwühlen, denn wo eine Bibel war, da mussten noch mehr sein.

Aber was hast du denn, fragte auch Rudolf öfter mit aller ihm zu Gebote stehenden Sanftmut, obwohl er ihr am liebsten eine Ohrfeige verpasst hätte. Du bist zu viel allein, stellte er schließlich eine mögliche Diagnose, denn Márta, die einst lebhafte, glühende Frau, verließ nun wirklich kaum noch die Wohnung. Es interessierten sie weder Kino noch Konditorei, selbst zum Sonntagsspaziergang wiegte sie unschlüssig den Kopf. Wenn sie dennoch nachgab und sie zum Flussufer oder in die Gaststätte Albatros gingen, die von allen für ihr Grillfleisch mit Mujdei gepriesen wurde, oder wenn sie sich einen Abenteuerfilm ansahen, dann spielte sie lieber mit dem Zipfel der Tischdecke, und obwohl sie die Augen nicht von der Leinwand nahm, konnte sie über den Film kaum noch etwas sagen, nicht einmal, ob es ein Liebesfilm oder ein Krimi gewesen war, und sie erinnerte sich auch nicht daran, was sie genau gegessen hatte. Am Abend, wenn ihr der Roman, den sie las, langweilig wurde, suchte sie im Radio so lange, bis sie Tanzmusik fand, deren sanfte Takte zuerst nur über dem Parkett schwebten, bis schließlich die Trommel zu wirbeln begann und die frivolen Töne einer anderen Welt einem lebendiges Blut ins Gehirn pumpten. Und dem konnte man wirklich nicht widerstehen, nach ein paar Minuten bewegte sie schon die Beine, aber nur vorsichtig, vielleicht, weil sie fürchtete, wenn sie sich gehen ließe, könnte sie mit ihrem Schwung noch gegen die Möbel stoßen, etwas hinunterwerfen, oder es könnte sich herausstellen, wie ungeübt und plump ihr Körper war. Aber einem Tanz kam auch das gleich, diese paar Knöchel- und Kniebewegungen, denn um sie herum konnte man sich schon leicht den girlandengeschmückten Ballsaal vorstellen, einige Herren im Smoking, die diese geheimnisvolle, allein tanzende hübsche Frau erstaunt beobachteten.

Einsam war sie, provozierend und demonstrativ einsam. Irgendwie so, wie ein Bettler an der Bushaltestelle seine wunden Beine zeigte, aber das Geld nicht für Kleidung oder Lebensmittel ausgab, die sein Elend lindern konnten, auf keinen Fall, denn sonst verlöre er ja seine Stelle. Auch Mártas Einsamkeit war gerade in ihrer Ungelöstheit attraktiv, und mit jedem Tag und jeder Nacht, die unverrichteter Dinge vergingen, wurde sie hübscher und tiefer, als fände sie in ihrer eigenen Schönheit eine Stütze. Von dieser sonderbaren Schönheit gelangte ein wenig in den immer verbraucht wirkenden, schmächtigen Körper, auf die von Winterfrösten so oft geplagte Haut, deren Gräben selbst der Sommer nicht mehr ganz glätten konnte. Manchmal war sie jedoch zu Wundern fähig: war seidig und unabweisbar wie ein unbeschwerter Sommernachmittag, der sich heimwärts unter den Platanen an einen schmiegte.

Zuweilen lud Rudolf noch einige alte Bekannte aus dem Lederwerk mit ihren Frauen ein, doch dann bereute er es wieder, denn das Gespräch drehte sich nach einiger Zeit unweigerlich um die Kinder, um die täglichen Qualen mit dem Windelwechseln und den Bäuerchen. Mit strahlenden Augen berichteten sie davon, doch bevor sie sich in die Details vertiefen konnten, verstummten sie plötzlich taktvoll, als hätte man sie im entscheidenden Augenblick unter der Tischdecke gewarnt, als hätte ihnen jemand gegen das Schienbein getreten, und gleich darauf begannen sie, die geräumige Wohnung zu loben, den geschmackvoll gedeckten Tisch, und sobald der Kaffee getrunken war und sie den letzten Bissen Fleisch vom Knochen gelutscht hatten, ergriffen sie, indem sie sich auf Kinokarten oder die schlechte Verkehrsverbindung beriefen, noch vor Einbruch der Dunkelheit die Flucht. Ihnen aber blieb dann kaum eine andere Wahl: Entweder sie begannen, sich wütend zu lieben, gleich an Ort und Stelle, neben den Resten des Abendessens, um ihren Rückstand irgendwie aufzuholen, oder sie verschwanden mit übertriebener Höflichkeit, einander ausweichend, im Bett und sprachen über den Abend, als sei er wirklich gelungen gewesen, als wäre es schade, dass es nicht noch mehr davon gab. Dafür konnte Rudolf allerdings noch sorgen, dass Márta in die Zuckerfabrik versetzt wurde, weil er fürchtete, dass die Trauer, das Tanzen und das sorglose Sonnenbad im Kopf seiner Frau jeden Augenblick zu einem überaus explosiven Gemisch verschmelzen konnten, und wer wusste, vielleicht wurde sie sogar verhaftet, und dann hätte er statt eines Problems gleich drei zu lösen gehabt, und das auch noch möglichst schnell.

Aber manchmal sind alle Schutzvorkehrungen vergeblich.

Niemand hatte schließlich den Montagnachmittag vorhersehen können, an dem Márta blass zur Tür hereinstürzte, blasser als der Schnee an ihrer Kleidung, und nicht einmal abwartete, bis Rudolf seine Suppe gegessen hatte. Ich bin schwanger, sagte sie, aber ihrem Tonfall war fast nichts zu entnehmen. Weder Angst noch Stolz, nichts, an dem Rudolf sich hätte festhalten können. Vielleicht gab es ihr Kraft, dass sie dieses eine Mal wirklich vorausschauend gewesen war, denn sie hatte mit Rodica Traian schon weit im Voraus verabredet, dass, wenn sie das Kind nicht wollten, wenn Rudolf etwas dagegen hätte, dass dann Rodicas Mutter die Sache innerhalb von ein paar Tagen in Ordnung brächte. Gleich in der Woche darauf könnte sie zu ihr gehen, zum Glück lagen sie noch gut in der Zeit, es würde zwar ein bisschen wehtun, aber Rodica sagte, es sei noch niemand daran gestorben, ihre Mutter sei keine Engelmacherin, nicht so eine wie die Hebammen hinter der Bahn, die mit allem Möglichen in einen hineinstachen und einen, wenn man zu sehr blutete, am Damm liegen ließen. Rudolf verstand selbst nicht, warum, aber ihm imponierte diese Situation. Er konnte sich gleichzeitig als werdender Vater fühlen und hätte sein eigenes Kind sofort verschlingen können wie ein griechischer Gott. Von denen er sich bislang nicht wirklich hatte vorstellen können, was sie in einer ähnlichen Situation empfanden, er konnte sich einfach kein Bild von einem Gott in einem so zögerlichen und quälenden Augenblick machen, in dem er die angebotene Macht hätte nutzen können und auch wieder nicht, denn im Buch stand da etwas ganz anderes, der Mythos erzählte nie von einem nervösen Magen, dort sah man das Gesicht der Mutter nicht und musste die hasserfüllten Worte nicht aussprechen, sondern nur umblättern und die peinlicheren Abschnitte überspringen. Und so wartete er gar nicht lange, er erhob sich beinahe automatisch vom Stuhl, schob den Teller weg und ging auf Márta zu. Und wenn er schon so vor ihr stand, dann umarmte er sie auch gleich, zog diesen ausgekühlten Körper an sich und hatte das Gefühl, dass er diese Frau jetzt wirklich innig liebte, denn Liebe konnte auch sein, wenn man den anderen nicht hasste und sich nicht ekelte, sondern einfach nur da war, wo man sein musste, und das tat, was von einem erwartet wurde. Denn so konnte sich in die Leere endlich ein dumpfes, nebulöses Gefühl drängen, das zwar nicht stark genug war, um es einzugestehen, das man aber vielleicht auch nicht mehr verstecken konnte. Es reichte gerade dafür aus, dass er Márta das Einkaufsnetz aus der Hand nahm, ihr aus dem Mantel half und sich dann wie jemand, der wirklich alles getan hatte, was eine solche Situation von ihm erforderte, wieder an den Tisch setzte und mit gesundem Appetit die restliche Suppe auslöffelte. Jetzt war er Vater, auch wenn er noch nicht wusste, was das bedeutete.

Das Beste an Balázs war, das stellten sie schon in den ersten Monaten fest: Man konnte ihn bedingungslos lieben. Er hatte keine Vergangenheit, die alles durcheinandergebracht hätte, nur eine brabbelnde Gegenwart. Und wenn der Schöpfer ein Gefühl für Feinsinn hatte, dann fiel davon endlich auch für sie etwas ab, denn das Kind sah keinem von ihnen auffallend ähnlich, und als verstünden sie die Gnade der Vorsehung, legten sie es nicht darauf an, die Züge des anderen, seine Augen oder Nase, an dem Kleinen entdecken zu wollen. Ihnen reichte die stille Freude, die sie mit niemandem teilen konnten und die sie erfüllte, wenn ein Nachbar oder Bekannter vor dem Kinderwagen theatralisch die Hände zusammenschlug und rief: Gott im Himmel, wem sieht denn dieses Kind ähnlich? Da spielte es auch keine Rolle mehr, dass in alledem eine gewisse frivole Forderung nach Rechenschaft lag, die zumeist von einem schelmischen Zwinkern Márta gegenüber und herablassendem Mitleid für Rudolf begleitet wurde, aber auch das störte sie nicht, wenn nur alles so blieb, in diesem unbenennbaren Glücksgefühl. Mit Balázs regelten sich nämlich manche Dinge von selbst. Je größer und lebhafter er wurde, desto mehr Raum nahm er ein, desto mehr Zeit verdrängte er aus ihrem Leben. Als führe ein Überseedampfer einen schmalen, unbedeutenden Fluss hinauf. Und wenn ihnen doch einige flüchtige Stunden füreinander blieben, dann sah weder der Mann die Frau an, noch schwänzelte die Frau um den Mann herum, weil sie bereits Eltern waren: geschlechtslose, müde Wesen voller Angst und Sorge, denn entweder kamen seine Zähne zu früh, oder er trieb sich mit seinen Freunden auf dem Friedhof am Damm herum. Immer geschah etwas, hinter dem man sich verstecken konnte.

Dieser göttliche Feinsinn hielt zum Glück auch in den folgenden Jahren an. Der heranwachsende Balázs saugte nämlich beinahe alles in sich auf, was die Welt ihm bot, doch von ihnen wollte er so gar nichts übernehmen. Ihn interessierte weder Rudolfs mürrische Beharrlichkeit, mit der dieser so lange an zu reparierenden Dingen saß, ob es nun eine Uhr war oder ein Radio, bis sie ihm ihr Geheimnis preisgaben, noch Mártas wunderbare Anpassungsfähigkeit, mit der sie sogar unter den widrigsten Umständen nach Möglichkeiten suchte, sich im Leben einzurichten. Nein, Balázs war und blieb eine selbstständige Einheit, ein unabhängiges und trotziges Bröckchen Schöpfung, das gut auf sie verzichten konnte und deshalb alle Liebe verdiente. Sie liebten ihn, weil er sie an nichts erinnerte, was vorher gewesen war. Von Professor Taller und dem Gewissen, von Böske und ihren Praktiken wusste er nichts und wollte er auch nichts wissen, als hätte jemand bei der Geburt die Steckkissen vertauscht und als würden sie jetzt statt ihrer eigenen ein fremdes Wesen aufziehen, doch gerade diese Fremdheit war das größte Geschenk, das sie bekommen konnten. Es war eine wundersame Mischung aus Vergessen und der Hoffnung darauf, dass sie in Balázs auch selbst ein bisschen neu geboren wurden, auch wenn sie allabendlich, nachdem sie die Kinderzimmertür geschlossen hatten, sogleich gezwungen waren, aus ihrem Versteck hervorzukommen und einander mit peinlichen Gesten zu erkennen.

Ein Augenblick, und schon war er erwachsen. Das könne er ohne jede Übertreibung behaupten, sagte er im *Melody* zu Kalcsek und schüttelte den Kopf, denn es war wirklich zum Verzweifeln, dass die Jahre, von denen Rudolf endlich sagen konnte, sie seien wirklich ihm geschehen und nicht jemand anderem, im Rückblick dermaßen zusammengeschrumpft waren. Während die Tage, die diese Jahre ausmachten, voller unaufhörlicher Sorgen zu sein schienen. Er erinnerte sich daran, dass es, als sie Balázs zum ersten Mal allein in die Schule hatten gehen lassen, die Qual der Qualen gewesen war, bis er wieder zu Hause ankam. Oder als er vom Fahrrad gefallen war und keine der Schwestern ihnen sagen konnte, wie schlimm es war, egal, wie sie auf der Unfallchirurgie auf und ab rannten. Die Zeit schien für einen Augenblick ihr Volumen verloren zu haben, sie hatte sich ausgeweitet und sie eingehüllt, und doch schien ihm jetzt dieses Jahr, als wäre es gar nicht gewesen, als wäre es ein Mohnkorn zwischen anderen Mohnkörnern. Oder vielleicht könne er es noch treffender ausdrücken: Wenn man sich das Glück als einen See vorstellte, wie konnte es dann sein, dass es im Rückblick doch in ein Schnapsglas passte? Aber egal, das könne er Kalcsek sowieso nicht richtig erklären, denn darin liege eine finstere Philosophie. Ein unausweichlicher, süßer Betrug des Lebens, dass es auf keine Weise messbar sei, weder mit dem Zollstock noch mit der Waage, dass es keine akzeptable Maßeinheit hätte, nur ein Geheimnis, tausend und abertausend Schattierungen des Dunkels. So, wie auch die Frauen ihr Alter nicht zugaben, sondern nur lächelten, während sie einem besorgt fragend ins Gesicht starrten, für wie alt halten Sie mich denn, mein lieber Rudolf?

Aber das war ja auch nicht das Wichtigste: So gut diese zweite Kindheit, wie Márta es nannte, auch war, sosehr er auch sagen konnte, dies sei die ausgeglichenste Periode seines Lebens gewesen, wahrlich eine Wohltat, so würde er, wenn man ihn ehrlich fragte, und warum sollte Kalcsek nicht ehrlich fragen, sich doch keine einzige Stunde davon zurückwünschen. Keine einzige Stunde wiederholen wollen. Nichts. Nicht einmal nach dem Babyduft sehne er sich. Dabei gebe es kaum etwas Besseres. Wie frischer, nach Vanille duftender Teig, der unter einem Küchentuch aufging.

Aber nicht einmal das. Denn wissen Sie, Herr Nachbar, fügte Rudolf hinzu, in diesen Jahren war gerade das eigenartig, und das gehörte vielleicht zum Glück dazu, dass in einem ständig eine Art Entsetzen am Werke war. Die Angst, dass man es im nächsten Augenblick verdarb, eine Dummheit beging und das ganze Kartenhaus in sich zusammenstürzte. Und damals, das möge Kalcsek doch nur bedenken, musste man mit dieser Angst lieben und hassen, mit dieser Angst trank man seinen Morgenkaffee, saß man auf der Toilette, hörte sich die Geschichten vom Arbeitsplatz seiner Frau an und zitterte davor, vielleicht auf irgendetwas falsch zu reagieren. Vielleicht zu lachen, wenn Mitgefühl gefragt war, oder den Mund vor Mitleid zu verziehen, wenn man sich vor Lachen aufs Knie schlagen musste – denn sonst wäre alles zu Ende. Eine höhere Macht würde Balázs zurückverlangen, und sie blieben bis an ihr Lebensende in ihrer verdienten Einsamkeit, weil ihnen nichts anderes zustand. Und was war das denn für ein Glück, neben dem man ununterbrochen in Habtachtstellung stehen musste, damit es sich nicht davonschlich?

Und die Frau, wie geht es ihr, fragte Kalcsek, sichtlich aus Höflichkeit, denn er hatte von dem Ganzen nichts verstanden, außer, dass Rudolf ein starkes Bedürfnis hatte, sich etwas von der Seele zu reden. Er spürte nur den endlosen Wortschwall und tadelte sich bereits ein bisschen, warum zum Geier er so etwas fragte, wieso nicht wenigstens er den Mund hielt. Man konnte ja auch stumm Mitgefühl zeigen. Er wusste doch, dass in solchen Situationen jegliche Frage, selbst die unschuldigste, neue Lawinen auslösen konnte, andere Männer würden in einem solchen Fall etwas grummeln oder ein paar Worte hinwerfen, aber nein, er sah schon, wie Rudolf tief Luft holte. Eigentlich hätte er gar nicht herkommen sollen, er hatte solche Spelunken schon immer gehasst, wo man sich beim Kellner und Wirt anbiedern musste, damit sie das ohnehin verwässerte Bier nicht ganz unten aus dem Fass ausschenkten, aber Rudolf hatte ihn auf dem Treppenabsatz so nett darum gebeten, dass er es ihm nicht hatte abschlagen können.

Márta geht es gut, sagte Rudolf. Es kann gar nicht sein, dass es ihr nicht gut geht. Ein Porzellanfisch auf dem Fernseher fühlt sich normalerweise auch nicht schlecht, wenn Sie verstehen, was ich meine. Aber jetzt, da Balázs längst nicht mehr so viel Zeit zu Hause verbringt wie früher, und das soll er ja auch nicht, ein so junger, gesunder Junge braucht jetzt Luft. Frauen und Gelegenheiten, das ist genau die Zeit, in der man auch die hässlichsten Mädels ficken muss, damit man später etwas hat, für das man sich schämen kann. Mit einem Wort, jetzt, da sie wieder zu zweit geblieben waren, benehme sich Márta ganz so, als wollte sie wieder schwanger werden, sagte er und packte Kalcsek an der Schulter, sie habe dieselben Techniken hervorgeholt, sie rasiere sich wieder und biete sich an, ziehe schwarze Höschen an, ob es nötig sei oder nicht, aber was man einer jungen Frau noch nachsehen konnte, das sei bei einer, er möge den Ausdruck entschuldigen, überreifen Möse der reine Irrsinn. Es sei ja nun nicht so, dass er seine Frau nicht mehr begehre, doch, das tue er, natürlich, aber doch in Maßen. Er sei ja auch kein Johnny Weissmüller mehr und freue sich, wenn es vier- oder fünfmal im Monat klappe. Das sei schon eine Leistung, wenn man es so nehme. Außerdem habe sie jetzt angefangen, zu ihrer Nachbarin, zu Frau Szilasi, hinüberzugehen. Er wolle wetten, dass die sie mit Ratschlägen versorgte. Die Koketterie hätten sie hinter sich, jetzt komme sicher, dass sie wieder versuchen würde, ihn eifersüchtig zu machen, was schon von vornherein lächerlich sei, aber offenbar funktionierten die Hirne dieser ausgetrockneten Vetteln alle nach dem gleichen Prinzip, obwohl es auch sein konnte, dass aus Frau Szilasi Böske zu Márta spreche, aber es wäre nicht verwunderlich, wenn Kalcsek das überhaupt nicht verstehen könne.

Es war acht Uhr. Die meisten verschwanden um diese Zeit. Zu den Nachrichten musste man zu Hause sein. Jedenfalls, wer etwas zu verlieren hatte. Wer aber um diese Zeit im *Melody* durch die ewig quietschende Tür kam, bei dem wusste man gleich, dass er bis zur Sperrstunde bliebe oder noch länger. Hinten im Lager würde er sich volllaufen lassen, in fast schon intimer Gesellschaft, denn die Kneipe achtete die sozialistische Moral und schloss um zehn. Kalcsek war anzusehen, dass man auch ihn nicht mehr aufhalten konnte. Das zweite Bier hatte er sich schon so hinuntergequält, als müsste er Galle trinken, und so nötigte Rudolf ihn nicht zum Bleiben. Er ließ ihn mit dem sonderbaren Gefühl gehen, dass er Kalcsek, den immer einfältig wirkenden Mechaniker mit dem goldenen Herzen, von nun an zu seinen Freunden zählte. Es gab keine andere Möglichkeit.

Eine halbe Stunde später war auch Rudolf wieder unterwegs.

Er mochte diese klebrigen Novemberabende. Die Luft begann, sich zu verdichten, wurde gallertartig, denn die Winterfröste hatten sich noch nicht von den Bergen herabgesenkt, um die verbliebenen Dünste der Septemberschwüle hinwegzufegen, die in den Ritzen der Häuser, auf Dachböden und in Gärten zu gären begannen wie Maische. Einatmen durfte man diesen Moder nicht. In der Umgebung hieß es, wer diese von Bazillen, Seuchen und wer weiß welchen Krankheiten gemästete, zähe Luft in die Lunge sog, der wurde zu Weihnachten schon verscharrt. Rudolf knöpfte sich das Hemd jetzt trotzdem bis zur Brust auf. Dann blieb er mitten auf der Straße des Fortschritts stehen und sah zum Himmel hinauf.

Der Mond war zwischen den Sternen ganz so wie ein Modell im Physikkabinett. Sein Licht glomm nur schwach, flackerte immer wieder auf. Mit vollen Händen verstreute er einen schmutzigen, aber dennoch ätherischen Frieden.

Denn man konnte das Ganze zwar verabscheuen, die Stromausfälle und die ständige Bettelei, dass es niemals genügend Milch oder Fleisch gab, aber er glaubte nicht, dass noch eine Stadt auf der Welt existierte, in der man der Nacht so nahe war. Nichts konnte dieses dichte schwarze Gewölk durchdringen, höchstens der Scheinwerfer eines verirrten Autos oder ein paar zitternde Taschenlampen, aber auch die erloschen bald, und es blieb wieder diese Dunkelheit wie am Ende der Welt. Die, egal, was die hohen Tiere da oben denken mochten, keine Angst, ja nicht einmal proletarisches Selbstbewusstsein gebar. Eher eine Art Komplizenschaft, denn diese Dunkelheit verschlang verzeihend alle Arten von Verbrechen und Gaunereien, Verrat und Unmoral. Sie war fehlbar und unerschöpflich wie eine Umarmung. Wenn jemand mitten auf der Straße stehen blieb, dann spürte er untrüglich, wie hinter den Mauern der Häuser tausend und abertausend Menschen gleichmäßig atmeten, wie sie diesen Ruß, diese friedliche Totenstille aus sich herauspumpten.

Auch Rudolf überströmte diese mit Hundegebell vermischte, unfassbare Ruhe. Wie damals der See unter dem See. Vielleicht waren sie Geschwister. Entfernte Verwandte. Jetzt hatte er ganz und gar das Gefühl, dass er es nicht verderben konnte. Das war die rechte Zeit. Der rechte Ort. Vielleicht hatte ihm Kalcsek mit irgendetwas geholfen. Oder er hatte plötzlich den Faden gefunden. Er würde nach Hause gehen und, wenn es sein musste, einen Kaffee kochen oder Márta die immer kalten, tauben Beine massieren, sie würden die ganze Nacht unter der Bettdecke reden. Sich an den Händen halten wie Teenager. Wörterraten spielen wie früher, als er sie noch umworben hatte. Ihm fiel auch schon etwas ein. Ein Begriff. Aber nein, es sollte lieber etwas Greifbares sein. Das wäre nicht schwer zu erraten. Es leuchtet und hat in deiner Hand Platz. Na, fragst du? Er hob einen Kieselstein auf und schleuderte ihn so weg, dass die Wellblechdächer der Garagen lange schepperten. Beim ersten Geräusch fuhren die Hunde auf. Ein paar Meter vor ihm eilte ein menschengroßer Schatten rasch auf die andere Straßenseite. Er lachte. Wie hatte er so ein Schisser sein können? So lange Zeit?

Im Nachhinein war man freilich immer klüger. Es war immer leicht, es dem Alkohol zuzuschreiben, dass der nur sein Spiel mit einem getrieben habe. Erst recht, weil er so selten zum Glas griff.

Aber manchmal lag es tatsächlich an so wenig.

Hätte er beispielsweise ein bisschen länger mit dem Schloss geklappert oder im Vorzimmer seinen Mantel abgelegt, wäre er fluchend mit dem Schnürsenkel zugange gewesen und nicht sofort ins Schlafzimmer gestürmt, freudetrunken, dann hätten sie vielleicht Zeit gehabt, sich schnell etwas überzuziehen. Hätten nicht verzweifelt neben dem Bett gestanden und versucht, ihre schlaffe, blutlose Scham zu verbergen, denn da war es bereits absolut klar, das starke elektrische Licht zeichnete ab, was die Dunkelheit verborgen hätte. Mecseki, wie er am liebsten im Boden versunken wäre und verzweifelt zum Schrank schaute, zu diesem verabredeten, aber nun schon unerreichbaren Zufluchtsort. Man sah das zerknitterte Laken mit dem Blumenmuster auf dem Bett, das eigentlich nur Gästen vorbehalten war, Mártas erschrockenes und dennoch trotziges

Gesicht, wie sie keinen Augenblick versuchte, sich zu verstecken, sondern eher darauf wartete, dass die Rivalen aufeinander losgingen, damit sich ein für alle Mal erwies, wer oder was stärker war.

Ich bin dann mal draußen in der Küche, sagte Rudolf schließlich, denn irgendwer musste die Stille ja brechen. Er zog die Tür zu wie jemand, der bis zum Bahnhof nicht stehen bleiben würde. Aber irgendwie schien ihm die Küche doch bequemer zu sein als der Wartesaal. Er holte seine Zigaretten hervor und steckte sich eine an. Es war gut zuzusehen, wie der Rauch ungehindert das abgewaschene Geschirr, die trocknenden Geschirrtücher, die Ordnung umwebte. Seit einem halben Jahr durfte er nur noch draußen auf dem Gang qualmen, aber das kam jetzt gar nicht infrage. Da sollte bloß jemand eine Bemerkung wagen.

Selbst wenn er die ganze Zeit auf die Uhr gesehen hätte, so wäre er doch nicht in der Lage gewesen, zu sagen, wie viel Zeit vergangen war. Vielleicht trauten sie sich nicht herauszukommen, weil sein gleichgültiges, ruhiges Gesicht nichts Gutes versprach. Oder sie wollten nur zu Ende bringen, wobei er sie gestört hatte. Wenn schon Sünde, dann aber gründlich. Ein unversehrtes Ganzes. Inzwischen war auch Balázs nach Hause gekommen, aber er bat ihn nur, jetzt nicht hineinzugehen, weil dort wichtige, erwachsene Dinge passierten, er sah zu, wie der Sohn sich das Abendessen aufwärmte und auch ihm einen Teller Gulasch auftat, jedoch war ihm der Appetit voll und ganz vergangen. Dann kamen auch die beiden aus dem Zimmer, angezogen, ordentlich, als hätten sie da drinnen nur die Betriebskosten oder die Reinigung am Monatsende besprochen. Balázs grüßte den neuen Nachbarn, aber die beiden sahen geradewegs ihn an, den Herrn des Hauses, wirkten etwas erschrocken hinter der Rolle, die sie sich ausgedacht hatten, denn jetzt war ja auch das Kind hier, ein Zeuge, wenn man so wollte, doch das änderte auch nichts. Rudolf regte sich nicht.

Er konnte sich wirklich nicht entscheiden, was geschehen sollte.

7.

ANDERE WÜRDEN ES VIELLEICHT nicht glauben, aber bei Rudolf benahm sich Nicu Zmeură immer etwas unbeholfen. Auch jetzt musste er ihn wie einen Teenager mehrfach bitten, von der Tür ins Zimmer zu kommen, musste ihm dann den bequemsten Stuhl zum Sitzen anbieten, und erst nach ein paar Minuten schaute er sich etwas entspannter um. Rudolf verstand ihn. Er war schon zu alt, um ihn nicht zu verstehen oder, was noch schlimmer gewesen wäre, diesen drahtigen, nach Parfüm riechenden Mann zu unterschätzen.

Viele erlagen diesem Irrtum, und sie änderten ihre Meinung über ihn erst – sofern sie nicht von Schmerzen am Überlegen gehindert wurden –, wenn ihre Knochen bereits knackten und ihr Zeigefinger in einem sonderbaren Winkel nach oben ragte. Daran war nichts Überraschendes. Die Sehnsucht nach Kreativität trat in den sonderbarsten Situationen auf den Plan. Als er nach langen Bemühungen aus der Bukowina hierher abkommandiert worden war, hatte er beschlossen, nicht nur einer von diesen zahllosen Offizieren des Inneren zu werden. Er war jung gewesen und voller unbenennbarer Forderungen an das Leben. Noch heute erinnerte er sich daran, dass er sich in der Stadt sehr rasch eingelebt hatte, dabei hatten die Frauen hier anderes Fleisch, auch die Männer gaben einem anders die Hand, und selbst nach einer Prügelei sahen sie einem ins Gesicht, nicht hinter den Rücken oder auf den blutbespritzten Boden. Er mochte diesen Ort. Er mochte, dass der Frühling so schnell kam wie eine Haushälterin, die ständig wegen der herumliegenden Kleider und der aufgetürmten Teller murrte, aber doch regelmäßig sauber machte. Dass sie hier schnell sprachen, sich beim Reden geradewegs überschlugen, als könnte ihr Satz jederzeit unterbrochen werden, und dass auch in der unbedeutendsten, langweiligsten Geste ein leidenschaftliches Zeichen des Lebens lag, was sie natürlich vor einem Fremden niemals zugegeben hätten. Und ja, auch, dass sie sogar in einer glühenden Umarmung, in entspannten Augenblicken, wenn sie einander in der Kneipe auf die Schultern klopften, die Nüchternheit behielten, zwischen einem Eindringling und einem Einheimischen zu unterscheiden, und daran änderte weder ein Schnaps etwas noch ein angebotenes Vergnügen. Dennoch hätten sie ihn in ihren Reihen aufgenommen. Aber Zmeură wollte das gar nicht. Er war eigentlich nicht gekommen, um Freundschaften zu schließen. Das hätte er sich auch gar nicht erlauben können. Hätte er Freunde finden wollen, wäre er Friseur oder Tierarzt geworden. Gehilfe im Gemischtwarenladen. Er wollte mehr. Etwas, das man auch mit Schweigen erreichen konnte, nicht nur mit Geschwätz und vorsichtigem Anbiedern. Etwas, was ihm zustand und was er sich doch erarbeiten musste.

Demgegenüber wäre er um ein Haar Bahnwärter geworden wie sein Vater. Ein wortkarger, öliger Mann, der nur beim Rattern der Züge einschlafen konnte und sein ganzes Leben nach dem Fahrplan ausrichtete. Der mit dem sechszwanziger Personenzug losfuhr und mit dem achtfünfundvierziger D-Zug heimkehrte. Dem sich der Magen verkrampfte, wenn er einen Anzugträger sah.

Dies hätte sich nie herausgestellt, wenn es den Zwei-Uhr-Zug nicht irgendwo in der Nähe des Aranyos-Tals aus dem Gleis geworfen hätte. Das sind auch unter Brüdern siebenunddreißig bis vierzig Kilometer, sagte der Vater, als er nach Hause kam, denn da tuschelten sie schon in der ganzen Stadt, dass es in dem Fall eine Untersuchung geben würde. Und nicht irgendeine. Mit Bonzen und mit einer Meldung am Ende, die bis nach ganz oben geschickt würde. Der Bezirk seines Vaters reichte bis zur Grenze von Dumbrea, bis dahin musste er zweimal im Monat mit der Draisine hinauffahren, was theoretisch fünfunddreißig Kilometer waren, aber darüber hatte es nie ein offizielles Papier gegeben, nicht einmal eine Landkarte. Was zu tun war, hatte er von seinem Vorgänger einfach übernommen: Du fährst bis zum Bach, da füllst du dir die Flasche mit Quellwasser, und schon kannst du zurückfahren. Keine große Sache. Es können fünfunddreißig sein, aber vielleicht sind es auch vierzig. Je nachdem, wie man rechnet. Natürlich könnte man die Komitatsverwaltung anrufen und um eine metergenaue Dienstanweisung bitten, aber dann wäre die Ehre unter den Eisenbahnern dahin. Dann konnte man froh sein, wenn einen nur der Schaffner auslachte. Was war denn das bloß für ein Hund, der sein Revier nicht markierte?

So konnte Zmeurăs Vater bis zur Ankunft des Genossen Turcu nicht viel anderes tun, als zu warten und mit einem Bleistiftstummel wieder und wieder die mögliche Entfernung auszurechnen. In seinen schlechteren Momenten rechnete er auch die Hänge von Prăila hinein, andere Male blieb er weit vor dem Bach stehen und dachte durstig an das Quellwasser. Aber da Schlauheit nicht sein täglich Brot war, schützte er sich gegen das nahende Unheil nur, indem er nach einiger Zeit seinen jüngsten Sohn Nicuşor ins Bahnwärterhaus mitnahm, denn wo ein Kind war, da würde doch wohl kein Blut fließen. Oder jedenfalls nicht so viel. Und wirklich, nachdem sich Dimitri Turcu blaffend vorgestellt hatte, strich er dem Jungen sogar über den Kopf. Der wird mal Bergarbeiter, wenn Sie ihn nicht verderben, sagte er und sah den Vater vorwurfsvoll an. Diesen Gesichtsausdruck legte er selbst dann nicht ab, als er sein Sakko, ganz so als sei er zu Hause, über die Lehne des angebotenen Stuhls hängte und akkurat Platz nahm. Darauf verstand er sich. Und darauf, sich ständig eine bittere Miene aufzuzwingen, als hätte er Magenschmerzen oder eine eiternde Wunde unter der Achsel, die auf jede Bewegung mit brennendem Schmerz reagierte. Auch den Bahnwärter musterte er mit einem Blick, als wäre er eine Pille, ein neues Gebräu, das er unbedingt ausprobieren müsste, obwohl er doch wusste, dass es sowieso nicht half.

Ich hoffe, Sie wissen wenigstens schon, dass es Sabotage war, begann Turcu in seinem etwas gelangweilten und leicht singenden Tonfall, dabei nahm er mit missgelaunter Genugtuung zur Kenntnis, dass der Bahnwärter bei diesem Wort zusammenzuckte und ganz bleich wurde. Und so ging es immer weiter. Turcus Trick war so einfach wie er selbst. Brummend wiederholte er jede Antwort des Vaters, wog jedes Wort einzeln ab, als dächte er darüber nach, ob er es ausspucken oder lieber hinunterschlucken sollte, und es ließ sich nicht leugnen: Die meisten von ihnen hätte er sofort auf den Holzfußboden gespuckt, damit auch der andere deutlich sah, mit was für miesen, widerlichen Dingen er ihn traktierte.

Kein Wunder, dass sich sein Vater nach einer halben Stunde vor Antworten jeglicher Art scheute. Sowohl vor denen, die er schon gegeben hatte, als auch vor denen, die noch vor ihm lagen. Er fürchtete sich vor einem *Ja* genauso wie vor einem *Nein*, denn keines von beidem bedeutete Sicherheit, dämpfte den Abscheu des anderen. Am meisten hasste er den Ausdruck *keine Ahnung*, denn bei diesem machten sich auf Turcus Gesicht Schatten der Missgelauntheit breit, die kaum mehr zu steigern waren. Es stand zu erwarten, dass Turcu bei einer Antwort, die noch unbedachter war als die vorigen, sein letztes bisschen Wohlwollen verlor, und dann würde dieser fischköpfige Mann zusammenpacken und mit seinem Geständnis in der Hand auf der Stelle in die Zentrale rennen. Also wartete er die nächste Frage gar nicht erst ab, sondern sprang auf und sagte in einem Ton, der keine Widerrede duldete: Kommen Sie schon mit, verdammt noch mal! Und obwohl Turcu seine Papiere unwillig zusammenpackte, ihm unwillig auf dem Pfad folgte, der auch den Wald von Bucsinka berührte, ahnte er schon, wieso sie zum Tigleag-Bach marschierten, der sich am Stadtrand dahinschlängelte und an dem die Kupferkessel der Ruthenen standen, die immer von der anderen Seite der Berge herüberkamen. Von weit her brachten sie ihr bereits etwas überreifes Obst, und weil der Weg schwer war und auch die Pferde die Last nicht immer schafften, war dieses Rohmaterial von großem Wert. Deshalb hatten sie von Jahr zu Jahr die Methoden verfeinert, sodass das Ergebnis einem wirklich den Verstand raubte, würzig war und vollmundig, intensiv und unberechenbar wie eine Hochzeitsnacht. Die Ortsansässigen konnten auch nur raten, was wohl alles in diesen Pálinka kam. Manche sprachen von Kartoffelschalen, andere von Hühnerdreck, noch andere hielten das kristallklare Wasser des Tigleag für das einzige Wundermittel. Denn von etwas anderem als einem Wunder war hier wohl kaum die Rede, das konnte nun bereits auch Turcu bezeugen, denn als ihn der Bahnwärter am Morgen in den Zug setzte, damit er in die Zentrale fuhr, bat er nur darum, dass es nach Möglichkeit ein Güterzug sein sollte und kein Personenzug, in dem viele Leute reisten, mit vielen Fragen und noch mehr Bereitschaft, ihn anzuzeigen.

Diese Bitte erfüllte der Streckenwärter selbstlos, denn er wusste, dass sein Gast im Rattern der Güterwagen die geschenkten Flaschen wirklich so umarmen würde, als wären sie seine geliebten Kinder. So kam es, dass Zmeurăs Vater der Einzige war, der bei der einige Wochen später eintreffenden Nachricht nicht entsetzt war, nach der man bei Prăila drei Bahnwärter festgenommen hatte, die ihre Tat sofort gestanden: Sie hatten die Steine auf die offene Strecke gelegt, um zu versuchen, den rasenden Zug des Sozialismus aufzuhalten.

Wo es zu wenig Pálinka gibt, blühen die Verbrechen, sagte sein Vater danach und zwinkerte ihm zu. Trotzdem war es etwas anderes, was Nicu Zmeură in Erinnerung behielt. Er sah nicht Turcus unbeholfenen, trägen Körper vor sich, seinen Kopf, der ihm immer wieder auf die Brust sackte, sondern die endlos erscheinende Stunde, in der sein Vater schweißnass, von Angst durchtränkt versucht hatte, die einzig seligmachende Antwort zu finden. Die Wahrheit, die man ohnehin nicht gestehen konnte.

Das würde seine Berufung und seine Heimat, spürte er kaum zehnjährig. Und es blieb ihm auch eigentlich keine andere Wahl, als diesem Weg zu folgen. Als er hierher versetzt wurde, war ihm bereits klar: Er brauchte eine Methode, eine Geste, etwas, das ihn von allen anderen unterschied. Das man zurücklassen konnte wie eine Visitenkarte. Die Atmosphäre der Krypta war für Experimente in jeder Hinsicht geeignet, so musste er nicht mehr als ein halbes Jahr für die Suche aufwenden, um sich schließlich auf die Finger festzulegen. Nach einigen Fragen zum Aufwärmen ging er beinahe sofort zum Zeigefinger über, und wen das erste Knacken nicht zur Einsicht brachte, dem zerdrückte er mit der Geduld einer Mutter und der Sorgfalt eines Vaters mit einer einzigen Bewegung den Ring- und Mittelfinger und zum Schluss den Daumen. Und wer dann immer noch nicht zur Zusammenarbeit zu bewegen war, wer den einzig richtigen Weg auch da noch nicht gefunden hatte, der konnte gern ausprobieren, wie höllisch schwer es war, mit gebrochenen, abstehenden Fingern Liegestütze zu machen. Daran glaubte er. An die Disziplin und Komplexität des Körpers, der für seinen nichtsahnenden Besitzer ständig eine Überraschung parat hatte. Und letztlich ging seine Rechnung immer auf. Der mit gemeinsamer Erfindungsgabe hervorgerufene Schmerz bekehrte jeden schnell.

Es dauerte nicht lange, und er wurde zu den schwersten Fällen eingeteilt. Menschenhändlerbanden, Rebellen, Samisdat-Ausgaben redigierende erschrockene Schriftsteller – sie alle gehörten zu ihm. Und als das in der Stadt die Runde machte, als man bei den Menschen mit den eingegipsten Fingern ungefähr wissen konnte, wo sie gewesen waren, worin sie sich verstrickt hatten, da hatte er schon gewonnenes Spiel. Es gab auch Fälle, und nicht nur einen, bei denen die betreffende Person sofort zu weinen begann, wenn er durch die Tür trat.

»Hätten Sie anstelle des anderen Ihrem Vater den Finger gebrochen?«, fragte Rudolf, seinen Mut zusammennehmend.

»Turcu.«

»Bitte?«

»Nicht der andere, sondern Turcu. So hieß er.«

»Ist das jetzt wichtig?«

»Ich mag es genau.«

»Sie haben immer noch nicht geantwortet.«

»Seien Sie kein Demagoge! So kenne ich Sie ja gar nicht.«

»Ich hatte einen Lehrmeister.«

Nicu Zmeură sah finster vor sich hin. Vielleicht hatte er noch nicht genug getrunken, um ehrlich zu sein, rätselte

Rudolf. Dabei hatte er ihm das Glas schon zweimal vollgegossen.

»Turcu war ungeschickt. Ein versoffener Pfuscher. Es kann sogar sein, dass er nur auf eigene Faust ermittelt hat.«

»Das ist also Ihre Antwort?«

»Ich ahne, was Sie hören wollen, aber das wäre nicht ehrlich.«

»Schade, denn das wäre eine echte Wasserscheide für Ihre Methode. Gegenüber Fremden, wissen Sie, überschätzt man sich leicht.«

»Sie werden lachen, aber das ist trotzdem das humanste Verfahren«, sagte er zu Rudolf.

»Ich habe keine Lust zu lachen.«

»Sie glauben mir also nicht?« Zmeură sah ihn nachdenklich an. »Dabei kennen Sie das System doch schon.«

»Sie würden sich nicht einmal selbst glauben.«

»Soll ich es dann etwa so machen wie dieser Bukarester Grobian, der so lange auf die armen Kerle einschlägt, bis sie kein Wort mehr rausbringen? Dabei weiß er auch, dass nur ihr Geständnis dem Ganzen ein Ende setzt! Neulich ist wieder einem so die Haut aufgerissen, dass …«

»Verschonen Sie mich mit den Einzelheiten.«

»Und ich habe geglaubt, man kann es auch Verschonen nennen, wenn jemand das geringste Übel wählt.«

»Sieh an, Sie philosophieren auch?«

»Ich lese dies und das.«

»Neugier?« Rudolf füllte Zmeurăs Glas nach.

»Ich hasse es, wenn jemand den Überlegenen spielt. Neulich hat ein Grenzverletzer Platon aus dem Kopf zitiert. Ich dachte, dann sehe ich auch einmal rein.«

»Und Sie denken immer noch, dass Sie am humansten sind?«

»Sehen Sie, wenn jemand zu mir gerät, dann hat das meistens einen triftigen Grund. Früher oder später würden sie sowieso irgendwas gestehen. So ist das Ganze gedacht. Natürlich könnte ich sie anbrüllen, ihnen nachts den Schlaf entziehen, sie mit kaltem Wasser übergießen, aber das bringt niemandem etwas. Die Zeit vergeht, und alle sind nervös. So spare ich ein paar Stunden.«

»Und wer Zeit gewinnt, gewinnt Leben.«

»Nun werden Sie mal nicht zynisch«, mahnte ihn Zmeură lächelnd.

»Ich gebe mir Mühe.«

»Könnten Sie sich nicht damit arrangieren? Ein oder zwei gebrochene Finger, und wir haben es hinter uns. Die werden eingegipst, und schon können Sie die Sache vergessen.«

»Und was wäre, wenn Sie es einmal ohne das probieren würden?«

»Sie haben nicht aufgepasst. Zur Ehrlichkeit braucht es immer auch ein bisschen Schmerz. Der ist die Antriebskraft und der Nachdruck. Freundschaft lässt zu viele Schlupflöcher übrig. Aber ich denke, diese Erfahrung haben Sie selbst auch gemacht.«

»Das heißt, Sie sind mit Ihrer Methode zufrieden?«

»Man kann jede Arbeit gut verrichten. Das ist nicht meine Schuld.«

»Wir werden noch erleben, dass Sie dafür eine Auszeichnung bekommen.«

»Sie sind schon wieder zynisch. Und ungenau. Es ist schon ein halbes Jahr her, dass ich ausgezeichnet worden bin.«

Zmeură schob das Glas weg. Neuerdings überkam ihn die schlechte Laune ganz plötzlich. Und er hasste es, dass er sie meist verbergen musste. Hier natürlich nicht. In dieser bis auf den Putz entkleideten Wohnung könnte sich keiner aufspielen. Vielleicht kam er deswegen gern hierher.

Und auch, weil es heutzutage nur wenige Orte gab, wo die Ehrlichkeit kaum Folgen hatte. Die Stille, die Wände, die leeren Plätze der Möbel sogen sie in sich auf.

Rudolf kannte diesen grüblerischen, faulen Gesichtsausdruck schon. Es war der Blick des müden Wächters, der schon zu lange auf das ihm anvertraute Gebiet starrte. Jetzt war es an der Zeit, Kalcsek heraufzuholen. Zmeurăs Zunge löste sich normalerweise erst dann, wenn der Vorsitzende seinen Platz bei ihnen einnahm. Auch jetzt geschah alles genauso wie immer: Kalcsek grüßte beiläufig und bat sofort um ein Wasserglas voll Rum, um es auf einen Zug leer zu trinken.

»Trinken Sie immer so viel?«, fragte Zmeură plötzlich, und in seiner Stimme lagen gleichzeitig Bewunderung und eine gewisse Missbilligung. Kalcsek brachte das nicht aus der Ruhe. Er saß in der Ecke, als hockte er beklommen auf einer Parteiversammlung, von der man sich nicht verdrücken konnte, höchstens in Gedanken, und wartete mit verzerrtem Gesicht auf die Wirkung des Alkohols. »So spüren Sie ja den Geschmack gar nicht«, fügte Zmeură hinzu, nun schon eindeutig vorwurfsvoll.

Der Satz blieb irgendwie in der Luft, er schwebte schwer über ihren Köpfen. Sie sahen einander an. Kalcsek verstohlen und etwas gekränkt, weil ihm jetzt nicht nur beinahe der Magen platzte, sondern sie ihn auch noch für einen Dilettanten hielten. Dabei konnte er sehr wohl langsam trinken, mit der scheinheiligen Fratze des Genießers, das Getränk durch den Mund spülend, bis sich das Aroma zeigte, und dann konnte man von Ernte und Jahrgang sprechen, von den kubanischen Kupferkesseln, dem ach so wertvollen Feuchtigkeitsgehalt – aber doch nicht so, nicht unter solchen Umständen. Und während ihn der Rum immer mehr erhitzte, dachte er sogar schon daran, dass er das jetzt ebenso gut auch sagen könnte. Nur dieses eine. Gott bewahre, dass die Pferde mit ihm durchgingen, aber alles ließ er sich doch nicht bieten, sollte doch der Genosse auf Kommando scheißen, aber was den Genuss betraf, so würde er sehr wohl auf seinem freien Willen bestehen. Das würde er sagen oder etwas sehr Ähnliches, er hob sogar schon stolz den Kopf und versuchte, so aufrecht zu sitzen, wie der Stuhl es gestattete. Aber da war es schon zu spät. Rudolf zog vorsichtig den Schemel näher, um sofort eingreifen zu können, falls sie aneinandergerieten. Denn wenn dieser blöde Kalcsek sich unterstehen würde, auch nur eine winzige Bemerkung über Zmeurăs rotes Gesicht zu machen, dann wäre wirklich die Hölle los. Freilich war die Vorsichtsmaßnahme auch jetzt überflüssig, Zmeură zuckte nicht einmal mit der Wimper. Er sah sie mit einem Gesicht an, als hätte er schon längst darauf verzichtet, den richtigen Köder für dieses finstere, veralgte Gewässer zu finden.

Eine halbe Stunde später war nur noch Kalcseks Schnarchen zu hören. Durch das aufgesperrte Fenster strömte die frische Septemberluft herein. Sie war eher lau als kalt. Zmeură saß jetzt mit völlig ruhigem Gesicht an seinem Platz. Nachdem er Rudolf mit einem Blick angewiesen hatte, das Fenster zu öffnen, schienen ihm die Befehle ausgegangen zu sein. Eigentlich mochte er dieses Herumkommandieren gar nicht. Ordnung basiere nicht auf Anweisungen, hatte er einmal zu Rudolf gesagt, bei einem seiner ersten Besuche. Damals konnte Rudolf noch nicht wissen, dass Zmeură es mochte, wenn seine Untergebenen von selbst darauf kamen, was zu tun sei. Wenn sie den seltenen Augenblick abpassten, in dem ein Befehl noch keine zwingende Last war, sondern eine sich bietende Möglichkeit. So kam es, dass Rudolf, die ersten Patzer nicht eingerechnet, immer rechtzeitig hinunterging, um Kalcsek zu holen, und selbst angeboten hatte, andere hingegen von Besuchen abzuhalten. Das System zeigte sich sogar in solchen Kleinigkeiten wie dem Kaffee, der immer rechtzeitig auf dem Tisch stand, oder dem Taxi, das immer zur rechten Zeit vor dem Haus hielt. Im Gegenzug konnte man sich über Zmeură nicht beklagen: Er blieb ein einfacher Gast, der immer auf die Qualität des als Geschenk mitgebrachten Getränks achtete. Und meist hatte er recht: Das Taxi kam wirklich dann, wenn sie nichts mehr von dem Getränk herunterbekamen, das Gespräch war entspannter, wenn sie von niemandem gestört wurden, und auch jetzt war die Luft im Zimmer ganz gewiss muffiger gewesen als gewöhnlich.

In der frischen Luft zeichneten sich auch die Gegenstände deutlicher ab. Der sich ausbreitende Fleck an der Decke, der Putz, der hier und dort schon abbröckelte, und der silbrige Staubteppich auf den verbliebenen Möbeln.

»Sie haben sich also immer noch nicht mit Ihrer Frau versöhnt?« Zmeură hob den Kopf.

Es war sonderbar, Kalcseks Frage aus dem Mund des Offiziers zu hören. Auf Frau Szilasis Beerdigung hatte dieser ihn darüber ausgefragt, wenn er sich richtig erinnerte. Auch damals hatte er nicht recht gewusst, was er sagen sollte. Er schüttelte den Kopf.

»Dabei hätten Sie es beide verdient.«

»Vielleicht, aber das reicht nicht.«

»Warum, was fehlt denn?« Zmeură wurde lebhafter. »Der Wille wäre, wenn ich recht vermute, bei Ihnen beiden da.«

»Es wird trotzdem nicht gehen.«

»Seien Sie nicht so kleingläubig! Das steht Ihnen nicht.«

»Darum geht es gar nicht. Zwei Menschen können sich nur dann versöhnen, wenn sie sich vorher gestritten haben. Das sagt die elementare Logik.«

»Das gibt es nicht, dass sich ein Ehepaar nie streitet. Höchstens im Märchen.«

»Doch, das gibt es. Nur in einer anderen Art von Märchen.«

»Wollen Sie sagen, dass Sie sich nie angeschrien, nicht einmal einen Teller zerbrochen haben?«

»Wir haben irgendwie immer alles leise erledigt.«

»Na, dann streiten Sie sich! Treffen Sie sich an einem versteckten Ort, wo sie ruhig brüllen können. Das ist doch keine große Sache.«

Rudolf wusste, dass Zmeură ihm mit dieser Taktlosigkeit jetzt die Dreistigkeit heimzahlte, mit der er ihn über seinen Vater ausgefragt hatte. Er wusste auch, dass in solchen Situationen nichts außer Aufrichtigkeit half.

»Das wäre schlimmer, als wenn wir uns umbringen würden«, sagte er still.

Zmeură verdaute die Wörter, eins nach dem anderen. Dann begann er, in seiner Hosentasche zu kramen, als suchte er nach einer Zigarette, aber auch jetzt kam ihm Rudolf zuvor. Er reichte ihm ein jungfräuliches Päckchen.

»Das heißt, Sie reden gar nicht miteinander?« Zmeură steckte sich die geschenkte Snagov an.

»Es gibt nichts zu reden.«

»Sind Sie sich da so sicher?«

»Ja.«

Zmeură schnippte die Asche auf den Fußboden und starrte sie an, als wollte er etwas aus ihr herauslesen.

»Sie wissen, wie das ist«, sagte er und zeigte erst auf Rudolf und dann auf sich selbst, »nur der Anfang ist schwer, dann bringt ein Satz den nächsten mit sich. Ich denke, einen ersten Anstoß könnten Sie doch noch irgendwie zusammenbringen.« Er zwinkerte. Spöttisch, aber dennoch kumpelhaft.

»Lieber würde ich sie etwas fragen, wenn es schon unbedingt sein muss.«

»Noch besser. Und was wäre das, wenn ich nicht zu indiskret bin?«

»Vielleicht würde mich interessieren, ob Balázs mein Sohn war oder nicht.«

Zmeură schluckte.

»Sie meinen, dass Ihre Frau auch vor Mecseki …«

»Ja. Es wäre der reinste Egoismus anzunehmen, dass sie kein Recht auf ihre eigenen Lügen gehabt hätte.«

Plötzlich fühlte er sich dem Offizier ganz nahe. Wie ein Büßer dem Beichtvater, ein Sünder dem von fern gekommenen Retter. Gerade das war das Sonderbarste an dem Ganzen. Wenn er es genauer bedachte, könnte dieser kohlenäugige Mann sogar sein bester Freund sein, schließlich wusste er ja alles über ihn. Auch wenn dieses Alles manchmal nicht mehr war, als in eine Akte passte. Aber anderswo, in einer vielleicht gesünderen Welt, wäre das für ein ganzes Leben genug. Sie würden gegenseitig an ihre Namenstage denken, gemeinsam zu Fußballspielen gehen oder am Baggersee angeln, und sie hätten gemeinsame Geschichten, auch wenn diese langweilig und berechenbar waren. Aber mit der Langeweile verhielt es sich ja ebenso wie mit der Liebe, man begann sie erst zu schätzen, wenn sie sich endgültig verflüchtigt hatte. Zmeură kannte ihn am besten, und dazu brauchte es nicht mehr, als dass er aufmerksam seine Berichte las und die wuchernden Details mit etwas Geduld aneinanderfügte. Entschlüsselte, was sich entschlüsseln ließ. Denn ja, vor kaum einer Woche war der Gedanke in ihn gefahren, dass das arme Kind, sein gefundener Schatz, den er mehr schlecht als recht begraben hatte, vielleicht gar nicht seines war. Vielleicht auch niemals gewesen war. Denn damals hatten genügend andere um Márta herumgelungert, vom Schichtleiter bis zu den lüsternen Kollegen. Und die erst, die er noch gar nicht mitbedacht hatte! Wieso hätte sie gerade zu der Zeit treu sein, wieso gerade damals die Regeln einer kaum existierenden Ehe einhalten sollen? Und wenn es so war, wie er vermutete, dann war Balázs' Tod genau so eine Posse gewesen wie sein Leben.

»Denken Sie nicht daran«, sagte Zmeură schließlich. »Sie haben auch so genug Probleme.«

Rudolf nickte unmerklich. Neben der aufbrechenden Bitterkeit empfand er eine sonderbare Genugtuung, denn er wusste: Der Offizier würde Márta niemals mehr zur Sprache bringen. Hier gab es nichts mehr aufzuwühlen.

»Ich koche einen Kaffee«, sagte er und stand auf.

»Noch nicht.« Zmeură hielt ihn zurück. »Ich würde gern noch ein bisschen bleiben.«

Neugierig setzte sich Rudolf wieder hin. Es musste einen triftigen Grund geben, wenn Zmeură vom Ablauf der Besuche abweichen wollte. Schon dass er ihn nicht ansah, war eigenartig. Er zupfte an einem heraushängenden Fädchen seiner Hose. Dann nahm er noch eine Zigarette.

»Es ist so sonderbar, dass Sie nie gefragt haben, wieso ich hier bin.«

»Das ist mir gar nicht eingefallen«, gestand Rudolf.

»Haben Sie sich nicht getraut, oder sind die Schwaben wirklich so freundlich?«

»Ich dachte, das gehört …«

»… zu meiner Arbeit? Nein, ich mache keinen Außendienst.«

»Dann weiß ich es nicht. Vielleicht habe ich mich ein bisschen gefürchtet.«

»Das glaube ich nicht. Wenn Sie sich fürchten, sieht Ihr Gesicht ganz anders aus. Viel untertäniger«, sagte Zmeură und versuchte, es zu zeigen. Er zog so lange Grimassen, bis Rudolf lächeln musste.

»Jetzt können Sie mich ruhig fragen«, sagte er am Ende der Vorstellung.

»Und wenn ich nicht will?«

»Das kann nicht sein, dass Sie das nicht wollen.«

»Ich fürchte, doch.«

»Sie sind wirklich kein einfacher Mann«, sagte Zmeură und schüttelte den Kopf. Er hatte keine Lust mehr zu lächeln.

»Ich habe nie versprochen, dass ich das bin.«

»Dabei hatte ich damit gerechnet, dass fünf oder sechs Treffen reichen würden, damit Sie mir vertrauen.«

»Das ist keine Frage des Vertrauens.«

»Dann sage ich es anders: Wenn man mir meinen Sohn in einer Blechkiste nach Hause gebracht hätte, hätte ich alles darangesetzt, die Wahrheit herauszubekommen.«

Rudolf verspürte ein leichtes Knacken. Es kam von irgendwo unter seiner Haut. Aus den Knochen. Als hätte man ihm den Finger gebrochen. Den ersten. Was eher nur eine Mahnung war, eine Ouvertüre zu einem größeren Werk. Auch sein Körper reagierte so, als geschähe es wirklich: Glühender Schmerz durchfuhr ihn. Seine Stirn wurde feucht, und er begann unversehens zu zittern. Er musste seinen Zeigefinger mehrere Male beugen, um sich davon zu überzeugen, dass er es sich nur einbildete. Zmeură sah ihn verständnisvoll an.

»Ich weiß, was passiert ist«, sagte Rudolf schließlich.

»Würden Sie mich daran teilhaben lassen?« Zmeură sah ihn spöttisch an.

»Er wurde ohne Warnung in den Rücken geschossen. Ein paar Meter vor der Grenze.«

»Letzten Endes ist das auch eine glaubhafte Version. Ihr Sohn, um die zwanzig, bringt Transporte auf einem Weg hinüber, wo es nur Amateure versuchen.«

»Er war allein.«

»Wirklich?«

»Er wollte fliehen. Nicht vor Ihnen. Vor uns.«

»Vor seinen Eltern?«

»Ja.«

»Und das reicht Ihnen?«

»Ihnen würde es auch reichen.«

»Wann ist Ihr Sohn noch mal gestorben?«, fragte der Offizier plötzlich.

»Vor bald zwei Jahren.«

»Ich habe gelesen, dass um diese Zeit der tote Punkt eintritt.«

»Was für ein toter Punkt?«

»Der Trauer. Die Nerven ermüden, und auch die Erinnerung stumpft ab. Man erinnert sich nicht mehr, was er angehabt hat, als man ihn das letzte Mal gesehen hat, und auch seine Stimme entfernt sich immer mehr. So wird es immer schwerer, den Schmerz aufrechtzuerhalten, dabei ist dieser oft das letzte Glied, das einen noch mit dem Verstorbenen verbindet.«

»Jetzt sind Sie zynisch.«

»Das habe ich gelesen. Ich wollte Sie ermutigen.« Zmeură lehnte sich auf dem Stuhl nach hinten.

»Ermutigen?«

»Ja. Damit Sie es nicht weiter aufschieben. Stellen Sie Fragen! Jetzt kann Ihnen sowieso nichts mehr passieren.«

»Aber wieso sollte ich fragen?«

»Weil man sich nur mit wahren Geschichten Freunde erwirbt.«

»Freunde? Was denn für Freunde?«

»Muss ich Ihnen heute alles vorkauen?« Zmeură sah ihn ärgerlich an. Dann sprang er auf und begann, im Zimmer umherzugehen. »Sie sehen doch sicher auch ein, dass das hier nicht ewig dauern kann.«

»Was denn?«

»Na, das Ganze hier!« Er zeigte im leeren Raum herum. »Ich sage ja nicht, dass morgen oder übermorgen, aber in fünf oder zehn Jahren stürzt das einfach ein. Und wir, wir werden auch dann noch leben.«

»Wenn Sie es sagen.«

»Jetzt denken Sie doch mal nach. Wenn diese andere Welt plötzlich über uns hereinbricht, wie wird sie Sie dann vorfinden? Was werden Sie dann sein?!«

»Keine Ahnung.«

»Dann sage ich es Ihnen. Ein jämmerlicher Spitzel werden Sie sein. Und alle werden mit dem Finger auf Sie zeigen.« Zmeură setzte sich zufrieden wieder auf seinen Platz. Er war wie ein Arzt, der seinem Patienten endlich die tödliche Diagnose mitgeteilt hatte. Von jetzt an lag alles am Patienten.

»Deshalb wollen Sie mir die Wahrheit sagen?«, fragte Rudolf mit farbloser Stimme.

»Auch deshalb.«

»Überflüssig.«

»Warum?«

»Weil bis dahin auch die Wahrheit schon längst wie eine Lüge wirken wird.«

»Ich denke genau umgekehrt. Meiner Meinung nach kommt für jede Wahrheit einmal die Zeit. Wenn man sie aussprechen kann.«

»Mit relativ geringem Risiko. Wenn ich es recht verstehe.«

Zmeură winkte ab.

»Wer geht schon unnötig ein Risiko ein? Ein Verrückter vielleicht oder jemand, für den das Leben nicht mehr ist als ein Irrtum. Solche Leute sind mir schon begegnet. Und das Problem mit ihnen ist nicht, dass sie an nichts glauben, sondern, dass sie das nicht einmal wissen.«

Kalcsek bewegte sich auf dem Stuhl. Er ruckelte hin und her, als versuchte er, sich im Bett auf die andere Seite zu drehen. Rudolf stand auf und holte aus dem Schlafzimmer eine verschlissene Decke. Damit deckte er Kalcsek zu. Er fühlte den Antrieb in sich, die Eingangstür zu öffnen und Zmeură hinauszukomplimentieren. Vielleicht würde er auch brüllen. Aber dann setzte er sich auf seinen Platz, als schämte er sich sogar für den Gedanken. Er zündete sich eine Zigarette an, dabei herrschte in seinem Magen auch so schon Aufruhr.

»Wenn ich es recht verstehe, dann ist jetzt die Zeit für meine Wahrheit gekommen. Darf ich fragen, warum?«

»Das ist reine Mathematik, wie alles andere auch. Wenn Sie zum Helden werden, dann können Sie mir vielleicht die eine oder andere Gefälligkeit tun.«

»Das macht Sie noch nicht zum Heiligen.«

Zmeură lächelte wieder.

»Vorerst spreche ich von Gefälligkeiten. Nicht von Wundern.«

Rudolf starrte den Offizier, der sich über seinen eigenen Scherz amüsierte, perplex an.

»Sie brauchen meine Hilfe nicht. Sie können auch allein dafür sorgen, dass man Sie nicht aufhängt.«

Rudolfs Züge wurden härter. Ihm war anzusehen, dass er jetzt alles aussprechen würde. Vielleicht würde er den anderen auch schlagen, wenn dieser sich abwandte. Aber Zmeură fürchtete sich nicht. Er wusste genau, wie die Sache stand. Ruhig antwortete er:

»Gut möglich, dass ich auch allein zurechtkomme, aber man kann ja nie wissen. Vorsicht zahlt sich immer aus.«

In der ganzen Stadt ging das Gerücht um, dass alle Offiziere und höheren Bonzen aus der Krypta eine Adresse in der Tasche hatten. Von einem plastischen Chirurgen, der ihnen, wenn der Krach einmal losging, ein neues Gesicht verpassen würde. Denen ergeht es bestimmt nicht so wie den Nazis, die wird keiner nach zehn oder zwanzig Jahren in Argentinien oder wer weiß wo hopsnehmen, sagte Öcsi Keller, und alle im »Melody« nickten. Deswegen hatte sich Keller angewöhnt, wann immer er von jemandem verprügelt wurde, diese Person am nächsten Tag, noch mit verquollenen Augen, zu zeichnen. Aus der Erinnerung. Daran sollte es wirklich nicht liegen. Zmeură hatte den Chirurgen auf den ersten Blick besonders nötig. In den vergangenen Jahren hatte er sich eine Leberkrankheit eingehandelt, denn wenn er zu fettig aß oder wenn die Tomaten zu stark gespritzt waren, erschienen nach ein paar Bissen rote Flecken in seinem Gesicht, so kräftig wie Rote Bete, und sie gingen zwei oder drei Wochen lang auch nicht mehr weg. Angeblich sollte er sogar ins Ausland reisen, nach Paris oder irgendwohin, um dieses Leiden behandeln zu lassen, weil der Frau des Parteisekretärs übel wurde, wenn sie ihn so sah. Aber Zmeură wollte nicht. So was kommt von so was, sagte er und zuckte mit den Schultern, aber selbst unter Drohungen hätte er nicht konkretisiert, woran er dachte: ob er diesen Ausschlag als gerechte Strafe auffasste oder ob es einfach nicht nach seinem Geschmack war, für die Untersuchung seine eigene Scheiße in kleinen Döschen zu sammeln. Rudolf jedoch hätte mehrere Hunderter darauf verwettet, dass Zmeură, auch wenn es stimmen mochte, was Keller erzählte, keine solche Adresse besaß. Er brauchte sie nicht. Für ihn gab es einfach keine Notwendigkeit. Er würde sich mit seiner eigenen Visage aus der Affäre ziehen.

»Aber wieso brauchen Sie dazu Kalcsek?«, fragte Rudolf.

»Man braucht für alles einen Zeugen. Das hätten Sie doch schon lernen können. Obwohl, ich glaube, hier habe ich mich ein bisschen verrechnet.« Er deutete mit dem Kopf auf den Vorsitzenden, der auf seinem Stuhl hing.

»Sie sind verrückt. Verbietet man Ihnen da drinnen nicht, vor anderen über solche Dinge zu reden?«

»Es ist tatsächlich etwas riskant.« Zmeură verzog den Mund. »Aber es wäre auch nicht allzu kreativ, wenn ich es mir anders überlegen würde. Und dann wüsste er nicht einmal«, er zeigte wieder auf den völlig bewusstlosen Kalcsek, »wieso er Probleme bekommt. Dabei schadet das manchmal nicht.«

Rudolf wollte nicht lachen, aber er konnte sich nicht beherrschen. Wenn Márta das sehen könnte, würde er sicher nicht ohne Theater davonkommen. Den Unschuldigsten auslachen …

»Es ehrt mich sehr, was Sie heute Abend gesagt haben. Vielleicht bin ich sogar dankbar dafür.«

»Zwingen Sie sich zu nichts.«

»Aber niemand im Haus wird vergessen, dass jemand mit Ihnen unter einer Decke gesteckt hat. Da hilft es nichts, wenn ich mich auf Balázs berufe, niemand wird mir verzeihen.«

»Dann müssen die halt auch ihren Mann bekommen.«

»Wie das?«

»Heute muss ich Ihnen wirklich jedes Wort vorkauen. Wie soll ich sagen … also: Die Behörde steht nirgends gern auf einem Bein.«

»Sie wollen sagen …«

»Genau.«

Er begriff gar nicht, wieso ihn das überraschte, er hätte es doch schon wissen können, als Zmeură alle Regeln über den Haufen geworfen hatte und zum ersten Mal vor seiner Tür aufgetaucht war. Kaum einen Monat nachdem Márta ausgezogen war, als wüsste er bereits, dass ihre Entscheidung endgültig war. Aber wenn auch nicht das, so war er sich doch vollkommen sicher gewesen, dass Rudolf ihn hereinlassen würde. Dass ihm keinerlei Selbstwertgefühl geblieben war, das das Treffen hätte stören können. Er war am Abend gekommen, viele konnten ihn nicht gesehen haben, aber trotzdem! So etwas hätte niemand zu tun gewagt außer ihm. So plump einen aus dem Netzwerk zu enttarnen. Den Vorteil seiner Position aufzugeben. Oder stimmte etwa doch, was manche hinter vorgehaltener Hand erzählten, dass es gar kein Problem war, wenn der Betreffende allen bekannt war? Clown wurde so einer genannt, und während man sich vor ihm demonstrativ in Acht nahm, ihm auswich wie einem Haufen Scheiße, plapperte man alles vor dem aus, von dem nicht einmal die eigene Mutter ahnte, wobei er mitmischte. Der im Schatten des Clowns ruhig arbeiten konnte. Konnte es sein, dass sie ihn vom ersten Augenblick an nicht ernst nehmen wollten? Oder hatten sie im ersten Jahr noch zugesehen, wie er mit ein paar belanglosen Dingen rausrückte, und erst später so entschieden? Das ist jetzt nicht mehr wichtig, winkte er innerlich ab.

»Wer ist es?«, fragte Rudolf, aber seiner Stimme war keine Neugier anzuhören.

»Unwichtig.«

»Aber es wäre gut, wenn Sie es sagen würden. Sicherheitshalber.«

Zmeură lächelte verzeihend.

»So ehrlich kann ich nicht sein. Ich hoffe, Sie verstehen das.«

Es war zu Ende. Sie wussten es beide. Rudolf sah sich müde um. Er fühlte sich, als wäre er nach einer sehr langen Reise endlich an einen Ort gekommen, von dem er zwar nichts wusste, den er sich auch nicht so vorgestellt hatte, der aber doch eine Art von Ruhe ausstrahlte. An einen Ort, von dem man nicht mehr weitergehen konnte. Große Entdecker erzählten von einer solchen Gewissheit.

Zmeură machte sich in aller Stille fertig. Ein Taxi wollte er nicht, er würde lieber zu Fuß nach Hause gehen. Die Luft sei jetzt so angenehm. Als er auf dem Gang in dem Licht stand, das durch die Fenster im ersten Stock schimmerte, schien er ganz unbeholfen. Aber Rudolf wusste, dass das nichts zu bedeuten hatte. Die Nachtstreife würde mit nervöser Eile die Hacken zusammenschlagen, wenn sie ihn zufälligerweise auffordern sollte, sich auszuweisen.

Man musste schon sehr aufmerksam horchen, um ein Geräusch zu vernehmen. Bei Veterényis rauschte leise das Leitungswasser, vielleicht putzte sich jemand die Zähne. Bei Toroczkay knarrte eine Tür. Dies war die Zeit, in der man die Ruhe am meisten schätzte. Sie rührte einen nicht, und man wunderte sich nicht über sie. Man atmete sie mit der unerklärlichen Angst ein, dass man am nächsten Tag vielleicht keinen Anteil mehr an ihr haben könnte.

Zmeură wandte sich schließlich noch einmal zu Rudolf. Beinahe im Befehlston fragte er:

»Es interessiert Sie also wirklich nicht, was an jenem Tag passiert ist?«

»Nicht so, wie Sie denken.«

»Dabei ist es Ihre Geschichte, nicht meine.«

»Dann lassen Sie mich auch so mit ihr umgehen, wie ich es will.«

Der Offizier zuckte mit den Schultern, was man als Zustimmung interpretieren konnte, aber auch als Gleichgültigkeit, und ein paar Minuten später blieb nur noch eine saure Wolke hinter ihm zurück. Etwas abgestandenes Parfüm und Zigarettenrauch. Rudolf zog die Tür hinter sich zu. In ein paar Minuten würde er Kalcsek wecken, den seine Frau zu Hause schon zunehmend nervös erwartete. Ab morgen würde er Tee trinken und ein paar Tage lang nichts anderes als getoastetes Brot bekommen. Und wenn Kalcsek erst gegangen war, würde er sein Bett machen und sich so lange darin herumwälzen, bis er diesen Tag vergessen hatte.

Aber vielleicht würde er sich auch gar nicht hinlegen. Sondern so lange auf dem Stuhl sitzen, bis es hell wurde.

Einige Dinge musste er allerdings noch erledigen. Dinge, die sich nicht weiter aufschieben ließen. Beispielsweise musste er sich irgendetwas ausdenken, damit Zmeură nicht mehr kam. Es reichte. Noch näher würde er der Möglichkeit, dass ihn jemand um Entschuldigung bat, sowieso nicht kommen. Egal wer. Aber jetzt war er sich nicht einmal mehr sicher, dass ihm überhaupt daran lag. Denn wenn ja, dann käme auch er nicht um einige Entschuldigungen herum. Bei Márta, Kalcsek, Vlahilă, seinem Sohn, Professor Taller, bei der ganzen vergammelten Kompanie.

Er wäre nicht dazu in der Lage. Vielleicht irgendwann einmal. An einer anderen Art von Tag.

Zwei Jahre hat er gewartet, bis er endlich den Mund aufmacht, murmelte er vor sich hin. Dieser Dreckskerl! Und er wunderte sich auch nicht, dass er Zmeură schon fast beneidete. Wie eine unbeirrbare Schweizer Uhr faszinierte er ihn. Diese vielen kleinen seelenlosen Einzelteile, das ganze boshafte Ticken. Vielleicht hasste er ihn sogar. Am ehesten dafür, dass diese Stimme, dass diese Konstruktion, die sich nur schwer als Mensch bezeichnen ließ, jetzt für immer an ihm kleben würde. Nein, nicht so wie ein Schatten. Enger. Mehr so von innen.

Die Stille in der Wohnung war wie ein lange ausgehaltener, klarer Ton. Rudolf war sich zunehmend sicher, dass er diesen Ton seit seiner Kindheit hörte. Seit er die Augen geöffnet hatte. Seit ihn die Welt widerwillig in Besitz genommen hatte. Diesen Ruf oder was das war.

Er verstand nicht, wieso er ihm bisher nicht gefolgt war.

II.

1.

IM HAUS DES GEHÄNGTEN lacht man nicht. Damit kam seine Mutter immer, wenn er und sein Bruder zu lautstark herumalberten. Später berief sie sich sogar dann darauf, wenn sie im Badezimmer lange planschten, statt sich die Zähne zu putzen, oder wenn Viorel bei der Kissenschlacht als letzten Trumpf brüllend auf seine gebrochene Nase zeigte. Der Gehängte ertrug kein Weinen, keine herumliegenden Schuhe und keine ungemachten Betten. Er mochte niemanden und konnte auch nicht besonders darauf hoffen, dass ihn irgendwer mögen würde. Einmal hatte Viorel vor dem Einschlafen im Dunkeln gesagt, dass es ihn nicht überraschen würde, wenn der Gehängte eines Tages an seinem Tisch stehen bleiben und ihn die Schulaufgaben abfragen würde.

Es war so eine Art letzte Mahnung, die einer väterlichen Ohrfeige vorausging. Ihre Mutter konnte es in zahllosen Tonfällen sagen: nett, als hätte sie selbst ihre ewige ordnungsschaffende Rolle satt, behütend und zugleich drohend oder aber erschrocken, als erkenne sie genau in diesem Augenblick die Wahrheit, die sich in dieser Behauptung verbarg. Vielleicht in einer düsteren Endzeitstimmung, als hätten sie dadurch, dass sie hierhergezogen waren, zahllose andere, bislang nicht benennbare Flüche auf sich gezogen. Und man konnte nicht einmal sagen, dass sie vollkommen unrecht hatte. Die Wohnung, dieses Loch mit drei Zimmern, ging manchmal wirklich unfreundlich mit ihnen um.

Einmal, als sie im Baggersee baden waren, bekam der Wasserhahn in der Küche einen Sprung, und fast die halbe Wohnung stand unter Wasser, man musste es mühsam mit der Müllschippe ausschöpfen. Ein anderes Mal blies der Wind die Flamme des Kachelofens aus, aber das Gas drehte er leider nicht ab. Wer weiß, was passiert wäre, wenn sie es nicht rechtzeitig bemerkt hätten. Vielleicht war das alles kein Zufall, aber so, wie es die Mutter meinte, dass das Haus voller Gespenster sei, sozusagen voll mit der Rache toter Seelen, konnte man es doch nicht glauben. Wenn es darum ging, hatte er immer das Gefühl, dass nur er, Roland, seine Mutter ganz verstand. Und umgekehrt genauso.

Pech, weiter nichts, winkte sein Vater ab und lachte nur, wenn Laura Meersalz in die Zimmerecken streute. Eigentlich wäre das Blut einer jungen Ziege nötig gewesen, gab sie später zu, das hatte ihr nämlich die Wahrsagerin geraten, eine Zigeunerin, zu der sie jeden Monat ging, aber das hatte selbst sie für übertrieben gehalten. Und überhaupt, kämpferisch stemmte sie die Hände in die Hüfte, woher hätte sie mitten in der Stadt eine lebendige Ziege nehmen sollen?

Seit er sich erinnern konnte, war seine Mutter so gewesen: Immer wollte sie alles heilen. Nachbarn, Hündchen, leblose Gegenstände. Angeblich hatte sie schon als Kind die Namen der Arzneien gesammelt wie bunte Glasperlen, Penicillin und Metamizol, Paracetamol oder die Vitamine, und sie kritzelte sorgsam in ihr Heft, was wogegen half und wie wirkungsvoll es war. Erst später wurde ihm klar, dass im Kopf seiner Mutter eigentlich die ganze Welt an einem krankhaften Übel litt und die Gesundheit nichts anderes war als eine kurz anhaltende Feuerpause gegenüber dem ewigen Feind. Bist du krank?, fragte sie besorgt mehrmals in der Woche, wenn sie etwas Ungewöhnliches oder Unpassendes bemerkte, aber vielleicht drückte sie damit, mit dem ständigen Fiebermessen und den Untersuchungen, auch das aus, wofür andere tränenreiche Umarmungen brauchten. Die Wohnung betrachtete sie vom ersten Augenblick an als einen fieberglühenden Patienten, dessen Zustand sich theoretisch verbessern konnte, sich aber vermutlich eher verschlechterte.

Ursprünglich hatte außer dem Vater niemand hierherziehen wollen. Dabei stand das Haus wirklich an keinem schlechten Platz. Die Straße des Fortschritts ist schon beinahe Innenstadt, ließ er sie Hunderte von Malen wiederholen wie eine Art Merksatz, und als das auch nichts mehr nützte, riss er wütend die Fenster des kleinen Zimmers auf, damit sie sich mit eigenen Augen aus den drei Stockwerken Höhe die dämlichen Häuser, den beschissenen Park und diese ganze lebendige Aussicht ansahen. Aber nicht einmal seinen kleinen Bruder konnte diese Darbietung so recht überzeugen, dabei stand er sonst immer auf der Seite des Vaters. Entweder aus Angst, weil er ihm zutraute, dass er die immer wieder angekündigten Ohrfeigen eines Tages wirklich austeilen würde, oder aus reiner Berechnung, denn bei zwei gegen zwei Stimmen gab es in der Familie meist ein Unentschieden. Eine scheinbare Ruhe. Und die gehörte es sich zu schätzen. Wie ein dämlicher Lautsprecher wiederholte und verstärkte Viorel die Worte seines Vaters gleich einem Echo, er selbst hingegen blieb mit der Mutter auf der anderen Seite, im Zweipersonenlager der Unzufriedenen, der Renitenten. Aber auch das hielt nicht lange an. In den Augen des Vaters galt nämlich ein Unentschieden als Niederlage, es war für ihn sogar schlimmer, als wäre er tatsächlich unterlegen, denn in einem Unentschieden spürte er stets eine verborgene Duckmäuserei, einen listigen Zug, um dem offenen Kampf auszuweichen, etwas, dem er nicht trotzen konnte, und so scharwenzelte er danach so lange um Laura herum, schmeichelte ihr so lange, warf manchmal sogar den Schlafzimmertrick in die Waagschale, bis die Mutter ihm glücklich, wenn auch mit winzigen Gewissensbissen, aber doch immer recht gab.

Es war niemand zu Hause. Er warf seinen Sportbeutel einfach nur unter den Garderobenständer. Das würde Ärger geben, das wusste er, wie immer, wenn er seine verschwitzten Sachen nicht sofort zum Trocknen aufhängte, aber jetzt interessierte ihn das nicht. Er begann, beinahe zu grinsen bei dem Gedanken, dass ihn deswegen heute niemand nerven würde. Insbesondere nicht der Vater. Größere Vergehen verdeckten die kleineren irgendwie immer. Dann krampfte sich ihm wieder der Magen zusammen. Das war jetzt schon die Angst, die ihn vom Park der Steinewerfer nach Hause begleitet hatte.

Er musste sich auf den Boden setzen.

Eine leere Wohnung atmet anders, hatte einmal ein Mädchen vom Kunstgymnasium gesagt. Auf Tibi Précseks Party war das gewesen, sie hatten sich in der Küche geküsst. Damals war es bei den Kunstschülern gerade in Mode, sich alles lebendig vorzustellen: ein an den Baum gekettetes Fahrrad, ein Kissen, einen weggeworfenen Zigarettenstummel. Alles hatte ein Herz und einen Rhythmus, eine Ausdünstung und einen Willen, und man musste einen solchen Zustand erreichen, in dem man fähig war, sich mit all diesen durch die Luft wirbelnden Willen, mit der Welt an sich, zu vereinen.

Er hätte lieber den Busen des Mädchens begrapscht, das empfindliche Dunkel der Brustwarzen, aber er war schon routiniert genug, um zu wissen, dass man nicht mit der Tür ins Haus fiel. Ganz im Gegenteil konnte sich Schweigen sogar von Fall zu Fall sehr auszahlen, auch Tibis Bruder hatte ihm ja gesagt: Jede größere Aktion werde von einer Art Monolog eingeleitet, in dem es um die Weltanschauung oder die Genialität der Impressionisten gehe oder aber einfach nur darum, wie blöd ihre Mütter seien, weil sie nie erlaubten, einen Minirock anzuziehen, und warum sie ihn dann hätten kaufen dürfen. Und wenn man dann empört nickte, ein bisschen auf die engstirnigen Eltern schimpfte und den Rock in den Himmel lobte, dann kam sogar schon ein Extra infrage, vielleicht der Slip oder ein unschuldiges Fummeln, wozu man aber eine Wohnung brauchte oder jedenfalls ein eigenes Zimmer, aber das hatte Tibi Précsek schon lange vorher für sich reserviert. So hörte er dem Mädchen nur zu, dabei lag ihm schon auf der Zunge zu fragen, was für ein Herz und einen Willen wohl der Herd hinter ihrem Rücken mit all seinen Fettspritzern haben mochte und dass er sich gern den wählerischen Kunstschüler ansehen würde, der es mit so einer abgeranzten Kochstelle treiben wollte, aber dann kuschte er lieber, denn er war sehr auf diesen Busen aus. Auf diese feine, zitternde Materie.

Jetzt aber war die ganze Wohnung leer, und doch hatte er keine Lust, jemanden anzurufen. Dabei wäre die Kati Strauber sicher herübergekommen, auch, wenn sie nur zwanzig Minuten hätten. Das würden sie irgendwie hinbekommen. Keinerlei Vorspiel, kein Gesäusel, sie würden übereinander herfallen wie die Erwachsenen und so lange fiedeln, bis es guttat. Er war schon fast wütend auf sich, dass er es nicht schaffte, den Punkt aufs I zu setzen, dass er diese Angst nicht abschütteln konnte, denn das wäre es doch, wenn der

Vater nach Hause käme und er ruhigen Herzens im kleinen Zimmer beim Bumsen wäre. Vielleicht könnte er ihm mit einer Geste sogar die Kati anbieten. Hier, Alter, reagier dich mal ab. Wetten, dass der Vater da nicht mehr wüsste, was er machen sollte? Er würde nur mit offenem Mund in der Tür stehen. Katis Hintern ansehen, diese reifen Birnen, und in dem Augenblick begreifen, dass der Zirkus heute kein Zufall gewesen war. Es ging hier nicht um einen Ausrutscher, um eine kurzzeitige Verwirrtheit, wie er jetzt schwitzend versuchte, dem Direktor der Schule einzureden, sondern er hatte tatsächlich die Schnauze voll. Das war nicht einmal mehr ein Aufstand, das war geradezu eine Revolution. Denn er hasste dieses ganze Affentheater wirklich! Vergebens führte sein Vater das große Wort, vergebens schlug er sich an die Brust und prahlte, dass ihn die halbe Stadt zuerst grüßte und dass er, wenn er wollte, jeden mit einem einfachen Satz erledigen könnte, denn eigentlich war er nur eine Ratte, die mit einem Auge schon nach dem Fluchtweg schielte, wenn jemand auf der Straße lauter zu schreien begann.

Trotzdem fürchtete er sich vor ihm. Das musste er zugeben. Dabei hatte er die letzte Ohrfeige mit sechs bekommen, und auch damals deswegen, weil ihm die Schule nach einer Woche langweilig geworden war und er lieber mit Kisjenő und den Kesselflickerkindern zum Baggersee gegangen war, um Karauschen zu fangen. Statt sich über die Fische zu freuen, hatte ihm sein Vater damals zwei Backpfeifen verpasst. Und zwar gepfefferte. Seither machte er bloß Versprechungen. Und erzählte solche Sachen, dass sein Vater ihn noch mit Rohrstock und Schuhsohlen durchgeprügelt hätte, und das habe ihn erst zu einem richtigen Mann gemacht. Wie konnte man das überhaupt ernst nehmen? Aber heute war alles anders. Heute hatte er seinen Vater ins Mark getroffen, und das konnte nicht unerwidert bleiben. Nicht einmal, wenn er die feigste Ratte der Welt war. Das wusste auch dieser Krampf, der seinen Magen immer mehr zusammenpresste, sooft er zur Tür sah, sooft er sich vorstellte, dass sich die Klinke bewegte. Der Vater konnte jeden Augenblick nach Hause kommen.

Roland konnte kaum an etwas anderes denken.

Höchstens daran, wie verdammt ungerecht das Leben war. Statt dass ihn dieser Tag an das Lächeln von Eszter Novák erinnert hätte, an diese Reaktion, die er nach langen Wochen erreicht hatte und die zudem so offensichtlich gewesen war, dass er es kaum glauben konnte, würde er auf diesen Sonntag noch nach Jahren wie auf eine Strafe zurückblicken. Wie auf die überaus realen Schmerzen einer halbwegs verdienten Prügel. Was konnte er dagegen tun? Konnte er überhaupt noch etwas tun? Als schützte ihn schon die reine Erinnerung, versuchte er, die Szene so oft wie möglich vor sich ablaufen zu lassen.

Sie hatten unter den Pappeln gestanden. Es war ein bisschen, als wären sie Statisten in einem Film gewesen oder zu einem albernen Maskenball gekommen: Er in der glockenblumenblauen Uniform, in Schnürstiefeln und mit weißen Zwirnhandschuhen und Eszter in dem weißen Kittel der Leute vom Gesundheitswesen, auf dem Kopf die hübsche Haube mit dem roten Kreuz. Zwar hatten noch etwa fünf Leute dort vor der brennenden Sonne Zuflucht gesucht und hatte er scheinbar mit Précsek gesprochen und Eszter einer Frau mit Krampfadern und weinerlicher Stimme zugehört, der der Schweiß in Strömen hinunterlief, dennoch waren sie zusammen gewesen. Sie waren die Hauptdarsteller, daran gab es keinen Zweifel. Er erinnerte sich, bevor sie auf den Boulevard einbogen, um vor der Tribüne mit den Soldatenstiefeln auf den Asphalt zu stampfen, hatte er Précsek noch zugeflüstert, dass dieses Lächeln sehr vielversprechend sei. Und zum ersten Mal in seinem Leben dachte er dabei nicht ans Ficken, schwebte ihm nicht das verdiente und ungefähr abschätzbare Endergebnis vor, sondern der Anfang.

Die goldblonden Strähnen, die er am liebsten stundenlang durch die Finger gleiten lassen wollte. Daher wusste er: Er war verliebt, unwiderruflich. Wie anders hätte er diesen Qualitätswechsel bezeichnen können, dass er endlich einmal nicht auf seine Instinkte hören wollte oder, um ganz genau zu sein, dass er lieber auf die Instinkte des Herzens hören wollte als auf seinen Körper, denn endlich war dieses besondere Kribbeln in seinem Magen eingetreten, von dem ihn anfangs alle glauben machen wollten, es könne das Vorzeichen für etwas ganz anderes sein, vielleicht war die Pastete vom Vortag nicht mehr ganz frisch gewesen.

Schade, dass er jetzt nicht mehr imstande war, etwas von dieser Gewissheit zusammenzukratzen.

Es schien, als hätte dieser Augenblick am Nachmittag allen Mut aus ihm herausgesogen. Er hatte seinen Vater angesehen und aus dem Handgelenk losgelassen wie einen Rückhandaufschlag beim Tischtennis: *Das geht mir doch komplett am Arsch vorbei!* Woraufhin natürlich sofort alle angefangen hatten zu lachen. Der ganze blau gekleidete Zug. Manche nur diskret hinter der vorgehaltenen Hand, weil man ja nicht wissen konnte, wann die Komplizen aufgeschrieben wurden, andere laut schallend. Natürlich konnte er sich auch heldenhaftere Sätze vorstellen, aber dieser war in dem Moment genau der richtige gewesen. Alle wussten, dass er passte: sie, der Klassenlehrer, der Direktor, sein Vater, die ganze dämliche Inspektion. Denn es war ja nicht so, dass nur die ausschließlich zu diesem Zweck herangezüchteten Wörter wie Heimat, Freiheit, Opfer, das Heldentum hervorbrachten, sondern genau umgekehrt: Die Umstände ließen mit unermesslichen Energien die hässlichsten Ausdrücke aufblitzen. Ein gut platziertes *am Arsch vorbei* konnte auf jedem blutigen Schlachtfeld genauso viel wert sein wie hundert *Vorwärts für die Heimat!*

Ja, das würde er auch Kati erzählen. Sie mochte solche Sachen sehr. Dem Leben abgelauschte Weisheiten. Die man durch die eigenen Nerven filterte und nicht in der Stunde vom Klassenlehrer hörte oder auf den letzten Seiten eines Buches las. Aber damit hatte sich das Ganze irgendwie auch erschöpft. War zerplatzt, verflogen. Wozu der Mut, wenn danach nichts davon blieb? Er empfand nicht einmal Genugtuung, nur eine sonderbare Einsamkeit. Die Einsamkeit des Helden, wenn man das so sagen konnte. Wohin ihm niemand folgte und die man mit niemandem teilen konnte. Zu allem Überfluss hatte auch sie nur bis zum Gemischtwarenladen in der Bäckerstraße gehalten, wo sie immer für ein Eis oder eine Limonade haltmachten. Da half es nichts, dass ihm Précsek auch da noch auf den Rücken klopfte, er selbst dachte schon über mögliche Strafen nach.

Was konnte er seinem Vater bei einem möglichen Handel wohl anbieten? Was konnte Eszters Lächeln retten? Ob er den Stubenarrest wohl gegen einen Monat Saubermachen eintauschen konnte? Oder ob es reichte, wenn er nur die Schuhe putzte? Und obwohl er es gern gewollt hätte, wurde er den Gedanken nicht los, dass er mit etwas viel, aber wirklich sehr viel Schlimmerem zu rechnen hatte. Denn so etwas war mit Stubenarrest nicht aufzuwiegen. Nicht einmal mit Taschengeldentzug. So viel Taschengeld gab es auf der ganzen Welt nicht. Dieses Vergehen zeigte all seinen bisherigen Strafen eine lange Nase. Dabei hatte er sich das, wenn er es recht bedachte, schon seit Monaten gewünscht.

Das System seines Vaters einmal aus den Angeln zu heben. Das Ganze plattzumachen. Dennoch fürchtete er sich jetzt irgendwie davor, den Sieg zu ertragen. Mehr, als wenn er verloren hätte.

Der Gehängte mag keine Sieger.

2.

MIHAI GONDRU WUSSTE GENAU, wo er es verpfuscht hatte. Hätte er Nicu Zmeură an jenem Morgen im August nicht mit dem Auftrag zurückgeschickt, sich den Jungen trotzdem vorzunehmen, müsste er hier jetzt nicht betteln. Genau genommen konnte sein Glück nicht als alltäglich bezeichnet werden. Andere verbrachten lange und vergebliche Jahre damit, ihre Fehler zu ergründen, irgendwie die Quelle der ineinandergreifenden Irrtümer zu finden, und die meisten hatten, wenn sie die Hufe hochrissen, keinen blassen Schimmer, wo der Kiesel verborgen lag, der ihr Leben endgültig zum Entgleisen gebracht hatte. Sie hatten keine Chance, die Kette zu durchbrechen. Denn eines musste man wissen: Die wirklich großen Irrtümer kamen niemals allein.

Er trocknete sich die Stirn. Dieser Schweiß aber auch! Bis zu seinem vierzigsten Lebensjahr war er auch bei größter Sommerhitze höchstens unter den Achseln ein bisschen feucht geworden, und jetzt schwitzte er wie ein Chormädchen vor der Beichte. Schon im Frühling und erst recht im August. Dabei aß und trank er genau dasselbe. Na bitte, sein Taschentuch war ganz durchnässt, und das Hemd klebte ihm schon seit dem frühen Morgen am Rücken. Und damit konnte er nicht einmal zum Arzt gehen. Es gab keinen Chirurgen auf der ganzen Welt, der seine Nerven hätte austauschen können.

Von dem Schuldirektor war noch immer nichts zu sehen. War er auf der Toilette, telefonierte er? Beides war ihm zuzutrauen. Sowohl, dass er vor Schreck die Hosen voll hatte, als auch, dass er petzte wie ein Kind.

Die Nachmittagssonne schnitt breite Schneisen in die Kühle des Flurs. Der ganze Flügel des Gebäudes war so ausgestorben, als hätte der festliche Aufmarsch schon vor zwei Wochen stattgefunden. Na klar, alle waren nach Hause verschwunden. Bei solch einem Wetter konnte man in die Laube gehen, im Baggersee baden oder nur einfach am Strand ein Bier trinken. Und da beklagten sie sich noch! Dass sie nichts hätten! Hungern müssten! Er sah aus dem Fenster. Unter den Pappeln lagen gleichmütig die abgegebenen Waffen. Ein Soldat bewachte sie im Schatten. Die auf einen Haufen geworfenen, eilig ausgezogenen Uniformen und Handschuhe, die an die Wand gelehnten Transparente interessierten ihn sichtlich nicht mehr. Wenn er hinausging, würde er ihn ansprechen. Die einfachen Soldaten brachten den Anzugträgern zum Glück noch Respekt entgegen. Er trat vom Fenster weg. Sich in einen der Sessel zu setzen, die sich in der Ecke breitmachten, hatte er keine Lust. Die bordeauxroten Samtbezüge der Sessel waren von der einfallenden Sonne ausgeblichen. Nur in den Gräben der Nähte und auf der Rückseite ließ sich der ursprüngliche Farbton erkennen. Solche Sessel standen auch vor dem Beratungssaal des Komitatsrats und im Foyer des Zentralhotels. Vielleicht hatte dieser verrückte Bauer die überflüssigen Stücke sogar von dort hierherbringen lassen! Wenn der wüsste, wie viel besser Kunstleder war. Er selbst hatte auch solche Sessel. Dieselbe Form, aber Kunstleder. Und nicht halb so viele Scherereien damit. Die reichte es, einmal die Woche mit einem feuchten Lappen abzuwischen, auf denen hier sah man hingegen jeden Mist. Aber manch einer war eben auf Luxus aus.

Er konnte nicht umhin, in den Spiegel neben dem Sessel zu sehen. Was er dort sah, gefiel ihm, wenn auch nicht in allen Einzelheiten. Das soldatisch kurz geschnittene Haar, das vorspringende, weiblich runde Kinn, die stets korrekt gebundene Krawatte. Das immer etwas feierliche Gesicht. Wie oft hatte ihn das schon aus dem Schlamassel gezogen! Die Langeweile verriet einen am schnellsten, aber die Feierlichkeit, der Respekt, niemals. Und sein Gesicht war einfach so. Bei Ansprachen oder bei Versammlungen, die bis in die Nacht reichten, musste er sich nicht einmal besonders zwingen. Selbst dann nicht, wenn er todmüde war. Wie viele beneideten ihn darum! Gerade Bordan, der überall schnell einnickte, hatte ihm einmal gesagt, dass er für all das hier wie geschaffen sei. Er könne es sonst wie weit bringen, weil er sich anpasse wie Fleisch an Fleisch und Knochen an Knochen. Sogar ein Dummkopf sehe, dass sein Platz hier sei. So war es. Fünfundvierzig Jahre alt war er, einige Dinge hatte er schon erreicht, und er hielt sich noch gut. Zehn Jahre hatte er mindestens noch. Zehn gute Jahre, wenn er es nicht verpfuschte. Sein Vater hatte kurz vor dem sechzigsten angefangen, das Bett zu hüten. Sein Großvater auch.

Er sah noch einmal hin. An seinem Anzug fand er auch jetzt nichts auszusetzen. Die Hose fiel wie im Lehrbuch. Gewiss, es wäre besser gewesen, wenn er etwas größer gewachsen wäre. Eins achtzig hätte er sich gut vorstellen können. Eigentlich sah er so aus, als wäre er ursprünglich für diese Größe geplant gewesen. Das Schicksal hatte ihm ausreichend Material zugeteilt, aber dann hatte es sich plötzlich eines anderen besonnen und ihm von oben mit einem einzigen Finger einen Stups verpasst, ihn zusammengepresst, und er konnte noch dankbar sein, dass, was zu viel war, nicht hier und dort herausquoll. Sein Hals verschwand auch so schon fast zwischen den Schultern, und seine Beine glichen eher massiven Pfählen als menschlichen Gliedmaßen. Auf ihn könne man eben bauen, war der Kommentar, mit dem er seine Kompaktheit gewöhnlich überspielte. Seht doch, sagte er und drückte den Brustkorb heraus, der hält jederzeit noch eine Etage aus. Und bei den Frauen kam das auch an. Schließlich war ein Mann, den die erste stärkere Brise umhaute, etwas anderes als einer, um den selbst ein Sturm lieber einen Bogen machte. Der Rest aber stand und fiel mit einem guten Schneider.

Zufrieden trat er vom Spiegel weg. Jetzt hätte er sogar Lust gehabt, sich die Sekretärin genauer anzusehen, aber gerade ihre vielversprechenderen Teile verdeckte dieser blöde Tisch. Wenn er etwas Zeit hätte, würde er vielleicht versuchen, sie aus ihrem Büro zu locken. Aber Zeit blieb ihm immer weniger.

Er musste nicht auf die Uhr sehen, um zu wissen, dass er zu spät kommen würde. Der Direktor war immer noch nicht erschienen. Jetzt war es völlig sicher, dass er telefonierte. Warum sollte gerade er keine Beziehungen haben? Es war doch bestimmt kein Zufall, dass er an die beste Schule des Komitats gekommen war. Am liebsten hätte er sich eine Zigarette angezündet, aber er wollte vor der Sekretärin nicht nervös erscheinen. Nervosität würde die Situation jetzt nur verschlimmern. Es wäre, als würde er seine Karten halb aufdecken. Lieber überdachte er die Sache noch einmal. Besonnen. Mit gesundem Menschenverstand. Wieder musste er sich die Stirn trocknen. Verdammt noch mal! Warum hatte er auch seinen eigenen Sohn fragen müssen?! Es waren doch genug andere dort gewesen. Und wenn jemand anders das Maul so voll genommen hätte, wenn ein Fremder auf einer politischen Veranstaltung mit solchen Ausdrücken gekommen wäre, dann hätte er den Satz noch gar nicht ausgesprochen gehabt, und schon wären seine Eltern einbestellt worden. Und die hätten dann auf Knien dafür danken können, wenn ihr idiotisches Kind nach dem Abitur eine Stelle bei den Totengräbern bekommen hätte. Wenn es die Armee überhaupt überlebte. Denn niemand sollte glauben, dass ihre Ideen nach dem Donaukanal zur Neige gehen würden. Dass ihnen – Schluss, aus – die Möglichkeiten ausgegangen wären. Selbst für die hartnäckigsten Rowdys fand sich genügend Arbeit in diesem Land! Das eine oder andere Bergwerk, ein diskreterer Steinbruch. Irgendetwas gäbe es immer, keine Sorge.

Aber jetzt ging es um Roland. Um seinen älteren Sohn, der noch dazu das Herzblatt seiner Mutter war. Er selbst würde für Viorel durchs Feuer gehen, aber das wagte er vor Laura nie zuzugeben. Dabei war wahrscheinlich wirklich seine Frau an allem schuld. Hätte sie nicht so auf ihren Erziehungsprinzipien bestanden, hätte sie nicht um jeden Preis ihre eigenen fixen Ideen in dem Kind wiedersehen wollen, diese Rebellion, die aus allem einen Scherz machte, die ewige Respektlosigkeit, dann wären sie jetzt nicht hier. Wieso hatte sie so viel von Ehre und Gewissen predigen müssen?! Als lebte sie gar nicht hier. Und sollte vielleicht dieses Herumfluchen die Ehre sein?! Sich einzusetzen, für nichts?! Aber konnte man denn einer ungarischen Frau widersprechen? Die, wenn es sein musste, die Tür hinter sich zuschlug oder öffentlich schmollte wie ein Backfisch und ihre Möse so versteckte, dass selbst der Teufel sie für einen Mann hielt. Und wer konnte schon etwas dafür, dass sie gerade dann am begehrenswertesten war? Mit einem feurigen Blick, der auch den verwegensten Männern den Mut nahm und die feigesten anstachelte, mit Schenkeln, mit Brüsten wie die knackigsten Pflaumen aus Bernye. Wer ihr festes, zitterndes Fleisch gekostet hatte, vergaß es niemals. Konnte man denn mit der Schönheit dauerhaft im Streit liegen? Vor allem, wenn man jeden Abend mit der rasenden Angst nach Hause kam, jemand anderen in ihrem Schoß zu finden?

Denn Interessenten gab es wirklich genug. Sogar der halb lahme Dumitru Dulca, der Zensor der Tageszeitung des Komitats, scharwenzelte ständig um sie herum, dabei war er schon weit über sechzig. Und die anderen erst! Pernyák, der im Rat die ungarischen Angelegenheiten vertrat und allen netteren Blondinen eine Stelle als Schauspielerin versprach, wobei es schließlich keine von ihnen weiter brachte als bis zur Tippse. Oder Timofte Bordan mit seinen blauen Augen, der überheizte Sekretär des Kulturkomitees, von dem es hieß, man müsse ihn beim Sex fesseln wie einen Räuber. Ach ja, und der immer missmutige Radu Podeanu, der, wenn seine Frau ihn ärgerte, sogar den Lendenbraten seinen Hunden vorwarf, damit sie zu ihrer Beschämung pappige Polenta essen musste, bis ihr schlecht wurde. Es war also nur eine Frage der Zeit, wann Laura mit dem Geruch eines anderen Mannes am Körper nach Hause kam, denn alle auf dem Flur priesen die ungarischen Frauen. Ein anderes Material, die Haut fühlte sich anders an, schwärmten sie, und es herrschte die allgemeine Ansicht, dass, wenn auch schon die letzten ungarischen Städte und die versteckten Siedlungen in der brüderlichen Umarmung der Rumänen aufgelöst worden waren, man sich in den Bergen doch irgendein Reservat suchen sollte, ein frivoles Freilichtmuseum, wo die wirklich gefragten Exemplare versammelt werden müssten. Und von ihm wurde erwartet, dass er über diesen Scherz am lautesten lachte.

Er lachte ja auch, keine Frage. Gerade genug. Reihenweise hatte er sich so Jahresendprämien zusammengelacht, Strandurlaube in den reservierten Hotels, die bequeme Stelle in der Stadt, denn wer nicht von hinten geschoben wurde, der musste wenigstens Sinn für Humor haben. Sich auf die Knie schlagen, dass vor Lachen der Speichel spritzte, denn so konnte er wenigstens noch mit etwas rechnen: Wenn kein anderer, dann würde eben er der entmannte Hirte in diesem Reservat. Der wachsame Hüter des Harems. Und seine Rechnung war wirklich aufgegangen: Nicht einmal vier Jahre hatte er lachen müssen, danach kicherten schon die Spaßmacher, ohne es recht bemerkt zu haben, über seine Witze, die keinen Deut besser waren. Dann – als hätte auch das Leben einen Gerechtigkeitssinn – wurde Laura ein paar Monate nach dem Großreinemachen wieder schwanger. Nur dass nach der zweiten Geburt der Bauch nicht wieder zurücksprang, die Haut nicht mehr so glatt und gefügig wurde, und auch ihr Busen war nicht mehr so eigensinnig straff. Vielleicht wollte sich der Körper so für die Verletzungen und Torturen rächen. Denn man hatte diese bis dahin so zärtlich gehütete Vollkommenheit freilich aufschneiden müssen, beinahe zerschnippeln, damit das Kind gesund zur Welt kam. Die Polster, die sich einige Monate später bildeten und die einstigen Kurven der Schenkel begradigten, sich dann auf der Hüfte festsetzten, den Hintern und die Arme verschandelten, dienten bereits der Verteidigung. Oder eher der Vorbeugung, damit ein solcher Anschlag niemals wieder vorkam. Als würde sich eine verschämte Statue dem Blitzlichtgewitter der neugierigen Besucher so entziehen, dass sie sich unter dem Schutzmantel der Nacht das vorher abgeschlagene überflüssige Material wieder anzog. Und vielleicht gehörte es sich nicht, so etwas zu sagen, aber er, Mihai, war gerade da am glücklichsten gewesen.

Denn die Erziehung des jüngeren Sohns ging nicht mehr mit hysterischen Diskussionen einher, oder wenn er ganz genau sein wollte, dann hatte sie keine einzige Diskussion mit sich gebracht. Wieso hätte sie auch? Dicke Frauen leisteten selten Widerstand. Als würde es all ihre Energie aufbrauchen, dass sie sich selber tragen mussten. Zum anderen war bis dahin auch Laura klar geworden, was er schon immer geahnt hatte, nämlich, dass es zwar schön war, im kargen Land der Ehrlichkeit König zu sein, nur brachte einen die Langeweile um. Mit alldem, was er also bei Roland versäumt hatte, durfte er Viorel mit Zins und Zinseszins überschütten, und heute konnte er wirklich ohne jede Prahlerei sagen, dass dieser Sohn, obwohl er erst elf Jahre alt war, schon instinktiv das einzige Prinzip in sich trug, das die Praxis noch nicht widerlegt hatte: Jede noch so massive und unbestechliche Tür hatte ihr Schlüsselloch. Und wer das fand, der kam überall zurecht.

Jetzt wartete er schon seit zwanzig Minuten auf diesen Trottel! Und er konnte nicht weggehen, konnte diesen ganzen Mist nicht links liegen lassen. Dabei hatte er die Sache mit den anderen beiden Mitgliedern der Inspektion innerhalb von zehn Minuten erledigt. Nun ja, bei Didu Brocariu, diesem mageren Knochen, war es überhaupt nicht schwer gewesen. Er arbeitete seit fünfundzwanzig Jahren bei der Schulaufsicht und hatte schon Schlimmeres gesehen als das hier und sich auch da die Ohren zuhalten müssen. Außerdem soff er wie ein Bürstenbinder. Es war das reinste Glück, dass noch eine Flasche französischer Kognak im Auto geblieben war, die Brocariu gleich an Ort und Stelle öffnete. Der Genosse solle es ihm nicht übel nehmen, sagte er, dass er hier so sichtlich misstrauisch sei, aber er habe schon Kamillentee in einer echten Whiskyflasche bekommen und einmal Himbeersirup als Rotwein, mit einem Wort: Seither glaube er nur noch seiner Zunge. Aber als ihm der erste Schluck die Kehle hinunterrann und die sanfte Kraft des Kognaks sich in seinem schmächtigen Körper ausbreitete, wurde er quicklebendig.

Wie Öl, wie jungfräuliches Öl, erklärte er, und wenn auf Brocarius gerötetem Gesicht eine Art Enttäuschung erschien, dann konnte es nur das Bedauern darüber sein, dass dieses Jüngelchen nicht etwas Derberes gesagt hatte, etwas, das für noch mehr Aufregung gesorgt hätte und zwei Flaschen von diesem Wundertrank wert gewesen wäre. Der Jüngere war schon ein wesentlich schwierigerer Fall gewesen. Hier, in der Kühle des Flurs, schämte sich Gondru bereits ein bisschen, so draufgängerisch gewesen zu sein. Einem Beamten wie ihm stand die Taktik, das vorsichtige Umgehen des Problems, besser an als ein roher Frontalangriff. Aber so ist eben die Welt, in der wir leben, dachte er und strich sich übers Sakko. Ob man will oder nicht, irgendwann fängt man an, sich zu benehmen wie die anderen.

Auf dem Parkplatz hinter der Schule hatte er ihn abgepasst, als er gerade in seinen Lada steigen wollte. Dragu war vor kaum einem Jahr als Mathematiklehrer zur Schulaufsicht gekommen. Er steckte noch voller Ambitionen, trank nicht, rauchte nicht und betatschte nach der wöchentlichen Sitzung auch nicht die Hintern der hingebungsvolleren Kolleginnen. Von Zmeură wusste er, dass sich diese Sorte am meisten vor ihrem eigenen Blut fürchtete. Wenn vor ihren eigenen Augen das Leben aus ihnen herausfloss. So weit waren sie freilich nicht gekommen, er hatte auf dem Parkplatz eher nur die diesbezüglichen Möglichkeiten angerissen: Entweder er könne ihn auf freundschaftlicher Basis um etwas bitten, denn jetzt habe er dazu Gelegenheit, oder er würde sich womöglich rein zufällig die Nase an der Windschutzscheibe einschlagen. O nein, nicht er, Mihai Gondru, würde das tun, das sei nicht sein Part. Aber er fände schon einen Freiwilligen, der ihm diese kleine Gefälligkeit erweise. Denn er mochte vielleicht nicht mehr der sein, der er einmal war, und sei vielleicht in den ganz großen Sachen nicht mehr zuständig, aber solche Kleinigkeiten könne er doch noch zuwege bringen. Dragu, zwei Köpfe größer als er, hatte ihn verblüfft und etwas ungläubig angesehen.

Auf dem Parkplatz war keine Sterbensseele unterwegs, nur die Dächer der Autos glitzerten in der Mittagssonne. Hinter der Brandmauer keuchte die Stadt in weiter Ferne. Man musste vorsichtig mit Gondru sein, hatte man ihm im Büro gesagt, als er die Arbeit aufgenommen hatte, aber er hätte nie gedacht, dass das auch so etwas bedeuten konnte. Dabei war er zur Schulaufsicht gegangen, um nicht mehr dieses verrückte Geklapper in seinem Brustkorb hören zu müssen, dieses unstillbare Hämmern. Er wusste, dass er antworten musste, aber ihm blieben die Worte weg. Da zog Gondru plötzlich, als überraschte ihn selbst, was er tat, das Hemd an Dragus Hals zusammen. Der Kragen schnitt einen blutlosen Graben in die ohnehin weiße Haut. Was wird jetzt also, fragte Gondru und sah sich nervös um. Ich würde ihn sowieso nicht anzeigen, wollte Dragu sagen, aber dann machte er rechtzeitig einen Rückzieher. Die Anzeige zur Sprache zu bringen, schien jetzt überhaupt keine gute Idee. Doch nach einer ganzen Weile, als er die störenden Faktoren schon mehr oder weniger ausschließen konnte, die immer schwerer lastende Stille, die Sonne, die ihm in die Augen stach, die irrationale Angst, dass er sogar ersticken könnte, fiel ihm etwas ein, vielleicht das einzig richtige Endergebnis, und schon sprach er es aus: Wenn der Genosse Gondru einverstanden sei, dann wäre es jetzt vielleicht an der Zeit, dass seine Tochter einen Studienplatz für Medizin bekäme.

Kluger Gedanke, Gondru tätschelte ihm das Gesicht. Man muss immer vorausschauend sein, wenn es geht. Das hat Zukunft, auch Dragu riskierte ein Lächeln, nachdem er sein Hemd zurechtgezogen hatte. Plötzlich war der Lärm der Stadt wieder zu hören. Die Schritte der Fußgänger, das nervöse und trotzdem einschläfernde Rascheln der Platanen. Es war still. Ruhig. Dann gaben sie sich sogar die Hand. Das Mädchen war zwar erst zehn Jahre alt, aber dann hatte sie eben Zeit, sich daran zu gewöhnen.

Das Pochen rascher Schritte durchbrach die Stille des Flures. Noch eine Minute, und der Direktor würde um die Ecke kommen. Gondru zog mit einem Ruck sein Sakko zurecht, dann blies er in kleinen Stößen die Luft aus, die ihm die Lunge sprengen wollte. Mit einem zufriedenen Lächeln stellte er fest, dass sich sein Herzschlag langsam beruhigte und in seinen ganzen Körper Ruhe einzog.

Er war bereit für das Gespräch.

3.

ER STRECKTE SICH AUF DEM BETT AUS. Sich auszuruhen tat ihm gut, schließlich war er seit dem Morgen auf Achse gewesen. Jetzt hätte er Lust gehabt, Musik zu hören, zwar lag die Stones-Kassette neben dem Kassettenrekorder bereit, doch steckte er sie nicht hinein. Er hatte bereits beschlossen, seinen Vater nicht noch weiter zu reizen. Und wenn er schon Kati nicht mehr herübergeholt hatte, dann sollte auch keine laute Musik spielen. Dabei hatte er theoretisch gerade deswegen zum Geburtstag ein eigenes Zimmer bekommen. Es sei an der Zeit, dass er seine eigenen

Entscheidungen treffe, hatte seine Mutter erklärt und die Hände in die Hüfte gestemmt, nur ihr spitzbübischer Blick hatte verraten, dass sie dabei nicht an irgendwelche abstrakten Dinge dachte. Er sollte lieber mehr lernen, grummelte der Vater, doch dann gab er nach. Vielleicht, weil er Viorel nicht zu früh vom Busch der Mädchen, diesem feuchten Irrgarten, erzählen wollte, dabei spitzte der ohnehin schon die Ohren, wenn es darum ging, wie viele Schicksale und Leben in diesem scheinbar so leicht zu bezwingenden Labyrinth draufgegangen waren. Da war es besser, wenn es sein Bruder nicht vor seiner Nase machte. So blieben ihm noch ein paar ruhige Jahre.

Zwei Tage lang hatten sie also Möbel gerückt, damit Roland ins Arbeitszimmer ziehen konnte, dann richteten sie das Wohnzimmer so ein, dass es sich abends in ein Schlafzimmer verwandeln ließ. Ein Sofa mussten sie auch so verkaufen, weil es nirgends hinpasste. Und natürlich hatte sich auch jetzt erwiesen, wie bösartig diese Wohnung war, dass sie niemandem gehorchte und gleichsam aus dem Bauch heraus allen Bestrebungen widerstand, die nicht von ihr ausgingen. Als wäre sie ein gieriges Tier, eine Riesenschlange, die früher oder später alles und jeden verschlang. Manches eben langsamer, anderes hingegen schneller, rücksichtsvoller. Laura hatte im Jahr zuvor versucht, eine Wand des Vorzimmers abzureißen, um die Küche zu vergrößern, aber als sie sich an die Arbeit gemacht, die ersten Ziegelsteine entfernt hatten, da breitete sich der Riss aus, ging auf die anderen Wände und die Decke über. Als wollte die Wohnung ihnen drohen: Wenn sie so weitermachten, würde sie eben eines Tages einstürzen und sie erdrücken.

Roland wunderte sich überhaupt nicht mehr, dass der alte Heini, der vor ihnen lange Jahre versucht hatte, mit der Wohnung auf einen grünen Zweig zu kommen, schließlich

Selbstmord begangen hatte. Das gehört hier einfach dazu, sagte er erwachsen zu Lajos, der nichts antwortete, sondern nur vor sich hin sah. Jetzt interessierte die Geschichte natürlich niemanden mehr, dabei hatte man die saftigeren Details damals im ganzen Haus hören können, und er erinnerte sich genau, dass in den ersten Jahren nach ihrem Einzug keiner von ihnen ruhig schlief. Sie wälzten sich im Bett herum wie Magenkranke. Alles war sonderbar: Der Geruch, der sich in den Wänden festgesetzt hatte, die Ausdünstungen fremder Körper, die vielleicht nie existiert hatten, die ständige Zugluft und dass der Fußboden sogar abends andauernd wimmerte und klagte. Und obwohl außer seiner Mutter niemand je von Geistern sprach, schlossen sie doch vor dem Schlafengehen alle Türen ab und ließen die Rollos herunter, aber auch so fantasierte sein Bruder noch oft im Schlaf. Sogar sein Vater, der sonst jede Minute nutzte, um mit seinem Mut anzugeben, schrak öfter mit grauem Gesicht hoch. Er habe ständig Durst, sagte er, wenn er in die Küche tappte, dabei war deutlich zu sehen, dass seine Stirn vor Schweiß glänzte.

Eigentlich waren gar nicht die Geräusche das Problem, sondern diese lumpige Zigeunerin. Eines Nachmittags beispielsweise kam seine Mutter nach Hause und erklärte schon auf der Schwelle, dass ihr zentraler Blick endlich klar geworden sei, ihr verborgenes Auge, und rannte, ohne auch nur die Tasche abzulegen, direkt zur Tür des kleinen Zimmers und zeigte blass auf die Klinke: Ja, hier hat er sich erhängt, ich sehe es jetzt noch.

Ich erhänge dich gleich, verdammt noch mal, schrie der Vater sie an, als er am Abend nach Hause kam. Da lag sein Bruder Viorel schon mit geschwollenen Augen und halb ohnmächtig vom Weinen im Wohnzimmer. Man konnte ihn kaum ansprechen. Auch er, Roland, fasste die Klinke des kleinen Zimmers eine Woche lang nicht an, höchstens mit einem Lappen und wenn es unbedingt sein musste, aber meistens drückte er nur so mit der Schulter gegen die Tür. Wusste der Teufel, was diese dumme Übelkeit in seinem Magen war, am Baggersee hatten er und sein Bruder schon reichlich Wasserleichen gesehen, aber dort schien das Ganze irgendwie so selbstverständlich. Wo es Wasser gab, da ertrank eben ab und zu jemand. Und wenn sie dem Sanitäter die richtig guten Pilzstellen zeigten, hob der auch manchmal das Laken hoch, und dann konnte man die kalten, aufgedunsenen Leichen sogar mit dem Finger berühren.

Dann ging auch das vorüber, denn einen Monat später schwor die Mutter schon auf die Klinke des Badezimmers, dort würde der Alte hängen, sogar seine Augen seien offen.

Was sie aber wirklich nur Roland erzählte, war, dass sie im Wohnzimmer eine Blutlache sah. Hier fängt sie an, mein Junge, zeigte sie, unter dem Sessel, und sie reicht ganz bis zum Teppich. Schwarzes geronnenes Blut, fass sie bloß nicht an! Trotzdem konnte er seiner Mutter nicht böse sein. Sie war streng katholisch erzogen worden, hatte die Zehn Gebote und die Angst vor der Hölle verinnerlicht, aber Mihai bestand nicht lange nach der Hochzeit, als er sich immer tiefer in die Partei hineingefressen hatte, darauf, dass sie mit den Kirchenbesuchen aufhörte, denn das könne sie einmal in verdammt große Schwierigkeiten bringen.

Dann setz du dich auch auf deinen Arsch und geh nicht jagen, gab die Mutter zurück. Es fehlt gerade noch, dass du mir ein unschuldig abgeknalltes Tier nach Hause bringst. Vergeblich erklärte der Vater, dass es auf der Jagd keine unschuldigen Tiere gebe, da es dort nur Wild gebe, meist schädliches, weil es die Ernte abgrase, den Müll zerwühle und nicht selten auch Menschen angreife. Zudem musste der Bestand ausgedünnt werden, so war die Regel, sie sollte sich nur erkundigen. Ganz zu schweigen davon, fuhr er fort, dass sich dabei alle entspannten, den Anzug ablegten, die Krawatte, und wofür man sonst Wochen brauchte, wofür man von Büro zu Büro rennen musste, das konnte man hier zwischen zwei Schnäpschen erledigen. Aber er erklärte und beteuerte vergeblich, denn Laura schüttelte weiterhin den Kopf, für sie war das Wild trotzdem eine unschuldige Seele, und Schluss.

Und was war das dann?!, Mihai knallte mit glühend rotem Kopf die Pfanne mit Bratwurst vor sie hin. Wie groß muss die Schuld dieses armen Schweins gewesen sein, dass man es in seinen eigenen Darm zurückgefüllt hat?!

Darauf wusste die Mutter nichts mehr zu sagen. Langsam und Unheil verheißend wischte sie sich die Fettspritzer vom Gesicht und verzog sich dann mit verächtlicher Miene wie eine alte englische Jungfer ins Schlafzimmer. Der Vater schimpfte noch eine Weile in der Küche herum, hol doch der Teufel diese alte dreckige Schlampe, da vergeht mir ja der Appetit, doch er versuchte, erst recht etwas von der Wurst zu essen, brachte aber keinen Bissen herunter, dabei war sie mit Knoblauch zubereitet und kräftig gewürzt, so wie es sein musste. Und natürlich war das Ende vom Lied, dass er ihr wieder wie ein aufgestachelter Bulle polternd ins Schlafzimmer folgte, um die Sache dort in Ordnung zu bringen. Wie immer behielt er auch jetzt recht: Eine Stunde später war alle Wut verflogen.

Nur dass sein Vater nach ein paar Monaten wegen der immer peinlicheren Ausreden und Zurückweisungen nirgendwohin mehr eingeladen wurde und überhaupt nicht absehbar war, wann und wo sich das rächen würde. Also konnte Laura nichts anderes tun, als den Schöpfer – wenn auch mit Gewissensbissen – in sich zu demontieren, denn versteckt und heimlich hatte sie keine Lust mehr, ihn zu lieben. Dazu brauchte es den Priester, das Knistern der Gemeinde, die mit Verblüffung verbrämte Schadenfreude, dass die sechzigjährige Pirike Oszpán wieder dieses unmögliche rosafarbene Kostüm angezogen habe und dazu auch noch eine Feinstrumpfhose, wo die doch ihre Krampfadern besonders betonte. Mit Gott zusammen verflog aber auch ihre Angst vor der Hölle, und mit einiger Aufregung bemerkte sie, dass sie sich nun weder vor der Völlerei noch vor anderen sündhaften Leidenschaften mehr fürchtete. So musste Mihai manchmal verschämt, doch durchaus stolz erklären, woher die hier und da auftauchenden Bissspuren stammten.

Richtig zur Ruhe kam sie eigentlich erst, als ihr in der Apotheke jemand den Rat gab, statt der vielen nutzlosen Pillen lieber fachliche Hilfe in Anspruch zu nehmen. Die Zigeunerin, die sich als Wahrsagerin vorstellte und in der Branche die Königin der Weißen Magie genannt wurde, verschaffte ihr bald Orientierung im Dschungel der Verwünschungen und Flüche, des bösen Blicks und der Ausnüchterungskuren. Aber wenn es sein musste, hörte sie nur zu, nickte mit beinahe gleichmütiger Weisheit zur Eifersucht, zur beginnenden Migräne oder wenn Roland in Algebra wieder eine schlechte Note geschrieben hatte. Sie hatte für alles einen Zauberspruch, ein Pulver, eine Wurzel, und vielleicht lachten andere darüber, aber Laura hatte seither nicht einmal einen Schnupfen gehabt, und unglücklich war sie erst recht nicht mehr.

An irgendetwas musste man eben doch glauben.

Lajos klopfte an die Wand. Zwei Mal, das bedeutete: Komm rüber. Das System hatten sie noch Anfang des Jahres ausgearbeitet, als sie keine Lust mehr hatten, wegen jeder

Kleinigkeit zu telefonieren oder auf den Gang hinauszugehen. Veterényis älterer Sohn war zu einem schlaksigen Jugendlichen mit dünnem Haar herangewachsen. Mit sanften Zügen wie ein Dichter. In der Klasse B hieß es ständig, sein Vater wäre sicher anders an die Arbeit gegangen, wenn er gewusst hätte, dass bei der ganzen Fickerei schließlich so ein kümmerliches Jungchen herauskäme. Vielleicht hätte er dann gar nicht erst damit angefangen. Lajos ärgerte sich nie über solch dummes Geschwätz, er sah dem anderen ruhig ins Gesicht und lächelte nachsichtig, sodass sich nach einer Weile eher der Streitlustige unbehaglich fühlte. Aber in die Fußballmannschaft wurde er nicht aufgenommen, und die Prügeleien machten auch einen Bogen um ihn. Die Rollen waren verteilt. Wenn sie sich nach einer größeren Welle mündlicher Prüfungen abreagieren wollten oder im Wettkampf wieder von denen aus der C abgewatscht worden waren, dann war meistens Tóni Ripper fällig, dieser Blödian. Der hielt das aus, als wäre seine Mutter ein Boxsack.

Es war nicht sofort die große Freundschaft gewesen. Obwohl sie in dieselbe Klasse gingen und nebeneinander wohnten, hatten sie anfangs nicht einmal ein gemeinsames Thema. Roland war damals gerade darauf aus, Stürmer in der lokalen Fußballmannschaft Poli zu werden, und konnte kaum den Frühling erwarten, um am Baggersee zu angeln. Lajos hingegen blinzelte auch im sanftesten Sonnenschein kurzsichtig vor sich hin und palaverte ständig von Musik, von Pink Floyd und Ella Fitzgerald und dass dem Heavy Metal langsam die Luft ausging, weil es sich nicht mehr weiterentwickeln könne. Man hörte ihm eine Weile zu und schickte ihn dann weg, weil man genug von den vielen Jahreszahlen und Namen hatte. Musik ist eh so wie's Ficken: Das Wesentliche kommt besser raus, wenn du sie dir anhörst, als wenn du über sie quatschst. Das war Rolands Meinung, und so konnte er sich nie für einen unveröffentlichten Song der Rolling Stones oder ein anders instrumentiertes »House of the Rising Sun« begeistern, er gab sich mit dem zufrieden, was im Radio lief.

Bei Lajos aber war es das eindeutigste Zeichen der Freundschaft, wenn er mit seinem Walkman neben jemandem auftauchte und ihm die Kopfhörer mit dem schon zerfransten Schaumgummi aufsetzte, Alter, das musst du dir anhören, Judas Priest von 73, noch in der Garage aufgenommen, total originell. Und wenn sich derjenige gerade tierisch langweilte und keine Lust hatte, zur Pause rauszugehen, dann hörte er sich aus Höflichkeit ein bisschen diesen kratzigen, schrecklichen Lärm an, während Lajos ermutigend mit dem Kopf nickte und versuchte, die passenden Akkorde auf der Luftgitarre zu greifen. Bei Roland hatte er das nie versucht, und auch bei den Mädchen hatte er es schließlich aufgegeben, denn keine von ihnen war für die Raritäten der Musikgeschichte zu haben, nicht einmal die rothaarige Orsi Reitzingler, dabei war sie in der ganzen Schule am ehesten aufgeschlossen. Es hieß, für ein signiertes Buch würde sie jederzeit die Beine breit machen, und sie hatte nur deshalb noch keine ganze Bibliothek, weil ihr der Busen ums Verrecken nicht wachsen wollte.

Aber dann hatte es doch irgendwie angefangen.

An einem Dienstag war dieser schwarzhaarige Kerl aus der C in den Umkleideraum der Turnhalle gekommen. Er blieb vor ihnen stehen und ratterte in einem Atemzug, als hätte er Angst, zu schnell unterbrochen zu werden, herunter, dass er rechtzeitig Bescheid sagen wolle, denn er wolle wirklich keinen Ärger, aber den würde es geben, wenn dieser Kerl ihm in der Sportstunde noch einmal an den Schwanz fasste. Sie waren zu viert in der Umkleide. Roland,

Tibi Précsek, Lajos und Tóni Ripper. Der aus der C, der ebenfalls ein Mädchengesicht hatte, allerdings mit so viel Glück, dass an seinem Kinn schon ein Büschel zu sprießen begann, das nach Bart aussah, zeigte auf Lajos. Einen Augenblick lang sagten sie nichts. Alle blieben starr stehen wie auf einem Foto. Précsek war gerade dabei, seine Socken hochzuziehen, Ripper bereitete sich schon auf die Rumänischstunde vor, und Lajos starrte wie gewöhnlich zu Boden. Nur ihre Augen bewegten sich: Ihr Blick wanderte zwischen dem aus der C und Lajos hin und her, als wollten sie abwägen, in welche Richtung sie losgehen sollten. Précsek bewegte sich als Erster. Es war zu sehen, dass er tief Luft holte, dass sich sein ohnehin schon wahnsinnig breiter Brustkorb weitete und nur noch ein paar Sekunden fehlten, damit er Lajos mit seinem Lachen aus der Umkleide trieb, um in der großen Pause schon die halbe Schule in das Gekicher einzubeziehen, denn das war nun wirklich eine Sensation. Roland gab ihm noch rechtzeitig einen Wink mit den Augen. Von da an war alles klar. Précsek stand sofort auf und stellte sich so dicht vor den Fremden, dass er ihn fast verdeckte.

»Was ist los?«, fragte er.

»Nichts«, sagte der aus der C gleichmütig. »Er fasst mir an den Schwanz.«

»Das stimmt nicht!«, kreischte Lajos mit rotem Kopf.

»Na, komm mal mit«, sagte Précsek und schob den Jungen aus der Umkleide.

Er hatte Glück, seine Nase blieb heil. Später sahen sie ihn noch, wie er sich am Wasserhahn auf dem Hof das Gesicht wusch, doch da sah er sie nicht mehr an. Es wird keine Probleme geben, sagte Précsek, aber nach dem Motto »sicher ist sicher«, begleiteten sie Lajos noch nach Hause, damit ihn die Kumpels von dem aus der C nicht im Park überraschten. Mehr als das hätte niemand zu riskieren gewagt. Tibi Précsek war der Stärkste in der Klasse, eine Zeit lang war er sogar zu den Bodybuildern gegangen, aber das war ihm bald langweilig geworden. Er wolle mit Menschen arbeiten, nicht mit Eisen, gestand er seinem Trainer eines Morgens, der fast vor Wut erstickte, aber von einer Überbrückungslösung, von Boxen oder Karate, wollte er nichts hören.

»Warum prügelst du dich dann nicht öfter?«, fragte Roland.

»Ach, so geht das nicht.« Précsek winkte ab. »Es ist ja nicht so, dass man in dir drin einen Knopf drückt, und schon kannst du auf jemanden losgehen. Das ist kein Theater. Dazu braucht man Wut, einen Vorwand, eine Gelegenheit. Man muss sich aufladen«, sagte er und schnupperte in die Luftwirbel über dem Fluss, als wären sie voller süßem Adrenalin, das einem die Luft zum Atmen nahm.

Danach redeten sie nicht mehr über die Sache. Auch Lajos brachte sie nur ein einziges Mal zur Sprache. Sie trotteten gerade von Kati Straubers Geburtstag heimwärts, müde, aber mit wohltuender Befriedigung in der Hose, bei der man sich nicht mehr um die Zukunft scherte und einem diese kompakte, wer weiß wovon anschwellende Gegenwart gerade genug war, denn sie hatten keinen Grund zur Klage, alles hatte geklappt, was auf einer Party klappen konnte. Précsek hatte mit der durch und durch versnobten Kinga Hadházy geknutscht, bis ihnen der Mund taub wurde, und in ihren Augen war zu sehen gewesen, dass es eine Fortsetzung geben würde. Roland hatte die Gastgeberin ebenfalls nicht mit leeren Händen gehen lassen, und einen Augenblick hatte es den Anschein gehabt, als ob auch Lajos auf seine Kosten käme, denn eine kleine Rote hatte den ganzen Abend neben dem Kassettenrekorder mit ihm geflirtet. Sie wollte etwas von den Dire Straits hören, begann er aufgeregt zu erzählen, diesen langen langsamen Song mit dem ausgedehnten Gitarrensolo, den er ihr schließlich auch aufgelegt habe, und dann habe er sie natürlich auch aufgefordert und noch vor dem Solo die ersten Schritte gemacht, denn ab da war die Nummer nur noch zwei Minuten lang, also befingerte er ihre Brust und Hüfte, wie es sich gehörte, und versuchte, sie zu küssen. Doch als er mit seiner Story an dem Punkt angekommen war, hielt er es nicht mehr aus, er stellte sich mit verzerrtem Gesicht vor sie hin und erklärte ihnen dort, mitten auf der Straße, wild gestikulierend, fast schon brüllend, sie müssten ihm glauben, es sei wirklich ein Missverständnis gewesen, er habe von diesem Typen nichts gewollt, er hasse es ja schon, seinen eigenen Schwanz anzufassen und erst recht den von jemand anderem.

Das ist ein Problem, sagte Précsek mit ernster Miene, und dann krümmten sie sich bis zur Bushaltestelle vor Lachen. Dort schüttelten sie sich etwas verlegen die Hand, als würde sich im Fernsehen eine offizielle Delegation verabschieden.

Dabei ahnten Roland und auch Précsek, dass während des Sportunterrichts kuriosere Dinge passiert sein mochten als das, was Lajos jemals zugeben würde. Das Betatschen konnte höchstens das Vorspiel zu etwas gewesen sein, das sie eigentlich nicht einmal benennen konnten, denn es vermischten sich darin Ekel, Verzweiflung und ein eigentümlicher Zauber. Was sie aber ganz genau wussten, war, dass sie, wenn Lajos es auch bei ihnen versuchen würde, die Sache niemandem anders überlassen, sondern ihn eigenhändig plattschlagen würden. Natürlich versuchte er es nie, er hielt sich an die unausgesprochenen Regeln. So, wie sich auch Roland daran hielt und Lajos kein einziges Mal auf seine durchaus berechtigte Frage antwortete. Denn wirklich, wie um alles in der Welt konnte es sein, fragte Lajos mit einem erstaunten Blick und doch irgendwie stolz, dass gerade Précsek, der vorher nicht einmal ein Wort mit ihm geredet hatte, der ihn nicht einmal als Balljungen in seiner Mannschaft duldete, ihn plötzlich verteidigt hatte? Beinahe ohne Bitte. Roland zuckte meistens mit den Schultern oder überhörte die Frage einfach, bis sich Lajos damit zufriedengab, dass er einfach Schwein gehabt hatte. Im Lotto gab es das ja schließlich auch.

Wie sonderbar, dass gerade die lautesten Skandale irgendwie trotzdem geheim blieben, überlegte Roland. Dabei hatte es den Anschein gehabt, als würden sie sich über den Unfall auf dem Schießplatz, wie die Sache letztlich offiziell bezeichnet worden war, noch monatelang das Maul zerreißen.

Es war im Frühling sechsundachtzig gewesen, damals war er schon seit zwei Jahren aufs Goga gegangen. Du wirst keine Probleme haben, dich einzugewöhnen, hatte der Vater überheblich versprochen, als er ihn zum ersten Mal in das Gymnasium in der Postgartenstraße brachte. Da war auch schon entschieden, dass er den Schwerpunkt Mathe-Physik wählen und nicht den einfacheren Elektro- oder den als Auffangbecken gedachten Mechanik-Zweig besuchen würde. Diese drei gab es damals, wenigstens müsse man nicht lange nachdenken, sagte der Vater und dachte auch nicht lange nach: Er wollte einen Ingenieur aus ihm machen, denn das sei männlich und werde im Land gebraucht, tausend und abertausend Ingenieure, um die Zukunft zentimetergenau zu planen. Du wirst es mögen, fügte er mit erhobener Stimme hinzu, dann schob er ihn geradezu durch die mächtige Eichentür.

Das Goga-Gymnasium war eine Eliteschule, und so sah es auch aus. Ein abweisendes, weitläufiges Gebäude, als hätte man eine Kathedrale mit einem Krankenhaus gekreuzt: Alles war verwinkelt und von verstaubter Pracht. Mächtige Mauern und mächtige Türen, damit nicht einmal derjenige entfloh, den man sowieso hinauslassen würde. Hallende und immer kühle Flure, die auch die zur Pause ausschwärmenden Schüler nicht richtig füllen konnten, vor allem deshalb nicht, weil alle, die laut waren, sofort ins Lehrerzimmer hinaufgeschickt wurden. Auch wenn ein Besucher bestens wusste, wohin er unterwegs war, ins Lehrerzimmer oder in den Physikraum, fühlte er sich immer etwas verloren. Es hieß, dass die, bei denen strenge Lehrerworte nichts nutzten oder die der Lehrstoff nicht durchknetete, vom Gebäude selbst in die Mangel genommen wurden. Es erdrückte sie mit seinen Ausmaßen, mit der verschwenderischen Freiheit des Materials: den breiten Treppen, der unerreichbar hohen Decke, dem Hof, der sogar für Aufmärsche geeignet war. Es war so weiträumig wie das engste Gefängnis.

Sein Vater hatte natürlich auch jetzt nicht danebengegriffen. Zwar hatte theoretisch alles dagegengesprochen, das veränderte Umfeld, die neuen Lehrer, die Disziplin am Goga, die niemanden verschonte, dennoch absolvierte Roland das erste Jahr als Klassenbester. Mit einer Loburkunde, einer kleinen Feierlichkeit und einem Ausflug zur Belohnung am Jahresende. Nur Elvira Krajczár konnte sich nicht damit abfinden; als sie in der letzten Geschichtsstunde abgefragt wurde, fing sie an zu schluchzen, zählte die heldenhaften, im Zweiten Weltkrieg umgekommenen Partisanen beinahe namentlich auf und sprach mit so überzeugender Stimme über die Offensive von Leningrad, dass sogar Ripper, der unter der Bank die Sportzeitung las, aufschaute. Es war eine schöne, durchdachte Antwort, wie aus dem Lexikon ausgeschnitten, und doch bekam sie nur eine Neun.

Wenn das Précsek oder dem Mathe-Genie Zerlik passiert wäre, dann wäre vielleicht ein Raunen durch die Klasse gegangen, einige hätten vorsichtig gemurrt, aber für Elvira riss sich niemand ein Bein aus. Ein bisschen freuten sie sich sogar, dass der Einstein mit den Zöpfchen endlich einmal baden ging. Sie hatte es verdient. Sie war nämlich die geborene Streberin und noch dazu vom Dorf. Ne Fotze, die immerzu klugscheißert, sich aber nicht mal traut, einen Minirock anzuziehen, fasste Zerlik die Lage zusammen, und darüber ließ sich nun wirklich nicht streiten: Schon die Hälfte hätte ausgereicht, sie nirgendwohin einzuladen. Roland hingegen wurde sichtlich ohne Anstrengung Klassenbester, seine angefangenen Sätze beendeten zumeist die Lehrer, und einige überzeugende Allgemeinheiten reichten, damit sie ihm eine Zehn eintrugen. Trotzdem wurde er nicht beliebt, denn es war zu riskant, mit ihm Blödsinn zu machen.

Keinen einzigen Witz, verstanden, keinen einzigen blöden Witz erzählt ihr in seiner Gegenwart, hatte Jenő Précsek seine beiden Kinder brüllend ermahnt. Ihr habt ja keine Ahnung, wer sein Vater ist, fügte er hinzu, und da sie wirklich keine Ahnung hatten, kam ihnen alles noch viel gefährlicher vor. Aber auch andere mussten sich die Ratschläge ihrer Eltern zu Herzen genommen haben, denn sie benahmen sich vor Roland, als wären sie keine Jugendlichen, sondern fertige Erwachsene: Sie achteten auf Gesten, auf versehentliche Bemerkungen und behielten auch bei weltanschaulich neutralen Themen einen gelangweilten Gesichtsausdruck bei. Aber es gab auch andere, und gar nicht wenige, die ihr Pausenbrot mit ihm teilten, um während des peinlich lockeren Gesprächs den einen oder anderen lobenden Satz über das Land und seine kompetente Regierung fallen zu lassen, denn sie hatten zu Hause die Anweisung bekommen, dass sie sich jetzt lieb Kind machen, ihr Leben ein für alle Mal in die richtigen Bahnen bringen konnten, dies sei die einmalige Gelegenheit. Wem käme eine Auslandsreise oder eine erfolgreiche Aufnahmeprüfung an der Universität denn nicht gelegen? Wäre da nicht die Übung auf dem Schießplatz gewesen, hätte Roland die vier Jahre bis zum Abitur in dieser langweiligen Schutzhülle durchstehen müssen.

Es war ja schon schlimm genug, dass Georgina Lupu, die Frau des Direktors, sie begleitet hatte. Georgina unterrichtete rumänische Sprache und Literatur, mit hoch toupierten Haaren und immer bleich, weil sie keine Schminke vertrug. Wenn sie im Lehrerzimmer erschien, hielt der Lippenstift auf halbem Weg inne, stahlen sich Lidschatten und Puder in die Taschen zurück, aber es gehörte sich auch, größere Brüste unter einer weiten Bluse zu verstecken und ein straffes Hinterteil in einer formlosen Hose. Alles, was die freigebige Natur stärker betonte, denn es herrschte schließlich Gleichheit, die Kolleginnen mögen sich doch nur einmal umsehen, hatte sie sie mehr als einmal angefahren, und das bedeutete in Georginas Interpretation eigentlich nichts anderes, als dass alle verpflichtet waren, mindestens so trampelig und verhutzelt zu sein wie sie. Aber wenn eine Kollegin ernsthaft etwas erreichen wollte, wenn sie wirklich aus der Stellvertreterposition ausbrechen wollte, dann gehörte es sich, den Maßstab noch zu unterbieten, noch blasser und lebloser zu wirken als eine von der Sonne ausgeblichene Schaufensterpuppe.

Dies hier ist eine Bildungseinrichtung, jawohl, und kein Bordell, gurrte sie mit ihrer scheinfreundlichen Altstimme. Die Männer jedoch mussten so herumlaufen, als wären sie im Bordell unterwegs, ratlos, aber zu allem bereit. Ständig mussten sie ihr Komplimente machen und ein Gesicht schneiden, als wollten sie sie gleich an Ort und Stelle flachlegen, ungeachtet ihrer sich fettig schlängelnden Haare und ihrer verbrauchten Figur. Denn es war eine alte Wahrheit, dass derjenige, der die Madame nicht schätzte, kaum etwas anderes in seine Arme schließen konnte als die Einsamkeit. Die Abneigung gegen Georgina hatte sich auch auf die Schüler übertragen. Auf die Neulinge ebenso wie auf die wesentlich nachsichtigeren Veteranen, die kurz vor dem Abitur standen, denn der Rumänischunterricht war die reinste Tortur. Es gab immer jemanden, der den aufgegebenen Text nicht gelesen hatte und auch aus dem als Rettungsring angebotenen Eminescu-Gedicht nicht zitieren konnte, wenn aber doch, dann wäre er damit auch nicht weit gekommen, sondern hätte höchstens die Tortur verlängert, denn um ihre Fangfragen kam keiner herum. Das ist nur eine Ermahnung, gurrte Georgina zudem, wenn sie die Vier eintrug, mit der man sicher durchgefallen war, oder die strafende Drei. Aber seien Sie nicht traurig, fügte sie lächelnd hinzu, nun werden Sie sich eben auf die nächste Stunde umso besser vorbereiten.

Doch der Ärmste bereitete sich vergeblich auf die nächste Stunde vor und auf die übernächste, in den Zensurenheften mehrten sich trotzdem die Ermahnungen, denn man legte sich vergeblich ins Zeug, fraß die ganze rumänische Literatur von Arghezi bis Rebreanu in sich hinein, bei irgendeiner Jahreszahl irrte man sich doch, oder man setzte die Betonung in »Der Abendstern« nicht dahin, wohin sie gehörte. Außer bei Roland und Elvira Krajczár sah das Fach im Klassenbuch immer aus, als spielten die Parteien ein unendliches Wimbledon-Turnier: sechs, vier, sechs, drei. Unerreichbar weit von der als gutes Mittelmaß geltenden Acht entfernt. Einmal hatte es Pityu Zerlik, weil ihm nichts von Caragiale einfiel, in seiner Qual auch mit Verführung versucht. Er machte eine kraftlose Bemerkung über die Brüste der Lehrerin, diese verschrumpelten, aber vielleicht noch begehrenswerten Äpfel, und versuchte, so zu schauen, wie er es sich vom Mathelehrer abgeguckt hatte, verzweifelt durch das nicht mehr steigerbare Verlangen, jedoch brachte die überirdische Ohrfeige auch ihn wieder zur Ernüchterung. Die ist wie der Satz des Thales, Alter, sagte Zerlik in der Pause, während er immer noch sein Gesicht massierte: Die kennt keine Ausnahmen.

Im Frühjahr des vergangenen Jahres hatte also gerade sie, Georgina, die Zehntklässler zur jährlichen Übung auf den Schießplatz begleitet. Sie waren nämlich von Amts wegen junge Soldaten, eine Stufe höher als die Pioniere, aber noch diesseits der Parteimitgliedschaft, und dies ging mit zwei Verpflichtungen einher: Man musste am Tag der sowjetischen Befreiung in diesen grässlich glockenblumenblauen Uniformen aufmarschieren und im Frühjahr als Ausbildung fünf Kugeln pro Kopf auf die in ein paar Schritt Entfernung aufgestellten Zielscheiben abknallen. Theoretisch hätten sie das Ganze hassen müssen, trotzdem kamen sie damit noch am besten klar. Denn es fiel nicht nur den ganzen Tag der Unterricht aus, schon der Weg an sich kam einem Erlebnis gleich.

Von der Postgartenstraße bewegte sich die trotz aller Disziplinierung alles andere als ordentliche Marschkolonne gerade auf das Victoria-Kino zu, von dort auf dem Boulevard bis zur Konditorei in der immer ruhigen Horea-Straße, wo die Mutigeren eine Pause für ein Eis oder eine »Suc« genannte süße Plörre einlegten. Aber da alberten sie schon herum, sie torkelten, kniffen die Mädchen in den Hintern, als hätten sie nicht diese Kamelspucke getrunken, sondern einen Doppelten. Bei den Wellblechbuden der Trödler verließen sie allmählich die Stadt und bogen vor dem alten

Busbahnhof ab, wo auf den rissigen, von Unkraut überwucherten Betonplatten immer noch zwei Wracks auf ihre nicht existierenden Fahrgäste warteten. Die beiden rostigen Gerippe waren der Schauplatz der meisten Stadtlegenden. Hier war angeblich das Blut der unter rätselhaften Umständen verschwundenen Peterdi-Schwestern geflossen, noch heute waren um die Busse herum gelbliche, spärlichere Grasbüschel zu sehen. Aber hier konnte man auch bei den Ziegelzigeunern Postinor und schon riechendes Fleisch unter der Hand kaufen, und ja, zu diesen aufgeschlitzten Kunstledersitzen, zeigte Précsek im Kreis, während er genoss, dass die fantasievolleren Mädchen bis in die Haarspitzen rot wurden, kommen die Nutten von Osan, deren Mund Gold wert ist. Wieso ihr Mund? Elvira Krajczár sah ihn empört an, doch Précsek antwortete nicht mehr, das hätte er auch nicht gekonnt, denn er begriff die Sache ja selbst nicht, gab sich nur damit zufrieden, sich mit siegreicher Miene auf einem der Sitze niederzulassen, als wäre er kein Schüler vom Goga, sondern ein Kunde, der gerade seine letzten Lei verjubelte. Die meisten außer Elvira folgten seinem Beispiel, sie suchten sich einen Sitz, auf dem es wegen der Aprilkälte nicht allzu gemütlich war, und versuchten, sich den Doppelmord vorzustellen, das Gewimmel der Ziegelzigeuner oder die von Osan, denen diese Wracks wirklich Schutz boten, denn hierher kamen keine neugierigen Polizisten, und der Wind zwickte sie auch nicht in den Hintern.

Normalerweise wurden sie von den Sportlehrern auf den Schießplatz begleitet, aber eine hartnäckige Grippe hatte nicht nur Lajos, sondern auch den Großteil des Lehrkörpers ans Bett gefesselt. So musste sich Georgina einigermaßen beleidigt ans Lenkrad ihres roten Dacia setzen, denn davon, dass auch sie sich zu Fuß auf den mehrere Kilometer langen Weg machen sollte, wollte sie nichts hören. Zumal der Weg hinter der Kistenfabrik eine einzige Schlammpfütze war. Sie verstand gar nicht, warum den Soldaten das Herumgeballere gerade dann einfiel, wenn der vom Schmelzwasser vollgesogene Boden die Absätze der Stiefel derart einsog wie ein Schwamm die Feuchtigkeit. Aber der zur Übung eingeteilte Offizier nahm keine Notiz von ihren Ausflüchten, dabei hatte Georgina in ihrer Wut sogar den Rock angehoben, damit der andere in vollem Umfang sehen konnte, wovon sie eigentlich redete: von dem nagelneuen Wildleder. Erst im Auto ging ihr auf, dass der Soldat, dieser gut aussehende Kämpe, sicherlich auch ein wenig von ihrem Knie gesehen haben musste, und da versuchte sie, sich die Szene genauer in Erinnerung zu rufen, den bewundernden, dann gleichgültigen Blick des Offiziers, wie er über die Maschen ihrer Strümpfe glitt, denn so hielt dieses warme, immer wieder aufwallende Gefühl bis zur Schranke an.

Wegen dieses Zustandes der Berauschtheit oder weil sie einfach nur keine Lust hatte, die Verbotsschilder zu beachten, parkte sie das Auto an dem Hügel, an den der Schießplatz grenzte. Précsek bemerkte das, und sofort machte es die Runde, sie stießen sich mit den Ellbogen in die Seite. Die kostbare Information kam zuerst bei Zerlik an, dann bei Ripper, aber niemand wollte das Risiko eingehen, das Gewehr ein paar Zentimeter abzuwenden und auf das Auto zu zielen, denn die Aufseher zählten nicht nur die Patronenhülsen akkurat durch, sondern achteten auch darauf, dass alle die Waffen, wenn auch nicht auf die Zielscheiben, so doch in Richtung des Hügels hielten, jeder, der sich widersetzte, wurde von ihnen sofort zurechtgewiesen. Aber, wie man so schön sagt, wo ein Wille ist, dort findet sich auch ziemlich bald ein Weg. Natürlich brauchte es dazu ein wenig Glück: In der Waffe von Kinga Hadházy steckte die

Patrone fest. Ich kann nicht schießen, sagte sie und zeigte sie dem herbeieilenden Aufseher. Sagen Sie mir was Neues, knurrte der Offizier zurück, denn er hatte die Nase voll davon, dass diese idiotischen Gören nichts ernst nahmen. Von Disziplin hatten sie noch nicht einmal etwas gehört, und es fiel ihnen überhaupt nicht ein, sich auf das Ziel zu konzentrieren, lieber stellten sie sich vor, dass eine Horde Indianer oder finster dreinschauender Nazis hinter dem Hügel hervorkam, sich auf sie stürzte und sie jeden davon einzeln abknallen mussten, so zerschossen sie statt des Papiers das Gras und den gerade sprießenden Löwenzahn. So muss man die halten, dann bleibt auch nichts stecken, passen Sie doch auf, verdammte Scheiße noch mal, wenn Sie schon hergekommen sind! Er drückte Kinga die Waffe wütend in die Hand. Da war es kein Wunder, dass Kinga vor Schreck die anderen beiden Kugeln fallen ließ, die man dann suchen musste, es war ja schließlich eine klare Regel, dass kein lebender Mensch hier wegging, solange noch eine Patrone oder Hülse fehlte. Und während sich um Kinga herum eine wahre Ansammlung bildete, um bereits auch auf allen vieren im flachgetretenen Gras zu suchen, und ihr befohlen wurde, die Jacke auszuziehen, falls die Patrone in eine ihrer Taschen gerollt sein sollte, konnte Précsek ruhigen Herzens abdrücken.

Es war ein Meisterschuss, das musste man zugeben. Aus diesem unmöglichen Winkel und so, dass er das Seitenfenster und die Rückscheibe streifte und sogar den Außenspiegel zerbrach … Der Teufel soll sie in den Hintern ficken, die können ja doch schießen, wenn sie wollen, war der erste Gedanke, der dem Offizier kam, als er das Ergebnis untersuchte, aber dann musste er losbrüllen, aus vollem Hals, denn was hätte nicht alles passieren können, wenn jemand in dem gottverdammten Auto gesessen hätte!

Wer war das, schrie er, und die Adern am Hals schwollen ihm an, als würde er von innen aufgeblasen. Das Gebrüll waberte lange über dem Schießplatz. Unsichtbare Felsmauern warfen es zurück. Man konnte sich nicht davon befreien. Immer und immer wieder kehrte es zurück, ließ sich vor ihren Füßen nieder wie ein Hund. Aus der Ferne trug der Nordwind das Rattern der Züge herüber, aber jetzt wollte niemand ans Reisen denken. Es war kalt. Schneidend, der Geruch von Frost. In ihnen bibberten die Nerven. Das hier war kein Spaß mehr, das würde eine Ordnungsmaßnahme nach sich ziehen – alle aus der Klasse sahen einander an – und zwar nicht irgendeine. Wenn derjenige auch nicht rausgeworfen würde, weil das gerade nicht Mode war, dann hätten sie ihn todsicher bis zum Abitur auf dem Kieker. Ohne Aufsicht würde der sich weder bewegen noch scheißen können.

Wer war das, wiederholte der Offizier seine Frage noch drohender, und da stand auch schon Georgina neben ihm als Opfer und Strafbehörde in einer Person. Jeder war verdächtig und unschuldig zugleich.

Man hätte sie sehen sollen. Wie die Kumpelhaftigkeit vom Vormittag innerhalb eines Augenblicks verflog, wie sie zusammenschrumpften wie Fleisch, das in einen heißen Topf geworfen wurde. Jemand musste ja jetzt geopfert werden, da gab es kein Pardon, keine Ausrede, und wenn das schon unumgänglich war, dann sollte es wenigstens so schnell wie möglich geschehen. Kinga Hadházy schloss die Augen, als würde sie sich am liebsten hinter sich selbst verstecken, Ripper sah sich mit grauem Gesicht um, weil er sich kaum noch beherrschen konnte, wild um sich zu zeigen, dass man da drüben, am Rand suchen müsse, denn soweit er es beurteilen könne, sei der Schuss von dort gekommen.

Irgendwer wird es ja wissen, der Offizier ging vor der Reihe auf und ab. Alle umklammerten ihr Gewehr so fest, dass ihnen die Finger weiß wurden. Aber er musste sie nicht mehr einzeln befragen, denn Roland stand auf, klopfte sich die Grashalme vom Knie und erklärte mit gelangweiltem Gesicht, dass er es getan habe und es ein Versehen gewesen sei, aber wenn wir schon mal dabei sind, sagen Sie uns doch bitte, Genosse Soldat, darf man dort überhaupt parken?

Es hatte sich gelohnt. Nicht einmal Zerlik hätte es besser ausrechnen können. Selbst, wenn Roland dafür den ersten Stubenarrest seines Lebens bekam. Es tat gut zu sehen, wie sich Georginas Gesicht in die Länge zog, wie sie beim Anblick des Täters nervös von einem Bein auf das andere trat, sich bemühte, ihre eigene Wut und die des Offiziers zugleich zu unterdrücken, sie zurückzudrängen auf ihren Platz, denn wenn der verdrängte Ärger herauskäme, würde das die Dinge noch mehr durcheinanderbringen. Dann versuchte sie, sich so zu verhalten, als wären sie nicht auf einem Schießplatz am Stadtrand, sondern zu Besuch in einem bürgerlichen Salon, wo jemand im Duft des dampfenden Tees versehentlich eine, zudem nicht allzu wertvolle, Tasse hinuntergestoßen hatte und alle wussten, dass es sich nicht gehörte, derartige Zwischenfälle zur Sprache zu bringen. Das hier ist eine spezielle Situation, erklärte sie dem Offizier sofort.

Nachdem Rolands Familienname genannt worden war, musste natürlich auch nicht mehr viel erklärt werden, sie wickelten in aller Stille die noch fehlenden Durchgänge ab und schickten dann alle schnell nach Hause. Nur Georgina kam nicht zur Ruhe, denn es war bei Weitem noch nicht alles geregelt. Am nächsten Tag musste sie trotzdem die Eltern einbestellen, möglichst diskret, und egal, was sie ihnen, den Kollegen oder auch einem neutralen Fremden über das Ganze sagte, nach dem ersten Schreck würden sie sowieso lachen. Natürlich würden sie Sorge vortäuschen und sich dann noch einmal erzählen lassen, wie sie die Splitter vom Armaturenbrett fegen musste, die noch verbliebenen, spinnennetzartigen Splitter der Rückscheibe abbrechen, dann mit dem Auto in die Stadt zurückfahren, während ihr die Zugluft beinahe den Kopf abriss. Und wenn sie ein bisschen Glück hatte, bezahlte irgendwer den Schaden, denn von einer Strafe oder einem Protokoll konnte nicht die Rede sein, höchstens eine mündliche Ermahnung kam infrage, ein scharfer Blick, nichts weiter.

Précsek hingegen versprach schon auf dem Heimweg, vor Erleichterung haspelnd, dass Roland dafür egal was als Gegenleistung verlangen könne, denn er war nach dem Schuss interessanterweise am meisten erschrocken. Aber zu dem Zeitpunkt hatte Roland selbst noch nicht gedacht, dass er von dieser Möglichkeit schon zwei Monate später in der Umkleide der Turnhalle Gebrauch machen sollte und dass ihm damit nicht nur einer verpflichtet sein würde, sondern gleich zwei. Précsek indessen war auch nicht dumm; er wusste, dass es hier nicht nur um eine einzige Gefälligkeit ging, denn Freundschaft hin oder her, der Name des wahren Täters konnte jederzeit herauskommen, hier gab es keine Verjährung; diejenigen, die so etwas interessierte, konnten verdammt geduldig sein, vier Monate zählten hier ebenso wenig wie vier Jahre. Dann würde alles von vorn beginnen: in aller Stille und mit viel Zeit. Roland jedoch zeigte keine Spur von Anspannung. Er setzte ein Pokerface auf und kostete aus, dass nach dieser Sache die Nachrichtensperre um ihn herum zu Ende war, dass sie sich ihm immer mehr öffneten und stolz auf ihn waren wie auf einen Robin Hood aus der Vorstadt, der die Armen rettete. Es stellte sich beispielsweise heraus, dass Zerliks Vater schon seit einer Weile beobachtet wurde und dass sie deshalb zu Hause nur noch flüsterten und gar nicht mehr ans Telefon gingen. Orsi Reitzingler durfte sich deshalb nicht beim Schulausflug in Bulgarien sonnen, weil sie, wohin sie in der Familie auch schaute, nur bourgeoise Kapitalisten und unzuverlässige Grundbesitzer sah. Und da war es wirklich nur das Sahnehäubchen auf der Torte, dass sich einige Tage nach dem Ereignis auf dem Schießplatz die etwas ungelenke Kati Strauber an Roland heranmachte: Wenn sein blöder Stubenarrest erst vorbei wäre, würde sie jederzeit bei ihm vorbeikommen, damit sie ein bisschen die Physikaufgaben durchnehmen könnten.

Wann hatte er eigentlich zuletzt gegessen? Erschrocken begann er, die Stunden zu zählen: Am Morgen hatte er noch ein paar Bissen hinuntergeschlungen, dann gegen Mittag, bevor sie sich umgezogen hatten, hastig sein Pausenbrot gegessen. Seitdem nichts. Denn Adam Mărucan, dieser blöde Sack, erlaubte ihnen nicht einmal, kurz rauszuflitzen und sich ein Hörnchen zu holen! Sie wären auch umsonst gerannt, denn wegen des Feiertages hatten nur die Konditoreien geöffnet. Aber sogar ein lumpiges Eis hätte gutgetan in dieser grässlichen Hitze!

Er hatte absolut keine Lust, sich aus dem Bett zu arbeiten und in die Küche zu schleppen. Seine schlimmste Vorstellung war, wenn sein Vater nach Hause gekommen wäre, während er futterte. Mit einer Scheibe Brot im Maul konnte man keine Reue zeigen. Dann versuchte er schon lieber, etwas zu lernen. In den Ferien. Durchschaubar, aber vielleicht nützte es etwas. Auf das Magenknurren folgte heftiger Schmerz. Er musste sich zusammenkrümmen, um den Krampf zu lindern. Wie ein Schlafwandler machte er sich auf den Weg zur Speisekammer. Das hatte ihm sein Vater schon gründlich eingebläut: Du musst lernen, dass jedes Übel, jede Krankheit vom Magen ausgeht, von dort zieht es seine Kreise, das heißt, dass man essen muss, egal, was passiert, aber wirklich ganz und gar egal was. Möglichst dreimal am Tag und mindestens einmal warm. Das war's. Mehr nicht. Selbst ein Idiot kann sich das merken. Frühstücke wie der Komitatssekretär, iss zu Mittag wie sein Angestellter, und das Abendessen widme der Partei. Diesen blöden Merksatz murmelte er noch vor sich hin, nachdem er in das dick mit Schmalz bestrichene Brot gebissen hatte.

Man musste zugeben, manchmal hatte sein Vater recht. Schon die ersten Bissen verströmten in ihm eine seidige, längst ersehnte Ruhe. Er spürte, wie sich das Fett in den Tunneln seines Körpers auflöste. Plötzlich war nicht mehr wichtig, was am Abend geschehen würde. Immer nur taktieren, rätseln, ob die Mutter und der Bruder wohl rechtzeitig vom Strandbad nach Hause kämen, um den Vater zu bremsen. Es würde schon irgendwie werden. So schlimm war der Alte ja doch nicht. Als sein Bruder und er die Kristallvase hinuntergetreten hatten, ihr Hochzeitsgeschenk, hatte der Vater auch nur eine Zeit lang geflucht und herumgebrüllt, Strafen verteilt, aber nicht einmal er hatte erreichen können, dass am nächsten Tag die Sonne nicht aufging. Auch dann wären Ferien. Noch drei Wochen. Vormittags würde Lajos herüberkommen, und er würde ihn beim Backgammon ordentlich aufs Kreuz legen. Er hatte wirklich kein Gespür dafür.

Wieder hörte er das Klopfen. Ungeduldig und laut. Man hörte es bis zum Kühlschrank. Kein Wunder. An Lajos' Stelle wäre er auch mordsneugierig gewesen, ob der andere die angekündigten Backpfeifen bekommen hatte, um dann mit arglosem Gesicht weiterzufragen. Hat es wehgetan?

War er sehr wütend? Hat er nur geschrien oder auch geschlagen, würde er ihn in mitfühlendem Ton ausfragen, und es täte ihm furchtbar leid, dass er die Sache nicht hatte sehen können.

So war es, als Zerlik beim Wandertag im Juni noch eine Zusatzrunde mit dem Aufzug fuhr und die Zahl im Bus nicht stimmte, dabei hatte Georgina sie schon zum fünften Mal gezählt, nacheinander, mit immer unheilverheißenderem Gesicht, während sie im Stillen ihre Nachgiebigkeit verfluchte, dass sie nach der Sache auf dem Schießplatz auf die Bitte ihres Mannes die Leitung dieser sichtlich problematischen Klasse übernommen hatte. Aber der Schlag hatte sie doch nicht so sehr getroffen, dass sie das Ganze nicht nüchtern durchdacht hätte und zum Aufzug zurückgerannt wäre, der das Mathegenie sofort verzaubert hatte, und natürlich schlichen ihr die meisten nach und setzten sich am Ausgang im Halbkreis hin wie im Kino, um zu sehen, wie die neue Klassenlehrerin Zerlik zerpflücken, ihn ohrfeigen würde, bis er knallrot wäre, so wie sie es im Bus versprochen hatte. Manche holten sogar ihr Pausenbrot hervor, und es war wirklich ein Genuss zu sehen, wie Georgina mit jeder Minute, die verging, immer röter wurde und sich immer mehr hineinsteigerte, doch fiel die Vorführung schließlich aus. Noch vor der ersten Ohrfeige scheuchte die Klassenlehrerin alle in den Bus zurück.

Nur Lajos konnte irgendwie erreichen, bleiben zu dürfen, und so war er es, der allen erzählte, dass das Ganze reiner Betrug war. Georgina habe Zerlik nicht einmal mit dem kleinen Finger berührt, sie predigte etwas von Disziplin, knetete ihm die Seele weich, das kann man ja letztlich auch verstehen, erklärte Roland Précsek, nur ein Schwachsinniger würde ein Mathegenie auf den Kopf schlagen. Vor allem dann, wenn er darauf hofft, dass der Betreffende auch in diesem Jahr den ersten Platz beim Mathematikwettbewerb des Komitats holen könnte und vom Landeswettbewerb mindestens ein Lob mit nach Hause brächte. Eine andere Frage war, dass Georginas weichherzige Variante eher bei den Mädchen ankam, sie begannen, sie langsam zu mögen, dann ihr zu schmeicheln, vor allem, nachdem sie das dritte Trimester so herausbrachte, dass Elvira Krajczár im Gleichstand neben Roland Klassenbeste sein konnte.

»Wie stellen Sie sich das eigentlich vor?« Mit diesen Worten war Rolands Vater am Morgen darauf ins Lehrerzimmer gestürmt.

»Ich stelle mir gar nichts vor«, sagte Georgina kalt und sah Mihai Gondru mit der Gleichgültigkeit eines Wissenschaftlers an. »Aber bitte, Sie können den Durchschnitt gern selbst ausrechnen.« Sie schob ihm das Klassenbuch hin, wo es neben dem Namen Krajczár vor Zehnen so wimmelte, als wären es Fliegen.

Wie die Fliegen auf einem Stück Scheiße, brüllte er zu Hause Laura an, denn am liebsten hätte er diesem totenbleichen Frauenzimmer sofort an Ort und Stelle eine runtergehauen, aber jetzt durfte er sich wirklich zu keinem übereilten Schritt hinreißen lassen. Er konnte nicht einfach so Ohrfeigen verteilen, und auch mit den Drohungen musste er vorsichtig sein, denn die Sache in der Krypta hatten sie ihm immer noch nicht vergessen. Und wenn er recht vermutete, wartete Zmeură genau darauf, dass er endlich einen Fehler machte. Entweder er oder sein Sohn, das war letztlich vollkommen egal.

»Wenn er auf dich sauer ist, wieso hat er uns dann diese Wohnung besorgt?«, fragte seine Frau verständnislos, denn Zmeură war sogar zur Wohnungseinweihung in die Straße des Fortschritts gekommen. Er hatte Champagner mitgebracht und für jeden mindestens ein gutes Wort übrig gehabt.

»Das verstehst du nicht«, winkte Mihai ab, dabei verstand er es selbst eigentlich auch nicht. Das war ja gerade das Problem, dass er es nicht verstand, dass er die Logik hinter den aufeinanderfolgenden Ereignissen, gegen die er sich verteidigen konnte, indem er rechtzeitig auf seine bewährte Weise die richtigen Leute schmierte, nicht erkannte. Ihm war nur klar, dass das alles kein Zufall sein konnte. Zuerst hatte man ihn aus der unmittelbaren Nähe des Parteisekretärs des Komitats zur Schulaufsicht versetzt, dann wurde er kaum noch irgendwohin eingeladen, er konnte sich überhaupt nicht mehr erinnern, wann er beispielsweise zum letzten Mal zu einem Seminar in die Hauptstadt gefahren war, das zwar nichts nützte und in Wirklichkeit nur ein riesiges Besäufnis war, aber doch mit ausgewählten Genossen und in einer extra Gaststätte! Offenbar stand ihm das jetzt nicht mehr zu. Ganz zu schweigen davon, dass Timofte Bordan, dieser Idiot, dieser Niemand, der damals von seinem Teller gefressen hatte, jetzt nicht einmal mehr seinen Gruß so recht erwiderte. Und bitte, jetzt fiel ihm auch noch sein Sohn in den Rücken!

In solchen Situationen war ihm, als würde man ihm mit einem scharfen Messer den Magen in Stücke schneiden.

»Reg dich nicht auf, Misu.« Laura zog den struppigen Kopf ihres Mannes an sich. »Vielleicht lernt das Mädchen auch einfach nur genauso gut wie unser Junge.«

»Kann sein, aber im Leben gibt es trotzdem kein Unentschieden.«

Auch am nächsten und übernächsten Tag beruhigte er sich nicht. Er wusste genau, dass er jetzt allen ein bisschen verdächtig war. Er sah es im Gesicht der Kollegen: Bei der wöchentlichen Versammlung wichen sie seinem Blick nicht mehr aus, wenn er Rechenschaft für die verteilten Aufgaben forderte, sondern sahen ihm direkt in die Augen. Sie genossen es, dass er schwitzte. Und zu sehen war auch, dass sie seine Bitten, die eigentlich Befehle waren, aber jetzt wieder zu Bitten degradiert zu sein schienen, nicht mehr mit so eindeutiger Entschlossenheit erfüllten. Natürlich, er wusste es genau, seine Schuld bestand nicht darin, dass dieser arme Junge gestorben war, es waren auch schon andere während des Verfahrens gestorben, sondern, dass er nicht mehr aus der Sache hatte herausholen können. Er hatte eine Gelegenheit gehabt und sie nicht genutzt. Und von hier war es nur noch ein Schritt, dass jemand fragte: Warum eigentlich nicht? Weil er nicht engagiert genug war? Weil er zu schwach war? Oder ganz im Gegenteil zu hart, als er hätte umsichtig sein müssen? Konnte es sein, dass er für wirklich heikle Aufgaben nicht geeignet war? Am Ende müsste er noch miterleben, dass sie jemanden auf ihn ansetzten. Zmeură würde das sicher mit Freude organisieren. Das müsste er unbedingt verhindern.

Eines Nachmittags fiel ihm die plausible Lösung ein: Auf dem Rücken seines Sohnes würde er sich wieder hocharbeiten. Wenn sie nicht ihn selbst loben würden, so doch seine vorbildliche Erziehung, was für einen disziplinierten, qualifizierten und unerschütterlichen Parteifunktionär er aus diesem feschen Burschen gemacht habe. Der ein Musterschüler war und vertrauenswürdig und dessen Treue überhaupt niemand infrage zu stellen wagte. Der niemals den Fehler begehen würde, den er selbst begangen hatte. Ja, so würde es sein. So würde es sein, weil es so sein musste.

Von da an verbrachte er täglich drei Stunden damit, Roland abzurichten. Er kontrollierte, ob er die aufgegebenen Gedichte wirklich gelesen hatte, ob er die Zeilen wirklich so interpretierte, wie es im Lehrbuch vorgeschrieben war.

Er ließ ihn Buchstabe für Buchstabe die Geschichtslektion aufsagen, denn ein Laie wusste ja nicht unbedingt, sondern ahnte eher nur, dass gerade damit alles stand oder fiel. Wer die neuzeitliche Geschichte des Landes aus dem Effeff konnte, samt den Kongressen und den Ansprachen des Genossen Generalsekretärs, während er auch die unanzweifelbaren Zeichen der ruhmreichen dakischen Vergangenheit erkannte, der konnte in Erdkunde oder Englisch kolossalen Blödsinn erzählen, es würde niemanden interessieren. Zuletzt ließ er ihn die Physik- und Algebraaufgaben noch mal lösen, dabei war schon an seinen Fragen zu erkennen, dass er keinen blassen Schimmer hatte und überhaupt nichts von diesem Hokuspokus hielt, bei dem es ein und nur ein Endergebnis gab.

Aber Roland brachte vergeblich immer bessere Noten nach Hause, auch das reichte nicht mehr. Er musste sich zu jedem freiwilligen Mist melden, von der Dekoration der Schule bis zur Begleitung der Inspektionen, dabei wurden dafür meist die Schwänzer zur Strafe eingeteilt, aber nein, er musste sich freiwillig melden, sofort, ohne zu zögern, denn zur Kenntnis genommen werde nur, wer überall anwesend war und in allem der Beste, ließ ihn der Vater wieder und wieder aufsagen. Und zu allem Überfluss musste er das alles so absolvieren, als empfände er es nicht als Aufgabe, als zusätzliche Belastung, sonst bräuchte er es gar nicht erst zu machen, wenn es nicht von Herzen käme und er es nicht mit Freude machte, denn was könnte einem eine größere Befriedigung verschaffen, als der Heimat zuliebe zu kämpfen und zu schwitzen?

Das war schlimmer als alles andere. Schlimmer als der Umzug und ja, viel schlimmer als die Situation vor der Sache auf dem Schießplatz. Nur dass jetzt in den Augen der Klassenkameraden nicht mehr Vorsicht glomm, sondern allerlei Schattierungen des Mitleids. Denn er tat allen leid, ohne Ausnahme. Wie idiotisch und pervers musste man eigentlich sein, um in der großen Pause die vom Vater ergaunerten Camel zu spendieren, ohne selbst auch nur einen Zug zu nehmen, und sich sogar so am Pissoir zu postieren, mit halb heruntergezogenem Reißverschluss, als wäre man nur zum Pinkeln gekommen? So würde nämlich kein Aufsichtslehrer Ärger machen, wenn Razzia war, schließlich konnte niemand etwas für Dinge, die hinter seinem Rücken geschahen. Kein Theater, niemand schrieb die Nummer auf seiner Schuluniform auf, und die Jungs, die an nach Heu riechende Snagov und filterlose Carpaţi gewöhnt waren, waren dankbar für ein ausländisches Päckchen. Dass sie sich über ihn lustig machten, konnte er freilich nicht verhindern. So viel kann ein Mensch doch gar nicht trocken pissen, sagten sie, während sie mit erwachsenen Gesichtern den feinen Tabak auf Lunge rauchten, oder dass er doch wenigstens seinen Schwanz rausnehmen sollte, wenn er schon da stünde, weil es so noch viel lebensechter aussähe.

Darüber lachte gerade Lajos am meisten, dabei bekam er nur sehr selten etwas von der Schachtel ab, weil er nicht richtig auf Lunge rauchen konnte, er paffte eher nur wie ein Stammeshäuptling, sodass es schade um die ganze Zigarette war, aber damals tat ihm niemand mehr etwas. Einerseits begleitete ihn Précsek überall hin, andererseits war Lajos auf Rolands Vorschlag der Musikverantwortliche für die Partys am Samstagabend geworden, denn so gab es immer einen Rekorder und Musik bis zum beschissenen Ende, von Evergreens bis zum Hit des Sommers, beinahe alles, und wenn man mit Lajos gut auskam, legte er mit dem besten Taktgefühl die acht Minuten lange langsame Nummer auf, gerade dann, wenn sich der vielversprechendste Fang andeutete. So viel Zeit musste eigentlich für einen

Zungenkuss reichen, mit Einleitung, Romantik, Zieren und der ganzen dämlichen Choreografie, und wenn in dieser Zeit nichts zustande kam, nicht mal ein einfaches Küsschen in den Nacken, dann wusste man wenigstens, woran man war. Dann wusste man, dass nicht einmal der göttlichste Stehblues reichen würde, um die ausgeguckte Blondine herumzukriegen, und dass sie ein ganzes Vangelis-Album lang im Badezimmer sein könnten und doch nicht weiterkämen als zum Reden, dazu, einander völlig unfruchtbar die Seele zu massieren. Und wer brauchte schon so was, Précsek, den sie später zum Mannschaftskapitän wählten, sah sie lachend an.

Dafür reichten die ausländischen Zigaretten allerdings nicht mehr, da hatte er den Vater um eine Flasche Napoleon-Kognak bitten müssen, aber dieses eine Mal konnte der nichts einwenden, schließlich wurde sein siebzehnter Geburtstag gefeiert. Die meisten betranken sich da zum ersten Mal, Zerlik, Lajos, Kiscsé, Feri Branner. Sie wieherten über alles wie die Mädchen vom Kunstgymnasium, aber dass Précsek der Mannschaftskapitän sein sollte, schien ihnen auch am Tag danach noch eine gute Idee, und da hätte es Roland wirklich nur noch ein Wort gekostet, und sie hätten ihn zum Mittelstürmer gemacht, was er auch geworden wäre, wenn das Training nicht nachmittags stattgefunden hätte. Wenn er lernen musste. So konnte von Fußball keine Rede sein, den Vater ließ das runde Leder sowieso kalt, er schaute nicht einmal die Spiele von Steaua, dabei war bei denen die halbe Stadt leer. Einzig für das Finale im Europapokal setzte er sich vor den Bildschirm, denn das auszulassen wäre geradezu eine Schande gewesen, aber er war vielleicht der Einzige, den beim Elfmeterschießen der Schlaf übermannte, dabei tobte das ganze Haus, als Duckadam zum dritten Mal den Ball in die Höhe hob. An dem Abend hielt er wirklich so, dass den Spaniern die Augen aus dem Kopf fielen, na, und da überzeug mal so einen Dickkopf von der Wichtigkeit der Schulmeisterschaft. Das wäre nicht einmal leicht, wenn er ganz normal wäre, und erst recht nicht, wo er so schräg drauf ist, erklärte er Précsek.

Es war verdammt erbärmlich, dass er die Ergebnisse der Meisterschaft von der Wandzeitung ablesen musste. Ebenso erbärmlich war es, dass er im Sportunterricht hingegen unzählige Tore schoss, in den unmöglichsten Situationen. Einmal schraubte er den Ball sogar aus der Ecke rein, aber so ist das eben, wenn die Jungs mit Kiscsé, dem Torwart, verabredeten, dass er die Bälle wenigstens jetzt reingehen lassen sollte, wo es nicht zählte. Und er prahlte natürlich auch nicht besonders damit, dass Kati Strauber sich jetzt nach ihren Treffen sogar Zeit nahm, ein paar Worte zu ihm zu sagen, ihn mit einigen leeren Phrasen zu trösten, dass irgendwann bestimmt alles in Ordnung käme und sie auch schon in so einer Lage gewesen sei, dabei war sie das nie gewesen. Sie streichelte ihm sogar das Gesicht oder wickelte sich Rolands Haare um die Finger, sah ihm lange in die sanftbraunen Augen und zog sich nicht nur den Slip hoch, wie sie es auch sonst tat, sondern warf, während sie sich den Rock richtete, noch einen zufriedenen Blick auf seinen schlaffen, von der Liebe feuchten Schwengel, aus dem sie überaus effektiv alle Kraft herausgesogen hatte, um schließlich nach einer kurzen Terminabsprache abzuhauen. Dabei konnte er, ehrlich gesagt, gerade das am meisten an ihr leiden. Diese männliche, zielgerichtete Gleichgültigkeit oder was das war.

Wenn Roland die wirklich erbärmlichen Augenblicke in eine Rangfolge hätte bringen sollen, hätte das Apfelpflücken todsicher die Goldmedaille erhalten. In der letzten Zeit mussten sie in der Obstgärtnerei in der Nähe der Stadt aushelfen. Die Bitte um Hilfe hatte sich mit der zentralen Direktive gedeckt, dass auch die Schüler der Eliteschule an die Schönheit der körperlichen Arbeit heranzuführen seien. Es muss einen Punkt geben, an dem sich die werktätigen Schichten unserer sozialistischen Heimat, die Arbeiter und die eifrigen Mitglieder der Produktionsgenossenschaften, mit den zukünftigen Intellektuellen, den Ingenieuren der Zukunft, treffen können, las Rodica Berman, der absolute Bestschüler der Schule, die Wunderwaffe, wie Précsek ihn nannte, bei der Schuljahreseröffnung ausdrucksvoll vor. In seinem Namen boten die Schüler für dieses Rendezvous ihre Lern- und Freizeit an, was die bei der Feierlichkeit erschienenen Offizialitäten auch sogleich annahmen, indem sie der lernenden Jugend für die spontane Begeisterung dankten.

So verbrachten sie jede vierte Woche in der zu diesem Zweck ausgewählten Schlosserwerkstatt, wo auch die Mädchen lernten, nach Schablonen zu feilen, zu hämmern, den Zunder von den in Form geschweißten Stühlen abzuschlagen, aber am Schuljahresbeginn, wenn die Sonne noch richtig schien und es schade gewesen wäre, die Zeit mit dem Zusammenfegen von Eisenspänen zu verschwenden, verbrachten sie manchmal einen ganzen Monat hintereinander auf den Feldern. Manchmal pflückten sie Mais, traten die Zuckerrüben aus den Reihen wie Stadtkinder, für die der Boden niemals Poesie sein würde, das schlummernde Leben an sich, sondern eher schwer herauskratzbarer Dreck unter den Fingernägeln.

In diesem Jahr hatte sich die Obstgärtnerei die Goga-Schüler ausgeliehen. Bauern sahen sie freilich keinen einzigen, weder in der Obstplantage noch auf dem Maisfeld, als wäre denen das angekündigte Rendezvous mit den aufgeschlossenen Ingenieuren der Zukunft gar nicht so wichtig. Die haben auf uns geschissen und sich lieber zu Hause den Arsch gewärmt, berichtete Précsek seinem Vater von den ersten Lehren der Ernte, und dieser konnte plötzlich gar nicht entscheiden, ob er den Sohn für seinen Scharfblick loben oder ihn lieber mit einer Ohrfeige zurück auf den rechten Pfad der Erziehung lenken sollte.

Vier Leute waren für eine Reihe zuständig, aber sie kamen kaum vorwärts, denn zum einen waren vor lauter Früchten die Bäume kaum zu sehen, zum anderen fraßen sich erst einmal alle bis zum Platzen voll, und das war gar nicht so einfach, Septemberäpfel sind nämlich sehr unergiebig, total wässrig. Aber sie stopften sie händeweise in sich hinein und hätten auch noch welche mit nach Hause genommen, wenn ihre Taschen nicht beim Hinausgehen und auch im Bus kontrolliert worden wären.

Es war Samstag, der letzte Tag. Nachmittags um drei waren die Kisten wie immer voll, sie traten müde auf dem Feldweg zur Obstplantage an, warteten die Kontrolle und die Übernahme ab, bekamen sogar ein Lob, weil sie den Bäumen keinen größeren Schaden als nötig zugefügt hatten, doch der Bus wollte und wollte nicht kommen. Sie warteten, aber vergeblich. Die Lehrer sahen einander an und rätselten, was jetzt werden sollte: Sollten sie zur Haltestelle an der Landstraße hinausgehen oder versuchen, hier irgendwie die Zeit totzuschlagen? Von zusätzlicher Arbeit konnte keine Rede sein, sie konnten keine Äpfel mehr sehen. Ein bisschen waren sie wie Schiffbrüchige mitten im Nichts. Als würden mit diesem stickigen Tag *Zwei Jahre Ferien* anfangen. Die aus der C versuchten, mit einem kaputten Ball, den sie am Weg gefunden hatten, Fußball zu spielen, die anderen zogen sich in den Schatten der Bäume zurück.

Der Aufseher der Obstplantage, Petru Proparian, der immer etwas nach Pálinka roch, hatte das Nichtstun als Erster satt und sagte, er gehe dann jetzt nach hinten ins Büro und versuche, jemanden anzurufen. Gehen Sie nur, sagte der verantwortliche Lehrer und zuckte mit den Schultern. Alle wussten, dass Proparian hinter dem Zaun sowieso den Weg nach Hause einschlug, denn wozu zum Teufel sollte er mit ihnen zusammen warten. Diese Städter würden auch keine Minute länger bleiben, wenn er in den Graben fiele. In den Mägen rumorten die ungewaschenen Äpfel immer stärker, man konnte gar nicht mehr zählen, wie viele mit schuldbewusstem Gesicht zwischen den Bäumen verschwanden, um dann erleichtert zurückzukehren. Es war warm, in der gärigen Hitze stank alles immer mehr nach Mensch, das Laub, der Drahtzaun, der sich im Wind einen Bauch wachsen ließ, das Gras und die kaum roten Äpfel, die von fern blau herüberschimmernden Berge, und dieser nichtsnutzige Busfahrer klaute ihnen jede Minute ihres wertvollen Wochenendes. Sicher hatte er vergessen zu tanken, oder der Bus war auf halber Strecke liegen geblieben, wer weiß. Da fiel Zerlik ein, dass es der reinste Blödsinn war, in der Sonne zu dörren, wenn der Bahnhof nur einen Steinwurf entfernt war. Denkt doch mal nach, sagte er, mit dem Bummelzug sind alle um fünf zu Hause. Wir können sogar noch auf der Böschung Fußball spielen. Wir müssen uns nur langsam Richtung Bürogebäude verdünnisieren. Von dort schnurgerade weiter. Und als Tóni Csillag, der Erdkundelehrer, nach hinten kam und rief: Der Bus ist endlich da, Kinder, wir können nach Hause fahren, dösten nur noch Elvira Krajczár und Roland neben den Kisten.

»Wo sind denn die anderen?«, fragte Csillag bleich, nachdem er auch zwischen den Bäumen nachgesehen hatte.

»Nach Hause gegangen«, sagte Elvira und zuckte mit den Schultern. Sie konnte nichts dafür.

Es verging eine Weile, bis der Lehrer begriff, was geschehen war. Was dieses schmächtige, von einem auf den anderen Fuß wippende Mädchen sagte.

»Und ihr?«, fragte er schließlich leise, ohne sie anzusehen.

Das war ein Augenblick, in dem man am liebsten den Atem anhalten würde. Roland ertappte sich dabei, dass er genauso auf seine Schuhspitzen starrte wie Lajos in der Umkleidekabine und um nichts in der Welt den Kopf heben wollte, weil sein Gesicht dann gebrannt hätte wie Feuer. Er hoffte noch, dass der Alte irgendwie zum normalen Ablauf zurückkehrte, ein paar Ohrfeigen verteilte oder wenigstens anfing, zu schreien und zu drohen, dass sie alle in Betragen einen Abzug bekämen, aber nein, Csillag ging auf den Bus zu, langsam, weil sein operiertes Bein kaum noch mitmachte. Er las keine Anwesenheitsliste vor, schrieb nichts demonstrativ in sein Notizbuch, und auch Elvira musste etwas von der schrecklichen Lage gespürt haben, denn sie rief ihm verzweifelt nach: Genosse Csillag, was ist denn jetzt? Sollen wir mitkommen?!

Er hasste seinen Vater. Er hasste es, dass er ihm jede Ausschreitung, jede unsichere Antwort sofort vergalt, als hätte er seine bislang noch geradeso liebenswerte Inkonsequenz endgültig verloren. Es reichte ein Schulterzucken oder eine Grimasse, damit alles von vorn losging und er die ganze Lektion noch einmal aufsagen musste. Er hasste die Ermunterungen und die in Entschuldigungen gehüllte Strenge, dass es beim Lernen nun mal kein Pardon gebe, dass die Zukunft eines Menschen auf einer Bananenschale ausrutschen könne, denn er solle sich gut merken: Alles, aber wirklich alles, was mit ihm geschehe, werde irgendwo aufgeschrieben, und eines Tages würde er gnadenlos damit konfrontiert, und dann werde er sich über diese Tage und diese Ausdauer erst wirklich freuen. Dass es etwas gebe, das das Zünglein an der Waage zu seinen Gunsten ausschlagen lasse. Er hasste es, dass nicht sein Vater Csillags müden, opalenen Blick hatte sehen müssen, nicht er die sogar im Bus noch still schluchzende Elvira trösten, dass sie doch endlich aufhören solle, dass das wirklich die einzig richtige Einstellung gewesen sei, die Partei ebenso gehandelt hätte, dabei hätte er sie am liebsten mitsamt ihren Gewissensbissen aus dem Bus geworfen. Er hasste es, dass er sich nicht einmal mehr an den Kerl erinnerte, der auf dem Schießplatz so schnell geschaltet und den ganzen Ärger auf sich genommen hatte. Er hasste es, dass er nicht wusste, was er mit seinem Hass anfangen sollte, der ihn von innen zerriss und zerfraß, als hätte er Gift geschluckt. Ein anderer hätte vielleicht Kraft daraus geschöpft, vielleicht auch revoltiert, er aber war unfähig zu handeln, er wartete nur und sah hilflos zu, wie Précsek und Lajos die anderen beruhigten, dass er nicht für alle Ewigkeit so ein verfickter Streber bleiben würde. Das sei nur ein Übergangszustand, auch wenn es nicht so aussähe.

Er hasste seinen Vater und hasste es auch, dass ihm all das, vergeblich gestand er sich das Tag für Tag mehrmals ein, immer weniger sagte.

4.

»ENTSCHULDIGUNG, WENN ICH SIE HABE warten lassen«, sagte der Schuldirektor und streckte ihm schon von Weitem die Hand entgegen. Dem leutseligen Tonfall von Florentin Lupu war anzuhören, dass er in der vergangenen halben Stunde Gott und die Welt angerufen hatte. Nun kam er so an, dass er seinen Rücken schon in Sicherheit wusste.

»Macht doch nichts«, erwiderte Mihai Gondru mit einem breiten Lächeln. »Sie hatten sicher Wichtiges zu tun. Noch Wichtigeres als das hier.«

Es war immer gut, dem anderen nicht die Freude über den ersten Treffer zu überlassen. Sollte er ruhig spüren, dass das hier keine Protokollversammlung war. Lupus ansonsten gewinnendes Gesicht verfinsterte sich völlig, als er Gondrus Bemerkung hörte. Zwar konnte auch er nicht allzu viele Illusionen bezüglich dieses Gesprächs gehabt haben, dennoch schien es, als begreife er erst jetzt, womit er zu rechnen hatte. Aber er fiel nicht aus der Rolle und ließ Gondru an der Tür höflich den Vortritt.

Es war ein kleines, ordentliches Büro. Vielleicht etwas zu ordentlich. Gegenüber den Fenstern hatte der mit einer Glasscheibe sorgsam verschlossene Bücherschrank seinen Platz bekommen, vor ihm der ungeschlachte, altmodische Schreibtisch, auf dessen Mitte ein leeres weißes Blatt bereitlag. Vielleicht, damit kein Gedanke verloren ging, wenn der Herr Direktor in aller Eile etwas notieren wollte. An der Wand hingen die üblichen und zu erwartenden Porträts: Schriftsteller, Wissenschaftler und in der Mitte der Generalsekretär. Letzterer in einem etwas größeren und prunkvolleren Rahmen. Es war sichtlich alles an seinem Platz, keinen Zentimeter verrückt. Vielleicht hätten selbst Zmeură und seine Leute nichts Verdächtiges gefunden.

Gondru mochte es nicht, wenn ein Arbeitsplatz derart diszipliniert war. Es war vorteilhafter, wenn die Ordnung von ein oder zwei Akten auf dem Tisch aufgelockert wurde, wenn ein paar vorausschauend ausgewählte Bücher auf dem Tisch verteilt waren und immer einige zusammengeknüllte Blätter im Papierkorb lagen. Echte Arbeit duldete diese erstarrte Museumsdisziplin nicht. Hier schwebte nicht einmal ein Staubkorn im Lichtstrahl, der durchs Fenster hereinfiel. Dabei zog Gondru, als er sich setzte, sogar unbemerkt den Finger über die Sessellehne.

»Darf ich Ihnen etwas anbieten?«, fragte Lupu und schob dem anderen den strahlend sauberen Aschenbecher hin. In seiner Stimme schwang dieselbe Ordnung mit, wie sie in seinem Büro herrschte.

»Danke, aber ich möchte nichts. Kommen wir lieber zur Sache. Ich habe nicht allzu viel Zeit.«

»Ich weiß, Sie werden im Aurora erwartet.«

»Ja, dort wird es eine kleine Feierlichkeit geben. Kommen Sie auch?«

»O nein. Ich werde zu solchen Veranstaltungen nicht eingeladen.«

Das wusste Gondru natürlich, aber es tat trotzdem gut, es zu hören. Und wenn er nicht sehr irrte, resultierte dieses kaum wahrnehmbare Zucken um die Mundwinkel des Direktors aus einem Gefühl der Gekränktheit und Zurücksetzung, das dieser verbergen wollte. Damit konnte man vielleicht etwas anfangen. Wie diszipliniert dieses Gesicht doch ansonsten war! Der kurz geschorene, größtenteils aus grauen Haaren bestehende Bart, die schmalen, sich kaum bewegenden Lippen, die im Käfig der Brille kalt glänzenden Augen, die wie ein Fadenkreuz ruhig und gelassen ihr Opfer suchten und nichts von den Gefühlen verrieten, die hinter ihnen tobten. Und der sorgsam ausgesuchte, herbe

Duft, der sich bei jeder Bewegung, wenn auch nur schwach, aber doch verstärkte. Einfach perfekt, gerade so wie eine Illustration in den einschlägigen Fachbüchern. Lupu sah wirklich so aus, als wären schon seine Vorfahren zu Direktoren herangezüchtet worden, dabei war offensichtlich, dass auch sein Vater irgendwo hinter den Bergen im Boden gewühlt hatte, wahrscheinlich mit ebensolchen gemessenen, eleganten Bewegungen. Wie lange musste er wohl für diese Disziplin vor dem Spiegel gestanden haben? Wie oft hatte er die angemessene Haltung geprobt, bis glaubhaft geworden war, dass all das ein instinktiver Reflex war und keine Pose? Wie lange hatte er nach dem als diskret erachteten Parfüm gesucht, um den sauren Geruch seiner Kindheit endgültig von sich abzureiben: diese andere Ordnung, den Stall, den Dung, das Aufstehen am Morgen, die Wahrheiten und Ungerechtigkeiten der Ohrfeigen und Flüche oder das Bewusstsein, dass ein Stück Vieh wichtiger war als das wer weiß wievielte Kind? Gondru musterte den Direktor wie eine aufgedonnerte Nutte hinter dem Astoria.

»Wie kann ich Ihnen also helfen?«, fragte Lupu.

»Zuerst einmal so, dass Sie keinen solchen Blödsinn fragen.«

»Sie wünschen also keine weiteren Höflichkeiten?«

»Nein.«

»Was wollen Sie dann?«

Lupus Brille blitzte nervös. Es war zu sehen, dass er noch nicht ausreichend vorbereitet war. Am liebsten hätte er die Schmeicheleien noch etwas in die Länge gezogen, aber offenbar war Gondru wirklich kein Mann der Gesten und feinen Metaphern. Er wollte das Ganze hinter sich haben.

»Nur, dass Sie vergessen, was heute passiert ist«, sagte Gondru salopp. »Ich denke, das ist nicht allzu …«

»Ich fürchte, das ist unmöglich«, fiel ihm Lupu ins Wort.

Gondru beugte sich im Sessel vor. Von seinem Gesicht waren alle freundschaftlichen Absichten verschwunden.

»Sehen Sie, mir ist es egal, was Ihnen im Badezimmer einfällt und womit Sie sich den Arsch abwischen, aber das Resultat sollten Sie niemandem zeigen.«

Die erhobene Stimme ließ das Gesicht des Direktors kaum merklich zusammenzucken. Vielleicht war er es nicht gewohnt, dass man in seinem eigenen Büro so mit ihm redete. Sicher hätte er es um nichts in der Welt zugegeben, aber hinter dem reglosen Gesicht verbarg sich eine leicht kränkbare und mimosenhafte Seele. Er mochte der Typ sein, der sich jede vermutete Kränkung, jeden Angriff einkerbte, wie ein Kind jede schlechte Note registriert, damit er nicht zufällig vergaß, wem er was schuldete. Und von Zeit zu Zeit, wenn er endgültig allein blieb, dann besah er sich diese Kerben. Ließ die Bitterkeit in sich aufkochen und sammelte Kraft. So bereitete er sich auf eine Rache vor, die niemals kam.

»Das heißt, Sie möchten, dass ich den heutigen Fall nicht melde, obwohl es meine Pflicht wäre?«, übersetzte der Direktor. Seinem Gesicht war nichts mehr anzusehen.

»Sehen Sie, wir verstehen uns auch ohne Höflichkeiten.«

»Wissen Sie, was Sie da von mir verlangen?«

»Natürlich. Und ich weiß auch, dass man mit Schweigen am schnellsten und saubersten Freunde gewinnt. Die Schreiberei ist eine dreckige Sache. Sie haben keine Ahnung, wie sehr.«

»Daran zweifle ich auch gar nicht.«

»Dann können Sie mir nur dankbar sein, dass ich Ihnen das ausgeredet habe.«

Lupu lachte auf. Nach kurzem Nachdenken schloss sich Gondru ihm an. Er war sich immer sicherer, dass er das hier in Ordnung bringen würde. Lupu würde sich noch ein bisschen bitten lassen und dann auf den Handel eingehen. Er war schließlich auch nicht vollkommen verrückt.

»Aber das ist nun doch nicht so einfach. Wir waren nicht allein«, sagte Lupu, nachdem sie mit Lachen fertig waren.

»Um die Aufseher brauchen Sie sich nicht zu kümmern. Sie haben sich schon … wie soll ich sagen … mit der Lage angefreundet.«

»Und die Schüler?«

»Ohne Papier werden sie nach einer Zeit dasselbe sagen wie wir. Dass nichts Besonderes geschehen ist.«

»Nur dass diese Sache erheblich schwerer wiegt als nichts.«

»Sie sollten dem Ganzen nun doch keine allzu große Bedeutung beimessen.«

»Wirklich? Wieso sind Sie dann hier?«

»Um Ihnen die Folgen zu ersparen.«

»Oder umgekehrt. Damit ich Ihnen die Folgen erspare.«

»Vorsicht. Am Ende trauen Sie sich noch zu viel zu.«

»Da kann ich Sie beruhigen: Ich vertraue auf gar nichts. Höchstens auf den Satz, in dem Ihr Sohn den Genossen Generalsekretär zusammen mit seinem Ausscheidungsorgan erwähnt hat.«

»Das war ein Versprecher. Und er hat nicht sein Ausscheidungsorgan erwähnt, sondern allgemein irgendeines.«

»In Ordnung, dann schreibe ich eben das.«

Gondrus Züge verhärteten sich.

»Ich werde Ihnen jetzt mal etwas sagen, weil ich gerade gute Laune habe. Ihr Bericht würde niemals sein Ziel erreichen.«

»Wie kommen Sie denn darauf?«

»Ich weiß es von einem sehr guten Freund. Von Nicu Zmeură. Sicher kennen Sie ihn.«

»Ich habe schon von ihm gehört«, sagte der Direktor vage.

»Er hat mir erzählt, dass die Berichte, in denen der Genosse Generalsekretär in einem schlechten Licht dargestellt wird, das Komitat gar nicht erst verlassen. Und wissen Sie, warum? Weil er auch ein Mensch ist. Und ich versichere Ihnen, ein äußerst sensibler Mensch. Dem Kritik lange, schlaflose Nächte bereitet. Egal, woher sie kommt. Deshalb hat seine Frau verboten, ihn mit so etwas zu behelligen. Wenn mein Sohn natürlich die Partei geschmäht hätte oder allgemein das Land, das System, dann stünden die Dinge anders. Aber so …«

»Seien Sie mir nicht böse, aber ich glaube Ihnen kein Wort.« Der Direktor versuchte, wieder zu lachen.

»Aber gewiss doch. Sie leben ja selbst hier.«

Es wurde einen Augenblick lang still. Lupu versuchte es zwar zu verheimlichen, aber er rückte unbehaglich auf dem Stuhl hin und her. Dazu schnitt er ein Gesicht wie ein Boxer, der den Feind zwar schon schwanken sieht, ihn aber dennoch nicht k.o. schlagen kann. Die Glocke läutet, der Kampfrichter greift ein, immer geschieht irgendetwas, und langsam wird ihm klar, dass er gar nicht einem einzelnen Feind gegenübersteht. Wenn er auf seinen Verstand hörte, würde er aufgeben, nur der Körper macht noch weiter, der Wunsch nach einem Sieg spannt die Adern an, obwohl er sich ursprünglich nur verteidigen wollte. Ohne größere Verletzungen aus der Sache herauskommen. Gondru säuberte sich gelangweilt die Fingernägel. Er wollte dem anderen nicht in die Augen schauen. Es gab nichts Erniedrigenderes, als zuzusehen, wie jemand gezwungen war, seine Niederlage anzuerkennen. Und dieser Mann konnte ihm noch von Nutzen sein.

»Nun gut«, sagte Lupu schließlich. »Ich gebe mich damit zufrieden, wenn es nur hier vor Ort ein paar Leute lesen.

Vielleicht stellen auch die Ihnen die eine oder andere unangenehme Frage.«

Gondru traute seinen Ohren nicht. Dieses Miststück! Dabei hatte er schon fast aufgegeben. Aber dann reichte es, einen Blick auf Lupus halb zurückgehaltenes frivoles Lächeln zu werfen, und er begriff: Das war kein sinnloses Gemetzel. Es war ein geschickt berechneter Schlag auf die passendste Stelle. Also wusste er es auch schon. Vielleicht hatten sie ihm genau davon am Telefon erzählt, bevor er hergekommen war. Von seinem schwachen Punkt.

Früh um vier hatte es am Fenster geklappert. Es dauerte einen Moment, bis Gondru in dem Fleck, der vor der Tür herumstand, Pop Agripan erkannte, den Chauffeur des Komitatsparteisekretärs. Diesen nach Kautabak riechenden, eigenbrötlerischen Mann, der auch jetzt nur vor sich hin grummelte, er solle sich schnell anziehen, da man ihn in der Krypta erwarte. Sie hätten an der Grenze irgendwelche Schleuser erwischt, das Auto habe er an der Schranke stehen lassen.

Draußen war die Sonne noch nicht aufgegangen, aber man konnte schon spüren, dass die zwischen den Hügeln eingeklemmte Dunkelheit es nicht mehr lange aushielt. Wer die Gegend kannte, wusste genau, dass es nicht gut war, sich um diese Uhrzeit hier aufzuhalten. Denn wer zu lange auf den reglosen tiefblauen Spiegel des Baggersees schaute, mit den Augen den immer wieder aufblitzenden, sich entfernenden Lichtern folgte, der konnte leicht glauben, dass er bis zu den Halden des Steinbruchs zu Fuß über ihn gehen konnte, dass die stahlfarbene, stumme Oberfläche sogar einen Dacia tragen könne. Dabei verschluckte der See alles: Luftmatratzen, Gummiboote mitsamt den Menschen, Angeln, Kleider, die sich von der Veranda der Häuser am Ufer losgerissen hatten, verräterische Knochen von Hirschen, die die Wilderer im Wald des Rebra ausgebreitet hatten, und auch ein Traktor mochte auf dem Grund liegen, denn im vergangenen Herbst war das Faktotum eines benachbarten landwirtschaftlichen Betriebs so betrunken gewesen, dass er vom Damm geradewegs ins Wasser gefahren war. Und was nicht nur die Wahrsagerinnen behaupteten, sondern wirklich so sein mochte: Im See zerfiel nichts, nichts wurde von Schlamm bedeckt oder von der Zeit zermahlen. Alles blieb genau so, wie es versank. Nicht einmal das Gesicht der Selbstmörder oder der mit ihren Schwimmkünsten angebenden Hochstapler verzerrte sich, es amüsierte sich dort unten sogar eine samt Fähre untergegangene Hochzeitsgesellschaft, noch aus dem Jahr 62. Bei Blasmusik und gutem Wein. Es musste schon eine ganze Stadt auf dem Grund des Sees liegen, mit Häusern und Straßen und dem Zubehör eines ganz anderen Lebens, und was jeden Morgen auf dem Wasser spielte, waren nicht die Sterne, sondern die Lichter dieser anderen Welt. So verführerisch, so einladend, dass der Betrachter nicht mehr wusste, ob ihn Staunen oder kaltes Entsetzen überkam, wenn er das sah.

Und so wartete auch Pop Agripan lieber hinter dem Haus, bis sich Gondru hastig angezogen hatte. Außer dem glühenden Punkt der Zigarette war nichts von ihm zu sehen. Anderswo sieht man die Glut kilometerweit leuchten, aber hier, am Waldrand, eine Armlänge vom Wasser entfernt, glich sie eher einem dem Lärm entfliehenden erschrockenen Käfer. Gierig, beinahe im Ganzen schlang er den Rauch hinunter, dabei war die Luft um diese Zeit so rein, dass es beinahe in der Lunge brannte. Erst später, wenn die Sonne den Zenit bereits überschritten hatte, wehten die wirbelnden Winde den herben Gestank der Stadt und der Schweinemastanlagen jenseits des Waldes vom Csemergi-Hügel her. Dann war alles ein bisschen heimeliger. Aber das hätte ihm Gondru vergeblich erzählt, jetzt war keine Zeit zum Schwatzen. Zudem hätten ihn diese Erklärungen wohl eher argwöhnisch gemacht. Agripan rauchte die Zigarette bis zum Filter runter, und als er auf den Stummel spuckte, um ihn in den Wald zu werfen, sah er ihm mit Gewissensbissen hinterher. Nur Menschen, die einmal im Gefängnis waren, wussten, dass es keine Kippe auf der Welt gab, die nicht noch einmal gut zu gebrauchen wäre. Schon allein wegen ihres Geruchs.

Bis zur Schranke sprachen sie nicht.

Im Büro der Krypta im Erdgeschoss schlief ein Offizier der Grenzwache auf dem Stuhl. Als Gondru eintrat, sprang er sofort auf.

»Was ist passiert?«

»Zwei Personen, anderthalb Kilometer von Zone acht. Ein Mann und eine Frau«, antwortete der Offizier. Blinzelnd versuchte er, den Schlaf aus den Augen zu vertreiben.

»Wo sind sie?«

»Den Mann verhört Zmeură. Die Frau haben wir getroffen.«

»Ist sie tot?«

»War sie gleich dort, an Ort und Stelle. Wenigstens mussten wir keinen Krankenwagen mehr holen.«

»Wer hat sie erschossen?«

»Ion Păcuraru.«

»Wer ist das denn?«

»Unwichtig. Ein einfacher Soldat. Wollen Sie mit ihm sprechen?«

»Nein. Er soll zwei Tage Urlaub bekommen.«

»In der Zeit kommt er nicht mal bis nach Hause.«

»Dann eine Woche.«

Das war es, was er niemals verstehen würde. Wieso musste man die Grenzzone von Soldaten bewachen lassen, die von der anderen Seite der Berge hierher versetzt wurden?! Von lauter Fremden, die keinen Schimmer von den Verhältnissen im Gelände hatten. Weil die Hiesigen ihre Freunde oder Nachbarn nicht erschießen würden? So ein Quatsch! In der Dunkelheit würden sie nicht einmal ihre eigene Mutter erkennen. Danach hätten sie immer noch die Möglichkeit, Maßnahmen zu ergreifen.

»Was wissen wir über die Frau?«

»Nicht von hier.«

»Dann schicken Sie sie nach Hause.«

»Trufa hat schon dafür gesorgt. Am Nachmittag wird sie abgeholt.«

»Der Mann?«

»In den Zwanzigern. Er hat die Gruppe angeführt.«

»Wie viele waren es?«

»Das wissen wir noch nicht.«

»Demnach sind sie rübergekommen?«

»Nicht sicher. Es kann auch sein, dass sie sich noch im Wald verstecken. Oder im Dorf.«

»Dann bleiben Sie bis zum Morgen draußen. Oder bis zum Mittag, wenn es sein muss.«

Der Offizier verließ mit raschen Schritten das Büro. Sobald er verschwunden war, lehnte sich Gondru zufrieden auf dem unbequemen Stuhl zurück. Schon gestern hatte er gespürt, dass er eine glückliche Woche haben würde. Zwei Monate war es her, dass sie zuletzt einen ganzen Transport gefasst hatten, aber der Anführer war nicht dabei gewesen. Seither hatten sie nur herumgeballert, dabei hatte der Parteisekretär klar gesagt, dass es jetzt am wichtigsten war, die Schleuser zu fassen. Und nach Möglichkeit lebendig. Wenn man die endlich einkassieren könnte, würde das Herumspazieren sofort aufhören. Denn das Problem war nicht nur, dass sie abhauten, na klar, es gab immer wieder welche, die Hummeln im Arsch hatten, aber ein paar Wochen später schickten sie übers Radio eine Nachricht, und es war auch schon vorgekommen, dass sich jemand im Fernsehen geäußert hatte. Vor Gott und der Welt. Wie sollte denn da irgendwer glauben, dass das Leben in diesem allseitig entwickelten Bunker so schön war?

Irgendwann, er wusste gar nicht mehr, bei welchem Gespräch auf dem Flur, hatte er vorgeschlagen, sie sollten die Klügeren sein und die Grenzen für eine oder zwei Wochen öffnen, damit all diese Taugenichtse, diese frustrierten Negativisten, die das ganze System bremsten, das Land ruhig verließen. Alle auf einmal, in einer langen schwarzen Kolonne. Dafür hatte es schon Beispiele gegeben, und nicht nur eines. Und dann würden wirklich nur die bleiben, für die das Leben hier keine Folterqual war, die wirklich eine Chance darin sahen und keine Erbsünde. Sogar der Geruch des Landes wäre dann ein anderer. Es schlüge einem nicht auf Schritt und Tritt dieser faulige und aussichtslose Dunst nutzloser Bemühungen und erlogenen Glücks entgegen, der sich in Stein, Metall und sogar in den Knochen festsetzte. Und da wunderten sie sich noch, dass jetzt alles im Begriff war, zu zerfallen? Wenn das Land von innen zersetzt wurde, war ja auch nichts anderes zu erwarten. Aber er zählte ihnen vergeblich seine Argumente auf, sie sahen ihn nur verständnislos an. Natürlich, ihnen ging der Arsch auf Grundeis, weil womöglich ganze Städte entvölkert würden.

Aber es gäbe ja Leute, und gar nicht mal so wenige, die man sofort an ihrer Stelle ansiedeln könnte. Die sich noch freuen würden über die frei werdenden Wohnungen. So ein Volk ist das eben, bitte schön, dass es die Lücken immer wieder füllt, die fehlenden Millionen gebiert. Sehen Sie sich doch die Polenta an, nicht einmal eine Atombombe könnte die zerstören. Wozu also dann diese große Angst? Und überhaupt, war es jetzt etwa besser? Wo sie zu zweit oder zu dritt rübermachten, unorganisiert. Im Fluss ertranken, am Stacheldraht hängen blieben, dass es schlimm war, es mit anzusehen, ganz zu schweigen davon, dass sie so mehreren Hundert Leuten schlaflose Stunden bereiteten, denn sie mögen ihm glauben: Das meiste, was von einem Menschen zurückbleibt, ist Dreck. Es war ja kein Wunder, wenn alle darauf empfindlich reagierten, wenn sich ihnen davon der Magen umdrehte. Und wenn jetzt jemand mit einem fassbaren Ergebnis käme, würden sie dem sogar die Eier vergolden. Da war es das Geringste, dass sie endlich in die Stadt ziehen konnten. In der Gojdu-Straße hatte er gerade neulich eine leer stehende Villa gesehen.

Nicht, dass der Baggersee schlecht gewesen wäre. Schon auf den ersten Blick eine ruhige, stille Gegend. Manchmal verirrten sich sogar Touristen dorthin. Das Wasser wurde zwar niemals richtig warm, doch dem Wald, der sich an den Hügeln bis zur Burg von Seremid ausbreitete, konnte man nicht widerstehen. Pilze, Wild, Walderdbeeren – da gab es alles für den, der die felsigen Steilhänge kannte und die Pfade, die sich zwischen den Bäumen dahinschlängelten. Doch je länger sie dort wohnten, desto weniger verstand Gondru, wieso sie eigentlich so an diesem schrecklichen Ort hingen. Als sie die Hütte gekauft hatten, die kaum größer war als eine Datsche, hieß es noch, bald solle der ganze See ausgebaut werden, denn die Stadt würde sich einmal in diese Richtung ausdehnen, es gäbe Gas und eine ordentliche Toilette, am Damm würden Geschäfte eröffnen, in der Bucht ein Hotel des Innenministeriums, und vielleicht würde auf dem meist unberechenbaren, tückischen

Gewässer sogar ein Ausflugsschiff fahren. Aber dann blieb alles nur auf dem Papier. Die anderen hohen Tiere mochten es nämlich genau so am liebsten: die mit der Schranke abgeschlossene Ungestörtheit, die halb verwilderte Umgebung, die aus dem Wald heraussickernde Romantik oder was das war und dass sie in sicherer Entfernung waren von dem mit Betonplatten eingezäunten Strandbad, denn so konnten sie egal wen herbringen, Frauen, Kinder, die Bäume verschlangen ohnehin alles, was sie nichts anging.

Aber sie blieben auch nach der Saison. Wenn die Mücken schon so ausschwärmten, dass man ohne die in der Nase beißende Chinasalbe nicht mehr aus dem Haus gehen konnte, dabei musste man zum nächstgelegenen Lebensmittelladen beinahe einen Kilometer latschen, sicher, einen wildromantischen Pfad entlang, aber wer einmal von Brennnesseln blutig gestochen wurde, den interessierten die Blumen kaum mehr. Und vergeblich erweiterte er das Haus um ein Gästezimmer und um eine breite Veranda, es blieb weiterhin nur die Aussicht auf die Bergehalden. Sie wogten auf dem Wasser und nach einer Zeit auch in ihren Köpfen, diese öden, eintönigen Formen. Aber das war gar nicht das Schlimmste. Sondern, dass wegen einer Unterwasserströmung oder weil das Schicksal sie wirklich aufs Kreuz legen wollte, alle Leichen in der kleinen Bucht vor ihrem Haus landeten. Langsam war es schon so, dass der Rettungswagen, wenn jemand im See verschwunden war, geradewegs hierherkam. Sie schalteten nicht einmal mehr die Sirene ein, damit sich wenigstens die Kinder freuten. Aber das hatte jetzt ein Ende. Zmeură würde gleich Meldung machen, und dann konnte er sofort den Chef anrufen.

Trufa betrat das Büro.

»Sie sind das? Ich dachte, Gavril kommt«, fragte er und machte sich nicht einmal die Mühe, seine Verwunderung zu verbergen.

»Er ist aber nicht gekommen.«

»Ist er krank?«

»Er schläft. Gavril Zacarian führt heute die Ostdeutschen herum.«

»Ach so, ja. Die Delegation habe ich ganz vergessen.«

»Und auch, dass Sie heute nicht im Dienst sind«, sagte Gondru und warf einen spöttischen Blick auf den Norwegerpullover des anderen.

»Ich weiß, ich weiß. Bin nur gerade vorbeigekommen.«

Den Teufel war er! Jeder wusste, dass Dincu Trufa nur auf die Gelegenheit wartete, nicht bis in alle Ewigkeit neben Zmeură die zweite Geige spielen zu müssen. Dafür wäre freilich etwas Voraussicht nötig gewesen, ein Gespür, feiner noch als musikalisches Gehör, aber diesem gedrungenen, hitzigen Mann ging jegliche Finesse ab. Von Taktik oder Diplomatie hatte er noch nie etwas gehört. Nun war es nicht so, dass es irgendwer gewagt hätte, ihm das zu sagen. Er hatte fleischige Hände und einen festen Griff wie ein Schlachter, und in der Stadt hieß es, dass er für Geld jederzeit eine kleine Nebentätigkeit annahm. Meistens schlug er mit seiner Ringhand, denn der gaben auch die Backenzähne nach, manchmal sogar der Kieferknochen.

»Was sucht ihr hier? Ab nach Hause und zurück ins Bett! Ich erledige schon alles.«

Sie mussten den eintretenden Zmeură wirklich dämlich angesehen haben, denn der lachte herzhaft auf. Dabei wäre er da schon seit einer Stunde vor hilfloser Wut fast explodiert.

»Es ist nichts passiert.« Zmeură breitete als Erklärung die Hände aus.

»Wieso nichts?«, fragte Gondru gereizt. »Die Grenztruppen sagen, heute Nacht hätten sie einen Schleuser gefasst.«

»Einen Scheißdreck haben sie! Den haben sie gefasst. Das ist ein Kind.«

Es musste wirklich ein Problem geben, denn Zmeură fluchte selten.

»Hat er etwas gesagt?«, fragte Trufa sachlich.

»Nein, nichts, und mehr wird er auch nicht sagen. Denn außer, dass er das Mädchen im Maisfeld gefickt hat, ist überhaupt nichts passiert.«

»Hoho! Nur mal langsam mit den Schlussfolgerungen!« Gondru winkte ab. »Woher wollen Sie wissen, dass die beiden Personen in einer so … engen Beziehung standen?«

»Wieso hätte das Mädchen sonst die Jeansjacke des Jungen angehabt?«

»Vielleicht war ihr kalt«, warf Trufa ein.

»Schade, dass ich daran nicht gedacht habe.«

»Lassen Sie das! Vielleicht finden Sie es unterhaltsam, aber ich habe keine Lust, meine Zeit damit zu vergeuden!« Gondru hob die Stimme. »Sie sind in der Grenzzone erwischt worden, und das ist auch dann eine Straftat, wenn sie nur zum Pissen hingegangen sind. Also nehmen Sie die Sache ernst!«

»Alle Zeichen sprechen dafür, dass sie abhauen wollten«, sagte Zmeură gezwungen. Er hatte das alles schon mehr als satt. In der Woche zuvor hatte man ihnen zwei Angler gebracht, und vergeblich hatten sie ihre Genehmigung für die Grenzzone vorgezeigt und den mehrere Kilo schweren Hecht, trotzdem mussten sie in Behandlung genommen werden, bis sie am Ende weinten wie zwei Säuglinge. Klar, er wollte ja nichts sagen, der Fisch hatte ihm gut geschmeckt, in Mehl und Paprika gewendet, braun gebraten, aber dennoch mochte er diesen unnötigen Rummel nicht.

»Na, das ist doch gleich ganz etwas anderes.« Gondrus Gesicht hellte sich auf. »Bei der Flucht kann man schon ansetzen. Wo sind die anderen? Die anderen Mitglieder der Gruppe?« Er setzte sich wieder auf seinen Platz.

»Es gibt keine. Sie waren nur zu zweit.«

»Das sagen sie am Anfang immer. Aber wenn Sie ihn ein bisschen in die Enge treiben, wird er auch von seinen Kontakten sprechen. Davon, wie er von drüben bezahlt wird.«

»Ich weiß auch, wofür man mich auszeichnen könnte, aber der Junge ist trotzdem kein Schleuser. Und wenn wir ihn halb tot schlagen, ist er immer noch keiner. Nur ich habe mehr Arbeit.«

»Wie heißt er?«, plapperte Trufa dazwischen.

»Balázs irgendwas. Schiffer.« Zmeură sah in seine Papiere.

»Ist der jetzt Ungar oder Schwabe?«

»Ist das nicht egal? Ich finde, wir sollten ihn rauslassen und ihn ein paar Tage lang beschatten, dann werden wir vielleicht …«

»Davon kann gar keine Rede sein!« Gondru schlug auf den Tisch. Das war jetzt wirklich zu viel. In Zmeurăs Gesicht erschien ein blasses Lächeln. »Verstehen Sie doch endlich! Man erwartet Ergebnisse von uns. Hier und jetzt!«

»Was schlagen Sie dann vor?«

»Ich könnte zu ihm reingehen. Mir wird er etwas erzählen«, sagte Trufa schnell.

Er sah Gondru so gierig an, als würde der ihn Tag für Tag füttern.

»Du erreichst bei ihm sowieso nichts«, fertigte ihn Zmeură ab.

»Warum sollte ich nicht reingehen?«

»Weil ich das Material kenne. Der würde schon nach der ersten Ohrfeige einen Schock bekommen.«

»Dann mache ich es eben anders«, sagte Trufa selbstbewusst. »Hauptsache, man setzt ihn auf einen umgedrehten Stuhl, dann schneiden ihm die Beine ins Fleisch«, wandte er sich an Gondru. »Das hat mein Vater sechsundfünfzig bei den Polen gesehen. Nach drei Stunden hat selbst der Taubstumme gebrüllt. Natürlich braucht man so einen Stuhl ohne Lehne, einen Schemel oder so was …«

»Gibt es keine schnellere … Methode?«

Zmeură zuckte mit den Schultern. Gondru sah ihn mit rotem Kopf an. Er konnte sich immer schlechter beherrschen, aber das durfte er noch nicht verraten. Egal, wie er es betrachtete: Jetzt war er es, der sie noch brauchte, und nicht umgekehrt. Zum Teufel aber auch! Vor einer Stunde hatte die Sache noch viel einfacher ausgesehen. Er wollte nicht daran denken, aber ein bisschen beneidete er sein Selbst von vorhin.

»Gehen Sie zurück und versuchen Sie es noch einmal«, sagte er zu Zmeură mit aller Entschlossenheit, deren er fähig war. »Ihnen wird es gelingen. Sie arbeiten sauber.«

»Heißt das, Sie wollen, dass ich ihm die Finger breche?«

»Tun Sie, was Sie wollen. Ich brauche etwas Konkretes und nach Möglichkeit bis morgen früh. Um zehn muss ich dem Komitatssekretär Bericht erstatten, was geschehen ist. An dieses Telefon hier werde ich gehen«, er zeigte auf den schwarzen Apparat auf dem Tisch, »und ich möchte nicht, dass mir der Hörer am Ohr kleben bleibt. Zwei Minuten. Klar? Zwei Minuten lang will ich ihn nur anfassen müssen. Dann lege ich ganz in Ruhe wieder auf. Ohne Fragen und ohne Probleme.«

»Viel Gerede heißt Schwäche«, nickte Trufa. Ihm gefiel der Stil des neuen Mannes.

»Er wird es nicht aushalten«, sagte Zmeură ruhig.

»Bitte?«

»Ich sagte, er wird es nicht aushalten. Er ist nicht von der Sorte.«

»Umso besser. Dann kann ich nämlich schon zu Hause mittagessen.«

Er erinnerte sich, dass er sogar noch über seinen Witz gelacht hatte. In einem Seminar hatte er das gehört: Wenn die Spannung zu groß war und weder Überredung noch Sanktionen etwas nützten, dann war es ratsam, die Situation mit Humor zu lösen. Das Problem noch einmal von einer anderen Seite zu beleuchten. Von den beiden anderen hatte wohl nur Trufa an dieser Weiterbildung teilgenommen, denn er grinste wenigstens. Er hätte seine winzigen gelblich weißen Zähne zählen können. An Zmeurăs Gesicht hingegen konnte man nichts ablesen. Nur an der Tür drehte er sich noch einmal um.

»Darf man wissen, warum nicht Gavril hier ist?«, fragte er Trufa, aber dann trat er in den Korridor hinaus, ohne die Antwort abzuwarten.

Glücklich war der Mann, der wusste, wo er es verpfuscht hatte. Der herausbekommen hatte, über welchen seiner Fehler das Schicksal nicht hinweggeglitten war. An welcher Stelle der als Leben bezeichnete, bei Weitem nicht so stabile Stoff zerfasert war. Denn wer das wusste, sah nicht in seine Vergangenheit wie in einen bodenlos tiefen Brunnen. Er warf nicht andauernd Steine hinein oder anderes, das ihm gerade in die Hände geriet, um sehnsüchtig auf das Platschen zu warten und daraus irgendein unwesentliches Detail herauszulesen, während das dunkle Wasser immer höher und höher stieg. Gondru wusste alles, aber dieses Wissen – das hatte er während langer Monate einsehen müssen – befreite ihn von nichts, es brachte ihn der Vergebung nicht näher. Es trug vielleicht nur dazu bei, dass die ständig aufkommende Wut und die Selbstanklage endlich einen Zielpunkt gefunden hatten, denn sooft er mit dem Hass konfrontiert war, der immer wieder über ihn hereinbrach und immer hartnäckiger wurde, erschien vor seinem inneren Auge dieser Moment, schmerzlich scharf wie ein Foto. Wie Zmeură aus dem Büro trat und in den Keller ging und er nichts mehr tun, ihn nicht mehr zurückrufen konnte.

Er war kein Gavril Zacarian. Um nichts in der Welt wäre er in dieses enge Loch hinuntergegangen, in dem das Verhör stattfand, er suchte den Kontakt zu den schon bearbeiteten Menschen nicht. Strich ihnen nicht übers Haar, hielt ihnen nicht die geschwollenen Hände, bis sie losweinten. In solchen Situationen konnte nämlich jede menschliche Berührung Wunder bewirken, sie konnte den schamhaften Damm des Leugnens durchbrechen, der die Geheimnisse bis dahin so trotzig zurückgehalten hatte. Gavril hatte zudem eine schöne, klangvolle Stimme, um die ihn jeder Pope beneidet hätte. So fiel es ihm gar nicht schwer, die Vergehen und Versäumnisse ans Tageslicht zu locken, vielleicht nannte man ihn auch deshalb hinter seinem Rücken den Beichtvater, der zudem die Absolution erteilte, wenn die Kreaturen ehrlich genug zu ihm waren. Er, Gondru, war dazu nicht in der Lage. Er war es nicht, weil es ihm auf den Magen schlug. Bis zu einem gewissen Grad konnte er das Leiden anderer sehr gut ertragen. Auch unartikuliertes Schreien störte ihn beim Denken nicht. Allerdings empfand er es als sehr störend, wenn sich schnell herausgestellt hätte: Er war da unten überflüssig. Schließlich verstand er sich weder auf die Seele noch auf den Körper, er wusste nicht, welcher Schmerz sich seinen Weg durch das Geflecht der Lügen dorthin bahnte. Er hatte keine Ahnung von den Tricks, von den niemals notierten fachgerechten Kniffen, er verfügte nicht einmal wirklich über die nötige

Kraft zum Schlagen, so wäre er höchstens ein Zuschauer, ein stiller Kiebitz gewesen, der niemals beim Spiel mitmachen konnte. Dann blieb er schon lieber hier oben und wartete in dem Büro, das sich durch die Augusthitze immer mehr aufheizte, auf Nachrichten. Denn die kamen sowieso ganz von allein.

»Es wäre einfacher, wenn wir uns einigen würden«, sagte Gondru schließlich. Die erste Runde war vorbei. Sie hatten einander gedroht, aber es war noch nichts Unwiderrufliches geschehen. So konnten sie die Sache vielleicht sogar noch lösen.

»Ich bin ja kein Spielverderber«, sagte der Direktor so leutselig, wie er nur konnte.

»Was brauchen Sie?«

»Was könnte ich brauchen?«

»Das hängt nur von Ihnen ab.«

»Ich glaube, darüber lohnt es sich nachzudenken.«

»Das Gefühl habe ich auch.«

»Dann rufe ich Sie nächste Woche an.« Der Direktor stand auf und schickte sich an, ihm die Hand zu reichen.

»Wie meinen Sie das, nächste Woche?!«

»So wie ich es gerade gesagt habe. Darüber muss ich noch nachdenken.«

»Nein, nein. Wir werden uns hier und jetzt einigen.«

»Ihr Angebot ist großzügig genug, dass ich es ernst nehme.«

»Dann nehmen Sie es auch ernst. Denn es gilt nur eine halbe Stunde.« Gondru sah auf die Uhr. »Wenn ich durch diese Tür gegangen bin, ist es vorbei mit meiner Großzügigkeit.«

»Dabei würden Sie an meiner Stelle dasselbe tun. Das Familiensilber kann man nicht einfach so verhökern.«

»Versuchen Sie es trotzdem.«

»Sehen Sie, ich glaube nicht, dass …«

»Verdammt noch mal! Sagen Sie endlich irgendwas! Sie haben doch wohl Pläne? Wollen Ihre hässlichen Möbel auswechseln, das Kolosseum besichtigen oder Ihre Tochter mit irgendetwas überraschen …«

»Ich habe zwei Söhne.«

»Ich auch. Viel Ärger mit ihnen, oder?« Gondru hatte das Gefühl, noch eine Minute, und sein Magen würde explodieren. Als sprächen sie nicht dieselbe Sprache.

»Ziemlich viel. Aber wenn ich auf Ihre Frage antworten muss: Ja, ich habe Pläne. Nur stehen die nicht im Zusammenhang mit meinem Büro. Ich würde Ihr Wohlwollen nicht für solche Belanglosigkeiten verschwenden.«

»Wofür also dann? Ich hoffe, Sie stellen sich nicht vor, dass ich Sie für das Komitatskomitee vorschlage?!«

»Dabei könnten Sie sogar das tun.«

»So tief stecke ich nun doch nicht in der Scheiße.«

»Wirklich?«

Das hier war wieder vertrautes Gelände. Die Augenblicke vor der Vereinbarung, wenn das Feilschen schon unwiederbringlich zu ermüden schien, weil beide Seiten die vorab gesteckten Grenzen erreicht hatten. Selbst Mihai Gondrus Feinde konnten nicht bestreiten, dass er sich darin besondere Fähigkeiten erworben hatte. Er spürte beinahe sofort, wenn jemand sich ein größeres Stück vom Kuchen abschneiden wollte, als er verdient hatte. Und auch, wenn jemand wegen seiner Kleingläubigkeit unfähig war, für das zu kämpfen, was ihm ohnehin zustand. Im Grunde genommen gab es nämlich zwei Typen: die einen pokerten zu tief und die anderen zu hoch. Der Direktor war typisch für die Sorte, die einem selbst die Fettstücke als Lendenbraten verkaufen würde. Die kleinen Anzeichen waren immer verräterisch. Beispielsweise die wie Krallen gekrümmten, blutlosen Finger auf der Armlehne des Sessels. Als wollte er die Beute sogleich packen. Nun, er würde ihm die Träume schon austreiben.

»So gern Sie es auch hätten, wir sprechen hier nicht von einem Schwerverbrecher. Ich sehe eine momentane Verwirrung eines ausgezeichneten Schülers, der schon unzählige Male …«

»… danebengegriffen hat?«

»Nein. Der unzählige Male bewiesen hat, dass er treu zu den von der Partei beschlossenen …«

»Ich bitte Sie, bringen Sie mich nicht in Verlegenheit. Wir sind hier nicht auf einer Versammlung.«

»Dann sollten Sie auch selber offen sprechen.«

»In Ordnung. Ihr Sohn mag ein ausgezeichneter Schüler sein, aber manchmal tut er unverständliche Dinge. Auf dem Schießplatz beispielsweise hat er beinahe einen Menschen verletzt.«

»Das ist doch übertrieben.«

»Mag sein, aber Sie wissen selbst, dass in jeder Übertreibung ein Körnchen Wahrheit steckt.«

»Ich dachte, diese Sache hätten wir abgeschlossen.«

»Ich würde sagen, wir haben sie beiseitegelegt. Für bessere Zeiten.« Wieder leuchtete dieses spöttische, sorgsam eingeübte Lächeln in Lupus Gesicht auf.

»Ist das alles? Oder haben Sie sich noch etwas aufgeschrieben?«

»Das andere sind wirklich nur Kleinigkeiten.«

»Sie brauchen mich nicht zu schonen.«

»Dass er unter seinen Klassenkameraden ausländische Zigaretten verteilt, die er Ihnen gestohlen hat, können wir wirklich als eine Art Schülerstreich betrachten. Nicht der Rede wert. Aber die Selbstverstümmelung ist schon eine sehr viel besorgniserregendere Sache.«

»Wovon reden Sie jetzt?« Egal, wie sehr Gondru sein Entsetzen gern verheimlicht hätte, es wollte ihm nicht vollständig gelingen. Mit so etwas hatte er nun ganz und gar nicht gerechnet.

»Erinnern Sie sich nicht, dass ihm vor ein paar Monaten ein dicker Nagel das Bein aufgerissen hat? Es war eine wirklich hässliche Wunde.«

»Sie müssen ja ziemlich tief in der Scheiße stecken, wenn Sie jetzt mit einem Unfall aus dem Sportunterricht ankommen.«

»Und wenn es kein Unfall war?«

»Niemand ist so blöd, sich einen rostigen Nagel reinzurammen.«

»Es sei denn, es steckt eine bestimmte Absicht dahinter.«

»Jetzt ist er also auch schon ein Schwänzer. Dann erinnere ich Sie mal daran, dass Sie alle seine Fehlstunden bis auf die letzte …«

»Er hat es wegen der Frau Doktor getan«, stieß Lupu triumphierend hervor.

»Wie bitte?!«

»Die, nebenbei bemerkt, fünfzehn Jahre älter ist als er.«

»Ich habe keine Ahnung, wovon Sie reden.«

»Ich würde nicht sagen, dass es hier um Verliebtheit geht, denn Ihren Sohn interessieren viel, aber sehr viel konkretere Dinge. Wenn Sie verstehen, was ich meine.«

Gondru sperrte erst den Mund auf, dann lachte er schallend los. Eine Weile konnte er gar nicht aufhören. Lupu betrachtete ihn mit kühlem Interesse, als beobachtete er den Todeskampf eines seltenen Wildtiers.

»Sie behaupten, dass er es gemacht hat, weil er die Schulärztin bumsen wollte?!«

»Er könnte es gar nicht leugnen.«

»Na, damit liegen Sie jetzt aber gründlich daneben.«

»Sie zweifeln? Dann lesen Sie die schriftliche Beschwerde der Ärztin«, sagte Lupu und zog die Schublade seines Schreibtischs heraus.

»Aha, Sie haben sich schon im Voraus abgesichert. Geschickt. Aber leider umsonst. Denn dieses eine Mal bin ich jetzt wirklich stolz auf ihn. Und falls es Sie interessiert: Diese Sache werde ich den Jungs heute noch erzählen. Das müssen sie hören. Genau diese spindeldürre Frau Doktor soll er sich ausgeguckt haben?! Ich fasse es nicht!« Gondru schlug sich aufs Knie.

Lupu schob die Schublade wieder zurück. In seinem Gesicht wechselten wie das Spiel des Lichts auf einem schweren Samtvorhang Ekel und verblüfftes Staunen, doch dann zwang er sich wieder zur Ruhe.

»Nun, wenn Sie mit diesem Sumpf angeben wollen, tun Sie das nur.«

»Seien Sie kein Spielverderber.« Gondru lehnte sich zurück. »Aber Sie werden sich viel wohler fühlen, wenn wir hier die Möbel ausgewechselt haben. Das Lehrerzimmer könnte sicher neue Tische vertragen. Und ich will es nicht beschreien, aber in diesem Jahr könnte Ihnen der Titel ›Ausgezeichnetes Lyzeum‹ verliehen werden. Dazu veranstalten Sie dann eine große Feier, und Sie nehmen persönlich die Urkunde vom Komitatssekretär entgegen.«

Zufrieden stand er vom Stuhl auf. Letztlich hatte er so viel gegeben, wie er vorgehabt hatte. Weder mehr noch weniger. Was war das, wenn nicht ein astreiner Sieg?

»Haben Sie Ihren Freunden auch von dem Abendstern-Chor erzählt?«

»Was wollen Sie denn jetzt wieder?«

»Nur, was ich gefragt habe. Ob Ihre Freunde wohl davon wissen.«

»Ja, wissen sie. Die Schule hat gerade genug Kritik abbekommen, weil vier Mitglieder des siegreichen Chors draußen geblieben sind. Aber daran erinnern Sie sich selbst am besten.«

»Und wissen Sie auch, warum gerade sie den Landeswettstreit gewonnen haben?«

Weil sie es verdient hatten. Das wussten alle, die auch nur ein bisschen von Musik verstanden. Sie hatten einen solchen Applaus bekommen, dass der Festsaal bebte. Dem konnte sich nicht einmal die Jury entziehen. Eine andere Frage war, dass es kein Ohr gibt, das nicht noch besser hört, wenn man ihm ein wenig auf die Sprünge hilft. Auch da hatte er jemandem einen Gefallen erwiesen. In diesem verdammten Ensemble sangen nämlich die Zwillinge von Timofte Bordan mit! War es jetzt etwa auch schon ein Problem, wenn die Protektion einmal im Leben den Begabten half? Außerdem: Was hätte er denn machen sollen? Hätte er denen aus Galaţi den Sieg überlassen, hätten die wütenden Menschen vielleicht sogar den Saal zerlegt. Wen hätten sie dann zu Hilfe rufen sollen? Die Polizei? Die Armee? Es hätte gar kein Problem gegeben, wenn die Sieger auch jetzt die üblichen Kristallvasen und Folklore-Deckchen bekommen hätten, aber das Versprechen mit dem Goldstrand hatte alle verrückt gemacht. Alle glaubten dem Vorsitzenden der Jury, dass der Abendstern-Chor ein echter Schatz sei, weil jede Kehle einen glänzenden Diamanten berge, und dass sie die Polen und Jugoslawen bei dem großen sozialistischen Ausscheid mit Leichtigkeit schlagen und mindestens mit einer Silbermedaille aus Bulgarien heimkehren würden.

Damit kamen sie auch zurück, aber nicht alle. Dabei waren sie vor der Reise vom Scheitel bis zur Sohle durchleuchtet worden: ob sie da draußen Verwandte, ehemalige Nachbarn, entfernte Bekannte oder irgendjemanden hatten, der die lernende Jugend verführen konnte. Denn wenn dem so gewesen wäre, dann hätte ihnen weder die ausgebildete Stimme noch der geschliffene Diamant in ihren Kehlen etwas geholfen, dann wäre nämlich auf alle Fälle die unmusikalische Reserve gefahren und hätte eben nur den Mund aufgesperrt, völlig egal. Aber vergeblich hatten sie alles nach Vorschrift gemacht, mit dem westdeutschen Vater von dem Vasvári-Mädchen, der einfach aus dem Nichts aufgetaucht war, hatte niemand rechnen können. Erst recht nicht damit, dass ihr hiesiger Vater keinen Schimmer davon hatte. Von der Konferenz vor siebzehn Jahren in Ostberlin, als die Mutter in einer Pause des Weiterbildungslehrgangs in einer Kabine der Damentoilette diesen Hans oder wen auch immer abgemolken hatte. Und erst recht wusste er nichts von der Zugabe im Hotel.

Im Nachhinein war es freilich leicht, die Teilchen zusammenzusetzen. Dass Frau Vasvári auch anderen Bescheid gesagt hatte, denn wie hätten sonst binnen Sekunden vier weitere Mitglieder des Chors in Hans' Auto sitzen können, das sofort losfuhr und erst in der Deutschen Botschaft in Sofia haltmachte, wo sie auf der Stelle alle Asyl beantragten. Als herrschte hier mindestens blutiger Krieg oder eine massenvernichtende Seuche! Die Bordan-Zwillinge hatten nicht einmal so viel Verstand, ihren Vater anzurufen und Bescheid zu sagen, was im Gange war, denn dann hätte man noch schnell die Bulgaren benachrichtigen können, damit sie sie irgendwo aufhielten. So musste man den Kindern ein paar Monate später die hiergebliebenen Familien hinterherschicken, um nicht vor der ganzen Welt in einem schlechten Licht zu erscheinen.

Und wer konnte nun etwas dafür? Natürlich er. Der Vermittler. Der bis zum Morgen darauf geachtet hatte, dass die

Gesellschaftsdamen von Osan alle Mitglieder der Jury ordentlich ermüdeten. Da brauchte man gar nicht mehr zu erwähnen, dass ihn nach dem Ausscheid in Bulgarien und der ruhmlosen Heimkehr alle einzeln anriefen, er solle möglichst über das Ganze schweigen wie jemand, der bei der Parteiversammlung einen Furz gelassen hat. Bordan hatte ihn beinahe auf Knien angefleht. Aber das war jetzt egal, denn dieser dreckige Lupu wusste alles! Und es war auch nicht ausgeschlossen, dass er es gerade von Bordan erfahren hatte, der selbstverständlich alles leugnen würde, wenn die Sache ans Tageslicht käme. Oder was noch schlimmer war: Anspielungen machte, dass auch er, Gondru, etwas von Frau Vasváris D-Mark-Scheinen abbekommen hätte. Und dann wäre es wirklich aus und vorbei. Dann konnte er sich gleich einen Strick kaufen. Der Geschmack in seinem Mund wurde ganz bitter. Und in dieser sich rasch ausbreitenden Bitterkeit hatte er das Gefühl, er würde sich langsam selbst auflösen: die Knochen, das Gewebe. Schließlich würde er zerfließen wie eine teerige Brühe. Niemals hätte er geglaubt, dies noch einmal erleben zu müssen.

Es schmerzte beinahe, es auszusprechen:

»Ich wäre Ihnen verbunden, wenn wir diese Sache nicht weiter breitwalzen würden.«

»Glauben Sie mir, es liegt mir fern, alte Wunden aufzureißen.«

»Was zum Teufel wollen Sie dann mit alledem? Sind Sie auf meinen Platz aus? Sprechen Sie es aus, wenn Sie ein bisschen Mut haben!«

»Jetzt redet nur die Wut aus Ihnen.«

»Was Sie mit alledem wollen, habe ich gefragt!«

»Ich wollte klarstellen, dass es um verschiedene Arten des Schweigens geht. Denn wirklich: Eine einzelne Sache könnte man für einen Zufall halten. Zwei vielleicht für Pech.

Aber bei dreien kommt sogar der ins Grübeln, dessen Sache das sonst nicht ist.«

»Hören Sie auf. Ich weiß, worauf Sie hinauswollen.«

»Sind Sie sicher? Denn, nicht wahr, es geht jetzt nicht mehr um mehrere kleine Schweigemomente, sondern um eine sehr lange Stille.«

»Dafür reden Sie zu viel.«

»Dann sprechen Sie den letzten Satz aus, und wir sind fertig.«

»Sie möchten einen Direktorenposten für Ihre Frau. Irgendwo in der Provinz. Georgina wartet schon seit Jahren darauf.«

»Hut ab! Sie kennen meine Frau besser als ich.«

»Ich kenne die Menschen, Genosse Direktor.«

»Aber die Frauen vielleicht einen Deut besser.«

»Ich streite nicht ab, dass ich mit ihnen schneller einen gemeinsamen Ton finde.«

»Und ich wette, Sie haben noch nie daran gedacht, dass Ihnen das auch zum Verhängnis werden könnte.«

Hätte Gondru seinen Ohren nicht getraut, so verriet das Gesicht des Direktors doch alles. Jetzt schien die ganze Komödie ein Ende gefunden zu haben. Als würden sich die Schauspieler endlich verneigen, um in der verdienten Einsamkeit der Garderobe das Kostüm abzuwerfen, die Perücke abzunehmen, die Schminke abzuwischen und schließlich verblüfft das fremde Gesicht anzustarren, das ihnen aus dem Spiegel entgegenblickte. In Lupus Zügen war keine Spur von Leutseligkeit mehr zu erkennen, von Hilfsbereitschaft, vom geglaubten Fieber des Feilschens. Dieses Gesicht war leer und daher leicht zu enträtseln. Gondru gegenüber saß ein Ehemann.

Er hätte lügen müssen, wenn er behauptete, nicht damit gerechnet zu haben. Dass ihm auch das einmal unter die Nase gerieben würde. Dabei war es überhaupt keine durchdachte Entscheidung gewesen. Auch damals hatte er nicht lange überlegt, als er nach dem Unterricht mit einem Blumenstrauß auf die Lehrerin wartete. Er wollte nur den Patzer irgendwie in Ordnung bringen, dass er wegen des Vorankommens seines Sohnes so unbedacht auf Georgina losgegangen war. Denn auch ihr hatte er erklären müssen, dass es im Leben entweder Verlierer gab oder Sieger und dass normalerweise die Letzteren die Ersteren auffraßen. Das war das elementarste Gesetz. Der Gleichstand war für die erfunden worden, die sich vor dem Leben drücken wollten. Aber er hatte vergebens auf sie eingeredet, ganz umsonst gebrüllt, Georgina wurde härter und härter, als wäre sie aus einem Material, das den Schlägen nicht nachgab, sondern die Energie aus ihnen heraussaugte.

Du kleiner Vampir, sagte er ein paar Stunden später in dem Zimmer im ersten Stock des Aurora, denn dort waren sie schließlich gelandet, da sie auf die Nelken gut reagiert hatte, mit der Empfindsamkeit und Großzügigkeit gekränkter Frauen, und etwas Attraktiveres als das konnte man sich wirklich kaum vorstellen. Gondru wusste da schon, dass er auf dem richtigen Gleis unterwegs war. Aber wie war das nun eigentlich mit einem Gleis? Es führte zwar geradeaus, aber wenn man sich einmal darauf befand, ließ es einen nicht los, bis man am Bahnhof ankam. Daher konnte auch Gondru nicht wirklich protestieren, denn schon als er vor dem Blumengeschäft stehen geblieben war, hatte er innerlich entschieden, um jeden Preis Buße für seine heutige Sünde zu tun. Für seinen Sohn, für ihre Wohnung, für alles, was sie hatten. Und Georgina war nicht einmal ohne Schminke hässlich genug, um all das zu revidieren. Man musste nur hinter der scheinbaren Verwahrlosung die echte, reife Frau erkennen. Die mürbe und süß war wie eine vom

Baum gefallene Aprikose, reif dafür, dass man in sie hineinbiss. War es denn nicht ein Glück, dass er zuerst da war und nicht die gefräßigen Insekten?

Sie tranken in der Bar des Aurora einen Kognak und nahmen sich, als feierten sie ihren Hochzeitstag, ganz automatisch und leichtsinnig ein Zimmer im Obergeschoss. Kaum hatte sich die Tür hinter ihnen geschlossen, befreite er sie schon von den Kleidern. Er machte es ihr französisch, mit viel Eleganz und ohne jedes Schamgefühl. Georgina umarmte ihn dankbar, sie umfloss ihn wie warme Milch, die man nur noch auflecken musste. Zufrieden und faul. Das blasse Gefühl des Ekels erwachte in Gondru erst bei der vierten oder fünften Gelegenheit und keineswegs deshalb, weil Georgina im Bett zu steif gewesen wäre. Sie duldete die Liebe mit der Sinnlichkeit einer Frau, die sich von diesem ungewissen Begriff nichts mehr erwartete, obgleich sich in der Tiefe der Nerven und Zellen noch eine Art ursprünglicher Bereitschaft verbarg, die die echte Leidenschaft erkannte und auf sie antwortete. Hätten sie noch ein paar Wochen gehabt, wäre es ihm vielleicht gelungen, ihr die Antwort zu entlocken. Auch bis dahin duldete Georgina auf dem groben Laken des Hotelbetts liegend hingebungsvoll, verwöhnt zu werden, wie ein geheimes Werkstück bearbeitet zu werden, geschliffen und poliert, bis sie beinahe perfekt wäre. Wenn plötzlich Fremde in das Hotelzimmer gestürmt wären, um sie zu fragen, was sie hier eigentlich mit einem fremden Mann suchte, warum sie seiner Verführung nachgegeben habe, hätte sie nur gesagt: Weil ihr das zustand. Wie jeden Monat die Pediküre und alle zwei Wochen der Friseur. Und sie hätte sogar an ihre Unschuld geglaubt.

Dabei tanzten sie von Anfang an am Rand des Abgrunds.

Gondru hatte schon vorher Seitensprünge gehabt, sodass er gewissermaßen als routiniert galt. Natürlich nichts

Ernstes: Sekretärinnen, hier und da eine junge Angestellte. Bei denen die Fügsamkeit schon zur Arbeit gehörte. Dafür brauchte man sich nicht zu schämen, höchstens für die Fantasielosigkeit, dass er sichtlich nach der einfachsten Formel vorging, denn mit diesen manchmal hastigen, manchmal überlegten Umwegen konnte er seine Frau immer als neu und aufregend sehen und so ruhigen Herzens wieder die Hauptrichtung einschlagen, die kaum Gefahren barg. Obwohl in diesen gestohlenen Augenblicken vermutlich auch keine so große Gefahr lag. Schließlich hatte keine der Frauen die Lage jemals missbraucht, weder geweint noch gedroht, wobei sie damit ohnehin nichts erreicht hätten. Doch waren sie auch nicht in der Pause einer Betriebsfeier erwischt worden oder wenn er unter vier Augen über die Beförderungen entschied, dabei hatte er bei einer Gelegenheit sogar seine Tür einen Spaltbreit offen stehen lassen, falls ein mutigerer Abteilungsleiter hereinkäme, damit die Scham, dieses oft unterschätzte Rauschmittel, das ansonsten so kärgliche Gefühl der Lust vervielfachte.

Mit Georgina war die Sache ganz anders. Georgina war selbst die Droge. Und Gondru wusste, dass eine flüchtige Gelegenheit hier nicht ausreichte. Diese Frau schien etwas anderes, schien mehr zu wollen, vielleicht um die unregelmäßigen Treffen zu einer Art beschreibbarem Verhältnis zu verknüpfen. Möglicherweise hätte er sogar erreichen können, dass sie sich in ihn verliebte. Mit einer fordernden, trotzigen Liebe. So wäre er nämlich nicht nur zu seiner täglichen Dosis gekommen, sondern hätte noch einen Menschen an seiner Seite gehabt. Hätte wieder zu Atem kommen können und Roland auch. Wenn man seinen Sohn in Frieden ließe, wenn er ein Ausgezeichneter unter Ausgezeichneten würde, dann wäre die Angriffsfläche sofort geringer und man vergäße vielleicht seine früheren Vergehen. Denn hier ging alles vom Vater auf den Sohn über und umgekehrt: Die Irrtümer des Sohnes vermehrten die Sünden des Vaters. Georgina war somit nicht nur die reine Korrektur eines Fehlers, sondern eine Aufgabe. Eine Herausforderung, die sogar Laura verstanden hätte. Nach der dritten Woche unterhielten sie sich schon öfter, zuerst als Vorspiel, dann als Ausklang. In solchen Momenten kam eine menschliche Stimme ohnehin gerade recht, denn irgendetwas musste das Rascheln der Kleider, das Klicken der Schnalle, das Knarren der Schuhe überdecken, diese Unmengen von nüchternen Geräuschen, mit denen all die Gegenstände an ihren ursprünglichen Ort zurückgelangten. Georgina redete und redete, beim letzten Anlass sogar anstelle ihrer Vereinigung. Und sonderbar, diese Monologe machten sie anscheinend glücklicher als jeder leidenschaftliche Trick auf dem Laken. Gondru beobachtete sie verblüfft, denn das war das erste Mal, dass er jemanden mit seiner Untätigkeit, besser gesagt mit seinem Schweigen befriedigte. Danach trafen sie sich zwei Wochen lang noch häufiger. Georginas Körper passte sich der Situation immer mehr an. Sie duftete, war erwartungsvoll und immer hungrig, sie zog Seidenstrümpfe an und kämmte sich sorgsam ihr rotes Haar. Sie war keine einsame, vom Baum gefallene Frucht mehr, sondern eine ganze Wiese, die immer neue und neue Triebe hervorbrachte, die ihren Entdecker mit raffinierten Kräutern und Wildblumen zur Verzweiflung brachte, um schließlich selbst die Flucht aus diesem mörderisch zum Bleiben nötigenden Dschungel anzubieten. Es fehlte nur noch wenig, und in ihren Augen hätten dieselben Lichter geglüht, die auch Laura so schwer verbergen konnte. Alles war nah.

Als sie sich zum letzten Mal ein Zimmer im Aurora nahmen, ging draußen in der Stadt ein feinfädiger Frühlingsregen nieder. Der Platz und die Straßen zum Bahnhof schwammen in dunklen, durstigen Farben. Es regnete schon seit vier Tagen, und im Fernsehen hatten sie gesagt, dass das schlechte Wetter mindestens noch einmal so lange anhalten werde. Das sich ansammelnde Wasser kroch unter den Putz und sprengte die Kapillaren, und wenn der Regen die Häuser noch lange umspült hätte, dann hätten sie den Staub abgeworfen, die jahrhundertealten Verschmutzungen, den in den Rissen verborgenen Dreck und damit zusammen ihre Erinnerung. Die sauberste Stadt war zugleich auch die nackteste, das verstand sich von selbst. Denn es waren ja niemals die Girlanden, die verschnörkelten Dekorationen oder sich feilbietenden Skulpturen, die die Zeit festhielten, es waren vielmehr die hervorstehenden Winkel und Gräben, die vom Staub zerkratzten Namen. So wie die Falten in einem Gesicht, oftmals ungebeten, erzählten.

Gondru erwog, so, wie er war, ohne Kopfbedeckung nach Hause zu eilen, befürchtete aber, er könnte angesprochen werden oder Laura würde ein größeres Theater machen als sonst, weil man sich bei solchem Wetter am schnellsten eine Krankheit einfangen konnte, die einen dann bis ins Alter begleitete. So wartete er lieber auf Georgina, die nach dem langen Gespräch viel leichter und attraktiver die Treppe hinunterging. Galant bot er ihr an, ein Taxi zu rufen, aber sie lehnte ab. Er habe auch so schon genug getan, sagte sie. Das war vielleicht das erste Nein, das sie laut aussprach, und die Art, wie sie ihre ruhigen graublauen Augen zu ihm erhob, machte die Zurückweisung eindeutig. Ein Irrtum war ausgeschlossen. Die Wiese lag gejätet und abgemäht vor Gondru. Nirgends ein renitenter Trieb, ein fordernder Busch. Nur diese glatte, beherrschte Ruhe. Da sah Gondru ein, dass sein Eroberungsversuch endgültig gescheitert war.

Die Frau, die kühl und lächelnd vor ihm stand, war ihm viel fremder als zwei Monate zuvor. Dabei hieß es nicht umsonst, dass die Frauen weniger fähig seien, sich in der Berührung zu verstecken, als die Männer: Sie waren unruhig und schutzlos wie Tiere, die den Regen spürten. Aber diese Frau war schon beinahe stolz darauf, dass sie sich ihre Fremdheit bewahrt hatte. Darauf, dass sie nichts Wichtiges von sich gezeigt hatte, allenfalls das, was sie für das Notwendigste hielt. Fleisch und wieder Fleisch und weiter nichts. Gondru hatte plötzlich das Gefühl, er habe keinen Ort, an den er gehen könnte. Weder nach Hause noch ins Büro, doch auch zurück ins Hotel führte kein Weg. Als hätte er sich selber eingezäunt. Wenn er hier im Regen verharrte, würde das Wasser vielleicht seine Sünden abwaschen, aber dann bliebe nichts mehr von ihm als eine kohlrabenschwarze Pfütze mitten auf dem Asphalt.

Er erinnerte sich, dass er bei dieser unmöglichen Idee beinahe laut aufgelacht hätte, dabei ging ihm gerade zum ersten Mal im Leben durch den Kopf, dass Selbstmord keine feige Flucht war, wie er bislang gedacht hatte. Vielleicht war das die einzig mögliche Weise, die Würde zu wahren. So wie es auch die Römer geglaubt hatten. Und wie es auch in seiner Familie vor ein paar Jahren geschehen war. Er hatte das Gefühl, jetzt, in dieser deprimierten Stimmung, wäre auch er dazu fähig. Was ihm in der Krypta vor seiner Erbsünde nicht in den Sinn gekommen war oder auf der Beerdigung, wo er der Mutter dieses Burschen die Hand gehalten hatte, das war hier, an diesem regnerischen, wehklagenden Nachmittag, plötzlich zum Greifen nah. Als hätte sich in dieser Niederlage auch die letzte Hemmschwelle seiner Selbstachtung aufgelöst. Sah er doch seinen eigenen Kopf in Georginas Hand, dabei hatte theoretisch er sich zur Jagd aufgemacht.

Das Ganze dauerte einen Augenblick. Auch der Regen schien nachzulassen. So konnte er schon in Georginas Gesicht nachforschen, was sie wohl von seiner vorübergehenden Schwäche mitbekommen hatte. Es fehlte nur noch, dass sie es in der ganzen Stadt herumposaunte. Aber nein, Georgina war zum Glück mit ihrer eigenen Unergründlichkeit, ihrer wiedererlangten Fremdheit beschäftigt. So lange hatte es gedauert. Nicht länger als eine Minute.

Georgina drückte ihm vor dem Hotel noch energisch die Hand, als überreichte sie ihm im Festsaal einen Preis, um dann auf die kohlrabenschwarze Straße hinauszutreten und in Richtung des Victoria-Kinos zu gehen. Es war klar, dass sie sich nicht mehr treffen würden. Und auch, dass Roland keine besseren Noten bekäme. Nach zwei Monaten wäre es schon demütigend gewesen, um so etwas zu bitten. Vielleicht hätte er, wenn er nach dem ersten Treffen verschwunden wäre, wie er es eigentlich vorgehabt hatte, noch mit so etwas herausrücken können, aber jetzt war es zu spät, viel zu spät. Denn trotz aller Fremdheit gehörten sie zusammen wie Sünde und Selbstanklage, wie der Betrüger und sein eigenes Gewissen. Sie gehörten zusammen, auch dann, wenn sie sich jetzt gerade getrennt hatten. Nur dass diese Zusammengehörigkeit nichts mit den bewährten Gelöbnissen und Schwüren zu tun hatte, weil sie von keinem Streit zerstört werden konnte, weil sie nicht verblich wie ein Hochzeitsfoto. Sie blieb dort, ein paar Zentimeter unter der Haut. Und dazu gehörte offenbar auch, dass Georgina noch am selben Abend alles ihrem Mann gestand. Ohne Reue, aber doch respektvoll, wie es sich für eine echte Ehefrau gehörte.

Was konnte Gondru jetzt dazu sagen? Es waren schon schlimmere Dinge passiert. Spürte er Scham, Erschütterung oder, was noch mehr bedeuten würde: Verzweiflung? In letzter Zeit verspürte er lauter solche Dinge. Gerade wie damals,

als Zmeură ins Büro zurückgekommen und mit farbloser Stimme mitgeteilt hatte, dass sie sich jetzt etwas anderes ausdenken müssten, denn der Junge, dieser verdammte Schleuser, atme nicht mehr.

»Kann ich Sie dann nächste Woche anrufen?«, hörte er die Stimme des Direktors.

»Natürlich. Rufen Sie mich ruhig an.«

Gondru wollte das Büro so rasch wie möglich verlassen. Die zwei Schritte bis zur Tür hinter sich bringen, die ihn von seiner Qual befreien sollte. Aber dann fiel ihm ein, dass er so doch nicht gehen konnte, so eindeutig konnte er nicht aufgeben. Am Ende würden sie noch glauben, dass sie sich ihm gegenüber jetzt alles erlauben konnten.

»Sie wissen doch, dass ich Sie auch feuern könnte?«, sagte er und bohrte seinen Blick geradewegs in die klaren himmelblauen Augen des Direktors. In die tiefste Tiefe der Pupillen, als wollte er von dort die selbstsichere, sich zunehmend weitende Dunkelheit herausreißen. Lupu erwiderte seinen Blick ruhig.

»Davor fürchte ich mich nicht. Wir sind ja gerade Freunde geworden.«

5.

DIE SCHRITTE SEINER MUTTER auf dem Laubengang erkannte er schon von Weitem. Die Schritte einer Frau, die wusste, dass es nicht lohnte, sich zu beeilen, weil die Welt mit ihren bunten, geschwätzigen Geschichten sowieso auf sie wartete. Die resignierte Schlampigkeit der alten Frau Toroczkay oder die schlurfende Vorsicht von Kalcseks Frau konnten nicht einmal entfernt an sie heranreichen.

Als sie eintraten, füllte sich die Wohnung, die bislang träge gewartet hatte, ruckzuck mit Leben. Kaum hatten sie die Beutel abgestellt, verteilte Laura Aufgaben. Viorel sollte duschen, denn in dem Becken im Freibad war das Wasser nie wirklich sauber, und Roland sollte die Küche für das Abendessen vorbereiten, denn für den Abend hatte sie etwas wirklich Leckeres geplant. Soll es lieber mit Knoblauch gespickte Rippchen geben oder Letscho mit Paprikawurst, fragte sie und sah ihn lächelnd an, weil sie wusste, dass das Rolands Lieblingsgericht war. Rippchen, antwortete er schnell, während er sich bemühte, den Speichel, der sich in seinem Mund sammelte, rasch hinunterzuschlucken, denn dafür schwärmte wiederum sein Vater. Sicher?, fragte die Mutter besorgt. Schließlich kam Mihai an Feiertagen ohnehin nicht vor Mitternacht nach Hause, und dann hatte er wegen der vielen Trinkerei sowieso keinen Appetit mehr, sondern wollte nur ins Bett. Außerdem schmeckten kalte Rippchen nicht, und es war umständlich, sie aufzuwärmen, wenn man sie nicht abdeckte, spritzte das Fett alles voll, davon gar nicht zu reden, dass diese Art von Fleisch bei jedem Aufwärmen etwas von ihrem Geschmack verlor. Blasser und matter wurde. Was soll es also geben?, fragte die Mutter wieder und ließ zur Ermutigung eine gelb glänzende Paprika in der Hand aufblitzen. Die Rippchen, sagte Roland, womöglich noch weniger überzeugend als zuvor. Wir sollten auch an Viorel denken, fügte er hinzu, denn er spürte, dass er seine unerklärliche Großzügigkeit irgendwie begründen musste. Er hatte richtig kombiniert, denn das Gesicht seiner Mutter heiterte sich sofort auf, siehst du, du bist eben mein Sohn, sagte sie stolz, als wollte sie nicht Roland, sondern sich selber loben.

Die Freude blieb die ganze Zeit in ihrem Gesicht, bis das Abendessen fertig war. In solchen Momenten war sie am schönsten. Roland hätte sie stundenlang ansehen können. Die kühnen Bögen der Brauen, die einzigartige Milde der grünen Augen oder die vollen Lippen. Die immer fröhliche Bräune der gesunden Haut, die vom zeitigen Frühjahr bis zum späten Herbst anhielt, denn sie saugte die Sonnenstrahlen auf wie ein Löschblatt die ausfließende Tinte, aber auch alles andere. Wenn man sich an sie schmiegte, so wie es Roland jetzt tat, dann konnte man den ganzen Nachmittag einatmen, das glühende Sonnenlicht auf dem Sand im Freibad oder den beißenden Chlorgeruch des Wassers, den nie vergehenden Lärm, die momentane Entspannung, die der Feiertag mit sich brachte, wenn es zu den Mititei sogar Bier gab.

Diese Schönheit war kein Zufall.

Die Lobonc-Schwestern hatten damals als die attraktivsten Mädchen der Straße gegolten, vielleicht sogar des ganzen Fackel-Viertels, und schon seit ihrer frühesten Jugendzeit war völlig klar, dass nur ein Ausländer sie heiraten dürfe, mindestens aber ein rumänischer Bonze. Roland sah die Szene beinahe vor sich, als Mihai an dem alles entscheidenden Nachmittag mit schwitzenden Händen und einem überdimensionierten Blumenstrauß erschienen war und nach der golden glänzenden sonntäglichen Fleischbrühe genügend Kraft gesammelt hatte, den zweiten Gang erst gar nicht abzuwarten, sondern auf der Stelle um ihre Hand anzuhalten, worauf der Fleischervater sofort den sorgsam für diese Gelegenheit gehüteten Pálinka hervorholte, und nach dem dritten Glas kümmerte sich niemand mehr um das gefüllte Hähnchen, dabei hatte die Mutter den halben Tag mit der Zubereitung verbracht. Sie erhoben sich und stießen an, dabei lachten sie, als hätten sie ihren zukünftigen Schwiegersohn mindestens im Lotto gewonnen, denn Mihai hatte zwar nur das Technikum absolviert, mehr nicht, aber auf der Parteilinie winkte ihm schon damals eine verlockendere Stelle. Das war die todsichere Zukunft, die einer Lobonc-Tochter mindestens zustand, und als letzter Trumpf, um den Schwiegervater in spe endgültig auf seine Seite zu bringen, schwor Mihai bei allen Heiligen, dass er seinen Erstgeborenen zum Ungarn erziehen würde, denn so sei nicht nur die Blutlinie gesichert, sondern auch die Nachbarn könnten nichts sagen, erzählte Feri Lobonc anderntags in der Kneipe. Und mit den anderen sollten sie doch machen, was sie wollten.

Wenn er natürlich geahnt hätte, was für eine degenerierte Familie er da bekäme, hätte er den Pflaumenpálinka geradewegs in den Abfluss gegossen, dabei war er auf ihn so stolz gewesen wie auf seinen nie geborenen Sohn. Mihai hatte nämlich seinen vor den Verwandten und dem Altar abgelegten Schwur, statt ihn für immer zu vergessen, bis zum letzten Buchstaben eingehalten. So wurde Roland katholisch erzogen und sein Bruder glaubenstreu orthodox, und jetzt war alles wie in einem Theater, in dem andauernd Romeo und Julia gespielt wurde, ohne Unterlass, denn mal stritten sie sich auf Rumänisch, mal auf Ungarisch, manchmal wechselten sie mitten im Satz die Sprache und Denkweise oder vermischten beide völlig, woraufhin bereits jeder das Gesicht verzog. Wieso um alles in der Welt sollte denn ein Ungar zu einem fahrplanmäßig fahrenden Zug *cursă* sagen, und sei es auch versehentlich, und ein Rumäne *pantalon* zu einer Hose, wenn es doch dafür auch eine ordentliche Bezeichnung gab?

Aber selbst das größte Elend geizte nicht immer mit Momenten der Freude, denn so hatten sie wenigstens zweimal Silvester. Zwei Gelegenheiten, seine Vorsätze bei einem Glas Sekt zu verkünden, und zwei Gelegenheiten, es sich anders zu überlegen, denn was man sich zur rumänischen Mitternacht vornahm, das konnte man eine Stunde später, zur ungarischen Mitternacht, schon umformulieren. Als wäre zwischen den beiden Verabschiedungen des alten Jahres ein ganzes Jahr vergangen, während die Zeit doppelt verstrich: zwei alte vergingen, und zwei neue folgten. Und auch Ostern feierten sie zweimal, klar, dass die Jungen zweimal die Runde machten, um die Mädchen mit Osterwasser zu bespritzen, ihr Vater konnte sich den Magen zweimal mit Likören und Schinken verderben, ihrer Mutter stank zweimal das Haar von den abscheulichsten Parfüms, und der Erlöser musste beide Male auferstehen, als wüsste er selbst nicht, in was für eine dämliche Welt er da kam. Roland wäre nicht einmal überrascht gewesen, wenn sie auch ihre Geburtstage doppelt gefeiert hätten, den einen so, den anderen so, und ja, allmählich konnte man schon glauben, dass auch der Tod zweimal käme, um sie zu holen. Anfangs war die Familie regelmäßig zusammengekommen, man hatte bereits eine bewährte Weise des Anstands gefunden, wer bei Taufen und Namenstagen zu wem was sagte: Sie klagten über das ewig quälende Wetter oder lobten die Kochkünste der Frau des Hauses, wobei sie nie vom markierten Weg abkamen. Nie einen Fehler begingen. Zu Beginn konnten sie sich glücklicherweise noch mehr mit den Kindern beschäftigen, aber als diese heranwuchsen und die Zeit vorbei war, in der sie noch mit verwandtschaftlichen Ratschlägen zu beeinflussen waren, verließen auch die Großeltern die Pfade des Anstands. Plötzlich gingen ihnen die unverfänglichen Themen aus, die sie in neutralem Ton bei Tisch hätten besprechen können, und es mehrten sich die verschluckten Sätze und Bemerkungen, die meist durch ein überhebliches Dazwischengeplapper ausgelöst wurden. Bei uns ist das so üblich, sagte Großmutter Gondru mit gespielter Freundlichkeit, um ihrem Missfallen Ausdruck zu verleihen. Aber wir machen es so, übertrumpfte sie Großvater Lobonc, und beide hatten das Gefühl, als reihte sich in solchen Momenten eine ganze Nation hinter ihnen und ihren Wahrheiten auf. Wenn sie es endgültig nicht mehr ertrugen, dann zog sich Großvater Lobonc ins Bad zurück, um gegen die Walachen zu wettern, während Großmutter Gondru in der Küche diskret über die dahergelaufenen Magyaren herzog. Aber nach einer Weile war nichts mehr zu machen, sie kamen getrennt zu Besuch, denn der Frieden musste unbedingt gewahrt bleiben, oder jedenfalls sein Anschein, und so verdoppelten sich auch die spontanen Besuche, verdoppelte sich Weihnachten, um schließlich völlig auszufallen. Großvater Lobonc betrank sich zum letzten Mal, als Viorel bei dem berühmten Gedicht »Auf, die Heimat ruft, Magyaren« stecken blieb, dabei hatte Laura ihn um des lieben Friedens willen zwei Tage lang damit gequält. Aber so sei es eben, die rumänische Schule zeitige früher oder später ihre Wirkung, nickte der Großvater, jeder würde langsam zu einem Wicht, der jetzt versagte, und schon kamen ihm die Tränen, denn mit der Heimatliebe war es auch so, dass sie sich nur dann bemerkbar machte, wenn es keinen Sinn mehr hatte. Dann packte er die Pálinkaflasche mit den Worten, er werde jetzt sofort emigrieren, und tatsächlich setzte er sich unter die Schweizer Berge, die vom Poster an der Wohnzimmerwand mit einer schon fast unverschämten Gleichgültigkeit auf ihn herabsahen.

Wenn dir das so wichtig ist, warum hast du mich dann mit einem Rumänen verheiratet, zischte seine Tochter, als sie ihn am Abend vom Fußboden hochzerrte, weil er peinlicherweise dort auf dem nackten Boden eingeschlafen war, warum hast du mich so erzogen, dass meine eigenen Leute nicht einmal infrage kamen? Was konnte man darauf sagen? Großvater Lobonc sah seiner Tochter mit alkoholumnebelter Liebe in die wütenden, aber zur Verzeihung bereiten Augen. Er hätte alles getan, um es zu erklären, aber die elterliche Besorgnis war nun einmal die unverständlichste Gesetzmäßigkeit im Leben. Wie hätte er ihr klarmachen können, dass die damalige Rationalität etwas ganz anderes suggeriert hatte als die heutige Politik? Und was bei ihrer Schwester gelungen war, sie hatte nämlich einen Kronstädter Sachsen geheiratet, der mit ihr bis Stuttgart nicht stehen geblieben war, das hatte bei ihr sichtlich nicht geklappt. Dabei müsse sie ihm glauben, im Vergleich zu diesem lumpigen Walachen hätten die Ungarn viel, aber wirklich viel lebensuntüchtiger ausgesehen. Wenn es sie interessierte, könnte sie sich gern den Kerl von gegenüber anschauen, den klein gewachsenen lockigen Pityu Széles, oder Feri Tekker ein paar Häuser weiter, alle beide hätten um sie geworben, bis er sie aus dem Haus geworfen habe, und wo stünden sie jetzt?

Pityu war Automechaniker geworden, bis er sich einen Moskwitsch auf die rechte Hand hatte fallen lassen, denn seitdem war er eher Alkoholiker. Und Feri backte im Strandbad Langosch und schrubbte sich vergeblich stundenlang mit Amo-Seife aus Ungarn, bespritzte sich als Mann vielleicht sogar mit Parfüm, aber aus dem Fettgestank wurde trotzdem kein Rosenduft, nur ein Übelkeit erregendes, zähes Gemisch, von dem man sich schon auf zwei Schritte Entfernung übergeben musste. Wäre es mit ihnen besser gewesen? Und außerdem, damals herrschte noch einigermaßen Frieden. Niemand hätte gedacht, dass diese Walachen einmal durchdrehen würden, dass sie anfangen würden, die Schulen zu schließen, die Namen umzuschreiben, und dass man langsam nicht einmal mehr auf der Straße Ungarisch hörte. Dann nämlich, sagte er zu seiner Tochter, bei einem solchen Frontalangriff, ist es wahrhaftig jedermanns verdammte Pflicht, unter Einsatz seines Blutes wenigstens den Fußbreit Platz zu verteidigen, auf dem er steht, und das Wort, das er noch aussprechen darf. In jenem Augenblick wirkte es ganz so, als wäre er der letzte Held auf der Grenzfestung, dessen Blut schon zu Boden rann, der aber noch so viel Kraft hatte, seine Enkel hochzuheben und seine Tochter aus dem Beschuss zu reißen, um sie im unerschütterlichen Heiligtum der ungarischen Sprache endlich in Sicherheit zu bringen.

Großmutter Gondru hingegen hatte Probleme mit den Gesichtern. Mit dem Gesichtsausdruck dieser Unguren, deren charakteristische Züge sie nicht selten auch an ihrer Schwiegertochter entdeckte. Und Mihai solle bloß nicht so tun, als bemerke er es nicht, sagte sie einmal zu ihrem Sohn, die liefen ja wohl schon seit einer Weile mit solchen Visagen hier unter ihnen herum, als wären sie wirklich nur Gäste in diesem Land. Noch dazu Gäste, die alles besser wüssten und überzeugt davon wären, dass sie, würde sich der Hausherr davonscheren, diesen Ort mit ihrer ach so großen Klugheit und Kultur sofort zur Blüte bringen könnten. Einen Musterstaat, eine echte Schweiz würden sie hier hinknallen. Dabei sollten sie lieber arbeiten, den Mund halten und die Faust ballen, anstatt auf tausenderlei Weise zu intrigieren und diese Ordnung zu untergraben, die vielleicht ja nicht die perfekteste sei, aber das müsse ja nun nicht gerade so ein Heimatloser am lautesten sagen! Vergeblich besänftigte sie ihr Sohn und mahnte sie zur Stille, Mutter, die Wände sind hier dünn, man hört alles, und es komme Laura geradewegs zu Ohren, die schließlich seine Frau sei, aber es nützte nichts. Großmutter Gondru vertrat ihre Theorien, die nicht selten mehrere Tausend Jahre in einem einzigen Satz umfassten, zunehmend lauter.

Nur eins verstehe ich nicht, sagte sie am Ende ihrer Monologe, stemmte die Hände in die Hüfte und wartete, dass ihr Sohn mit einer beruhigenden Erklärung für ihr Dilemma aufwartete; schließlich war er es doch, der öfter Seminare besuchte. Denn wenn es stimmte, was man sich erzählte – und wieso sollte es nicht stimmen –, und man diese Eindringlinge wirklich zu Beginn des Zweiten Weltkriegs waggonweise aus Budapest hierhergebracht hatte, weil man damit rechnete, dass die Amerikaner auf diese paar Tausend Menschen zeigten und ihnen endgültig diesen rein rumänischen Boden, das halbe Land gäben, wie konnte es dann eigentlich möglich sein, ja, wie konnte es geschehen, dass sie sich in so kurzer Zeit derart vermehrt hatten?!

Aber abends, wenn sie sich aneinanderkuschelten, tat es gut, über die fixen Ideen der Außenwelt zu lachen, die die Mauern, die sie umgaben, nicht durchbrachen, nicht durchbrechen konnten. Denn sie hatten sich die Welt gut aufgeteilt: Sie liebten einander in beiden Sprachen und gaben den Kindern in beiden Sprachen Kosenamen, und wenn sie die unterschiedlich klingenden Wörter lange Zeit benutzten, dann klangen sie nach einer Weile alle gleich. Als hätte der Tisch nur aus Spaß mehrere Namen. Die Streitereien aber … Der Zank und die Sticheleien waren in der Regel einsprachig, die schlechte Laune verlangte nicht nach gesonderten Wörtern. Führte ein Wortwechsel jedoch zu wirklicher Wut, dann wechselten sie in die eigene Sprache, jeder in seine, und eigentlich konnte man genau daran erkennen, dass diese Aufgebrachtheit jetzt ernst und schwer zu besänftigen war, weil die rumänischen und die ungarischen Wörter einander kreuzten. Man konnte ihren Gesichtern ansehen, dass jeder die Wörter des anderen mit der allerschlimmsten, drastischsten Bedeutung ersetzte, keinerlei Zugeständnisse machte, sodass sich die Wut in der Übersetzung nicht verlor, sondern vervielfachte, als würden zersplitterte, nicht mehr zusammenfügbare Spiegel das Lampenlicht zurückwerfen, und je mehr die Sprache über sie lachte, desto größer wurde ihre Wut, bis sie sich schließlich nur noch anknurrten und anbleckten, wie Tiere, die nichts anderes im Sinn hatten als den Gegner.

Die nie markierte, unsichtbare Grenze, die die beiden Lager so genau voneinander trennte, dass es keine Chance auf Veränderung gab, verlief genau zwischen den beiden Kindern. Zwischen Roland und Viorel. Und sie hatten, ohne davon zu wissen, ohne zu versuchen, diese Grenze zu beseitigen, vom ersten Augenblick an, kaum, dass sie die ersten Wörter gelernt, die ersten Schritte gemacht hatten – vielleicht auf die tieferen Stimmen der Instinkte oder die oberflächlicheren Stimmen ihrer Umgebung hörend –, ihr Königreich sogleich aufgeteilt. Roland floh zum Rockzipfel seiner Mutter, wenn sich der Feind zu nah an seine Grenzzone heranwagte, während sein Bruder nach dem Hosenbein seines Vaters griff, bis sich der Sturm gelegt hatte. Nur respektierte die Ironie des Schicksals die Entscheidungen der Menschen nicht. So kam es, dass Roland seinem Vater im Laufe der Jahre immer ähnlicher wurde, immer mehr das ihm dargebotene Muster annahm, dasselbe leicht pausbäckige Gesicht, die gedrungene Statur, den stechenden, finsteren Blick, während Viorel die schlanke Figur seiner Mutter übernahm, das von edlen Zügen umrahmte grüne Augenpaar, das die Welt mit einer ebenso erstaunten Naivität betrachtete wie beinahe alle in der Familie Loboncz. Das war für alle offensichtlich. Umso mehr, je stärker sie es zu leugnen versuchten. Der Trotz des Vaters kannte nämlich in dieser Hinsicht ganz und gar keine Zugeständnisse.

Er betrachtete Viorel selbst da noch als sein exaktes Ebenbild, als das Gegenteil nach und nach deutlicher zutage trat. Daraufhin zog wiederum die Mutter Roland kämpferisch an sich, seht her, auch ihre Gene waren nicht auf der Strecke geblieben, und da konnten selbst die Bekannten nichts mehr sagen, sie gewöhnten sich das Fragen ab und machten keine Scherze mehr, schlugen nicht mehr vor Staunen die Hände zusammen, und wenn es sich einrichten ließ, sahen sie die Kinder gar nicht so genau an, denn sie ahnten, dass es besser wäre, nicht an dieser selbst verordneten Blindheit zu rühren.

Warum sie sich nicht scheiden ließen? Dies war die Frage, die ihnen vielleicht am häufigsten gestellt wurde. Von Kollegen, ermutigt durch die auf Hauspartys eingeschenkten Wodkas, verschämt ängstlich von den Patienten in der Apotheke, Sie müssten es ja am besten wissen, meine Liebe, dass man dagegen nach einer Zeit keinerlei Arznei mehr verschreiben kann, sagten sie, und drückten ihr ermutigend die Hand. Später von den Nachbarn und Freunden der Familie, besorgt oder geradewegs schadenfroh, schließlich auch von Fremden, die im selben Bus durchgeschüttelt wurden und wohl oder übel die gezischelten Sätze mithören mussten und auch, dass Mihai seine freundliche, aber stets widersprechende Ehefrau am Schluss der Diskussion am liebsten hinausgestoßen hätte. Denn sie passten zueinander wie Öl und Wasser. Oder als säßen sie auf der Achterbahn in entgegengesetzt dahinrasenden Wagen.

Als Verehrer war Mihai ein wortkarger, ruhiger junger Mann gewesen, der es mochte, als Zeichen der Liebe in Ruhe gelassen zu werden, mit Laura hingegen musste man sich beschäftigen, sich die Probleme am Arbeitsplatz anhören, ihre Lektüreerlebnisse diskutieren, ein bisschen über die Nachbarn tratschen oder sich um das Schicksal der Welt

Sorgen machen. Denn wenn er das nicht tat, dann suchte sie wegen allem Streit, wegen der verschütteten Milch, wegen der Socken auf dem Stuhl, dann war ihr Wortschwall nicht mehr aufzuhalten. Und sie verstummte erst einigermaßen zufrieden, wenn Mihai sich schließlich über die auf ihn einprasselnden Beleidigungen aufregte und zu brüllen begann. Laura war nämlich schon immer so gewesen, dass die Wut anderer sie beruhigte. Wenn sie das verzerrte Gesicht des anderen sah, seinen blutroten Kopf, überkam sie ein Gefühl der Überlegenheit, als würde sie im Tierpark bei den Affen spazieren gehen und mit heiterer Miene die Vorführung genießen. Auch die Zukunft sahen sie unterschiedlich. Während ihr Mann immer nur über den nächsten Schritt nachdachte und nur mit dem rechnete, was er bereits in der Hand hielt, schwebten Laura unzählige weitreichende Pläne vor, wobei sie mal von der inneren Freiheit und Ehre des Menschen predigte, mal von einem Haus mit Garten im Villenviertel. Aber wenn Mihai mit Ach und Krach die ersten Schritte in diese Richtung tat, wenn er prominente Mitglieder aus der Parteileitung des Komitats einlud, dann warf ihm Laura sogleich Opportunismus an den Kopf, den prinzipienlosen Verrat an bislang nicht existierenden Werten. Die Revolutionärin verstand den erschrockenen Beamten nicht, der Mann der Zukunft nicht die Sekretärin, die fortwährend ihre Wunden leckte. Es gab keinen Ruhepunkt und keine Erholung. Warum trennten sie sich also nicht, wenn sie doch tausend und einen Grund dazu gehabt hätten?

Die Antwort war für Roland ebenso banal wie wahr. Als sie klar und unbezweifelbar vor ihm stand, wunderte er sich nur darüber, dass er sie bisher nie bemerkt hatte. Es geschah an dem Tag, an dem ihr Vater nach langer Überredung und viel Streiterei endlich mit dem Farbfernseher nach Hause kam. Im ganzen Haus hatte bisher nur die Familie Schwarz im Erdgeschoss so einen besessen. Sie hatten ihn aus Deutschland bekommen, von ihren dortigen Verwandten. Und wenn sie sich manchmal eine wichtigere Übertragung ansehen wollten, Eistanz oder den Endausscheid von *Rumänien, wir singen!*, dann mussten sie peinlicherweise darum bitten, bei ihnen mitschauen zu dürfen, und dort mit den anderen Dummköpfen herumsitzen, immer wieder höflich tun und den Gastgebern rechtzeitig jeden Wunsch von den Augen ablesen, wann sie wohl schlafen gehen wollten, weil sie vor Müdigkeit schon umfielen. Wobei es, wenn Gondrus zu Besuch waren, diese Müdigkeit gar nicht gab, wegen der man die werten Gäste hinauskomplimentiert hätte. Lieber schlief das Familienoberhaupt, Péter Schwarz, heimlich auf dem unbequemen Küchenstuhl ein. Auch wenn sie bis zum letzten pfeifenden Sendeton hätten bleiben können, störte Laura dieser Zwang des Beisammenseins, diese offensichtliche Unterordnung, daher lag sie Mihai so lange in den Ohren, bis er seine Beziehungen aktivierte und endlich an ein Gerät kam. Es war ein rumänisches Produkt, eckiger und klobiger als sein deutscher Verwandter, aber als sie nach langer Quälerei – sein Vater hatte nie ein Gefühl für technische Geräte gehabt – die Kanäle eingestellt hatten und endlich das erste Bild der Meisterschaft auf dem Bildschirm erschien, verflogen alle ästhetischen Fehler, und sie konnten sich erleichtert auf das Sofa fallen lassen. Wieder waren sie an einem Punkt angelangt, der weiter und höher lag als ihr bisheriges Leben. Die ersten Augenblicke der Zufriedenheit, dass endlich auch in dieser flackernden, künstlichen Welt der Rasen grün und der Himmel blau waren und man den Schiedsrichter nicht mehr blind zwischen den vielen grauen Spielern suchen musste, wurden sehr bald von der aufrichtigen, unwillkürlichen Freude des

Glücks abgelöst. Sie kuschelten sich aneinander wie zwei Jugendliche, denen nur noch das einzige Verlangen blieb, so schnell wie möglich die Hand des anderen unter der Decke zu finden. Ihre Gesichter waren ein Gesicht: Ruhig strahlten sie vor Lächeln. Ein Gesicht, das, wenn auch nur für einen Augenblick, der Zeit widerstand.

Roland begriff auch als Jugendlicher alles. Dass das Glück nur ein zufälliger, kaum sichtbarer Spalt zwischen Übelkeit erregendem Schein und krampfhafter Selbstvergessenheit war. Zu allem Überfluss von der Lebensdauer einer Eintagsfliege, denn es lauerten unzählige Fallen. Ein flüchtiger Augenblick war dies, kaum länger als für ein Familienfoto nötig, dennoch legte ihn Roland gierig zu seinen Schätzen. In diesem Moment wurde ihm klar, dass es gar keine Rolle spielte, ob er und sein Bruder sich auch dort im Wohnzimmer aufhielten – diese glückliche Abschottung, die seine Eltern ausstrahlten, hätten weder sie noch ein anderer aufbrechen oder stören können.

Vielleicht nahm deshalb niemand ihre Einladung an. Bloß Veterényis kamen manchmal zum Fernsehen, aber Rakucsinec oder Kalcsek, der Vorsitzende der Hausgemeinschaftsleitung, niemals. Und das lag nicht einmal daran, dass in dieser Einladung mehr effekthascherische Herablassung steckte als Freundlichkeit. Es lag an etwas ganz anderem, stellte Roland verblüfft fest. Denn nichts konnte einen mehr irritieren, als wenn man in einem unbewachten Augenblick vom Glück angegrinst wurde, das man unweigerlich immer nur am anderen, am Fremden, am Gegenüber entdeckte. Doch man sah es vergeblich, denn man war voll und ganz davon überzeugt, dass darin mehr Spott als Ehrlichkeit lag, als spielten die Darsteller einzig für einen selber, den Unglücklichen, Theater, als wollten sie einem nur die eigene Erbärmlichkeit unter die Nase reiben. Und so entfernte man sich noch weiter vom Verständnis. Davon ganz zu schweigen, dass nach der Verblüffung die erste schmerzhafte Erkenntnis folgte: Er, Roland, war nämlich auch die Frucht dieses Glücks, die sie nicht aus hilfloser Wut auf die Welt hatten fallen lassen, wie er bislang gedacht hatte. So war es schon viel schwerer zu hassen.

Sie liebten einander. Mehr und stärker als alles andere. Mit jener Intensität und Ausdauer, die in den meisten Mädchenromanen als die bis zum Tode dauernde Leidenschaft beschrieben wurde, die einen verzehrte, doch zugleich auch am Leben hielt. Ohne sie wären die rasch verfliegenden Jahre wie ein Eintopf ohne jede Würze gewesen. Als Roland schon einen Blick dafür hatte, entdeckte er dies in der abendlichen Massage, wenn sein Vater die müde aus der Apotheke heimkehrende Mutter bat, sich aufs Sofa zu legen, und ihr minutenlang die durchgefrorenen Zehen knetete und warm hauchte. Und das begegnete ihm jeden Morgen im Vorzimmer, wo Laura die Schuhe seines Vaters mit einem Lappen noch einmal polierte, damit sie noch schöner, noch leuchtender glänzten.

Aber die gefundene Antwort warf nur weitere Fragen auf und vertiefte damit Rolands Neugier, die ihm immer unangenehmer wurde. Er wollte nicht mehr nur verstehen, worin die Kraft bestand, die seine Familie zusammenhielt, vielmehr erwachte in ihm die Ahnung, dass auch er diese Kraft einmal brauchen würde und daher rechtzeitig hinter ihr Geheimnis kommen müsste. Es war nämlich ein Geheimnis, erschreckend und verborgen, geschmacklos und poetisch. Etwas, was nur ein verliebter Mensch von einem anderen verliebten Menschen wissen durfte. Nach ein paar Monaten hatte er so viel Mut gesammelt, sie eines Abends nach dem Schlafengehen zu belauschen und dann die verzweifelten Laute, die aus dem Schlafzimmer drangen, erschrocken in sich zu speichern. Er konnte sie kaum mit etwas anderem vergleichen als mit dem verbitterten Kampf zweier Tiere um ihre Beute, zu dem das wütendste Knurren genauso dazugehörte wie die Erbitterung, mit der sie die Kehle des anderen ins Visier nahmen. Aber es musste noch mehr als das sein, denn selbst wenn er ihnen am Morgen die offensichtlichen Spuren der Schlacht ansah, Kratzer und nicht selten Wunden, so war von Schmerzen nichts zu erkennen, ganz im Gegenteil: Je mehr sie die Rauferei am Abend verwundet hatte, desto freundlicher waren sie zueinander. Es schien unverständlich, aber es war tatsächlich so: In der morgendlichen Zärtlichkeit zwinkerte sichtlich die abendliche Wildheit zurück, nur besänftigt und behutsamer. Sie verjagte die Streitereien für längere Zeit, versöhnte sie auch mit sich selbst und schuf eine lebenslange Komplizenschaft zwischen ihnen. Als wären sie Wahnsinnige, die sich mit berechneter, sachlicher Nüchternheit verschworen hatten, die Welt zu zerstören. Und gerade deswegen konnte es sein, dass seine Mutter andere Männer nicht einmal ansah, und ja, dass auch sein Vater sie um nichts in der Welt betrogen hätte.

»Sie sind gut im Bett«, sagte Précsek und zuckte mit den Schultern, als er ihm das einmal drucksend erzählt hatte.

»Das reicht nicht.«

»Klar tut es das«, lächelte der andere allwissend, malte ein mächtiges Hinterteil vor sich und begann, rhythmisch seine Lenden zu bewegen.

Sie passen zueinander, fügte Précsek noch hinzu, nachdem er aufgehört hatte zu lachen, und auch daran konnte man sehen, wie weit sie selbst noch von dem Geheimnis entfernt waren. Denn obwohl er, Roland, keine wahnsinnig große Vergleichsgrundlage hatte, waren doch er und Kati

Strauber auch gut im Bett. Jedenfalls gab es kein augenfälliges Problem. Wenn er einen Steifen bekam, wurde Kati feucht. Und sie machten es wie in den Büchern: Wenn es der eine zu eilig hatte, dann entschädigte er danach den Langsameren. Aber als Roland diese unausgesprochene Übereinkunft einmal zu übertreten versuchte und herumexperimentierte, um dem Mädchen solche Laute zu entlocken, wie er sie von seinen Eltern gehört hatte, als er versuchte, dieses Etwas in sich loszulassen, das er auch in seinem Vater vermutete, da stieß ihn Kati mit einer wütenden Bewegung aus sich hinaus. Es tue ihr leid, aber dazu sei sie nicht geeignet, sagte sie vorwurfsvoll und zog auch schon ihren BH an. Wenn Roland solche Extras brauche, dann solle er sich eine andere suchen. Sie sei nur zu dem hier in der Lage, sagte sie den Tränen nahe und schlug dröhnend die Tür hinter sich zu.

Dabei musste es gerade mit diesen Lauten etwas zu tun haben. Kati beispielsweise – ein besseres Wort gab es dafür nicht – kläffte im Augenblick der Lust. Mit geschlossenen Augen und brennend roten Rosen auf den Wangen. Als Roland das zum ersten Mal gehört hatte, konnte er sich das Lachen kaum verkneifen. In diesem völlig unpassenden Laut war keine Spur von dem verzweifelten Schmerz, der aus dem Schlafzimmer seiner Eltern wogte und in seinen Gliedern kribbelte. Aber auch nicht von dem übermächtigen Gefühl der Freuden, das seinen Körper hin und her warf. Es schien eher, als ob in Katis Lauten beide Gefühle, der Schmerz und auch das Glück, gegenwärtig wären, als ob sie unablässig miteinander kämpften, welcher der Laute als Erstes schaffte, aufzubrechen, um die Stimmbänder zum Schwingen zu bringen. Aber zum Sieg verfügte offenbar keiner von ihnen über ausreichend Kraft, und so vereinigten sie sich in einem unterdrückten, furchtsamen Versuch.

Dabei schlug in Roland zu dieser Zeit schon zunehmend jene Überzeugung Wurzeln, dass gerade dies der ehrlichste Moment in der Liebe war und sich alles andere leicht manipulieren ließ. Mehr noch als ehrlich: Dieser Laut – seine Intensität, Fülle und Länge, Kraft und Leidenschaft – verriet am ehesten die Versiertheit des Partners, drückte das Maß seiner Liebe, seiner Leidenschaft aus. Das, weswegen sich die Romanfiguren so selbstverständlich vor den Zug warfen, wenn sie das Gefühl hatten, auch nur ein Teil davon ginge verloren. Und obwohl er nicht wusste, sich eigentlich nicht einmal vorzustellen wagte, welche Laute wohl Eszter Novák von sich gab, ob es wohl ein Flüstern wäre oder ein unartikulierter Schrei, ein befreites Lachen oder ein erfüllter Seufzer, hoffte er trotzdem, dass er sie sogleich deuten könnte und dass er ihnen nicht mit einer solch hämischen Verständnislosigkeit gegenüberstünde wie Katis Kläffen. Denn die Liebe war zugleich auch ein Verstehen: das Kennen der geheimnisvollen Sprache des anderen, deren Alphabet sich gerade aus solchen bislang unvorstellbar geglaubten Lauten zusammensetzte.

Am nächsten Tag bat er Kati um Verzeihung für sein Experiment, dabei hätte er das Ganze eigentlich an Ort und Stelle beenden müssen. Sie so beleidigen, dass sie ihn selbst in drei Tagen nicht anrief. Aber das ging nicht. Roland brauchte diese Treffen, Katis professionelle Gleichgültigkeit. Schließlich war das ein Training, als schlüge ein Boxer monatelang auf den Sandsack ein, als stünde er mit Liegestützen auf und ginge mit Liegestützen schlafen, um am entscheidenden Abend nicht allzu viel einstecken zu müssen. Um die fünfzehn Runden irgendwie durchzuhalten. Schon seit einer ganzen Weile bereitete er sich auf Eszter Novák vor, ihretwegen griff er mit gierigen Händen nach jeder Erfahrung. Seine Scham bezwingend fragte er

Kati nach Frauensachen aus, nach ihren Tagen, dem Kitzler oder ob es beispielsweise stimmte, dass die Größe in jeder Hinsicht das Ausmaß der Lust bestimmte, und sie beantwortete die meisten seiner Fragen und zeigte ihm, wenn es nötig war, was sie wusste, bei den übrigen aber zuckte sie mit den Schultern. Interessanterweise fragte sie nur sehr selten zurück. Sie interessierte die Struktur und das Verhalten des Schwellkörpers nicht und auch nicht das darunterliegende, noch rätselhaftere Gebiet, eher fragte sie nur solche mädchenhaften Verrücktheiten, ob Roland, wenn er zeichnen könnte wie beispielsweise Picasso, die Liebe dann als Clown oder als ein plötzlich auftauchendes Gespenst malen würde.

Man konnte Kati verstehen. Es waren schon vier Jahre, dass ihr Vater nicht nach Hause kam. Er fickt die Näherin, sagte ihre Mutter und winkte ab, denn Károly konnte nichts anderes, als einen bis aufs Blut zu ärgern. Roher ist er als ein frisch geschlachtetes Rindvieh, fügte sie hinzu, und aus ihrer Stimme war, obwohl sie es vielleicht selbst nicht wollte, genau dieser überraschte Schmerz herauszuhören, dass das Leben durchaus fähig war, Situationen hervorzubringen, in denen einem sogar so etwas fehlen konnte. Allerdings verschwieg sie weise, dass sie wiederum zu den Kunden der Tankstelle nicht Nein sagen konnte, wenn es sich so ergab. Was ebenfalls irgendwie verständlich war, denn mitunter vergingen achtzehn oder zwanzig Stunden, bis man bei der Tankstelle vorfahren konnte, um seine Monatsration abzuholen. Und während des vergeblichen Wartens wollte man seine Wut lieber kultiviert abreagieren, denn sonst hätte man auch die Windschutzscheibe zertrümmern können, womit man aber rein gar nichts erreicht hätte, höchstens den direkten Weg von der Tankstelle in die Werkstatt. So kam es, dass auch Margit Strauber, die die weit angenehmere Alternative bot, ebenfalls ein Opfer war. Das Opfer des Sozialismus. Der ständigen Benzinkrise, der geraden und ungeraden Zahlen, denn wegen des Mangels durften die Menschen sonntags nur im Wechsel fahren. Und was das Beste daran war: Für all das bekam sie noch einen Orden, den Helden der Arbeit in Silber oder irgend so etwas, denn die Füllstation am Csemergi war die friedlichste in der ganzen Stadt. Hier kam es niemals zu Zwischenfällen, gab es kein Gerangel mit dem Chef, und man schüttete einander auch nicht vor blinder Wut das teure Benzin über, es wurde nicht einmal herumgeschrien, obschon das manchmal vonseiten Margits mit so harter und ausdauernder Arbeit einherging, dass sie dafür die Medaille auch in Gold verdient hätte.

Eine ganz andere Frage war, dass ihre Tochter ihr später genau diesen Orden an den Kopf warf, als sich die Sache nicht mehr verbergen ließ, denn Margit beging schließlich den elementaren Fehler, dass sie der Eifer allzu sehr überkam und sie ihre Arbeit nicht streng in der Tankstelle verrichtete, sondern sie mit nach Hause brachte, auf die abgenutzten Muster der häuslichen Liege. Was soll ich machen, das liegt mir nun mal so im Blut, schrie Margit hilflos, als ihre Tochter sie eines Nachmittags erwischte. Sie schrie, denn weinen konnte sie nicht mehr. Die Tränen waren seit Jahren eingetrocknet wie Tinte in einem uralten leeren Tintenfass. Vielleicht hatte Kati da beschlossen, nun auch ihr Blut zu befragen, aber weiter als bis zu Roland kam sie nicht. Und ob das eher Faulheit war oder das unabänderliche Wort des Blutes oder aber ob vielleicht dieser immer etwas verloren dreinschauende Junge, der seinen Teil der Arbeit so halbwegs erledigte, etwas Einzigartiges konnte, das stellte sich nie heraus. Kati verbot sich, herumzurätseln, dabei hätte Roland einige Ideen gehabt, als er sich die

Geschichte aus ein paar fallen gelassenen Sätzen trotzdem zusammensetzte und im Begriff war, beleidigt zu sein, dabei hätte er kein Recht dazu gehabt. Aber so waren die Männer nun mal, sie schmollten immer wegen der unbedeutendsten Einzelheiten und bemerkten das Wesentliche letztlich nicht.

»Wie ist sie?«, fragte Précsek aufgeregt.

»Sie hat blaue Augen.«

»Blödmann! Und weiter unten?«

»Weiß nicht.« Roland zuckte mit den Schultern.

»Was soll das heißen, du weißt es nicht?!«

»Hab noch nicht nachgesehen.«

»Na, dann ist es wirklich was Ernstes.« Précsek kratzte sich am Kopf.

Sie standen am Republik-Kino nach Karten an, aber die Lage war ziemlich aussichtslos. Bisher befanden sie sich erst auf der Höhe des Zeitungskiosks, dabei waren es nur noch zwanzig Minuten bis zum Vorstellungsbeginn. Précsek schickte dann immer Lajos vor, damit er sich am Schalter frech vordrängelte. Er hatte so ein argloses Gesicht, dass ihm alles nachgesehen wurde.

»Komm, wir scheißen drauf, wir haben den doch sowieso schon dreimal gesehen!«

»Kommt gar nicht infrage«, sagte Précsek, der es am meisten hasste, wenn sie vom verabredeten Programm abwichen. Er hatte sich schon darauf eingestellt, die intergalaktische Schlacht auch zum vierten Mal gespannt zu verfolgen, und da durfte ihm niemand hineinreden. Vor allem nicht diese vielen Vorstadttrottel, die schon hier draußen begannen, lässig Sonnenblumenkerne zu kauen, um dann bis zum Abspann nicht damit aufzuhören. Aber zehn Minuten später war auch er nervös.

»Ist sie wenigstens schön?«, fragte er Roland mit strenger Miene, dem keine Zeit blieb zu antworten, da Lajos aus der Menge auftauchte. Ihm war anzusehen, dass er gerade eine riesige Ohrfeige bekommen hatte, auch am Hemd hatte man ihn gezerrt, doch die Karten hielt er in der Hand. Précsek umarmte ihn so, als hätte er mit den Eintrittskarten auch gleich ein Raumschiff mitgebracht.

Aber obwohl sie einen super Platz hatten, in der letzten Reihe, direkt unter dem Lichtkegel des Projektors, interessierten Roland weder die herumfliegenden Laserstrahlen noch das Zischen der Lichtschwerter und auch nicht, wie Han Solo eingefroren wurde. Dabei war ohne Zweifel das der Höhepunkt des Films, eine unvergleichliche Schandtat, die das Schicksal der gesamten Galaxie beeinflusste. Fast die ganze Zeit über regte er sich über Précseks Frage auf. Wie konnte man überhaupt so etwas fragen?! Natürlich war sie schön! Aber dann begriff er, warum er so wütend war.

Eszter Novák widersetzte sich diesem Wort nämlich. Ihr ganzes Wesen war jenseits dessen, was man mit Schönheit ausdrücken konnte. Wenn er sie ansah, und er nutzte in letzter Zeit wirklich jeden Anlass, sie anzusehen, dann sah er keine Bombenfrau. Nicht die peinlich berechneten Maße der Mädchen, die Précsek oder die anderen beschrieben und in denen sie auch die Schwierigkeitsstufe der Eroberung verschlüsselten. Denn je wohlgeformter, je runder diese Zahlen waren, desto schwerer war es, ihre Trägerin zu erobern und zu besitzen. Roland sah viel eher ein himmelblaues Tor, durch das er einen Blick auf ihr zukünftiges Leben werfen konnte: auf eine ganze Reihe von verschwommenen, doch keineswegs unwahrscheinlichen Szenen. Darauf, wie er mit Blumen in der Hand im Park der Steinewerfer wartete oder wie sie lange am Fluss spazieren gingen, wozu natürlich auch ein bisschen Knutschen an einem abgelegeneren Ort gehörte, mit geschlossenen Augen freilich und schwitzenden Händen, voller Zweifel, ob er wohl wirklich alles gut machte. Zugleich wusste er, dass er mit dieser leeren, glanzlosen Romantik nichts erreichen würde. Eszter war älter und erfahrener als er. So ein echter großer Fang, für sie war die Romantik kein Schmuck mehr, sondern ein Mittel, sie durfte er ohne das Geheimnis seines Vaters gar nicht lieben, weil sie binnen Augenblicken alles Gekünstelte enttarnen würde.

Zu dieser Zeit ahnte er schon, dass er dieses Geheimnis nicht in der Technik suchen musste, nicht in einer erlernbaren Pose und nicht einmal in körperlichen Gegebenheiten. Aber vergeblich engte er den Kreis weiter ein, er konnte einfach nicht dahinterkommen. Und obwohl er es sich nur gezwungenermaßen eingestand: Gerade deswegen war er nicht fähig, seinen Vater vollkommen zu hassen. Einen Teil musste er immer in Bereitschaft halten, damit sie, wenn sich die Situation so ergab, eben reden konnten. Von Mann zu Mann. Denn dann konnte er die Sache nebenbei zur Sprache bringen, um aus seinen Gesten oder auch seinem eifersüchtigen Schweigen den Fundort des Geheimnisses herauszubekommen. Nur so verraten würde er ihn nämlich sicher nicht. Obwohl, und da war er sich ganz sicher, auch er alle Voraussetzungen mitbrachte. Auch er könnte so lieben, mit einer solchen Leidenschaft, bedingungslos, und er musste auch lieben, sonst würde aus ihm am Ende ein Held oder ein Märtyrer, der sein Leben dann an der eigenen Klinke aushauchte. Die Welt wurde nämlich, egal, wie sehr sich seine Mutter auch anstrengte, nicht von ihren Prinzipien bewegt. Nicht von Aufrichtigkeit oder Ehre, sondern von Schmerz und Unbefriedigtheit. Ganz genau genommen: vom Fehlen der Liebe. Sogar ein Blinder konnte sehen, dass nur diejenigen Zeit hatten, an Ideen herumzutüfteln, die keine Muschi abbekamen. Er hätte wetten können, dass diese unglaublich bedeutenden französischen Barrikadenbauer damals auch nicht wegen des Klassenkampfes oder für die Brüderlichkeit angefangen hatten, Rabatz zu machen, wie es in den Lehrbüchern stand, sondern weil die Oberanführer in den entscheidenden Augenblicken niemanden hatten. Weder eine Kati Strauber noch eine Eszter Novák, und so waren sie gezwungen gewesen, die ganze Welt auf den Kopf zu stellen. Denn es war eine sonderbare Sache, wenn alles um einen herum in Ordnung war. Die Gesichtszüge glätteten sich, die Sorgen wirkten plötzlich kleiner als ein Nadelöhr, und am liebsten hätte man die Vorhänge zugezogen und die Tür hinter sich geschlossen, damit nichts von diesem teuren Gefühl entfloh, das einem die Wirbelsäule massierte.

Genau so war es. Die Zufriedenheit legte einem mehr Fesseln an als jeder Zwang, jede Macht und jeder Terror. Und das Schönste war, dass man gar nicht bemerkte, dass einem nicht einmal auffiel, worauf man in seiner Zufriedenheit aus freien Stücken verzichtete. Denn er wäre gewiss ein Leben lang, wie auch sein Vater, mit List darauf bedacht, kein bisschen davon zu verlieren. Und obwohl es ihm schwerfiel, es einzugestehen, könnte auch er sich damit zufriedengeben, wenn Eszter der Lohn dafür wäre. So einfach war das. Wenn die Genossen seines Vaters ein bisschen klüger wären, dann würden sie nicht Gefängnisse, Polizeiwachen oder Parteihäuser aus grauem Beton und noch grauerem Glas bauen, sondern ein einziges riesiges Bordell mitten in der Stadt, damit jeder es fand, wenn er es gerade benötigte. Und dort wären nicht die aus Osan, sondern prima Qualitätswaren dabei behilflich, die Spannungen abzureagieren. Am besten wäre es sogar, wenn die begehrtesten Mädchen und erfahrensten Frauen der Stadt zum Dienst eingeteilt würden, so wie die Autos mit einer geraden oder ungeraden Kennzeichennummer, in der einen Woche die einen, in der anderen Woche die anderen, damit es wirklich familiär wäre und endlich auch dieser ganze Blödsinn mit dem Haus des Volkes seinen Sinn hätte. Denn in dieses abweisende eckige Gebäude, das da auf dem neuen Hauptplatz prangte, gingen alle hinein, nur nicht das Volk.

Ein angenehm kühler Wind wehte von der Garibaldi-Brücke herüber. Er zerstreute die gallertartigen Blöcke der zwischen die Häuser gepressten Wärme und zerzauste den Bäumen in der Tatarenstraße die Blätter, als würde er seine Kinder streicheln. Die Marktbuden, um die sonst immer das Leben tobte, die modrigen Tordurchfahrten, die sich kurzatmig stützenden Häuser griffen mit beiden Händen nach der frischen Luft. Das Keuchen der Stadt ließ nach. Auf den Straßen lief, wie träges Blut in den Adern, langsam der Nachmittagsverkehr an. Es war erst Ende Mai, doch die Kraft des Sommers zeigte sich von Tag zu Tag mehr. Der Krankenwagen heulte häufiger, und jeder hatte mindestens eine Schauergeschichte von der Sonne parat, wie sie sich der Erde näherte, oder von der Unheil verheißenden Konstellation der Planeten, während sich hier unten die kleinen Krater im Asphalt mehrten und Frau Sólyom, die Kioskbesitzerin, fast der Schlag traf, weil sie den Gehweg nicht ordentlich fegen konnte, denn die Kippen blieben ständig in diesen kleinen Gruben hängen. Und nur die Stammgäste, die vom Bahnhof hier heraufgetorkelt kamen, kannten die Wahrheit, denn Frau Sólyom schüttete ihnen regelmäßig ihr Herz aus, dass sie, die Gizi, gar nicht wegen des Fegens so angespannt sei, sondern, weil ihre empfindlichen Knöchel schon seit ihrer Jugend in hochhackigen Schuhen schmerzten. Aber es klagten auch die Verkäufer an den hintersten Marktbuden, denn die Tomaten und Paprika hatten noch kaum begonnen, rund zu werden, da vertrockneten sie schon, sie wünschten sich unter Tränen das vorige Jahr zurück, als die Tische sich unter dem Frühgemüse gebogen hatten, weil nichts in den Export gegangen war. Die zimperlichen Ausländer wollten nichts von den faustgroßen Salaten und den von Röte strotzenden Radieschen, denn angeblich war alles voll mit Atomen und Strahlen, wegen dieses russischen Reaktors, dennoch ging alles bis aufs letzte Stück weg. Wer Hunger hatte, war selten wählerisch. Der lutschte höchstens das kostenlos verteilte Jod dazu, um mit vollem Magen und gut gerüstet das Ende der Welt zu erwarten.

So waren sie. Unvorsichtig, eigenbrötlerisch und alle ein bisschen verrückt. Obwohl niemals eine Statistik darüber erstellt wurde, war absolut sicher, dass hier, in dieser Stadt, so viele vor sich hin murmelnde Menschen lebten wie sonst auf der ganzen Welt nicht. Sie redeten und redeten, mal in der Schlange, mal im Bus, mal auch nur zur Wand gedreht sprachen sie ihren endlosen Monolog, ohne einen einzigen Ton. Dagegen konnte außer dem Arzt nun wirklich niemand etwas haben. Trotzdem war diese Stadt liebenswert. Die sanften, mutlosen Lichter in der Dämmerung, der ständig nieselnde, feine Regen im Herbst, der einen am Morgen auf dem Weg zur Frühschicht statt eines Kaffees aufweckte, und auch der Umstand, dass selbst die neueste Straßenbahn, die gerade frisch aus dem Werk gekommen war, rumpelte wie Alteisen, egal, was die Schlosserbrigade aus der Hauptstadt an ihr einstellte, aber so war wenigstens auch zwei Straßen weiter zu hören, wann sie kam und wann sie die Haltestelle verließ. Man konnte die an den Brandmauern grinsenden Salpeterflecke lieben, die namenlosen Statuen mit ihrem starren Blick und die Losverkäufer, die immer einen saftigen Witz parat hatten und einem schon anhand der Dicke des zusammengefalteten Papiers ansagten, ob man damit ein Auto gewinnen konnte oder nur Erfahrung. Das war die Stadt. Kloster und Schenke am Wegesrand, unbewohnte Insel und von Hügeln umfriedete Festung. Verlassen konnte man sie nie, höchstens sich an sie gewöhnen. An ihre manchmal unverständlichen, ein andermal nur allzu verständlichen Regeln.

Denn wenn sie auch nicht immer Herr über ihre Taten war und eine Sprache sprach, die eher um die Dinge herumredete, als sie zu benennen, konnte sie dennoch den Träumen nicht widerstehen. Und diese verschämten, mutlosen Bilder, Illusionen, ungreifbarer als Rauch, kleideten die Plätze, die vom Urin dampfenden Gässchen zuweilen tatsächlich in ein neues Gewand. Durch sie schnauften die am Bahnhof auf die Reisenden wartenden, ungeheizten Züge anders. Wer ihnen glaubte, der konnte, als murmelte er Zauberworte, seine Angelegenheit auf dem Amt auch ohne Fa-Seife und Kent-Zigaretten erledigen und sich sicher sein, dass, wenn er nicht hineinbiss, wenn er der sich ständig aufbäumenden Versuchung zu kosten widerstand, das alles doch das reinste Zuckerschlecken und die Dunkelheit zwischen den Ziegeln pechschwarze Schokolade war. Und nicht nur die Kinder erzählten, dass der Vater von Feri Branner, dessen Vorfahren schon Chemiker gewesen waren, eines Tages eine weltberühmte Salbe erfunden habe, die jeden unsichtbar machen konnte. Eines Tages dann, als er sich nicht mehr bei seinem Führungsoffizier melden wollte, habe er eben die ganze Familie von Kopf bis Fuß eingeschmiert, und seither suchten alle, die nicht genügend Fantasie hatten, um an solche Geschichten zu glauben, kopfschüttelnd nach ihnen. Die Wohnung aber, wo noch immer alle Sachen so dalagen, als würden sie täglich benutzt, die auf dem Stuhl gelassenen Kleider lauwarm waren und die eilig auf dem Teller ausgedrückte Zigarette einen haarfeinen Streifen zog, zeigten die Nachbarn den Käufern mit derart überheblicher Strenge, als wäre sie mindestens ein Museum oder eine Art wohnliches Panoptikum. Dabei wussten auch sie genau, dass ihre besorgten Bemühungen vergeblich waren: Früher oder später würde ohnehin jemand einziehen, der sich vor Geistern nicht fürchtete.

Einem unförmigen schwarzen Strom gleich wogte die Menge aus dem Kino, um sich dann schnell in den angrenzenden Straßen zu zerstreuen, als schämte sie sich bei Tageslicht für das, was sie drinnen zusammengehalten hatte. Es war kurz vor sechs, er musste nach Hause. Er wollte sich von seinen Freunden verabschieden, aber sie beachteten ihn kaum. Lajos und Précsek diskutierten gerade darüber, ob man mit dem Laser unter Wasser schießen könne, denn wenn nicht, dann würde es ausreichen, die Sturmtruppen auf einen mit Wasser bedeckten Planeten zu locken, und dort würde die ganze Armee ertrinken. Précsek hatte schon ein hochrotes Gesicht, denn was war schließlich der ganze blöde Fortschritt wert, die ferne Zukunft, fragte er mit erhobener Stimme, wo man Raumschiffe schon beinahe als Taxi benutzte, wenn es für ein so kardinales Problem keine Lösung gab, dass man jederzeit schießen konnte, wenn man wollte. Lajos sah verzweifelt zu Roland als dem zukünftigen Schiedsrichter.

»Ich muss los. Zu Hause warten sie«, sagte Roland.

»Jetzt schon?«, fragte Précsek, aber ihm war anzusehen, dass er ihn nicht zum Bleiben drängen wollte. Vielleicht spürte er, dass Roland ihm nicht recht geben würde.

An der Ecke Tatarenstraße beschleunigte er seine Schritte, und als er den Mühlengraben erreichte, rannte er los. Von hier war es bis zur Straße des Fortschritts noch eine Viertelstunde, bis dahin kam sicher niemand nach Hause. Er hätte es gehasst, wenn er vor Précseks und Lajos' Augen losgerannt wäre, denn dann hätten sie noch gedacht, er fürchte sich vor seinem Vater. Aber am sonderbarsten war es gewesen, dieselbe Furcht in den immer ruhigen Augen seiner Mutter zu sehen, als sie ihm erlaubt hatte, ins Kino zu gehen, während sie dreimal wiederholte, dass er spätestens bis sieben zurück sein solle, weil es momentan besser sei, sich an die Regeln zu halten, als sich ihnen hitzköpfig entgegenzustellen. Als hätte gar nicht sie gesprochen, sondern ein Roboter aus der von Précsek erdachten Zukunft.

Auch in der senkrecht auf den Mühlengraben mündenden Arghezi-Straße drosselte er das Tempo nicht, er machte vielleicht sogar noch größere Schritte, dabei war das der schlechteste Gehweg der Stadt. Um nicht asphaltieren zu müssen, hatte man einfach die Steinplatten verlegt, die vom Bau der Poliklinik übrig geblieben waren, und damit Material, Arbeitszeit und wer weiß was gespart. Nur hatte man leider vergessen, der Natur Bescheid zu sagen, und so wuchs aus den fingerdicken Spalten zwischen den Platten das Gras, hob allerlei Unkraut die Ränder an, vielleicht stand unter den Steinen schon ein ganzer Wald bereit, sodass der Gehweg jetzt vollkommen so aussah, als hätten hier Matrosen gearbeitet, die das offene Meer gewohnt waren, und nicht wortkarge Straßenarbeiter. Selbst im Sommer konnte man hier beim Spazierengehen leicht umknicken, und erst recht nach den ersten Frösten. Aber die Poliklinik war so nahe, dass man nicht einmal richtig Zeit hatte, sich aufzuregen oder lauter zu jammern, denn schon wurde man in die Orthopädie gebracht. Der Portier der Klinik war schon so weit, dass er sich nach dem Aufprall selbst aus dem Halbschlaf ohne ein Wort auf den Weg machte, sogar einen ausgemusterten Rollstuhl hielt er extra zu diesem Zweck neben seiner Kabine bereit, damit jeder sah, dass in diesem gottverlassenen Durcheinander noch jemand mitdachte und sich kümmerte.

Roland fürchtete sich kein bisschen vor einer Verstauchung, nur einen Bruch hätte er gern vermieden, denn der brachte überhaupt nichts. Mit dem müsste er wochenlang zu Hause herumliegen, aber etwas Besseres als eine etwas ernsthaftere Wunde konnte er sich kaum wünschen, damit könnte er gleich am nächsten Tag in die Schularztpraxis gehen, denn es bestand immerhin die Gefahr einer Infektion, und da war es gut, wenn die Wunde von jemandem verbunden wurde, der sich wirklich darauf verstand. Ein anderer hätte vielleicht mit geklauten Rosen um sie geworben oder im Laden eine Schachtel klebriges Lokum gekauft, weil es das und Fischkonserven irgendwie immer gab – als ob die türkische Süßigkeit und der ölige Fisch die Grundlage für alles andere wären –, und wenn das nicht reichte, wäre er mit ihr ins Theater gegangen, in eine der vorsichtigen, aber zumindest schrillen Vorstellungen, und hätte geduldig das Ende abgewartet, um sie anschließend nach Hause zu begleiten. Roland aber blieb nichts anderes als die mit Entzündung drohenden Wunden, als die immer gefährlich aussehenden Quetschungen und Schrammen, die meist so voller Sand waren, dass sie ganz von selbst nach Wasserstoffperoxid schrien und nach den hauchdünnen Gazekompressen, die man nur sehr vorsichtig, fast schon streichelnd auf die ohnehin schon gequälten Stellen legen durfte.

Eszter Novák war Anfang dreiundachtzig in die Schularztpraxis gekommen, aber Roland war sie erst bei der Pflichtimpfung im März aufgefallen. Tbc oder was es gewesen sein mochte, er hatte nicht aufgepasst, dabei hatte

Eszter alle gewissenhaft informiert, sie sprach über die Geschichte der Krankheit, über ihre Ausbreitung und darüber, dass sie bis heute nicht vollständig besiegt sei, trotzdem war er unfähig, auf die Worte zu achten. Auch die Bazillen, die die Lunge so leicht zerfraßen, brachten ihn nicht in Erregung, lieber starrte er diese junge Frau an, die für ihr Alter winzig war; jeder Junge in der Klasse war mindestens einen Kopf größer als sie. Zerlik reichte sie nur bis zur Brust, er zeigte auch sofort grinsend, dass das für ihn genau das ideale Maß wäre, sie lachten, natürlich, der Mathelehrer versuchte vergeblich, Disziplin zu halten, so schob er Eszter mangels einer besseren Alternative zum Pult, damit sie endlich die in heißem Wasser eingeweichten Kanülen auspackte, vielleicht würde das ja die Schüler zur Ruhe bringen. Aber nein, auch dieses Entgegenkommen war so lächerlich, dass es die Lage nur verschlimmerte.

Hatten sie ein Problem mit ihrer Figur? Stachelten sie die blonden, jungenhaft kurz geschnittenen Strähnen auf? Heute wäre es bereits schwer, das zu sagen. Eszter kümmerte sich sichtlich nicht um sie, scherte sich weder um die provozierenden Blicke der Jungen noch um die neidischen Blicke der Mädchen. Das Grinsen oder dass die Mutigsten sogar versuchten, sie anzufassen, während sie ihnen die Impfung in die Schulter spritzte, störte sie nicht. An derlei war sie schon gewöhnt. Mancher würde vielleicht glauben, das Schicksal hätte ihr einen üblen Streich damit gespielt, dass es sie aus so wenig Material geformt hatte. Man könnte fast sagen, aus dem Rest, aber Roland wusste nicht, woher hätte er es auch wissen sollen, dass ihr gerade das die größte Anziehungskraft verlieh, dass gerade das die Männer verrückt machte und den ritterlichen Instinkt in ihnen weckte.

Auch den schon ergrauenden Antal Sprőd, den anerkannten Dozenten der Anatomie und Gynäkologie, hatte dieser

Umstand dazu gebracht, sie mit Zähnen und Klauen gegen die von ihm als ungerechtfertigt empfundene Beschuldigung zu verteidigen, dass sie in der Abschlussprüfung abgeschrieben hätte, aber dies hatte auch bewirkt, dass Józsi Pintér, der ältere Bruder des niedlichen Marci Pintér, sie auf ein Stück Dobostorte in die angesagteste Konditorei einlud, dabei kaufte er sonst nicht einmal zum Frauentag Blumen. Eine ganz andere Sache war, dass sie die Ritterlichkeit, den sich auf alles erstreckenden Schutz, niemals umsonst bekam. Meist zahlte sie den Preis damit, dass sie akzeptierte, sich für ein paar Wochen in freiwillige Sklaverei zu begeben, denn Antal, der sich gern damit brüstete, lange Jahre keine einzige Studentin an sich herangelassen zu haben, machte mit ihr dennoch eine Ausnahme, er mietete ihr ein eigenes Zimmer in einem angesehenen vierstöckigen Haus im Fackel-Viertel, nur um sie immer zu Hause vorzufinden, wenn er Lust auf sie bekam. Doch vergebens die scheinbar gesonderte Wohnung, das gesonderte Leben; die Fesseln der Vorschriften konnte keine Ausnahmeregelung lösen, denn sie durfte ohne Erlaubnis nicht einmal allein bis zum Lebensmittelladen gehen. Der Professor fürchtete, war vor Angst geradezu besessen, dass sie auf diesen paar Metern von den bösen Buben angegriffen würde, verunstaltet und entehrt, oder dass sie nur ihren ständig nach einem Ziel suchenden Blick auf sie richteten. Man kann Sie mir mit einem einzigen Blick wegnehmen, sagte er, und auch Józsi Pintér erklärte etwas Ähnliches, nur dass er zum Nachdruck auch noch seine Faust ans Ende des Satzes setzte, denn irgendwie war der Mensch nun einmal so, dass er sich wegen der bedeutenderen Dinge nie wirklich Sorgen machte. Wohnung, Auto, Zimmermöbel gingen nur schwer verloren, aber wenn eine weiche Hasenpfote vom Schlüsselbund verschwand, dieser kleine nutzlose Schmuck, trauerte er eine ganze Woche. So ein Schmuck war Eszter. Nicht mehr und nicht weniger.

Heute war sie Pintér und all den Halunken, die nach ihm gekommen waren, freilich dankbar. Denn schon nach dem ersten Schlag, eigentlich in dem Augenblick, in dem sie den fremden, lebendigen Geschmack des eigenen Blutes im Mund gespürt hatte, war sie zu der Entscheidung gekommen: Wenn das Schicksal ihr das schon zugemessen hatte, dann würde sie es zu ihrem eigenen Nutzen wenden und die Lage gründlich ausnutzen. Sie würde die Grenzen ihrer eigenen Weiblichkeit und Macht ausloten. Schließlich gab es kein entsetzteres Wesen als den Mann, der über seine eigene Grobheit erschrak und zugleich unsicher wurde, mit schon fast lachhaftem Bemühen versuchte, seine Wut wiedergutzumachen. Die Männer kauften Schmuck und Abendkleider, selbst wenn sie die Frau nicht ausführten. Überraschten sie mit Hundewelpen oder dem nie verblassenden Versprechen einer Reise. Aber wenn es sein musste, boten sie sogar ihre Seele im Tausch gegen das Vergessen an. Auf diese Weise wurde Eszter Novák mit jedem Schlag härter und reicher, auch wenn sich dieser Reichtum kaum zeigte, weil er zum größten Teil mit unsichtbaren Trophäen einherging.

So kam es, dass sie Rolands Prellungen, die fachgerechte Behandlung fast vollkommen außer Acht lassend, zuerst eher mit etwas angewidertem Neid als mit Anteilnahme musterte. Sie wusste, dass man sie hinter ihrem Rücken für eine Hure hielt. Sie wusste es, wollte es aber nicht hören. Obwohl sie, wenn sie die Spuren der Schläge an sich betrachtete, es selber auch nicht anders hätte formulieren können, sie war eine Hure, die für jeden blauen Fleck, für jeden Tropfen Blut ihren Preis einforderte. Und wenn auch nicht auf dem Nachttisch, so hinterließ doch jeder seinen Lohn.

Nur so ertrug sie es. Nur so konnte sie sich wieder und wieder wie ein schutzloser Teenager benehmen, um dann erneut des Schutzes würdig zu sein. Sie hatte sich daran gewöhnt. Hatte es mit sich geklärt. Hatte geweint, geschmollt, verziehen. Wie eine raffinierte Küchenmaschine, die das Gemüse putzte, dünstete und dann zerquetschte. Aber um an jemand anderem die Brandmarken der eigenen Schande wiederzuerkennen, dazu reichte ihre Kraft nicht aus. Dann brach der Ekel in ihr auf, während von ihr erwartet wurde, dass sie heilte. Oder jedenfalls den ihr entwendeten und zur Schau getragenen Schmerz mit tröstenden Worten linderte. Roland war ein Verräter und kein schüchterner Jugendlicher. Einer, der unerwartet vortrat und ihr offen vorwarf, eine Hure zu sein.

Aber so sehr sie sich auch vor ihm ekelte, sie versorgte ihn gewissenhaft. Und Roland fühlte sich geradewegs im Himmel. Denn die kleinen Berührungen beim Verbinden, das sorgfältige Aufschreiben der Medikamente und die besorgten Fragen, ob er so etwas schon einmal eingenommen habe, ob er auf Antibiotika allergisch reagiere, drückten allesamt Fürsorge aus. Da half es nichts, dass er nur Patient war, denn er war als Mann Patient, und diesen keineswegs zu vernachlässigenden Unterschied konnte er in Eszters Bewegungen stets entdecken. Für ihn gehörten auch der Geruch des Desinfektionsmittels, die gelbliche Farbe des Jods, die durch die Gazekompresse hervortrat, schon zur Liebe. Zu jenem Gefühl unerfüllten Verlangens, das ihn auch am Abend nicht mehr ruhen ließ. Er betrachtete die träge mit der Nacht verschmelzenden Hausdächer mit jener immer stärker werdenden Gewissheit, nicht mehr einsam zu sein, irgendwo hinzugehören. Er handelte nicht ziellos, übereilte nichts. Alles, was er tat, wies endlich in eine Richtung.

Natürlich wäre es gut gewesen, die vielen lateinischen Wörter und die immer zahlreicheren Einträge in der Patientenakte endlich hinter sich zu lassen, doch nicht einmal eine tiefere Schürfwunde bot ihm genügend Zeit, weiterzukommen, mit einer unwirklichen Wendung die Rede auf ein eventuelles Rendezvous zu bringen. Sie kannten einander noch nicht. Eszter kannte nur seine Daten, das heißt sie kannte sie nicht nur, sondern konnte sie in- und auswendig: Während sie ihn etwas vorwurfsvoll und streng fragte, ob er denn immer so rennen müsse und dass er doch endlich auf sich aufpassen solle, denn das würde kein gutes Ende nehmen, notierte sie schon Klasse, Geburtsjahr und den Namen seiner Mutter. Zurückzufragen wäre eine Dummheit gewesen. Was hätte er auch mit Eszters Geburtsjahr anfangen können, mit dem Namen ihrer Mutter oder damit, wie viel sie gerade wog. Er hätte lieber gefragt, ob nach der Arbeit wirklich niemand auf sie wartete, wie es sich schon so viele Male herausgestellt hatte, denn er hatte sie mehr als einmal nach dem Unterricht beobachtet, oder ob ihr Freund vielleicht nur zu faul war, um sie abzuholen. Und was für Musik hörte sie? Was tat sie, wenn ihr das Nacheinander der Tage so langweilig wurde, dass sie am liebsten bis ans Ende der Welt gerannt wäre? Und wo war für sie die Welt zu Ende? Noch hier in der Stadt, oder brauchte er eine Landkarte dazu, um es zu finden?

Ohne Antworten musste er sich mit dem zufriedengeben, was Eszter nebenbei über sich selbst fallen ließ. Sie mochte Zuckerwatte, würde aber nach einem Zwei-Gänge-Menü niemals ein Dessert bestellen, auch im Winter trug sie keine Mütze, doch waren ihre Beine wie zwei Eiszapfen, egal, was für eine dicke Hose sie anzog. Ihre Lieblingsfarbe war Regengrau, weil es elegant war, und sie konnte es nicht ertragen, wenn in Filmen jemand grundlos starb, obwohl es sein konnte, dass dabei weniger die Zuschauerin als vielmehr die zukünftige Ärztin aus ihr sprach. Dies waren zwar nur unwesentliche Einzelheiten, doch Roland notierte sie am Abend immer so in sein Heft, als wäre er an jene Schlüssel gelangt, die die wichtigsten Schlösser öffneten. Und er wartete, wartete beharrlich auf die Gelegenheit, dass sich einmal alle Einzelheiten zusammenfügen würden. Dass es eine gemeinsame Zeit gäbe, auch außerhalb der Behandlung.

Die Gelegenheit kam in Gestalt eines rostigen Nagels. Schon am Anfang der Sportstunde hatte er bemerkt, dass die Arbeiter am Rand des Fußballfeldes eine zerbrochene Leiste hatten liegen lassen. Sie hatten die Tribüne vom Ersten Mai abgebaut, dabei musste die Leiste mit dem hervorstehenden Nagel übrig geblieben sein. Sein erster Gedanke war, sie möglichst weit wegzutreten, damit nicht jemand darüberfiel, aber dann ließ er sie genau deshalb liegen. Und von hier an war es ein Kinderspiel, es so einzurichten, dass ihn Pityu Zerlik nach einem gemeineren Täuschungsmanöver einfach umstieß, geradewegs in den vorbereiteten Nagel. Zuerst tat es gar nicht so weh, er spürte eher nur das Kribbeln. Dass er erfolgreich gewesen war, dass dies hier nicht nur so eine oberflächliche Wunde, eine Bagatelle, war, sah er zuerst an den erschrockenen, dann immer blasser werdenden Gesichtern der Jungen. Der Nagel hatte sich nämlich nicht senkrecht in den Schenkel gebohrt, sondern schräg, und durch die Kraft des Falls hatte er sich sofort herausgedreht und die Haut eine Spanne lang aufgerissen. Das dunkelrote Blut floss sofort über sein ganzes Bein. Es hat nicht gespritzt und hatte keine helle Farbe, die Arterie hat es also zum Glück nicht erwischt, fasste Eszter den Fall eilig, aber umso fachgerechter für die Ärztin zusammen. Dies galt nämlich wirklich schon als schwere Verletzung und konnte nicht einfach im Vorraum von der Assistentin versorgt werden; die Ärztin selbst musste es tun, in ihrer Praxis, die mit durchgeschnittenen Kunststoffherzen und -lungen dekoriert war.

»Das wird die Vene sein«, nickte die Ärztin. »Zum Glück blutet es kräftig.«

Sie sah Eszter an, als hätte sie ihr eine Prüfungsfrage gestellt. Eszter antwortete rasch.

»Das ist deshalb gut, weil sich die Wunde auf diese Weise schnell reinigt.«

»Richtig. Bereiten Sie die Nadel vor, wir müssen nähen.«

Roland war enttäuscht. Doppelt sogar. Zum einen, weil sie sich nicht mit ihm, sondern die ganze Zeit mit dieser blöden Blutung beschäftigten, als hätten sie ihn selbst plötzlich verschwinden lassen, ihn hinter der Wunde ausgelöscht. Offenbar war es ganz egal, wer die aufsehenerregende Verletzung mitbrachte, wer ihr Besitzer war. Ob nun er hier saß oder Elvira Krajczár, die wahrscheinlich alles vollgeheult hätte, aber es hätte auch Pityu Zerlik sein können, der vielleicht sogar ohnmächtig geworden wäre. Hier waren schon lange nicht mehr die Persönlichkeitsmerkmale wichtig, der sich entfaltende Charakter, der Mut, dass man die Behandlung mit zusammengebissenen Zähnen ertrug, sondern die Frage, welche Komplikationen auftreten könnten. Zum anderen hörte er in Eszters Antworten seine eigene Nervosität, die er aus der Schule kannte, wenn er in der Geschichtsstunde nach den Jahreszahlen gefragt wurde oder den Charakter der Funktionsdarstellungen erklären musste. Eszter war jetzt keine freie, aufregende Frau mehr, sondern ein in die Schulbank gezwungenes Mädchen und unterschied sich kaum von Kinga Hadházy, wenn sie verzweifelt nach dem Wohlwollen des Lehrers gierte, um endlich eine Zehn zu bekommen. Denn nur so konnte sie dem entgehen, mündlich abgefragt zu werden. Diese Enttäuschung verging auch später nicht, denn die Ärztin fragte ständig sowohl ihn als auch Eszter, während ihre Brille mal ihn, mal sie anblinkte.

»Spüren Sie noch Taubheit?«

»Nein.«

»Ein Kribbeln?«

»Auch nicht.«

»Fühlt sich Ihr Bein schwächer an?«

»Würde ich nicht sagen.«

»Oder tut es nur weh?«

»Ja«, gab Roland unwillig zu.

Und schon fasste Eszter die Symptome zusammen.

»Weder der Nerv noch die Sehne sind verletzt.«

»Behandlung?«

»Wegen des Rostes ist eine Tetanusimpfung nötig.«

»Richtig. Kommen Sie und sehen Sie zu, wie ich es zusammennähe.«

Die Ärztin, der der weiße Kittel längst nicht so gut stand wie Eszter und die über die Strümpfe unförmige graue Wollsocken gezogen hatte, womit sie auch noch die Reste ihrer Weiblichkeit verbannte, gab den Fall auch nach der Wundversorgung nicht aus der Hand. Bei der Kontrolle am nächsten Tag war sie ebenso anwesend wie auch später, als die Fäden gezogen wurden.

»Das wird eine Spur hinterlassen«, sagte sie streng, und ihr war anzusehen, es tat ihr kein bisschen leid, dass Roland bis ans Ende seines Lebens die Narbe dieses Unfalls tragen würde. Sie hatte zwei Jahre zuvor die dreißig überschritten, war aber eine Frau von der Sorte, der die Zeit irgendwie nichts anhaben konnte. Ihre ohnehin schon papierdünnen Lippen wurden nicht noch schmaler, die opale schimmernde Haut verblasste nicht. Auch mit sechzig würde sie noch so aussehen, stellte Roland fest, plus/minus fünf Falten. Er betrachtete die Sommersprossen an ihren Händen, die wie Leberflecke aussahen. Die langen, schmalen Finger, die schon ihr eigenes Nagelbett kaum ertrugen. Das Ziehen der Fäden tat nicht mehr weh, es kribbelte eher, als streichelte man seinen Schenkel mit einem Büschel Grashalmen. Mit geschlossenen Augen und aller Energie versuchte er, sich Eszter vorzustellen, die in dieser Woche zu allem Überfluss nicht einmal Dienst hatte. Er rief sich ihre frischen federnden Brüste vor Augen, die den Kittel eine Spanne weit offen hielten, ihre selbst durch die Kleidung schimmernden Kurven, die breite Hüfte. Zentimeter für Zentimeter ging er voran. Vielleicht analysierte er gerade die Rückansicht, als sich in seiner Unterhose etwas regte. Das Zucken wurde rasch zu einem starken, eindeutigen Anschwellen, als ihn die Ärztin versehentlich mit dem Ellbogen an der Stelle berührte.

»Wenn es dich ein bisschen weiter oben erwischt hätte, könntest du die Mädchen vergessen«, hatte die Ärztin gescherzt, als sie das Sprechzimmer betreten und ihn aufgefordert hatte, die Hose hinunterzuziehen. Sie hatte auf die Naht gezeigt, deren oberes Ende ein paar Zentimeter unterhalb seiner Lenden begann. Zuerst hatte er auch darüber gelacht, aber jetzt war nichts Witziges mehr daran. Ohne Eszter war die Praxis längst nicht so freundlich. Die Instrumente in den Vitrinen, die verblichenen Illustrationen mit den Erklärungen einer Verbrennung zweiten Grades an der Wand, die mit übel riechendem Kunstleder bezogene Liege, alles stand bereit, den Betrug aufzudecken. Bereit dazu, die als Scherz erscheinende Drohung wahr werden zu lassen. Die runden Pillen auf dem Tisch der Ärztin starrten Roland an wie lauter Augenpaare. Auch deshalb war er zu Eszters Körper geflohen, hatte die Dosis aber verpeilt.

Jetzt wollte er sich Eszters Hintern vergeblich aus dem Kopf schlagen, es gelang ihm nicht, dabei zwang er sich, an alle möglichen nüchternen Dinge zu denken, daran, dass er etwas essen würde, wenn er hier fertig wäre, ein Wurstsandwich, und danach auf die Toilette ginge, er buchstabierte die Aufschriften auf den Medikamentenverpackungen und sagte die Primzahlen auf, aber es half alles nichts, am Ende des Gedankengangs tauchte immer wieder das wohlgeformte Objekt seines Verlangens auf, es bohrte sich ins Sandwich, und ihm war, als wäre er selbst drauf und dran, gerade in dieses sich wiegende Fleisch hineinzubeißen. Untenherum schwoll alles immer stärker an, und das störte bereits auch die Ärztin, denn Anatomie hin oder her, es fiel ihr ohnehin zunehmend schwer, nicht auf seine blendend weiß gewaschene Unterwäsche zu blicken. Nicht zu bemerken, was sich dort genau vor ihrer Nase abspielte. Einem Mann hätte sie vielleicht eine gescheuert, aber einem Kind? Vielleicht begriff er ja nicht einmal, was geschah.

Dass sich daraus Probleme ergeben könnten, dämmerte ihr erst, als sie Roland gehen ließ. Denn was, wenn er herumerzählte, sie hätte ihn absichtlich aufgereizt? Hätte ihre Hand so gehalten, dass sie ihn ständig berühren musste? Sie versuchte, die Szene wieder und wieder nüchtern vor sich ablaufen zu lassen, um sich davon zu überzeugen, dass sie sich selbst bei strengster Auslegung der Regeln nichts hatte zuschulden kommen lassen. Die Situation keinen Augenblick missbraucht, ethisch und fachlich das Maximum geboten hatte. Wie sie es auch von ihrer Assistentin verlangte. Aber wieso lief es ihr dann immer wieder kalt über den Rücken? Was war es, das ihren Körper schüttelte? Nach einer Weile ließ sie ihre Fantasie nicht mehr ruhen, mischte haarsträubende Bilder zwischen die Realien. Die

Frau sah sich, wie sie dem Patienten in die Hose griff und den stolz aufragenden Sünder herauszerrte. Ihn schüttelte und befingerte. Ihn verschlang wie ein Würstchen. Schrecklich. Nein, das war nicht zu ertragen. Sie wusch sich das Gesicht mit kaltem Wasser. Ein paar Minuten später nahm sie sogar ein Beruhigungsmittel. Erst wollte sie ihre Freundin anrufen, um ihr lachend von dem Fall zu erzählen, aber was wäre, wenn sie gar nicht mitlachte? Wenn auf die Pointe der Geschichte ein knisterndes, entsetztes Schweigen antwortete. Jetzt erschrak sie ernsthaft. Gondru, Gondru … Woher kannte sie nur diesen Namen? Irgendetwas hatte man ihr sicher über ihn erzählt. Ihr Kopf pochte glühend und schwer.

Unwillkürlich setzte sie sich vor das Papier. Sie wusste schon, was ihre Freundin gesagt hätte. Dass sie die Initiative nicht aus der Hand geben sollte. Niemals aus der Hand geben. Dass sie, wenn sie auch nur den kleinsten Zweifel hätte, sofort etwas unternehmen müsste. Das Papier würde sie schützen, sagte sie sich auch noch, als sie in langen, wirren Sätzen ausführte, dass ihr der Elftklässler Roland Gondru am Fünften des Berichtsmonats um neun Uhr fünfzehn in der Schularztpraxis auf seine Weise ein Angebot gemacht habe, welches sie jedoch dank ihrem unerschütterlichen Glauben an die sozialistische Moral umgehend zurückgewiesen habe. Sie nehme an, das alles sei kein Zufall, sondern geplant und mit Absicht geschehen, daher könne sie sich sogar die Möglichkeit einer Selbstverstümmelung vorstellen. Sie bitte um diskrete, jedoch umso gründlichere Untersuchung der Angelegenheit und die exemplarische Bestrafung der Schuldigen.

Sie sah auf das Papier und traute ihren Augen nicht. Aber das war ja auch nicht nötig. Der Direktor würde das Ganze schon entwirren. Lupu würde die Wahrheit finden, und falls nicht, falls sie im Irrtum war, würde er den Schrieb sowieso in den Müll werfen. Das war nicht mehr ihre Sorge. Sie hatte alles getan, was in ihrer Macht stand.

Die Rippchen sind fertig, rief die Mutter und kam ins Zimmer. Sie hätte es gar nicht zu sagen brauchen, denn der Fettgeruch und der satte Duft des Knoblauchs drängten sich hinter ihr herein. Für einen Hungrigen war das die Erlösung, aber wenn man nur einen dumpfen Druck an der Stelle seines Magens spürte, dann war es das reine Attentat. Ich komme, sagte Roland schließlich und schaltete den Rekorder aus. Mick Jagger konnte seine »Sympathy for the Devil« nicht weitersingen, aber das war auch nicht wichtig, er verstand es sowieso nicht. Lajos hatte ihm den Text natürlich phonetisch aufgeschrieben und auch, worum es in etwa ging, trotzdem konnte er sich nicht besonders gut einfühlen. Er besuchte die Russischklasse, sie lernten über Puschkin in dieser knarrenden, rostigen Sprache, die niemand verstehen wollte.

Sein Bruder war in der Küche gerade mit dem Tischdecken fertig. Auch an den Platz des Vaters hatte er einen leeren Teller gestellt und eine Gabel gelegt, dabei wusste er, dass er schon lange schlafen würde, wenn Mihai heimkam. Die Mutter strich Viorel lächelnd über den Kopf für seine Aufmerksamkeit. Roland hätte ihm am liebsten unter dem Tisch gegen das Schienbein getreten, aber davon konnte natürlich keine Rede sein. Gebt eure Teller her, sagte die Mutter. Zuerst tat sie dem Bruder auf, dann ihm. Die beiden großen Stücke Fleisch bedeckten seinen Teller fast ganz, umgeben von weißen Reishügeln. Die Mutter geizte nicht mit dem Essen, sie sind noch im Wachstum, sagte sie immer, außerdem hatte das Wasser seinen Bruder heute gründlich ausgelaugt. Auch Brot schnitt sie zum Fleisch, von einem frischen Laib. Viorel bettelte ihr den Kanten ab und biss fast sofort hinein. Roland stocherte nur im Essen, dabei schmeckte es gut, weich und würzig. Der Bratensud glänzte ölbraun auf den Reiskörnern. Dennoch konnte er den Blick nicht vom Teller seines Vaters wenden. Wie ein weißer Magnet zog dieser seinen Appetit an, das Klappern des Bestecks, jeden Gedanken. Eigentlich drehte sich die ganze Küche um ihn. Es stand zu befürchten, dass er außer dem in der Spüle aufgestapelten schmutzigen Geschirr auch seine Mutter und Viorel einsaugen würde und nur ihn, Roland, verschonte. Mit ihm hatte er offenbar andere Pläne.

Viorel erzählte lautstark etwas über das Kinderbecken. Ein dicker, fieser Junge hatte Streit mit ihm angefangen und seinen Kopf unter Wasser gedrückt. Seine Mutter zeigte sich lachend entsetzt, woraufhin der Bruder noch plastischer vorführte, wie lange er keine Luft bekommen hatte. Er blies die Backen auf wie einen Luftballon und schlang die Hände um den eigenen Hals, um zu zeigen, wie ihm im Chlorwasser die Luft abgedrückt worden war. Am Ende der Geschichte bekam er, gleichsam als Belohnung dafür, dass er in dem kaum einen Meter tiefen Becken schließlich doch nicht ertrunken war, einen Apfel. Roland stocherte immer noch auf dem Teller herum.

Und du, fragte die Mutter ihm zugewandt, was war bei dir los? Wie war dein Tag? Sie fragte leichthin, aber ihre Augen waren trotzdem voller unausgesprochener Sorge. Wenn sie noch einmal fragte, würde er vielleicht alles erzählen. Auch, wenn er das Ende nicht mehr erzählen könnte und als siebzehnjähriger großer Junge, der er war, in Tränen ausbrechen würde. Aber er tat es nicht. Im letzten Augenblick befahl er sich, hart zu bleiben. Nichts war los, sagte er schließlich, wir waren bei der Demo. Sein Bruder kaute da schon laut am Apfel. Die Mutter sah ihn noch eine Weile an, doch ihr Blick entfernte sich immer mehr. So wie sie das Interesse verlor, wurde er immer stumpfer, glanzloser. Am Ende blieb ihm nicht einmal mehr so viel Kraft wie einer herausgeschraubten Glühbirne.

Sie hatten sich unter der elektrischen Uhr versammelt, bereits am Mühlengraben war zu hören, dass sie dort waren. Précsek erklärte volltönend irgendetwas, ab und an von Pityu Zerliks dünnem hysterischem Lachen unterbrochen. Alle standen um Tibi Précsek herum, der heftig gestikulierte. Er hielt die Hände, als würde er schon die Maschinenpistole packen, die sie auf dem Schulhof entgegennehmen sollten, und mit ihr wahllos die Fußgänger umnieten. Immer, wenn die unsichtbare Kalaschnikow ratterte, wieherte Zerlik los, als wäre dieses Lachen das Blut, das aus den unsichtbaren, von den Kugeln gerissenen Wunden rann. In letzter Zeit benahmen sie sich immer ein bisschen so, als würden sie in einem Film mitspielen. In *Terminator* oder in *9½ Wochen*. Sie hatten beide auf Leihvideos gesehen, schon zu Beginn des Sommers, mit immer wieder verschwimmenden, zitternden Bildern. Kinga Hadházy hatte den Text übersetzt, aber eine Szene verstanden sie ohne besondere Erklärung, die, in der John der Blondine, die er sich ausgeguckt hatte, das Tuch kaufte und diese beinahe vor Freude dahinschmolz, woraufhin er sie auf das Riesenrad setzte, und als die Kabine ganz oben angekommen war, den Bediener die Maschine ausschalten ließ und mit ihm ein Bier trinken ging. Das Mädel dort oben kreischte, John beruhigte sie von unten, nur ruhig, Baby, wir kommen gleich wieder. Perplex klebten sie am Bildschirm. Ach, so ging das auch? So lässig, so fies? Alter, das brauchen die, flüsterte Précsek, als hätte er das unfehlbare Rezept gefunden, und von da an waren im Goga zehn Johns zugange. Sie kauften den Mädchen Limonade, tranken aber erst selbst davon, sie beobachteten aus ein paar Schritten Entfernung, wie die Mädchen vor dem Kino auf sie warteten, dann teilten sie ihnen lässig mit, dass sie doch lieber in die Konditorei gehen wollten, und knüllten die schon gekauften Kinokarten in die Taschen. Aber dass die weibliche Seele doch etwas komplizierter war, hatte schon Kinga Hadházy signalisiert, die bei der Szene mit Joe Cocker, in der sich Kim Basinger hammercool auszog, weinend aus dem Zimmer rannte. Und selbst auf flehentliches Bitten wollte sie nicht zurückkommen, dabei versprachen sie ihr einen Liebesfilm, und auch Horror, wo die Untoten hundertpro jeden Darsteller auffressen würden. Freilich war ihre Reaktion gewissermaßen verständlich, denn verglichen mit der Blondine auf dem Bildschirm hatte sie obenherum nicht allzu viel vorzuweisen.

Précsek spielte wohl gerade den Terminator, doch als er Roland erblickte, packte er sein Robotergesicht beiseite und eilte ihm mit dem schon ausgefeilten John-Gang entgegen. Die Lässigkeit brauchte man auch, um auf der Straße allen müden Frauen mit Einkaufsnetz hinterherzupfeifen, als ob sie auf die Kinoleinwand gehörende Klasseweiber wären, Routine-Basingers, wie Précsek sagte, und sie konnten gar nicht so schnell entscheiden, ob diese Jungs mit ihnen Späße trieben oder wirklich so scharfe und gierige Augen hatten, dass sie mit ihrem Blick diese Alltagslasur, die an ihnen klebte, durchbrachen und in ihnen trotz allem die dahinter verborgene Frau entdeckten. Es kam nicht selten vor, dass sie die Jungen zwar wegen ihrer Frechheit vorwurfsvoll anschauten, jedoch hinter der Ecke, wenn es niemand mehr sah, etwas Lippenstift aus den Tiefen ihrer Handtasche kramten und auflegten, sich mit zur Seite geneigtem Kopf in der Schaufensterscheibe betrachteten, um dann genauso gebeugt wie zuvor weiterzueilen. Aber die Jungen brauchten diese kleinen Scherze, sie brauchten sie sehr, denn sobald sie auf dem Schulhof die blauen Uniformen entgegengenommen hatten, die Schnürstiefel, die Mütze, und dann die Kalaschnikow, verging ihnen die gute Laune. Eine dünne Frau teilte auch weiße Zwirnhandschuhe an sie aus. Niemand verstand diese Sache. Die wollen wirklich, dass wir in dieser Affenhitze diese Lappen anziehen, sagte Précsek und drehte sich entrüstet um. Ja, genau das wollten sie. Zu allem Überfluss blieb die Frau so lange bei ihnen stehen, bis alle die Handschuhe angezogen hatten, dann musterte sie noch einmal jeden einzeln, rückte Mützen zurecht, zog Koppel gerade, als würde der Zug nicht zu einem Aufmarsch erwartet, sondern zu einer Modenschau. Dann mussten sie auf dem Hof noch zweimal im Kreis marschieren, damit sie nicht einmal aus Versehen vergaßen, was man schon seit zwei Wochen versucht hatte, ihnen einzutrichtern. Stramm wenden, in der Reihe, Ellbogen an Ellbogen, dann auf Kommando mit den Stiefeln auf den Boden stampfen, um schließlich starr nach rechts zu sehen, als ob auf der anderen Straßenseite ein Feuer brannte, verdammt noch mal!

Das zu lernen war nicht leicht gewesen, denn immer machte einer zu wenige Schritte oder zu viele, der eine bekam einen Lachkrampf, der andere schaute zu ernst drein, aber in der Mitte der zweiten Woche hatte der Zug schon angefangen, sich wie ein einziger Körper zu verhalten. Da behielten sie diese kantigen Bewegungen auch schon beim Fußballspielen am Nachmittag bei, in den Täuschungsmanövern und der Freude über die Tore, sie legten ihre Köpfe im Takt von Links-zwo-drei-vier auf die Kissen, und ebenso schlürften sie den Tee am nächsten Morgen. Vier Tage vor dem Aufmarsch bekamen sie die Waffen, um die richtige Handstellung zu üben. Man musste sie mit beiden Händen halten, allein schon wegen ihres Gewichts, das verursachte am ehesten Zerlik Probleme, denn so hatte er nichts mehr, mit dem er seine ständig auf die Nasenspitze rutschende Brille zurückschieben konnte, er versuchte es mit dem Ellbogen, aber schließlich benutzte er, wenn keiner hinsah, lieber den Lauf der Waffe und sah deshalb so aus, als wollte er sich alle fünf Minuten in den Kopf schießen.

Es sind keine Schlagbolzen drin, beruhigte sie Pityu in der Mittagspause. Woher er das wusste, stellte sich nie heraus. Natürlich war nicht die Angst um Zerlik der Grund für die Vorsicht, nicht um ihn machte sich die Partei Sorgen, vielmehr zitterte sie vor der nur theoretisch existierenden Möglichkeit, was wäre, wenn diese Heimatlosen sich doch irgendwo eine Kugel besorgten und den Genossen aus Bukarest die Augen ausschießen würden? Gerade darüber konnte man, hinter einem belegten Brötchen versteckt, am meisten lachen. Über die Angst der Partei. Und gerade vor ihnen. Vor dem schlappen Tóni Ripper, den sogar eine Fliege unterkriegen würde.

Als sie die zwei Runden marschiert waren, wurde eine Pause befohlen. In einer halben Stunde, genau um elf sind Sie an der Reihe, sagte ein kleines, nervöses Männlein und rannte auch schon wieder weiter. Allen lief der Schweiß in Strömen, an den Uniformen zeigten sich die ersten nassen Flecke. Einige murrten noch immer wegen der Handschuhe, denn bis dahin hatten sie noch mit Ach und Krach irgendwie soldatisch ausgesehen, sogar von Lajos konnte man glauben, dass er die Heimat schützen würde, wenn es das Schicksal so mit sich brächte, aber mit den Zwirnhandschuhen wirkten sie wirklich wie Operettenhusaren. Als warteten sie auf nichts anderes, als im rechten Augenblick ein Lied anzustimmen.

Sie stellten sich unter die Pappeln. Nicht, dass diese steifen Ausrufezeichen besonders viel Schatten gespendet hätten, aber es tat gut, sich an den Stamm zu lehnen. Die Mutigeren zündeten sich eine Zigarette an. Der Offizier sagte nichts. Vielleicht wollte er damit signalisieren, dass das jetzt eine andere Art von Aufsicht war. Was ein Lehrer nicht erlaubte, das war hier, nach getaner männlicher Arbeit, durchaus drin. Der Hof belebte sich. Zuerst kam die Gruppe mit den Mitarbeiterinnen des Gesundheitswesens an, danach die Gießereiarbeiter. Es war eine zusammengewürfelte Gesellschaft. Aber das war verständlich: Schon seit einer Weile wurden nicht mehr die Bestarbeiter und Spitzenschüler für die Aufmärsche ausgewählt, man suchte sich vielmehr die Letzten aus, mit denen man das Jahr über nicht zurande kam, die tranken oder die Norm nicht erfüllten oder aber zu jung waren, um etwas dagegen einwenden zu können. Auch unter ihnen hatte nämlich nur er, Roland, sich freiwillig gemeldet, Tóni Ripper und Précsek waren wegen ihrer erbärmlichen Noten und Zerlik durch das Los für diese Aufgabe bestimmt worden.

Die Frauen vom Gesundheitswesen trugen weiße Kittel und weiße Strümpfe. Das hübsche rote Kreuz auf ihren Hauben blickte einem gleichsam als Bestätigung auch von der Armbinde entgegen. Die Jungen beneideten sie um das Weiß. Schon nach neun prasselte das grelle Sonnenlicht wie scharfkantige Steine vom farblosen Himmel. Es verletzte jede freie Fläche und weichte den Asphalt auf wie Kinderknete. In dem matten Gewimmel entdeckte er Eszter schnell. Als ihre Blicke sich begegneten, sprach sie gerade mit einer älteren Frau, deren Krampfadern auch die dicken Strümpfe nicht verdeckten. Aber das Thema konnte nicht so spannend sein, denn sie lächelte Roland bald zu und wies dann mit fragendem Blick auf seinen Schenkel. Alles in Ordnung, winkte Roland zurück und machte noch zwei Kniebeugen, um seiner Zeichensprache Nachdruck zu verleihen. Die Kniebeugen waren eine gute Idee, denn Eszter lächelte wieder. Jetzt blitzten sogar ihre kleinen, wie Porzellan glänzenden Zähne auf, und in ihren Mundwinkeln erschienen die unvergleichlichen Grübchen. Das himmelblaue Tor, durch das Roland Tag für Tag eintreten wollte, öffnete sich noch weiter. Eigentlich hatte er genau auf so ein Lächeln gewartet. Nicht auf das offizielle Lächeln der Assistentin, sondern auf das der Frau, die sein Interesse zwar schon bemerkt hatte, aber noch keine Lust hatte, eine Reaktion in Erwägung zu ziehen. Jetzt konnten die Blumen kommen. Vorsichtige Andeutungen auf ein Rendezvous.

Die Pause war vorüber. Das kleine nervöse Männlein trieb erst die Gruppe vom Gesundheitswesen, danach die Gießereileute in Richtung Eingang. Als sie sich formiert hatten, begann es, beinahe hüpfend zu winken, dass auch sie sich hinter ihnen aufstellen sollten. Möglichst sofort. Und mit Begeisterung. Mit Begeisterung, verstanden?!, schrie es verzweifelt. Murrend verließen sie die Pappeln. Précsek drückte die Kippe aus und nahm die Waffe auf, als marschierte er tatsächlich an die Front. Es war nicht schwer, sich vorzustellen, dass er jedem, der ihm jetzt vor den Lauf käme, tatsächlich eine Salve verpasste. Irgendwie riss es sie aus dem Film. Zu viel Licht, zu viele Gerüche waberten um sie herum. Gewehre, Transparente, der Geruch sich mühender Körper. In der immer dichter werdenden Menge blitzte für einen Augenblick die Gestalt von Rolands Vater auf. Er machte sich um die Jungen und Mädchen aus der Eminescu-Schule zu schaffen, was kein Zufall war, denn in diesem Jahr durften sie die lernende Jugend mimen.

Bis zum Victoria-Kino sahen sie nur die Rücken der Gießereiarbeiter. Sie hatten graue Overalls an, und jeder von ihnen trug ein riesiges Werkzeug aus Pappmaschee, Schraubenschlüssel und Hammer, das sie mitten auf dem Boulevard vor der Tribüne in die Höhe heben sollten. Dazu die gewohnten Trikoloren und die obligatorischen Transparente. In den Genuss des schmalen Schattens von *Es lebe die Rumänische Kommunistische Partei!* kamen bei ihnen nur die ersten beiden Reihen, und auch sie nur, wenn sie heraustraten. Durstig folgten sie diesem meterbreiten Streifen. Der Offizier musste sie nach einer Weile zurechtweisen, zum einen sollten sie sich nicht in zwei Gruppen teilen, zum anderen den Gießereileuten nicht in den Arsch kriechen. Da gibt es nichts, nur Eisenspäne, sagte der Offizier und lachte. Doch auch das irgendwie brüllend. Ab der Apotheke auf dem Horea-Platz marschierten sie schon diszipliniert, die Stiefel bewegten sich im Takt, nicht einmal die Mützenschirme tanzten aus der Reihe. Die Gießereiarbeiter mussten sich erst an der nächsten Ecke zusammennehmen, vorher konnten sie sich noch schubsen und Blödsinn machen. Einer von ihnen steckte sich die Fahnenstange zwischen die Beine, es schien, als würde er mit einem Schwung über die Häuser fliegen. Das Gelächter der Gießereiarbeiter klang schrill, als rollten kalte Metallstücke auf der Straße auseinander. Vom Damm her war schon Applaus zu hören. Hinter der Tribüne wogte träge der Fluss, vor ihm etwas dichter der Asphalt. Die farblos brodelnde Luft zitterte und tanzte.

Als sie auf den Boulevard einbogen, stießen sie schon wie ein einziger strammer Körper vor. Wie ein Golem, so stürmten sie auf das andere Ende der Straße zu. Die harten Gummisohlen knallten, das Licht taumelte auf den Läufen der aufgeheizten Waffen hin und her. Vor der Hitze gab es kein Entkommen. Sie klebte an ihnen, kroch in sie hinein. Roland glaubte schon, sie marschierten nicht auf der Straße, sondern auf dem Wasser, und auf der Tribüne mit den fünfzig Sitzreihen erwarte sie nicht die Delegation aus der Hauptstadt, sondern säßen aus dem Fluss geflohene Fische. Und das Geräusch, das sie hörten, sei das Schlagen der Flossen und das quälende Auf- und Zusperren ihres Maules, das Anspannen der Kiemen bei ihrem Ringen nach Luft. Mit jedem Schritt wurde der Applaus lauter, doch als sie ihn richtig hätten hören können, ging es mit dem Stechschritt los. Das Knallen unterdrückte das kraftlose Klatschen der Hände. Als der Offizier losbrüllte, drehten sie die Köpfe auf einen Schlag zur Tribüne. Kinn hoch, Brust raus. Die Zwirnhandschuhe waren eigentlich überflüssig, da sie die Waffe derart wütend festhielten, dass ihre Finger ohnehin ganz weiß wurden. Köpfe sahen sie gar nicht, nur flirrende Lichtkreise. Als ob eine Reihe Lampions im Takt klatschen würde. Lampions und Fische mit aufgesperrten Mäulern.

Am Ende des Boulevards dampfte ihre Kleidung bereits. Das kleine, nervöse Männlein wartete schon auf sie. Der Teufel mochte wissen, auf welchem Umweg es ihnen zuvorgekommen war.

»Legen Sie die Waffen ab und ziehen Sie sich um!«, schrie es und trieb sie sogleich hinter einen auf der Straße aufgestellten Paravent. Die Gießereileute saßen in geschmolzenen Klumpen auf der Bordsteinkante und sahen ihnen gleichmütig zu.

»Warum sollen wir uns ausziehen? Wir sind schon fertig!«, platzte Précsek heraus.

»Weil ich es gesagt habe!« Der kleine Mann nahm Haltung an. Auch so reichte er Tibi kaum bis zur Brust. »Los, schnell, schnell!«

Er begann, weiße Turnhemden und Hosen auszuteilen. Die auf die Trikots gezeichneten Menschen liefen, rangen und schwammen.

»Die Sportler sind nicht gekommen«, sagte er schließlich zur Erklärung.

»Was soll das heißen, sie sind nicht gekommen?«

»Sie haben einen Wettkampf. Hat sich jetzt herausgestellt.«

Précsek fluchte leise, knöpfte sich aber sofort die Hose auf. Auf bereitgestellten Stühlen lagen weiße Kittel und Hauben mit rotem Kreuz. Auch die Frauen vom Gesundheitswesen hatten sich also umziehen müssen, und jetzt waren sie hinter und nicht mehr vor ihnen. Wer wohl noch alles nicht gekommen war? Die Weberinnen oder die Bauern? Vielleicht ernteten sie jetzt den Weizen oder was auch immer. Einzeln zogen sie die sauberen Trikots an. Hier war endlich das Weiß, um das sie auf dem Hof die anderen so beneidet hatten. Dann erhielt jeder eine weiße Fahne, darauf gezeichnete Menschen. Die Läufer bekamen Fahnen mit Läufern, die Ringer mit Ringern. Der nervöse Mann musterte sie zufrieden.

»Perfekt!«, sagte er. »Sie machen einen Umweg von der Tatarenstraße her, dann bei der Kaserne zurück. Klar?« Zur Sicherheit begleitete sie der Offizier bis zur Kaserne. Jetzt marschierten die Mitarbeiter von Aragaz vor ihnen. Sie schoben einen Wagen, darauf ein geschmückter, riesiger Gasherd. An der Seite mit der Hand gemalt Hammer und Sichel.

»Jetzt weiß ich wenigstens, wieso es so verdammt heiß ist!« Précsek zeigte auf sie, doch darüber lachte keiner mehr. Die Partei hatte alles versaut. Wenn sie ihnen erlaubt hätte, nach dem Soldatenspielen nach Hause zu gehen, wäre sie eindeutig besser davongekommen. Das galt auch für die

Bukarester, die Propaganda und sogar für den nervösen Mann. Denn es gab etwas, über das niemand sprach, wenn er nicht riskieren wollte, für verrückt gehalten zu werden. Etwas, das sie vor der Tribüne überrascht hatte. Ein undeutlich aufsteigendes Gefühl, das sich nicht abwehren ließ und das man am ehesten als Stolz umschreiben konnte.

Sie waren stolz, dass sie Teil des sich gemeinsam bewegenden Körpers sein durften, Stücke des Golems. Denn es lag Kraft in den Sohlen der Schnürstiefel, sie verjagte die Tauben und bezwang den Boulevard, und wenn man ihr nicht rechtzeitig Einhalt geboten hätte, dann hätte sich dieser Kraft die ganze Stadt unterworfen. Wenn die Jungen mit diesem Gefühl nach Hause gegangen wären, wäre es ihnen vielleicht eine Zeit lang peinlich gewesen, aber dann hätten sie ihm doch nachgegeben. Der Stolz wirkte langsamer, doch beständig. Was mit politischen Agitationsveranstaltungen nicht gelungen war, mit den überall aushängenden Porträts, der schlauen Mischung von Rede und Schweigen, hätte sich jetzt einstellen können. Aber die Partei wollte immer mehr, bunter musste es sein, duftender. Sie wollte Ekstase und keine stille Genugtuung.

Beim zweiten Mal spürten sie nichts mehr. Alle waren auffällig still. Die welken Wogen des Applauses erreichten sie nicht mehr. Es war schon nach eins, als sie wieder auf dem Schulhof ankamen. Hätte sie die Frau mit den Zwirnhandschuhen jetzt gesehen, hätte sie wahrscheinlich einen Wutanfall bekommen. Über die heraushängenden, zerknitterten Trikots hatten die meisten die blaue Uniformjacke angezogen, um nicht so viel tragen zu müssen. Sie waren halb Sportler und halb junge Soldaten. Ordnung und Unordnung verschmolzen, um sie zu trennen, hätte Strenge nicht mehr gereicht, da wäre wohl ein Wunder vonnöten gewesen. So traten sie auf dem Hof ein letztes Mal an. Sie mussten nur noch die Waffen abgeben, die Teilnehmerliste wurde verlesen und Schluss. Aber man wollte sie noch nicht heimschicken. Sie murrten nicht einmal mehr, es war auch kein Fluchen zu hören. Sie standen stramm. Wie sie es gelernt hatten. Diese Sprachlosigkeit war jedoch viel erschreckender als Précseks Sticheleien, als seine jungenhaften Beteuerungen, wenn die Partei ihre dreckige Fresse herbewegen würde, dann würden sie ihr ordentlich eine reinhauen. Das war keine Wut mehr, keine Unüberlegtheit. Das war der Hass, den auch Roland gegenüber seinem Vater verspürte und der von jeder verschwendeten, geraubten Minute weiter genährt wurde. Die Illusion der Freiheit reichte nicht mehr aus, nach der Schule hielt der Nachmittag nichts mehr bereit, weder Fußballtennis noch Baden oder das Herumstreunen zwischen den Datschen. Der Nachmittag baumelte wie ein geplatzter Luftballon in den Ästen der Pappeln.

Vier Männer traten aus dem Gebäude. Als sie näherkamen, erkannte er in einem von ihnen seinen Vater. Auch Lupu, der Direktor, war bei ihnen.

»Das habt ihr gut gemacht. Ich gratuliere«, sagte Gondru, so freundlich er es fertigbrachte, dann schüttelte er dem Zugführer die Hand. »Für euer beispielhaftes Verhalten gebührt auch der Schule ein Lob«, wandte er sich an Lupu. »Aber der Hauptgewinner ist immer noch die Heimat, die solche Soldaten hat.«

Niemand klatschte. Lupu verzog kaum merklich das Gesicht. Die beiden unbekannten Mitglieder der Inspektion traten von einem Fuß auf den anderen. Sie warteten, aber Gondru ließ sie immer noch nicht gehen. Ihm war anzusehen, dass er vor Genugtuung beinahe platzte. Und solche Augenblicke musste man ausnutzen. So gut es ging.

»Ihr wisst doch, was wir heute feiern?«

Die Müdigkeit des Tages kroch aus ihren Knöcheln über die Knie bis in die Kehle. Sie war nicht bitter, sondern süß wie Zucker. Schließlich war hier und da leise *Sowjetunion* und *Befreiung* zu hören.

»Lauter«, sagte Gondru immer noch lächelnd. »Ihr braucht euch nicht zu schämen.«

Jetzt schwiegen alle. Sie sahen der Sonne zu, wie sie mit schweren Schritten über den Hof zog. Gondru jedoch badete immer noch in seinem eigenen Stolz.

»Ja, das habt ihr ganz richtig gesagt, an diesem Tag 1944 haben die heldenhaften sowjetischen Soldaten unsere Heimat vom Joch des Nazismus befreit. Und weiß jemand, warum der Genosse Generalsekretär diesen Tag als einen der wichtigsten Feiertage bezeichnet hat?«

Nun räusperten sich sogar die Inspektionsmitglieder schon. Lupu wollte sich einmischen, aber dann überlegte er es sich anders. Er trat zurück und verschränkte die Arme vor der Brust.

»Dabei habt ihr das sicher in der Klassenleiterstunde gehört. Wenn ihr nicht«, er lachte über seinen eigenen Scherz, »gerade geschwänzt habt. Aber ihr seid ernsthafte Jungs. Das weiß ich. Also? Ich bitte um eine mutige Meldung.«

Gondrus Gesicht begann, die aufgesetzte Heiterkeit zu verlieren. Seine Stirn glänzte jetzt genauso wie ihre, dabei war er erst vor ein paar Minuten aus dem Gebäude getreten. Die Stille dehnte sich immer länger. Noch eine Minute, und sie würde schlimmer als jegliches Gebrüll. Jetzt konnte nichts anderes mehr helfen als die gut bewährte Ersatzfrage. Auf die wusste auch der Dämlichste die Antwort. Vor ihr konnte man sich nicht drücken.

»Gut, dann sagt mir doch mal, wann der Genosse Generalsekretär geboren ist.«

Am 26. Januar. Das wussten sie besser als ihren eigenen Geburtstag. Aber wenn sie etwas angefangen hatten, dann zogen sie es auch durch. Wenn das vor der Tribüne geklappt hatte, wäre es auch hier kein Problem. Man musste nur Luft holen und sie gleichzeitig ausatmen, nach und nach, damit es weder ängstlich noch unverschämt wirkte. Gondru stand da, sein Gesicht war grau.

»Roland. Wann ist der Genosse Generalsekretär geboren?«

Plötzlich saßen sie wieder dort im Zimmer über den aufgeschlagenen Schulbüchern. Noch eine richtige Antwort, und er durfte abendessen gehen. Vielleicht würde er ihn sogar zu Lajos hinüberlassen. Aber nein. Er würde sich sowieso etwas ausdenken. Noch eine Frage. Noch eine Prüfung. Der Hass war dort, direkt vor Rolands Gesicht. Er war wunderschön, rund und unversehrt. Wie ein lange geschliffener Stein. Eine überreife Frucht. Die man nur berühren musste, damit ihr dickflüssiger, dunkler Saft herausfloss.

»Roland! Ich habe eine Frage gestellt. Wann ist der …«

»Das geht mir doch komplett am Arsch vorbei!«

Er hatte sie gesehen. Besiegt und verzweifelt. Was schlimmer war, als wenn er sie nackt gesehen hätte. Gerade darauf konnte der Sieger nicht vorbereitet sein. Darauf, dass dieses Bild noch an ihm haften würde, nachdem sich der Triumph gelegt hatte. Als sein Vater sich mitsamt der Delegation verkrümelt hatte und man das Lachen nicht mehr im Ärmel der Uniformjacke verstecken musste, dachte er noch nicht daran. Er hatte gewonnen, also konnte er seinen Vater bedauern. Seinen Blick, der jenem eines geprügelten Hundes glich. Seine bleischweren Schritte, mit denen er wie ein alter Mann auf den Eingang zusteuerte. Die Flucht.

Vielleicht erwuchs die spätere Angst gerade daraus, aus dem Mitleid. Echte Sieger spürten so etwas bestimmt nicht.

Die Mutter war langsam mit dem Abwaschen fertig. Komm mit rein fernsehen! Sie drückte ihm den Arm. Komme gleich, sagte er. Aber er brauchte noch ein paar Minuten, um sich zum Aufstehen zu entschließen. Die Reste des Abendessens, die besten Bissen, klebten ihm am Gaumen. Vergeblich mühte er sich, er konnte sie nicht hinunterschlucken. Der weiße Teller thronte immer noch am Kopfende des Tisches. Als er an ihm vorbeiging, berührte er ihn mit dem Ellbogen. Gerade nur so, dass er an den Rand des Tisches rutschte. Er kippelte kurz, dann krachte es laut auf dem Steinfußboden. Man konnte gar nicht mit den Augen verfolgen, in wie viele Teile er zersprang. Als würden winzige Mäuse in alle Richtungen auseinanderflitzen. Ich fege das schon auf, sagte er zu seiner Mutter, die mit erschrockenem Gesicht aus dem Zimmer herbeigeeilt kam. Aber dann griff er doch nicht nach dem Besen. Er schaltete das Licht aus und zog die Tür hinter sich zu.

6.

SCHON AN DER HALTESTELLE vor der Schule ärgerte er sich, dass er nicht daran gedacht hatte. Er hätte Lupus Sekretärin Bescheid sagen sollen, damit sie ein Taxi rief. Jetzt war es auch egal. Zurück ging er nicht, das war so sicher wie das Amen in der Kirche! Nervös drehte er die Taschen um, aber er fand kein Kleingeld. Nun, dann würde er eben mit dem Bus fahren. Einmal konnte auch er das tun. Oder sollte er lieber bis zur orthodoxen Kirche zu Fuß gehen? Dort standen immer ein paar freie Autos. Er war wütend, dass er sich in eine solche Lage gebracht hatte. Mit dem Bus wäre es lächerlich, und wenn er bis zur Kirche zu Fuß ginge, würde er sich noch mehr verspäten. Endlich fand er in einer Hosentasche eine Drei-Lei-Münze. Er freute sich darüber wie ein Kind, das sich von seinem versteckten Geld ein Eis kaufen konnte. Schon stand er in der Telefonzelle und wählte. Ja, er bitte um ein Taxi zum Goga-Gymnasium, und die Fahrt ginge ins Dacia. Vier Minuten, sagte der Dispatcher am anderen Ende der Leitung.

Im Taxi hatte er Zeit, seine Gedanken zu sammeln. Er hatte den Fahrer extra darum gebeten, Richtung Brücke abzubiegen und dann am Friedhof entlangzufahren. Das dauerte zwar fünf Minuten länger, aber bis dahin würde er Zeit haben, sich zu beruhigen. Er sah aus dem Fenster. Um diese Zeit mochte er die Stadt: Das Gewimmel vom Vormittag hatte sich gelegt, allmählich versank alles wieder in dem gewohnten sonntäglichen Nichtstun. Er hatte noch nie die Gelegenheit gehabt zu verreisen, stellte sich die mediterranen Städte aber irgendwie so vor. Die Siesta. Der Fleischer schloss den Laden, der Schneider packte die Kleider beiseite, in den Restaurants wurden die Vorhänge zugezogen. Wer auf der Straße blieb, konnte nur ein Fremder sein. Alle anderen verschwanden hinter den Mauern. So wie sich das Meer bei Ebbe zurückzog.

Immer sagte er, sie würden im nächsten Jahr verreisen, wenn seine Stelle sicherer sei. Wenn er bei seiner Rückkehr alles unverändert vorfände. Jenseits eines bestimmten Alters hasste jeder Überraschungen, wer das Gegenteil behauptete, log. Es war nicht sein Fehler, dass dieses nächste Jahr einfach nicht kommen wollte. In Wirklichkeit konnte er sich gar nicht vorstellen, wie sie in Badekleidung und mit Luftmatratzen bepackt an einer Straßenecke in irgendeiner verkorksten Sprache herumstammelten, nur um endlich herauszubekommen, wo das beste Strandbad sei. Und die Speisen wären auch nicht so gut. Man brauchte ihm da nichts zu erzählen. Mit einer Tschorba konnte sich wirklich nichts messen. Und die Farben erst! Er beneidete niemanden um das Ausland, denn sie sollten sich ruhig anschauen, wie gehorsam und lebendig eine fahnengeschmückte Stadt aussah. Wie sich die rot-gelb-blauen Girlanden spannten, die die Strommasten miteinander verbanden und die Straßen mit einem Netz überzogen. Die ganze Stadt pulsierte und lebte. Mit den Porträts würde er vielleicht ein bisschen sparsamer umgehen, wenn er jetzt an der Stelle des Genossen Generalsekretär wäre. Aber wir sind eben nicht alle gleich. Und wer konnte schon wissen, wann er Appetit bekam.

Erst beim Anblick der Pappeln im Park des Ersten Mai fiel ihm Lupu wieder ein. Wen mochte er wohl angerufen haben? Das wäre gut, es herauszubekommen. Es würde nicht leicht, aber auch nicht allzu schwer. Es wäre derjenige, der ihn am wohlwollendsten begrüßen würde. Der breit lächelte, ihm auf die Schulter klopfte und ihm ein Getränk bestellte. So war es immer. Wer einem schmeichelte, konnte es kaum erwarten, einem eins reinzuwürgen. Zudem stand er jetzt in der Mitte. War geschützt und ausgeliefert zugleich. Wie eine immer dünnere Scheibe Salami im Sandwich. Über ihm arbeiteten genauso viele Leute wie unter ihm, das heißt, er musste in genauso viele Ärsche kriechen, wie er Leuten befehlen konnte. Das konnte man nicht lange aushalten. Den Stress, dass er die beiden Dinge niemals vermischen durfte. Dazu noch dieses ständige Misstrauen. All seine registrierten Fehler. Er musste wieder hochklettern, bevor er erdrückt wurde. Als sie auf die Karl-Marx-Straße einbogen, tauchten hinter den Laubkronen der Bäume die bunten Dachziegel des Dacia auf. Rasch wischte er sich die Hände an der Hose ab und zählte still bis zwanzig. Er spürte, wie sich nach und nach alles in ihm beruhigte. Wie sein Herz langsamer schlug und es in der Lunge nicht mehr so stach wie vorhin, als er aus dem Büro des Direktors gekommen war. Er war bereit für die nächste Runde. Das Auto rollte weich vor das Restaurant. Er gab ein großes Trinkgeld. Er liebte es, wenn der Taxifahrer ihm mit dienstfertiger Eile die Autotür öffnete und abergläubisch auf das Geld spuckte.

Drinnen war die Feier schon voll im Gange. Im Vorraum hatte sich eine kleinere Gruppe zusammengefunden, lauter unbekannte Gesichter, höchstens ein oder zwei davon kannte er schon vom Sehen. Natürlich war das nur der lautstarke Anhang, diejenigen, die immer doppelt so viel soffen und fraßen wie die anderen, nur um sich mit irgendetwas hervorzutun. Die wirklichen Bonzen vergnügten sich hinten im Separee. Dort musste er irgendwie hineinkommen. Vor einigen Jahren wäre er noch mit der größten Selbstverständlichkeit nach hinten durchgegangen, aber jetzt wollte er das nicht riskieren. Die Einladung hatten sie eigentlich nie zurückgezogen, aber auch nicht bestätigt. Lieber sollten sie fragen, warum er nicht da gewesen sei, als ihn eigenartig zu mustern und hinter seinem Rücken zu tuscheln. Er war noch rechtzeitig gekommen, die Flaschen hatten sie noch nicht herausgeholt, vorerst tranken sie den Wodka und den Kognak noch aus Gläsern.

Er liebte diesen Ort. Den riesigen Raum mit den kleinen seitlichen Nischen und am Ende die Bühne, auf der die Tanzkapelle spielte. Hier hatte man endlich einmal an nichts gespart. Die Tischdecken waren aus echtem Damast, die Kellner servierten nicht in stinkenden Nylonhemden, und wenn der riesige Kronleuchter angeschaltet wurde, glitzerten tausend und abertausend Brillanten am Rand der Gläser. Er mochte es auch, dass an den Tischen in den Nischen das Eis in dafür vorgesehenen Blechkübeln bereitstand, damit sich das Bier nicht erwärmte und der Sekt keine einzige Perle verlor. Wo der Marmor endete, ringelten sich grüne Ranken an den Säulen empor, die an der Decke schließlich vom Sonnenschein glänzende Weintrauben trugen. Natürlich war alles hier und da etwas abgenutzt, die Goldfarbe blätterte von den Treppengeländern, der Fußboden war vom Gebrauch an einigen Stellen ausgetreten, und manchmal, wenn sie nicht so aufpassten, dann war das Fleisch etwas zäher und die Suppe etwas säuerlicher. Aber kein Verfall konnte die Ausmaße zunichtemachen. Die Großzügigkeit. Die Luft, die statt der Säulen die Gewölbedecke trug. Hier wurden die Abiturfeiern der größeren Schulen veranstaltet, hier empfing der Komitatsparteisekretär die wichtigeren Delegationen, aber auch für Hochzeiten und Namenstagsfeiern konnte man den Saal mieten, wenn man Beziehungen und eine dicke Geldbörse hatte. Auch die Bukarester kamen jedes Jahr gern wieder her, denn man musste nur eine Treppe höher gehen, und schon war man oben im Hotel mit seinen geräumigen Zimmern und dicken Wänden.

Am Ende des Saales stellte die Tanzkapelle ihre Instrumente bereit. Ob Musik gebraucht wurde oder sie am Morgen stumm nach Hause trotteten, hing meistens vom Leiter der Delegation ab. Wenn ihm die Laune nach Musik stand, wurde das Parkett bis Mitternacht strapaziert. Laura hatte hier schon auf dem Tisch getanzt. Im Jahr darauf hatte er sie nicht mehr mitgenommen. Diese Beine ließen sich nur schwer vergessen, und diese Blicke erst recht. Damals hatte er die Tanzkapelle organisiert, was niemals einfach war, weil sie sogar die rumänischen Weihnachtslieder kennen musste, diese jämmerlichen Colinde, und sie im August so spielen musste, als ob es draußen in dicken Flocken schneite. Es gab kaum etwas Verdrehteres auf der

Welt als den Geschmack des Parteisekretärs. Mal verlangte er brüllend nach den Beatles oder ABBA, mal schwenkte er den Hintern zu »Parole, parole«, aber es kam auch vor, dass ohne jeglichen Übergang die Hymne gespielt werden musste, und wehe dem, der gerade da den Rappel bekam und in den Eiskübel kotzte.

Im Vorraum wurde lauthals über etwas diskutiert. Einige Männer hatten schon die Sakkos ausgezogen, glänzende Halbmonde prangten unter ihren Achseln. Er hatte vor, sich ein bisschen unter sie zu mischen, sich über dies und jenes zu unterhalten, als wäre er auf dem Markt, früher oder später würde schon jemand aus dem Separee kommen. Sicher fand er jemanden, der ihn mit hineinnahm. Er trat näher an die Gruppe heran.

»Ich weiß gar nicht, wieso sie ihn nicht erschossen haben«, sagte ein dicker Mann mit Doppelkinn. Er hielt die Zigarette zwischen seinen fleischigen Fingern wie Greta Garbo.

»Weil er sich ergeben hat«, antwortete ein Jüngerer, der sichtlich noch keinen Tropfen getrunken hatte.

»Wo? In der Luft?«, wunderte sich der Dicke.

»Er hat keinen Widerstand geleistet. So sagt man das«, sagte ein älterer Mann.

»Dann war er doch nicht so durchgeknallt, wie ich dachte. Er wusste eben doch, mit wem er sich da anlegt.«

»Und wenn er eine Atombombe bei sich gehabt hätte?«

»Mit der wäre er gar nicht hochgekommen. Das war eine Cessna, kein Jagdflugzeug.«

Der dicke Mann wollte nicht von seinem Recht lassen. Er schnippte die Asche ab und sah den Grauhaarigen an, als wäre er die abgefallene Asche.

»Heutzutage werden schon welche hergestellt, die in eine Aktentasche passen. Die knallen natürlich nicht so, aber im Kreml hätten sie es bestimmt gehört.«

»Ich glaube, sie wussten, dass er kommen würde«, sagte der nüchterne Jüngere.

»Ich verwette meinen Kopf, dass ihn die Amerikaner geschickt haben. Reine Provokation, das Ganze!«

»Der Pilot war ein deutsches Bürschchen.«

»Und seit wann zählt das? Die Kapitalisten halten auch zusammen.«

Es entstand ein kleineres Durcheinander, alle fielen sich gegenseitig ins Wort.

»Die Sowjets können sich das trotzdem nicht erlauben«, übertönte der dicke Mann alle. Sein Kopf wurde ganz rot.

»Warum können sie sich das nicht erlauben? Das war nur ein unschuldiger Witz, nichts weiter.«

»Ein Witz? Stellen Sie sich doch mal vor, da landet einer in Bukarest und nicht auf dem Roten Platz. Steigt aus und winkt. Lächelt wie ein Tourist.«

»Ein paar Wochen«, sagte der ältere Mann, »und ihm vergeht das Lächeln.«

Darüber lachten alle. Am lautesten der Dicke. Die Knöpfe an seinem Hemd schaukelten nur so.

»Sie wussten es«, wiederholte der nüchterne Jüngere. »So führen sie die Kapitalisten in die Irre. Sollen sie nur glauben, dass sie alles dürfen.«

»Das glauben sie auch.«

»Und wenn sie sich zurückgelehnt und ein paar Lieder über die Sache geschrieben haben, dann landen wir ganz in Ruhe auf einem von ihren Wolkenkratzern.«

»Das gefällt mir«, grinste der Dicke. »Ich war sowieso noch nie in New York.«

Darüber lachten sie wieder. In der Nische bewegte sich ein dunklerer Fleck.

»Und was ist, wenn wirklich jemand danebengegriffen hat? Sie haben es einfach übersehen. So wie bei diesem

Reaktor«, sagte er. Er trug einen makellos geschnittenen, teuren Anzug. Seine Brille glitzerte kalt wie ein Scheinwerfer, der alles beleuchtete.

»Was wollen Sie damit sagen, Genosse?«

Das interessierte nun auch Gondru. Ohne es zu bemerken, hielt er den Atem an.

»Nur, dass keine einzige Konstruktion so viel Sand verträgt. Selbst die besten Zahnräder verhaken sich einmal.«

»Ich kann hier keinerlei Sand erkennen.«

»Natürlich können wir die Augen verschließen. Aber Blindheit bringt uns jetzt keine Vorteile.«

»Hören Sie auf zu unken. Der Zweite Weltkrieg hat für sie auch so schlecht angefangen, und jetzt sehen Sie sich an, wie weit wir es gebracht haben.« Der Dicke zeigte stolz im Kreis herum.

»Das ist wirklich eine gute Frage. Wie weit haben wir es denn eigentlich gebracht?« Der Mann im teuren Anzug sah sie neugierig an.

Eine düstere Wolke ließ sich über ihnen nieder. Missgelaunt kippten sie die Reste aus den Gläsern hinunter. Eine Weile war nur das ziellose Klirren der Flaschen zu hören. Und wie drinnen der Wodka und der öligere Kognak arbeiteten.

»Und wie ist dieser neue Mann? Ist er wirklich so klug, wie man sagt?«, brach der Ältere die Stille.

»Sehr intelligent«, sagte der nüchterne Jüngere.

»Das ist schlimm. Hier braucht es Stärke und nicht Verstand.«

»Ich glaube, Sie haben gar nicht darüber nachgedacht«, der Mann im Anzug sah sie wieder an, »was wird, wenn diese ganze Öffnung oder was das ist, heranreift und die Sowjetunion aussteigt.«

»Wie meinen Sie das, dass sie aussteigt?!«, fragte der Dicke verblüfft. Sein Doppelkinn zitterte so aufgeregt, als schlüge ihm jedes Wort einen glühenden Nagel ein.

»Na, dass sie unsere kleine Familie verlässt.«

»Meinen Sie, dass es eine Demokratie gibt, mit freien Wahlen?«, fragte ihn der nüchterne Jüngere.

»Ja, etwas in der Richtung.«

Der Mann im Anzug wartete neugierig auf ihre Reaktionen. Gondru hätte schwören können, dass er sogar ganz leicht lächelte. Alle hüllten sich in ihre Gedanken wie in einen schönen warmen Mantel. Der Dicke kramte mit viel Geraschel eine neue Zigarette hervor. Er zündete sie an, zog aber nicht an ihr. Blass sah er zu, wie sich die Glut aufwärtsfraß. Der Mann im teuren Anzug wartete noch einen Moment, dann blickte er plötzlich auf die Uhr.

»Es tut mir leid, aber ich muss Sie verlassen«, sagte er, kippte den Rest seines Getränks hinunter und ging nach hinten, auf die Separees zu. Die Gesellschaft war hörbar erleichtert.

»Kümmern Sie sich nicht um ihn«, sagte der Ältere. »Das ist ein Spitzel. Neulich hat er vor der ganzen Delegation die Mondlandung gepriesen. Dass wir damit den Weltraumkrieg endgültig verloren haben.«

»Was wissen Sie über ihn?«, fragte Gondru.

»Er heißt Petru irgendwas. Aus Bukarest. In letzter Zeit nehmen sie ihn überall mit hin.«

»Ein Dreckskerl!«, sagte der Dicke. Jetzt hielt er die Zigarette wieder wie die Garbo.

»Genau.«

»Aber es war nicht alles Blödsinn, was er gesagt hat«, sagte Gondru etwas lauter. Sie klebten an ihm wie ängstliche Kinder an einem Schaufenster.

»Fangen Sie jetzt auch noch an?«, fragte der Dicke. Ein unverhüllter Schmerz breitete sich auf seinem Gesicht aus.

»Verstehen Sie mich nicht falsch, ich will nur sagen, dass wir auf alles vorbereitet sein müssen. Wachsamkeit kann nie schaden.«

»Ich war vor zwei Wochen in Moskau«, sagte der nüchterne junge Mann, »und glauben Sie mir, kein Zeichen weist darauf hin, dass sich irgendetwas ändern könnte. Unsere sowjetischen Freunde sind noch genauso entschlossen wie immer.«

»Hören Sie?«

»Natürlich höre ich, aber Sie wissen ja selbst, dass die schlimmsten Übel einen immer von innen angreifen. Ich weiß, man muss aus diesem Zwischenfall keine ernsthaften Schlussfolgerungen ziehen, aber trotzdem lohnt es, zu überlegen, was wäre, wenn aus irgendeinem Grund … egal jetzt, warum, und nicht endgültig, nur für ein paar Monate … Also, was wäre, wenn vorübergehend jemand anderes die Führungsrolle übernehmen würde.«

Es wurde still, doch das war eine ganz andere Art von Stille als vorher. Die Gehirne ratterten fieberhaft.

»Und wer soll das sein? Die Ungarn?«, fragte der Dicke.

»Die fressen so viel, dass sie keine Zeit zum Denken haben«, sagte der Ältere verächtlich.

»Denken Sie an die Tschechen?«

»Die Polen könnten auch infrage kommen.«

»Ach was, die sind mit ihrem Papst beschäftigt.«

»An wen dachten Sie dann?« Mehrere der Männer sahen Gondru an.

»Na, mit wem gab es noch nie Probleme?«, fragte er zurück.

»Das ist ein guter Gedanke«, sagte der Ältere, dann streckte er, als wollte er zählen, einzeln die Finger aus. »Die Tschechen können sich mit ihrem Durcheinander im Frühling da begraben lassen …«

»Die Ungarn mit sechsundfünfzig!«

»Die Ostdeutschen waren nie richtig zuverlässig.«

»Die Jugos auch nicht. Eine zu bunte Gesellschaft.«

»Da sind sogar Moslems dabei!«

Sie schrien schon fast.

»Aber uns akzeptiert auch der Westen.« Das Gesicht des nüchternen jungen Mannes leuchtete auf. Jetzt sah er zum ersten Mal so aus, als hätte er den mehrmals angebotenen Wodka auch getrunken.

»Wir waren auch bei der Olympiade.«

»Erlauben Sie mal«, brummte der Dicke. »Glauben Sie, dass die sowjetischen Genossen das nicht sehen? Sie haben doch auch …«

»Darum geht es jetzt nicht«, fertigte ihn der Jüngere rasch ab. »Ja, dies würde eine ganz andere Perspektive ergeben.« Er nickte Gondru anerkennend zu. »Das würde nicht nur die Kraftlinien neu zeichnen, sondern vielleicht auch die Landkarte.«

»Na, na. Immer schön vorsichtig. Bessarabien bekommen wir niemals zurück.«

»Ich dachte an die moralische Landkarte«, sagte der junge Mann selbstbewusst. »An einen Neuanfang.«

Der Dicke blickte verzweifelt in die Runde. Schon tausendmal hatte er bereut, diese Sache mit dem Sportflieger ins Gespräch gebracht zu haben. Er konnte einfach den Mund nicht halten! Seine Frau hatte ihm beim Abschied noch geraten, er solle lieber trinken als politisieren. Aber das gehörte einfach zusammen! Zudem verstand er eigentlich gar nicht mehr, wo sie hingeraten waren. Worüber sprachen sie überhaupt? Der Wodka brannte ihm im Magen, die Gedanken verhedderten sich kreuz und quer in ihm wie schlaffe, schwerelose Drähte. Sollte er zu weit gegangen sein? Was hatte er noch mal gesagt? Denn da gab es die Genehmigung, den Flieger, die Wolkenkratzer, die Atombombe … Herrgottimhimmel!

»Es lebe die Sowjetunion!« Er sprang von seinem Stuhl auf und hob das Glas. »Und ihre heldenhaften Soldaten!«

Alle sahen ihn verständnislos an. Der junge Mann wollte ihn erst auf den Stuhl zurückdrücken, besann sich jedoch. Auch er hob sein Glas.

»Sie lebe hoch!«

»Sie lebe hoch!«, sagte der Ältere.

»Sie lebe hoch!«, schloss sich auch Gondru an.

Ihre Gesichter strahlten. Als hätten sie eine komplizierte Aufgabe gelöst, deren Ergebnis nicht nur in seiner Nützlichkeit überwältigend, sondern auch noch elegant wäre. Gondru warf sich stolz in die Brust. Wieder hatte er einen Pluspunkt gesammelt. Denn sie würden zwar nie mehr davon sprechen, aber das Gefühl, dieses nebulöse, für eine gesunde Selbstachtung unabdingbare Gefühl, welch welterschütternde Rolle vielleicht noch auf sie wartete, hatte dennoch er ihnen eingepflanzt. Wäre er nicht eingeschritten, wer weiß, auf welch gefährliches Terrain sie sich verirrt hätten. Und was würden sie jetzt über ihn schreiben? Dass Genosse Gondru lautstark signalisiert habe, dass er den heimischen, vielseitig entwickelten Sozialismus für geeignet ansehe, eine führende Rolle in der gesamten Region zu übernehmen?! Jetzt mal ehrlich, brauchte er ein größeres Lob als dieses? Einen überzeugenderen Beweis, dass er für sie war und nicht gegen sie? Ja gut, es war ein bisschen kühn, ein bisschen wie ein Fiebertraum, aber jetzt musste man groß denken. Jedenfalls war er mit dieser Eröffnung des Abends zufrieden. Er hatte das Gefühl, sich wirklich eine Belohnung verdient zu haben. Vielleicht war er als

Verlierer gekommen, aber jetzt stand der Tag schlimmstenfalls bei einem Unentschieden. Er bat den Kellner um eine Flasche Wodka und ein paar Scheiben Zitrone.

Er trank schnell. Zuerst nur, damit die Minuten irgendwie vergingen, denn es war wirklich nur eine Frage der Zeit, dass verdammt noch mal jemand aus dem Separee vorbeikam, einer von den normaleren Typen, zum Beispiel dieser Sandu oder wie er hieß, dann aber kam er auf den Geschmack, er genoss die Zitrone, wie sie zart den Weg des Wodkas erfrischte. Nach einer Weile begann die Kapelle zu spielen, wenn auch zaghaft. Sanfte, oft erprobte Takte flossen um die Säulen, krochen ungehindert in die bereits von allerlei Krach gepeinigten Ohren, als wären diese gemalten Ranken zum Leben erwacht und hätten die aufs Tanzparkett tretenden Paare wie Perlen aufgefädelt. Langsam löste der Wodka den Tag, das Nacheinander der Szenen, die kein System hatten und keinen Sinn, vielleicht nur ein Volumen und die Gewissheit, dass sie wirklich stattgefunden hatten, aber sonst nichts, sie zogen vorbei wie Eisschollen, unberechenbar. Und er löste die Gezwungenheit, den Missmut, das verzeihbare Schlimme und das unverzeihliche Gute, den Zank mit seiner Frau am Morgen, den sie gleich im Bett hätten beilegen müssen, was sie aber verschoben hatten, als könnte man so etwas verschieben, oder dass er auf der Tribüne keinen Augenblick still sitzen konnte, weil immer irgendetwas Unerwartetes geschah, das sofort korrigiert werden musste. Das Bewusstsein, dass er, egal, an welche Stelle er versetzt würde, in welches Amt, in welche Kulissen, immer nur das Faktotum bliebe, ein herausgeputzter Portier. Es wäre gut, wenn er sich das endlich eingestünde. Wenigstens sich selbst.

In schwarzen Tropfen löste der Wodka den Tag, die versteinerten Sorgen, die Zeit, die für sich selbst genommen niemals Lösungen brachte, auch wenn darüber ständig gepredigt wurde, die sich nur ablagerte wie Guano, aber so dicht, dass man nicht einmal auf dem Seziertisch etwas damit anfangen konnte, dabei barg dort nichts mehr ein Geheimnis, weder Leber noch Niere oder Drüsen, nur diese Schwärze ganz tief drinnen im Gewebe. Vielleicht würde Gott sie dereinst lösen können. Das durchsichtige, nach Zitrone schmeckende Faktotum. Ein Leib und eine Seele. Schwarze Adern, die sich in Gang setzenden Karawanen von Tropfen schlängelten sich durch seine Arme, seinen Rücken hinunter, die Beine entlang, und unter ihm sammelte sich in einer Pfütze dieser Teer, die bittere Essenz der gelösten Sünden. Aber er war nicht allein. Denn auch wenn die anderen sich so sorglos auf dem Parkett bewegten, wenn sie die Hüften wiegten und die Arme warfen, so wateten auch sie in ihren eigenen schwarzen Pfützen, obwohl sie diesen mit einstudierten Bewegungen ausweichen wollten, als ekelten sie sich vor ihnen und würden das Ganze deshalb Tanz und Vergnügen nennen. Und je mehr sie sich ekelten, je komischer sie sich bewegten, desto mehr verdickte sich die schwarze Brühe und machte sich breit, schon umfloss sie die Säulen und begann zu steigen, höher, immer höher, als wären sie auf der *Titanic,* zusammengepfercht mit diesem inneren, entfesselten Meer. Er fürchtete sich, natürlich graute es ihm, dass die Berührung des Meeres kalt wäre, eisig kalt, alles Lebendige betäubte, dass sie wahrhaft erstarrten, dass sie gar nicht ertranken, sondern erfroren, aber nein, denn es war lauwarm, am Ende sogar ganz warm wie die Geborgenheit eines vertrauten Körpers. Und da protestierten die Tanzenden auch nicht mehr: Sie ließen zu, dass es höher und höher stieg, denn es tat gut, als hätten sie sich in einer großen gemeinsamen Berührung vereinigt, vielleicht erfüllte sich in dieser sonderbaren Orgie ihr alter Traum, sich auf einmal, in einer Sünde ohne Scham zu treffen.

Er wachte auf. Sein Arm lag wie ein fremdes, pulsierendes Stück Fleisch vor ihm. Er konnte ihn kaum bewegen. Unter dem Ellbogen, auf dem Stoff des Sakkos hatte sich der herausgetropfte Speichel zu einem dunklen Fleck gesammelt. Er erinnerte am ehesten an eine Münze mit unbekanntem Porträt. Ob er wohl damit bezahlen könnte? Er versuchte, zu sich zu kommen. Sein Kopf rauschte, und auch der Magen rumorte. Als hätte er literweise starkes Parfüm getrunken. Benommen sah er sich um. Wann mochte er eingeschlafen sein? Warum hatte man ihn nicht geweckt? Die halb leere Wodkaflasche schwieg feige. Er rappelte sich auf. Ging einige Schritte um den Tisch, wagte aber noch nicht, die Tischkante loszulassen. Als wären seine Schuhe mit Blei ausgegossen, das herausgerutschte, zerknitterte Hemd zitterte wie Blech. Am einfachsten wäre es, wenn er sich auf dem Schrottplatz ablieferte. Er hätte gern über seinen Witz gelacht, doch es brach nur ein eigenartiges Knurren aus ihm hervor.

Die Musik dröhnte nun schon ohrenbetäubend. »Mammama-mariama-mammama«, brüllten einige. Der Chef der Tanzkapelle sang mit geschlossenen Augen, aber nur die ersten Silben, damit die Tanzenden sie leicht vervollständigen konnten. Eine dünne, hysterische Frauenstimme übermammate alle. Er suchte sie mit seinem Blick, fand jedoch das dazugehörende Gesicht in der Menge nicht. Sicher trug sie eine Brille, war besserwisserisch und hatte strenge Züge. Schlagerprofessorin, er verzog den Mund. Jetzt konnte er den Tisch zwar schon verlassen, doch davon, vielleicht jemanden aufzufordern, war gar keine Rede. Da kam ihm die rettende Idee, auf die Toilette zu gehen. Dort würde er sich waschen und etwas frisch machen. Er hatte nur ein bisschen geschlafen und wie er sah, noch nichts verpasst.

Ein paar Meter weiter saß auf einem Stuhl am Rand einer Nische der Dicke. Mit beiden Händen umklammerte er steif die Lehnen des Stuhls, als wollte er schon seit einer ganzen Weile aufstehen, würde aber von seinem eigenen Gewicht ständig zurückgezogen. In seinen Augen lag die Dumpfheit des aussichtslosen Kampfes. Die übrigen Mitglieder der Gesellschaft hatten sich schon längst verstreut. Den älteren grauhaarigen Mann sah er gar nicht mehr, der nüchterne Jüngere tanzte am Rand des Parketts mit einer stämmigen Frau. Irgendwie wirkte er beim Tanzen ebenso nüchtern wie im Gespräch: Er machte keine einzige überflüssige Bewegung. Den Tango tanzte er mit einer geometrischen Genauigkeit, als wäre er eine Illustration in einem Lehrbuch. Als sein Blick jenem Gondrus begegnete, drehte er schnell den Kopf weg. Dies war seine einzige leidenschaftliche Bewegung. Vielleicht hatte er doch zu viel geredet? Er konnte es nicht mehr einschätzen.

Er taumelte durch den Flur hinter der Treppe. Aus der Toilette kam eine hochgewachsene Frau mit schwarzem Haar. Sie trug ein tief ausgeschnittenes lilafarbenes Kleid. Als sie Gondru erblickte, presste sie sich an die Wand. Sie hatte sich dort drinnen wahrscheinlich nachgeschminkt, aber vielleicht war das Licht in der Toilette zu schwach gewesen, denn die Farben waren zu intensiv geworden. Um die Augen spannten sich schwarze Reifen, auf den Lidern blühte ein ganzes Lavendelfeld. Ihre vollen Lippen hob der blutrote Lippenstift noch mehr hervor und verzerrte sie. Es war erschreckend, aber ihre Züge entstellte nicht einmal das. Gondru konnte die Augen nicht von ihr abwenden. Während er sie ansah, schien sie ihm immer bekannter. Irgendwo hatte er sie schon gesehen, und zwar vor gar nicht allzu langer Zeit. Aber wo noch gleich? Mit wem mochte das gewesen sein? Aber natürlich, das war Marina Burcu, die Sängerin. Preisträgerin des Goldenen Mikrofons. Und schon begann er zu summen, was er im Fernsehen gehört hatte: »se face frig, iubitul meu«. Ein schönes, trauriges Lied über den Verzicht. Dass alles, aber auch wirklich alles einfach so verschwinden konnte. Er erinnerte sich, das Lied hatte ihn fast zu Tränen gerührt, diese heisere selbstzerfleischende Stimme, als würde der Schmerz gerade in diesem Augenblick aus ihr herausbrechen.

»Was willst du?«, fragte Marina Burcu. Ihre Stimme klang erschrocken, aber dennoch herausfordernd. Und melodiös. Als würde sie schon singen. Sie senkte den Blick, ein Muttermal pulsierte aufgeregt an ihrem Hals.

Gondru wurde schwindlig. Kurz zuvor hatte er in dem dunklen Flur noch an seinem Hosenschlitz herumgefingert, weil ihm fast die Blase platzte und er sich keinen besseren Ort als das Pissoir vorstellen konnte, und jetzt stand hier diese Schönheit vor ihm. Die ihn auf Anhieb duzte. Solche Frauen witterten zudem das Großwild. Nur an das machten sie sich heran. Ihm wurde der Mund trocken. Oben würden sie sicher ein freies Zimmer finden, er gäbe dem Mann an der Rezeption einen Hunderter und fertig. Es war kaum zu glauben, dass er ein solches Glück haben sollte. Denn wer weiß, bei welcher seiner Spritztouren nach Bukarest sie sich sein Gesicht gemerkt hatte. Gut möglich, dass sie sogar einige Worte gewechselt hatten. Dort waren ja immer so viele Leute dabei. Und eine Ausstrahlung hatte er schon, das sagte auch Laura immer. Trotzdem musterte er die Frau mit dem gesenkten Blick noch einmal gründlich. Sie war nicht betrunken, nur eine Unsicherheit in der Tiefe ihrer Stimme signalisierte, dass sie sich auch bisher nicht mit Wasser verwöhnt hatte.

Der Hals und das Muttermal näherten sich Gondrus Gesicht immer mehr. Er war unfähig zu entscheiden, ob er das Parfüm oder den Duft ihrer Haut spürte. Welcher Rausch ihn erwartete. Als er sie berührte, stieß ihn die Frau von sich.

»Ionel, nicht hier. Ich bitte dich, nicht hier«, sagte sie. Der Träger ihres Kleides war ihr von der Schulter gerutscht.

Die Scham schlug auf Gondru nieder wie eine Peitsche. Er musste sich zwingen, etwas zu erwidern.

»Ich … ich bin nicht Ionel.«

Die Augen der Frau klappten auf wie der Deckel einer alten Taschenuhr. Kalt tastete das sich offenbarende Blau Gondrus Gesicht ab. Aus der Tiefe kroch kein Entsetzen hervor, sondern Gleichgültigkeit und ein wenig sich selbst verspottende Verachtung. Von Verlangen oder dem, was er noch einige Augenblicke zuvor als das empfunden hatte, blieb keine blasse Spur. Als wäre sie niemals etwas anderes gewesen als so ein aristokratischer Eiszapfen. Sie schob den Träger wieder auf die Schulter und wandte sich schon im Fortgehen noch einmal zurück.

»Sagen Sie meinem Mann, dass ich um neun am Bahnhof sein möchte.«

Dies war schon die ausgebildete, heisere Stimme der Sängerin. Eine hochgezüchtete künstliche Stimme. Gondru versuchte zu retten, was zu retten war. Er drückte die Brust heraus, so gut er konnte, und rief ihr hinterher:

»Könnten Sie mir ein Autogramm geben?«

»Zum Teufel mit Ihnen!«

Zeit seines Lebens hatte er diejenigen beneidet, die fähig waren, schnelle und resolute Entscheidungen zu treffen. Die binnen Augenblicken die sich vor ihnen auftürmenden Möglichkeiten abschätzten und sofort die passende Lösung fanden. Wie ein Chirurg mit seinem Skalpell. Er schnitt das heraus, was rausmusste. Und niemand ging hin und beschwerte sich. Denn entweder war der Betreffende geheilt, oder man hatte ihn längst verscharrt. Heute wusste er natürlich schon oder ahnte zumindest, was er hätte tun müssen, als Zmeură mit der Nachricht zurückgekommen war. Zunächst einmal hätte er nicht erschrocken dreinschauen dürfen, dass sich sogar Trufa wegdrehte, um dem neuen Mann nicht ins Gesicht zu lachen. So etwas hatte er bis jetzt nur bei denen da unten gesehen.

»Tot?«, hatte Gondru verschreckt gefragt. »Aber das kann doch nicht …«

»Kann es sehr wohl.« Zmeură sah ihn hart an. »Es muss etwas mit seinem Herzen passiert sein, der Arzt untersucht ihn schon.«

»Kann man ihn nicht wiederbeleben? Haben wir nicht irgendein Medikament?«

Trufa und Zmeură sahen ihn nachsichtig an. Dann trat Trufa nach kurzem Überlegen zu Zmeură und flüsterte ihm etwas ins Ohr. Dieser hörte interessiert zu. Gondru war noch immer unfähig, die Lage einzuschätzen. Er konnte nur daran denken, dass jemand, der am Morgen noch auf den eigenen Beinen hergebracht worden war, nicht mehr lebte. So leblos war wie ein Möbelstück im Büro. Wie ein Aschenbecher, ein leerer Füller, wie ein nutzloser Staubfänger. Und was am meisten schmerzte: So konnte er auch nicht mehr reden. Zu allem Überfluss hatte mit dieser Stummheit auch er selbst etwas zu tun. Unauslöschlich. Was zum Geier hatte er darüber Witze machen müssen, dass er am Mittag schon zu Hause essen würde? Natürlich war ihm klar, dass hier solcherlei passieren konnte. Aber gerade ihm und ausgerechnet jetzt? Als würde ein Maschinenbauer an seiner neuen Arbeitsstelle damit beginnen, dass er die Drehbank kaputt machte, oder als würde ein Tischler die ihm anvertrauten Stühle zersägen. Ein fürchterliches Pech. Die beiden flüsterten immer noch.

»Worüber reden Sie eigentlich? Verraten Sie es schon!«

»Trufa will den Vater von dem Jungen herholen.«

»Wozu das denn?«

»Weil wir ihn anwerben könnten«, übernahm Trufa das Wort. »In so einer Situation kann niemand normal denken.«

»Aber ich brauche einen Schleuser«, sagte Gondru hartnäckig. »Mit Namen, Kontakten. Mit den Zeitpunkten der Transporte. Mich haben sie deshalb hergeschickt.«

»Das werden Sie nicht mehr bekommen, aber wir können uns noch einen neuen Mitarbeiter verschaffen.«

»Wieso, haben Sie nicht schon genug?« In Gondrus Stimme schwang die Entrüstung eines bockigen Kindes mit.

»Hier zählt nicht die Menge«, sagte Zmeură kühl.

»Dann holen Sie alle beide.«

»Der Vater wird reichen«, sagte Trufa.

»Zwei Leute, zwei Chancen. Oder irre ich mich?« Gondru sah sie an. Er wusste eigentlich nicht genau, warum er die Sache forcierte. Vielleicht hoffte er, die Eltern würden das gestehen, was ihr Sohn nicht mehr hatte gestehen können.

»Mit Männern lässt sich leichter arbeiten.«

»Ist das jetzt ein Witz?«

»Kein Witz, sondern Erfahrung. Die Frauen halten emotionale Krisen besser aus«, erklärte Zmeură.

»Eine Mutter ist in solch einer Lage schwerer zu brechen«, fügte Trufa hinzu.

»Jetzt werden Sie also auch noch wählerisch. Auf wissenschaftlicher Basis.«

Zmeură zuckte mit den Schultern. Keiner wollte so richtig verstehen, dass auch das hier ein Handwerk war. Mit Regeln, Gesetzmäßigkeiten, verschiedenen Kniffen. Auch hier konnte man nicht alles in einen Topf schmeißen, denn das gab nur böses Blut. Man konnte oberschlau daherreden, aber wozu? Mit Klugscheißerei erreichte man nur, dass man hinterher mehr sauber machen musste. Aber wenn jemand darauf scharf war?

»Was soll jetzt also werden?«, fragte Trufa ungeduldig.

»Haben Sie denn keine bessere Idee? Etwas, was diese Sache in die richtige Richtung treiben würde?«

Das Schweigen war am schlimmsten. Wie sie ihn mit ausdruckslosen Gesichtern ansahen. Als würden sie sich so gegen ihn verbünden. Aber warum? Aus Neid? Aus Berechnung? Blödsinn! Er würde sie ohnehin in seinem Bericht hervorheben. Ein Sieg hätte ihrer aller Sieg sein können. Natürlich konnten sich bei der Belohnung geringfügige Unterschiede ergeben, aber den Ruhm, den hätten sie sicher gerecht geteilt. Er sah Zmeură direkt an.

»Sie auch nicht?«

»Man muss den nächsten Fang abwarten. Damit haben wir vielleicht mehr Glück.«

»Soll ich sie dann herholen?«, fragte Trufa wieder.

»Holen Sie sie nur!«

Trufa wartete nicht einmal ab, ob Gondru noch etwas sagen wollte, er sprang regelrecht zur Tür hinaus. Man konnte hören, wie er draußen sofort Maßnahmen ergriff und mit lauter Stimme Anweisungen gab. Bald darauf würden sie sich zwei Autos mit den dazugehörigen Männern besorgen, sich die Adressen der Arbeitsstellen beschaffen, und dann liefe die ganze Maschinerie langsam und gemütlich an. Es würde vielleicht keine Stunde vergehen, und man hätte beide eingesammelt. Und von da an war das schon ein anderer Fall. Zmeură scherte sich nicht um das Treiben draußen, er war in das Säubern seiner Fingernägel vertieft. Vielleicht wartete er darauf, dass es auf dem Flur wieder ruhig wurde. Gondru konnte nicht einschätzen, was der andere fühlen, woran er denken mochte. War auch er unzufrieden mit der verrichteten Arbeit oder hatte er sich schon lange von aller Verantwortung freigesprochen? Spürte er die Last der Verantwortung, oder war für ihn ganz im Gegenteil jeder Tag gleich? Schließlich hob Zmeură den Kopf und deutete nur so beiläufig zum Schreibtisch.

»Wollten Sie nicht telefonieren?«

Weder damals noch später, wenn er sich diesen Tag in Erinnerung rief, entdeckte er in der Frage, in der Betonung irgendeinen Spott. Als hätte ihn nur sein Assistent auf etwas Wichtiges aufmerksam gemacht, das zu erledigen war. Doch genau diese Hilfsbereitschaft verletzte Gondru am meisten. Denn ja, er war schon seit einer Weile um das verdammte Telefon herumgeschlichen, auf das er sich am Morgen noch so resolut berufen hatte. Er wollte es nicht einmal berühren, als übertrüge es mindestens eine ansteckende Krankheit. In Wirklichkeit spekulierte er darauf, dass es vielleicht ausreichen würde, den Parteisekretär erst am Nachmittag zu informieren, bis dahin wäre er sowieso mit dem Protokoll beschäftigt, das mit der Delegation einherging. Dass eventuell sie hier anriefen, konnte er in dieser Situation nicht riskieren. Vor Zmeură hatte es jedoch keinen Sinn mehr, weiter Theater zu spielen, und mit Ausflüchten hätte er auch nichts erreicht, da war ein offenes Eingeständnis geschickter: Am liebsten hätte er dieses ganze Gerät aus der Wand gerissen. Immer noch mit seinen Nägeln beschäftigt, wartete Zmeură, bis Gondru gewählt hatte, und auch, bis er die zurechtgelegten, im Kopf mehrmals wiederholten Sätze nicht allzu schwungvoll in den Hörer stammelte. Die Stimme am anderen Ende der Leitung stellte vielleicht insgesamt drei Fragen, trotzdem zog Gondru das Gespräch möglichst in die Länge, da er die Sache von allen Seiten beleuchten wollte, erklären, dass noch weitere Maßnahmen im Gange seien, aber plötzlich war wieder das Freizeichen zu hören.

Da half es nichts, dass er auflegte, das Tuten blieb im leeren Raum zurück. Zmeură hatte das Büro schon in der Mitte des Gesprächs verlassen. Jetzt war ihm klar, warum seine Kollegen diesen Mann mit dem roten Gesicht hassten. Dieses arrogante Schweigen auszuhalten musste schwer sein. Warum wurde so einer nicht gleich als König oder Innenminister geboren? Und er verstand auch, warum man ihn gewarnt hatte, er solle sich möglichst nicht mit ihm anlegen, seine üblichen Bemerkungen unterlassen, lieber ebenfalls schweigen, denn so könnte er es viel weiter bringen. Weiter … Auch so war er schließlich verdammt weit gekommen!

Er konnte nichts anderes mehr tun, als wie auf glühenden Kohlen zu warten, dass die Autos endlich eintrafen, dass die Sache neuen Schwung bekam, wie er es am Telefon versprochen hatte, aber schließlich kam ein ganz anderes Auto. Er hörte die Türen schlagen, die eiligen Schritte auf dem Flur, und schon trat ein gut frisierter Mann in einem aluminiumgrauen Anzug ein. Er stellte sich sofort vor.

»Ich bin Gavril Zacarian«, sagte er. »Danke, dass Sie mich vertreten haben.«

Wäre er nicht so dämlich gewesen, nur dumm dazustehen, als hätte man ihn in flagranti ertappt, sondern wäre der Groschen rechtzeitig gefallen und hätte er aus dem über den Garderobenständer geworfenen Sakko und dem höflichen Räuspern die richtige Botschaft herausgelesen, dann hätte sich Zacarian auch sein niederträchtiges Lächeln sparen können, mit dem er ihm beinahe den Stuhl unter dem Hintern wegzog.

»Ich glaube, von hier an komme ich jetzt auch allein klar.«

So erfuhr er nie, ob seine letzte Anweisung irgendein Ergebnis erbracht hatte, ob schließlich der Mann oder die Frau die in ihn oder sie gesetzten Hoffnungen erfüllt hatte. Ob der Vater- oder der Mutterinstinkt stärker gewesen war. Wenn sich die Jungs richtig ins Zeug gelegt hatten, war es ihnen vielleicht gelungen, beide von der Wichtigkeit einer zukünftigen Zusammenarbeit zu überzeugen. Dabei hätte ihn die Antwort auch als Außenstehenden interessiert. Die Wissenschaftler bauten die Zukunft des Landes immer aus solchen Teilergebnissen auf. Und obwohl er Zmeură nach der Sache mehrfach traf, kam das irgendwie nie zur Sprache. Der Offizier erzählte ihm höchstens irgendetwas davon, dass es für ihn, Gondru, überhaupt keinen Grund gegeben hätte, zu der Beerdigung zu gehen. Das sei nun wirklich nicht mehr seine Sache gewesen, niemand verlangte von ihm, dass er den Clown spielte und der Frau die Hand hielt. Überlassen Sie derlei Dinge lieber Trufa. Man muss nicht alle Karten aufdecken, fügte Zmeură hinzu, höchstens, wenn dies wirklich in unserem wohlverstandenen Interesse liegt.

Gondru erwiderte nichts. Er war unfähig, diesem Rotgesichtigen zu erklären, dass er sehr wohl aus wohlverstandenem Interesse dort hingegangen war, denn ob er es glaubte oder nicht, auch er war ein Mensch. Und noch nicht über die Sache hinweg. Er solle sich vorstellen, er habe Albträume, ständig sehe er das Gesicht seines Sohnes vor sich, als hätte man ihn in der Krypta bearbeitet und nicht diesen Fremden, auch wenn er wisse, dass zwölf Jahre Altersunterschied zwischen ihnen lagen, die Träume richteten sich eben nicht nach der Arithmetik. Er brauchte ein konkretes Gesicht, das eines Verwandten oder Bekannten, das er einsetzen konnte, um die ausufernden Träume abzuschwächen, aber vielleicht wollte er sie auch gar nicht mehr abschwächen, denn gerade diese schweißnassen Nächte, dieser bis zur Erschöpfung andauernde Kampf mit den sich hartnäckig aneinanderreihenden Bildern überzeugten ihn davon, dass nicht alles in ihm verloren gegangen war, dass er sehr wohl noch in der Lage war, den Kopf seiner Frau voller Liebe an sich zu ziehen, als braver Sohn seiner Mutter zu gehorchen, ohne zu argwöhnen, dass auch das bereits ein Teil der Schmierenkomödie sei. Mit einem Wort: lieber dieser Wahnsinn als Zmeurăs berechnender Gleichmut, selbst dann, wenn das offensichtlich die angemessene Einstellung gewesen wäre. Denn er war trotz alledem ein guter Mensch. Gewissenhaft. Mit allen Nachteilen, die das mit sich brachte.

Es vergingen nicht einmal zwei Monate, und schon fand er sich in der Lehraufsicht wieder, was sie auch noch so darstellten, als wäre er befördert worden. Seither war alles schwieriger. Sicher, Zmeură hatte ihm bei der Sache mit der Wohnung geholfen, aber das war eine Ausnahme, wenn er es genau wissen wollte. Na, und überhaupt: diese Wohnung! Wenn sie schon einmal dabei wären, dann könnte er sich ruhig aufschreiben, dass er die Hilfe nicht hatte annehmen wollen, weil er sich schon eine andere in der Gojdu-Straße ausgeguckt hatte, ja gut, eine wesentlich kleinere, und wenn da nicht dieser verrückte Nachbar gewesen wäre, dann würden sie dort heute auch wohnen. Denn als er zu der von Zmeură empfohlenen Wohnung gegangen war und sie sich gründlich angesehen hatte, da kam beim Weggehen schon auf dem Gang Rakucsinec auf ihn zu und forderte ihn in strengem Ton auf, sofort zu sagen, was er dort zu suchen habe. Dieses Rindvieh hatte nämlich selbst ein Auge auf die Wohnung geworfen, er habe sogar schon einen Antrag eingereicht, weil sie in diesem Loch nicht mehr genug Platz hätten, hob er die Stimme und begann, sich aufzublasen, als hätte er das Wohnungsamt höchstpersönlich auf die Welt geschissen, und da konnte er es nun wirklich nicht zulassen, dass dieser dahergelaufene Nichtsnutz ihm die Dreizimmerwohnung wegschnappte, das wäre doch wirklich der Gipfel gewesen, oder vielmehr unterste Schublade, und so zogen sie eine Woche später auch schon ein. Diesmal hatte er wirklich richtig kalkuliert, denn schon ein halbes Jahr später grüßte Rakucsinec ihn zuerst, obwohl auch er ihm manchmal zuflüsterte, was es so in der Parteikantine zu essen gab, und auch, an wen er sich wenden musste, wenn er dort hinging, und das bisschen machte diesem alten Gauner solche Freude, dass er seither sogar für sie den Gang fegte. Kurz und gut: Sie fühlten sich wirklich wohl. Da sollte nur jemand wagen, das Gegenteil zu behaupten.

Das kalte Wasser half. Und auch, dass er ein bisschen allein sein konnte. Er hatte beinahe alles richten können: Sein Gesicht sah wieder frischer aus, die Blässe war verschwunden, und auch den Fleck an seinem Ellbogen hatte er mehr oder weniger gut herausreiben können. Nur die Übelkeit wollte nicht vergehen. Irgendetwas da drinnen beabsichtigte, den ganzen Tag auszuquartieren. Alles, was bisher geschehen war. Aber er beugte sich vergeblich über die Toilette, steckte sich den Finger tief in den Hals, es kam nichts. Nur der leere Krampf blieb, der ihm von Zeit zu Zeit den Magen zusammenzog. Ein wenig Speichel klebte ihm am Kinn, er konnte ihn kaum abwischen, doch wer ihn jetzt zum ersten Mal gesehen hätte, hätte sich getäuscht: Er war nicht mehr schwach, und ihm war auch nicht mehr schwindlig. Um sich davon zu überzeugen, ballte er die Hand ein paarmal zur Faust. Er spürte, wie die Kraft sich aus allen Teilen des Körpers dort, in seinen weiß gepressten Fingern, sammelte, dennoch wusste er nichts mit ihr anzufangen.

Sollte er die Klobrille zerschlagen? Lächerlich. Sich mit dem Kellner anlegen? Das brächte ihn in eine noch peinlichere Lage. Er würde zu einem Arzt gehen, entschied er. Wenn er das hier hinter sich hatte. Aber wie konnte er es hinter sich bringen? Er fürchtete, dass ihm immer weniger Möglichkeiten blieben, je angestrengter er danach suchte.

Als er in den Saal zurückkehrte, sang die Bruncu schon auf der Bühne. Alle waren aus dem Separee gekommen und klatschten im Takt. Die Sängerin schlenderte an den Rand der Bühne und tat routiniert so, als wollte sie jede Hand berühren. Sie trug eine lebhafte schmetternde Nummer vor. Vielleicht war das ihr Schlager und nicht der, an den sich Gondru erinnert hatte. Diese Frau, diese angemalte Mumie wäre unfähig zu derart komplexen Empfindungen. »Se face frig, se face frig«, wiederholte er, spürte aber schon, dass er die Melodie falsch wiedergab. Er wollte gerade vor das Restaurant gehen, um ein bisschen frische Luft zu schnappen, als ihn jemand von hinten am Arm fasste. Timofte Bordan lächelte breit.

»Ach, hier bist du! Ich habe dich schon überall gesucht!«, rief er und umarmte ihn mit einer ausladenden Geste. Gondrus Knochen krachten beinahe. »Aber wirklich, wo zum Teufel warst du denn bis jetzt?«

»Hier, im Vorraum.«

»Und warum bist du nicht zu uns reingekommen?«, fragte er, wartete die Antwort aber erst gar nicht ab, sondern zog Gondru auch schon mit sich. »Sag einfach nichts, lass uns lieber ein Gläschen trinken. Ich habe einen wirklich guten Tropfen beiseitegestellt.«

»Ich will mit dir reden«, sagte Gondru. »So, dass uns niemand stört.«

»Gut, gut. Das geht auch«, stimmte Bordan zu, aber sein Blick verfinsterte sich. Es tat ihm um den Whisky leid, den er aufgehoben hatte. Bis sie zurückkehrten, hatte ihn bestimmt jemand gefunden. Reden konnten sie auch morgen.

Sie verzogen sich hinter die Treppe zum Obergeschoss. Hier verkehrte das Personal, aber denen gaben sie mit den Augen ein Zeichen, dass sie lieber zu den Seitentüren ausweichen sollten.

»Ansonsten alles in Ordnung?«, fragte Gondru, als sie weit genug von der Musik und den Klatschenden weg waren.

»Na, und wie! Alle sind sehr zufrieden. Es war lang, aber nicht langweilig, alle waren an ihrem Platz, niemand hat einen Fehler gemacht«, ratterte Bordan hastig herunter. Er hoffte, dass es vielleicht nur darum ging.

»Das sagen sie jedes Jahr.«

»Ich weiß, aber diesmal ist es etwas anderes. Sie haben alle über den grünen Klee gelobt und gesagt, nächstes Jahr käme eine noch größere Delegation.«

»Na, das klingt wirklich nicht schlecht.«

»Einmal können ja auch sie ehrlich sein«, Bordan zwinkerte und senkte die Stimme. »Ich habe sogar gehört, dass Er nächstes Jahr auch kommt.«

Bordan machte sich einen Sport daraus, den Namen des Generalsekretärs nicht auszusprechen. Irgendwie versteckte er ihn immer, verbarg ihn im Satz, und wenn er gefragt wurde, was diese Vorsicht sollte, die schon fast einer Sabotage gleichkam, dann antwortete er nur, dass er den Namen des wichtigsten Genossen nicht gern abnutze. Es solle Gewicht haben, wenn er ihn aussprach. Wie Gottes Name in der Bibel. Und nicht einmal die Pfiffigsten konnten entscheiden, ob das jetzt ein feinsinniger Scherz war oder ein ehrliches Bekenntnis. Bei Bordan wusste man sowieso nie, woran man war. Er verbreitete über sich, dass er mehr als tausend Witze über die Schotten, Juden, Frauen und Männer kannte, über Fritzchens Abenteuer, und wenn es sein musste, nahm er auch die Polizisten in seine Sammlung auf. So wurde er dann überallhin eingeladen, denn man brauchte jemanden, der in den Pausen der Weiterbildungen die Stimmung auflockerte, und er alberte herum, ahmte Stimmen nach, parodierte. Er war ein göttliches Talent. Schade, dass ihm seine Eltern das Theaterspielen verboten hatten.

»Er wird im Stadion absteigen«, fügte Bordan hinzu. »Aber das ist noch lang hin, reden wir nicht darüber.«

»Nichts ist lang hin«, sagte Gondru müde. Es war zu sehen, dass Bordan nicht verstand, worauf er hinauswollte, es ihn aber auch nicht weiter kümmerte. Plötzlich strahlte er übers ganze Gesicht.

»Kennst du den: Treffen sich ein Ostdeutscher, ein Ungar und ein Rumäne im Weltraum?«

»Darüber will ich jetzt nicht reden.«

»Worüber dann?« Bordans Stimme veränderte sich. Er konnte Spielverderber nicht ausstehen. »Mann, werd doch mal locker. Das hier ist besser als eine Hochzeit. Fordere eine klasse Frau auf. Von denen gibt's hier so viel wie Brotmarken.«

Gondru überhörte die erneute geistreiche Bemerkung. Er wollte die Sache jetzt zur Entscheidung bringen. Also bohrte er seinen Blick direkt in Bordans Augen.

»Was meinst du, was ist das Problem mit mir?«

»Nichts. Was soll denn sein? Du hättest natürlich mehr trinken können.«

»Ich frage im Ernst. Du kennst mich schon gut ein paar Jahre, was meinst du, was ist das Problem mit mir?«

Bordan wünschte sich jetzt mehr als alles andere den goldgelben Trank, den er unter dem Stuhl versteckt hatte. Er antwortete erst, als er begriffen hatte, dass er sich nicht anders befreien konnte.

»Ich weiß nicht. Mir scheint … du hast an Elan verloren.«

»An Elan? Meinst du, dass ich nicht zuverlässig genug bin?«

»Nein, nein. So etwas würde ich nie sagen. Aber offenbar bist du ein bisschen erschöpft.«

»Ich bin kein bisschen erschöpft«, erwiderte Gondru und nahm Haltung an.

»Wirklich?«

»Wenn ich es doch sage.«

»Dann gibt es vielleicht gar kein Problem, und du bildest dir nur alles Mögliche ein wie meine Frau«, lachte Bordan gezwungen auf.

»Los, raus damit.«

»Du bist komplett übergeschnappt. Los, lass uns lieber gehen …«

»Ich lasse dich sowieso nicht weg, bis du es mir nicht gesagt hast.« Mit dem schon bewährten Griff zog er das Hemd an Bordans Hals zusammen.

»Du bist nicht hart genug. Nicht entschlossen genug. Na bitte, ich habe es gesagt! Ist es jetzt besser?«

Bordan war wirklich wütend. Er holte sein Taschentuch hervor und wischte sich das Gesicht ab. Zum Glück hatte Gondru das Hemd losgelassen. Wenn es zerrissen wäre, hätte er seiner Frau nicht mehr unter die Augen treten dürfen.

»Sie glauben … ihr glaubt, dass ich ein Schlappschwanz bin?«

»Niemand glaubt irgendwas. Du bist einfach nur …«

»Einfach nur … Los, sprich weiter!«

»Du bist nicht mehr der Alte. Das sieht jeder. Früher hast du einem Problem fünfmal eins aufs Maul gegeben, bevor auch nur jemand eine Frage stellen konnte, jetzt sorgst du dich von morgens bis abends. O weh hier, o weh da.«

»Und warum ist das ein Problem? Ich bin ein bisschen umsichtiger geworden, na und?«

»Da gibt es kein Na-und! Sie haben dich ständig im Blick.«

Endlich hatte es jemand ausgesprochen. Endlich hatte sich jemand vor ihn hingestellt und gesagt, was er seit Monaten ahnte. Gondru war erleichtert. Es war genauso, als hätte man dem Arzt mit viel Mühe die Diagnose entlockt. Jetzt gab es kein gekünsteltes Mitleid mehr, keine besorgten Blicke, kein Drumherumgerede. Die Krankheit war erkannt, die Therapie konnte beginnen. Bordan missverstand Gondrus Schweigen, deshalb packte er ihn auch an seiner anderen Schulter, schüttelte ihn ein wenig und sagte hastig:

»Noch ist nichts verloren, aber du musst dich zusammenreißen. Lass nicht zu, dass sie sich mit dir anlegen. Tritt einfach hin. Darauf verstehst du dich. Tritt dahin, wo es wehtut, dann kommt alles in Ordnung. Du bist doch ein Draufgänger, und dein Sohn auch. Also jammere hier nicht herum. Verstanden?! Und nimm alles an. Du musst jetzt alles annehmen. Jede Möglichkeit. Ich werde mich jetzt mit den Dörfern beschäftigen. Das hätte ich heute Morgen auch noch nicht gedacht, aber schau mich an, jetzt stehe ich bereit.«

»Wieso, was ist mit den Dörfern?«

»Nichts. Es gibt nur zu viele davon.«

»Das haben sie gesagt?«

»Eine moderne Gesellschaft lebt in der Stadt. Das haben sie gesagt, aber reden wir nicht darüber. Das führt zu weit.«

Bordans Vorstellung, wie sehr er sich über die zusätzliche Arbeit ärgere, war überzeugend. Nur sein gerötetes Gesicht verriet, dass er völlig aus dem Häuschen war vor Begeisterung. Jetzt hatte man ihm etwas wirklich Ernsthaftes anvertraut, er musste nicht mehr weiter im Kulturkomitee versauern, wo das wichtigste Thema ein Gedicht war, das man in zu viele Richtungen interpretieren konnte. Jetzt kamen aufregendere Jahre. Mit Blut und Schweiß, aber das war es wert. Ein paar Dörfer von der Erdoberfläche verschwinden zu lassen war wirklich Arbeit. Noch dazu eine der wichtigsten.

»Zu Hause alles in Ordnung?«, fragte Gondru.

»Ja, ja. Den Zwillingen geht es auch gut.«

»Einen Gruß an deine Frau.«

»Danke, ich werde es ausrichten. Kann ich dann jetzt endlich?«

»Was?«

»Na, den Witz erzählen! Du weißt doch: Ein Ostdeutscher, ein Ungar und ein …«

»Morgen. Morgen kannst du mir gleich zwei erzählen.«

Er ließ Bordan unter der Treppe stehen. Zurückzugehen hatte er keine Lust mehr. Schließlich war er deshalb gekommen. Er wollte klar sehen. Und jetzt sah er so klar, dass es in den Augen stach. Ein Glück, dass Lupu wahrscheinlich nur Bordan angerufen hatte, der ihn – vielleicht aus Ganovenehre oder weil er wirklich sein Freund war – nicht sofort verpfiffen hatte. Er hatte ihm ein paar Tage Aufschub gegeben. Doch er würde das noch heute geraderücken! Schließlich hatte ihm Bordan klipp und klar gesagt, was er zu tun hatte. Dorthin treten, wo es wehtat. Selbst, wenn das nicht einmal ihm leichtfiel. Aber nur so konnte er wieder zu dem werden, der er gewesen war. Nur so konnte er das Rad der Zeit bis zu dem Morgen zurückdrehen, an dem sie ihn vom Baggersee abgeholt hatten. Als er noch geglaubt hatte, er müsse alles in allem nur seinem Gewissen gerecht werden. Nur ein Schlappschwanz konnte so denken. Ein schwacher Charakter, der lieber mit dem Problem zusammen jammerte, statt ihm eins aufs Maul zu hauen.

Nun, von jetzt an würde er nicht mehr so sein. Das konnten sie alle vergessen. Ein echter Gondru hätte diese Bestie so an die Wand gedrückt, dass ihr der Ionel im Hals stecken geblieben wäre. Ein echter Gondru hätte den Direktor schon am Nachmittag seine Kündigung schreiben lassen. Der bettelte nicht und verhandelte nicht. Und alle hatten zu kuschen, wenn sie sich etwas Gutes tun wollten.

Es war schon dunkel. Breiige Flecken schwebten um die Straßenlaternen, als hätten sich hinter vielen Wolken lauter Monde versteckt. Ihr Rand hob sich nur schwach von der Dunkelheit ab. Mit raschen Schritten ging er um das Restaurant herum. Er wusste, dass am Hinterausgang die Protokollwagen warteten. Auch die Chauffeure mussten dort irgendwo sein. Sie spielten immer auf den Motorhauben Backgammon und schlugen so die Zeit tot. Die meisten durften nicht einmal hineingehen, um etwas zu essen. Man reichte ihnen das kalte Fleisch zum Fenster hinaus. Er hörte schon das Klackern der Würfel und wie sie zufrieden die Spielsteine setzten. Ein echter Backgammonspieler fackelte nicht lange, wenn er die Zahlen sah, schob er die Scheiben sofort auf das richtige Feld. Er schimpfte nicht auf die Würfel, empörte sich nicht, sondern konzentrierte sich. Sie vergaßen ganz gewiss nie, dass das Glück nur eine schlechte Nutte war. Sie machte niemals für den die Beine breit, der darum bat, sondern für den, der einen Steifen kriegte.

Sie waren da, wo er sie vermutet hatte. Ohne das Spiel zu unterbrechen, sahen sie ihn abwartend an. Schließlich konnte es auch sein, dass man nicht gleich strammstehen musste, weil man nur um eine Zigarette gebeten wurde oder jemanden holen gehen sollte, ohne den das Vergnügen kein Vergnügen war. Und dabei konnte durchaus auch ein besserer Pálinka zum Vorschein kommen.

»Geben Sie mir Ihren Gürtel«, sagte Gondru zu dem Chauffeur, der am nächsten stand. Dieser sah ihn verständnislos an. »Gott im Himmel, worauf warten Sie? Ich habe gesagt, Sie sollen mir Ihren Gürtel geben.«

Ja, diesen Ton musste er anschlagen. Der Mann im abgewetzten Ledermantel zog sogleich den Gürtel aus der Hose und reichte ihn Gondru kleinlaut. Es war ein guter Gürtel. Reines Leder, dick und kräftig. So einer zerriss nicht und nutzte sich kaum ab. Er wickelte ihn etwas um die Faust. Spürte, wie das kühle Metallteil der Schnalle sich an seine Haut schmiegte.

»Und jetzt bringen Sie mich nach Hause. Straße des Fortschritts 79«, sagte er zu dem Chauffeur, der nur eine freie Hand hatte. Mit der anderen hielt er seine Hose fest.

Es war nicht die gewohnte Fuhre, beklagte sich der Fahrer später bei den anderen. Der Genosse habe nicht wortreich und verworren erzählt, wie es die Trinker taten, und auch nicht darauf bestanden, um jeden Preis ein Trinkgeld zu geben. Nicht einmal eine kleine Flasche »Cujka« sei zum Vorschein gekommen, um wenigstens die Stimmung aufzulockern. Die ganze Zeit habe er stocksteif auf dem Rücksitz gesessen. Da wäre sogar ein Toter unterhaltsamer gewesen, sagte der Chauffeur und schüttelte den Kopf.

Das Beste war vielleicht, dass es dieser nach Talg riechende Chauffeur nicht wagte, in den Rückspiegel zu schauen. Er suchte nicht seinen Blick, schwatzte nicht über das Wetter oder seine Kinder, wie es die Taxifahrer machten, wenn sie beim Fahrgast etwas mehr Geld vermuteten.

Es herrschte Stille. Eine leere und tiefe Stille. Die Lichter der Stadt zerkratzten das Glas der Windschutzscheibe. Das Auto glitt beinahe von selbst dahin, als wäre es nicht aus Metall, sondern aus Luft, als hätte man seine momentane

Form aus rasch verfliegendem Nebel geknetet. Wie ziellose Zugluft fegte es durch die Straßen. Die Sternstraße entlang, über die Garibaldi-Brücke, dann an der Brauerei vorbei die Eminescu-Straße hinauf bis zum Huckel. Dann höher, immer höher. Die Stadt lag gelähmt unter ihnen. Als wäre sie ein niedergestrecktes Wild, dessen Haut abgezogen und zur Abschreckung aufgespannt werden musste. Die verstreuten Lichter waren die brennenden Stellen der vom Schrot gerissenen Wunden. Von dort zerrannen die Boulevards und verwinkelten Gassen wie heiß pulsierende Blutbäche.

Natürlich ergab sich so eine Stadt nicht widerstandslos. Man musste sich auf sie verstehen. Sich anpirschen, abwarten. Und selbst dann war es nicht sicher. Sie lebte ja noch. Er hörte sie keuchen. Es hing nur noch von ihm ab, wann sie sich bewegen durfte. Doch er gab kein Zeichen. Erwies ihr keine Gnade. Mitleidlos betrachtete er sie, mit erlerntem Gleichmut. Er wollte die Minute abwarten, die geeignetste, und sie dann nutzen. Sich mit seinem ganzen Gewicht auf sie werfen, dass sie nur so winselte. Sicher war einem nur, was in den eigenen Händen krepierte.

Er summte auf dem Rücksitz leise vor sich hin. Niemand außer ihm hörte es.

III.

1.

SIE WAR SCHWANGER. Daran konnte kein Zweifel bestehen. Auf dem Kunststoffstreifen erschien nach der angegebenen Zeit beinahe sofort die zweite rote Linie. Weder blass noch verschwommen. Nichts von dem, was im Prospekt als fehlerhafte Anzeige aufgezählt war, ließ sich erkennen. Sie legte den Streifen auf den Wannenrand und ging ins Zimmer. Setzte sich aufs Bett und versuchte, daran zu denken, wie glücklich sie jetzt war.

Ihre Mutter sagte immer, wenn sie bei etwas unsicher sei, solle sie die Entscheidung dem ersten Eindruck anvertrauen. Dem, was als Film in ihr ablief. Das sei am wichtigsten und nicht manipulierbar. Vor ihr erschien eine Frau, die ihr auffallend ähnelte, nur hatte sie einen wesentlich größeren Bauch, war vielleicht schon im siebten Monat, schnaufend blieb sie auf dem Treppenabsatz stehen. Blieb stehen, weil sie nicht mehr weitergehen konnte. Unmengen von Stufen erwarteten sie noch, eine ganze Etage. Egal, wie sehr die Kamera sie in der Fantasie heranholte, im Gesicht der Frau war keine Spur von Mutterfreuden zu erkennen, sie sah eher wütend aus, dass sie dieses zusätzliche Gewicht, das sie selbst war, noch bis da oben hochschleppen musste. Die Zuschauer des Films pfiffen und schrien.

Die eine Hälfte des Publikums ermunterte die Frau, die andere beschimpfte sie lauthals.

Das zweite Bild war gar kein richtiges Bild. Nur ein paar verstreute Flecke. Sosehr sie sich auch bemühte, es fügte sich nicht zusammen, klärte sich nicht auf. Hier wäre es darum gegangen, dass die Frau ihrem Partner endlich sagte: Sie erwarte ein Kind. Feierlich oder theatralisch, mit kleinen Schühchen oder unter Tränen, am Abend bei Kerzenschein oder nur so beiläufig beim Spaziergang auf der Straße, jedenfalls teilte sie ihm mit, was sie nicht mehr für sich behalten konnte. Aber vergeblich erschienen die Darsteller einzeln vor ihr, sie war unfähig, sie in einer einzigen Szene zusammenzubringen. Mal sprang Jani Rot aus dem Bild, mal sie.

Ihr war auch schon der Gedanke gekommen, und darüber musste sie minutenlang kichern, dass sie ja die Profis fragen könnte. Sich aus dem Fenster lehnen und einen der Männer, die die Scheinwerfer trugen, ansprechen, er solle doch mal erzählen, wie er diese Szene inszenieren würde. Die Schlüsselszene des Films. Allzu rührselig sollte es möglichst nicht sein, aber auch nicht zu bodenständig. Als Ausgangspunkt sollte Doktor Pintérs erhobener Zeigefinger in der nach Angst riechenden Praxis der Poliklinik vorkommen, dann der unleugbare rote Streifen als Ankunft. Ein einfacher Bogen. Einfach und wirkungsvoll. So, dass die, die bisher gepfiffen hatten, jetzt nach dem Taschentuch griffen, aber nicht zu weinen anfingen. Die Bewegung sollte auf der Hälfte innehalten. Das wäre Kunst. Der Mann mit dem Scheinwerfer würde sie sicher für verrückt halten. Erst würde er sie als verrückt betrachten, dann um einen Kaffee bitten, und nach zwei Sätzen würde er sie auf dem Sofa ficken wollen. So waren die Männer. Zuerst sammelten sie Energie, und dann wollten sie sie sofort abreagieren.

Dass heute und morgen im Haus gedreht würde, hatte Kalcsek schon vor zwei Wochen an der Wandzeitung ausgehängt. Zum Glück musste darüber nicht auf der Hausgemeinschaftsversammlung abgestimmt werden, wie über so vieles andere in der letzten Zeit. Irgendwie waren sie ganz berauscht davon, dass sie über alles Mögliche ihre Stimme abgeben durften, über die Ablösung der Putzfrau ebenso wie darüber, ob der Gemüsehändler mit seinem Stand die Tordurchfahrt besetzen konnte oder dass niemals mehr als drei Autos gleichzeitig auf dem Hof stehen durften. Nicht selten dauerte die Diskussion, das Aufeinanderprallen der Meinungen, wie Rakucsinec jedes Mal ins Protokoll schrieb, bis zum Einbruch der Dunkelheit, denn jawohl, der Gemüsehändler betrog, er verkaufte den Hausbewohnern den Kohlrabi für genauso viel wie allen anderen, obwohl in der Vereinbarung eindeutig stand, dass er ihnen zwanzig Prozent Rabatt geben und möglichst nicht das vergammelte Gemüse andrehen müsste. Auch die Autos sind zu viele, den ganzen Tag atmen wir den Qualm ein, keifte Rakucsinec' Frau und sah geradewegs zu ihr, Eszter, denn es kam wirklich vor, dass Jani Rot manchmal zwei oder drei Autos auf dem Hof stehen ließ.

Über die Dreharbeiten aber freuten sich alle. Eszter hatte am Morgen schon Toroczkays Mutter gesehen, geschminkt und frisiert, dabei kam es gar nicht infrage, dass sie vor die Kamera trat, denn zum einen nuschelte sie, und zum anderen war sie nicht in der Lage, einen Punkt ans Ende des Satzes zu setzen. Fragte man sie nur, ob sie schon etwas gegessen habe, erstreckte sich ihre Antwort gern von ihrer Jugend bis zu den derzeit viel zu hohen Stromrechnungen. Aber auch die anderen hatten ihre besten Sachen angezogen. Sogar Kalcsek, den solch ein Rummel immer kaltließ, hatte irgendwo aus den Tiefen seines Schrankes ein altes

Fischgrat-Sakko hervorgekramt und kam zu ihr herübergeschlurft, um es ihr zu zeigen. Aber Onkel Feri, das ist ja völlig von Motten zerfressen, sagte sie lachend und zeigte auf die Seite des Sakkos, die von Löchern gesprenkelt war. Das kann man nicht mehr anziehen. Sie haben zu gute Augen, meine Liebe, sagte Kalcsek kopfschüttelnd und zog es wieder aus. Schließlich würde er nicht den Clown spielen, wenn es nicht sein musste. Früher hatte ihm der Anzug wahrscheinlich richtig gut gestanden. Außerdem hatte der Hauswart sicher nicht zu denen gehört, die nur an Feiertagen ordentliche Kleidung trugen. Er zog sich nicht nur für andere anständig an, wie es die meisten Hampelmänner taten. Ja, Kalcsek war durch und durch ein Herr. So einer vom alten Schlag, von denen es in den Schwarz-Weiß-Filmen wimmelte und denen es gar nicht in den Sinn kam, sich für kleine Gefälligkeiten schmieren zu lassen. Bei ihm gab es keinen festgesetzten Kurs dafür, dass er jemanden am Hauseingang den Vortritt ließ oder half, den Einkauf hochzutragen, um später, wenn sich hinreichend an Wert angesammelt hatte, die Rechnung einzureichen. Unverschämt und arrogant. Sein Wohlwollen galt noch der ewigen Frau und nicht dem konkreten Körperteil einer konkreten Frau. Dabei leben wir genau in so einer Zeit, hatte er Eszter auf einer Bank im Park der Steinewerfer erläutert, in der Zeit des Konkreten, in der Prinzipien und Ideale nur so viel wert sind, wie man für sie bekommt. Wie bei Pfandflaschen. Und das können wir sogar Freiheit nennen. Diese Eintauschbarkeit oder was das ist.

Eszter verstand nicht immer, was der alte Feri sagen wollte, aber sie begriff sehr gut, dass Menschen jenseits eines bestimmten Alters gern so sprachen, als hätten sie ein Lehrbuch der Philosophie verschluckt. Sie versuchte lieber, einfache Dinge mit ihm zu besprechen. Den Tagesumsatz, ob sie noch einmal die Aufnahmeprüfung für das Medizinstudium versuchen oder es lieber endgültig vergessen sollte und warum Toroczkays Mutter von ihr dachte, ja gar nicht nur dachte, sondern Hinz und Kunz erzählte, dass sie bis in alle Ewigkeit eine alte Jungfer bleiben würde, weil der Mann erst noch geboren werden müsste, der um ihre verwöhnte Hand anhielte. Und sie mochte es auch sehr, dass der alte Feri, während es die ganze Zeit schien, als ob sie in zwei Mühlen mahlten, sie mit zusammengekniffenen Augen dennoch anlächelte und sagte: Genau davon rede ich ja, junge Frau. Über die alles mit ihrem Netz umspannenden konkreten Dinge. Eigentlich war er der einzige unter den Nachbarn, mit dem sie befreundet war, seit Roland sie gebeten hatte, hierherzuziehen. Das war keine allzu große Leistung innerhalb eines Jahres, trotzdem war sie stolz auf diese ungewöhnliche Freundschaft. Denn wann immer der Alte konnte, wartete er im Park auf sie, wenn sie mit dem Großteil der Einnahmen nach Hause ging. Und wenn es nicht zu viel Geld war, dann plauderten sie ein bisschen auf der Bank. Die Gespräche aber zogen sich von Tag zu Tag mehr in die Länge, denn mit der Ehrlichkeit wuchs auch die Reihe der Probleme, die besprochen werden wollten, doch hatte sie zu viel Valuta dabei, dann hakte sie sich nur bei ihm unter, und er begleitete sie, nach allen Seiten Ausschau haltend wie ein Leibwächter, bis nach Hause. Er bot ihr Sicherheit, obwohl sie wusste: Wenn sich jemand die Mühe machte, ihr von der Wechselstube bis hierher zu folgen, dann wäre in Wirklichkeit sie es, die Kalcsek beschützen müsste. Denn mit seinem Spazierstock und seinem stechenden Blick kämen sie nicht allzu weit.

Ihm beispielsweise würde sie jederzeit von ihrer Schwangerschaft erzählen. Dieses Bild konnte sie ohne jede Anstrengung zusammenfügen. Sie säßen auf der Bank, sie würde warten, bis sich das Lärmen der Kinder auf dem Spielplatz legte, bis auch das pralle Sonnenlicht, das durch die Laubkronen schien, nicht mehr auf seinen Schuhen hüpfte, ich möchte Ihnen etwas Wichtiges erzählen, würde sie sagen und Kalcsek ansehen, der ihre Hand nähme: Sagen Sie nur, meine Liebe, und schon würden die Wörter aus ihr hervorsprudeln, unaufhaltsam.

So hatte sie ihm von Roland erzählt und von dem Jetzigen, vielleicht hätte sie auch vom Gestern erzählt, über das sie noch mit niemandem gesprochen hatte, und nicht nur, um dem Alten zu beweisen, dass es in ihrem Leben ebenfalls so etwas wie Philosophie gab, sondern, weil auch das einmal in Worte gefasst werden musste. Bevor es ihr die Luft zum Atmen nähme wie damals die Nabelschnur. Und ja, man müsste endlich auch über jenes Haus reden, die Beethoven-Straße 18, dass sie sich schon seit Monaten davor die Beine in den Bauch stand und noch immer nicht wusste, was sie mit den im zweiten Stock aufleuchtenden Fenstern anfangen sollte, aus denen das Licht gerade nur schimmerte, sodass es sich kaum auf die andere Straßenseite schleppen konnte.

Es musste ein dicker Vorhang sein, aus festem Stoff. Sosehr sie es auch versuchte, sie konnte sich einfach nicht vorstellen, was sich hinter ihm verbergen mochte, was für ein Leben hinter dem Paravent ablief: ob es ein ehrliches war oder ein gezwungenes, ein beispielhaftes oder eines, auf dem das Gestern ebenso lastete wie auf dem ihren. Sie musste es herausfinden, solange sich die Neugier nicht gegen sie selbst richtete.

Sie stellte sich vor, Kalcsek zu einem Spaziergang einzuladen, wenn sie das Zimmer aufgeräumt hatte. Vielleicht könnten sie sogar irgendwo zusammen Mittag essen. In diesem neuen italienischen Restaurant am Rand der Plattensiedlung. Irgendwo zwischen Lasagne und Eis könnte sie dann entscheiden, wie es weitergehen sollte: ob sie lieber auf die Bilder hören sollte oder auf ihre Vernunft. Diese Idee elektrisierte sie völlig. Rasch machte sie das Bett, sammelte Jani Rots Kleider vom Boden auf und legte einen Stapel zum Waschen bereit. Das war es eigentlich, was ihr immer signalisierte, dass er auf eine längere Reise gegangen war: Die sauberen Sachen verschwanden aus dem Schrank, und die schmutzigen tauchten auf dem Fußboden auf, und wenn sie die Kofferladung Schmutzwäsche wieder zu einem gewaschenen und gebügelten Stapel im Kleiderschrank aufgetürmt hatte, war er schon wieder da.

Es war wenig Platz, deshalb konnte man nichts herumliegen lassen, weder schmutzige Teller noch halb ausgelesene Zeitschriften, denn sofort entstand der Eindruck von Unordnung. Wohnzimmer und Küche, so viel war geblieben, denn die anderen beiden Zimmer hatte Roland verschlossen, damit er und seine Eltern einen Platz zum Wohnen hätten, wenn sie aus Kanada zu Besuch kämen. Dabei konnte sich das eigentlich nur auf Roland beziehen, denn jeder wusste, dass Gondru, wenn er auch nur einen Funken Verstand hatte, nicht die Stirn hätte, hier aufzutauchen. Es war viel besser für ihn, in einem anderen Land ein Fremder zu bleiben.

Jetzt musste sie nur noch entscheiden, was sie anziehen sollte. Vor dem Spiegel befühlte sie unwillkürlich ihren Bauch. Sie achtete peinlich darauf, diesem Etwas, das sich dort drinnen vorbereitete, bloß keinen Namen zu geben. Beim Kauf des Schwangerschaftstests in der Apotheke hatte sie auch gesagt, er sei für ihre Freundin. Obwohl die Apothekerin sie mit allwissender Unverschämtheit anlächelte, bestand sie bis zum Schluss auf ihrer Lüge. Noch gab es nichts, das dieses im Wachsen begriffene Etwas an sie binden konnte. Es sollte weder eine Person noch ein Gegenstand sein. Vielleicht nur ein ungreifbarer, mit dem bloßen Auge nicht zu erkennender Begriff. Nach dem man nicht fragen durfte und auf den man so auch nicht von selbst kommen konnte.

Sie dachte an dieses Etwas, als setzte sich die rote Linie in ihrem Bauch fort, als zerteilte ihren Rumpf ein dünner roter Strich, bis hinauf zu ihrem Scheitel. Und von dem, was auf der anderen Seite blieb, was nicht zu ihr gehörte und doch von Tag zu Tag mehr von ihrem Körper einfordern würde, musste man vorerst schweigen. Denn so verdiente es sich vielleicht seinen Namen. Sie dachte daran, dass eigentlich auch sie aus dieser Namenlosigkeit gekommen war und dass es bis zum letzten Augenblick den Anschein hatte, als würde sie in der Namenlosigkeit bleiben. Als hätte die Macht des Gestern nicht mit dem Geruch von frischer Erde begonnen, sondern mit der Geburt an sich, als sich die Nabelschnur um ihren Hals gewickelt hatte.

Die Schießerei in der Grenzzone hatte nur eine weitere Station bedeutet – zurück. Als wäre es nur ein Spott des Todes gewesen, ihr zu erlauben, auf die Welt zu kommen. Oder hatte er das nur getan, um mit seiner Allmacht zu prahlen? Eigentlich war es ja auch egal. Es zählte nicht. Nur eins war sicher: Sie, Eszter Novák, zählte seitdem die Tage nicht mehr. Sie plante nicht, kaufte nicht einmal einen Kalender, um mit einem wer weiß woher stammenden Trotz dieser monotonen Zahlenreihe zu folgen, die man Leben nannte. Seit sie an jenem Sommermorgen heil nach Hause gekommen war. Seit sie jemand anderen an ihrer Stelle dort zurückgelassen hatte.

Müde lehnte sie sich an den Schrank. Sie könnte doch eigentlich dankbar sein für diesen roten Streifen. Denn er hatte diesen dumpfen Druck im Magen, den man auch

Angst oder Unsicherheit nennen könnte, vollkommen verdrängt. Sie war nicht mehr gezwungen, die außergewöhnlichen Signale ihres Körpers zu beobachten und zu enträtseln. Als einstige Assistentin hätte sie freilich wissen können, dass diese Übelkeit, der ständige Harndrang und die immer später kommende Regelblutung nur eins bedeuten konnten, aber da half es nichts, dass sie eine medizinische Fachschule absolviert hatte, da half es nichts, dass sie in den vergangenen fünf Jahren unzählige Patienten gesehen hatte, sich selbst konnte sie nicht als Patientin untersuchen. Sich selbst gegenüber war sie ebenso unwissend geblieben wie jede dumme Gans aus der Vorstadt. Sie hatte sich mit einer Erkältung, einem verdorbenen Magen und wer weiß mit was noch allem herausgeredet. Und ja, selbst jetzt, in diesem fortgeschrittenen Zustand wäre sie geneigt zu akzeptieren, was die Frauen der Ziegelzigeuner im Wartezimmer gesagt hatten. Denn wenn eine Frau nicht aus Liebe mit einem Mann schlief, dann schlich sich die Krankheit mit den unter Steinen huschenden Kellerasseln und den frühen, schneidenden Frösten in den Bauch, vor allem nachts, wenn die Frauenzimmer die Beine breitmachten, als tollten sie mit der Dunkelheit selbst, mit der Finsternis, die von den Wäldern her hereinsickerte. Aus so etwas würde keine Taufe und auch kein Glück, das dunkle Blut gehe Anfang des vierten Monats ganz von selbst ab, mit Qual und Schmerz, sodass man eine Weile nicht anders schlafen könne als zusammengerollt, als wäre man ein Knoten in der Wäscheleine. Für sie war es jetzt besser, viel besser, daran zu denken, als darüber zu grübeln, ob sie Jani Rot wirklich liebte und ob sie das alles hier überhaupt verdient hatten. Kind, Familie, längere und kompliziertere Weihnachtsfeste. Das Gestern würde ohnehin nicht zulassen, dass sie sich darüber lange den Kopf zerbrach. Vorerst war der rote Strich nur ihre Schuld, er ging niemand anderen etwas an. Vielleicht würde sich das am Nachmittag oder Abend, wenn sie mit Kalcsek gesprochen hatte, ändern. Wenn die Bilder anfingen, vor ihrem geistigen Auge abzulaufen.

Schließlich entschied sie sich für die einfache, aber bequeme Jeanshose und eine hochgeschlossene weiße Bluse. Sie legte sich eine Strickjacke über die Schultern, doch für einen Mantel war es schon zu warm. Sie wollte noch in der Wechselstube vorbeisehen und danach mit Kalcsek mittagessen. Das wäre das Programm für heute. Und wenn der Hauswart keine Zeit hätte, würde sie ihre Kleider sortieren. Es war an der Zeit, die Sommerkleider unter dem Sofa hervorzuholen, sie ordentlich in den einzigen Schrank zu stapeln und die Winterkleidung an die Stelle der Sommersachen zu verstauen. Es war gut möglich, schweiften ihre Gedanken ab, dass in Wirklichkeit die Kleider ihr Leben lebten. Sie zeigten mit ihrem Kreislauf die Jahreszeiten an, die Ankunft ihres Geliebten, markierten die Stimmung des jeweiligen Tages, und sie gehorchte ihnen nur. Wie ihrem Vater. Oder Jani Rot. Vielleicht steckte sie selbst in einem wasserdichten Plastikbeutel irgendwo in einem Winkel des Zimmers, bereit, von den Kleidern hervorgeholt zu werden. Die Sommer- oder die Winter-Eszter. Die kommende oder gehende. Die für das Morgen oder die für das Gestern lebende.

Bei diesem Gedanken wurde sie ganz bleich, doch dann nahm sie sich zusammen. Es hatte keinen Sinn, sich mit solchem Unsinn Angst zu machen. Vieles wartete noch auf sie an diesem Tag. Als sie aufgeräumt, dabei den Schwangerschaftstest sorgsam ganz unten im Mülleimer versteckt hatte und auf den Gang hinausgetreten war, brannte die Sonne bereits vom Himmel. Es war Montag, eine ganz gewöhnliche Woche.

2.

SCHON UM FÜNF UHR FRÜH war er auf den Beinen. Das Wissen darum, wie viel er heute zu tun haben würde, hatte ihn die ganze Nacht nicht schlafen lassen. Und obwohl ihn die Bewohner tausendmal gebeten hatten und Rakucsinec sogar in der Tordurchfahrt so etwas wie eine Hausordnung aufgehängt hatte, nach der er nicht früh am Morgen Ordnung machen sollte, begann er doch, die Mülltonnen übers Kopfsteinpflaster zu schieben. Es wäre auch als Waffengeknatter durchgegangen, wie die Räder über die gewölbten Steine holperten, aber ihm blieb keine andere Wahl: Nur so würden die Fernsehleute genügend Platz haben. Kaum war er fertig, bremsten zwei Kleinbusse und ein Lieferwagen vor dem Haus.

Zuerst schien es, als würde er nichts anderes mehr zu tun haben. Die Techniker trugen stumm und diszipliniert die Kabel, Lampen und Gestelle hinein. Um ihn kümmerten sie sich kaum, sie fragten ihn höchstens blaffend, woher sie den Strom nehmen sollten, wo sie den Lieferwagen parken konnten. Mitten auf dem Hof starrten der Regisseur und der Kameramann finster zum Himmel oder eher zu dem kleinen Quadrat, das die gedrungenen, einander berührenden Gebäudeflügel sich herausgeschnitten hatten.

Hätten sie gefragt, so hätte ihnen Kalcsek sicher erzählt, dass dieses Stück Himmel niemals maßgeblich war. Wer sich beim Anziehen daran orientierte, lag immer daneben. Zu Jahresbeginn zeigte es den Winter kälter und breiiger, so, als ob er noch zwei oder drei Wochen anhielte. Doch wie oft war es schon geschehen, dass die Leute draußen bereits in kurzen Röcken und Stoffhosen herumstolzierten, während Frau Toroczkay ihrem Sohn noch lange Unterhosen aufzwang, denn ein Nierenleiden hätte man ein Leben lang, und dann schwitzten alle beide bis drei Uhr, schmorten in den Kunstfasern und rochen bei ihrer Heimkehr wie übersäuerte Gurken. Im Sommer hingegen schien die Sonne nur für wenige Stunden herein, doch reichte es ihnen, die Petersilien- und Sellerieblätter zum Trocknen hinauszulegen, und Ibolyka, die Fußpflegerin, kam aus dem Erdgeschoss herauf, um sich zu sonnen, dabei war ihre Haut vor lauter Muttermalen kaum mehr zu sehen. Selbst die Rentner verbrachten einige matte Momente auf dem Gang, denn danach war Schluss, die Sonne zog weiter, die Hitze jedoch staute sich hier, als wäre das ganze Haus in einen luftlosen Schrank eingeschlossen, man machte nichts, und trotzdem lief einem der Schweiß in Strömen.

Die Filmleute interessierte seine jahrzehntelange Erfahrung freilich nicht. Sie kümmerten sich auch nicht um die müden Bewohner, die von den ersten Geräuschen auf den Laubengang gelockt wurden. Der ganze Stab wartete auf Hans und den Kameramann. Verdammt noch mal, wandte sich der Regisseur schließlich an Kalcsek, als wäre er schuld an den zunehmend trotzigen Wolken, die sich dort oben allmählich zu einem einzigen unbeweglichen Block zusammenballten. Sie stritten in einem gedämpften, erregten Ton, doch die Dolmetscherin, diese patente kleine lockige Frau, übersetzte nur: Sie würden drinnen mit dem Dreh beginnen. Kalcsek sah etwas gekränkt zu, wie die Techniker, statt auf dem Hof zu bleiben, den Weg ins Gebäude einschlugen. Sie baten ihn gar nicht um Erlaubnis, fragten überhaupt nicht, was er dazu sagte, ob er sich schon darauf vorbereitet habe, der Kamera ins Auge zu schauen. Nichts. Einer der Träger, der einen riesigen Scheinwerfer auf die Schulter geladen hatte, rief ihm nur zu: Onkelchen, in welchem von diesen Löchern wohnen Sie denn?

Wie anders war ihr Tonfall doch gewesen, als sie ihn im Januar damit aufgesucht hatten, dass sie einen Dokumentarfilm über die neunundachtziger Ereignisse drehen wollten. Sie hatten in seinem Zimmer gesessen: die Produzentin, eine strenge vierschrötige Frau, die sich ständig Notizen machte, die Dolmetscherin und der Regisseur, mit einem unmöglich bunten Schal um den Hals, den er auch drinnen nicht bereit war, abzulegen. Vierzig Minuten Länge, erklärte er, nicht mehr, aber wenn alles gut liefe und sich sein Traum erfüllte – er sah die mitschreibende Produzentin beinahe flehend an –, dann konnte aus dem Rohmaterial auch ein abendfüllender Spielfilm werden. Kalcsek verstand nicht recht, was daran Spiel sein sollte und was an der blutigen, irrsinnigen Nacht roh war, aber er wollte die weit gereisten Fremden nicht verwirren.

Er konnte auch nur schwer entscheiden, ob er überhaupt über das alles reden sollte, denn was konnte man schon erzählen, er sah den Regisseur ratlos an, doch dieser, ein gewisser Hans Jürgen, versicherte ihm derart begeistert, wie sehr das deutsche Volk verstehen wolle, was damals eigentlich mit dem Land und mit ihnen geschehen sei, malte also das Interesse des deutschen Volkes derart eindringlich aus, als stünde das ganze Germanentum wie ein Mann vor Kalcseks Tür. Als rüttelte es an der Klinke, um eine Erklärung zu bekommen, und als dürfe man es nicht im Stich lassen. Aber Sie erwarten eine Theorie und keine Antworten, sagte er schließlich zu der Dolmetscherin, die zwischendurch auch der anderen Frau etwas erklärte, woraufhin diese gut sichtbar einen Strich in ihr Notizbuch zog, als wäre sie nicht für das Geld, sondern für die wohlverdiente Strafe des Regisseurs verantwortlich. Verstehen Sie doch, in den Augen der Welt sind Sie die namenlosen Helden, rief er dem Hauswart gleichsam als letztes Argument entgegen. Daraufhin musste auch Kalcsek lächeln, vielleicht, weil er diesen Berliner mit den weichen Händen, der für ein Ja eventuell sogar eine Statue von dem Hauswart gegossen und am Teppichklopfer aufgestellt hätte, nicht kränken wollte.

Sollte er ihm die Laune verderben? Sollte er ihm sagen, dass er auf der Suche nach Helden überall hingehen, an jedem Tor jedes Hauses klingeln konnte, weil man ihn mit offenen Armen empfangen würde?

Er sollte zugeben, jedenfalls sich selbst gegenüber, dass sie nur deswegen hierhergekommen waren, weil Rakucsinec beizeiten die Marmortafel neben der Eingangstür erwirkt hatte. Als Erster in der Stadt. Der Bürgermeister hatte einen Kranz niedergelegt, die Schüler rezitiert. Es gab ein Programm, widerlich, perfekt. Aber das bedeutete auch dann nichts. Er war schon alt genug, um zu wissen: Bei Huren und Soldaten waren die stilleren, reservierteren die Richtigen. Sie besaßen wirklich Stärke, Haltung und Disziplin. Kannten die Tricks. Und weil sie sie kannten, redeten sie nicht darüber. Es war immer verdächtig, wenn jemand sich mit zu vielen Dingen behängte. Mit diesen Strümpfen, mit jenen Orden. Und es war besser, wenn der Regisseur von ihm erfuhr, dass es immer mehr Tafeln und immer mehr Helden geben würde. Mit den Jahren würden sie sich vermehren. Natürlich hätte Hans nicht so viel Zeit, sonst könnte er sehen, dass die verblassende Erinnerung für das Heldentum so war wie für Pilze der Regen. Zumal mit dem Revolutionärsausweis Steuerbefreiung einherging. Nicht einmal für Medikamente musste man bezahlen. Auch für weniger hatte sich schon so mancher zum Märtyrer erklären lassen. Aber wie er es einschätzte, war es nicht das, was Hans mit seinem Film erzählen wollte. Ihn interessierten die Toten. Die nicht mehr widersprachen, egal, was man ihnen anhängte. Nun, die hatte es hier wirklich gegeben. Einen draußen, einen drinnen.

Aber dann regte er sich nicht weiter auf, sondern schüttelte dem Regisseur die Hand und versprach, auf der nächsten Mieterversammlung auch das Einverständnis der anderen einzuholen. Und dann stünde der Unterzeichnung des Vertrags nichts mehr im Wege. Daraufhin schlug auch die Produzentin das Notizbuch zu. Es mussten gerade ausreichend Striche zusammengekommen sein, um im Frühjahr oder spätestens im Sommer mit den Dreharbeiten zu beginnen. Als sie hinausgingen, wandte sich Hans noch einmal zu ihm und fragte mit seinem makellosen Lächeln, ob hier jetzt alle so zynisch seien wie Kalcsek. Er habe geglaubt, die sehnlich erwartete Freiheit würde viel erlösender auf die Menschen wirken.

Natürlich, natürlich, sagte Kalcsek auf Deutsch und nickte eifrig, dabei klopften sie einander im Flur auf den Rücken, als hätte die Diktatur exakt in diesem Augenblick und an genau diesem Ort endgültig kapituliert, als wären die Mauern eingestürzt, die Stacheldrahtzäune verschwunden, und da hätte er schon wetten können, dass dieser Hans sein Ziel erreichen würde. Der Film würde schön und vor allem lehrreich, das deutsche Volk könnte sich die Hände rot klatschen. Und das war wirklich kein Zynismus, sondern ein elementarer Wunsch: Für einen Augenblick wollte auch er, Kalcsek, jenen fotogenen Nachmittag so sehen, so abgerundet und eindeutig, als liefe er im Fernsehen zwischen zwei Sendungen, mit Joghurtreklame und einer geschminkten Ansagerin. Denn dann könnte er wirklich besser schlafen.

Um drei Tage hatten sie für die Dreharbeiten drinnen gebeten und um drei für draußen, dazu um einen als Reserve, falls etwas Unvorhergesehenes geschähe, und Kalcsek hatte ausgerechnet, dass sie von dem Geld die Fassade des Hauses und das Treppenhaus komplett renovieren könnten, doch schließlich musste er gar nicht argumentieren, er konnte seine Aufstellung beiseitelegen, denn die Bewohner kamen bereits mit der Einstellung zur Versammlung, dass ihretwegen auf der Stelle mit den Dreharbeiten angefangen werden könnte. Wie konnten Sie nur etwas anderes denken, Herr Kalcsek, fragte Rakucsinec und drohte ihm scherzhaft mit dem Finger. Dem Gebot der Geschichte darf man sich nicht widersetzen.

Als er oben ankam, badete das Wohnzimmer schon in einem Lichtermeer. Aus dem Lieferwagen hatten sie zwei wunderschöne Sessel heraufgebracht und vor die Bücherregale gestellt. Obwohl er versuchte, sie zu unterdrücken, erfüllte ihn eine naive Freude. Irgendwie stellte er sich vor, sie würden ihm die Kulissen nach den Dreharbeiten hierlassen, denn sein abgewetzter Sessel war schon sehr altersschwach. Bei jeder Bewegung weinten die Federn auf und ächzte das Holz. Er wunderte sich kein bisschen, dass der Tonmeister auf den beiden gepolsterten Sesseln bestanden hatte.

Wie wenig reichte doch aus, um eine Wohnung zu verändern. Natürlich nur, wenn man die richtigen Handgriffe kannte. Er und seine Frau hatten sie nicht gekannt. Dabei hatte Klára in dem Jahr nach der Revolution so viel Zeug zu Hause angeschleppt, dass sie es kaum wegpacken konnten. Doch weder der vergoldete Springbrunnen, der sich jetzt auf der Anrichte nur mehr selbst amüsierte, noch das mit französischen Karten verzierte Rauchertischchen oder die Lampen, in denen Plastikblasen wirbelten und die wer weiß womit gefüllt waren, konnten den schweren Muff der alten Möbel vertreiben, diese modrige Bequemlichkeit, an die sie sich gewöhnt hatten. Denn wie viele Jahre hatten sie sich nicht von hier hinausbewegt! Er selbst war noch gelegentlich auf den Csemergi-Hügel gegangen, hatte manchmal am Baggersee geangelt, aber Klára ließ die Wohnung nicht los. Sie versuchte, die in die Möbel gepresste Zeit hübscher zu machen, als könnte man diese starre Trägheit überhaupt irgendwie schmücken. Jetzt hingegen strahlten die beiden gestreiften, leicht ausgebuchteten Sessel mit ihren hohen Lehnen regelrecht zwischen den übrigen Möbeln.

Endlich war die frische Luft da, das neue Leben, nach dem seine Frau so sehr gesucht hatte, das schon in den Schaufenstern und den immer schillernderen Zeitschriften prangte. Hier wiegte es sich kokett vor ihrer Nase. Aber irgendwie war das Ganze trügerisch. Denn wenn sie versuchten, es heimzubringen, wenn sie es aus der verlockenden Umgebung der Schaufenster rissen, verlor es sogleich seine Kraft. Zu Hause starrte ihnen nur noch glitzernder Trödel entgegen. Sündhaft teurer Plunder. Der neue Gegenstand, von dem sie sich so viel erwartet hatten, führte ihnen, die Hände in die Hüfte gestemmt, ihre eigene Untauglichkeit vor Augen. Denn nach einer Weile hatten sie einsehen müssen, dass das Problem nicht in den ausgewählten Dingen lag, sondern bei ihnen. Sie waren es, die das Neue nicht annehmen, einfügen, ertragen konnten. Sie blieben den Dingen gegenüber fremd, und es war nicht der Gegenstand, der eine feindselige Fremdheit ausstrahlte.

Die Ärzte hatten natürlich etwas ganz anderes in den Bericht geschrieben, doch war es das gewesen, was Klára schließlich dahingerafft hatte. Diese nutzlosen Bemühungen. Und an demselben unheilbaren Übel litt die ganze Stadt. Man brauchte bloß aus dem Fenster zu sehen. Denn hätte man damit angefangen, damals in dem großen Durcheinander alles platt zu walzen, aber wirklich alles, was man dieser Stadt aufgezwungen hatte, den Jubelplatz mit seinen protzigen Gebäuden, diesen mit lauter Beton garnierten Wahnsinn, dann hätte an dessen Stelle bis heute etwas erwachsen können. Selbst die bloße Erde wäre besser gewesen als das.

Aber jetzt eröffneten sie auf dem neuen Hauptplatz vergeblich Boutiquen oder ein griechisches Restaurant, schmückten ihn mit Girlanden und kümmerlichen Baumsetzlingen, der Beton würde sowieso gewinnen. Die heimatlose Kantigkeit, die einem beinahe die Augen ausstach, die unbeholfene Manie. Eine Zeit lang war es nur ein Kneipengerede gewesen, aber dennoch hatte es Gültigkeit: Es nützte nichts, wenn man die Scheiße mit Kokosraspeln bestreute, davon wurde sie auch nicht essbar, allenfalls sah sie etwas annehmbarer aus. Aber sie versuchten es natürlich. Taten alles Mögliche. Ein bisschen Kosmetik, ein bisschen Maniküre, obwohl es am besten gewesen wäre, dem Ganzen den Rücken zu kehren. Sie vertrauten darauf, dass die Ratio diesen Wahnsinn früher oder später in die Falle locken würde. Dabei gab es niemanden, der seinen Kopf nicht mit der Frage zum Schlaf niederlegte, was passieren würde, wenn der Beton sich in Gang setzte und in die Boutique floss, die Hamburger ausstopfte, auf seine grobe Weise die hübschen Kleider bedeckte und auf die Girlanden hochfloss, sodass der Platz die Straßenkehrer am Morgen in grauer Reglosigkeit empfing. Wenn etwas zurückkehrte, was sie niemals verjagt hatten. Vielleicht war es das, wovon seine Frau an jenem Morgen zu den Sanitätern sprechen wollte, aber sie konnte nur noch stöhnen, und der Speichel floss ihr wie eine silberne Kordel aus dem Winkel ihres verzerrten Mundes hinunter auf die Brust. Ein Jahr war das schon her.

Hans bewegte sich selbstbewusst zwischen den Kabeln und Reflektorsegeln. Er gab Anweisungen, warf manchmal einen Blick in seine Notizen. Beim Gedanken an die Sessel ertrug Kalcsek sogar das Pudern ganz gut. So würde sein Gesicht nicht glänzen, erklärte ihm die Maskenbildnerin und richtete ihm schließlich noch die wenigen grauen Strähnen auf seinem Kopf. Er ließ es über sich ergehen, hätte aber am liebsten alle auf den Flur hinauskomplimentiert. Die ganze Bagage. So konnte man sich doch nicht unterhalten. Wenn so viele Leute zuhörten. Er konnte nicht einmal pinkeln, wenn jemand hinter ihm stehen blieb. Irgendwie hatte er sich die Dreharbeiten so vorgestellt, dass sie eine Kamera auf dem Hof aufstellten, vor der dann jeder erzählte, was er wusste. Als wäre die Kamera das Gericht oder so etwas in der Art. Niemand dürfte vom Papier ablesen oder jemand anderen an seiner Stelle schicken, und alle dürften nur das sagen, was ihnen wirklich einfiel. Wenn kompliziert, dann eben kompliziert. Und wenn sie es erlaubten, würde die Optik alles aufnehmen, das Hüsteln mitten im Satz ebenso wie das verlegene Zucken der Augen. Hier aber traf man so umfangreiche Vorbereitungen, hatten sich so viele Menschen in seiner Zweizimmerwohnung versammelt, dass ihm alle Lust auf Ehrlichkeit verging. Natürlich ging es auch so. Er war schon im Theater gewesen, dort hatten sie auch so lange herumgehampelt, bis am Ende etwas daraus geworden war.

Der Sessel war wirklich bequem. Vornehm. Nach ein paar Minuten in der Maske ließ sich Hans neben ihn fallen. Er schlug behaglich die Beine übereinander. Kalcsek war sich nun bereits sicher, dass die beiden Sessel ihm gehörten. Vielleicht hatte der Regisseur sie aus seiner Berliner Wohnung mitgebracht. Jetzt betrachtete Kalcsek ihn ein wenig anders. Nicht, dass er neidisch auf ihn gewesen wäre, aber für einen Augenblick hätte er gern mit ihm getauscht. Denn es gab Leute, die alles in Bewegung setzten und versuchten, sich die Freiheit vorzustellen, und andere trugen sie in den Poren. Diese beiden Bewusstseinsformen würden aber niemals identisch sein.

»Aufnahme!«, rief jemand, woraufhin sich ihm Hans sofort zuwandte und etwas auf Deutsch fragte. Die Dolmetscherin übersetzte hilfsbereit:

»Haben Sie noch Angst? Er meint, ob Sie heute noch Angst haben?«

Kalcsek hätte beinahe aufgelacht. Damit fingen sie an? War das wirklich das Wichtigste? Ob er heute immer noch Schiss hatte?

Theoretisch war die Frage gut, wenn auch bei Weitem nicht perfekt. Sie ließ genau das Wesentliche aus. Wie viel hatte er darüber in den vergangenen Monaten nachgedacht! Meist, wenn das Licht aus war, in der Dunkelheit, als wären die wirklich wichtigen Gedanken lichtempfindlich.

Die Angst, lieber Hans, ist nicht so wie Zucker oder ein Gewürz, wovon man etwas hat oder nicht. Sie macht das Leben nicht bitter oder süß. Man kann sie nicht dosieren und nicht entziehen. Wer so denkt, ist dumm. Sie ist eher eine Neigung. Stellen Sie sich die Angst vor wie eine rankende Pflanze, die im Inneren wächst. Mit seidigen Blüten und zähen Wurzeln. Einen kleinen Bonsai. So etwas haben die vergangenen Jahre in einem sprießen lassen, um dann den Rest ihrem Besitzer zu überlassen. Und wenn sie erst einmal da ist, wenn sie sich im Fleisch festgeklammert hat, dann muss man sie gießen und pflegen, denn sie schrickt bei allem zusammen, beim Schlagen einer Tür und beim Quietschen einer Bremse, bei einem plötzlichen lauten Wort auf der Straße, bei einem Uniformierten an der Ecke oder wenn man seinen Ausweis zu Hause vergessen hat. Eigentlich ist es egal, denn jede Kleinigkeit nährt sie, selbst das geringste Missverständnis gibt ihr Nahrung. Es reicht, wenn uns ein Fremder auf dem Gang lange ansieht, und schon sind die kümmerlichen Früchte für den Tag reif. Und das vergeht nicht. Diese Pflanze trocknet nicht aus, man kann sie nicht mitsamt den Wurzeln ausreißen. Jetzt gerade fürchte er sich natürlich nicht, falls das die Frage war. Aber er wisse von der Pflanze. Und die Pflanze wisse von ihm. Sie warte darauf, wieder Nahrung zu bekommen. Denn sie sei nicht vorübergehend. Kalcsek würde diese Angst bis ans Ende seines Lebens nicht los, weil man es ihm nun einmal so beigebracht hätte. Ebenso wie das Schreiben, Lesen oder eine Diode wieder anzulöten. Und Kalcsek sei ein Streber gewesen, beinahe ein Spitzenschüler. Zumindest darin. Im Lernen und in der Pflanzenpflege, aber wenn das im Fernsehen besser klinge, könnte Hans es auch gern Feigheit nennen. Ihm sei es egal, er würde nicht protestieren. Die Wörter bedeuteten heute schon alles Mögliche.

Und ja, so war es auch jetzt. Denn man konnte sich auch ohne Angst fürchten. Auch wenn es inzwischen sinnlos war, auch wenn es nichts mehr gab, wovor. Denn jetzt gab es vieles, was sie unterdrücken konnte: Fernsehen, Zeitungen, lärmende Nachbarn. Und dass jeder sagte, was er wollte. Aber sie war da. Und er konnte nicht einmal sagen, dass sie nicht weiterwuchs. Eigentlich musste sie nicht einmal wachsen.

»Nein«, antwortete er schließlich. »Hier fürchtet sich niemand mehr. Höchstens vor dem Beton.«

Es lohnte sich, Hans' Gesicht zu betrachten. Er fuhr verständnislos zusammen, dann wurde er rot, als hätte man ihn mit kochendem Wasser übergossen. Er sah in seine Notizen, dann zur Dolmetscherin, aber sie konnte die Antwort nur wiederholen. Ja, er hat Beton gesagt. Dann hat das vielleicht eine andere Bedeutung, insistierte Hans. Vielleicht, aber sie glaube nicht. Das wird wohl Stahlbeton sein. Wortwörtlich. *Stahlbeton*. Hans stellte die Frage noch einmal, deutlich und stark betont, dann gab er ihr ein Zeichen, bitte, übersetzen Sie. Wenn seine Assistentin nicht hereingekommen wäre, wären sie vielleicht sogar aneinandergeraten, aber plötzlich stand Christine da und teilte mit besorgtem Gesicht mit, dass der Herr Hauswart verlangt werde. Es sei dringend.

»Ende«, rief dieselbe Stimme.

Kalcsek wurde aus dem Stuhl geschält. Hans fluchte kaum hörbar in seinem Berliner Sessel. Er wollte gar nicht zum Fenster gegenüber sehen, von wo die Maisonne ungehindert ins Zimmer strömte. Als hätte man auch draußen die sengenden, leistungsstarken Scheinwerfer angeschaltet.

Als der Hauswart durch das Spalier der Techniker auf den Gang gelangt war, verflüchtigte sich dieser sonderbare Druck in seinem Brustkorb. Der Zwang des Antwortens. Ihm fiel ein, dass er Mecseki versprochen hatte, noch diese Woche hinüberzugehen und sich sein Radio anzusehen. Seit er nicht mehr aus dem Bett aufstehen konnte, war er einer seiner Lieblingsnachbarn. Das hätte er auch machen sollen: Die Geräte an sich nehmen und das Radio so lange reparieren, bis das Wunschprogramm wieder lief. Dabei war das Ganze völliger Blödsinn. Einmal hatte er ebenfalls dort angerufen. Er hatte für seine Frau um das »Ave Maria« gebeten, aber sie hatten es nicht gespielt, weil Sterbende über den Äther nicht gegrüßt wurden. Das war die Programmpolitik. Er zuckte mit den Schultern. Dann würde auch Mecseki in aller Stille krepieren. So war es wenigstens gerecht.

Vor der Tür wartete die kleine Eszter Novák auf ihn.

3.

»WIE KANN MAN NUR JANI ROH HEISSEN?!«, fragte Éva verständnislos. Ihr schmales Gesicht wurde ganz rund vor Staunen.

»Jani Rot. Und es ist nicht sein echter Name. Ich nenne ihn nur so«, antwortete Eszter.

»Umso schlimmer.«

Éva Kernitz kam einmal im Monat zu Besuch. Obwohl sie den Zeitpunkt stets eine Woche vorher ankündigte, lag immer etwas Unerwartetes in ihrem Auftauchen. In Wirklichkeit konnte man nicht einmal wissen, ob sie zu ihr kam, weil es sie wirklich interessierte, was mit ihrer einzigen Cousine los war, oder ob sie nur von Eszters Eltern ab und an zum Spionieren geschickt wurde.

Denn sie hielten es eben doch nicht aus, gar nichts von ihr zu wissen. Sie jedoch anzurufen oder ihr einen Brief zu schreiben, waren sie zu stolz. Es musste reichen, dass sie Éva ein bisschen Geld, Marmelade oder Schmalz mitgaben, dabei hatte Eszter es schon beim letzten Mal kaum annehmen wollen. So etwas war hier keine Mangelware mehr. Sie hingegen schickte ihnen Schokolade und Neapolitanerwaffeln. Damit sie etwas zum Verschenken hatten. So war das, seit sie in die Stadt gezogen war. Ihr Vater hatte ihr nicht verziehen, dass sie nicht Tierärztin geworden war, und ihre Mutter, dass sie sich ihretwegen zu oft vor den Bewohnern des Dorfes hatte schämen müssen. Irgendwie war sie zu schön geworden. Zu wohlgeformt. Und man konnte sie nicht mehr verstecken. Wie das Geld auf dem Dachboden. Nach einer Weile hatten sie ihr nicht einmal mehr erlaubt, in die Disco zu gehen, weil die Jungs sich regelmäßig um sie prügelten. Als dann beim Frühjahrsball der schmächtige Pista Szalay eins mit dem Messer abbekam, hatte es ihrer Mutter endgültig gereicht. So etwas war gefährlich fürs Geschäft.

Warum, dann würden sie eben woanders saufen gehen, hatte sie einmal zurückgemault. Ihre Kneipe war die einzige im Dorf, auf halbem Weg zwischen Friseur und Kirche. Und der Verkehr hing schon lange nicht mehr von den Schlägereien ab, sondern davon, wie viel Wasser der frische Wein vertrug. Wenn der offene Wein nicht einmal mehr einen Nachgeschmack hatte, murrten die Gäste ihre Mutter natürlich hin und wieder an. Bei Ihnen ist der Pope zu oft zu Besuch, sagten sie. Denn ihre Mutter war tatsächlich die Berechnendere, sie hatte den Muskateller noch weiter getauft, wenn der Vater schon vor Wut auf die Erde spuckte.

Éva hatte einen Mann und zwei Kinder mit dem damit einhergehenden genau kalkulierbaren Chaos. Sie wusste schon am Montag, was sie am Sonntag machen würde. Wenn es sie nach etwas Ungewohntem verlangte, damit es ihr wieder einmal den Rücken entlang kribbelte, dann fragte sie immer Eszter aus. Wer jetzt in Sicht sei, wie er aussehe, ob er vertrauenswürdig sei oder ein Windhund, aufbrausend sei oder sich mit wenig zufriedengebe. Das war es, was sie wirklich interessierte. Nach ein paar Testfragen gab sie dann ausführlich ihre Meinung über die Männer ab, über die sie getratscht hatten, und schon das allein tat ihr gut. Danach gingen sie ins Kino, wo sie meistens das Ende des Films verschlief, um schließlich am Abend beruhigt nach Hause zu zuckeln. Das war allemal besser, als zu studieren. Eszter überredete sie manchmal, vor dem Kino noch auf einen Sprung in der einen oder anderen Boutique vorbeizuschauen, ein paar mutigere Sachen anzuprobieren. Zuzulassen, dass sich die straffen, ausländischen Stoffe an ihre Haut schmiegten, doch nur selten kaufte sie etwas. Das hätte gerade noch gefehlt. Beim letzten Mal hatte sie für den Minirock auch zwei derartige Ohrfeigen bekommen, dass ihr fast Hören und Sehen verging. Dabei hatte der Jani davor einen Ständer gehabt wie als junger Kerl. Aber manchmal verstand selbst der Teufel die Männer nicht: Für sie war es auch dann schlecht, wenn es gut war.

Roland hatte Éva am besten gefallen. Er war etwas Besseres, still, anpassungsfähig und hing geradezu an Eszter. Was wollte man mehr? Die paar Jahre Altersunterschied hätten wirklich nicht gezählt, wenn es tatsächlich zur Hochzeit gekommen wäre. Solche Jungen muss man sich schnappen, erklärte Éva mehr als einmal, bevor die Raupe aus ihnen rauskriecht. Denn bei den Männern sei es genau umgekehrt als in der Natur: Der schöne duftende Schmetterling verpuppt sich eines Tages, und nach ein paar Monaten kroch aus ihnen dieses haarige, hässliche Etwas hervor und zerfraß alles um sich herum. Dann fluchten sie, ob es sein musste oder nicht, und kratzten sich sogar beim Mittagessen am Hintern. Und wenn die Raupe erst einmal herausgekrochen sei, dann würde Eszter die Zügel vergeblich straffer ziehen. Sie wisse ja nicht viel, aber das wisse sie ganz sicher. Eszter sprach nicht mehr gern darüber. In Wirklichkeit hatte sie sich und Roland nie so sehen können, als ob sie zusammen wären. Als ob sie die gleichen Ziele haben könnten. Diese zwei Jahre mit Roland waren wie ein Wandertag: Was sie zusammenhielt, war die obligatorische Betriebsbesichtigung, das verständnisvolle Herumgaffen im Heimatmuseum, aber beim Freizeitprogramm wäre sie am liebsten mit jemand anderem ausgebüxt.

Natürlich würde sie auch nicht sagen, dass sie ihn nicht geliebt hatte. Sie liebte seine unbehaarte Brust, wie er immer leise sprach und dass er beinahe auf alles achtete. Er pustete ihr morgens den heißen Tee, ließ ihr am Abend das Badewasser ein, aber am meisten mochte sie die Frau, die

Roland in ihr sah. Schutzlos, doch stark genug, um jederzeit Schmerz zu verursachen. Ein bisschen mondän, dennoch rein. Die niemals in dem von Antal Sprőd gemieteten Zimmer gewohnt hatte, wo sie den ehrenwerten Anatomieprofessor in hochhackigen Schuhen erwarten musste, wenn er Lust verspürte, vorbeizuschauen, die Józsi Pintérs Ohrfeigen nicht wortlos geduldet hatte und die raffinierten Versöhnungen, seine Hurerei. Genau wegen Roland hatte sie sich von ihnen befreien können, seinetwegen hatte sie all die geschenkten Ketten und Ringe, Porzellanschüsseln und Bodenvasen, diesen und jenen Nippes, den sie ihr unter der Hand im Dollarladen beschafft hatten, verkauft. Das Geld aus dem Verkauf hatte für ein ganzes Jahr Untermiete im Souterrain einer Villa in der Straße der Republik gereicht. Aber dort ließ man sie wenigstens in Ruhe. Sie musste nicht Mihai Gondrus unverschämten und provozierenden Blick sehen wie an dem Tag, als Roland sie zum ersten Mal hierher, in die Straße des Fortschritts, mitgenommen hatte, um sie der Familie vorzustellen.

Sie hatte es ihm auszureden versucht, aber mit dem Jungen war nichts zu machen. Beinahe gefleht hatte er, dass sie wenigstens für eine halbe Stunde bei ihnen vorbeischauen sollten. Seine Mutter wolle so gern sehen, wen er seit langen Monaten so eifersüchtig versteckte. Schließlich erklärte sie sich einverstanden, an einem Sonntag bei Rolands Eltern mittagzuessen. Sie zog ihre bescheidensten Sachen an, einen Pullover mit hohem Kragen und dicke Kniestrümpfe unter die Hose, damit bloß keine Haut zu sehen war. Mihai Gondru sah sie trotzdem so an, als wäre sie im Badeanzug gekommen. Aber das war es gar nicht, was sie am meisten schmerzte, schließlich war sie es gewohnt, dass sie die Männer mittleren Alters sofort in Besitz nehmen wollten wie irgendeinen Nippes, sondern, dass Roland nichts davon merkte. Weder den frustrierten Neid des Vaters, denn er hatte seinem Sohn wirklich eine schlechtere Frau gewünscht, noch seine fürstliche Arroganz, denn es war ihm anzusehen, dass er nach dem Mittagessen am liebsten auf dem Recht der ersten Nacht bestanden hätte, scherzhaft natürlich, um der Sache die Schärfe zu nehmen, aber auch bitter, weil sogar der Gedanke an so etwas Sünde war, und natürlich die Ohnmacht, dass er seine Macht noch nicht auf sie ausweiten konnte. Sie war noch fremd, das geheimnisvolle, dunkle Pferd, das erst gebrochen werden musste. Denn genau das war es, was ihr bevorgestanden hätte.

Roland bediente seinen Vater mit derselben Zuvorkommenheit und Geduld, mit der er sie Tag für Tag im Souterrain verzauberte. Nur dass er jetzt zwischen zwei Herren pendelte. Er hielt unter der Tischdecke ihre Hand, sprang aber sofort auf, wenn seinem Vater der Salzstreuer, das Brot oder Essiggemüse gebracht werden musste. Es war widerlich. Dieses viele Ja, Vater; in Ordnung, Vater; das dachte ich auch, Vater. Und dort, über der dampfenden Fleischbrühe, in der geometrischen Ordnung der gefalteten Servietten, stellte sich auch heraus, dass all das, was sie für flammende Liebe gehalten hatte, nur freiwillige Knechtschaft war. Hier katzbuckelte er vor der Stärke, zu Hause vor der Schönheit.

Sie musste ins Bad gehen, denn ihr wurde so übel, dass sie fürchtete, sie müsste all diese Zärtlichkeiten gleich auf den mit bretterhart gestärktem Damast gedeckten Tisch zurückwürgen, all das Streicheln und Verwöhnen, von dem sie geglaubt hatte, es gehöre nur ihr, nur sie habe es verdient, und das Ganze würde schwarz sein und stinken wie der Saft vergorener Johannisbeeren. Zwei Wochen erlaubte sie Roland nicht, sie zu berühren. Mit seinen Händen hätten sie Gondrus Wurstfinger berührt, mit seinem Duft hätte sie Gondrus verschwitzten Acetongeruch eingeatmet, und vor allem hätte sie nicht ertragen können, dass mit Rolands Samen auch etwas aus Gondrus Körper in sie hineinströmte, selbst wenn es so winzig war, dass nur ein Mikroskop es enttarnen könnte. Aber sie stellte sich vor, dass diese fremden Zellen unter dem Schutzmantel des Schlafes wie fleischfressende Käfer zum Leben erwachten und sofort begannen, alles, was lebendig war, zu fressen und zu zerreißen. Dass sie die Sehnen zernagten wie Leitungen, auch Leber und Lunge nicht verschonten, sich bis ins Knochenmark bohrten, bis schließlich nichts mehr von ihr übrig blieb. Eszter wäre dann nicht mehr als eine durchscheinende, mit Muttermalen gesprenkelte Hülle, die Gondru leicht über seinen Kopf heben könnte, als ließe er im Vergnügungspark einen Luftballon steigen. Solche Bilder quälten sie.

»Du bist eifersüchtig«, sagte Éva mit schlafwandlerischer Sicherheit.

»So ein Blödsinn!«

»Aber es stimmt. Glaub mir. Ich kann diese vielen vergammelten Fahrräder auf dem Hof auch nicht mehr sehen«, sagte sie, weil Jani in seiner Freizeit an den Fahrrädern der Umgebung herumschraubte. Er wechselte Ketten, ölte sie, richtete die Speichen. Manchmal auch kostenlos. Und nach einer Weile konnte man die ebenso verabscheuen wie die Menschen. Am liebsten wäre sie so lange auf ihnen herumgesprungen, bis alle zu nutzlosem Eisen verbogen waren. Eines Tages hielt sie es nicht mehr aus und warf alle neu gekauften Katzenaugen von Lajos Pertinek in den Brunnen. Sie versanken dort so schön, schwebend, dass es eine Freude war, zuzusehen. Sagen wir, das sollte sie mit Gondru besser nicht machen. Eszter war nicht von der Sorte, die es im Gefängnis ausgehalten hätte. Zwei Tage später hatte ihr das Ganze dann auch wieder leidgetan, weil sie seitdem nicht wagte, Wasser aus dem Brunnen zu holen, da unten auf dem Grund die vielen blutroten Augen blinzelten, als schaute jemand geradewegs aus der Hölle hinauf. Und selbst wenn Jani sagte, dass das nicht sein könne, weil Katzenaugen nur im Licht fluoreszierten, während es da unten so pechschwarz sei wie in ihrem Arsch, so sah sie die Augen trotzdem. Und ja, seither hatte dieses Wasser auch einen faderen Geschmack.

Éva lachte schallend über ihre Geschichte, über die sie sich auch bislang nicht weiter den Kopf zerbrochen hatte. Eszter amüsierte sich über den Brunnen, der mit blutroten Augen blinzelte, aber sie gab Éva trotzdem nicht recht. Das war keine Eifersucht. Sie wollte nicht erreichen, dass Roland sie mehr liebte, dass er sie noch mehr bediente als seinen Vater. Wenn sie diesen unausgesprochenen Wettstreit gewinnen wollte, dann konnte sie beim nächsten Mal in einem hochgeschlitzten Rock antanzen, damit diesem Schwein die Augen aus dem Kopf fielen. Darum ging es nicht. Es waren die Schläge, die sie Gondru nicht verzeihen konnte. Dass er seinen eigenen Sohn fast zum Krüppel geschlagen hatte. Auf seinen Kopf hatte dieser Idiot eingeprügelt! Mit der Schnalle! Hätte er nur den Lederriemen benutzt, wäre es nicht so schlimm gewesen, Rolands Gesicht wäre geschwollen und blau geworden, aber das wäre nach ein paar Tagen wieder vergangen. So aber hatte der Metalldorn alles vom Mundwinkel bis zum Rand des Gesichts aufgerissen. Sieben Zentimeter lang musste es genäht werden. Einen Schneidezahn hatte er ihm ausgeschlagen, und der Unterkiefer war angebrochen. Wie konnte man jemanden nur mit derartiger Kraft schlagen?

Und Roland hatte auch ihr monatelang die Geschichte erzählt, die alle kannten: Er sei mit dem Rennrad auf dem

Damm schlimm gestürzt. Ein bisschen betrunken sei er gewesen und wollte die Treppe hinunterfahren, aber das habe nicht geklappt. Da kann man mal sehen, wie grün er noch hinter den Ohren sei, lächelte er verlegen. Das hatte er erzählt, mehrfach, mit beinahe denselben Worten. Und es wäre auch kein Problem gewesen, wenn Eszter das zerbrochene Fahrrad hätte sehen wollen. Aber sie wollte es nicht sehen. Genauso wenig, wie sie die scheinheiligen Gesichter von Rolands Mutter und Bruder am Mittagstisch interessierten, denn sie nahmen gar keine Kenntnis mehr von der gemeinsamen Lüge, sie hatten sich schon so lange von dem Unfall erzählt, bis sie schließlich selbst daran glaubten. Inzwischen war die Lüge schon gnädig mit ihnen: Sie ließ zu, dass sie kristallklar vor sich sahen, wie sie weinend und klagend zum Damm rannten und später dem dort oben dafür dankten, dass er sich auf dieser steilen Treppe nicht den Hals gebrochen hatte. Dabei hatten sie die Narbe unzählige Male gesehen! Wie oft? Zehnmal, tausendmal, eine Million Mal? Wie oft sah man jemanden am Tag an, ohne ihn eigentlich sehen zu wollen? Schaute ein bisschen an ihm vorbei, ein bisschen über ihn hinweg. Und natürlich war dazu auch der Sanitäter nötig und der Bereitschaftsarzt, der den Abschlussbericht unterschrieb, damit sich der Kreis endlich schloss. Verabscheuenswert und doch so vertraut beruhigend.

Heute war von alledem kaum noch etwas zu sehen. Der Kiefer war zusammengewachsen, den Schneidezahn ersetzte eine Krone, und das Gesicht hatte ihm der plastische Chirurg so zusammengenäht, dass nur eine dünne rosafarbene Linie geblieben war. Man konnte auch nicht abstreiten, dass die Mutter recht hatte, wenn sie sagte, die Narbe würde sein Gesicht eigentlich männlicher machen, der Ausdruck des sorglosen Jugendlichen sei verschwunden. Jenes

Jugendlichen, der hoch und heilig geglaubt hatte, dass zu so etwas niemand fähig sei. Vor allem nicht sein Vater. Weil er zu feige sei. Und jetzt war er ihm dankbar. Sprang um ihn herum. Bedanken konnte er sich freilich nicht dafür, das wäre dann doch zu pervers gewesen. Die Mutter mochte es auch nicht, wenn man ihr für die Medikamente dankte. Schließlich war das doch ihre Aufgabe, oder nicht?

Du bist ihm dankbar, hatte Eszter schaudernd wiederholt. Sogar die Haare auf den Armen standen ihr zu Berge vor Schreck. Denn eigentlich machte ihr das am meisten Angst. Nicht der Stumpf des hinuntergeschluckten Schneidezahns oder der ausgerenkte Unterkiefer. Als hätte dieser Satz das vergossene Blut aufgesaugt. Irgendwie schon, erwiderte Roland, obwohl er wusste, dass das nicht das passendste Wort war. Er war nicht für den Schmerz dankbar, schließlich war sein Gesicht schon nach den ersten Schlägen taub geworden, oder weil ihn sein eigenes Ausgeliefertsein endlich zur Vernunft gebracht hatte, sondern am ehesten dafür, dass er mit so viel davongekommen war. Denn irgendwie war das doch Mathematik. Der Vater hatte ihn auf diese Weise geschützt. Er hätte auch drei Jahre bekommen können oder wer weiß, wohin sie ihn wegen dieses unsinnigen Satzes gebracht hätten. Heute mochte es ja schon unglaubhaft klingen, sagte er erwachsen, aber damals wurde sein Vater fast jeden Tag bedroht. Die ganze Familie. Und so konnte er an den entsprechenden Stellen wenigstens sagen, sein Sohn brauche nicht noch mehr Strafen, denn er habe seinen Teil schon bekommen. Aus erster Hand. So einfach war das.

Als sie Jani Rot die Geschichte erzählte, zuckte der nur mit den Achseln.

»Kann gut sein, dass er ihn damit wirklich schützen wollte«, sagte er schließlich.

»Du glaubst das?« Eszter sah ihn entsetzt an.

»Das habe ich nicht gesagt. Aber deshalb kann es doch noch stimmen. Das hat ja nichts miteinander zu tun.«

Die Antwort beruhigte Eszter nicht. Der Mann konnte das so trocken und gleichgültig sagen, als würde er die Tagesnachrichten im Radio vorlesen. Ein Güterwagen hat sich an einer Ladestation des Nordbahnhofs gelöst. Personen wurden nicht verletzt, der Verantwortliche wird noch gesucht.

He! Aufwachen! Hier ging es um ein Kind. Roland war an jenem Abend noch nicht einmal siebzehn gewesen. Gut, gut, sie erwarte nicht, dass er sich die Geschichten von ihrem Ex-Freund mit strahlenden Augen anhörte, aber hier war es ja jetzt eigentlich egal, wer halbtot geschlagen worden war. Die Tatsache zählte. Roland hielt der Mann ohnehin nicht für einen ernst zu nehmenden Konkurrenten. Meistens lachte er nur über die Gladiolensträuße und die in raschelndes Zellophan gewickelten Pralinen, die er ihr auch nach dem Ende ihrer Beziehung noch schickte. Aber jetzt hätte er sich doch irgendeine Emotion abringen können. Wo sie schon lange darüber nachdachte, ob er wohl auch so brutal zuschlagen könnte, ob er so viel Kraft und Berechnung besaß, wenn beispielsweise Eszters Leben davon abhinge, aber er zog nur eine Grimasse und las mit nasaler Stimme Nachrichten vor.

»Ich kann es einfach nicht glauben, dass ich solche Menschen getroffen habe«, fuhr Eszter schließlich auf und schmiss die Kaffeetasse beinahe ins Becken. Jani Rot wartete ab, ob das holländische Geschirr, das er ihr geschenkt hatte, zerbrach und antwortete erst danach.

»Ich weiß nicht, was zum Geier du dich wunderst, wenn du bei ihnen wohnst.«

»Ich wohne bei Roland.«

»Das ist ja wirklich ein großer Unterschied.«

»Heißt das, du verteidigst ihn jetzt auch noch?«

»Ich verteidige niemanden. Gondru ist ein Ekel! Er hat sehr gut daran getan, Leine zu ziehen. Es geht ihm viel besser, wenn er in einem anderen Land ein Fremder bleibt.«

Aber das hatte doch sie gesagt! Das waren ihre Worte! Oder doch nicht? Sie wurde ganz unsicher. Das war das Gefährlichste an Jani Rot. Mit ihm vermischte sich alles so verhängnisvoll. Unausgesprochene Ideen und Worte wechselten den Besitzer, ihre Sätze tauchten mit anderer Betonung in seiner Kehle auf, hallten in seinem Körper wider, während sie ihm keinen Deut näherkam. Ständig handelten sie miteinander wie die raffiniertesten Kaufleute, während sie eifersüchtig ihren Besitz hüteten. Den anderen als ihr Eigenes. Denn er war der Brunnen mit dem sonderbaren Geschmack und sie die tausend Augen an seinem Grund.

Der alte Feri hatte erst am Nachmittag Zeit, deshalb würden sie wohl eher zu Abend essen, entschied sie noch auf dem Gang. Der Alte hatte sie mehrere Male um Verzeihung gebeten, offenbar wurden die Filmleute noch schwerer mit ihm fertig, als er gedacht hatte. Macht nichts, antwortete sie und war ein wenig erleichtert, dass sie von dem Dreh vollkommen verschont blieb. Sie war noch zu jung, um über so etwas ausgefragt zu werden. Erzählen könnte sie freilich, wenn es ihr gelänge, endlich die passenden Wörter aus sich herauszulocken. Aber ihr schlug das Herz jetzt noch bis zum Hals, wenn die Zugluft eine Tür hinter ihr zu laut zuschlug. Dann musste sie sich setzen, ihr zitterten die Knie, sie brach in Schweiß aus und spürte den Geruch frischer Erde. Und solange der Klang des Schusses nicht verhallt war, sich die Stille nicht wieder auf die Möbel gelegt hatte, blieb sie dort, zusammengekauert auf dem Steinfußboden. Denn so war sie nicht zu sehen. So konnte sie niemand sehen.

Sie eilte die Treppe hinab. Hörte noch, wie die Fernsehleute Kalcsek oben zurück in sein Wohnzimmer drängten. Über die Kabel stieg sie hinweg, und es störte sie nicht, dass ihr in der Tordurchfahrt einige herumlungernde Techniker hinterhersahen. Sie war schon daran gewöhnt, dass solche Blicke nicht ihr galten, nicht ihren Hunger stillten, und so musste sie sich auch nicht um sie kümmern. Sie liebte es, allmorgendlich die schwere Holztür zu öffnen, obwohl es im Türrahmen meist nur undurchschaubar grau waberte. An der Stelle der Welt. Sagen wir, eine matte Dämmerung vom Park her, die auch poetisch hätte sein können, wenn sie nicht die Dünste der abendlichen Bedürfnisse mit sich gebracht hätte, für die die Penner und jungen Paare die ausgetretenen Pfade verließen, um vielleicht etwas zu finden, was mehr war als nur ein kurzer Augenblick der Freude. Aber es konnte gut sein, dass sie an den Morgen in der Stadt genau das mochte. Dass egal was geschehen sein konnte, dass es ganz gleich war, welches Fieber, welchen Rausch der Abend mit sich gebracht hatte, ob sie eine Versuchung oder zügellose Lust überkommen hatte, bis zum Morgen ließ sie irgendetwas ohnehin wieder nüchtern werden. Als gäbe man ihr selbst bei bester Laune eins mit dem Pantoffel auf den Kopf, um sie zu mahnen: Alles, was sie spürte, war vergänglich. Und das würde sich auch niemals ändern.

Hier verbarg sich auch in der größten Sommerhitze etwas von der winterlichen, eisigen Kälte, und selbst bei den unbarmherzigsten Frösten konnte eine hinausgestellte Fleischbrühe verderben, weil die Sonne schon am Vormittag auf den Balkon schien. Ihr fiel ein, Jani Rot hatte einmal von den siegreichen römischen Feldherren erzählt, die extra einen

Sklaven in ihren Dienst nahmen, damit er bei den verdienten Triumphzügen, wenn sie alle bejubelt wurden, wenn es schien, als huldigte ihnen die ganze Stadt, die ganze zivilisierte Welt, vor ihnen herging und unablässig rief: Vergiss nicht, dass du sterblich bist; vergiss nicht, dass du sterblich bist. Genau das tat die Stadt jeden Morgen mit dem beißenden Luftzug, mit ihrem argwöhnischen Blick, indem sie sie mit ihren dumpfen Geräuschen anknurrte, sodass sie, selbst wenn noch etwas Schlaf in ihren Augenwinkeln geblieben war, sich diesen rasch fortrieb. Hier war nur die Wirklichkeit ihren Preis wert.

Draußen erstrahlte die Straße weiß. Alles war still, mit scharfen Konturen umzeichnet, als wäre eine Straftat geschehen und das Opfer noch nicht abtransportiert: die parkenden Fahrzeuge, die Mülltonnen am Straßenrand, die Strommasten. Auf dem Haus gegenüber starrten einige windschiefe Schornsteine in den schmalen Himmelsstreifen. Er war klar und fern, die Wolken von der vergangenen Woche hatte der Südostwind schon bis ans Meer getrieben. Aber es konnte auch sein, dass sie niemals dort angekommen, sondern an den Reißzwecken der Berge hängen geblieben waren und sich gestaut hatten. Am Anfang der Straße des Fortschritts spürte sie schon den Hauch einer anderen Gegend im Gesicht, der wer weiß woher kam. Trocken war er und ein bisschen rau wie Sand. Er würde ihr bis zum Mittag die Schminke abreiben, ihr Gesicht leer und gleichgültig machen. Auch die Gesichter der Entgegenkommenden sahen so aus. Wie zu oft gewaschene Kleidung.

Zehn Minuten später kam sie schon am Seuchenkrankenhaus vorbei. Hier beschleunigte sie ihren Schritt immer. Wenn das Wetter schön war, füllte sich der Garten des Krankenhauses mit Patienten in Frotteebademänteln. Wie blaue Schatten wankten sie zwischen den Sträuchern umher oder husteten auf den Bänken Schleim hoch. Was sie ausspuckten, gefror auf dem Stein. Sie sahen hinaus, in die Welt jenseits des Zauns, als wäre sie nur ein Poster an der Wand des Krankensaales, mit Bergen und Wasserfällen. Als könne man dorthin nur mit einer Reise gelangen, mit Visum, Reisepass und vollgestopften Koffern. Bei ihrem Anblick überlief sie ein Schauder. Sie gingen so ungeschickt, als hätte man ihnen die Beine über den Knöcheln mit einer Kordel zusammengebunden. Und es hieß, dass ihnen diese Fesseln in Wirklichkeit und endgültig erst in der Tiefe des Gebäudes, im Keller, abgenommen würden, wenn der menschliche Körper schon so kalt und hart war wie ein weggeworfener Stein. Wenn viele auf dem Hof waren, hielt sie sogar den Atem an, bis sie den langen Zebrastreifen an der Ecke erreichte.

Ihre Mutter hatte ihr diese Sorge eingetrichtert. Sieh nicht hin, hatte sie immer gesagt, wenn sie zur Untersuchung in die Stadt kamen. Diese vielen Krankheiten scheren sich nicht um den Zaun, sie springen darüber wie Frösche. Und du musst wissen, dass diese eingefallenen, sich selbst überlassenen Blicke dir die Kraft aussaugen, fügte sie mit gedämpfter Stimme hinzu. Aber genauso musste sie aufpassen, wenn der Wind im Schornstein pfiff oder der klumpige, pappige Schnee über den Hügeln wirbelte, denn dann stöberten die verlorenen Seelen nach ihren früheren Sünden und klagten, wenn sie nichts fanden, mit dem endlosen Heulen herumstreunender Hunde. Wie lauter entstellte Märchengestalten waren die Ängste der Mutter lange bei ihr geblieben. Wenn sie sehr müde war oder es eilig hatte, kamen sie auch jetzt noch hervor, und es konnte geschehen, dass sie kreischend vor einem Hund beiseitesprang oder zitternd zusah, wie der Schnee die Häuser einem langsamen Tod gleich einhüllte.

Beim Victoria-Kino hupten die Autos laut. Ein bärtiger Mann am Ende der Kolonne schüttelte drohend die Faust. Trotzdem ging es keinen Schritt vorwärts. All diese vielen Autos waren ganz plötzlich auf die Innenstadt losgelassen worden. Alte, neue, farbige, graue. Allein Jani Rot brachte jeden Monat vier ins Land. Zur Mittagszeit wanden sie sich wie träge Schlangen durch die Straßen. Die meisten bewegten sich kaum: Faul verdauten sie die Stadt, in ihrem Magen eilten die Fußgänger zur Arbeit. Und was sie als Schlacke ausspien, war Staub und Lärm, in einem fort ertönende Blechmusik. Da konnte man schon fast ohnmächtig werden, weil es eigentlich so nicht gedacht war, weil niemand mit gesundem Menschenverstand sich solch ein Chaos hätte vorstellen können, ja, wo waren denn bloß die stillen schattigen Straßen und die einstige Ruhe?

»Im Kerker, gnädige Frau. Nur dort war Ruhe.«

»Sie müssen das ja wissen.«

»Stellen Sie sich vor, ich weiß das genau. Zwei Jahre habe ich in Jilava gesessen, zwischen Mauern, dick wie mein Bauch.«

»Geben Sie bloß nicht an mit Ihrem Hühnerdiebstahl, am Ende tun Sie mir noch leid.«

Sie trafen sich meist vor dem Friseur zu einer Zigarettenpause. Und solche Pausen gab es viele, jeden Tag sammelten sich Dinge an, die besprochen werden wollten. Es gab Augenblicke, in denen das Leben aufregender schien als jeder Roman. Dann wollte man es regelrecht verschlingen, blättern, zehn oder zwanzig Seiten auf einmal, aber es wollte kein Ende nehmen.

Die Friseurin, dick, in den Fünfzigern, immer etwas zu stark geschminkt, klagte über die Welt, die aus den Fugen geraten sei, der Schreibwarenverkäufer hingegen schimpfte lispelnd auf alles, was vor der Revolution geschehen war. Am meisten darauf, dass ihm nur noch der liebe Gott die Zähne zurückgeben konnte, die er im Gefängnis gelassen hatte. In einem anderen Leben. Auch Petru Musaca von der Wechselstube fand sie immer dort vor. Er war ein verständiger, fleißiger Kerl, nur hatte er sich in der letzten Zeit angewöhnt, über alles seine Meinung kundzutun. Angeblich war er sogar in eine Partei eingetreten.

»Es ist sicher, dass er tot ist. Im Fernsehen haben sie das mehrmals gezeigt«, sagte der Schreibwarenverkäufer gereizt, als setzten sie eine alte, immer wieder aufflammende Diskussion fort. Er wusste es, denn an jenem Tag hatte er den schottischen Whisky geöffnet, den er einem ukrainischen Fernfahrer für Bruchgold abgekauft und für seinen fünfzigsten Geburtstag aufgespart hatte. Das Gold war nicht rein gewesen, der Whisky auch nicht. Am nächsten Tag war er ohne Kleider in der Ausnüchterungszelle aufgewacht, aber es hatte sich trotzdem gelohnt. Jetzt konnte er schimpfen, auf wen er wollte. Und da kam dieses Trampeltier und wollte ihm diesen lang andauernden, süßen Kater nehmen.

»Im Fernsehen habe ich auch schon eine Kuh mit drei Köpfen gesehen«, gab die Friseurin spitz zurück. »Hätte ich darauf auch reinfallen sollen?«

Sie hatte recht. Das wussten alle. Das Bukarester Fernsehen setzte, als wollte es die vergangenen zwanzig Jahre nachholen, wahllos jeden Blödsinn aufs Programm. Kein Wunder, dass sie nach Mitternacht mit dröhnendem Kopf ausschalteten und bei dem Hotel aus Eis genauso abwinkten wie dabei, dass bald Computer das Leben lenken würden.

»Sie haben ihn zusammen mit seiner Frau hingerichtet«, sagte Petru Musaca leise. Er konnte es nicht leiden, wenn über Tatsachen gestritten wurde.

»Damit er nicht abhaut«, fügte der Schreibwarenverkäufer mit erhobenem Finger hinzu. Er hatte nämlich noch richtige Geschichte gelernt, mit Waterloo und Napoleon. Und der war ja auch einmal zurückgekehrt.

»Aber so ist er auch abgehauen.« Musaca spuckte finster auf die Erde. »Er ist auch jetzt unter uns.«

»Das glaube ich erst, wenn sie sein Grab zeigen.«

»Na, wenn Sie mit nach Bukarest kommen, Gnädige, werde ich es Ihnen weiß Gott zeigen«, zwinkerte der Schreibwarenverkäufer der Frau zu.

»Der ist nicht tot. Ich sage Ihnen, der steckt entweder bei den Russen oder macht Urlaub auf Kuba. Bei Castro«, sagte die Friseurin wieder.

»Verstehen Sie doch endlich: Sie haben ihn so schnell erschossen, weil er zu viel über die von heute wusste. Über die, die Sie im Fernsehen sehen.«

»Das ist schon Politik«, fügte Petru Musaca neunmalklug hinzu.

»Politik hin oder her, es ist trotzdem so, wie ich sage. Es wird hier noch ein Tamtam geben!«, sagte die Friseurin. Gereizt fegte sie sich eine braune Strähne von der Schulter. Sie begriff gar nicht, warum die beiden so schwer von Kapee waren. Ihr Mann hatte auch klipp und klar gesagt: So viel Zeit haben wir von den Russen bekommen. Zwei Jahre, damit wir dieses westliche Spielzeug ausprobieren. Die Demokratie oder wie man dieses Durcheinander nennt. Und es ist uns nicht gelungen. Da bräuchte keiner zu versuchen, das Gegenteil zu beweisen. Lieber sollte ihm mal einer erzählen, wer das Land aufbauen würde! Die, die arbeiten konnten, demonstrierten ständig, und die, die arbeiteten, hatten von nichts eine Ahnung. Gestern erst habe sie sich eine sündhaft teure Rührmaschine gekauft, allerdings war sie undicht. Jetzt klebe die ganze Küche. Vor ihnen bremste quietschend ein Auto. Es ließ das Regenwasser von vor zwei Tagen meterhoch spritzen. Die Friseurin konnte nicht mehr beiseitespringen.

»Wieso werden denn diese Randalierer nicht mal verhaftet?!«

»Weil das das Leben ist, Gnädige«, sagte der Schreibwarenverkäufer und versuchte gar nicht erst, sein Grinsen zu verbergen. »Und das kann man nicht einbuchten. Besser, Sie gewöhnen sich daran.«

Die Friseurin sah ihn an, als wäre der Teufel selbst gekommen, um sich die Haare schneiden zu lassen. Dann drehte sie sich ohne ein Wort um und schlug die Glastür des Friseurladens hinter sich zu. Nicht einmal den Kittel klopfte sie sich ab. Musaca blieb mit dem Schreibwarenverkäufer zu zweit vor dem Geschäft, doch sie waren erst bei der Hälfte ihrer Snagov angelangt. Zu sagen hatten sie sich nichts mehr, genossen nur still blinzelnd den Rauch. Als Petru Musaca Eszter erblickte, drückte er sofort die Zigarette aus und eilte ihr entgegen. Eigentlich hatte er Eszter schon immer als seine Chefin betrachtet, denn sie war es, die jeden Abend kam, um das Geld holen, und über sie hatte er erreichen können, dass er für die Überstunden Prozente von den Einnahmen bekam, wenn auch nicht so viel, wie er gehofft hatte. Jani Rot mischte sich nie in Eszters Entscheidungen ein. Ihm lag nur daran, dass die Öffnungszeiten ungestört abliefen und die Wechselkurse immer ein oder zwei Lei unter denen am Hauptplatz lagen.

Im Herbst des Vorjahres hatten sie die Wechselstube eröffnet. Es waren nur zehn Quadratmeter, die man vom benachbarten Fotogeschäft abgetrennt hatte. Zwei winzige Kabinen hatten darin Platz, aber vorerst benutzten sie nur eine davon. Der Verkehr war noch nicht so groß. Petru Musaca saß gewöhnlich mit einem größeren Taschenrechner auf dem Schoß hinter der Glasscheibe. Den Rechner mit den Zahlen von einer halben Daumengröße hielt er für die Kunden bereit, er selbst addierte und subtrahierte lieber im Kopf. Schon am Gesicht sah er den Leuten an, wer die Rechnung kontrollieren wollte. Dann drückte er, als ob er das in der Schule unterrichten würde, mit langsamen Bewegungen die Tasten und drehte dann die Anzeige zur Scheibe, damit der andere genau sah, dass bei dem Rechner dieselben Zahlen herausgekommen waren. Es war jedoch schon öfter vorgekommen, dass er das gewechselte Geld nicht in das dafür bestimmte Fach gelegt, sondern es zufrieden mit einem Gummiband umwickelt – die Lei mit einem roten, die Valuta mit einem blauen – und einfach in die Tasche gesteckt hatte, um den rechthaberischen Kunden immerhin etwas zu beruhigen. Dabei hatte das rein gar nichts mit Betrug zu tun, er trug nur deshalb einen Teil der Einnahmen in der Hosentasche, damit er in den Zigarettenpausen auch auf der Straße wechseln konnte.

Eszter hatte vergeblich versucht, ihm das auszureden. Sie hätten doch gerade deswegen einen Laden eröffnet, erklärte sie ihm, damit diejenigen herkämen, die den Bauernfängern auf der Straße nicht trauten. Denen, die das Geld hinter den Marktbuden so lange hin und her drehten, bis sie dem Kunden statt des Hundertmarkscheins zusammengefaltete jugoslawische Dinare zusteckten und sagten, jetzt müssten sie sich aber beeilen, denn die Polizei sitze ihnen schon im Nacken, den Pechvogel aber schoben sie in Richtung Boulevard, da es dort am leichtesten war, sich aus dem Staub zu machen. Die Dinare hatten dieselbe hellblaue Farbe, waren aber nicht einmal ein Viertel so viel wert. Das Beste daran war, dass sich das erst zu Hause herausstellte, wenn sich ihr Schrecken schon gelegt hatte und sie vor dem

Nachbarn prahlten, was für einen prima Handel sie gemacht hätten, aber sie hatten auch schon von einem gehört, der an einer Tankstelle in München mit verzerrtem Gesicht auf den Ladentisch schlug, was das heißen solle, dass sie hier ihr eigenes Geld nicht annahmen. Für einen erbärmlichen Kaffee würde das doch wohl reichen! Dann musste man ihn in Handschellen abführen wie einen Einbrecher, weil er es selbst da noch nicht begriff.

Es kam auch vor, dass nur die obersten paar Banknoten in einem Forint-Packen echt waren und der Rest Zeitungspapier. Nach einem größeren Betrug gehörte es sich allerdings, für ein paar Tage vom Platz zu verschwinden, aber das Geschäft hatte dann trotzdem einen netten Gewinn eingebracht. Musaca mochte den Trick mit den Dinaren lieber, denn von dem Zeitungspapier musste man viel auf Maß schneiden, damit es sich lohnte. Und das war eine Fummelarbeit. Für den Schwindel mit den Dinaren brauchte man jedoch feine Hände, Eleganz und lange Finger, gerade wie ein Zauberkünstler. Sagen wir, den Ring- und Zeigefinger seiner rechten Hand konnte er schon seit einer Weile nicht mehr so gebrauchen, wie es nötig gewesen wäre.

An diesen Abend erinnerte sich Musaca nicht gern. Sie waren ihm von der Bushaltestelle bis nach Hause gefolgt, er hatte sie gesehen und gehört, aber er scherte sich nicht darum. Wissen Sie, hatte er Eszter erzählt, im Leben eines jeden Menschen kommt ein Augenblick, in dem man das Gefühl hat, nichts ist unmöglich. Dass sich das Geld im Küchenschrank von selbst vermehrt. Man gar nicht hinsehen muss. Doch dann stürzt wie eine Lawine mit vollem Gewicht das Unmögliche auf einen ein. Ihn beispielsweise hätten zwei eiskalte Männer ohne allzu viele Verhandlungsbereitschaft davon überzeugt, seine eigene Pisse vom Asphalt aufzulecken. Er hätte gar nicht gedacht, dass die so bitter sein konnte. Wie Aspirin, nur der Geruch sei anders gewesen. Und sie hätten ziemlich lange auf seinen Fingern gestanden.

Seither mache er mit Geld keine Scherze mehr. Wenn jemand darum bat, zählte er dreimal durch. Den Taschenrechner hielt er zwar weiterhin für übertrieben, aber er verstand seine Psychologie. In der Wechselstube hatte er Zeit gehabt, ein paar einschlägige Bücher zu lesen. Aber warum wechseln Sie dann immer noch auf der Straße, warum bleiben Sie nicht drin?, fragte Eszter. Darauf konnte selbst Musaca nur mit den Schultern zucken. Die Bücher sagten darüber auch nicht viel. Aber irgendwie dachte er, dass der Teufel einen schneller holen kam, wenn man der Vorsehung nicht genug zu tun gab.

»Und wie sind Sie hier hineingeraten?«, fragte er eines Tages zurück.

»Meinen Sie, dass ich nicht hier arbeiten müsste?«, fragte Eszter lächelnd.

»Genau.« Musaca nickte.

»Na, zur Strafe bin ich nicht hier.« Sie lachte.

Sie hatte wirklich keinen Fehler gemacht. In der letzten Zeit sicher nicht. Auch mit Roland hatte sie brav den Tag nach der Abiturfeier abgewartet und erst dann mit ihm geschlafen. Der Junge wollte das Geld aus dem Kuvert von seinem Vater für sie ausgeben, aber sie erlaubte es ihm nicht. Damals glaubte sie noch, das wäre nur das eine Mal. Als Geschenk wäre das gerade genug, aber dann kam es irgendwie anders. Und sie müsste lügen, wenn sie sagen wollte, dass sie es sehr bereut hatte. Einzig die Ärztin machte ein paar giftige Bemerkungen, als sie die beiden im Park der Steinewerfer beim Knutschen erblickte. Ich sehe, Sie sind gezwungen, sich immer weiter unten umzusehen, oder so etwas sagte sie, aber Eszter überhörte das einfach.

Entlassen wurde sie trotzdem erst zwei Jahre später, Ende neunzehnhundertneunzig. Stellenabbau. Da nannte man die Protektion schon wirtschaftlichen Aspekt. Eigentlich war es egal. Sie wollte das Ganze sowieso am liebsten vergessen, wie es war, Assistentin zu sein, ewig Gewehr bei Fuß zu stehen. Die Zeit nur vor sich herzuschieben.

Denn wäre sie eine echte Ärztin gewesen, hätte sie sich damals in der Nacht nicht bis auf die Knochen blamiert. Es wäre niemand vor ihrer Nase gestorben. Sie hatte die Aufnahmeprüfung zwar noch versucht, sogar zweimal. Roland hatte sie dazu ermutigt, und auch Jani Rot war nicht dagegen gewesen. Obwohl er sowieso nicht an ihrer Stelle entschieden hätte. Als er damals die Wechselstube eröffnete, hatte er sie auch nicht extra eingeladen, sondern einfach nur mitgenommen, damit sie sich umschaute. Sie durfte ein bisschen schwatzen, dass sie die Wände lieber grün gestrichen hätte und die Tafel mit den Wechselkursen anderswo angebracht. Dann blieb die Wand weiß und die Tafel wurde auch nicht auf den Gehweg hinausgestellt, jedoch ertappte sie sich immer öfter dabei, dass sie statt Jani Rot das Geld abholen ging, an seiner Stelle die Quittungen durchsah, zu Hause wie verabredet zehn Prozent von den Einnahmen abzog und den Rest am Morgen, eine halbe Stunde vor der Öffnungszeit, zurückbrachte.

Und es dauerte gar nicht lange, bis sie sich an die etwas graue Oberfläche der Dollarscheine, an das glänzende Gesicht der Queen auf den paar Pfundnoten, an die weiche Nachgiebigkeit der Mark, wie sie sich beinahe in der Hand versteckte, gewöhnte. Denn zu Hause betrachtete sie die Banknoten lange, so wie Briefmarken, und erkannte die jeweiligen Scheine daher nach ein paar Wochen schon an einer Ecke. Sie gewöhnte sich auch daran, dass Musaca sie nach ein paar Monaten schon Geschäftsführerin nannte, anfangs etwas spöttisch, dann aber nahm er ihre Bitten immer ernster, und sie konnte auch gelassen verbuchen, dass sie sich von dem beiseitegelegten Geld theoretisch egal was hätte kaufen können, Mehl und Zucker ebenso wie ein Abendkleid.

Jani Rot behielt die Einnahmen im Blick, ohne jemals demonstrativ das Geld zu zählen. Er schrie nicht herum und wunderte sich nicht mit hochgezogenen Augenbrauen, wenn etwas davon fehlte, und so gab Eszter das Geld auch diskret aus, sie wiederum sagte selbst dann nichts, bekam keinen hysterischen Anfall und drohte ihm nicht trotzig mit Liebesentzug, wenn er manchmal alles aus der Stahlkassette nahm. Sie hatte gelernt, von nichts zu leben, die Schaufenster kaum zu beachten und so zu zaubern, dass die Fetzen, in die sie morgens schlüpfte, so wirkten, als hätte sie sie nach der neuesten Mode ausgewählt. Etwas grell, aber immer mit Selbstsicherheit.

Erpressung hätte bei Jani Rot wohl kaum etwas bewirkt. Er achtete nämlich im Gegensatz zu den anderen peinlich genau darauf, dass ihm nichts gehörte. Dass er offensichtlich nichts sein Eigen nannte, was theoretisch zu ihm gehörte. Als hörte auch er auf das Gestern: Nimm nur das an dich, was schon vergangen, was nicht mehr vor Augen ist. Vielleicht hatte er auch den Laden anstelle von jemand anderem eröffnet, schließlich war es ja auch nicht er, der die Autos auf dem Hof parkte. Junge Kerle brachten sie, und sobald sie den Zündschlüssel bei ihm abgegeben hatten, gingen sie auch schon wieder zur Tür hinaus. Nur an ihren Augen war zu sehen, wie müde sie trotz aller Abenteuerlust waren. Was auch kein Wunder war, denn sie hatten – so holte sie eines Nachmittags aus einem von ihnen heraus – insgesamt nur anderthalb Tage dafür, das ausgewählte Auto von seinem jeweiligen Standort hier in die Stadt zu bringen, manchmal mussten sie dafür bis zu tausendfünfhundert Kilometer fahren und hatten keine Ahnung, wann der acht oder zehn Jahre alte Opel unter ihrem Hintern den Dienst quittierte, denn dann mussten sie ihn auch noch gleich am Rand der Autobahn reparieren, und zwar mit dem wenigen Werkzeug, das bei der Abreise ins Handgepäck gepasst hatte. Jede andere Hilfe kostete Geld, und gar nicht wenig, das dann von der Fuhre abgezogen wurde, im Geschäft gebe es eben kein Pech, nur Vollidioten, fügte der Fahrer erwachsen hinzu, aber auch dann kaufe ich lieber zehnmal einen Gebrauchtwagen von einem Deutschen als einen neuen hier zu Hause, die von hier fallen nämlich schon am Werktor auseinander, und die anderen kann ein Profi noch locker vier oder fünf Jahre fahren.

Die Profis aber waren sie, die in den Autowerkstätten angesprochenen Lehrlinge, die nach ein paar Fahrten schon am Klang eines Autos, am feinen Krächzen, am vorsichtigen Huster im Brummen des Motors erkannten, dass es der eine ohne Kupplungswechsel nicht bis zur Grenze schaffte, sich im anderen hingegen noch ein echtes Raubtier regte. Ob sich diese Fuhren ohne Ruhepausen für sie lohnten, stand jedoch außer Frage. Die meisten saßen da zum ersten Mal in einem Ford, BMW oder Mercedes, und die Vertrauenswürdigsten durften die heimgebrachten Autos sogar noch ein paar Tage in der Stadt benutzen, wenn sie etwas erledigen wollten, und natürlich wollten sie, denn die Frauen bezauberten manchmal die kleinsten Dinge, an die man gar nicht denken würde. Etwa ein Schiebedach, durch das ihr Kopf passte, denn so konnten sie dabei die Kronen der Bäume auf dem Csemergi-Hügel betrachten, das gleichgültige Licht der Sterne, die Stadt dort unten, die vielleicht noch niemals einem Blick derart ausgeliefert gewesen war, weil sie sich alles Erdenkliche an ihrer Stelle vorstellen konnten, eine in die Tiefe geworfene Wunderkerze, die um nichts auf der Welt erlöschen wollte, oder ein abgelegenes, namenloses Dorf mit seinem ganz eigenen stolzen Glanz, mit seinen ins Nichts gestreuten Häusern. Aber auch der Ton, den das Kunstleder von sich gab, reichte aus: wie der durchgeschwitzte Körper darüberglitt, das Knarzen, als würde es gerade einreißen, dabei riss es niemals ein. Oder die fremden, nie gespürten Düfte, vergebens gaben sie es zu, wenn sie es überhaupt zugaben, dass dies nur ein Ergebnis der billigen Lufterfrischer war, die man da drüben an jeder Tankstelle bekommen konnte, die Enttarnung, die sich offenbarende Ehrlichkeit wäre ganz umsonst gewesen, sie hätten damit sowieso nichts erreicht, denn die weibliche Nase war sehr viel komplizierter, sie roch aus den Dünsten der Sitze ganz andere Dinge heraus. Die sorglosen Jahre, den Lärm der Einkäufe, die sich in alle Richtungen verzweigenden Kilometer, den Holzklasse-Luxus der Gleichgültigkeit, und wenn man es ganz genau betrachtete, dann gaben sie sich gar nicht dem Fahrer, sondern diesen Dingen hin, sie waren es, die über ihre Haut und alle Sinnesorgane in sie eindrangen, das bloße und schlüpfrige Verlangen danach, dass eines Tages auch ihnen etwas davon zuteilwerde. Panorama und Shopping. Langeweile und Auswahl. Der Geruch der Freiheit.

Und wo war bei alledem Jani Rot? Eigentlich nirgends. Er war es nicht, der den jeweiligen Typ auswählte, er fuhr nicht, daher reparierte er auch nicht, wenn etwas passierte. Die Käufer sah er vielleicht auch nur von fern. Eszter hätte schwören können, dass er keine einzige sich bietende Gelegenheit ausnutzte. Er verwendete keines der Autos als mobilen Puff. Vielleicht war er schon so weise, sich die Bitterkeit zu sparen, wenn im erschlafften, befriedigten Blick der ausersehenen Frau klar sichtbar wurde, dass sie gar nicht mit ihm, sondern mit der Kiste geschlafen hatte, mit dem Zubehör, den glänzenden Felgen, der Politur, der silbernen Farbe, die zumeist den ermüdeten Motor und die hier und dort angeschlagene Karosserie überdeckte. Aber es konnte auch sein, dass er die Möglichkeit nur aus Bequemlichkeit ablehnte, weil er keine Lust hatte, sich mit einem neuen Verhältnis herumzuschlagen, die Trümmer wegzuräumen, Erklärungen abzugeben und zu beschwichtigen. Aus der Berechnung also, die ein Mann über vierzig mangels eines Besseren schon als Liebe bezeichnete.

Freilich wäre es vergeblich gewesen zu beteuern, dass Jani Rot mit alledem nichts zu tun hatte. Denn keiner der Fahrer vergaß auch nur einen Augenblick lang, wem er unter die Augen treten musste, wenn sich am Auto auch nur eine handflächengroße Schramme zeigte oder wenn er beim Fahren getrunken, mit dem Benzin geschummelt oder mit irgendetwas an der Grenze die Aufmerksamkeit auf sich gezogen hatte. Außerdem musste man ihnen die Regeln gar nicht übermäßig eintrichtern oder erreichen, dass sie der einen oder anderen in der Stadt kursierenden Schauergeschichte über die Fahrer Glauben schenkten, die ungehorsam waren und zu viele Fehler machten, denn irgendwie entschied sich alles in den ersten Augenblicken.

Dabei war der Mann, der sie einstellte, der die Entscheidung traf, ob sie für die nicht allzu komplizierte Aufgabe geeignet waren, gar nicht übermäßig stark. Die meisten hätten geschworen, dass sie ihn zu Boden bringen könnten, wenn es zu einer Schlägerei käme. Ein plötzlicher Schlag in die Magengrube, und das Problem wäre erledigt. Vielleicht würde er sich sogar auf die Schuhe kotzen. Es war die Art, wie er redete. Wie er einen ansah. Mit dieser unergründlichen Selbstsicherheit oder diesem Missmut, dass er mit einem reden konnte, als wäre man gar nicht da, als würde ihn das Ganze von vornherein nicht interessieren. Ihm war es schließlich egal: ob er nun einen neuen Fahrer bekam oder nicht, ob man ihm gehorchte oder aber den Aufstand probte. Am Endergebnis änderte das sowieso nichts. Und wenn die Gleichgültigkeit in seiner Stimme sie noch nicht verunsichert hatte, dann war es das Lachen, mit dem sie rein gar nichts anzufangen wussten. Eigentlich war das kein richtiges Lachen, eher eine matte Grimasse. Ein unmerkliches Zucken im Mundwinkel. Als ob er sich dort drinnen über etwas prächtig amüsierte. Vielleicht über die Worte des anderen, über seine Gesten, wie er unbeholfen dastand, als wäre er gekommen, um in einer fremden, nie gesprochenen Sprache das Abitur abzulegen oder mit gekünstelter Lässigkeit abzutun, was er ohnehin nicht verbergen konnte, wie er ungeduldig von einem Fuß auf den anderen trat oder die Situation provozierend beobachtete, weil er auf seine Muskeln unterm T-Shirt vertraute. Aber es konnte auch gut sein, dass er gar nicht über sie lachte, sondern über sich selbst, über seine Wohlerzogenheit, die ihn wieder in so eine sonderbare Lage gebracht hatte, denn dieses ganze Gespräch war, als feilschte er nur mit einem Ersatzteil des Autos, vielleicht mit dem Auspuff oder dem Keilriemen, denn etwas zugespitzt formuliert war ja der Fahrer auch nicht mehr als das, nur brauchte er andere Nahrung.

Andere erzählten jedoch, dass dies ein außergewöhnlich glücklicher Augenblick war. Denn wenn man gut aufpasste, öffnete sich in diesem lautlosen Lachen ein Fenster, in dessen Tiefe sich jeder selbst erblicken konnte, als hätte er einen Spiegelsaal betreten. Ohne jedes Kostüm, in das man sich hineingezwängt hätte. Man war dann wie ein geschälter Apfel oder eher wie eine sich windende Made, die gleich auf den Haken gesteckt würde, weil das der einzige Sinn ihrer Existenz war. Wenn also vor jemandem dieses Bild erschien, dann war es nicht mehr schwer, in Jani Rots Gleichgültigkeit die kalte Entschlossenheit zu spüren, die präzise Bereitschaft, die wie ein Messer alles zerschnitt, was seinen Interessen widersprach. Ohne Vorwarnung.

Deshalb versuchten sie nie, sich bei ihm anzubiedern, luden ihn nicht nach einem besonders guten Verkauf zum Bier ein oder gaben, was noch schlimmer gewesen wäre, nicht der Versuchung nach, schallend mit ihm zu lachen, ihm auf den Rücken zu klopfen, weil sie seine Grimasse als ermutigendes Zeichen begriffen hatten. Und deshalb war auch der Schlag in die Magengrube unvorstellbar, man konnte nämlich von vornherein nicht darauf vertrauen, dass er unerwartet käme, denn diese Bewegung hätte nie geendet, an der Stelle der Magengrube wäre nichts gewesen. Die zur Faust geballte Hand hätte mit verräterischem Schwung einfach weiter in die Luft gestoßen, und sich vorzustellen, was danach passiert wäre, war schlimm genug. Womit der kraftlose Körper zu rechnen hatte. Denn der, vor dem wir uns fürchten, wird sich niemals vor uns fürchten. Den Gefallen tut er uns nicht.

Eszter hatte diese Grimasse nur einmal gesehen, und auch da galt sie nicht ihr. Es war ungefähr drei oder vier Monate nach der Eröffnung der Wechselstube gewesen, Ende Januar. Zwei Männer aus der Vorstadt kamen herein und fragten nach dem Besitzer. Der eine, der sprach, saugte ständig die Unterlippe ein und schluckte, als wollte er immer wieder von sich selbst kosten, aber danach zu urteilen, wie er die Nase rümpfte, schmeckte es ihm nicht besonders. Eszter ging ihnen lächelnd entgegen. Wie kann ich Ihnen helfen?, fragte sie. Sie hatte sich bereits daran gewöhnt, dass sich die meisten an sie wandten, wenn sie etwas erledigen wollten. Der Blick des Mannes kroch wie ein träges Tier langsam an ihr hoch. Eszter hoffte, er würde vielleicht an ihrer Hüfte oder Brust haltmachen, und es würde sich wenigstens insofern lohnen, weil er, nachdem er sie angestarrt hatte, endlich etwas freundlicher wäre und sie sein Problem in einer etwas entspannteren Atmosphäre bereden könnten – doch sie irrte sich. Die grauen Augen waren nicht an Einzelheiten interessiert. Der Mann wiederholte in trockenem Ton, dass sie den Besitzer sprechen wollten.

Eszter hatte das Gefühl, mit jedem Atemzug würde die Luft im Laden weniger. Außerdem roch ihr Gegenüber stark nach Rauch, als hätte er vor gar nicht langer Zeit an einem Schlachtfest teilgenommen und sich seitdem nicht umgezogen. Er ist nicht hier, sagte Eszter ein bisschen beleidigt, und ich weiß nicht, wann Sie ihn hier antreffen können. Der nach Rauch riechende Mann stand da, als hätte man in einer Fremdsprache zu ihm gesprochen. Musaca, der hätte helfen können, sortierte hinter der Glasscheibe nervös seine Papiere. Wir kommen morgen wieder, sagte der Mann schließlich und drehte sich auch schon zur Tür um. Er ließ Eszter etwas Zeit, seinen breiten Rücken zu mustern, die Muskeln, die in der engen Jacke und der verschlissenen Hose kaum Platz hatten.

Und sie kamen wirklich. Am nächsten Tag und am übernächsten. Da fragten sie nichts mehr, sie ließen den Blick durch den engen Raum schweifen, und wenn sie nur Eszter oder den Angestellten vorfanden, gingen sie sofort wieder auf die Straße hinaus. Draußen rauchten sie gemütlich eine Zigarette, drückten die Kippe sorgsam an der Scheibe aus, spuckten vielleicht auch noch, denn das war ganz und gar kein guter Job, wenn auch sauberer als im Schlachthof. Bevor sie in ihr Auto stiegen, warfen sie aus Pflichtgefühl noch einmal einen Blick in den Laden, ob inzwischen etwas geschehen wäre, das ihrer Aufmerksamkeit entgangen war, ob sich der *Patron* vielleicht durch die Hintertür hereingeschlichen hatte, was völlig unvorstellbar schien: Jani Rot war in seinem ganzen Leben noch nirgendwo hineingeschlichen, aber Befehl war Befehl. Und obwohl das Ganze nicht so bedrohlich, sondern gewissermaßen eher bemitleidenswert schien, war Eszter doch erleichtert, als Jani Rot sie am fünften Tag schon vor dem Laden erwartete.

Sie kannten einander vermutlich, gaben sich aber doch nicht die Hand. Sie musterten einander mit einer derart gnadenlosen Gründlichkeit wie zwei eifersüchtige Frauen, die im Gesicht gegenüber die Spuren der seit dem letzten Treffen vergangenen Zeit suchten. Ob die Krähenfüße schon tiefer waren, die formlosen Muttermale brauner und ob schon irgendeine heimtückische Krankheit ihren Anfang nahm, ihre Pünktchen unterhalb des Auges ausstreute. Schon in der ersten Minute war zu sehen, dass sie nur reden würden. Der nach Rauch riechende Kumpel, der auch jetzt die Hände nicht aus den Jackentaschen nahm, warf ab und an ein paar rasche Blicke zur nahen Bushaltestelle, damit sie kein übereifriger Fußgänger, großmäuliger Rentner oder irgendwelche Typen, die immer auf Geld aus waren, störten. Es war besser, das jetzt zu vermeiden. Das hätte den Job nur dreckiger gemacht. Zum Glück war die Straße still und leer.

Der nach Rauch Riechende war gesprächiger. Eszter klebte fast an der Scheibe, dennoch hörte sie kaum mehr als ein paar Wörter. Dabei hätte es sie sicher überrascht, dass der nach Rauch Riechende einen beinahe freundschaftlichen Ton anschlug, als er sagte, dass es eigentlich gar kein Problem mit dieser Wechselstube gebe, auch der Ort sei gut, sie im Grunde keinem in die Quere käme, aber der Hangyás finde, es sei für alle besser, wenn sie doch hinter den Markt zurückkehren würden. Zurück, wiederholte Jani Rot. Ja, denn am Ende kämen auch noch andere auf die Idee, fuhr der Mann fort, und das würde das Geschäft dann doch verderben, und außerdem gebe es dort kein Theater, dort seien sie wirklich unter sich, den Strom bekämen sie von der Stadt kostenlos, seit die Girlanden angebracht worden waren – er verzog den Mund –, und eine Quittung verlangte auch niemand. Hier eigentlich auch kaum, sagte Jani Rot leise, aber da hatte er schon dieses Grinsen im Gesicht.

Und dann unterhielten sie sich noch ein wenig über den nach Rauch riechenden Mann, dass seine Schwester wegen des Verkehrsunfalls noch immer das Bein nachzog, doch noch gut genug dazu sei, dreimal in der Woche vollgetankt hin und zurück zu fahren, man müsse nur lange an der Grenze stehen, aber Zeit habe sie ja genug, sie höre Radio, löse Kreuzworträtsel und so weiter. Als sie schon dabei waren, in Richtung Hauptplatz loszugehen, drehte sich der nach Rauch Riechende noch einmal um, um zu wiederholen, Hangyás sei der Meinung, so wäre es für alle am besten. Ich weiß, nickte Jani Rot und sah ihnen beinahe interessiert hinterher, als wollte er diesen Vorstadtleuten ihren kantigen, unbeholfenen Gang abschauen, mit dem sie die Eichenstraße entlanggingen. Den Kopf etwas gesenkt, den Mund hinterm Kragen versteckt, weil sie mit dem Atem sparten.

Alles gut, sagte Jani Rots Gesicht, als er in die Wechselstube zurückkam. Er nahm von Musaca die Einnahmen entgegen, rief sich ein Taxi und berührte Eszter auf der Rückbank ebenso wenig wie sonst. Gewisse Dinge gehen andere nichts an, hatte er sie einmal in einem Einkaufszentrum abgefertigt, als sie ihn auf den Mund küssen wollte. Er nahm in der Öffentlichkeit auch nie ihre Hand, sondern reichte ihr eher den Arm, als wäre sie schon seit Jahren seine Frau. Alles gut, sagte die gelangweilte, dennoch interessierte Stille im Auto. So wie der Mann liebte auch

Eszter die Stadt in solchen Augenblicken am meisten. Wenn die, denen der Sinn nach der Kneipe stand, bereits in ihrem Stammlokal saßen, doch die ersten Betrunkenen noch nicht losgegangen waren. Wenn das Keuchen der Plätze, Gassen und Boulevards für ein paar Augenblicke aussetzte und sich der zum Morgen erstarkende Frost in den Lichttrichtern der Straßenlaternen rekelte. Alles gut, klirrte er mit dem Löffel, als er die restliche Tschorba vom Mittag aufgegessen hatte und den Teller unter dem Hahn ebenso abspülte wie sonst, denn das Abwaschen übernahm irgendwie immer er, während er alles andere Eszter überließ, und man konnte gar nicht recht entscheiden, ob er das tat, um den Anschein einer Arbeitsteilung zu bewahren oder weil er diese eine Sache als männlich empfand. Und Eszter wusste auch schon, dass er, wenn er sie nach dem Duschen nicht berührte, nicht mit eindeutigen Bewegungen die Lieblingsstellen an ihrem Körper suchte und etwas Banales über ihren Duft sagte, über das Einzige, das er zu loben pflegte, dann den Abend vor dem Fernseher verbrachte und sie ihm nach Mitternacht die Fernbedienung aus der Hand nehmen und ihn zudecken musste. Alles gut, sagte diese Routine, und sie hätte das Ganze schon vergessen, wenn Musaca sie nicht eine Woche später mit blutendem Kopf in der Wechselstube empfangen und gesagt hätte, es wäre gut, den *Patron* sofort herzuholen, denn jemand habe das ganze Geld mitgenommen.

Vergeblich flehte er sie an, Eszter hörte nicht auf ihn. Sie rief sofort die Polizei, und als Jani Rot eintraf, waren außer den Sanitätern schon vier Leute um das Geschäft zugange. Aber auch die Friseurin, einer Ohnmacht nahe, und der lispelnde Schreibwarenverkäufer waren zugegen. Selbst ein paar kreidebleiche Kellnerinnen aus der nahen Konditorei waren herbeigelaufen, denn zuerst hatte die Nachricht die

Runde gemacht, man habe Musaca erschlagen in seinem Blut liegend auf dem Fußboden vorgefunden. Allerdings beruhigte es sie, dass ein gedrungener Mann mit einem kleinen Pinsel alles mit Ruß bestrich, was der Einbrecher berührt haben konnte: den weißen Türrahmen, die Klinke und den Ladentisch, sogar die Zahlenreihen auf der Tafel mit den Wechselkursen. Für kurze Zeit glaubten alle, durch die feinen Schweineborsten des Pinsels zeichnete sich das Verbrechen, das sich in die Straße geschlichen hatte, ab und würde entlarvt. In den Flecken kämen wie in den psychologischen Tests einige Gesichter zum Vorschein, und es wäre auch nicht schlimm, wenn ihnen das eine oder andere sehr bekannt vorkäme. Denn es war wirklich an der Zeit, dass ein für alle Mal die Spreu vom Weizen getrennt wurde und sich endlich herausstellte, wer unschuldig war und wer es nur vorgab. Wer das strahlende Kreuz des Opfers weitertragen durfte und wer sich ein Leben lang mit der Rolle des Henkers zufriedengeben musste. Musaca tat ihnen leid, und obwohl es der elementaren Logik widersprach, rechnete man trotzdem damit, hoffte man sogar insgeheim, dass nach ein paar Minuten Ermittlung die Handschellen um Jani Rots Gelenke zuschnappen würden, denn es konnte gar nicht sein, dass er nicht in irgendeiner Form an dieser Schurkerei beteiligt war. Bei ihm war es sogar verdächtig, wenn er pleiteging.

Wie sie so tuschelten, wurden ihre Gesichter ganz rot und zogen sich in die Länge. Als schmiegten sich rote Ausrufezeichen aneinander, um sich über diese unsichere Welt auszutauschen. Diese Barriere schien unzerstörbar, war sie doch mit einer Kraft zusammengeschmiedet, wie sie Eszter noch nie erlebt hatte. Sie waren ehrlich, denn das jetzt offensichtliche Verbrechen hatte alle Vorsicht in ihnen bezwungen. Als hätte die ganze Eichenstraße unter dem Deckmantel des Einbruchs den gesamten Gestank von Hass und Schadenfreude hierhingeblasen und als wäre es nur eine Frage der Zeit, wann diese Wolke auch Eszter einhüllte, bei der sie sichtlich nicht entscheiden konnten, ob Eszter nur naiv war oder innerlich von etwas ganz anderem getrieben. Ob sie ihre Seele schon verkauft hatte oder ob die Verhandlung noch andauerte.

Es war schlimm, all das zu sehen, aber Eszter hatte keine Zeit, sich durcheinanderbringen zu lassen. Sie handelte jetzt, wie auch sonst, instinktiv. Instinktiv ging sie zu ihnen hin, um beinahe mit jedem von ihnen einzeln das Gespräch zu suchen. Sich anzuhören, dass die Friseurin an dem Tag bereits zwei finsteren Gestalten die Haare geschnitten hatte, der eine ständig die Straße beobachtet und nicht einmal ein Trinkgeld gegeben habe, dieser Geizkragen, und wo sie sich schon so wichtigmachten, konnten sie sich auch gleich noch den Gebühreneinzieher, den hinterhältigen Kontrolleur oder den Elektriker vornehmen, der niemals auf den Fünfziger rausgab, egal, wie man ihn anstarrte, damit er es vielleicht bemerkte, aber nein, er wollte es einfach nicht merken, weil er glaubte, ihm stehe das zu, und diese Unverschämtheit käme Raub und Mord nun wirklich sehr nahe, nickten die Rentner, wobei sie sich zugleich beruhigten, als wäre ihnen der Treibstoff des Hasses ausgegangen und der Motor stotternd abgesoffen. Sie lächelten nun schon wieder genauso wie zuvor, und auch Eszter bekam etwas von dem Mitleid ab, das für Musaca gedacht war, die Friseurin bot ihr sogar einen kostenlosen Faconschnitt an, denn Sie werden sehen, meine Liebe, jetzt wird Ihnen jede Hilfe guttun.

Der gedrungene Mann pinselte noch immer, als Musaca schon wieder in der Lage war, zu erzählen, dass der Täter, ein eins siebzig oder eins achtzig großer Mann von durchschnittlicher Statur mit schwarzen Haaren und braunen Augen, der wie ein Roma aussah, gegen vier Uhr den Laden betreten habe, er trug vielleicht aus Vorsicht oder weil er einfach an den Händen fror, rote Wollhandschuhe, also dieser Mann hatte abgewartet, bis er hinter der Scheibe hervorgekommen war, um eine Zigarette zu rauchen, und als er zurückgehen wollte, habe er ihm das Messer an die Kehle gedrückt und gedroht, wenn er sich bewege, werde es ihm ergehen wie einem Huhn, sodass er gar nicht groß protestiert, sondern ihm das gesamte Geld aus den Fächern gegeben habe.

»Wieso bluten Sie am Kopf?«, fragte der Ermittler.

Bevor der Täter wegging, habe er noch mit dem Messergriff zugeschlagen, vielleicht würde er ja ohnmächtig, aber ihm sei nur schwindlig geworden, fuhr Musaca fort, und obwohl ihm der Kopf dröhnte, sei ihm doch eingefallen, er könnte ihm hinterherrennen, er wolle ja nicht prahlen, aber unter normalen Umständen hätte er ihn noch vor der Ecke eingeholt. Nur hatte er nicht mit dem Blut gerechnet, das ihm übers Gesicht strömte, und da konnte von Verfolgung keine Rede mehr sein, er sei zusammengesackt, habe die rot gefärbte Hand vor sich gehalten, die so, von Nahem betrachtet, sie sollten jetzt nicht falsch verstehen, was er sagte, ganz so war, als ob er sich die Handschuhe des Täters angezogen hätte, als hätte der andere mit irgendeiner Arglist erreicht, dass er das Corpus Delicti an sich nahm, und wie er so dasaß, habe er an nichts anderes mehr denken können als daran, ob er hier sterben müsste oder es noch bis ins Krankenhaus schaffen würde.

Sie haben einen Schock bekommen, sagte der Ermittler gelangweilt, denn an dem Ganzen war nichts Besonderes, die Sache war durchschnittlicher als der Durchschnitt. Mit dem Unterschied, dass in den Monaten zuvor das Pfandleihhaus Mode gewesen war, doch von jetzt an würden sie offensichtlich fahrplanmäßig diese Stellen ausrauben. Er sagte Eszter, sie müssten ab nun damit rechnen, denn ein erfolgreicher Raubüberfall ziehe immer andere nach sich, so wie eine Frau die andere, zwinkerte er, doch dann zwang er sich wieder ein wütendes Gesicht auf, denn er könne wirklich nicht begreifen, wieso um Himmels Willen man den Leuten erlaubte, solch ein Geschäft zu eröffnen, wo man das Geld geradewegs ins Schaufenster legte. Das verdarb auch die Statistik, fuhr ihm durch den Kopf, aber das sagte er nicht mehr laut, wozu sollte er jemanden verärgern; es reichte, wenn er selbst wusste, dass man solche Täter am schwersten schnappen konnte, außer sie bezahlten in der Kneipe mit Dollar, aber so blöd war nun wirklich niemand. Seine Frau, die gerade aus Amerika heimgekommen war, hatte erzählt, dass sie dort drüben schon Geldautomaten in die Mauern gebaut hätten: Man gehe mit seiner Karte hin, drücke ein paar Knöpfe, und die Maschine gäbe auch dann Geld heraus, wenn nichts auf dem Konto sei. So ein Automat wird auch Ihr Geschäft, wenn Sie sich nicht etwas einfallen lassen, er sah sie streng an, nachdem er ihre Aussagen zu Protokoll genommen hatte, denn glauben Sie bloß nicht, dass jemand mit dem Küchenmesser in die Apotheke rennt, um eine Handvoll Abführmittel zu klauen.

Das war vielleicht der Augenblick, der bei Jani Rot das Fass zum Überlaufen brachte. Plötzlich überkam ihn eine solche Wut, wie sonst lange Wochen nicht. Erst wurde er blass, danach schien es, als interessierte ihn das Ganze nicht mehr. Als sei er darüber hinweg. Hätte tausend wichtigere Dinge zu tun. Dann explodierte er ohne jeden Übergang und verjagte sie allesamt. Den Ermittler, den Mann mit dem Pinsel, die rauchenden Verkehrspolizisten, alle die da herumlungerten und glaubten, der Überfall gäbe ihnen das Recht, ihn zu belehren. Am sonderbarsten war, dass er nicht einmal laut werden musste, obwohl er nicht wie verrückt fluchte, hörten sie trotzdem auf ihn, sie packten ihre Sachen zusammen und verließen den Schauplatz, wenn auch mit etwas gekränkter Miene wie ein ungebetener Gast.

Die Straße war leer. Die Trolleybusse transportierten die Fahrgäste fast einzeln, doch die warfen keinen Blick mehr auf den Laden. Es gab keinen Grund mehr, vor ihm stehen zu bleiben. Die rußverschmierte Wechselstube sah jetzt aus wie ein in die Ecke geworfenes Plüschspielzeug, aus dem man die Drähte und das Füllmaterial herausgerissen hatte. Das nur noch ein stummer Lappen war und an nichts erinnerte. Am liebsten würde man es in die Tonne hauen, aber einen Laden konnte man doch nicht einfach so wegwerfen.

Wir müssen aufräumen, sagte Musaca, aber auch er rührte sich nicht. Er war felsenfest davon überzeugt, dass er am nächsten Tag nicht mehr zur Arbeit zu kommen bräuchte, denn es war sonnenklar, dass er der Schuldige war, er hatte jemandem nicht richtig herausgegeben, hatte sicher etwas versehen, falsch gemacht, das Geld konnte sich manchmal so unsinnig benehmen, und jetzt war dasselbe passiert wie damals, in jener Nacht, jemand war zurückgekommen und hatte alles mitgenommen. Solche Leute dachten sich nur selten etwas Neues aus. Im Grunde warteten beide darauf, dass Jani Rot etwas sagte, schließlich war er der Besitzer. Es machte auch nichts, wenn er wütend wurde, denn auch das würde einmal vergehen, und dann könnten wieder die kleinen Dinge des Alltags kommen, das jetzt so fern scheinende Grau. Aber er sagte nichts. Er warf nur einen verächtlichen Blick auf die Wechselstube, als hätte sich ein Angestellter, der sich endgültig in Misskredit gebracht hatte, erdreistet, ihm unter die Augen zu treten. Eszter hätte ihn gern berührt, seinen wütenden Kopf an sich gezogen, aber sie wusste, damit würde sie nur Öl ins Feuer gießen. Niemand durfte sich in den Krieg einmischen, der in ihm tobte.

Findet ihr eine Lösung, warf er schließlich beiläufig hin und kehrte ihnen auch schon den Rücken, um sich schlüsselklirrend in sein Auto zu setzen und in Richtung Bahnhof abzurauschen. Ein weißer, sich schwer auflösender Rauchschwaden blieb hinter ihm zurück.

Und obwohl der gesunde Menschenverstand dagegen sprach und auch der Meteorologe im Fernsehen mit seinem Stab auf das Tal des Flusses Trup als einzig mögliche Ursache der Probleme zeigte, war Eszter davon überzeugt, dass diese Nebel, die die ganze Stadt bedeckten und einem die Luft zum Atmen nahmen, aus dem Auspuff von Jani Rot stammten. Ganz sicher war der Schwaden, der sich scheinbar aufgelöst hatte, an allem schuld. Denn als sie nicht mehr auf ihn geachtet hatten, als er sich an den Dachtraufen entlang verflüchtigt hatte, stieg er nach und nach an den hervorstehenden Ziegelsteinen hinauf, über die Rücken der Gipsengel, und dort oben riss er die ziellosen Moleküle der Luft an sich, wirbelte sie auf und klebte sie zusammen, als legte er unsichtbare Fäden nebeneinander, und so war es nicht weiter erstaunlich, dass am Morgen des nächsten Tages alles von einem endlosen Nebelteppich bedeckt war. So dicht und so zäh, als strömte saure Sahne durch die Straßen. Er bedeckte die gewohnten Häuserfassaden, engte die breitesten Plätze auf ein paar Schritte ein und schnitt die Bäume fast in der Mitte ab. Blind stolperten die Pendler am frühen Morgen zum Bahnhof, die Mütter hielten ihre Kinder noch fester an den Händen, und nachdem das vierte Auto in den mit Traktorreifen und löchrigen Töpfen angefüllten Poklos-Kanal gestürzt war, wurden die Straßen dorthin gesperrt. Da war es auch keine Überraschung mehr, dass der 12er-Bus, der vom Stadtzentrum zum Schlachthof fuhr, plötzlich am Fernsehturm auftauchte, dabei streckte der sich zwei Kilometer außerhalb der Stadtgrenze in den blank geputzten Himmel. In den Abendnachrichten ließ man den Busfahrer zu Wort kommen, der sich totenbleich und ratlos am Kopf kratzte und nur murmelte, er habe die ganze Zeit geglaubt, auf der bekannten Strecke zu fahren. Ihn zu bestrafen wagten sie natürlich nicht, denn dann hätte es auch den Postboten treffen müssen, der am Dienstagmorgen endgültig genug von diesem schneeweißen Labyrinth hatte und den Tag lieber im Éden unter den wesentlich verständnisvolleren Stammgästen begann. Als man ihn fand, hatte er von den auszutragenden Renten zum Glück nur so viel vertrunken, wie man kurzfristig mit einer öffentlichen Sammlung noch zusammenkratzen konnte. Es war ein Wahnsinn, ein milchweißer Wahnsinn.

Außerdem wurde Abend für Abend angekündigt und detailliert analysiert, dass es nur noch einen Tag dauern würde, nur noch vierundzwanzig Stunden müssten sie aushalten, dann erreiche sie die mediterrane Strömung, die diese ungewohnt bockige Naturerscheinung auflöse und alles wieder ins rechte Gleis brächte. Alle Zeitungen und Sachverständigen betonten, dass es sich um eine Naturerscheinung handle, denn am dritten Tag machten in der Stadt schon allerlei Vermutungen die Runde.

Interessanterweise trugen diesmal nicht diejenigen den Sieg davon, die immer den Weltuntergang herbeiunkten. Obwohl einige schauerliche Prophezeiungen umgingen, dass diese Watte vermutlich ein schreckliches chemisches Endprodukt sei, das die Stadt langsam zerfressen würde, nahm man diese kaum zur Kenntnis; der apokalyptische Anblick von in den Fluss stürzenden Brücken oder auf den Gehweg knickenden Straßenlaternen war einfach nicht glaubhaft, eher fassten die Gläubigen Mut, vor allem, nachdem auch der Pope Astavian, der älteste Theologe des Komitats, das Wort ergriffen und allen unmissverständlich mitgeteilt hatte, dieser Nebel sei – ganz egal, wer da was redete, auf welche Gefallsucht und Grässlichkeit man sich berief – gewiss nichts anderes als der Atem der Heiligen. So straften sie die Stadt, denn jeder wisse, wie lange sie ihnen den Rücken gekehrt hätten, dass das Wort sie nur noch auf Umwegen habe erreichen können, und so sollten die im Hintergrund tätigen Ämter wissen, dass jegliche Einmischung, die die Erscheinung mit künstlichen Mitteln beseitigen wolle, sie verschrecken wolle, eine absolute Dummheit sei, denn damit gehe eine Chance auf die Vergebung der Sünden endgültig verloren. Man habe all das nämlich so aufzufassen – hier hob der Pope seinen knochigen Finger –, als hauchte jemand absichtlich den Spiegel an, um sich dann nach dem Abwischen mit gnadenloser Schärfe von Neuem zu erblicken.

Astavians Worte blieben nicht ohne Wirkung auf die Zweifelnden und ewigen Leugner, und so bildete sich, als der Ikonenverkäufer mit seiner geweihten Ware am Eingang zum Gemüsemarkt auftauchte, im Nu eine lange Schlange bis zur Hauptpost. Wobei niemand wirklich sah, wie weit die Menschen standen, man konnte allenfalls vermuten, dass auch der schwarze Fleck vor der Post aus Leuten bestand, die auf die glitzernden Kreuze warteten, um sie sich um den Hals zu hängen, und dass sie bei diesem Dreckwetter nicht deswegen gekommen waren, weil sie irgendeine verschwommene Nostalgie verspürten. Möglicherweise rechneten einige voller Schadenfreude damit, dass auf die Worte des Popen ein unbezähmbarer Übereifer, eine Art Massenhysterie ausbrechen würde, dass manche sich vor den Kirchen die Kleider vom Leib zerren und die Haare ausreißen würden, vielleicht so viele Kreuze schlügen, bis ihnen die Finger bluteten, aber nichts dergleichen geschah. Ganz im Gegenteil bemächtigte sich aller ein eher befreiendes, heiteres Gefühl, denn es war doch immerhin beruhigend, dass nach dem Diktator und den zusammengewürfelten Parteien nun endlich wieder der Schöpfer das Steuer in die Hand nahm, mit anderen Worten, dass diese vom Teufel heimgesuchte Gegend ein wenig aufatmen konnte.

Und wer wollte da noch schlecht über die alte Frau Bogdán mit ihren drei Kindern reden, dass sie auf der Straße herumrannte, um den Atem in Weckgläser zu sammeln und ihn, wenn auch etwas enttäuscht, weil dort drinnen von dem krausen Weiß nichts übrig blieb, sondern der Inhalt der Gläser durchsichtig war wie Leitungswasser, gut verschlossen dennoch für spätere, gottlose Zeiten aufbewahrte. In der allgemeinen Zuversicht fiel es fast gar nicht auf, dass bei der Friseurin ungewöhnlich laut ihre einzige Platte mit Schlagern von Pál Szécsi lief, während sie mit geschminktem Mund und makelloser Kleopatra-Frisur, als wäre sie eine verspätete Statistin in einem Film, den Gashahn aufdrehte.

Die Explosion wurde beinahe vollständig vom Nebel verschluckt. Die Trandafiri-Straße 17 pufftc eher nur wie ein Pilz unter einem Wanderstiefel, dann verstreute sie weich und klirrend die Splitter und das, was noch vom Haus geblieben war, denn den größten Teil hatten die Wattebäusche des Nebels aufgefangen. Da erzählte man sich schon, die dichteren Nebelschwaden könnten sogar einen Menschen halten, und obwohl einige vom Feuerwehrturm sprangen, obwohl aus dem Weiß das wirklich lebenstreue Krachen der Knochen zu hören war, wenn der naive und weiche

Körper der Strenge der Gravitation nachgab, hielt sich dieser Aberglaube bis zum letzten Moment. Wenn man den magischen Ausgangspunkt kennen würde, die erste Stufe, dann könnte man bis zum Himmelstor hochklettern, flüsterten sie im »Melody« teils zitternd, teils freudetrunken angesichts dieser Möglichkeit und zogen eine Zeit lang ihre besten Kleider an, sogar die verwahrlosten Gebrüder Hajdú begannen den Tag mit einer Rasur bei Poldi, und es kam oft vor, dass in der Hitze des Gefechts beim Kartenspielen selbst der miserabelste Schnaps beiseitegeschoben wurde, damit sie, falls der Zug sich in Gang setzte, da oben mit ihrem schrecklichen Atem und den ausgebeulten Hosen nicht gleich so einen schlechten Eindruck machten.

Die Heiligen geben auf uns acht, hörte Eszter hundertmal am Tag, aber weder sie noch Kalcsek glaubten Rakucsinec' allumfassendem Optimismus, der auch Mecsekis sichtliche Genesung damit erklärte. Am Mittwochnachmittag nämlich ging Sofia Codru, die Mecseki pflegte, im Haus herum; diese Frau mit den hübschen Zügen und dem zunehmend muffigen Geruch erzählte allen, sie sollten sich nur einmal vorstellen, Mecseki habe sich zum ersten Mal seit seinem Schlaganfall beinahe aufgesetzt. Wie kann das denn sein, fragte Kalcsek resigniert, schließlich wussten doch alle, dass dieser ehemalige Schürzenjäger schon seit zweieinhalb Jahren gerade einmal den Kopf bewegen konnte und man ständig die Bettwäsche unter ihm wechseln musste, womit es Sofia jedoch nie eilig hatte, lieber saß sie untätig in dem Gestank, der für sie eigentlich gar kein Gestank war, denn vor fast zehn Jahren hatte sie sich den Kopf an einer verschneiten Treppenstufe so gestoßen, dass sie seither weder etwas schmeckte noch roch und daher Butterkipferl für Sauerkrautnudeln hielt und Nudeln mit Nüssen für Salzgebäck. Deshalb musste ihr Kalcsek manchmal Bescheid sagen, dass man den süßlichen Geruch der Ausscheidungen schon bis ins Erdgeschoss roch, was für das Geschäft des Gemüsehändlers merkliche Nachteile mit sich brachte, denn mit zugehaltener Nase konnte man nicht für frischen Rettich schwärmen, allerdings nützte das wenigstens etwas, denn nach den harten Worten schuf sie eifrig, wenn auch mit gleichgültiger Miene Ordnung. Der Hauswart hatte schon einen Wandkalender über Mecsekis Kopf gehängt, in dem er jeden geraden Tag sorgsam angekreuzt hatte, an dem das Laken gewechselt werden musste, und jeden ungeraden Tag eingekreist, an dem der Pyjama und alles andere an der Reihe war, aber auch das hatte nichts genützt. Sofia war nämlich von sehr eigenwilliger Natur, das Duzen der Uniformierten quittierte sie mit einem spöttischen Lächeln, und den Zählerablesern glaubte sie fast nie, daher widersetzte sie sich schon rein instinktiv der von Kreuzen und Kreisen diktierten Disziplin, die nichts Menschliches an sich hatte.

Sofia schlief manchmal am Tag und fegte in der Nacht den Gang, nannte die Scheibe trocken Brot Mittagessen und die dampfende Suppe Vesper, es kam vor, dass sie einem nur ins Gesicht starrte, ausdruckslos, als hätte man in ihr drin das Licht abgeschaltet, einem aber dann zum Abschied die Hand drückte und sich für die ausgezeichnete Unterhaltung bedankte, und eigentlich musste man sich auch wirklich darüber freuen, über diese Fürsorge oder was das war, dass der Topf endlich doch seinen Deckel gefunden hatte, denn wäre niemand an Mecsekis Seite gewesen, hätte er die gebührende Strafe bekommen und wäre im Alter allein geblieben, so wäre er in seiner Wohnung rettungslos erstunken.

So errang sich Sofia Codru schließlich den zweifelhaften Titel der längsten und stabilsten Beziehung des Schürzenjägers, da niemals ein lautes Wort aus dem zweiten Stock sieben drang und sogar die hartherzige Frau Toroczkay anerkennen musste, dass Sofia Mecseki manchmal mit einer unfassbaren Liebe über Kopf und Haar strich, dabei war dort keine Spur mehr vom früheren italienischen Charme, die pergamentfarbene Haut und die immer schmaleren fleischlosen Lippen gehörten zu keinerlei Nationalität mehr, wollte man nicht den nahenden Tod als eine Art Botschafter ansehen, als Boten eines unbekannten und hoffnungslos freundlichen Landes. Von wo es nicht einmal der verblendetsten Liebe jemals gelang, jemanden zurückzuholen. Und jetzt sollte er sich aufgesetzt haben? Ein Glück, dass er nicht getanzt hat, lachte Frau Toroczkay heiser.

Dabei ist es so gewesen, beteuerte Sofia. Freilich habe dafür den ganzen Tag die Tür offen stehen müssen, damit der heilige Atem ihn ganz umhüllte, aber es hätte genützt, sagte sie mit strahlendem Gesicht. Er habe seitdem auch eine ganz andere Farbe.

Darin hatte sie ausnahmsweise recht. Ein Glück, stellten die unter Kalcseks Führung sofort hinüberrennenden Bewohner fest, dass Mecseki unter dem Schutz der über ihn gebreiteten Kleider und Decken nicht erstickt war, denn er begann schon langsam, aber sicher, blau zu werden, als hätte man ihm den Schweiß mit einem benutzten Blaupapier abgewischt. Auf die Kälte hatte sich auch Sofia vorbereitet, denn diese winzige Einzimmerwohnung konnte elend schnell auskühlen, vor allem bei offener Tür und im Februar. Sie hatte erst vorsichtig, doch dann mit zunehmend sicherer Hand von dem Geschenk genippt, das Mecseki zu Weihnachten bekommen hatte. Das »Melody« hatte damit seinen einstigen Stammgast überrascht, denn man hatte weder die Unmengen an Geld vergessen, die Mecseki im Laufe langer Jahre dort gelassen hatte, noch die immer schöner werdenden Erinnerungen. Beim Anblick der halb geleerten Flasche hielt nur noch Rakucsinec an einem Wunder fest, an der göttlichen Möglichkeit der Heilung, denn bei seiner Vergangenheit, meinte er, könne er sein Wort nicht einfach so, auf den ersten Zweifel hin, zurücknehmen.

Hier gibt es ein Problem, sagte Kalcsek und kratzte sich am Kopf, nachdem er die Lage gründlich in Augenschein genommen und den Rest Aprikosenpálinka beschlagnahmt hatte. Hier muss eine Aufsicht her, sprach er schließlich aus, was den anderen nicht so recht über die Lippen kommen wollte. Doch da spähten Rakucsinec und Frau Toroczkay schon zur Tür und überlegten, wie sie sich möglichst höflich, aber entschieden aus der lebensrettenden Aktion ausklinken konnten, die sich immer länger hinzuziehen drohte und nur theoretisch eine edle Tat war, oder dann, wenn der Betreffende beispielsweise so blind war, dass er die Druckgeschwüre nicht sah. Jenes Grauen, wenn sich der Körper von Tag zu Tag selbst zersetzte und verspottete. Ich übernehme das, sagte Eszter schließlich, woraufhin Rakucsinec sogar klatschte, obwohl er seine zu laute Beifallsbekundung sofort wieder bereute, denn so kam die langsame Frau Toroczkay wieder am besten bei der Sache weg, da sie später im ganzen Haus hinausposaunen konnte, dass Eszter ihr gerade einen Gedanken zuvorgekommen sei. Gerade habe sie die Hand heben wollen, um sich zu dieser mit so vielen Opfern verbundenen Aufgabe bereit zu erklären. Diese alte Märtyrin! Vertrottelte Lügnerin!

So kam es, dass Eszter die paar Tage, die die Zeitungen später nur die Woche der Läuterung nannten, bei Mecseki verbrachte beziehungsweise bei Sofia, denn diese musste, sobald sie die stärkere, professionellere Anwesenheit spürte, sofort mit Fieber und Durchfall das Bett hüten. Offenbar war die Ursache kein Virus, denn sie reagierte auf keinerlei

Medikament, und auch die herkömmliche Behandlung versagte, der nasse Lappen auf ihrer Stirn wurde beispielsweise innerhalb von Minuten glühend heiß. Aber daran konnte man Eszter nun wirklich nicht die Schuld geben, denn nicht einmal der beste Arzt wäre darauf gekommen, nicht einmal das bestausgestattete Labor der Welt hätte nachweisen können, dass diese Krankheit von etwas Unsichtbarerem als dem Virus verursacht wurde: nämlich von dem medizinisch kaum diagnostizierbaren Dank.

Sofia war wirklich dankbar dafür, dass von der Liebe, die sie lange Monate gegeben und allmählich schon für verschwendet geglaubt hatte, endlich etwas zu ihr zurückströmte, wenn auch nicht von Mecseki oder dem Hauswart, aber es kam etwas, das konnte sie jeden Morgen von Neuem feststellen. Eszter legte die Pillen bereit, wie in einem Hotel stellte sie ihr den Teller mit dem Toastbrot und den ungesüßten Tee auf ein Tablett und saß so lange an ihrem Bett, bis Sofia auch den letzten Bissen aufgeknabbert und hinuntergeschluckt hatte, um sie dann zum Lob zuzudecken, einzuwickeln, sodass nicht einmal die Spitzen ihrer Fingernägel aus der Wärme herausragten.

Und je fürsorglicher die Aufmerksamkeit war, desto länger dauerte die Krankheit, denn es war selbst einem so schlichten Gemüt klar, dass nur das Gebrechen diesen Ausnahmezustand aufrechterhalten konnte. Sofia fühlte sich nämlich, wenn sich das Fieber gerade senkte, ganz wie in ihren behütetsten Träumen, in denen Mecseki auf seinen gesunden Menschenverstand hörte, diesen aussichtslosen Kampf aufgab und endlich in die schon reservierte Parzelle auf dem Friedhof am Vető-Hügel umzog, sodass sie allein in der Wohnung blieb, die sie sich redlich verdient hatte. Nun konnten ihre nicht existierenden Freundinnen zu Besuch kommen und bei Gebäck überflüssige Dinge fragen.

Und wenn sie schon fragten, antwortete sie auch. Im Halbschlaf, benommen murmelte sie, ihre aufgesprungenen Lippen zuckten, natürlich, meine Lieben, ich bringe gleich den Würfelzucker, und selbstverständlich habe ich diese schöne beige Farbe für die frisch gestrichenen Wände ausgesucht. Vielleicht war es in der Tat eine sonderbare Entscheidung, aber als Kalcsek gerade ein Jahr später unter Abwägung sämtlicher Umstände nicht mehr den Krankenwagen, sondern den Priester zu ihr rief, bezeichnete Sofia gerade diese Woche wenn auch nicht als die glücklichste, so doch zumindest als die unbeschwerteste Zeit ihres Lebens. Denn der Körper hatte zwar gelitten und geschmerzt, doch war es, als würde ihre Seele dort drinnen mit feinem Öl gesalbt, denn endlich lebte sie so, wie sie es sich immer gewünscht hatte. Endlich kratzte jemand anders den Dreck vom Fußboden und leerte das Nachtgeschirr. Sie musste nur leben, blind und instinktiv, wie sich ein Kind in der Dunkelheit rekelte.

Diese Fürsorge wirkte sich schließlich auch auf ihren Körper aus: Sofias Haare wurden wieder feuerrot, versengten beinahe das Weiß des Lakens, und auch das Grün ihrer Augen glühte auf wie die ersten Grasbüschel am schwarzen Ufer des Flusses. Sie war ganz so wie in ihrer Blütezeit, als Mecseki sie im »Melody« erblickt hatte und sie auf der Stelle, gleich in der Bushaltestelle vor dem Café, flachlegen wollte, wenn auch unbequem, wenn auch nur für Augenblicke, aber sie musste ihm gehören, nur dass sie so viel Verstand gehabt hatte, Nein zu sagen, und ihm, mit schmerzlichem Bedauern zwar, eine Ohrfeige verpasste. Deshalb war sie hier und nicht die Ibolya von der Pediküre im Erdgeschoss. Dabei hatte der Lump auch ihr seine Wohnung angeboten, damit sie hier ein Geschäft eröffnete, als wäre irgendwer so bescheuert, für einmal Nägelschneiden zwei Stockwerke hochzulaufen.

Sie sollte zweimal am Tag warmes Essen holen, ihm einmal im Monat die Haare schneiden und ab und an die Unterwäsche ablegen. So viel verlangte er. Freilich nur aus Nostalgie, ohne jegliche Komplikationen. Es war doch besser, beim Anblick einer Muschi zu krepieren. So rutschte es sich leichter in die Hölle. Sagen wir, damals hatte er noch sprechen können. Mit seinem italienischen Lächeln hatte er mit den Kandidatinnen verhandelt, bis zum Kinn zugedeckt. Das Lächeln saß ein bisschen schief, weil der Schlaganfall seine linke Seite da schon außer Gefecht gesetzt hatte. Und die Kandidatinnen kamen, nicht nur eine. Sogar eine Spätfünfzigerin aus der Rosenstraße tauchte auf, dabei lag die schon am äußersten Rand der Vorstadt. Sie stand auf ihren Pfennigabsätzen im Zimmer, als wollte sie Wurzeln schlagen. Ihren Stammplatz hatte sie im *Traurigen Nussbaum*, zwei Schritte von der Schwarzen Siedlung entfernt. Eine Spelunke der Gießereiarbeiter. Wer dort überlebte, war zu allem fähig. Doch wollte sie Mecseki trotzdem nicht. Ein Krüppel wäre sogar ihr vor dem Beichtvater zu peinlich gewesen.

Sofia Codru war im letzten Augenblick gekommen, als die Auswahl nicht mehr groß war. So war sie es, die mit ansehen musste, wie Mecsekis unaufhaltsam scheinende Beschwerdeflut nach kaum anderthalb Monaten auf ein paar Wörter schrumpfte, *brauch ich, dumme Nutte, essen, bleib,* dann die wütenden Konsonanten, ein sonderbares Zischen und Knurren, als ob die Milch auf den heißen Herd überkochte, schließlich der puterrote Kopf, die Augen, die fast heraussprangen vor Anstrengung, etwas zu sagen, aus sich herauszupressen, einen Fluch oder ein Kompliment, aber es kam nichts, nur sein Speichel glänzte wie Suppe ohne Fleisch.

Aber jetzt wäre natürlich alles anders. Wenn Mecseki sie jetzt sähe, mit diesen Haaren, dieser Figur, dann könnte er vielleicht wieder zum Mann werden und wäre nicht dieser formlose Krüppel, dieser zerknüllte Lappen, den man nur bemitleiden konnte, aber nicht mehr lieben. Sicher, sie hatte es versprochen. Aber was war schon ein Versprechen? Ein paar leere Worte. Eine Handvoll Luft. Ausatmen, einatmen, und schon war es nicht mehr da.

Worauf Sofia Codru früher stolz gewesen war, das konnte sie heute nur noch verfluchen. Jetzt konnte sie es ja eingestehen: Sie war mehrere Male in Tränen ausgebrochen, wenn sie Mecsekis Glied abwischte, die verblühten, schlaffen Hautfalten, denn es abzuschneiden, abzuschnüren wäre doch eine Sünde gewesen, dabei war ihr das weiß Gott durch den Kopf gegangen. Gar nicht einmal aus Ekel, sondern eher aus praktischen Gründen. Denn wozu sollten wir mit uns herumtragen, was wir ohnehin nicht mehr benutzten? Nur die Schande würde dabei immer größer, wie bei alten Orden, von denen der einstige Ruhm und Mut sich verflüchtigt hatten, sodass nur die kalte Berührung des Metalls blieb und die verblichenen Farben. Das Wasserlassen hätte man auch mit einem an der richtigen Stelle eingeführten Rohr lösen können. Mit ihren Tränen trauerte Sofia auch um ihre eigene, vertrocknete Weiblichkeit, denn aus ihren Brüsten hatte sich längst jede Kurve, jeder Halt verflüchtigt, und wären sie nicht aus lebendigem Gewebe gewesen, dann hätten sie vielleicht unter dem Unterkleid wie eine löchrige Dachrinne gescheppert. Auch diese Ritze da unten schien eher eine blutlose Wunde und ein dummer Irrtum als das Pfand der Weiblichkeit, und wenn ihr das einfiel, dann ließ sich nicht mehr verhindern, dass der Reihe nach jedes den Männern hingeworfene, trotzige *Nein*, jedes kokette *Vielleicht* wieder zum Vorschein kam, jede einstige Zurückweisung von den Jugendlichen bis zu den Verheirateten, so wie ein wirklich großer Hunger die einstmals verschmähten Speisen in Erinnerung rief.

Eszter bemerkte überhaupt nichts von Sofias hilflosem Glück. Ebenso, wie sie zuvor auch ihre Traurigkeit nicht gesehen hatte. Sie grübelte lieber über die Worte von Astavian. Was wohl der Spiegel zeigen würde, wenn man die vergangenen Tage von ihm abwischte. Wenn denn jemand die Kraft dazu hätte. Ihn anzuhauchen, das ginge ja noch, dafür gab es viele Beispiele ringsum. Aber abwischen … Dazu brauchte man Haltung und Mut. Ob sie sich wohl erkennen würde? Oder würde da statt ihres Gesichts ein anderes erscheinen? Das von Jani Rot oder Musaca? Vielleicht Sofias dankbarer Blick? Oder das jenes unbekannten Fremden, vor dessen Haus sie immer stehen blieb und dessentwegen sie sich an der Grenze beinahe hatte erschießen lassen? Überhaupt: Wäre sie Mörder oder Opfer? Heute oder gestern? Und wenn sie sich trotz alledem erkannte, wie lange würde sie ihrem eigenen Blick standhalten können? Das musste eine Art Fluch sein, dass ihr nichts als Fragen einfielen …

Die Pflege Mecsekis und Sofias sorgte außerdem dafür, dass sie einen Grund hatte, tagelang nicht in der Wechselstube vorbeizuschauen. Nicht über die Angst zu sprechen, die sie ergriff, sooft sie sich den Raubüberfall in Erinnerung rief. Die Blutspritzer auf dem Fußboden, das seither nicht enden wollende Getuschel hinter ihrem Rücken. Aber erschreckend war auch schon, dass die Wechselstube keinen Augenblick geschlossen hatte, die Kasse war gleich am nächsten Tag wieder voller Devisen gewesen, als ob diese vielen verschiedenen Arten Geld irgendwo wachsen würden. Es war erschreckend und gab ihr zugleich ein Gefühl von Sicherheit, gerade deshalb war es ihr so verhasst. Jani Rot aber tat so, als ob er alles verstünde, doch zu Mecseki herüberkommen wollte er nicht. Er bat nur um eines: dass Eszter sich gründlich die Hände wusch und sich nach Möglichkeit umzog, wenn er nicht im Sessel einschlief. Sie stritten sogar deswegen.

»Was ist dein Problem?« Eszter stellte sich vor ihn hin, denn sie hatte genug von seinem trotzigen Schweigen. »Warum sagst du es mir nicht endlich ins Gesicht, wenn dir irgendetwas nicht passt?!«

»Es ist nichts«, sagte er mit farbloser Stimme.

»Stört dich jetzt auch schon, dass ich mich um diese armen Gestalten kümmere? Dass ich wieder heile?«

»Die kann man nicht heilen.«

»Das entscheidest nicht du. Ich zwacke die Zeit nicht von deinen sauberen Hemden und deinem Abendessen ab. Und vorerst bekommst du mich noch, wenn du willst, oder etwa nicht?!«

Darauf antwortete Jani Rot nicht mehr. Das waren solche Frauensachen. Er wusste natürlich, dass Eszter auch jetzt noch mit gesenktem Blick an der alten Wohnung der Veterényis vorbeiging und dass ihr der Junge leidtat, sie in jedem Blick einen unausgesprochenen Vorwurf witterte. Aber sie redeten vergeblich, verdrehten umsonst die Augen: Wenn an jenem Abend niemand gestorben wäre, hätte das Haus jetzt auch keinen Märtyrer gehabt. Und was hätten sie dann auf die schöne Marmortafel über dem Tor geschrieben? Dass hier überhaupt nichts geschehen war? Dass sie Helden waren, aber ein bisschen Pech gehabt hatten, weil keine einzige Kugel um die Ecke gekommen war? Oder gäbe es wenigstens eine aufgekratzte Schramme, die ein bestochener Arzt als Wunde ausgeben konnte?

Sie sollte sich beruhigen, Veterényis hatten den Ausweis ja angenommen. Nicht sofort, aber dann eben doch. Jetzt waren sie auch schon Revolutionäre. Geachtete Menschen.

Mit einem Dokument. Und sie hatten dafür nicht einmal ihre Seele verkauft. Mit dem Rest war ohnehin nichts anzufangen. Verstand sie denn nicht? Bei denen war die Zeit stehen geblieben. Ihr Blut kreiste nur aus Gewohnheit weiter. Sie waren tot, gingen nur noch Brot kaufen. Wenn man so wollte, war Mecseki der Ehrlichste in der ganzen verdammten Bagage. Und wenn Gott ihm beistand, konnte er in ein paar Wochen, wenn man ihn verscharrte, noch ehrlicher sein. Sie musste verstehen, dass es Leute gab, für die die Freiheit zu spät gekommen war. Da sollte sie nur einmal mit den Gefängniswärtern sprechen, die schon Gefangene nach dreißig abgesessenen Jahren draußen gesehen hatten. Abhängigkeit nenne man so etwas. Sie könnten sich das Eingeschlossensein nicht abgewöhnen. Selbst auf dem freien Feld suchten sie nach Gittern, und wenn sie eines sähen, brächen sie in Tränen aus, weil sie nach Hause gefunden hätten. Für die bedeutete das Ganze einzig und allein, dass sie im Fernsehen mehr Sender empfangen konnten. Freiheit … Sie wussten doch nicht einmal mehr, wen sie hassen sollten.

Einen Tag nach ihrem Streit verzog sich der Nebel. Vielleicht hatte sie die sehnlich erwartete mediterrane Strömung erreicht oder der Südostwind war wieder aufgekommen, der auch bislang durch die Stadt geweht hatte, aber eigentlich interessierte das niemanden. Nur die Meteorologen diskutierten noch darüber. Allen anderen reichte es, dass die Straßen erneut in der Märzsonne badeten. Alle Fenster spiegelten diese blendende, nur mit sich selbst beschäftigte Freude wider. Von der Garibaldi-Brücke konnte man wieder bis zu den rostzerfressenen, kahlen Bögen des Stadions sehen, und die Spaziergänger auf dem Hauptplatz durften wieder das Gefühl haben, dass der ruhige Blick der fernen Hügel ihre Schritte begleitete. Einzig Männer von der Stadtreinigung murrten, denn nach dem Nebel waren, als hätte auf jedem freien Quadratmeter der Stadt eine Massenveranstaltung stattgefunden, Unmengen von Müll zurückgeblieben.

Zigarettenkippen, leere Flaschen, aus Bürofenstern geworfene Papiere und Zeitungen, Schutt und Autobatterien, ölgetränkte Lappen, und mancher hatte sogar seine vom Dampf verzogenen Küchenmöbel mitten auf den Gehweg geschoben. Die Straßenfeger und Gelegenheitssortierer, die sich jeden Morgen versammelten, sprachen über die Stadt wie über ein Tier im Fellwechsel, dem die Haare büschelweise als klebriger Flaum ausgingen, und sie hätten am liebsten auf den Boden gespuckt, nur mussten sie sich vorher eine freie Stelle zwischen all dem Abfall suchen, denn die brauchbaren Sachen zu verschmutzen, gehörte sich nun doch nicht. Viele meldeten sich freiwillig, denn die meisten rechneten damit, dass in der großen Eile sicher etwas unter den Haufen, in den Schubladen der weggeworfenen Küchenschränke liegen geblieben war, und wenn sie auch keine Portemonnaies oder Edelsteinketten fänden wie die großen Schwafler in ihren Geschichten, so könnte doch, wenn man das Glas oder Metall einsammelte, noch der eine oder andere Schnaps dabei herausspringen und eine kleine Aufmerksamkeit für die Frau. Die Begeisterung ebbte nach zwei Tagen jedoch ab, denn die meisten Flaschen, die sie fanden, waren angeschlagen oder zerbrochen, das bisschen Metall war vom Rost fast bis zur Unkenntlichkeit zerfressen, und die Zeitungspacken waren derart durchnässt, dass die Sammler schon am Tor der Annahmestelle weggeschickt wurden. Bringt mir kein Blei zu Papierpreisen, sondern umgekehrt! Der Leiter des Lagers sah sie wütend an und ließ auf die Verständnisloseren sogar die Hunde los. Hier herrscht Ordnung, und wenn alle daran krepieren, brüllte er ihnen hinterher.

So einen vermüllten Müll habe ich noch nie gesehen, sagte Cornelian Mândru und verzog den Mund, dabei hatte er sich schon für jeden Finger der linken Hand einen Siegelring zusammengekramt. Man musste die Freiwilligen bereits mit dem Lasso einfangen, und es blieb ihnen nichts anderes übrig, als die Strafgefangenen auf die Straßen zu scheuchen. Doch obwohl sie wochenlang arbeiteten, die Möbel zerlegten, die stehen gelassenen Autos abtransportierten, danach überall Blumen und Sträucher pflanzten, ließ sich der Müll seitdem irgendwie nicht mehr vollständig beseitigen. Auf dem alten lagerte sich beinahe sofort der neue ab, und sogar nach den großen Gewittern wirkte die Stadt schmutzig und wüst.

Auch deshalb wurden die Plätze nur verschämt aus der Vogelperspektive fotografiert, solche Ansichtskarten konnte man am Kiosk bekommen, denn so bestand der Müll nur aus ein paar Pünktchen zwischen den zu Würmern verkleinerten Fußgängern, aber das war bereits der Druckerei zuzuschreiben, ebenso wie die etwas blassen Farben. Hier wird man niemals vom Boden essen können, klagte ein Journalist, der vor nicht allzu langer Zeit aus dem Ausland nach Hause gekommen war, doch dann klingelten die Telefone so lange und wurde die Redaktion für den Artikel derart verspottet, dass der Verfasser schließlich vor die Tür gesetzt wurde und die Redaktion die Abonnenten in einem offenen Brief um Entschuldigung bitten musste. Denn hier würde auch dann niemand vom Boden essen, wenn die Gehwege mit gestärktem Damast bezogen würden und die Straßen in Servietten verpackt. Was für ein abartiger Gedanke, tobten die Leser. Wie jedoch die Woche der Läuterung mit dem Müll und dem überheblichen Volkszorn zusammenhing, der sich schließlich auch gegen die Müllsammler richtete und mehr als einen von ihnen gewaltsam in die Schwarze Siedlung vor der Stadt zurückjagte, konnte nicht einmal der weise Astavian erklären. Denn es wäre dann doch zu frivol gewesen, in Betracht zu ziehen, dass einige Heilige ja weiblich waren, so standen ihnen Launen und Inkonsequenz nicht so fern, wie man im ersten Augenblick hätte glauben können. Mit anderen Worten: Selbst der Zucker konnte bitter werden, wenn man ihn zu lange auf der Zungenspitze wiegte.

Noch weniger wurde darüber geredet, dass am Ende der Beke-Straße, die zum Csemergi-Hügel hinaufführte, unter ein paar Farbflaschen und ausgeblichenen Tapetenrollen eine verstümmelte Leiche gefunden wurde. Wer die gesehen hat, vergisst das nie, erzählte Musaca später. Der Tod musste Romeo N. gleich am ersten oder zweiten Tag des Nebels ereilt haben, wie sich nach der Obduktion herausstellte. Und dort, unter verrottetem Laub und Tapetenstreifen, in der einander ablösenden Umarmung von Tauwetter und Frost setzte die Verwesung ein, um den Körper gleichsam mit Ruß zu überziehen, ihn den düsteren Farben der Erde gleichzumachen, doch die Farben, die sich aus den Flaschen lösten, das unschuldige Apricot, das Veilchenblau und das grelle Lila, ließen nicht zu, dass sie ihr Werk vollendete. Das Lila war in Romeos offenen Mund geflossen, in den letzten Schrei, der seinen Körper noch verlassen haben mochte, das Veilchenblau färbte seine Haare, und die Krater der Stichwunden füllte die Fröhlichkeit des Apricot. Wie ein Clown des Todes sah er aus, sagte Musaca mit nicht wenig Abscheu in der Stimme.

Aber am ehesten sorgte die abgeschnittene Hand mit dem der Verwesung trotzenden roten Handschuh dafür, dass Musaca schließlich auch unter dem Farbenrausch den eins siebzig bis eins achtzig großen Mann von durchschnittlicher Statur und Roma-Aussehen erkannte, der ihm damals das Messer an die Kehle gepresst hatte. Genau das Messer, das, so schien es, schließlich doch auf ihn selbst gewartet hatte. Die wussten, was sie tun, sagte der Ermittler, nachdem er die Fotos in die Schublade zurückgelegt hatte, man muss schon kaltblütig sein, um jemandem nach einem Mord fachgerecht beide Hände abzuschneiden und sie wegzuwerfen wie einen Rinderknochen. Dass auch sein Mantel und seine Schuhe verschwunden waren und Romeo in seinen ersten Stunden im Jenseits bibbern musste, zählte für ihn nicht mehr zu den auffälligen Beweisen. Daran waren die Einwohner der Beke-Straße oder seine Verwandten schuld. So etwas hatte er schon öfter gesehen. Zuerst zogen sie der Leiche die türkische Lederjacke aus, und eine Woche später weinten sie sich auf der Wache die Augen aus.

»Und wissen sie schon, wer es getan hat?«, fragte Eszter vorsichtig.

»Nein.«

»Aber irgendeine Vermutung haben sie doch?«

»Ich glaube nicht.«

»Die Kleidung werden sie schon finden«, sagte Jani Rot gleichmütig.

»Ich fasse es nicht! Ist jetzt wirklich am wichtigsten, wer diesen beschissenen Mantel mitgenommen hat?!«

»Wenn sie die Sachen finden, haben sie auch den Täter«, erwiderte er und sah über Eszters Kopf hinweg.

»Aber der Ermittler hat gesagt, dass …«, begann Musaca.

»Er wollte dich anfüttern. So bekommt er heraus, ob du etwas von den Sachen weißt.«

»Wieso, verdächtigen die etwa mich?«

»Es kann jeder gewesen sein. Sogar der Priester freut sich über eine milde Gabe.«

»Dabei ist es, finde ich, sehr glaubhaft, dass ihm jemand dort aus der Straße den Mantel ausgezogen hat«, sagte Musaca, allerdings nun schon weniger überzeugt.

»Und was sollte er mit einem blutigen, zerschlitzten Mantel anfangen? Ihn zu Hause in den Schrank hängen?« Jani Rot schüttelte den Kopf und war danach nur noch bereit, darüber zu sprechen, wann Musaca die ausgefallene Arbeitszeit vom Vormittag nacharbeiten wollte. Denn seine Spaziergänge würden die Verluste sicher nicht reinbringen.

Musaca erzählte das Ganze später so, als wäre ihm schon von der Polizei jemand gefolgt, als stünde er vielleicht sogar noch jetzt, wo er eben redete, unter Beobachtung, und er genoss es schrecklich, wie die jungen Bedienungen aus der Konditorei bei dieser Annahme blass wurden, wie er in ihren Augen, wenn auch nur für die Länge eines Stücks Dobostorte, zu einem Straftäter wurde, nach dem man landesweit fahndete. Ein echter schwerer Junge. Aber wenn er gewusst hätte, fügte er hinzu und zwinkerte, dass die Polizei so gewissenhaft sei, dann hätte er ihr auch damals seine Angreifer anvertraut. Die Geschichte mit dem Pinkeln jedoch weckte bei den jungen Frauen, so überzeugend und raffiniert er sie auch vortrug, kein Mitleid mehr, illustrierte nicht die Schattenseiten und die Verletzlichkeit des Verbrecherdaseins, wie er es gern gehabt hätte, sondern löste ganz einfach Ekel aus, den man kaum mehr in etwas anderes verwandeln konnte, nicht einmal für ein mageres Rendezvous reichte das aus und schon gar nicht für die Dinge, die ihm seine Fantasie so farbenreich vorgeschossen hatte.

Das Interesse begann auch, als er die Zugabe wegließ, rasch nachzulassen, was man eigentlich niemandem ankreiden konnte. In anderen Straßen gab es anderes zu fürchten, und dass man jemandem folgte und seine Verhaftung vielleicht nur eine Frage von Minuten war, löste als Reaktion allenfalls noch ein Schulterzucken aus. Einzig Eszter konnte sich nicht von den Schatten der Geschichte befreien. Sie hatte das Gefühl, wenn das Schicksal schon so störrisch gewesen war, ihr noch einen Mörder in den Weg zu treiben, dann könne sie jetzt nicht einfach wegsehen. Diese Erkenntnis ließ sich weder mit Angst noch mit Nervosität vertreiben. Sie musste ihn studieren wie eine seltene Spezies. Seine Gewohnheiten notieren, seine besonderen Merkmale erkunden. So wäre sie wenigstens beschäftigt, bevor sie das Grauen überkäme.

Schon am Tag nach Musacas Vernehmung beobachtete sie jede Bewegung von Jani Rot mit kühler Aufmerksamkeit, denn es konnte einfach nicht sein, dass das schlimmste Verbrechen überhaupt keine Spuren an einem Menschen hinterließ. Dass es sich aus ihm verflüchtigte wie irgendein Sonntagnachmittag, wie die Erinnerung an ein verlorenes Fußballspiel im Fernsehen oder daran, dass einem in der Straßenbahn jemand auf den Fuß getreten war. Der Preis für einen Mord ist, dass wir die göttliche Kraft in uns nutzen und schließlich zur Bestie werden, aber es ist einfacher, wenn Sie sich das so vorstellen, sagte Kalcsek auf der Bank und lächelte sie an, dass dies die einzig richtige Achterbahn in diesem als Leben bezeichneten Vergnügungspark ist, dabei zeigte er um sich herum, obwohl er wissen musste, dass hinter den Bäumen der Steinewerfer keinerlei Vergnügungen lagen, weder Luftballons noch Kinderlärm, nur eine wirres Netz von Straßen.

Eszter verstand auch nicht ganz, was ein Mord mit einer Achterbahn zu tun haben sollte, merkte aber trotzdem an, dass das Verbrechen doch nicht einfach so verschwinden könne. So wie ein unvorsichtiger Täter seine Fingerabdrücke am Tatort zurückließ, so drückte ihm auch das Verbrechen sein Handzeichen auf. Vielleicht begann das Glas in seiner Hand, beim Frühstück unbemerkt zu zittern. Oder ihn überkamen unversehens Gewissensbisse, wenn er Brot kaufte, und er blieb mitten im Satz stecken, als wüsste er plötzlich nicht mehr, wo er war und was er wollte. Er erkannte die Züge seines Opfers in einem Gesicht wieder, seine letzten Zuckungen in den Routinebewegungen eines anderen, und das prägte seinen Tag endgültig. Denn sie, Musaca, aber auch Roland wären beispielsweise solche Dilettanten. Wie bei einem fünfjährigen Kind würde sich das schlechte Gewissen in ihren Gesichtern zeigen, während sie den auswendig gelernten Text über ihre eigene Unschuld herunterratterten.

Jani Rot benahm sich trotz allem so, als wüsste er nichts von der Achterbahn. Er war ruhig am Abend und noch ruhiger am Morgen, als erinnerte er sich nicht einmal an seine eigenen Träume. Als spukte nicht einmal unbewusst etwas in ihm herum, als brächte er von dort drüben nichts anderes mit als die warmen Abdrücke des Kissens im Gesicht, während Eszter ständig fürchtete, dass sie den verschwundenen Mantel in der Schmutzwäsche fände und ihn auswaschen müsste, ja, sogar schon gewaschen hätte, und er da zwischen den anderen Sachen hing, gebügelt, geflickt, als wäre nichts geschehen. So wurden ihr schließlich alle Kleidungsstücke verdächtig, jedes einzelne drehte und wendete sie, tastete es ab und durchsuchte es, als wollte sie sie einzeln vor Gericht stellen, denn darin war sie sich sicher, mit ihrem Besitzer würde das niemals geschehen. Es war so wie in den meisten Krimis. Vergeblich stellte sich auf den letzten Seiten der Name des Mörders heraus, es gab keine Fortsetzung. Über die Verhandlung, über die langen, im Gefängnis abgesessenen Jahre verloren die Schriftsteller kein Wort mehr, als wäre die Buße mit der Benennung abgeschlossen. Als stellte der Name des Mörders die maximale Strafe dar, das Wissen das Lebenslänglich. Nur dass man damit niemals den Täter bestrafte, sondern seine Angehörigen, die Nebenfiguren: Ehefrau, Kinder, Verwandte, heimliche Geliebte, die anderen Namenlosen. Sie trugen die Last des Wissens weiter. Die Jahre, die sie mit dem Mörder verbracht hatten, die am schwersten zu fassenden Schuldgefühle brannten sich unauslöschlich in ihre Haut ein: Sie hatten ihre Liebe an jemanden verschwendet, der sie missbraucht hatte. Sie in etwas anderes verwandelt hatte, was bis zum Augenblick der Benennung beinahe unerkennbar gewesen war. Denn das war gerade das Schreckliche an der Liebe: Sie wurde für alles blind, in dem sie nicht ihr eigenes Spiegelbild erblickte.

»Langsam gehen mir die Dollars aus«, sagte Musaca und zog die Ladentür hinter sich zu. »Heute Vormittag hat ein Typ mit Bart fast alle gekauft.«

»Macht nichts«, sagte Eszter, »ich bringe heute Nachmittag welche mit.«

»Das wird ein guter Tag«, erwiderte Musaca und zwinkerte. Er zog sogar die Kassenlade heraus, falls die Chefin einen Blick hineinwerfen wollte. Er bemühte sich eifrig, denn Eszter hatte ihn wieder draußen angetroffen, und das brachte ihm, wie er genau wusste, nicht gerade Pluspunkte ein. Hätte sie einen Mantel angehabt, so hätte er ihr sicher herausgeholfen, aber bei dieser dünnen Strickjacke wagte er das nicht. Es wäre zu vertraulich gewesen. Obwohl es noch gar nicht so warm war, summte in der Ecke ein kleiner Ventilator. Musaca eilte zu ihm und schaltete ihn rasch aus.

»Ich wollte ihn nur ausprobieren.«

»Was war da draußen?«

»Nichts. Die Friseurin ist wieder mit ihren Theorien gekommen.«

»Die muss man sich nicht anhören.«

Irgendwann würde sie es ihm sagen müssen. Jani Rot hatte ihr am Tag zuvor, kurz vor seiner Abreise, mitgeteilt: Er habe beschlossen, dass vom nächsten Monat an zwei junge Frauen die Arbeit von Musaca übernehmen würden. Für dasselbe Geld, nur in zwei Schichten. So konnte die Wechselstube Tag und Nacht geöffnet bleiben. Am Anfang müsste man natürlich nachts vorbeischauen, damit den Frauen niemand Probleme machte. Es war auch klar, dass Jani Rot das Thema damit abgeschlossen hatte, der Rest war Eszters Sache. Sie hatte eine Woche oder weniger, um den Wechsel über die Bühne zu bringen. Je eher, desto besser. Jetzt wollte sie es ihm aber doch noch nicht sagen. Vielleicht morgen. Bei einem Kaffee.

Musaca spürte, dass er die Stille brechen musste.

»Na ja, sie redet manchmal Unsinn. Aber wenigstens auf interessante Weise.«

»Ging's um Politik?«

»Auch. Und um die Rowdys. Wenn es nach ihr ginge, würden wir alle im Knast sitzen.« Musaca lachte.

»Ich glaube, sie ist nur froh, dass sie reden kann.«

Das war nicht bösartig gemeint. Auch Musaca wusste, dass es der Friseurin seit der Explosion schwerer fiel, die Wörter auszusprechen. Wenn das Wetter umschlug oder sie sich nicht richtig ausgeruht hatte, nickte sie zum Gruß eher nur und richtete auch ihre Perücke nicht so, wie es sein musste, dann schaute das Ende der Narbe unter den Strähnen hervor. Die eigentliche Strafe sei nämlich nicht gewesen, dass sie hätte sterben wollen, sondern, dass sie am Leben geblieben sei, weinte sie sich eines Nachmittags bei Musaca aus, denn nach dem Feuer wuchsen ihre Haare nicht wieder, und jetzt trug sie Perücken, die aus den abgeschnittenen Haaren der Kunden zusammengenäht waren, der reine Hohn, aber was sollte sie machen, es laufe ihr einfach kalt den Rücken hinunter, wenn sie ihre weiße, schlaffe Kopfhaut sehe, die außerdem von der Narbe beinahe entzweigeschnitten sei. Es muss ein Balken gewesen sein oder die abgerissene Kühlschranktür, fügte sie grübelnd hinzu, als wäge sie nur ab, wer am Nachmittag zum Färben und Legen bei ihr hereinschneite. Daher war es kein Wunder, dass sie für die interessierten oder auch nur interessiert scheinenden Männerblicke so dankbar war, dass sie den Besitzer des Blicks sofort in eine Kneipe in der Nachbarschaft einlud, obwohl sie auch damit nur erreichte, dass man sich über sie erzählte, sie sei rettungslos dem Alkohol verfallen. Womit man vielleicht nicht ganz falschlag.

Musaca jedoch behielt von diesen Nachmittagen nicht nur den Geschmack des frisch Gezapften in Erinnerung, sondern auch die gewundenen, in sich selbst zurückkehrenden Monologe der Friseurin. Ähnliches hatte er nur im Theater gehört, noch zu Kinderzeiten, als einmal die ganze Klasse zur Vorstellung des örtlichen Ensembles kommandiert worden war. Eine Vielzahl von sich hin und her windenden, verzweifelten Fragen über das Schicksal, das Glück, wieso der Ertrinkende ein Glas Wasser bekam und ob der liebe Gott einen Sinn für Humor hatte oder ob das nur der Luxus des Teufels war. Und je mehr die Friseurin auf eindeutige Antworten wartete, auf die *Jas* oder *Neins* der Vergebung, desto weiter entfernte sie sich von jeder Eindeutigkeit, so sehr, dass es Musaca am Ende kaum gelang, sich den ursprünglichen Sinn der Fragen in Erinnerung zu rufen. Aber das wollte er auch gar nicht. Der Geschmack des Mitgefühls vermischte sich mit dem bitteren Schaum des Bieres.

»Sie ist aber kein schlechter Mensch«, sagte er schließlich.

»Mag sein«, erwiderte Eszter abwesend. »Aber wen interessiert das schon?«

Jetzt war sie ganz wie Jani Rot. Die Mundwinkel nach unten gezogen, die Nase lang. Sie sprach, als wäre die Friseurin eine sonderbar gefärbte Banknote in der Kasse. Eine verdächtige Währung eines fernen Landes. Vielleicht gerade der getrickste Dinar. Es war auch klar, dass die Friseurin vermutlich schließen musste, weil ihr kein einziger ordentlicher Kunde geblieben war, und dass man dann etwas mit dem frei werdenden Platz anfangen konnte. Vielleicht wäre für sie ein Secondhandladen ideal oder ein kleines Geschäft mit Kosmetika. Das konnte sie sich vorstellen. Man musste nur schnell zur Stelle sein, andere hatten schließlich auch Augen im Kopf. Eigentlich gingen nur noch die zum Haareschneiden, die beim Frisieren mit einem Auge schon die Räumlichkeiten ausmaßen. Was man wo hinstellen könnte, wie viel der Umbau kosten würde. Sie schwatzten ohne konkrete Fragen. Im Grunde hielten gerade sie den Friseursalon am Leben. Auch Eszter ging recht oft hinüber, denn jetzt konnte jeder Krümel, der vom Tisch der Friseurin fiel, wichtig sein.

»Kann ich dann mit diesen Dollars rechnen?«

»Ja, ich bin in einer Stunde wieder hier«, sagte Eszter, rührte sich aber nicht von der Stelle. Sie sah auf die Straße, die jetzt, am Mittag, vom Verkehr beinahe überkochte. Als wären alle zu spät dran. Die in den Schaufenstern auftauchenden Menschen rissen mit ihrer Eile sogar die Gegenstände hinter den Scheiben mit. Mancher ging selbst beim Warten an der Haltestelle auf und ab, um bloß nicht aus dem Rhythmus zu fallen. Eszter dachte, diese Menschen würden sogar dann noch die Beine bewegen, wenn man sie auf den Rücken legte wie ein aufziehbares Blechspielzeug.

Das Ticken und Pulsieren der Großstadt beruhigte sich erst einige Straßen weiter innen, am innerstädtischen Park. Der Lärm warf unsichtbare Steine in den See zwischen den Bäumen. Die feinen, unmerklichen Wellen erreichten das Ufer langsam. Wer an die Stadt gewöhnt war, für den wurde dieses monotone Pulsieren, dieses erprobte Gekräusel nach einer Weile zur echten Stille, und er begann, sich vor dem Fehlen der Töne zu fürchten, als würde er verlassen. Als ob man das Licht ausgeschaltet hätte, die einzige Nabelschnur durchtrennt, die einen mit dem Lärm, dem wichtigsten Nahrungsmittel, verband. Es gab keine Angst, keine Beklemmung, die nicht daher rührte. In der Stadt musste man das Alleinsein lernen. Diesen frühreifen Satz hatte sie sich damals im Wohnheim als ersten in ihr zerknittertes Heft notiert, nach dem ersten Jahr. Sie hatte geweint, aber da wusste sie wenigstens schon, warum. Und Leihwohnung und Untermiete lagen damals noch in weiter Ferne.

Der rote Strich vom Morgen, der bis jetzt kaum ein Zeichen von sich gegeben hatte, befreite sich langsam aus ihrem Bauch. Wie eine dünne kopflose Schlange kroch er aufwärts. Bis zum Abend würde er sie entzweischneiden wie ein scharfes Messer. Noch ein paar Stunden, und es konnte sich entscheiden, was nach rechts kam und was nach links. Wo ihre Mutter mit ihren irrealen Ängsten Platz fände, wohin der Brunnen gelangte und wohin der Mord, wohin das Gestern und wohin der Geruch der aufgeweichten Erde. Wohin die Last geriet und wohin die Erleichterung. Die rote Linie würde entscheiden, was ihr gehörte und was Jani Rot besitzen durfte. Denn wenn sie es zur Welt brachte, das war ihr jetzt klar geworden, musste sie ihre von der

Linie abgetrennte eine Hälfte gewiss dem Mann überlassen. Mit dem Kind zusammen bekäme er sie.

Sie schloss die Augen, doch die Ruhe des Augenblicks half ihr nicht. Wieder wollte sie sich vorstellen, wie sie dem Mann die Nachricht beibringen konnte. Nur war in dem Film, der in ihr ablief, die ihr ähnelnde Frau plötzlich ausgetauscht worden, und auch Jani Rot war verschwunden. An ihre Stelle waren Éva Kernitz und Eszters Vater getreten. Sosehr sie sich auch widersetzte, sie musste mit ansehen, mit welch vorwurfsvollen Blicken ihr Vater Éva anstarrte, deren Bauch sich mit aufdringlicher Natürlichkeit, als würde er weder Sitte noch Anstand kennen, unter dem Kleid wölbte. Sie war im achten Monat schwanger, und man konnte nichts mehr dagegen tun. Ihr Vater schüttelte immer trauriger den Kopf, doch dann erklang ein lauter Trommelwirbel, und Éva Kernitz begann, sich im Takt des Kopfschüttelns den ekelhaft gewölbten Bauch zu streicheln, dann ein Peitschenknall, und sie riss sich unter lauten Hochrufen des Publikums das Kind unter dem Kleid hervor, das gar kein Kind war, sondern ein mit Gänsefedern ausgestopftes Kissen. Nach der Vorstellung verbeugten sich beide.

Zum Glück fiel niemandem auf, mit was für einem versteinerten, leblosen Blick sie vor sich hin starrte. In der Wechselstube verdeckte eine Frau mit rotem Kleid und großem Hut die Kasse, und während Musaca die Markscheine einzeln abzählte, schwatzte sie von ihrem bevorstehenden Urlaub. Vom Wasser der Nordsee, das auch in der größten Hitze etwas von der Kälte des Nordpols bewahre. Erhitzt hineinzugehen sei lebensgefährlich, fügte sie noch hinzu, dann steckte sie die Scheine gierig zwischen die Seiten eines Reiseführers. Na, die ist auch noch nirgendwo gewesen, sagte Musaca, als die Frau eine voluminöse Jasminwolke hinterlassend auf die Straße hinausgetreten war. Plötzlich war gar nicht zu unterscheiden, ob der Neid oder die Erfahrung aus ihm sprach.

Seinen flinken dunklen Knopfaugen entging nichts, und so hatte er mit einem hämischen Lächeln zur Kenntnis genommen, dass Eszter statt ihres roten Lieblingslippenstifts nur durchsichtige Lippencreme aufgelegt hatte. Diese Wahl war verständlich, denn ihre Lippen waren aufgesprungen, und das war, da es weder Winter war noch Luftzug gab, das sicherste Anzeichen für einen beginnenden Schnupfen. Zum Abend hin konnte aus der erhöhten Temperatur leicht Fieber werden, was Bettruhe bedeutete, Umschläge und Fehltage. Und Musaca dachte schon daran, dass er, solange sie aus dem Verkehr gezogen war, mit dem Schreibwarenverkäufer auf einen guten Espresso in den »Silbernen Cadillac« gehen könnte. Freilich war der Kaffee dort nicht allzu gut, sie hatten es immer ein bisschen eilig, viele Gäste, wenig Platz, aber das »King« war zu weit weg, das passte nicht in diese knappe Stunde, dabei wurde der Kaffee dort mit aufgeschäumter Milch und Serviette serviert. Egal. Ihm war alles recht, wenn er nur das Schild *Vin imediat!* hinaushängen konnte, mit dem ihn der Schreibwarenverkäufer vor zwei Wochen überrascht hatte. Sicher, er wiederum hatte ihm ja mit den reduzierten Dollars auch einen Gefallen getan. Wer wenig hatte, der war auch mit wenig zufrieden.

4.

ZUM MITTAG ZOG DER GANZE STAB auf den Hof um. Hans' Assistentin und die Dolmetscherin trieben alle, die interviewt werden sollten, in die hinterste Ecke des Hofes. Dan Vlahilă sah er dort, den Kinderarzt, Öcsi Keller, Rakucsinec' ständig zapplige Gestalt und das junge Ehepaar aus dem Erdgeschoss. Bis sie so weit seien, würden sie ein paar Schnittbilder aufnehmen, erklärten sie ihnen, aber das verstand niemand, denn wozu sollte man aufnehmen, was später sowieso wieder herausgeschnitten wurde, doch sie sagten nichts, schließlich wollten sie nicht besserwisserisch wirken. Die Assistentin schrieb die Daten und die Reihenfolge auf ein Blatt. Vlahilă zuerst, nach ihm Keller, weil er es eilig hatte, was freilich nicht stimmte, denn wie zum Teufel kann es jemand eilig haben, der schon am Mittag betrunken ist, knurrte Rakucsinec mangels eines besseren Adressaten die jungen Leute an, denn er selbst war am Ende als Vierter auf die Liste gelangt, was er schon an sich nicht verstand. Er wolle nur mal fragen, nach welchen Gesichtspunkten eigentlich diese Reihenfolge zustande gekommen sei, scharwenzelte er daraufhin um die Dolmetscherin herum, die auch in dieser Wärme fröstelnd ihre Strickjacke zusammenzog. Denn wenn es nach dem Alphabet ginge, er lachte die Frau jovial an, dann könne er freilich nichts machen, er habe diesen Namen vom Schicksal bekommen und sei auch zufrieden mit ihm, und wirklich war ihm nie in den Sinn gekommen, deswegen zu klagen, also wenn es darum gehe, dann bitte er das Fräulein, diese ganze Angelegenheit als gegenstandslos zu betrachten, aber wenn, und er wolle ja wirklich niemandem zu nahe treten, aber er habe die Vermutung, die Reihenfolge der Ankunft entscheidend gewesen sei, dann wolle er sie nachdrücklich darauf aufmerksam machen, und dafür könne er auch Zeugen beibringen, dass er schon am Morgen, als der Stab angekommen sei, am Tor gestanden habe.

Dramaturgie, blaffte die Assistentin ein paar Minuten später, denn die Sache war auf eine höhere Ebene gelangt. Rakucsinec nahm dieses wohlklingende fremde Wort mit außergewöhnlich zufriedener Miene zur Kenntnis, denn daran war deutlich zu erkennen, wie ernst sie hier alles nahmen. So wie die Deutschen eben waren. Den Ausdruck zu überprüfen, hatte er freilich erst am Abend Zeit. Er hätte es als ungehörig empfunden, wenn er während der Dreharbeiten in den ersten Stock hinaufgeschlichen wäre, um das dicke schwarze Wörterbuch hervorzuholen, in dem deutlich stand, dass es sich dabei um die Sektion handelte, die sich mit der Struktur der Szenen im Film beschäftigte, und dies hob das Ansehen der sommersprossigen Frau mit dem engen Rock in seinen Augen noch mehr, denn sie versah die Aufgaben einer ganzen Sektion allein, sodass er ihr am nächsten Tag schon mit einem Kaffee schmeichelte und mit einem Krapfen, den seine Frau in aller Eile gebacken hatte. Und um nichts in der Welt hätte er ihr sein letztes, aber wirklich allerletztes Problem verraten, dessentwegen er auch nicht ordentlich geschlafen hatte; denn dort, in der großen, nüchternen Stille zwischen Kissen und Möbeln, hatte es sich in ihm formuliert, ob es nämlich unter dem Aspekt der Dramaturgie sinnvoller war, unter den Ersten oder den Letzten zu sein. Ob er denn letztlich an der richtigen Stelle in diese fundamentale und allumfassende Bilanz gelangt sei?

Kalcsek musste nicht zu ihnen hinuntergehen, um genau zu wissen, was dort geschah. Wieso Vlahilă ständig seine altmodische Krawatte richtete, die er schließlich ablegen musste, wieso Öcsi Keller den Technikern so andächtig zusah, wieso die jungen Leute in einfachen Sätzen antworteten, und zu guter Letzt, wieso Rakucsinec immer nervöser wurde, je näher die Aufnahme rückte.

Bei dem einen verwirrte das Lampenfieber die Gedanken, bei dem anderen das von den Deutschen erbettelte Dosenbier. Denn vorbereitet hatte sich einzig Rakucsinec. Er hatte am Abend zuvor mit seiner Frau darüber gesprochen, was sie sagen sollten. Sie hatten sorgsam abgewogen und portioniert und das Ergebnis sogleich aufgeschrieben (diesen Spickzettel benutzte er nun, wenn er glaubte, dass ihn niemand sah), denn die Erinnerungen konnten, wenn man nicht aufpasste, schreckliche Bestien sein, sie konnten in Horden über einen herfallen, um dann alles zu verspotten und sich rasch in alle Himmelsrichtungen zu zerstreuen.

Rakucsinec und seiner Frau war es egal, ob Keller improvisierte und Vlahilă hektisch wurde, sie würden trotzdem das erzählen, was geschehen war, und auch, was hätte geschehen sollen. Geordnet und überzeugend, denn das war natürlich am wichtigsten: klare Artikulation, wenig Bewegungen und immer in die Kamera sehen, mahnte ihn seine Frau, denn auch in den Nachrichten mochte sie es am liebsten, wenn man von der innenpolitischen Krise direkt zu ihr sprach. Wenn er es so sagte, dann konnte er beinahe alles sagen. Danach hatten sie im Wohnzimmer die Sessel beiseitegeschoben und geprobt. Der begeisterte Rakucsinec achtete da schon so sehr darauf, den Kopf nicht hin und her zu wiegen, sich nicht zu räuspern, denn so etwas war immer verdächtig, als kratzte er die Sätze aus den tiefsten, verschlagensten Winkeln des Körpers hervor, dass er bei der dritten Probe beinahe erstickt wäre, weil er nicht zu husten wagte. Mit dem Ergebnis waren sie jedoch beide zufrieden. Sie waren sogar ein bisschen erleichtert, weil sie wirklich alles für einen ausgewogenen Auftritt getan hatten, damit nicht Kalcsek, diese Laus, dieser Schleimer, die erste Geige spielte, der sogar zu feige war, sich hier unten zu äußern.

Dabei wollte niemand Rakucsinec den Ruhm abspenstig machen. Kalcsek war sogar der Meinung, es sei ausgesprochen gut, wenn jemand die Rolle des Siegers auf sich nahm, wenn er diesem oft schwer verständlichen Begriff ein Gesicht gab. Sich äußerte, Schüler auf dem Gang empfing, ihnen in strittigen Fragen den Weg wies. Dem Warenbeschaffer hatte der Himmel ohnehin wenig Freude geschenkt. Am Abend zuvor, nach der letzten in jeder Hinsicht erfolgreichen Probe hatte er sich vielleicht endlich wieder auf der Höhe seiner Kraft gefühlt. Wie jemand, der in seinem ganzen Leben dafür gesorgt hatte, dass die Speisekammer nie leer wurde, und dem deshalb ein gebügeltes Hemd und das letzte Wort zustanden, wie zu der Zeit, als er noch die schönsten Rippchen nach Hause gebracht hatte, solche mit Bauchfleisch, und seine Frau und seine Tochter darum wetteiferten, wer die Füllung besser würzen und raffinierter zubereiten konnte.

Jetzt arbeitete er in einer Garküche, aber damit brachte er es nicht weit. Es war die alte Kantine der Kistenfabrik, mit schweren Eisenstühlen und Tischen, die auf dem Fußboden kratzten, was Vorsicht oder Rücksicht gleichermaßen sein konnte, denn nach dem vielen Holz und den Sägespänen tat es jedem gut, die Mittagspause in Gesellschaft eines schwereren Materials zu verbringen, zum anderen brauchte man, wenn die Bude einmal in Flammen aufging, vielleicht doch nicht bei null anzufangen. Neuerdings kamen auch die Arbeiter aus der nahen Schuhfabrik herüber, aber von der Straße fanden nur wenige den Weg hierher. Als wären die mehreren Hundert Stammgäste eine geschlossene Gesellschaft. Deshalb gab es auch keine Tischdecken, sondern nur irgendeinen Papiermist mit gezacktem Rand, der am Ende der Schicht umgedreht wurde und nach zwei- oder dreimal Wenden auch schon in der Tonne landete. Viele verschiedene Menschen kamen hierher, stiernackige und schmächtige, Großmäuler und schweigsame Schwächlinge, doch war der Unterschied, wenn sie sich an der Theke das portionierte Essen geholt hatten, nicht mehr allzu groß. Das Besteck klapperte in allen Händen gleich, und sie gaben die leeren Teller mit denselben faulen Gesichtern zum Abwasch ab.

Rakucsinec war hier anfangs genauso gründlich gewesen wie früher als Arbeiter: Er hatte so lange seine Runden durch die Stadt gedreht, bis er ansehnliche Ware beschaffen konnte, frisches, noch dampfendes Schweinefleisch, gelbliche Hähnchen, und er verstand nicht, wieso ihn der Chef der Garküche ansah, als hätte er die Petersilie vom Mond geholt.

»Das ist zu gut für hier«, sagte er und zeigte auf die vollen Beutel. »So etwas nehmen Sie für sich nach Hause, wenn Sie Zeit dazu haben. Ich brauche Reste, kapiert?! Was nicht mehr in die Läden rausgeht. Kümmern Sie sich nicht darum, wie es aussieht, Sie sind hier nicht bei einer Ausstellung. Hier drin«, er schlug mit der Hand gegen die riesigen Inox-Töpfe, »wird, wenn man Ahnung von der Sache hat, auch eine Schuhsohle in zwei Stunden weich.«

So wartete Rakucsinec ab, bis jeder sein Fleisch gekauft hatte, Kotelett, Nacken, Keule, und feilschte am Ende der Schlange um die verbliebenen Fettstücke, Fleischabschnitte und unförmigen Reste. Er kaufte kiloweise Hühnerhaut, zweifach abgekratzte Knochen. Oder, wenn man es ihm zum passenden Preis gab, auch Fleisch. Es roch zwar schon ein bisschen, aber das war nicht schlimm, darüber rümpfte niemand die Nase, der Koch schrie nur in die Vorbereitung,

Jolika, heute zwei Kilo Knoblauch mehr! Auch deshalb gab es nur einmal in der Woche Fleischscheiben, sonst eher Frikadellen, Krautwickel, Gulasch mit Soße oder Eintöpfe, die sie dort als Pennerragout bezeichneten. Denn es ging nicht darum, dass es kein ordentliches Rohmaterial gab, das gab es sehr wohl, aber nur wie den Zuckerguss auf der Torte: zum Vorzeigen, als Verzierung und wenn ein Kontrolleur vorbeikam. Der Besitzer achtete ausdrücklich darauf, dass immer Fleisch in der Menge von zwei Schweinekeulen im Kühlschrank lag, aber an die gingen sie nur vorsichtig heran, den Großteil, die nicht immer erkennbare Masse der Speisen, die so war wie der schlammige Grund alter Flüsse, lieferte Rakucsinec.

Es brauchte nicht einmal einen Monat, bis er abgenommen hatte, weil er selbst seine geliebte Fleischbrühe zu Hause nur dann aß, wenn er persönlich beaufsichtigen konnte, was und wie es in den Topf kam. Denn hätte er es nicht mit eigenen Augen gesehen, hätte er nicht geglaubt, erzählte er einmal Öcsi Keller, dass die Suppe in der Garküche in Farbe und Geruch kein bisschen hinter der zu Hause zurückblieb, und aufs Erste wäre auch der Geschmack in Ordnung gewesen, vielleicht nur etwas stärker, vollmundiger als normal. Pikant, so sagten sie untereinander, denn Keller könne sich gar nicht vorstellen, was man so alles mit etwas scharfem Paprika verschwinden lassen konnte. Houdini würde vor Neid erblassen. Denn du überlebst das, klar überlebst du das, vielleicht ist dein Stuhlgang etwas flüssiger und du musst unheimlich aufpassen, wo du einen fahren lässt, weil in dem Zimmer nicht einmal eine Schabe überlebt. Das war alles, was er sagte, und nur einmal, wirklich nur ein einziges Mal konnte er die Klappe nicht halten; der Chef der Garküche hatte ihm nämlich zu verstehen gegeben, dass er niemals solche Geheimhaltungsklauseln in den Vertrag schreiben würde, aber wenn Rakucsinec anfinge, über die Rezepte zu schwatzen, könnte er bis ans Ende seines Lebens Milchbrei essen. Intravenös.

Ganz geheim konnte das Geheimnis dennoch nicht geblieben sein, denn sooft er und seine Frau zu der Entscheidung kamen, dass es Rakucsinec jetzt endlich verdient hätte aufzusteigen, wenn auch vielleicht für deutlich weniger Geld, einen beruflich eindeutigeren Platz einzunehmen, in einem Restaurant oder einer Pension, eventuell in einem kleineren Hotel in der Vorstadt, dann setzten sogar ihre Bekannten ein nachsichtiges, höfliches Lächeln auf, was bedeutete, dass sich weitere Fragen erübrigten, denn die Kantine in der Kistenfabrik erschöpfte als unleugbarer Markenname schon alle möglichen Antworten. So erklärte sich vermutlich auch die vernunftwidrige Treue des Personals der Garküche, das, was der Besitzer am ersten Arbeitstag Rakucsinec vertraulich auf die Schulter klopfend nur so zusammengefasst hatte: Nur die Ruhe, Alter, das ist eine Stelle bis zur Rente.

Da half es nichts, dass er auch jetzt gut arbeitete, denn nach einer Zeit konnte man tatsächlich zwischen Hühnerhaut und Hühnerhaut unterscheiden, und auch die Fleischabschnitte lernte man einzustufen, welche es waren, die sich in der Suppe noch so platzieren ließen, als wären sie etwas, ein Fetzen einer Keule oder entfernte Verwandte eines Nackenstücks, vergeblich brachte er die besten Stücke nach Hause, auf dem Tisch war es trotzdem nur Fett. Das man unmöglich etikettieren und in den Kühlschrank tun konnte. Das konnte nur ein Irrtum sein.

Für Frau Rakucsinec war es hingegen kein Irrtum, sondern ein Schlag ins Gesicht, die offene Leugnung all dessen, was sie erreicht hatten. Denn wozu war sie dann eigentlich von der einfachen Briefsortiererin zur Sekretärin und später zur Büroleiterin aufgestiegen? Welchen Sinn hatte es gehabt, die Kunstlederstiefel schön der Reihe nach gegen Wildleder und echte italienische auszutauschen? Oder warum kaufte sie keine vergoldeten Clips mehr und wieso überlief sie das Kribbeln, wenn sie im Secondhandladen endlich nicht mehr Kunstfaser, sondern Seide und Kaschmir unter dem Kleiderberg fühlte? Auch Rakucsinec hätte allmählich merken können, dass er seit einiger Zeit hundertprozentige Baumwollunterhemden trug, auf denen, wenn er sie regelmäßig wechselte, nie ein gelblicher Halbmond unter den Achseln wuchs, den seine Frau dann tagelang rubbeln und mit Chlor behandeln musste.

Für Frau Rakucsinec bedeutete die Veränderung die Revolution der Materialien, die wiedererworbene Freude an der Berührung, eine viel freiere Erotik, weil sich ein solches Kleidungsstück wirklich an die Haut schmiegen konnte, und da kam Rakucsinec jetzt mit diesen retrograden Fettstücken an?! So ging also auch das Recht des Einkaufs auf Frau Rakucsinec über, und es gehörte schon wirklich in die Kategorie Pech, dass sie rasch Gefallen an Blumenkohl und Kohlrabi, an Kürbis und Pilzen fand, und zu Hause nicht mehr die Knoblauchrippchen und das gefüllte Kotelett das Menü aufpeppten, sondern Babybreichen, geschmack- und geruchlose, eintönige Gemüseeintöpfe.

Die kleine Eszter Novák lachte so wie immer herzhaft über seine Geschichte. Es war ihre Idee gewesen, dass ihr Kalcsek die Bewohner der Reihe nach vorstellen sollte, damit sie diese, wenn sie schon hier eingezogen war, wenigstens ein bisschen kennenlernte. Auf der Bank im Park der Steinewerfer schien ihm das freilich nicht so einfach, aber Eszters weiches Lachen, das aufstieg wie die Bläschen an den Rändern einer Mineralwasserflasche, entschädigte ihn für alles. Eigentlich waren sie nur mit dem Erdgeschoss richtig fertig geworden, mit der geschiedenen Maniküre und den frisch verheirateten jungen Leuten, aus dem ersten Stock hatte er Rakucsinec in Angriff genommen und ein paar Worte über Mecseki gesagt. Nicht zufällig war seine Wahl gerade auf sie gefallen. Ihre Geschichten hatte der Zweifel noch nicht in ihre Einzelteile zerlegt, sie waren rund, ganz, unversehrt, und so konnte man auch über sie lachen. Sie packen und schnell wieder loslassen.

Das Durcheinander brachte das Aufdröseln mit sich, die Gefahr, die Qual, dass er sich nicht mehr richtig erinnerte, dass man sich gar nicht mehr erinnern konnte, wie sich diese Geschichten wirklich zugetragen hatten. Und das Erzählen war die Freiheit von allem anderen. Gewisse Geschichten und Sätze ließen sich seither gar nicht mehr richtig hinter andere drängen. Sie wollten sich bereits selbst erzählen. Wenn Eszter das erst einmal verstand, konnten sie vielleicht einen Schritt weitergehen. Obwohl er nicht glaubte, dass sie dann noch irgendetwas hören wollte. Denn das eigentliche Drama war nicht zu wissen, dass es so und so geschehen war, sondern nur zu wissen: So hätte es auch geschehen können. Das Blut und die Toten waren da schon nebensächlich.

In der Ruhe des Parks und des Gesprächs entspannte sich Eszter immer. Neuerdings wirkte sie ziemlich oft gehetzt, als wäre die Welt um sie herum zu groß, als wäre einzig die Beklemmung in der Lage, die klaffenden Spalten zu füllen. Kalcsek wünschte sich, sie wäre wieder so ruhig, so kühl präzise und entschlossen wie an jenem Abend, an dem die Wunde von Veterényis Sohn versorgt werden musste. Sie hatte vielleicht gar nicht begriffen, wie viel Sicherheit es ihnen gegeben hatte, dass es eine Ärztin unter ihnen gab. Gut, eine Beinahe-Ärztin. Doch als die Waffen draußen zu rattern begannen und die Tordurchfahrt jederzeit von Verwundeten überschwemmt werden konnte, war das schon fast nebensächlich. Da zählte nur noch die Geistesgegenwart. Auch ein Professor der Chirurgie konnte innerhalb von Augenblicken nutzlos werden, wenn er ständig den sterilen OP-Saal und das Personal vor Augen hatte, die soldatisch glänzenden Instrumente, und sich nicht um den kümmerte, der im Begriff war, in seinen Händen zu verbluten.

Eszter war zum Glück nicht so, und vielleicht hatte schon ihre Gegenwart die Hausbewohner beruhigt, nur ein Kratzer, sagte sie, wenn sie jemanden verbunden hatte, Sie können ruhig nach Hause gehen, und der unbekannte Mann ging wirklich ruhig nach Hause, denn er war sicher, er würde überleben. Und zu dieser Ruhe zählte auch, dass man nicht jeden retten konnte, der eine blieb dort auf der Straße, der andere verblutete, und der Dritte hatte nicht einmal eine Chance. Nur war es am nächsten Morgen schwer, gerade das der Mutter dieses Dritten zu erklären, dass nicht eine Kugel ihrem Sohn den Garaus gemacht hatte, sondern die Statistik. Die Wahrscheinlichkeit.

Darüber sprachen sie nie. Der Tod war irgendwie zu eindeutig. An ihm war schwer etwas zu monieren, wie bei einem zu perfekten Werk in einem Museum. Eszter brachte ihn vielleicht deshalb nicht zur Sprache, weil sie fürchtete, jeder ihrer Sätze würde wie eine Entschuldigung wirken, als wollte sie sich mit jedem Wort nur selbst freisprechen, und Kalcsek tat es aus dem Feingefühl nicht, das schon so vieles für ihn geregelt hatte. Auch deshalb kamen der Reihe nach die Nachbarn und mit ihnen das befreiende Lachen, Mecsekis Eroberungen und der Streber Rakucsinec, wie er schon von allen im Haus genannt wurde. Und vielleicht wären sie auch dabei geblieben, in diesem sicheren Grenzgebiet, wenn Eszter nicht das Gefühl gehabt hätte, als Gegenleistung für Kalcseks Vertrauen auch etwas geben zu müssen, und nach Möglichkeit nichts Neutrales, keine tausendmal erzählte und besprochene Sache, sondern etwas, das von innen kam, das schon fast verletzend ehrlich war und nicht viel anderes als Verlegenheit auslösen konnte, weil dieses Etwas Kalcsek beinahe dazu zwang, sich nicht nur anzuhören, sondern mitzuerleben, was er nicht einmal verstehen wollte.

Zuerst erzählte sie von dem Dorf und von ihrer Mutter, über die der Kindersegen wie eine Überraschung hereingebrochen war und die dieses Gefühl der Überraschung bis heute nicht auslöschen konnte, sodass Eszter, wenn sie hätte wählen können und die Natur diese absurde Annahme überhaupt zuließe, sich gewünscht hätte, ihr Vater hätte sie an diesem unbedeutenden Oktobermorgen auf die Welt gepresst, denn er wäre in jeder Hinsicht dazu geeignet gewesen. Er war irgendwie immer für alles viel offener gewesen, selbst unangenehme, schlimme Dinge konnte er so betrachten, als wären sie nie unangenehm und schlimm, als hielte die Welt derartige Überraschungen gar nicht bereit. Und er hatte eigentlich nie gewagt, sie so zu lieben, wie ein Vater seine Tochter lieben musste, weil er damit seine Frau entlarvt hätte. Das aber konnte kein Kind ernsthaft verlangen.

Kalcsek schwieg diszipliniert, manchmal gab er zustimmende Laute von sich oder nahm ihre Hand, um am Ende nur zu sagen: Aber vielleicht war gerade das nötig, damit Sie so stark werden, oder? Stark, lachte Eszter hysterisch auf, ich war niemals stark. Es braucht auch Mut, seine Schwächen einzugestehen, begann Kalcsek, das Gespräch umzulenken, wie er es nannte, aber damit erreichte er jetzt gar nichts. Eszter sprang gereizt von der Bank auf. In Wirklichkeit hätte sie weinen mögen, deshalb hatte sie auch mit alledem angefangen, um sich auszuheulen, aber jetzt, da man ihre Tränen zurückkomplimentiert hatte, ihr statt Mitgefühl wieder irgendeinen theoretischen Blödsinn an den Kopf geknallt hatte, spürte sie eher Wut. Als wollte einen der ausgewählte Arzt nicht heilen. Als dürfe man nicht in den Bus einsteigen, obwohl man eine Fahrkarte gelöst hatte.

Auch Kalcsek ahnte, dass er etwas vermasselt haben musste, denn beim nächsten Mal kam er mit Blumen in den Park, etwas anderes war ihm nicht recht eingefallen. Er vertraute darauf, dass diese lebhafte blonde, kleine Frau die Verletzungen bis dahin schon mit sich selbst ausgemacht hatte und die Nelken nur den Punkt aufs I setzen würden. Das mochte er am meisten an ihr, dass sie schnell lernte und schnell vergaß und dass sie immer duftete. Er mochte es, dabei betonte die feine Parfümwolke seinen eigenen Altmännergeruch noch deutlicher, die Ausdünstung klaren Wassers und langsam dahinsiechender Haut, deshalb versuchte er, sich als Entschädigung wenigstens in der Kleidung dem Mädchen anzupassen, er band sich öfter eine Krawatte um, quetschte sich in sein Sakko und vermied es, sich darüber zu ärgern, dass er aussah wie ein pensionierter Abiturient. Seiner Frau war Kleidung irgendwie nie wichtig gewesen, sie wäre selbst zum Milchkaufen am liebsten im Unterkleid gegangen, weil es so am bequemsten war. Später hieß es, das sei schon ein Vorzeichen ihrer Krankheit gewesen, sie habe nicht mehr gewusst, was wozu passte, aber dann hatte die Krankheit offenbar schon als Kind begonnen, dachte Kalcsek und kicherte vor sich hin, denn es war ja auch etwas Wahres daran, dass schon in der Kindheit irgendwo im Keller des Körpers die Krankheit lauerte, die ihm dann, wenn sie austrieb und blühte, das Ende brachte.

Und wie anders waren ihre Augen! Im Vergleich zu dem Hundeblick seiner Frau, der den Gegenständen und Menschen, die sie lieb gewonnen hatte, beinahe sofort Treue schwor und alles dafür tat, ihnen nicht mehr von der Seite zu weichen, schaute Eszter gern hinter die Dinge, die sie sich ausgeguckt hatte, als provozierte sie sie ständig, ihr noch mehr von sich zu zeigen, sich ihr mit noch mehr Hingabe zuzuwenden, und wenn sie dazu nicht fähig waren, trennte sie sich auf der Stelle von ihnen. Helgas Augen waren grau gewesen wie der Regen, der in die Tordurchfahrt floss, Eszters Augen waren kaltblau wie das Meer, das er auf Ansichtskarten gesehen hatte, distanziert und unbestechlich, und aus jedem, der sich in das Wasser hineinwagte oder in ihm untertauchte, löste es etwas heraus. Kalcsek nannte diesen ruhelosen Wogenschlag, den er in diesen Augen sah, die ständige Unruhe, die genauso verantwortlich war für die haarsträubenden Geschehnisse wie für die Narben, deren Großteil sie sich schon in der Kindheit, im Wettstreit mit den Jungen, zugezogen hatte, mangels eines besseren Begriffs Abenteuerlust. Wer den Mut fasste, bis an den Horizont dieses Augenpaares zu sehen, wo auch das Meer nicht mehr war als eine sanfte Linie, der wunderte sich über nichts. Der hatte einfach keine Zeit dazu.

Er war noch gar nicht am Ende seiner Gedanken angelangt, als sich Eszters Augen schon verfinsterten, was meist die ernsten Sätze einleitete, und sie mit der Geschichte begann, dass sie ungefähr achtzehn gewesen sein musste, als sie die Mutter zum ersten Mal mit zum Frauenarzt genommen hatte, worin damals eine feierliche Geste lag, als würde sie damit als erwachsen anerkannt, als würde der Arzt ihr einen Stempel aufdrücken und fertig, ab in die große, weite Welt. Der Arzt hatte zarte, stumpfe Finger, die überhaupt nicht zu dem zerrissenen Linoleum passen wollten und zu der Praxis, in der man langsam einmal hätte streichen und die Werbeschilder auswechseln müssen, auf denen ausgeblichene junge Frauen mit zeitloser Unschuld lächelten. Alles war sauber, nur eben abgenutzt, als wäre die Praxis mit der zerschnittenen weiblichen Scham in der Ecke und der Sprechstundenhilfe zu oft gewaschen worden.

Was ihr hingegen gefiel, war: Der Arzt wollte nichts davon hören, dass die Mutter im Raum blieb, er schickte sie resolut hinaus, dann untersuchte er sie gründlich und gab der Schwester leise Anweisungen, am Ende rief er die Mutter schließlich wieder herein, nahm die Brille ab, rieb sich die beiden roten Vertiefungen auf dem Nasensattel, als suchte er nach Worten für die Diagnose, und stieß dann hervor, es wäre gut, wenn sie achtgäben.

»Worauf denn?«, fragte die Mutter kämpferisch.

»Ich an Ihrer Stelle«, sagte der Arzt und sah Eszter direkt in die Augen, »würde nirgendwohin ohne ein Päckchen Präservative in der Tasche gehen.«

»Das ist noch zu früh!«, ihre Mutter war aufgebracht und hätte sie am liebsten aus der Praxis gezerrt.

»Wo liegt das Problem?«

»Sie sind innen wie aus Seidenpapier. Es können frühere Komplikationen sein, die von einer Erkältung in der Kindheit stammen, oder es ist genetisch. Das kann ich jetzt nicht sagen.«

»Und was bedeutet das?«

»Dass Sie es einmal, bestenfalls zweimal probieren können. Wenn Sie denn ein Kind wollen. Wenn nicht, nehmen wir alles raus.«

»Natürlich will sie!«

»Dann überlassen Sie nichts dem Zufall«, sagte der Arzt und freute sich, dass sie nicht noch mehr Fragen stellten, denn eigentlich verstand er selbst nicht, was er ihr gerne hätte raten wollen. Dass sie nur die Samen ihrer großen Liebe empfangen sollte, aber auch die nur nach einer umfassenden genetischen Untersuchung? Dass die Liebe nicht vom Zufall abhängen sollte? Wovon aber dann?

Damit hatte er allerdings erreicht, dass Eszter von nun an mit dem Pausenbrot auch Kondome einpacken musste. Das wertvolle Schächtelchen besorgte ihr Großvater, der eine Erlaubnis für den kleinen Grenzverkehr hatte und jeden Monat einen Tag drüben verbringen durfte, aber trotz der Bekanntheit oder gerade deswegen in der Apotheke beinahe im Boden versank. Dieses silberfarbene, sich kühl anfühlende Etwas wäre auch größere Opfer wert gewesen. Sie hatte noch ein halbes Jahr Schule vor sich, und die Mädchen bestaunten und betasteten auf der Schultoilette mit weit aufgerissenen Augen den hin und her rutschenden Ring von allen Seiten, maßen den Durchmesser, der bisher nur als toter Ausdruck in der Mathestunde gezählt hatte, und jetzt stellte sich heraus, dass er das Leben selbst war. Aber nicht mit den Fingernägeln, ermahnte sie Eszter, denn wenn die Verpackung ein Loch bekommt und diese Flüssigkeit herausfließt, dann trocknet das Gummi aus.

Das Wissen, das in diesem Satz so selbstsicher aufblitzte, verblüffte die anderen, wenn möglich, noch mehr, und wen interessierte schon, dass Eszter den mahnenden Satz aus dem Beipackzettel geklaut hatte, wo der richtige Gebrauch mit Zeichnungen veranschaulicht wurde, so wie es auch niemanden kümmerte, dass sie, um kein Spielverderber zu sein, jene Kleinigkeit unerwähnt ließ, dass ihre Mutter das Päckchen jeden Tag persönlich kontrollierte: ob der Inhalt vollständig und die Verpackung wirklich unversehrt war.

Aber wie haben Sie das ganz in Ihrem Inneren erlebt?, fragte Kalcsek.

Leicht war es nicht gewesen. Hier von der Bank aus schien es natürlich logisch, dass man sie sofort für eine Hure hielt, denn die Nachricht verbreitete sich im Dorf so schnell, dass ihr der Gastwirt und der Postbote schon am nächsten Tag ein fast konkretes Angebot machten, und wenn sie die Straße entlangging, wurden die kleinen Mädchen in den Hof gescheucht, als würde die Hurerei mit dem bösen Blick beginnen. Damals dachte sie eine Weile auch selbst, es wäre am besten, das Ganze so schnell wie möglich hinter sich zu bringen, die wenigen Chancen zu nutzen – sie musste nur noch entscheiden, ob ihre Wahl auf diesen älteren Milchausträger oder auf einen ihrer Klassenkameraden fallen sollte –, und dann könnte sie über ihre Mutter lachen, wenn sie ihr am Ende des Tages beruhigt die unversehrten Kondome zurückgab, deren Haltbarkeitsdatum schon langsam ablief.

Bei ihrem Abitur hallte das Dorf schon dermaßen laut von all dem Tratsch wider, dass klar war: Sie konnte auf keinen Fall zu Hause bleiben, wenn sie nicht wollten, dass die Kneipe als Bordell bezeichnet wurde, wo die Frechsten sogar schon ihrer Mutter in den Hintern kniffen, denn irgendwo muss das Mädchen das Handwerk ja gelernt haben, sagten sie mit einem anzüglichen Zwinkern. So kam sehr bald die Hochschule für Gesundheitsberufe ins Bild und überhaupt die Stadt, dabei dachte Eszter da schon genau das Gegenteil von all dem, nämlich dass sie von nun an ohne Männer leben würde, dass niemand sie berühren dürfe, weil niemand diese einzige Möglichkeit wert war. Und später bat sie freilich auch ihren Professor, Antal Sprőd, sie gründlich zu untersuchen, vielleicht war das alles ja ein Irrtum, vielleicht könnte sie heimkehren, wenn die Diagnose eine andere wäre, aber am Ende einer zweiwöchigen Tortur kamen sie zu demselben Ergebnis wie in der schäbigen Praxis, nur dass die Erklärung viel fachgerechter war und in den Papieren viel mehr lateinische Wörter standen, von denen auch ihr schon das eine oder andere bekannt war.

Von nun an war es unmöglich, auch nur irgendetwas zu beeinflussen. Das Schicksal übernahm das Steuer, oder wie anders hätte sie die logische Reihe von Ereignissen erklären sollen, denn der schon ergrauende Antal missverstand das ihm entgegengebrachte Vertrauen sogleich, was geradewegs zu der Wohnung führte, die er im Fackel-Viertel mietete und in der Eszter die disziplinierte Lehrkraft dreimal wöchentlich in ihrem Mund wiegen musste, die Männer konnten nämlich schrecklich taktvoll sein, wenn sie gewisse Komplikationen vermeiden wollten, so kam im Wörterbuch des Genossen Professor das Kind nur als eine solche oder als Embryo vor, und jawohl, damals hatte Eszter gelernt, dass es nichts Teuflisches war, wenn sie auch Geschenke annahm, denn es konnte sehr wohl einen Zusammenhang zwischen der Qualität des Blasens und einem schönen Paar Schuhe geben. Eine hässliche Sache war das, sie wollte es nicht beschönigen, und sie wusste auch nicht, wohin das Ganze geführt hätte, wenn nicht Roland mit seinen Kratzern und Wunden aufgetaucht wäre.

Kalcsek brauchte eine ganze Woche, bis er das Gehörte verdaut hatte. Sein ganzes Leben lang war er ein einsamer Mann gewesen, hatte kaum Freunde gehabt. Hätte ihn seine Frau damals auf dem Busbahnhof nicht angesprochen, damit er ihr half, den Koffer zu tragen, wäre er mit großer Wahrscheinlichkeit Junggeselle geblieben. Vielleicht fehlte ihm die Neugier, der Wunsch, einen Blick ins Leben anderer zu werfen. Den Vorhang wegzuziehen, der sich zwischen ihm und den Geheimnissen befand, dabei wäre gerade das die Bedingung für jede, selbst oberflächliche Freundschaft gewesen. Aber was andere einander näherbrachte, stieß ihn eher ab. Große Geständnisse entmutigten ihn, bei Gesprächen, die bis in den Morgen reichten, spürte er nichts anderes als Müdigkeit. Er wollte nichts von kleinlichen Betrügereien wissen, von politischen Ansichten, von einer schlüpfrigen Herkunft oder davon, was jemand aus der Fabrik mit nach Hause nahm und von wem er sich die Erlösung erhoffte.

Diese Dinge seien wie überflüssige Teile in einer Maschine, erklärte er einmal einem Lehrling, der ihm zugeteilt worden war. Der Junge verstand es und auch wieder nicht, denn er erzählte Kalcsek zwar nichts mehr, doch bei dem Mann an den Transistoren prahlte er weiter mit seiner Westverwandtschaft, dann brachte er auch Schokolade in glänzendem Stanniol aus den regelmäßig geschickten Paketen mit und Zeitschriften, in denen sogar die Streichhölzer noch von nackten Frauen angeboten wurden. Die halbe Abteilung sprach darüber, und dann von denen, die ein paar Tage später nicht mehr zur Arbeit kamen. Wer war so blöd, dass er sich darüber wunderte? Kalcsek war freilich auch hier außen vor geblieben. Gut, dass es zu dieser Sache mit dem Fernsehen gekommen war, als sie seine Wohnung nach der Antenne durchsucht hatten, die Veterényi und er zusammengebastelt hatten, denn er fing schon fast an, verdächtig zu werden.

Wem hätte er denn erklären können, dass er nicht feige war, dass sein Schweigen nicht das Ergebnis irgendeiner Ideologie war, nicht im Seminar erlernt und auch kein niederträchtiges Mittel zum Überleben, sondern dass es einfach so in seiner Natur lag? Niemandem. Deshalb versuchte er es erst gar nicht. Sollten sie doch glauben, was sie wollten. Wenn sie ihn als Sonderling betrachten wollten, war er eben ein Sonderling. Natürlich wusste auch er, denn man hatte ihn in den Versammlungen gerade genug gedrillt, dass die Isolation der erste Schritt zur Abirrung war. Ihm reichte es trotzdem, wenn sie ihn alle in Ruhe ließen und dabei anerkannten, dass er einen großartigen Riecher für den Sport hatte, dass seine Tipps fast immer zutrafen, egal, was er sagte. An seinem Arbeitsplatz hatte er mehrere Wetten rund um die Meisterschaftsspiele gewonnen, denn er war der Einzige gewesen, der beim Gastspiel der Mannschaft vom Inneren in Craiova auf die heimische Truppe setzte, aber die zwei Punkte waren nur eine Geste, fügte er hinzu, denn den Meisterschaftstitel von Dinamo konnte nichts gefährden. Das ging freilich auch nur eine Zeit lang so, die vielen gewonnenen Wetten begannen, die Aufmerksamkeit zu wecken, denn es wussten zwar alle, dass die ganze Meisterschaft reine Schiebung war, aber dass jemand die Ergebnisse so detailliert, auf die Spiele heruntergebrochen, vorhersagte, galt schon als systemfeindliche Tätigkeit, für die er ins Büro gerufen wurde.

»Woher zum Teufel haben Sie das gewusst?«, fuhr ihn der Abteilungsleiter an, der es sich nicht erlauben konnte, nicht auf Dinamo zu setzen. So hatte er einen Hunderter verloren. Das Taschengeld seines Sohnes für diesen Monat.

»Na ja«, Kalcsek kratzte sich am Kopf, weil er für einen Moment überlegte, ob er vielleicht lügen sollte. »Ich lese Zeitung.«

»Die Sportzeitung?«

»Ach was!«, sagte Kalcsek nachsichtig. »Da steht doch nichts drin.«

»Aber welche denn dann?«

»Die hier.« Kalcsek zog das schon etwas zerknitterte Bukarester Parteiblatt aus der Tasche. Dann zeigte er auf einen Artikel: Der Genosse Generalsekretär hatte in der Woche zuvor an einer erfolgreichen Betriebsbesichtigung in Craiova teilgenommen, wo sich erwiesen hatte, dass die vielseitig entwickelte sozialistische Produktion hervorragend in der Lage war, mit der kapitalistischen, imperialistischen Ausbeuterwelt Schritt zu halten. In Anerkennung der herausragenden Arbeitsorganisation verlieh er Auszeichnungen an …

»Das lesen Sie?«, fragte der Abteilungsleiter konsterniert.

Selbstverständlich hatte man auf dem Papier im Namen jedes Arbeiters ein Abonnement für die Zeitung bestellt, und ein Viertel von ihnen hätte sie auch in die Hand nehmen können, wenn sie an dem Inhalt interessiert gewesen wären. Nach Hause nahmen sie das Blatt aber höchstens zum Großreinemachen im Frühling und im Herbst mit, wenn neben dem obligatorischen Teppichklopfen auch die Fenster geputzt wurden. Sonst vergammelten die Exemplare dort, zusammengeschnürt, in ungeöffneten Packen an der Pforte. Freilich war auch das nicht so schlecht, denn auf diese Weise konnten sie die Pioniere beim Papiersammeln mit bedeutenden Mengen versorgen, weshalb das Goga jedes Jahr die Altstoffsammlung gewann. Der Abteilungsleiter fürchtete sich nur vor einem: dass jemand einmal die Verpackung der Papiertürme öffnen könnte und sich herausstellte, dass sie hier drinnen nicht einmal in die Zeitung hineingeschaut hatten, weil alle Seiten spiegelglatt und nicht einmal mit der Lupe die kleinsten Knitterfalten des Interesses zu erkennen waren, und dann würde – gewonnener Wettbewerb hin oder her – niemand so begeistert klatschen. Und jetzt stand hier einer, ein lebendiger Mensch, der sie vom ersten Wort bis zum letzten … Das ideale Subjekt, auf das sie gewartet hatten. Und er konnte ihn nicht einmal abkanzeln.

»Das ist sehr lobenswert, aber machen Sie keine Werbung dafür. Das heißt, ich habe mich falsch ausgedrückt, Sie können dafür Werbung machen, aber nicht so. Also lesen Sie sie ruhig, auch im Werk, ich würde mich sogar ausgesprochen freuen, wenn Sie sie hier bei uns lesen würden, aber verwerten Sie sie nicht. Das heißt, ich meine nicht, dass Sie sich den Inhalt nicht aneignen sollen, so lautet ja auch die Direktive, nur …« Der Abteilungsleiter geriet ins Schwitzen. »Herrgott noch mal, Sie wissen sowieso, was ich sagen will!«

»Nicht so richtig«, sagte Kalcsek.

Der Abteilungsleiter sah ihn gequält an.

»Und wie sicher ist der Meisterschaftstitel?«

»Na ja, wenn keine Wunder geschehen …«

»Die geschehen nicht.«

»Dann ziemlich sicher.«

»Und jetzt, in der Wochenrunde, was passiert da?«

»Das weiß ich nicht, ich habe die Zeitungen von heute noch nicht gelesen«, sagte Kalcsek, denn er hatte das Gefühl, jetzt lohnte es nicht mehr zu lügen.

Danach sagte natürlich niemand mehr etwas, wenn er während der Schicht die *Scînteia* oder die *Előre* herausnahm. Er breitete sie über den Dioden aus und war schon nicht mehr im Werk. Die Produktionsindizes, der Besuch der befreundeten afrikanischen Länder, das stolze Spalier der Jungarbeiter spiegelten eine Idylle, der zu widerstehen schwer war. Die rabenschwarzen Buchstaben waren so leicht, so ätherisch einfach, dass sie fast von den Seiten hochflogen. Kalcsek las schnell und gründlich. Zudem brauchte er nicht zwischen den Zeilen zu suchen, weil es voll und ganz reichte, was er in ihnen fand. Und offenbar verdarb es ihm auch nicht die Laune, dass sich langsam alle von ihm zurückzogen, dass er im Umkleideraum Herr Parteisekretär genannt und nicht in die gemeinsamen Foppereien einbezogen wurde, dass er zu Ostern aber immer ein rohes Ei im Schuh oder in der Sakkotasche fand, dabei erwischten derlei Späße meist die Neulinge.

Nachdem so die unternehmungslustigeren Interessenten weggeblieben waren, notierte er seine Tipps in einem karierten Heft, schön der Reihe nach und möglichst, als wollte sein skeptisches Ich eine Wette mit seinem rationalen Ich abschließen, denn auf diese Weise blieb er wenigstens in Form. Am liebsten mochte er die Tage, an denen er den Sportfernseher auf seinem Fahrrad festdrahtete und auf den Csemergi-Hügel radelte, dort konnte man nämlich die meisten ausländischen Spiele empfangen, und dann blieb er schon gleich über Nacht im Kelterhaus draußen, um das herum der Wein zwar schon vertrocknet war, dessen Mauern aber noch immer einen Zauber bargen, die Krakel einstiger Zechabende: verschwommene Namen, Jahreszahlen, Ferkeleien. Und wenn er gerade Lust hatte, briet er sich etwas Speck und stellte sich beim Licht der Flammen vor, er sei allein auf der Welt, ganz allein, und die zitternden Lichter dort unten seien nur die Freudenfeuer der Einsamkeit.

Seinen einzigen Freund hatte er ebenfalls diesem Schweigen zu verdanken. Gleich zu Beginn, beim Einzug, war ihm Rudolf sympathisch gewesen. Er sah nicht besonders gut aus, aber mit seinem hohen Wuchs, dem vorspringenden Kinn und dem dichten Schopf, der überhaupt nicht grau werden wollte, gehörte er zu denen, die immer die Aufmerksamkeit auf sich zogen. Kalcsek mit seinem krummen Rücken und der etwas gelblichen Haut hätte diesen Riesen eigentlich nur neidisch betrachten können, doch stattdessen verspürte er eine sonderbare Ruhe, jenes Gefühl der Zufriedenheit, das man in der Nähe wirklich schöner Dinge und Menschen empfand. Aber das bedeutete noch gar nichts und vor allem nicht, dass sie deswegen irgendwann weitergekommen wären als zu ein paar obligatorischen Sätzen auf dem Gang. Dabei hatte Helga Rudolfs

Sohn Balázs öfter einmal für einen Teller Suppe zu Gast gehabt, wenn Márta es nicht rechtzeitig nach Hause schaffte. Sie hatten vieles gemeinsam, nur kam es unterschiedlich zum Ausdruck: Rudolf schwieg mürrisch, Kalcsek höflich. Er schätzte an ihm, dass er, obwohl er die körperliche Kraft gehabt hätte, keinen Konflikt auch nur im Entferntesten mit Gewalt lösen wollte, so wie auch er selbst niemals die Hand gegen jemanden erhob. Doch wären Frau Szilasi und ihre verrückten Ratschläge nicht gewesen, dann wäre auch dies ein flüchtiges Thema im Ehebett geblieben, wenn das Licht aus war und die Ereignisse des Tages besprochen wurden.

Kalcsek war eben aus dem Werk gekommen, als er im Treppenhaus Márta erblickt hatte, erschöpft und an die Wand gelehnt. Sie sah ihn nicht an und bat nicht um Hilfe. Blass und etwas zitternd stand sie an der Wand, als quälte sie die kühle Luft, die sich hier gesammelt hatte. Ihre Brust wogte unter dem Kattunkleid. Kalcsek sah gar nicht weiter hin, allein, dass er das ungewohnt tiefe Dekolleté überhaupt bemerkt hatte, war schon ungehörig. Er stellte seine Tasche ab, in der er meist nur das Pausenbrot mit ins Werk nahm, und schnappte sich Mártas Einkaufsbeutel. Sie waren schwer. Vielleicht hatte sie die Lebensmittel für den ganzen Monat eingelöst. Er ging rasch treppauf, denn in solchen Situationen hatten Höflichkeiten keinen Sinn. Eigentlich interessierte ihn auch gar nicht allzu sehr, ob Márta schon genug Kraft gesammelt hatte, ob sie sich dort unten von der Mauer gelöst hatte und ihm, wenn auch langsam, folgte. Er stellte die Beutel vor ihrer Tür ab und dachte einen Augenblick daran, da ihn Dank immer verlegen machte, gar nicht auf die Frau zu warten, sondern direkt nach Hause zu gehen. Seine Tasche würde er holen, wenn sich alle Geräusche gelegt hatten. Er musste nicht lang auf sie warten. Sie hatte vielleicht nur neuen Lippenstift aufgelegt, oder die vorübergehende Übelkeit war vergangen, weiß der Teufel, auf jeden Fall kam Márta mit frischem Gesicht an ihrer Wohnung an.

Danke, sagte sie, und Kalcsek hatte das Gefühl, sie bedanke sich nicht nur für diese Kleinigkeit, sondern auch für etwas, was jetzt erst geschehen würde. Hier ist Ihre Tasche, fuhr Márta fort, denn Kalcsek brachte immer noch kein Wort über die Lippen, die konnte sogar ich hochtragen, sagte sie lächelnd, und als sie ihm die abgewetzte, hier und da schon fast zerrissene Aktentasche überreichte, strich sie mit ihren feinen, kühlen Fingern über Kalcseks Handgelenk. Es war ein schauderhaftes Gefühl. Kühn und zärtlich zugleich, schmutzig und unschuldig, und Kalcsek spürte, dass es von nun an nicht nur unmöglich wäre, sich auf Worte zu verlassen, sondern auch kränkend. Entweder er trat hinter ihr durch die Tür, oder er floh. Kalcsek zog den Kopf ein, als weiche er einem Angriff aus, er krümmte sich etwas und sah nicht einmal zufällig in Mártas gerötetes Gesicht, in ihre weit geöffneten Augen, die den ganzen Hof in sich einzusaugen schienen. Dann rannte er, wenn auch nicht mit energischen Schritten, nach Hause.

Den ganzen Nachmittag grübelte er darüber, was wirklich geschehen war und was seine Fantasie hinzugefügt hatte. Mal winkte er lachend ab, mal packte ihn eine glühende Unruhe, als hätte die Nachbarin seine Tür geöffnet und ihn nackt gesehen. Helga wagte er nicht davon zu erzählen, dabei hätte eine Frau sicherlich mehr aus dem Ganzen herausgeholt. Aber was hätte er schon sagen sollen? Je öfter er sich die Szene in Erinnerung rief, desto mehr verlor sich alle Besonderheit. Eine Woche später stellte sich heraus, dass ihn sein Instinkt doch nicht getäuscht hatte. Damals betranken Rudolf und er sich zum ersten Mal. Sie hatten auch vorher schon miteinander getrunken, jedoch eher aus Höflichkeit, halbherzig, wie es Nachbarn eben taten.

Als Rudolf ihn in der Tordurchfahrt erblickte, packte er ihn mit stählernem Griff an der Schulter und drehte ihn in Richtung Kneipe. Kalcsek folgte ihm ergeben, irgendwie beurteilte er die Sache jetzt auch als begründet und grübelte höchstens darüber, wann er das letzte Glas beiseiteschieben sollte: wenn sich seine Zunge noch bewegte oder wenn er Rudolfs Züge nicht mehr erkennen konnte. Sie schimpften auf Mecseki, diesen unersättlichen Mösenhusaren, dem die Vorstadt nicht mehr reichte, der sich jetzt seine Opfer auch schon im Haus suchte, aber was Márta gerade an ihm hatte finden können, fragte Rudolf zum hundertsten Mal und sah sich um, als säße die Antwort irgendwo zwischen den Stammgästen, bescheiden und eindeutig. Kalcsek nickte, er wartete auf die eigentlichen Fragen und musste auch nicht lange warten, denn nach dem vierten Glas sah ihn Rudolf mit seinem trüben Blick an, in dem sich immer stärker das Gefühl, ausgeliefert zu sein, spiegelte, was soll ich jetzt machen, fragte er, worauf Kalcsek sofort erwiderte: nichts. Und es schien, dass Rudolf das verstand. Zum einen hätte man ihr gleich an Ort und Stelle eine runterhauen müssen, setzte Kalcsek in Gedanken fort, nachträglich sei so etwas eines Gentlemans unwürdig, zum anderen wäre Mecseki das Ganze gar nicht in den Sinn gekommen, wenn Márta …

Und er pries seine Schüchternheit, das, was ihm seine Frau immer wieder vorwarf, dass er nämlich unfähig war, die kleinen Zeichen zu lesen, dass sie ihm alles ins Ohr schreien müsse, wenn sie etwas erreichen wollte, aber siehe da, jetzt hatte ihm gerade diese zögerliche Stummheit das gebracht, wonach er sich schon immer gesehnt hatte, nicht die herzzerreißenden Geständnisse und das viele Geschwätz, und es stimmte, dass er fast die ganze Nacht gekotzt und sich herumgewälzt hatte, doch schon dort, über dem Toilettenbecken, war ihm klar geworden, dass er ein lebenslanges Bündnis mit Rudolf geschlossen hatte, der schließlich auf seinen Rat hörte und eine Woche zum Angeln verreiste. Bis dahin würden sich alle beruhigen, hatte er hinzugefügt. Und so geschah es auch. Vielleicht allzu sehr. So hatte er bei Balázs' Beerdigung neben Rudolf gestanden, sie hatten gemeinsam Mártas Sachen weggeräumt, nachdem sie ausgezogen war, er hatte ihm bei seinen unverständlichen nächtlichen Saufereien Gesellschaft geleistet, wenn Rudolf es nicht wagte, mit Zmeură allein zu bleiben, und ja, er hatte ihn an jenem Vormittag von der Klinke abgeschnitten, als es ihm schon verdächtig vorgekommen war, dass von dort drinnen gar keine Geräusche mehr zu hören waren.

Man sagt, und vielleicht stimmt das auch, dass alles eine Frage der Zeit ist. So schnell wie das gefunden wird, was von dir übrig bleibt, so viele und so gute Freunde hattest du. Unter diesem Aspekt waren fünf Stunden vielleicht gar kein so schlechtes Ergebnis. Der Tod war früh am Morgen eingetreten; er hatte schon um elf begonnen, an die Fenster und die Tür zu pochen, aber alles war still. Hätte es anders sein können? Kaum. Worte beschleunigten oder verlangsamten gar nichts. Egal, was der Pfarrer sagte und der Leichenbeschauer schrieb, nur dieses eine war sicher. Die fünf Stunden blieben auf alle Fälle fünf Stunden. Vielleicht war nur so viel passiert, dass es noch schwerer war, darüber zu sprechen. Dabei trieb ihn Rudolfs Fehlen eigentlich gerade in diese Richtung, doch er sah anstelle von aussprechbaren Wörtern nur Abgründe. Tief und hoffnungslos. Und über Brücken und Planken machte man nicht einmal Witze.

Er hasste sich dafür, musste sie aber dennoch fragen.

Warum war sie eigentlich nicht mit diesem netten Jungen, Roland Gondru oder wie er hieß, zusammengeblieben? Wegen seines Vaters? Kalcsek hoffte insgeheim, Eszter würde sich die angebotene Antwort zunutze machen und sie könnten die Sache so vielleicht abschließen. Der Winter nahte, und wenn sie das Ganze nicht in irgendeinem Kaffeehaus fortführten, müssten sie ihre Gespräche bis zum Frühjahr aussetzen. Der Park war kaum wiederzuerkennen. Die Morgenfröste knurrten schon im Zierpflaster, der eine oder andere kahle Ast schnitt den Himmel entzwei.

Nein, und sie hätte sich auch nicht wegen des Altersunterschiedes von ihm getrennt, wenn man es überhaupt so nennen konnte, sagte Eszter, denn schließlich sei es eine gemeinsame Entscheidung gewesen. Am Ende des Gesprächs sei Roland zwar in Tränen ausgebrochen, doch damit hatte Eszter ebenso wenig anfangen können wie damit, dass er sie an einem Frühlingsmorgen, noch verträumt und klebrig von der Liebesnacht, anfing, Margarita zu nennen; zuerst hatte sie natürlich eine fremde Frau geargwöhnt, eine ehemalige Klassenkameradin mit flachem Arsch oder eine neue Kommilitonin an der Universität, und war schon drauf und dran, unversöhnlich gekränkt zu sein, ihn zu beschimpfen, wie es ihr gerade in den Sinn kam, als ihr aufging, dass die Lösung viel banaler war: Der speisenbefleckte Roman lag schon seit zwei Wochen auf dem Nachttisch.

Also las sie ihn, was die Sache aber nur noch komplizierter machte. Erstens erkannte sie keinerlei Ähnlichkeit zwischen sich selbst und der Frau im Roman, höchstens, dass auch sie jetzt gerade im Souterrain wohnte, aber alles andere unterschied sich meilenweit, so hatte sie beispielsweise noch nie das Verlangen gehabt zu fliegen, vor allem nicht auf einem Pferd, und sie verspürte auch nichts von dieser Leidenschaft der Selbstaufopferung, doch Roland bestand darauf, er schwor geradezu, dass er beim Lesen an niemand anderen habe denken können als an sie und dass sie glatt Margaritas Zwillingsschwester sein konnte. Lächerlich, hatte sie damals gedacht und dachte es noch, bis sie erkannte: Roland wollte mit der herbeigeredeten Ähnlichkeit erreichen, dass sie ihn im Gegenzug für das Kompliment Meister nannte, worüber sie sich nicht einmal mehr ein müdes Lächeln abzwingen konnte, denn sie hätte ihm vielleicht noch zugetraut, irgendwann einmal ein trauriges und unlesbares Buch zu schreiben, doch im Grunde wartete er nur darauf, seinen Eltern zu folgen und nach Kanada abzuhauen, wo er dann als Tankwart oder Holzfäller arbeiten würde, denn für etwas anderes reichte es einfach nicht. Keine Grundlage, keine Reserven. Und je öfter er mit dieser Margarita ankam, desto klarer wurde Eszter der Gegensatz zwischen Roland und seinem nie gewesenen Ich im Roman, desto eher schlief sie mit einem kanadischen Holzfäller als mit jemandem, den sie infolge der glücklichen Entwicklung der Umstände schützen und retten könnte, und das war nicht die Art von Hoffnungslosigkeit, die poetisch und tragisch war, weil sie Tiefen und Höhen kannte, sondern eine solche, die einem am Montagmorgen zwischen Kaffee und Toast entgegenkam. Dabei war er freilich zart und verwöhnte sie, aber wozu sollte man so etwas von einem Mann erwarten, wenn einem dasselbe auch ein Stück Seife geben konnte?

So ist es gewesen, sagte Eszter mit farbloser Stimme, dabei stand die Überraschung noch bevor. Als sie nämlich auf Roland verzichtet hatte, trieb sie die Erleichterung gleichsam als Geschenk schließlich zu Margarita oder jedenfalls zu einer nüchternen Ausgabe von ihr, die die sich ständig erneuernde Schäbigkeit des Lebens nicht am Himmel hinter sich ließ, sondern die auf der Erde wandelte und darauf vertraute, zwischen zwei Schritten vielleicht so weit vom Boden abheben zu können, dass es noch jemandem als ein Fliegen zu verkaufen wäre. Der Roman wurde ihr Lieblingsbuch. Er war Rezept und Stütze zugleich, Freundin oder geheimer Liebhaber, etwas, dem sie von sich erzählen konnte, während es ihr noch mehr von ihr selbst verriet.

Sie las ihn mehrmals: im Bus, in der Wechselstube, aber manchmal sah sie auch beim Kochen hinein, obwohl sie die religiösen Teile meist ausließ, sich eher auf die Frau konzentrierte und darüber nachsann, ob sie sich wohl vor so vielen Menschen ausziehen könnte, auf einem solchen verrückten Ball, und dabei überkam sie stets ein Kribbeln, als streichelte jemand unmittelbar ihre Nervenfasern, und das war ein Verlangen von einer Art, verletzlich und entschlossen, willensstark und einschmeichelnd, dass sie dieses Verlangen nicht Roland und seiner umständlichen Zärtlichkeit überlassen konnte, es daher lieber selbst löste, gleich in der Küche, und gar nicht zu sagen wagte, womit, aber ihr Gesicht brannte den ganzen Tag, und gerade diese unaussprechliche, uneingestehbare, doch ständig verlockende Scham musste der Grund dafür gewesen sein, dass sie das Jüngelchen schließlich nicht einmal mehr ansehen konnte. Denn Roland war für sie bis zum Schluss ein Jüngelchen geblieben, noch dazu der kleine Junge seines Vaters, dem sie jedoch unbedingt zu verdanken hatte, dass er sie zu diesem Buch geführt hatte und zu diesem Mann, den sie nur Jani Rot nannte.

Sie waren sich noch am Abend der Revolution begegnet, und schon damals war sie auf ihn aufmerksam geworden, gar nicht auf sein Gesicht, das hatte nichts Anziehendes an sich, sondern eher auf seine Erscheinung, seine Körperlichkeit, wie er, sobald er das Zimmer betrat, Platz für sich beanspruchte. Dabei war er von einer ebenso jungenhaften, dünnen Statur wie Roland. Zwei Jahre später begegneten sie sich auf der Straße, und sie erkannte ihn sofort, denn Gesichter vergaß sie nie, doch jetzt war ihr eher diese Körperlichkeit sehr vertraut, und sie hatte keine Ahnung, woher sie den Mut nahm, ihn anzusprechen, von da an aber tat der Mann keinen falschen Schritt mehr: Er lud sie zum Kaffee ein, begleitete sie dann zum Einkaufen auf den Markt, um sie schließlich hinter ihrem Haus so zu vögeln, als lägen sie geradewegs im Bett.

Später ließen sie freilich auch die Liege nicht aus, und bei diesen sich häufenden Zusammenkünften war gar nicht Jani Rots Mut überraschend, seine Technik oder seine körperlichen Eigenschaften, das waren eher amüsante als ernst zu nehmende Details, sondern sein Gewicht. Das, was sich in ihm angesammelt hatte. Was sich zum Willen verhärtet hatte. Denn nur so konnte er erreichen, dass er Eszter jeden Abend, wenn er sich auf sie legte, beinahe sofort von ihrem eigenen klagenden, wehleidigen Willen befreite. Das war nicht das Gewicht von Antal Sprőd oder Rolands Schmächtigkeit. Das war ein eindeutiger, unanfechtbarer Wille, der sie beinahe ans Bett nagelte. Der sie dazu zwang, zu dulden, und in diesem willenlosen Dulden fand sie eine Lust, mit der sie nie gerechnet hatte.

Dagegen war die kleine Dummheit in der Küche nur ein kalter Abglanz, und ihre früheren Versuche erschienen ihr als ein noch blasseres Flackern. Als ob sie selbst ihrer eigenen Lust bisher im Weg gestanden hätte und von der in ihr verborgenen Empfindung, diesem Fluch oder Segen, sobald man sie wie ein kaputtes Haushaltsgerät ausgeschaltet hatte, ganz ungehindert überflutet würde. Natürlich tat es weh, brannte es, denn manchmal vergewaltigte er sie im wahrsten Sinne des Wortes, aber dieser Schmerz meldete sich immer erst nachträglich, stellte sich am nächsten oder übernächsten Tag heraus, als käme ihr Körper zu ihr, um sich zu beklagen, doch sie hörte ihn nicht an, konnte sich ihn nicht anhören, weil es wie das Gejammer eines satten Gastes wirkte, dem zwar das Gedeck nicht gefiel, der sich aber durch das Menü gefressen hatte.

Einmal, sie wusste selbst nicht, warum, hatte sie versucht, sich zu widersetzen, sie hatte gekratzt und vielleicht sogar beißen wollen, ihren Arm aus der Umklammerung befreien. Jani Rot ließ verwundert von seiner üblichen Bewegung ab, richtete sich etwas auf und verpasste ihr mit erstauntem Blick reflexartig eine Ohrfeige. Das tat anders weh als das Übrige, doch da begriff sie zumindest: Jani Rot ließ ihr einfach keine Zappeleien durchgehen. Er erlaubte ihr nicht, einfach nach Lust und Laune etwas zu verderben. Sich – wenn auch aus Spaß – bis an die Grenze zu wagen. Und sie verstand auch, dass ihre Willenlosigkeit oder, wenn man so wollte, ihre Sklaverei, eine unumstößliche Tatsache blieb. Ihre Liebe war die Liebe einer Geisel zu ihrem Geiselnehmer, egal, wie sie es erklären wollte. Und auch ihr Körper passte sich diesem Umstand an. Jani Rot konnte sie meist gar nicht überraschen, sie war irgendwie immer bereit, ihn aufzunehmen, und wenn es sein musste, kam sie ihm sogar entgegen. So wirkte die Gewalt nur sehr selten wie wirkliche Gewalt, der blaue Fleck wie ein blauer Fleck, obwohl Jani Rot immer darauf achtete, dass so etwas nicht an sichtbaren Stellen zurückblieb, dass immer etwas die Spuren ihres erzwungenen oder eben erwünschten Bündnisses verbarg.

Aber einen letzten Versuch unternahm sie doch noch und aktivierte einen schwachen kleinen Willen zu ihrer Befreiung. Sie verführte Roland mit ihren üblichen Methoden.

Dabei hatte er sich da schon mit dem Ende ihrer Beziehung ausgesöhnt, hatte sich damit abgefunden, dass er keine Chance hatte, sie zurückzugewinnen. Es war eine Woche vor seiner Hochzeit geschehen, und vielleicht dachte Roland ebenfalls, dass ihm, bevor er sein Leben endgültig mit Kati Strauber verband, noch ein kleiner Ausflug zustand. Aber sie wurden beide enttäuscht. Eszters Enttäuschung war, wenn es so etwas überhaupt gab, eine erleichterte, denn sieh an, sie war völlig immun gegen seine Liebkosungen, gegen seine sich selbst unterordnende Freundlichkeit, Rolands hingegen eine bittere, denn ihr vertrauter Körper entfernte sich, obwohl er immer tiefer in ihn eindrang, mit jedem Stoß weiter von ihm.

Sie standen aus dem Bett auf, als hätten sie etwas erledigt. Eine Rechnung bezahlt, einen Hof gefegt. Eszter überließ Roland leichten Herzens seiner Kati, die, was sie dann doch mit einer gewissen Freude feststellte, sogar im Hochzeitskleid steif und ungelenk wirkte, so wie eine halb fertige Statue. Aber das habe auch Kalcsek sehen können, denn zur Zeremonie in der Kirche hatten sie Hinz und Kunz eingeladen, und sie schienen, vielleicht gerade wegen der Masse an Gästen, selbstzufrieden wie zwei Generäle, die eine Belagerung mit so wenig Verlusten wie möglich überstanden hatten.

»Jetzt sind Sie aber ein bisschen boshaft«, sagte Kalcsek sanft.

»Ein bisschen«, stimmte Eszter zu. Davon wollte sie nämlich nicht mehr sprechen, dass sie Kati zwar nicht beneidete – so weit wäre sie nun doch nicht gegangen –, aber dass selbst dieses charakterlose Blechgesicht, als er ihr den Ring ansteckte, hatte aufstrahlen können. In dem Moment hatte sie alles Generalhafte und Steife von sich geworfen, alles, was sie bis dahin unwillentlich hässlich gemacht hatte: Vor dem Altar stand eine Frau, eine Frau, die ankam und damit alle bisherigen Umwege und Sackgassen vergessen ließ, eine Frau, der es gerade genug war, in diesem besonderen Augenblick Frau sein zu dürfen, und diese Weiblichkeit ließ sich nicht mehr verspotten, verscheuchen, zerstückeln, weil sie sich wieder und wieder zusammenfügte, und Eszter erwischte sich tatsächlich dabei, dass ihr die Tränen übers Gesicht liefen, während sie auf das Taxi wartete, dass ihre vielleicht zu sorgsam aufgelegte Schminke verlief und das Kostüm, das sie geschenkt bekommen hatte, verschandelte. Sie weine vor Freude, sagte sie dem Taxifahrer, und weil sie log, konnte sie auch nicht damit aufhören.

»Sie denken noch nicht ans Heiraten, oder?«, fragte Kalcsek vorsichtig.

»Nein.« Eszter lachte auf. »Das wäre noch zu früh«, fügte sie nachdenklich hinzu. Wenn sie ganz ehrlich sein wollte, wusste sie noch immer nicht, was sie mit Jani Rot anfangen sollte. Ein anderer hätte vielleicht gesagt, er besitze zwei Gesichter, dabei ging es nur darum, dass er irgendwo in der Mitte stecken geblieben war. Zwischen zwei Welten. Denn außerhalb des Schlafzimmers war er niemals gewalttätig, wurde er nicht einmal laut. Er trug keine dicke Kette um den Hals wie diese Idioten mit ihren Mercedes, er heizte nicht wichtigtuerisch bei Rot über die Ampel, ganz im Gegenteil: Draußen wirkte er grau und unbedeutend, manchmal ausgesprochen unbeholfen und schüchtern, konnte sich allerdings sonderbar und gefährlich wirkenden Menschen ziemlich leicht verständlich machen, aber wenn er ein bisschen auf sich achtete, ein Sakko anzog und sie ins Theater einlud, in der Pause in ruhigem Ton über die Soubrette sprach, dann sah er ganz so aus wie ein Herr der alten Schule. Wie Kalcsek zum Beispiel.

»Wie ich?«

»Ja, nur in einer etwas jüngeren Ausgabe.«

Gewiss, es war schon vorgekommen, dass sie schreckliche Dinge über ihn gedacht hatte. Einmal hatte sie sogar das Schlimmste angenommen, so lange, bis die Gesichter der beiden Täter in den Zeitungen auftauchten. Da schwor sie, ihm nicht mehr hinterherzuspionieren, nicht an diesem Gleichgewicht zu rühren, denn wenn sie ihn liebte, dann musste sie auch akzeptieren, dass er alles tat, um diesen Zustand, der von der Kürze eines Augenblicks zu sein schien, aufrechtzuerhalten. Und sie musste auch erkennen, dass er das nicht des Anscheins wegen tat, nicht, um sie oder irgendjemanden zu beruhigen, sondern, weil ihm das in der Natur lag. Eine echte Waage. Und wenn er wüsste, wie unglaublich ambitioniert er war!

Jani Rot würde nie der Mann sein, der sich nachmittags etwas langlegte oder sich mit billigen Ausreden um Dinge drückte, die getan werden mussten. Nein, Eszter spürte durch und durch, dass er nach oben strebte. Jede seiner Zellen verlangte, dass aus ihm etwas wurde. Aber nicht ein Bürgermeister oder ein Rockstar, nicht etwas zum Vorzeigen, nicht ein berühmter Mann, denn er wolle nicht im Scheinwerferlicht baden, ratterte Eszter, ohne Luft zu holen, herunter, sondern weil er auf diese Weise seiner Familie einmal alles geben könne.

»Seiner Familie?«, fragte Kalcsek spöttisch. »Und da soll er so sein wie ich?«

Es hatte den Anschein, als könnte der Hauswart die Ähnlichkeit aus irgendeinem Grund nicht verdauen.

»Er hat alles, um so zu sein wie Sie«, sagte Eszter und sah ihn trotzig an. Davon würde sie jetzt nicht abgehen, egal, wie Kalcsek sie überzeugen wollte.

»In Ordnung.« Kalcsek erhob sich für sein Alter flink von der Bank. »Ich lüfte ein bisschen meinen Kopf«, fügte er hinzu, denn er wollte die junge Frau dann doch nicht einfach so, ohne jede Begründung, sitzen lassen.

Er wartete nicht, bis der Trolleybus kam, sondern ging zu Fuß zum Friedhof hinauf. Es schien beinahe unvorstellbar, dass man hundert Meter vom immerzu pulsierenden, wimmelnden Stadtzentrum eine solche Ruhe finden konnte. Ein paar Schritte hinter dem Eingang wurde schon alles still, als erzählten gerade die Toten davon, dass man auch anders leben könnte. Auf den schmalen Pfaden fand er rasch zu Helgas Grab. Jetzt bedauerte er schon, dass sie sich damals einen Platz so nah am Zaun ausgesucht hatten. Sie waren gerade mit der Renovierung ihrer Wohnung fertig gewesen, und hier hatte er sparen wollen. Da unten ist sowieso alles egal, hatte er gedacht, und auch Helga wollte nicht weiter diskutieren. Vielleicht wusste sie, dass ohnehin er derjenige wäre, der sie besuchen würde, und nicht umgekehrt. Frauen spürten so etwas manchmal … Leider aber nicht, dass man nur ein Jahr später auf der anderen Seite eine verschnörkelte Villa hochziehen würde. Ein schönes, großes Haus mit einem riesigen Balkon, von dem sie manchmal dies und jenes herüberwarfen: leere Konservendosen, Spielzeug, Staubtücher. Einmal hatte er einen Schwimmring zurückgegeben. Von Weitem hatte er geglaubt, eine von Helgas idiotischen Kolleginnen habe einen grell leuchtenden Kranz hingelegt. Er hatte den Bewohnern der Villa schon Bescheid gesagt, obwohl er wusste, dass er damit auch nicht viel erreichte. Die hatten es wahrscheinlich auch nicht leicht, so neben dem Friedhof zu wohnen.

Er säuberte das Grab, holte Wasser für die Pflanzen, jedoch beruhigten ihn jetzt auch die gewohnten Bewegungen nicht. Er grummelte immer noch wegen Eszter vor sich hin. Wie konnte sie nur so naiv sein! So kurzsichtig! Er wusste gar nicht mehr, ob er wegen ihrer Dummheit wütend war oder eher auf sich selbst, weil er ihr irgendwann einmal das Gegenteil zugetraut hatte. Dass sie in anderthalb Jahren die Wahrheit schon erkennen würde. Aber stattdessen sprach sie von Gewicht und von Körperlichkeit und wie ambitioniert er sei. Dieses kleine Flittchen! Und sie war auch noch stolz auf ihre Kurzsichtigkeit, schwelgte geradezu in den Einzelheiten!

Als er seinen Dampf abgelassen hatte, beruhigte er sich allmählich. Aber es musste noch eine ganze Weile vergehen, bis das alte ungreifbare Gefühl im Zusammenhang mit der jungen Frau zurückkehrte, das er nicht in der Lage war, zu erklären und das er auch gar nicht erklären wollte. Es überkam ihn eine Art von Schuldbewusstsein, wenn er sie ansah, dass er und Helga die Sache mit dem Kind doch intensiver hätten betreiben sollen. Nicht gleich nach den ersten Schwierigkeiten aufgeben. Und ja, es wäre schön gewesen, hätte es so blonde Haare gehabt. Wäre es so schnippisch und schlagfertig gewesen. Und es wäre sicher auch öfter einmal in Schwierigkeiten geraten. Egal. Ein bisschen murrte er noch, dass er nicht vorsichtig genug gewesen war und schon wieder mitten in einem umfangreichen Geständnis steckte.

Wieder hatte er sich dumme Einzelheiten angehört, statt zu Hause fernzusehen. Doch dann dachte er erneut über eine Lösung nach. Wie er die Sache auch drehte und wendete, von welcher Seite er sie auch betrachtete, immer kam er zu dem Schluss, dass er reden musste, dass niemand anders Eszter diesen Gefallen tun würde. Das alles war noch viel zu nah. Zu frisch. Oder vielleicht auch schon zu weit weg. Das Desinteresse konnte viele verschiedene Gründe haben. Aber konnte er damit irgendetwas erreichen? Würde sie ihn wohl verstehen? So leichtfertig, wie die jungen Leute heute die Wörter benutzten. Da sprach jemand mit großer

Mühe etwas aus und behauptete dann am nächsten Tag das Gegenteil, die Welt war jetzt so, dass sogar beides richtig sein konnte.

Der Nachmittag wurde immer kühler. Zu dieser Jahreszeit konnte man kaum noch etwas berühren. Der Beton war spröder, das Eisen abweisender. Und da unten wartete weich und gehorsam die Stadt. Sie war wie ein Stück frisches Fleisch, das gerade aufgetragen wurde. Noch roh und saftig. Rakucsinec würde das sicher verstehen. Er fühlte sich schon viel besser. Jetzt würde er nach Hause gehen und in aller Ruhe darüber nachdenken, was er ihr sagen wollte. Wenn es sich einmal so ergäbe, wenn er sähe, dass Eszter bereit dazu war. Denn sie musste einfach wissen, mit wem sie da zusammenlebte, mit wem sie das Bett teilte, ihre Zukunft, ihr Leben. Von wem sie erhoffte, dass alles anders würde. Sie musste wissen, was für ein Mensch das war, wer er in Wirklichkeit war, dieser Nicu Zmeură.

Vom Friedhof hatte er auch den Filmleuten erzählt, aber da war Hans Jürgen schon sehr ungeduldig gewesen. Er wippte unter dem Tisch rhythmisch mit dem Fuß wie Kinder im Wartezimmer des Zahnarztes. Die Kamera lief schon seit etwa zwei Stunden, fraß das teure Rohmaterial, aber sie waren noch immer erst beim Beton und beim Schlangestehen, dabei, wie oft es Stromsperren gegeben hatte und wie sie in den ungeheizten Wohnungen gefroren hatten, was sich natürlich als Hintergrundmaterial sehr gut machte, als Lokalkolorit, sie aber dem Schrecken der Revolution, wie Hans diese paar Tage nannte, nicht näher brachte. Anfangs hatte der Regisseur versucht, den Hauswart mit konkreten Fragen auf das Thema zu lenken, die Abfolge aus Schweigen und Wortschwall zu unterbrechen, aber schließlich hatte er aufgegeben: Kalcsek sprach mit der allwissenden Hartnäckigkeit alter Menschen sowieso über das, worüber er wollte, da gab sich Hans vergeblich der Hoffnung hin, dass die eine oder andere Abzweigung zu diesem schicksalsentscheidenden Tag führen würde.

Das tat sie nicht. In den vergangenen Jahren lieferte nach den Kleinanzeigen der Friedhof die echten Nachrichten, fuhr Kalcsek in ruhigem Ton fort. Der Zustand der Grabpfähle und Gräber. Zwei bekannte Namen unter einem Datum berichteten von einer schrecklichen Tragödie, viele große Kränze von einem sinnlosen Unfall, die kleineren von einem Tod, den man erwartet, mit dem man gerechnet hatte, und davon, dass keine große Hoffnung auf eine Erbschaft bestand. Denn diese Zeichen erzählten ebenso von den Lebenden. Der von Brennnesseln und wilder Kamille überwucherte Grabhügel Frau Szilasis davon, dass offenbar auch ihr letzter Enkel das Land verlassen hatte und niemand anders diesen Dschungel ausreißen würde, weil man fand, dass diese entfesselte Unordnung sehr gut zu der alten Frau passte.

Dass Márta noch lebte und vermutlich allein war, konnte man an den immer frischen Blumen auf den Gräbern von Balázs und Rudolf sehen. Das Unkraut hatte nicht einmal Zeit, sich unter dem Betondeckel auszustrecken, so sorgsam war die Pflege. Die immer zahlreicheren frischen Gräber verrieten, auch wenn man sich bemühte, die Menschen nicht am selben Tag zu beerdigen, dass der Unfall vergangenes Jahr in der Lederfabrik viel schwerer gewesen sein musste, als es in den Zeitungen gestanden hatte, das Schweigen und der Trotz der Kollegen, die die Gräber besuchten, weil es sie nicht einmal mehr interessierte, wer diese stumme Demonstration sah, erzählte hingegen davon, dass die Spannung noch immer nicht vergangen war.

Vorausschauend waren in der Lederfabrik die Überstunden angehoben worden, sogar eine Sonntagsschicht wurde eingeführt, damit den Arbeitern keine Zeit zum Nachdenken blieb, aber das alles hatte nichts genützt. Wenn Kalcsek und seine Frau auf den Friedhof gingen, sahen sie sich auch ihren eigenen Platz an, die glatte schwarze Marmorplatte, in die Kalcsek noch keinen Namen hatte gravieren lassen, dabei könnte er langsam einmal daran denken, denn mit dem Geburtsdatum war nichts falsch zu machen, und dann fehlten nur noch die vier Zahlen und Schluss, erledigt für ein Leben. Arm in Arm stiegen sie dann immer zu den Eltern und Freunden hinauf, winkten verstohlen dem einen oder anderen Bekannten zu, den es zwar gerade nicht ratsam war, aufzusuchen, doch an dem man anstandshalber auch nicht wortlos vorbeigehen konnte.

Danke, Cut, rief Hans und sprang aus dem Sessel hoch, das Filmteam hingegen begann, fieberhaft zu packen, als hätten alle schon lange auf dieses Stichwort gewartet. Der Kameramann sagte sofort, dass sie bei diesen Lichtverhältnissen noch mindestens fünf Stunden im Hof arbeiten könnten. Sie bedankten sich sehr für die wertvollen Informationen, sagte der Regisseur und schüttelte ihm zum Abschied die Hand, dabei gab es wirklich nichts zu danken, wirklich wichtige Dinge hatte er kaum gesagt, vielleicht, wenn sie ihm ein bisschen mehr Zeit gelassen hätten, denn diesen kleinen Exkurs hatte er nur gemacht, weil Helga und er an dem Vormittag damals gerade auf dem Weg zum Friedhof gewesen waren.

Vor Weihnachten war das gewesen, an einem ungewöhnlich milden Tag. Er selbst hatte darauf bestanden, dass sie den Friedhofsbesuch am Vormittag hinter sich brachten, denn es sprach zwar nichts dafür, doch konnte heute oder morgen der erste Schnee fallen, und dann würde man sich wieder Pflaster unter die Stiefelabsätze kleben müssen, um am Hang nicht auszurutschen. Obwohl auch das manchmal nichts half. Im tiefen Schnee musste man sogar die Friedhofspferde auf der mit Kopfstein gepflasterten Hauptstraße hochzerren und die Räder des Leichenwagens alle zwei Schritte mit Keilen sichern, damit die beiden abgehalfterten Grauschimmel schnaubend und mit zitternden Sehnen Kraft schöpfen konnten, weil sie sonst bis zur Kapelle zurückgerutscht wären. Auch Helga wusste das, dennoch zog sie sich nur mühsam um, ihr Rücken protestiere immer schneller, klagte sie ununterbrochen, schließlich gingen sie aber dann doch los.

Über der Stadt lag da noch nicht einmal der Schatten des Chaos. Am Tag zuvor hatten sie zwar beim Anstehen schon ein paar beunruhigende Dinge gehört, von Demonstrationen, kindischen Bewegungen irgendwo im Banat, aber man hatte gelernt, so etwas auf die leichte Schulter zu nehmen, sich derartige Geschichten so anzuhören, mit einem solch gleichgültigen Gesicht, als gäbe es sowieso nichts Wichtigeres als Hühnerrücken. Als sie den menschenleeren Platz überquerten, der sich schon behutsam auf die Feiertage vorbereitete, ging Kalcsek durch den Kopf, dass entweder mit den Kühneren wieder ihre Fantasie durchgegangen war oder dass man, wenn das mit der immer stärker zunehmenden Unzufriedenheit wirklich wahr wäre, sowieso alles im Keim erstickt hatte, mit anderen Worten: Bis die Nachricht zutreffen könnte, warteten die Rädelsführer sowieso schon längst im Gefängnis auf den Engel. Gerade wollte er Helga diesen kleinen Witz erzählen, als auf dem Balkon eines Eckhauses am Platz eine junge Frau erschien. Sie hielt eine Art weißes Laken in der Hand.

»Freiheit! Freiheit!«, rief sie deutlich und gut hörbar.

Vielleicht hätte sie auch noch etwas anderes gesagt, doch zerrte sie ein Mann sofort in die Wohnung zurück. Das alles ging so schnell, dass die meisten nicht einmal begriffen, was geschehen war. Die beiden Wörter, die die Frau so unerwartet zwischen sie geworfen hatte, klangen ungehörig, als hätte jemand in vornehmer Gesellschaft einen fahren lassen und wollte das nicht einmal abstreiten. Sie waren unbequem und breiteten sich unsichtbar weiter aus. Die meisten Passanten setzten ihren Weg mit einer Miene fort, die man in solchen Situationen als wirklich wohlerzogener Mensch aufsetzte und mit der man signalisierte, man habe es zwar gehört, nehme es aber nicht zur Kenntnis. Kalcsek dachte zuerst, man müsste hinaufgehen und nachschauen, was mit der Frau geschehen war. Ob man ihr etwas antat oder sie gerade vor einer noch größeren Verrücktheit schützte. Im Gesicht des Mannes, der auf den Balkon getreten war, hatten sich Sorge und Wut gleichermaßen gespiegelt. Vielleicht war es ihr Ehemann gewesen oder ein besonnenerer Kollege.

Helga zerrte ihn weiter. Am besten schert man sich nicht um das Elend anderer, sagte sie, und überhaupt, dieses Frauenzimmer ist verrückt, hast du denn nicht gesehen, Feri, nicht einmal einen Schal hatte sie um, nur eine Art Blazer, fuhr sie fort, aber mit einer Stimme, als wäre es nicht ihre eigene. Doch das Wort wollte und wollte sich in der matten Dezemberluft einfach nicht verflüchtigen. Es folgte ihnen, vorbei an der Universität, die Wildbachstraße entlang, von der man schon das Friedhofstor sehen konnte. Wie ein Steinchen im Schuh einem den ganzen Ausflug verderben konnte, so ruinierte ihnen diese Kleinigkeit die Stimmung. Sie waren nicht einmal mehr in der Lage, auf die Blumen zu achten, kauften sie für mehr Geld als sonst und hätten beinahe das Nachbargrab abgefegt statt des Grabs von

Kalcseks Eltern. Sie schämten sich und waren hilflos gegenüber der Scham.

Wenn die Frau vielleicht noch ein zweites Mal auf den Balkon hinausgetreten wäre, dann hätten sie etwas zurückrufen können und hätten nicht so armselig dagestanden. Beruhige dich, das war das Vernünftigste, was wir tun konnten, flüsterte Helga schließlich, denn sie wusste, dass ihr Mann vergeblich die Hände faltete: Statt zu beten, dachte er sowieso daran. So gerne Kalcsek mit ihr diskutiert hätte, er konnte es nicht. Eine solche Aktion reichte nur als Ruhestörung, bei zweien wurde man vielleicht argwöhnisch, aber drei konnten schon etwas bedeuten. Doch was, war ihm einfach nicht möglich, in Worte zu fassen. Sie waren nie mutig gewesen, aber vielleicht auch nicht feige. Jetzt kam ihm zum ersten Mal der Gedanke, dass es auch zutiefst und unwiderruflich unmoralisch sein konnte, zu allem dieselbe Distanz zu halten.

Nach Hause nahmen sie einen anderen Weg. Sie wollten das Haus mit dem Balkon, das jetzt beinahe zwischen den anderen hervorragte, nicht noch einmal sehen. So gelangten sie zwar mit einem kleinen Umweg, aber doch rasch nach Hause. Dort beschäftigten sie sich dann schon mit den üblichen Vorbereitungen. Helgas Schwester hatte versprochen, die Kinder herüberzubringen, zwei Jungen mit eingefallenen Gesichtern, die sie vergeblich mit Vitaminen und Mohnnudeln vollstopften, ihre Blutarmut wollte einfach nicht verschwinden. Kalcseks Meinung nach waren statt der Ernährung viel eher die preußischen Erziehungsprinzipien dafür verantwortlich, die steife Art der Schwester, die sie nicht einmal unbeaufsichtigt Fußball spielen ließ, aber seine Frau kanzelte ihn immer ab. Sie werde eine Mohnrolle und Schokoladentorte backen, hatte Helga schon zwei Wochen zuvor entschieden, konnte aber immer noch nicht anfangen, weil sie nicht alle Zutaten beisammenhatte. Mohn, Eier und Kakao hatte sie schon besorgt, aber der zurückgelegte Zucker reichte nur für das Gebäck, und wenn sie alles aufbrauchte, wie würden sie dann den Tee und den Kaffee trinken?, fragte sie ihren Mann vorwurfsvoll. Macht nichts, das kriegen wir schon hin, erwiderte Kalcsek, was bedeutete, dass er sich bis zum neuen Jahr nicht mehr damit beschäftigen wollte. Wenn sie ihn bitter tranken, dann war das eben so. Seine Galle war vom vielen Trinken sowieso schon hinüber. Rakucsinec verhinderte, dass ein schlimmerer Streit zwischen ihnen ausbrach. Noch vor dem Nikolaustag hatten sie ihm angeboten, wenn er im Dezember zehn Kilo Zucker beschaffte, könne er eines davon behalten.

»Wir können gehen«, platzte Rakucsinec kurz nach drei herein und zog nicht einmal den Mantel aus, denn er wollte die Sache noch vor Einbruch der Dunkelheit unter Dach und Fach bringen. Sogleich ging Helga in die Speisekammer, um die bereitgelegten Leinenbeutel zu holen. Zu einem Haus in der Vorstadt müssten sie fahren, mindestens zehn Haltestellen vom Kino entfernt, er sagte nur: irgendeine Verwandtschaftsbeziehung, sie sollten nicht nachfragen. Ach so, und es handle sich um Puderzucker, besser, er sage es gleich, für Kristallzucker könnten sie jetzt die ganze Stadt auf den Kopf stellen, und der hier sei in einer Konditorei übrig geblieben, schwatzte er weiter, während er sie zur Treppe drängte, denn Helga wollte schon stehen bleiben, um zu überlegen, ob Puderzucker für die Creme geeignet war, ob er den Eischnee nicht zu weich machte, denn der musste am Schneebesen zittern, aber sie konnte ihn natürlich auch über Dampf schlagen … Das besprechen Sie ein andermal, süß wird er sein und damit Punktum, beendete Rakucsinec die Diskussion, noch bevor sie sich hätte entfalten können. Jetzt ist nicht der Zeitpunkt, über Rezepte zu streiten, fuhr er fort und wollte schon darüber lachen, wie klipp und klar er manchmal komplizierte Dinge formulieren konnte, als ihm am Anfang der Petru-Groza-Straße das Lachen im Hals stecken blieb.

Mitten auf der Straße stand würdevoll ein Panzer.

Sein grün-grauer unbeweglicher Rumpf versperrte ihnen den Blick auf den Akazienplatz fast vollkommen. Das Geschützrohr zeigte auf die zweibahnige Lenin-Straße. Das war die verkehrsreichste Straße der Stadt, sie verlief vom Bahnhof genau zum Hauptplatz. Der Panzer schützte, so schien es, die Ämter am Hauptplatz vor dem, was die Lenin-Straße hochkommen würde.

Rakucsinec ging auf den Panzer zu, als wäre er nur ein Bild im Museum. Vielleicht wollte er ihn berühren, wollte prüfen, ob er wirklich dastand. Kalcseks Stimme ließ ihn stehen bleiben.

»Hier gibt es ein Problem.«

Kaum hatte er das ausgesprochen, traf von der Westseite des Platzes mit eiligen Schritten eine Abteilung Soldaten ein. Zuerst hörte man nur das wirre Aufstampfen der Stiefelabsätze, das zu einem anderen Zeitpunkt vom Gewimmel auf dem Platz übertönt worden wäre, von den Rufen des Maronimanns oder dem müden röchelnden Geräusch der Lastwagenmotoren, doch jetzt warfen die in Habtachtstellung stehenden Häuser das Geräusch der Absätze wie in einer Höhle zurück. Als Kalcsek vorsichtig hinter der Ecke hervorlugte, sah er auch, wohin sie rannten.

Einige Soldaten hatten die zweispurige Straße abgesperrt, aber da sie zu wenige waren, klafften in der Kette ziemlich große Lücken. Dieser Reihe wollte sich die Abteilung anschließen. Die Männer achteten nicht sonderlich darauf, wohin sie traten. Sie trampelten über die Blumenbeete und

Zwergkiefern, die den winzigen Park umgaben, hinweg. Aus ihren Gesichtern, wenn sie überhaupt welche hatten, war die Abenteuerlust bereits verschwunden. Sie wirkten entschlossen, aber irgendwie so, als rechneten sie mit keinem ernsthaften Widerstand.

Auf der linken Seite des Platzes, von wo die Soldaten gekommen waren, zählte Kalcsek sechs Lastwagen mit Planen, von einem sprangen gerade die frisch Angekommenen herunter. Die leeren Fahrzeuge wurden von Polizisten bewacht und in die Straßen gewiesen, die vom Platz abgingen. Die größere Gruppe der heruntergesprungenen Soldaten verschwand schnell aus Kalcseks Blick, die andere eilte, in disziplinierterer Formation als die vorige Abteilung, auf ihn zu. Der Hauswart glaubte zu sehen, dass sie von einem Leutnant kommandiert wurden. Als sie an dem Panzer vorbeimarschierten, nahmen sie ihn allesamt in Augenschein. Stolz und ein wenig verwundert. Es waren Rekruten, Milchgesichter, die man vielleicht jetzt zum ersten Mal aus der Kaserne gelassen hatte. Zwei Minuten später standen auch sie in der Reihe, die die Lenin-Straße versperrte und nun wie eine dichte, lückenlose Linie aussah, wie eine Schranke. Einige knieten sich zur Probe vor die Reihe und richteten den Lauf ihrer Gewehre auf den Bahnhof, aber sosehr Kalcsek sich auch bemühte, er sah dort niemanden.

»Das ist keine Militärparade«, sagte Rakucsinec und trat zu Kalcsek, dem anzusehen war, dass er Helga bisher damit beruhigt hatte.

»O nein«, stimmte ihm Kalcsek zu.

Aus den Nebenstraßen schauten immer mehr Köpfe hervor. Mal tauchten sie auf, mal zogen sie sich wieder zurück. Kalcsek meinte geradewegs zu hören, wie sie aufgeregt tuschelten. Auf der gegenüberliegenden Seite schleppte ein Mann ein Einkaufsnetz. Man sah ihm an, dass er es eilig hatte, vielleicht wurde er zu Hause ungeduldig erwartet, aber er war nicht mutig genug, um an die Hauswände geschmiegt zügig weiterzugehen. Lieber rannte er von einer Tordurchfahrt zur nächsten. Blass sah Rakucsinec diesem stockenden Lauf zu.

»Die werden ihn erschießen«, sagte er. Ein bisschen schien er sogar darauf zu warten, dass etwas geschehe. Nichts war schlimmer als so eine hilflose Spannung.

»Ach was. Er ist nicht der Zielpunkt.«

»Wer denn dann?«

Kalcsek brauchte nicht zu antworten, denn vom anderen Ende der Lenin-Straße her war zunächst ein leises Raunen, dann ein immer stärker werdender Lärm zu vernehmen, und in seinem Gefolge tauchten die ersten Demonstranten auf. Wer kein Schild oder keine Fahne bei sich hatte, schüttelte die bloße Faust. Auf den Transparenten prangten statt der sorgsam gemalten Buchstaben hin und her schwankende, in aller Eile hingeworfene Wörter, und aus den Fahnen, die man im Lager gestohlen hatte, waren die Wappen herausgeschnitten worden. Der rote Stern, die an beiden Seiten hochkriechenden Ähren und die Speere der aufgehenden Sonne waren verschwunden. Nichts war ordnungsgemäß. Niemand konnte das genehmigt haben.

Vor der Postenkette staute sich die Menge. Sie verdichtete sich zu einer schwarzen Masse, die die Fahrbahn vollkommen bedeckte. Die Menschen mussten aus der Kistenfabrik und den Verarbeitungsbetrieben gekommen sein, doch es waren mehr, als in der Spätschicht arbeiteten. Einige Passanten betrachteten die Menge vom Gehweg und versuchten, sich so weit wie möglich zurückzuziehen, andere schlossen sich ihr nach kurzem Nachdenken an. Vor allem die Halbstarken, deren Mut sogar dafür reichte, aus der Masse heraus immer wieder auf die Soldaten zuzugehen. Die Waffen nahmen sie gar nicht zur Kenntnis. Nach und nach war aus dem Lärm ein rhythmisches Skandieren herauszuhören. Das hier war schon viel mehr als die Ungehörigkeit der Frau auf dem Balkon. Rakucsinec hielt sich mit beiden Händen die Ohren zu und wich hinter den Panzer zurück. Was er bisher gesehen und gehört hatte, reichte ihm vollkommen.

»Gehen wir«, sagte Kalcsek schließlich.

»Aber was wird aus dem Zucker?«, fragte Helga, die noch immer die Leinenbeutel an sich presste.

»Ich gebe Ihnen welchen von meinem«, erwiderte Rakucsinec schnell.

Kaum hatten sie auf der Petru-Groza-Straße ein paar Schritte getan, als die Waffen hinter ihnen losgingen. Kalcsek war der Einzige von ihnen dreien, der dieses Geräusch aus seiner Jugendzeit kannte. Damals hatte die Dunkelheit die scharfen, zischenden und dann zerplatzenden Töne mitgebracht, und vergeblich hatten seine Eltern am nächsten Tag auf ihn eingeredet: Er wusste genau, dass es kein Traum gewesen sein konnte. Damals wie jetzt signalisierte dieses Geräusch: Lauf, versteck dich, fliehe, denn du hast nichts Gutes zu erwarten. Er hatte sich unter dem Bett verstecken wollen, doch keine Kraft gehabt, sich zu bewegen.

Für einen Augenblick erstarrten sie alle drei. Es brauchte etwas Zeit, bis sie begriffen, was da geschehen war.

»Das war nur ein Warnschuss«, sagte Kalcsek schnell und hakte Helga unter, der ihre Beine kaum noch gehorchen wollten. Auch im Fernsehen stellte sie die Kriegsfilme immer leise, so sehr störte sie das Knattern der Waffen. Dass ein paar Straßen weiter dasselbe geschehen konnte wie in den blutigen Filmen, nahm ihr völlig den Verstand. Asthmatisch pfeifend holte sie Luft, ihr Gesicht war ganz grau. Rakucsinec lief mal ein paar Schritte voraus, mal zurück. Verzweifelt sah er zu, wie man Helga beinahe um jeden Schritt anflehen musste, am liebsten hätte sie sich wohl zu Boden sinken lassen, um nie wieder aufzustehen.

Menschen rannten an ihnen vorbei. Ein untersetzter Mann warf sogar seinen Einkaufsbeutel weg, weil er ihn beim Laufen störte. Der Beutel stieß mit einem leisen Klirren gegen die Bordsteinkante, dann floss eine zähflüssige goldgelbe Flüssigkeit heraus. Zu einem anderen Zeitpunkt hätte Rakucsinec den Honig vielleicht gerettet, jetzt aber schaute er erstarrt zu, wie ihn ein Hund von der Größe eines Vorstehhundes, der aus dem nächsten Haus herausschlich, vom Boden aufleckte. Während er den Hund mit dem eingekniffenen Schwanz betrachtete, dachte er wenigstens nicht daran, dass der Panzer nicht mehr am Ende der Straße stand. Er war irgendwohin losgefahren.

Die zweite Salve war wesentlich schärfer, und das Geräuschchaos wollte in der engen Straße einfach nicht versickern. Unter das ferne Grollen mischten sich immer wieder befremdliche Geräusche. Sie wussten alle drei, würden sie näher herangehen, dann könnten sie deutlich die Schreie und das Röcheln hören. Alles war so geschehen, wie Kalcsek vorhergesehen hatte. Die Warnschüsse hatten die Menge nur aufgestachelt. Vielleicht hatte man geglaubt, der Befehl der Soldaten ginge nicht weiter als bis zur Warnung oder sie hätten von vornherein bloß Platzpatronen bekommen, damit sie nur in die Luft pufften und nicht einmal aus Versehen irreparable Schäden anrichteten. Wozu sollten sie ihre Lage verschlimmern? Wieso irgendeine Verrücktheit begehen? Die Demonstranten hatten einander sogar noch ermutigt, näher heranzugehen, das Spalier würde sich schon öffnen. Und jetzt rannten alle durcheinander, versteckten sich unter den Bänken, suchten hinter dem Rücken des anderen Zuflucht und kümmerten sich nur um die, die am lautesten jammerten und sich noch bewegen konnten. Zu denen, die auf der Straße lagen, wagte niemand zurückzugehen. Sich anzusehen, was sowieso nicht für menschliche Augen bestimmt war: zerfetztes Fleisch und die Lebendigkeit dampfenden Blutes, im Tod verzerrte Gesichter. Und das ist erst der Anfang, überlegte Kalcsek. Was jetzt käme, das wäre mehr als Angst, denn beide Seiten waren schon durch die Feuertaufe gegangen. Sie wussten jetzt, womit sie zu rechnen hatten. Was käme, wäre kalt und bitter.

»Hier können wir nicht bleiben«, rief Kalcsek und begann, Helga wie einen Sack hinter sich herzuziehen. Der Körper seiner Frau war schwer und schlaff, als hätten ihn mehrere Kugeln durchlöchert. Zum Glück half Rakucsinec mit, und als die Dämmerung niedersank, waren sie nur noch ein paar Schritte von der Straße des Fortschritts entfernt. Rakucsinec schloss das schwere Eichentor hinter sich, als überließe er alles, was draußen noch geschehen konnte, der Dunkelheit. Die würde es schon verdecken und verschwinden lassen. Eigentlich sollte sie damit machen, was sie wollte.

»Es könnte endlich schneien«, brummte er noch, aber seine Augen glänzten bereits. Sie waren zu Hause.

Allerdings hatte er sich verrechnet. Was er hatte ausschließen wollen, wartete drinnen schon auf sie. Im ganzen Haus wimmelte es, als hätte man einen Bienenstock umgestoßen. Die Bewohner hatten sich auf dem Laubengang im ersten Stock versammelt und wiederholten aufgeregt das wenige, das sie einzeln von der Straße mit hereingebracht hatten.

»Sie sind da!«, rief jemand, und schon stürmten sie zu ihnen hinunter.

»Herr im Himmel!« Frau Toroczkay schlug die Hände zusammen, als sie Helga erblickte. »Ist sie verwundet?«

»Nein, ihr geht es nur schlecht«, sagte Kalcsek.

»Wasser! Bringen Sie sofort Wasser«, schrie Frau Toroczkay aufgewühlt. Rakucsinec sah sie überrascht an, denn vor einer Woche hatte er dieselbe Frau noch als griesgrämige Hure bezeichnet, weil sie nicht bereit war, einmal in der Woche die Hemden seines Sohnes zu bügeln. Damals habe er zum ersten Mal gespürt, erzählte er sehr viel später den Filmleuten, dass eine große Veränderung unmittelbar bevorstand, die die Moral verbessern würde. Und dass man ihr keinen Widerstand leisten dürfe, sondern ihr, so gut man konnte, bei der Entfaltung helfen musste.

»Was ist passiert?«, fragte Veterényi aufgeregt.

»Auf der Lenin-Straße ist der Teufel los«, sagte Kalcsek.

»Hat man auf Sie geschossen?«

»Fast.« Rakucsinec warf sich in die Brust.

»Einige sind wahrscheinlich umgekommen«, ergänzte Kalcsek. »Zuerst haben sie in die Luft geschossen, aber dann gezielt. Auf die Brust oder den Kopf.«

»Oben in der Eminescu-Straße war dasselbe. Nur dass sie dort niemanden gewarnt haben«, mischte sich Eszter Novák ins Gespräch. Sie und Roland waren ein paar Minuten vor Kalcsek gekommen und vom Victoria-Kino beinahe die ganze Strecke gerannt.

»Waren Sie dort?«, fragte Kalcsek.

»Ja«, antwortete Roland und strich seiner Freundin über den Kopf. »Eszter wollte ihnen sogar helfen.«

»Drei sind am Boden geblieben, zwei davon haben unheimlich stark geblutet.«

»Wenigstens haben sie nicht lange gelitten.«

»Die Männer vom Lederwerk sind harte Kerle.«

»Das ist doch Unsinn, was Sie da reden! Wenn auf jemanden geschossen wird, ist keiner ein harter Kerl. Dann rennt man einfach nur wie wahnsinnig.«

»Leider sind nicht alle weggelaufen«, erzählte Roland. »Vor allem nicht die jungen Leute.«

»Rowdys!«

»Das waren solche wie wir«, sagte Eszter kühl. »Aus dem Fackel-Viertel sind sie heruntergekommen.«

»Wenn sie so waren wie Sie, wieso sind sie dann nicht schon zu Hause?!«

»Weil heute alle den Verstand verloren haben!«, setzte Rakucsinec noch eins drauf.

»Mein Sohn ist auch noch nicht zu Hause.« Veterényi sah den besserwisserischen Nachbarn an. »Ist er jetzt auch ein Rowdy?«

»Ach was«, lenkte der Besserwisser ein. »Ich habe das nur so allgemein gesagt. Über andere.«

»Wissen Sie, wohin er gegangen ist?«, fragte Kalcsek.

»Er hatte mit seinen Freunden irgendetwas beim Dampfbad zu tun.«

»Dann kommt er über die Lenin-Straße zurück.« Frau Toroczkay wurde blass.

»Lajos ist ein großer Junge. Er wird schon auf sich aufpassen.«

»In der Gegend gibt es massenweise Nebenstraßen. Ich würde nicht mal einen Fuß auf die Hauptstraße setzen«, sagte Rakucsinec.

»Na, mit Ihnen wäre die Revolution ja wirklich gut bedient.«

»Revolution?! Wer spricht denn hier von Revolution?«, horchte Rakucsinec auf. »Das ist nur ein Zusammenstoß … eine, ich weiß gar nicht, Unzufriedenheit.«

»Und dann sagen Sie mal, Herr Neunmalklug, wie fangen denn die Revolutionen an? Mit einem Kaffeekränzchen?«

Rakucsinec wurde bleich vor Wut. Dieser alte Zausel wagte es, ihn neunmalklug zu nennen? Gerade ihn? Nur, weil er zwei nicht gerade als legal zu bezeichnende Geschichtsbücher gelesen hatte? Hatte er so eine große Klappe, weil er irgendwann einmal an der Uni unterrichten durfte? Ein Kilo Mehl konnte sich der Genosse Professor natürlich nicht besorgen. Dafür reichte sein Diplom nicht mehr aus. Jetzt musste man ihn in Frieden lassen, jetzt riskierte er eine große Lippe, aber wenn diese irrsinnig große Revolution morgen vorbei wäre, dann würde er sich wieder einschmeicheln, weil er zu essen brauchte. Ach was, sogar schon während der Revolution. Aber in Ordnung, wenn sie es so wollten, würde er eben nichts mehr dazu sagen. Er könnte die Hand von der ganzen Gesellschaft abziehen. Von ihm aus konnte der Hunger ihnen Löcher in die Därme nagen, wenn sie nicht gerade irgendwo verbluteten.

»Sie sind Ärztin, oder?«, fragte Kalcsek Eszter. Viel mehr als theoretische Diskussionen interessierten ihn konkrete Tatsachen.

»Nein, nur Sprechstundenhilfe.«

»Das wird auch reichen«, sagte Kalcsek düster.

Die gute Nachricht, dass eine Ärztin unter ihnen war, machte im Haus sofort die Runde. Alle rechneten sich so schon gleich etwas bessere Chancen aus. Als stünde auf dem Hof ein Rettungswagen in Bereitschaft. Auf Dan Vlahilă konnte man seit einer Weile nicht mehr zählen. Es war gut, wenn er überhaupt einen Schnupfen erkannte.

Unten kam wieder Unruhe auf. Sofia Codru war nach Hause gekommen. Sie stürzten sich auf sie wie ein Falke auf eine Maus.

»Was ist passiert? Was ist da draußen los?«

»Drei Panzer stehen auf der Engels-Straße. Hintereinander«, sagte sie und zitterte am ganzen Leib.

Das Stimmengewirr wurde noch größer.

»Was zum Teufel haben die hier zu suchen? Wieso fahren sie nicht lieber auf den Hauptplatz?«

»Sollen sie doch woanders herumballern!«

»Beruhigen Sie sich doch. Niemand wird schießen, wenn wir keinen Grund dazu geben.«

»Und wie wird das bitte entschieden?«

»Sie wollen die Straßen zum Bahnhof absperren«, sagte Kalcsek ruhig.

»Das wird eine lange Nacht.« Veterényi sah ihn an.

Kalcsek fiel plötzlich die Frau auf dem Balkon ein. War sie jetzt vielleicht auch irgendwo da draußen? Oder hatte ihr Mann ihr rechtzeitig die Leviten gelesen? Helga hatte ihre Farbe wiederbekommen, zwei Nachbarinnen hatten sie nach Hause begleitet. Das beruhigte ihn. Wenigstens sie war in Sicherheit.

»Wir müssen das Tor schließen!«, rief jemand.

»Das sage ich schon seit der ersten Minute«, wandte sich der noch immer beleidigte Rakucsinec ihnen zu.

»Ja, ja. Das ist eine gute Idee«, stimmten mehrere zu.

»Schließen wir es, dann schlafen wir wenigstens ruhig.«

»Nein, das geht nicht. Das Tor muss offen bleiben«, sagte Kalcsek.

»Warum denn das? Damit jeder reinkommen kann?!«

Er musste sich etwas ausdenken.

»Wir dürfen die Arbeit der Behörden nicht behindern«, erklärte Kalcsek sachlich.

Diesen Satz sollten Rakucsinec und noch einige, die dabeigestanden hatten, den Fernsehleuten am häufigsten zitieren. Einen Kommentar fügten sie dem nicht hinzu, denn das verriet doch alles über den Vorsitzenden der Hausgemeinschaftsleitung. In dem großen Chaos war es nicht einfach zu erkennen, wer ein Held war und wer sich nur als Spitzel wie ein Held aufführte, aber der eine oder andere

Versprecher half, fügte Rakucsinec noch mit traurigem Gesicht hinzu. Es sei niemals leicht, einen Freund zu verlieren.

»Und kochen Sie eine große Portion Tee«, sagte Kalcsek.

In all der Aufregung hatten sie gar nicht bemerkt, wie sich die Luft abgekühlt hatte. Auch jetzt war es nicht so kalt, wie es sich für Dezember gehörte, es war eher, als hätte jemand die Straßen angehaucht. Veterényi sah zunehmend nervös auf die Uhr, die sich ausbreitende Nacht verschlang die Minuten. Im blassen Licht der Fenster zeichneten sich die Gesichter nur schwach ab.

»Machen Sie sich keine Sorgen, er wird gleich hier sein«, versuchte ihn Kalcsek zu beruhigen, aber auch er spürte, wie leer seine Worte jetzt klangen. Lajos' Mutter schluchzte in der Wohnung, obwohl sie ihr ein Beruhigungsmittel eingeflößt hatten. Es war acht Uhr. Um diese Zeit schaltete Kalcsek normalerweise den Fernseher an, um langsam einzuschlafen. Irgendwoher aus der Ferne brachte der Wind ein leises Brummen, als wären die Straßen wütend auf einander.

Dann brach ein Stockwerk höher der Aufruhr aus. Erst hörte man eine Tür schlagen, dann brüllte Dan Vlahilă mit heiserer Kehle los:

»Sie haben uns angegriffen!«

Einige begannen sofort zu kreischen.

»Alle Ruhe bewahren!«, schrie Kalcsek. »Es gibt keinen Grund zur Panik! Hören Sie endlich auf! Hört jemand Schüsse?« Er sah sich um. »Nein, stimmt's?«

»Sie sollten hier überhaupt niemanden beruhigen.« Vlahilă war inzwischen unten angekommen. »Ich rede nicht von diesem Haus hier, sondern von dem Land!«, brüllte er. Seine Augen waren blutunterlaufen.

»Wer hat uns angegriffen?«

»Wieso wer? Die Ungarn natürlich! Mein Sohn hat mich gerade aus Bukarest angerufen.«

Alle wussten, dass Vlahilăs Sohn in der Hauptstadt bei den Armeetechnikern diente. Er hatte noch drei Monate bis zur Entlassung aus dem Wehrdienst und rief seinen Vater fast jeden Tag aus der Zentrale an.

Plötzlich verstummten alle.

»Glauben Sie, dass das möglich ist?«, fragte Kalcsek ruhig.

»Ich habe im Radio auch so etwas gehört!«

»In welchem Radio? Auf welchem Sender?«

»Ist das nicht egal, wenn sie das in Bukarest auch schon sagen?!«

Kalcsek wiederholte die Frage:

»Können Sie sich das vorstellen?«

»Warum nicht?!«, fragte Vlahilă zurück und baute sich vor ihm auf.

Die Luft um den Hauswart wurde dünn. Doch auch von Rakucsinec zogen sich die anderen zurück.

»Gut«, sagte Kalcsek, er nahm so natürlich wie möglich eine Zigarette hervor und zündete sie an. »Dann stellen Sie sich jetzt die Landkarte vor. Haben Sie's?« Er blies den ersten Rauch aus.

»Was ist denn das jetzt für ein Blödsinn?«

»Stellen Sie sich die Karte doch mal vor. Sehen Sie die beiden benachbarten Flecke?«

»Ja.«

»Dann sehen Sie auch, dass der eine doppelt so groß ist wie der andere, oder?«

Es war gut zu hören, dass das endlich auch einmal ein Ungar anerkannte und nicht ständig mit Siebenbürgen und diesen dümmlichen historischen Ungerechtigkeiten ankam. Was größer war, würde auch größer bleiben, keine Frage. Vlahilă antwortete stolz, allerdings etwas argwöhnisch:

»Ja.«

»Na, und was würden Sie anstelle des Kleineren machen?«

Jetzt sahen Vlahilă alle so an wie ein paar Augenblicke zuvor Kalcsek. Der Zigarettenrauch verflüchtigte sich langsam in dem spärlichen Licht. Da sah Sofia Codru die Zeit gekommen, sich einzumischen.

»Wenn es so ist, wie Sie sagen«, warf sie ein und richtete ihren dünnen Kinderfinger auf Vlahilă, »dann wären Sie, Genosse, schon längst nicht mehr hier. Oder glauben Sie, Sie hätten Ihre Position bei einem solchen Angriff behalten?«

An diesem Abend wich sie Kalcsek nicht mehr von der Seite. Frau Toroczkay nannte sie eine Stunde später nur noch die Flügeladjutantin des Generals, was die anderen übernahmen, aber Sofia Codru störte das überhaupt nicht. Sie lief ohne Unterlass, um mal Verbandsmaterial, mal Batterien für die Taschenlampen zu holen, rührte Zitrone in die Tees, wärmte Wasser auf und kühlte welches ab, denn am nächsten Tag hieß es auch, die Terroristen hätten die Wasservorräte vergiftet, deshalb müsse man alles abkochen. Und währenddessen genoss sie insgeheim, dass mit ihr etwas geschah, das es noch nie gegeben hatte: Man hörte auf sie und gehorchte ihr, wenn sie um etwas bat. Und deshalb war es nicht schwer, den Spott zu ertragen und dass sich andere hinter ihrem Rücken an die Schläfe tippten, dabei war sie kein bisschen einfältig. Sie brachte Geschmäcker und Gerüche durcheinander, hatte neben dem Krüppel Mecseki ausgeharrt, doch etwas Schlechteres konnte niemand von ihr behaupten.

Nachdem sich Vlahilă mitsamt seiner großen Nachricht getrollt hatte, warf Kalcsek die Zigarette weg. Ein Drittel von ihr war noch geblieben und wollte einfach nicht verglimmen. Lange glühte sie dort unten weiter, die Scherben einer zerbrochenen Flasche warfen ihr Licht hin und her. Ein bisschen war es so, als ob ein zu groß gewachsenes Insekt zu ihnen hochblinzelte. Der Hauswart steckte die Hände in die Taschen. Er wollte nicht, dass man selbst in diesem spärlichen Licht sah, wie sehr er zitterte.

Denn die Angst hatte ihn nicht auf der Petru-Groza-Straße und auch nicht während der Schüsse überfallen oder weil jederzeit Menschen in die Toreinfahrt stürmen konnten. All das waren irgendwie rationale Möglichkeiten, die sich nach dem ersten Schuss darboten. Nach dem Panzer oder der Balkonfrau. Das eine brachte das andere mit sich. Vlahilă und seine Schreckensnachricht waren jedoch unberechenbar. Sie schien die Art Dummheit zu sein, die jeder glauben würde. Da spürte er zum ersten Mal, sah es regelrecht vor sich, als zeigte man ihm eine Ansichtskarte von einem fernen Land, dass sie nicht unversehrt davonkommen würden. Denn Glück genügte zum Überleben nicht. Dazu brauchte es mehr. Überlebensinstinkt. Reflexe. Aufmerksamkeit. Einen derart blinden und ausdauernden Glauben, den sie nicht mehr hatten. Wie konnten sie dann an etwas anderes glauben?

Zwei Männer brachten Lajos. Sie hielten sich über Kreuz an den Händen und hatten ihn daraufgesetzt.

»Wohnt hier Familie Veterényi?«, riefen sie.

Durch die Stimmen und das Geräusch der Laufschritte kam Lajos zu sich. Als er seinen Vater erblickte, brach er in Tränen aus.

»Ich wollte das nicht, ich wollte das nicht«, wiederholte er matt. Alle standen aufgeregt um ihn herum. Er war der erste echte Verwundete, den man berühren konnte. Fast alle kamen herunter, um ihn anzusehen.

Er war am linken Bein getroffen worden, man hatte ihn, so gut es ging, mit einem Stück Stoff verbunden. Der eine bärtige Mann, der den Jungen gebracht hatte, schnappte sich Veterényi.

»Bringen Sie ihn nicht ins Krankenhaus! Kapiert? Lassen Sie sich ja nicht einfallen, ihn ins Krankenhaus zu bringen«, ermahnte er auch Kalcsek, und schon waren sie weg.

»Tragen wir ihn hoch«, schlug Kalcsek vor und versuchte, seine Hände so zu halten, wie es die beiden Männer getan hatten. Veterényi jedoch befühlte nur seinen Jungen.

»Rufen Sie einen Krankenwagen! Sofort einen Krankenwagen!«, rief er, als er bei den Beinen seines Sohnes angelangt war. Seine Hand war voller Blut. Es leuchtete in der Dunkelheit wie vorher die Glut der Snagov.

»Das geht nicht.«

»Was heißt, das geht nicht?! Und wenn er hier stirbt?«

»Begreifen Sie doch, dass man im Krankenhaus zuerst nach ihm suchen wird«, sagte Kalcsek, der sofort verstanden hatte, was der Bärtige wollte. »Es ist überhaupt noch nicht sicher, wie diese ganze Sache ausgeht. Hier hat er eine viel größere Chance. Lassen Sie ihn wenigstens untersuchen.«

Eszter Novák hatte noch nie eine Schusswunde gesehen. Sie hatten nicht einmal etwas darüber gelernt, aber das konnte sie natürlich nicht verraten. Das ist wie eine mündliche Prüfung, sagte sie sich, fang mit dem an, was du kannst. Die Selbstsicherheit des Arztes beruhigt den Patienten immer, fiel ihr der ständige Lehrsatz von Antal Sprőd ein. Sie bat um eine Schere und schnitt das blutgetränkte Hosenbein bis zur Hüfte auf. Die Wunde war kaum größer als eine 25-Bani-Münze und blutete nicht mehr stark. Sie nahm sie in Augenschein und entdeckte auf der gegenüberliegenden Seite eine zweite, die kaum größer war. Ihre Ränder waren nicht mehr glatt, sie war unregelmäßig zerfetzt und öffnete sich nach außen wie eine Margerite. Also war die Kugel nicht mehr drinnen, stellte sie fest, und es hatte ganz den Anschein, als hätte sie nur den Muskel getroffen, als wäre der Knochen unversehrt geblieben. Vielleicht müsste nicht einmal genäht werden.

»Wir desinfizieren und verbinden sie«, sagte sie laut.

»Wird etwas Schlimmes passieren? Wird er das Bein verlieren?«, fragte Lajos' Mutter.

»Dafür gibt es keinerlei Anzeichen. Die Blutung hat die Wunde gereinigt, es gibt keine Spuren einer Infektion. Haben Sie ein Antibiotikum da?«, sagte Eszter hastig. Sie konnte beinahe hören, wie hinter ihrem Rücken zufrieden gemurmelt wurde.

Lajos war blass und öffnete die Augen nur von Zeit zu Zeit. Nach der Hose und dem Stoffstück zu urteilen, hatte er nicht sehr stark geblutet, und mit einem festen Druckverband würde er auch kein weiteres Blut verlieren. Der Schock würde mit einer ordentlichen Portion Schlaf schon vergehen. Ein Beruhigungsmittel konnte aber nicht schaden.

Nachdem sie das Blut abgewaschen und dem Patienten die schneeweiße Gaze ums Bein gewickelt hatte, atmeten alle auf. Der Verband, das Jod, der Geruch der zum Vorschein gekommenen Arzneimittel, all das erinnerte an ein Krankenhaus. Jetzt muss er sich nur noch erholen, Eszter stand vom Bett auf, und obwohl sie verstanden hatte, weshalb man keinen Krankenwagen rufen durfte, legte sie ihnen ans Herz, den Jungen, sobald wie möglich, einem Arzt zu zeigen. Im Grunde war es dieser Satz, der Eszter später lange Monate hindurch Kraft gab. Darin hatte sie nicht geirrt. Die logische Fortsetzung der Ersten Hilfe war die ärztliche Versorgung. Da konnten sie in jedes Fachbuch schauen.

Als Eszter fertig war, stopfte Veterényi die blutigen Kleidungsstücke in einen Beutel. Alles, was darauf hinweisen konnte, was hier in den letzten paar Minuten geschehen war.

»Bringen wir ihn hinüber«, sagte er, als er mit dem Aufräumen fertig war.

»Aber er ist doch gerade eingeschlafen!« Lajos' Mutter regte sich über den Einfall ihres Mannes auf.

»Wieso kann er nicht hierbleiben?«, fragte Kalcsek.

»Wenn sie ihn im Krankenhaus finden, finden sie ihn auch hier«, sagte Veterényi, und darauf konnte man wirklich nichts erwidern. Lajos war noch nicht über alle Gefahr hinweg; bei Mihai Gondru wäre er doppelt in Sicherheit. Wenn sie ihn auch holen kämen, würde dieser sicher ein gutes Wort für den Klassenkameraden seines Sohnes einlegen. Schließlich hatten sie den ganzen Sommer zusammen verbracht.

Aber Mihai Gondru war nicht zu Hause. Roland ließ sie nur etwas unwillig herein. Seit dem kleinen Zwischenfall mit seinem Vater war er, was die Kontakte zu seinen Freunden anging, bedachter. Tibi Précsek hatte er vor einem Jahr zum letzten Mal gesehen, und Lajos hatte er die neuen Kassetten zurückgegeben, ohne auch nur ein einziges Mal hineingehört zu haben. Seinen neuesten Bekannten stellte er ihn schon als Nachbarsjungen vor, der kein Wässerchen trüben konnte. Er will einfach nicht erwachsen werden, hatte er einmal zu seinem Vater gesagt, und Mihai Gondru stimmte dieser Diagnose vollkommen zu. Ebenso der Behandlung. Niemand war so dämlich, dass er auf die Abgehängten wartete. So war Roland auch nicht mit Eszter hinübergegangen, als man sie gerufen hatte. Er berief sich darauf, dass er kein Blut sehen könne. Und das war eigentlich nicht gelogen.

Sie legten Lajos ins Wohnzimmer. Roland ließ sie anstandshalber ein, tat aber alles dafür, dass der Verwundete nicht das butterfarbene Sofa beschmierte: Er legte eine zusätzliche Decke und Plastiktüten unter das verwundete

Bein und stellte eine Plastikschüssel neben das Bett, damit, wenn etwas geschähe, alles in ihr landete.

»Weißt du etwas von deinem Vater?«, fragte Veterényi.

»Sie haben gerade angerufen. Sie haben beschlossen, nicht nach Hause zu kommen, sondern lieber bei einem Freund in der Nähe des Gymnasiums zu schlafen. Aber mein Vater sagt, wir müssten keine Angst haben. Das Ganze sei nur ein Strohfeuer.«

»Na bitte! Und mir wollten Sie es nicht glauben!« Rakucsinec sah sich stolz um, aber der revolutionäre Nachbar war nicht mehr da. Er hatte sich längst hingelegt.

»Mehr hat er nicht gesagt?«

»Nur, dass er jemanden herschickt.«

»Das ist gut«, sagte Veterényi, der sich nach allen Seiten absichern wollte. Er hatte das Gefühl, für seinen Sohn sei das jetzt am besten.

Kalcsek zog müde seinen Mantel zusammen. Es hätte ihn auch nicht gestört, wenn diese Nacht einfach irgendwie ein Ende gefunden hätte, egal wie. Zudem wollte er Veterényi nicht damit beunruhigen, dass Gondru, wenn diese Sache wirklich so unbedeutend war, wie er sagte, nicht in einem fremden Bett schlafen würde. Er wollte sich nicht mehr anstelle anderer Gedanken machen. Er beneidete Helga, die schon lange im Bett lag und einen französischen Roman las. Im Halbschlaf war es leicht zu glauben, dass die mit leichter Hand skizzierte Welt des Romans die Wirklichkeit war und nicht das hier, dieses ungeordnete, unbeschreibliche Durcheinander. Mit letzter Kraft achtete er noch darauf, dass er sich mit dem Rücken zu jener Tür setzte, an der er damals Rudolf gefunden hatte.

Im Sessel übermannte ihn beinahe sofort der Schlaf. Jetzt trug er gar nicht mehr seinen abgenutzten Wintermantel, sondern eine straffe Uniform mit Koppel und Helm. Auch die anderen sahen so aus, selbst die Feinde trugen ähnliche Uniformen, doch während sie mit armlangen, gefährlichen Waffen herumrannten, hatte er nur einen Besenstiel abbekommen. Er war metallfarben angestrichen, wie die Waffen der anderen, trotzdem befürchtete er, jemand könnte ihn berühren oder er würde versehentlich zu Boden fallen, weil sich dann sofort herausgestellt hätte, dass das ganze Gewehr nur ein nutzloses Stück Holz war. Nicht einmal als Spielzeug zu gebrauchen.

Die Waffen knatterten ohne Unterlass. Hier und da blitzte ein Mündungsfeuer auf, aber obwohl das gesamte Arsenal ratterte, rauschte und pfiff, brach keiner zusammen. Kein Einziger lag am Boden. Dann probierte auch er seine Waffe aus. Weil er jedoch keine Patronen hatte und an dem Besenstiel auch kein Abzug war, machte er es wie als Kind, er brüllte laut »peng-peng« und »ra-ta-ta-ta«, doch jeder, auf den er seinen Besenstiel richtete, fiel sofort tot um. Der Raum füllte sich mit dem grässlichen Gestank von Schießpulver, abgerissenen Gliedmaßen und herausquellenden Gedärmen. Schon zehn oder zwanzig Soldaten wanden sich vor seinen Füßen, doch konnte er den Besenstiel einfach nicht wegwerfen. Seine Leichtigkeit war ihm an der Hand festgewachsen.

Von allem anderen wusste er nur vom Hörensagen. Was war oder hätte gewesen sein können, verblieb zwischen Traum und Wirklichkeit: kaum zueinanderpassende Klangsplitter und mit dem Vergehen der Tage zunehmend zerfasernde Details, die er schon so oft zusammengefügt hatte. Doch jeder sorgsam genähte Stoff, jede Collage zeigte immer genauso viel, wie sie verbarg.

So viele hatten davon erzählt, dass ihm schon der Kopf dröhnte.

Frau Toroczkay berichtete, dass, kaum eine Stunde nachdem Kalcsek eingeschlafen war, was sie ihrerseits nur bewundern konnte, denn sie selbst hatte tagelang nur für Augenblicke die Augen zugetan, dass also nicht viel später eine kurze Salve das Haus beinahe entzweigeschnitten hätte. Sie war so scharf und so gnadenlos, als hätte man geradewegs im Hof das Feuer eröffnet. In Wirklichkeit musste es von der Engels-Straße her gekommen sein, denn an der Straßenkreuzung war ein junger Mann liegen geblieben, der schließlich ins Haus gegenüber gezogen worden war, wo man ihm aber nicht mehr hatte helfen können. Zu dem Zeitpunkt brodelte die Tordurchfahrt schon regelrecht von den Massen an Flüchtlingen. Sie wimmelten wie Käfer, weil niemand es wagte, die Deckung zu verlassen.

Sofia Codru fand, der Tee sei eine fantastische Idee gewesen, denn die Menschen, die es in die Toreinfahrt getrieben hatte, tranken ihn so, kippten ihn so hinunter wie den wohlschmeckendsten Alkohol, und obwohl es stimmte, dass man auch sie anfangs eher um Wodka bat, und zu sehen war, dass man ihre Bitte andernorts nicht zurückgewiesen hatte, wobei sie doch hinzufügen müsse, dass niemand betrunken gewesen sei, weil der Alkohol in solchen Situationen, das hätten mehrere gesagt, in einem verbrenne wie Späne im Lagerfeuer. Der Schuss sei von weiter her gekommen, tief aus der Engels-Straße, aber es war sicher, dass der Junge hier an der Kreuzung zusammengesackt sei, ein paar Meter vom Haus entfernt, und dass man sich hier im Haus schon aufgemacht habe, ihn zu retten, doch bis sie allen Mut zusammengenommen, bis sie geplant hatten, was als Deckung benutzt werde sollte, um auf das gefährlich offene Gelände hinauszugelangen, da hätten ihn die von gegenüber schon hineingezogen.

Die Diskussion darum sollte drei Jahre später erneut aufflammen, als Rakucsinec schon wegen der Marmortafel herumrannte und die Sache so ernst nahm, dass er imstande war, die Entfernung vom Haus bis zum Platz des Opfers auszumessen, aber da maßen auch die von der anderen Seite schon, weil sie eine solche Tafel ebenso gut hätten gebrauchen können, vielleicht würde ja sogar eine Gedenkstätte aus der Sache, und auch wenn die 79 näher an der Stelle der Verwundung lag, so war er doch in der 80 gestorben, in ihren Armen, was niemand zu leugnen wagte. Schließlich siegten Rakucsinec' Argumente, denn er flocht als letzten Trumpf auch Lajos in die Sache ein, obwohl es hieß, zum Erfolg habe schließlich eine außerordentlich einfache und materialistische Überlegung geführt: Niemand in der Behörde hätte nämlich zwei Tafeln mit zwei Feierlichkeiten akzeptiert, und so mussten sich die aus der 80 mit einem rätselhaften Text an der Wand der 79 begnügen, in dem die ganze Straße gelobt und glorifiziert wurde, dabei hatten die Bewohner an jenem Ende, das zur Schwarzen Siedlung hin lag, allenfalls im Fernsehen gesehen, was eigentlich passiert war.

Eszter hingegen berichtete, dass sich der Abend ziemlich rasch zum Bereitschaftsdienst gewandelt hatte: Zuerst war einer Frau in der Tordurchfahrt schlecht geworden, dann hatte Frau Toroczkay geklagt, sie verspüre ein Drücken in der Herzgegend, bei anderen schnellte der Blutdruck in den Himmel, schließlich habe sie das Schlafmittel der Kellers verteilt, damit wenigstens die Alten irgendwie einschlafen konnten. Um halb zwei konnte sie sich kaum noch auf den Beinen halten, sodass am Morgen nicht sie, sondern Kalcsek die immer hysterischere Frage von Lajos' Mutter hörte, wieso ihr Junge so kalte Hände habe.

Er habe doch immer kalte Hände, sagte Veterényi ein wenig vorwurfsvoll, als er mit blutunterlaufenen, unausgeschlafenen Augen herüberkam, denn Lajos hätte schon immer einen schwachen Kreislauf gehabt, kalte Hände, Füße, eine kalte Nasenspitze, das gäben die männlichen Familienmitglieder bei ihnen so weiter wie den Namen. Das ist nicht diese Kälte, schrie die Mutter und schüttelte den Jungen, versuchte, ihn zu wecken, aber sein Kopf schlenkerte hin und her, als wäre er aus Gummi. Da fiel auch Eszter diese ungewohnte Blässe ein, das schwitzende Gesicht und der rasche Puls, die sie vorher als Trauma der Schusswunde aufgefasst hatte, fügten sich nun ins Bild. Die harte Bauchwand aber erzählte davon, worüber Lajos hätte klagen müssen, wenn er nicht eingeschlafen wäre: über die stechenden Schmerzen in der Schulter und in der Magengegend. Jetzt wusste Eszter bereits, als hätte sie das Lehrbuch an der richtigen Stelle aufgeschlagen, was die Obduktion schließlich bestätigte, dass die Milz gerissen war und sich die Bauchhöhle langsam, wie ein Ball, mit Blut gefüllt hatte, sodass irgendwann am frühen Morgen, als der Organismus schon alle Notrufe abgegeben hatte, der Tod eingetreten war.

Jemand muss auf ihn getreten sein, sagten sie noch, denn das war am wahrscheinlichsten; als er auf der Lenin-Straße hingefallen war, musste in dem großen Gedränge jemand auf ihn getreten sein oder sich stärker mit dem Ellbogen aufgestützt haben, doch dem hatte wahrscheinlich auch er selbst keine besondere Bedeutung beigemessen. Das hätte niemand bemerkt, beruhigte man Eszter in der Pathologie, mit dem Anblick einer Schusswunde können es solche kleinen Symptome nicht aufnehmen, dennoch hörte sie in der Stimme des Arztes etwas, was dort nicht hingehörte, was nur ihre Weiblichkeit zu dieser abwertenden Höflichkeit abdämpfen konnte. Wäre sie ein Mann gewesen, hätte man ihr vielleicht unverblümt ins Gesicht gesagt, dass sie nie mehr in die Angelegenheiten der Großen hineinpfuschen sollte. Fieber messen und Windeln wechseln sollte sie, denn darauf verstünde sie sich.

Das schmerzte sie mehr als das Wehgeschrei der Eltern, auf das sich binnen Minuten das ganze Haus versammelte. Es lag etwas Überwältigendes in dem wilden Schwall, mit dem das Ehepaar Veterényi seinem Schmerz freien Lauf ließ, wie sie nicht einmal versuchten, ihn zurückzuhalten, sich weder um ihre körperliche Unversehrtheit kümmerten noch um ihre Würde, denn diese gehörte nicht mehr zu ihnen, war fremd und kalt wie der Körper ihres Sohnes. Diese quälende Ehrlichkeit aber machte ein Mitfühlen unmöglich, wies jeden Trost zurück. Man konnte nur zusehen und staunen, wie bei einer sonderbaren Tragödie im Theater, die dem Regisseur offensichtlich aus den Händen geglitten war und doch gerade in dieser Uferlosigkeit ihr Wesen fand.

Auf der Beerdigung, die gar keine Beerdigung war, sondern eine Demonstration, erklangen dann auch die Sätze, die später in die Bücher Einzug halten sollten, nämlich, dass dies eine Revolution der Jugend gewesen sei, einer neuen und noch reinen Generation, die die Todesangst noch nicht kannte. Freiheit und Demokratie, erhob der Redner seine Stimme in Höhen, die es sich bisher auf Beerdigungen nicht gehört hatte, anzuschlagen, und Kalcsek grübelte den ganzen Heimweg darüber nach, ob wohl diese beiden besonderen Wörter seine Version von Lajos' Tod ertragen könnten, ertragen und aufrechterhalten könnten, oder sie sofort abwerfen würden?

Schließlich konnte es ja kein Zufall gewesen sein, dass Lajos die meisten seiner Angelegenheiten am Dampfbad abgewickelt hatte, selbst den einfachsten Einkauf hatte er in diese Gegend verlegt und damit in die Länge gezogen, und vielleicht hatten an jenem Tag die institutionalisierten Zeichen und Decknamen nicht funktioniert, und so hatte er in seiner Verzagtheit, die die anderen so an ihm mochten, nicht den richtigen Mann angesprochen; vielleicht, nehmen wir es doch einmal an, hatte der fremde Mann gewalttätig reagiert, war ihm gar nicht eingefallen, dass er mit seiner Anzeige für einen größeren Aufruhr hätte sorgen können, er hatte einfach zugeschlagen und den schon am Boden liegenden Perversen getreten, der besser daran täte, sich sein Ding selber reinzustecken, und mit diesem unangenehmen Gefühl unter dem Brustkorb war Lajos auf der Lenin-Straße nicht flink genug gewesen, um rechtzeitig Zuflucht vor dem Geschoss zu suchen, das ihn schließlich erlöste.

Für Kalcsek bedeutete daher die Demokratie des Redners eher die Anständigkeit gegenüber dem Unanständigen, das Aussprechbare gegenüber dem Unaussprechlichen, ein kluges und bemühtes Getue, und das beruhigte ihn auch gleich, denn so übersetzt fand er den Ausdruck schon viel handhabbarer und lebensnäher.

Und an noch etwas erinnerte er sich ungewöhnlich klar. An das gemeinsame Anstoßen am Tag der Hinrichtung, als sie sich wie auf ein Zauberwort auf dem Gang zusammengeschart hatten. Sie erlebten Tage, eine derartige Dichte der Zeit, die man allein gar nicht gut ertragen konnte. Es erfüllte sie mit Spannung und Beklemmung, ob sie die besonderen Augenblicke wohl gut und angemessen erlebten, als müssten sie sich ständig vor ihren eigenen Gedanken in Schale werfen, schließlich war es ja nicht egal, ob sie die Geschichte mit einem nackten Arsch erwischte oder vorbereitet und selbstbewusst.

Allen stand das Bild von Kalcseks Vater vor Augen, der sich mit Krawatte und Sokol-Radio an die Teppichstange gesetzt und so, im Zustand irdischer Schwerelosigkeit, die Mondlandung verfolgt hatte, das letzte historische Ereignis, an das sie sich hier noch erinnerten. Das Erleben der

Geschichte wurde auch deshalb zu einer immer dringlicheren Frage, weil die Revolution nach dem ersten und einzigen Tag in die Hauptstadt umgezogen war, wo selbstvergessen jeder auf jeden schoss, ihnen aber blieb nur die Serie der alltäglichen Routine: das Backen zum Weihnachtsfest, das Staubsaugen, die Aufregungen beim Backgammonspielen.

Und da sie schon so schön beisammen waren, kam auch der perlende Pflaumenschnaps zum Vorschein, und sie feierten, ein bisschen wie bei einem Leichenschmaus, ein bisschen wie bei einem Geburtstag, denn sie wussten nicht so recht, was nun für immer weg war und was an seine Stelle treten würde und ob das, was käme, besser wäre, wobei es ja schlechter eigentlich nicht werden konnte, und derweil grummelte Öcsi Keller ständig vor sich hin, wie alt und schwerfällig der Genius auf dem Bildschirm gewesen sei im Vergleich zu den rotwangigen Bildern, die sich den Menschen beinahe ins Hirn gebrannt hatten, und dass seine Frau als Chemikerin wirklich hätte so viel Verstand haben können, dass sie etwas mit diesem Alter anfing, denn was für eine Unterdrückung war das schon, die so runzelig war und voller Leberflecke? Und ja, fuhr er fort, so schwer es ihm auch falle, es zuzugeben, aber es hätte einen Augenblick gegeben, in dem er stark an das verprügelte und gedemütigte Gesicht seiner Mutter denken musste, an das Foto von seinem Bruder, den man bei der Armee fertiggemacht hatte. Er habe das Bild neben den Fernseher gestellt, damit sein Bruder die Augenblicke der Gerechtigkeit mit ansehen konnte, doch auch so habe er immer noch aufpassen müssen, dass er nicht Mitleid bekam mit den beiden herumfuchtelnden, trotteligen alten Leuten, die vielleicht gar kein Recht auf die Angst in ihren Augen hatten, kein Recht darauf, schwach zu sein. Aber möglicherweise war genau das der letzte große Trick, die letzte Täuschung: Sogar im Tod waren sie noch imstande, dafür zu sorgen, dass man sich so an sie erinnerte, als jämmerliche Gestalten, die unablässig denselben Satz wiederholten, als wäre er ein Zauberwort, das sie schützen konnte. Und es sei schrecklich, das sähe auch er, Öcsi Keller, ein, aber als sie erkannt hätten, dass sie egal was tun und sagen konnten, dass sie diesen muffigen Raum sogar mit Gold vollscheißen könnten und auch damit nicht hinauszuzögern war, was man ihnen zugedacht hatte, nun, in diesem Augenblick begannen sie, seiner Mutter und seinem Bruder zu ähneln, verzerrte Gesichter verzerrten Gesichtern, aber der gute Gott möge ihn schlagen – Öcsi Keller sah sich verzweifelt um –, wenn sogar diese beiden Opfer sein können, was bleibt denn dann uns?!

Am besten wäre es gewesen, wenn sie die rotwangigen Fotos in den Kopf geschossen hätten, vom ersten bis zum letzten, und wenn es ein Jahr gedauert hätte, dann hätte es eben so lange gedauert, aber das wäre wenigstens gerecht gewesen, denn die konnte man wenigstens hassen, sagte er und brach in Tränen aus, denn so hatte er es sich nicht vorgestellt. Nein, wahrhaftig nicht. Weder im Gefängnis noch hier draußen. Weder in der Hoffnung noch in der Hoffnungslosigkeit. Eine halbe Stunde später lachte er aber schon lauthals, drückte mit zahnloser Begeisterung den Pflaumenschnaps an sich, und um Mitternacht musste man ihn wieder von der Kellertreppe einsammeln, weil er dort von den einstigen schönen Tagen vor sich hin murmelte, als noch ein Dienstmädchen die Blusen der Mama gebügelt und das Silber auf dem Tisch geglänzt hatte.

Vielleicht hatte Öcsi Keller recht, und für sie war sogar die Kugel zu schade, aber trotzdem tat es gut, sie wie blutige Lumpen an der Mauer liegen zu sehen, selbst, wenn nicht nur sie dort lagen, sondern auch die vielen vergangenen Jahre, die Zeit, mit Leberflecken übersät und verrenktem Körper, zur Unkenntlichkeit erstarrt. Darauf tranken sie und umarmten sich, und das war das letzte große gemeinsame Genrebild von dem Haus, das sie noch zusammenbrachten, bereits ohne Zwang, wenngleich ein paar fehlten, denn Veterényis waren nicht mehr da und kamen auch nie wieder, die vorsichtigen Gondrus aber tauchten ebenfalls erst nach Silvester wieder auf. Und schon am nächsten Tag begann all das, was Kalcsek bei sich nur Vervielfältigung nannte.

Als hätte man diesen einzigen mörderischen Tag auf einem riesigen Kopierer in Hunderten und Aberhunderten von Exemplaren vervielfältigt, bei denen jeder ein anderes Detail davon aufdeckte, sich also selbst als etwas anderes präsentierte, und so gab es Hunderte und Aberhunderte von Kalcseks, Hunderte und Aberhunderte von Rakucsinecs und Veterényis, die fast sofort den Rahmen des Bildes sprengten und in die Welt hinausschwärmten. Eine Orgie des Erinnerns war das, und man konnte Hans da unten wirklich nur die Daumen drücken, dass er so viel Glück hatte, um dieses riesig große Gruppenbild für einen Augenblick einzufangen, die unzählbar vielen Abbilder zusammenzutreiben, weil das deutsche Volk so vielleicht nicht wegschalten würde. Und sollte er einen Preis bekommen, dann fiel vielleicht auch für sie etwas ab. Vielleicht die stille Freude des Vergessens. Das sich Kalcsek im Übrigen als eine große weiße Leinwand vorstellte, die man jeden Tag von Neuem bemalen musste, damit sie ihre Unberührtheit bewahrte.

Es ging auf halb fünf, dennoch schien es, als sei der Abend bereits angebrochen. Die Sonne hatte den Rand des Gebäudeflügels gegenüber erreicht, um diese Zeit begann es im Mietshaus, dunkel zu werden. Frau Toroczkay sammelte gleichmütig die getrockneten Kleidungsstücke vom Geländer. Das eine oder andere lächelte sie an, als begrüßte sie einen Bekannten. Die Stille im ersten Stock roch nach Waschpulver. Widerwärtig, nach Vanille. Kalcsek musste sich langsam umziehen, damit er nicht zu spät kam. Er wollte mit Eszter ins Restaurant gehen und endlich, das erste Mal, eine Pizza kosten. Das hatte er versprochen, und jetzt war ihm das Versprechen irgendwie nicht schwergefallen. Er hatte das Gefühl, ausgehungert zu sein nach neuen Geschmäckern.

5.

DAS RESTAURANT BON GIORNO LAG genau gegenüber dem vierstöckigen Haus.

Die Beethoven-Straße 18 war so eine Art Vorposten, die Plattenbauten begannen zwei Straßen weiter stadteinwärts. Man erzählte sich: Hätte der Kommunismus noch zwei Jahre durchgehalten, dann hätte das Viertel das viergeschossige Haus erreicht und dann müsste es nicht so verwaist zwischen den kleinen Häusern stehen. Sachsen hatten in dieser Gegend gewohnt, einfache kleine Handwerker, Uhrmacher, Schlüsselmacher, Schirmflicker, und jeder Hof erzählte auf seine ungeschützte Weise davon, wie sehr man hier an allem festgehalten hatte: an den paar scharrenden Hühnern hinten auf dem Hof, an dem volleren Geruch der Sommerküche, an den Weinstöcken, die zwar wenig und sauren Wein gaben, in deren Schatten man aber unbemerkt aufwachsen konnte. Dann hatten sie doch alles losgeschlagen. Geschäftemacher und Spekulanten waren an ihre Stelle getreten, die immer alles ein bisschen besser wussten als alle anderen und die volkstümlichen Schlager bis Mitternacht brüllen ließen. Dabei würden die, die hiergeblieben waren, nicht mehr wegziehen.

Das vierstöckige Haus glich einer gedrungenen Schachtel, denn die Balkone, die die Straßenfront ein wenig hätten auflockern können, hatten die Bewohner nach und nach verglast. Die neuen Fensterrahmen waren weiß und braun, ganz oben griechisch blassblau, trotz allem blieb das Gebäude düster wie ein gekränkter Artist, der sich zwar geschminkt hatte, doch nicht auftreten wollte. Hätte er, der Mann mit dem vergessenen Namen, nicht hier gewohnt, dann wäre es vielleicht auch Eszter möglich gewesen, über das Haus zu lächeln. Selbst bei Androhung einer Strafe hatte man sich nicht einigen können, das vorgeschriebene einheitliche Straßenbild war ihnen egal, denn der eine wollte Eleganz, der andere Natürlichkeit, der Dritte nur ein bisschen Farbe, nachgeben jedoch wollte niemand, schließlich hatten sie ja dreißig Jahre lang immer nur geschluckt und wieder geschluckt, dreißig Jahre lang konnte von Geschmack und Träumen keine Rede sein, jetzt sah es eben so aus, und das musste man doch wohl aushalten können!

Eszter stand sich seit Monaten vor dem Haus die Beine in den Bauch und wusste immer noch nicht, was sie mit den Fensteraugen anfangen sollte, die im zweiten Stock aufblitzten und aus denen blass das Licht herausdrang. Bis sie ihn vollkommen zufällig auf dem Zebrastreifen erblickt hatte, war es für sie, als lebte er gar nicht. Als sei er an der Grenze umgekommen.

Sie erinnerte sich, wie aufgeregt sie am Tag danach und in der folgenden Woche die Zeitungen durchgeblättert hatte, sie hatte nach etwas gesucht, nach einer Kurznachricht oder einer verräterischen Kleinanzeige, nach einer Traueranzeige, einem verfehlten Satz, der ausplauderte, was mit ihm geschehen war. Zu fragen wagte sie nicht, damit hätte sie ja nur Verdacht erregt. Er war tot, sagte ihr Verstand, es konnte ja gar nicht anders sein, als Rädelsführer hatte er das auch verdient, aber tief in ihrem Inneren gab es etwas, das das Vernünftige, das Logische stets abstritt, und als er ihr vor anderthalb Jahren auf dem Zebrastreifen vor dem Kino entgegengekommen war, durchfuhr sie gar nicht so sehr die bis ins Mark reichende Überraschung als vielmehr die Genugtuung der Gewissheit, und wenn darauf nicht sofort Wut und Hass gefolgt wären, dann wäre sie ihm auch nicht gefolgt, sondern hätte ihn nach elf Jahren wieder aus ihrem Leben spazieren lassen.

Sein Gesicht war anders, als sie es in Erinnerung hatte. Vielleicht wegen des Vollbartes, vielleicht, weil sein schulterlanges Haar von kurzen Borsten abgelöst worden war, mit den ersten Anzeichen einer nahenden Glatze in der Mitte. Die quirligen Züge, die ihr vor elf Jahren so lebhaft vorgekommen waren, als suchten sie noch nach ihrem Platz, waren inzwischen verhärtet, endgültig, und der Augenblick war schon nahe, in dem sie wieder weicher zu werden begannen, in dem das Bindegewebe nachgeben und das Fleisch erschlaffen würde. Er musste schon über fünfunddreißig sein, wenn sie richtig gerechnet hatte. Vielleicht fast eher vierzig. Jedenfalls hatte er auf der Party damals im August bereits sehr erwachsen ausgesehen. Und jetzt schon ein bisschen alt. Als wäre er Eszter immer zwei Schritte voraus, uneinholbar.

An seinen Namen hingegen erinnerte sie sich überhaupt nicht. Der Gastgeber hatte ihn vielleicht einmal beim Vornamen genannt, der sich aber sofort im Lärm der Boxen verloren hatte. Außerdem sprachen sie sich damals alle mit Spitznamen an, vielleicht aus Faulheit oder möglicherweise gehörte es sich nicht, die richtigen Namen zu benutzen, weil sie zu einer Welt des Ordnungswahns gehörten. Die wahrscheinlichsten hatte sie aber auf ein Blatt notiert. Beispielsweise Márton, denn dieser Name passte vielleicht am besten zu ihm, dann Balázs und László, weil ihr diese beiden am häufigsten einfielen, wenn sie an ihn dachte, und schließlich Károly, denn so stellte er sich immer vor, wenn sie von ihm träumte. Aber damit kam sie auch nicht weiter.

Einmal war sie sogar ins Haus geschlichen, um sich die Briefkästen anzusehen, nur dass die meisten Schilder an den einheitlich grünen Deckeln nicht mehr zu entziffern waren. Weiter hinauf, in den ersten Stock, traute sie sich nicht, denn eine ältere Frau mit Brille hielt sie auf. Sie versperrte ihr regelrecht die Treppe. Was suchen Sie hier, fragte sie argwöhnisch, und jede ihrer Falten schien wie ein einziger Schrei vor dem Ausbruch. Wenn sie auch nur einen weiteren Schritt auf sie zugegangen wäre, hätte sie das ganze Haus alarmiert. Ich suche nur das Notariatsbüro, sagte Eszter schnell, wie sie es zu Hause schon oft geübt hatte. Das ist nicht hier, sondern gegenüber, die Stimme der Frau wurde einen Hauch milder. Da hängt ein Schild, fügte sie hinzu, ich weiß gar nicht, wieso Sie das nicht gesehen haben, und schon fiel sie wieder in ihren vorherigen Argwohn zurück.

Später bedauerte sie, so unachtsam gewesen zu sein. Diese Frau würde sich sicher an sie erinnern. Dabei hatte sie die ganze Zeit über darauf geachtet, nicht aufzufallen. Entweder sie stand mit gelangweiltem Gesicht an der nahen Bushaltestelle, als wartete sie auf die Linie zwölf, die nur selten fuhr, oder sie behielt das Haus durch die Scheibe des gegenüberliegenden Cafés im Blick. In Vorbereitung auf die Begegnung, die sie sich schon tausendmal vorgestellt hatte. An einem Abend, der vielleicht gar nicht in so weiter Ferne lag, würde sie ein Kleid anziehen, um das es ihr nicht leidtat, und sich ruhig der Gegensprechanlage vorstellen, den angebotenen Tee annehmen und vielleicht so viel Kraft aufbringen und zulassen, dass der andere sie mit den Augen unter dem Rock streichelte.

Sie sprächen über neutrale Dinge, sie würde über seine laschen Witze lachen, die Kupferteller an der Wand bewundern, und wenn er sich entspannt hätte, wenn er nicht mehr darüber grübelte, wie zum Teufel diese blonde Frau in sein Wohnzimmer geraten war, träte sie beiläufig hinter ihn, als wollte sie nur zur Toilette, und schlüge mit etwas, das gerade zur Hand war, so lange auf ihn ein, bis er sich nicht mehr regte. Es hieß, bei entsprechender Krafteinwirkung verhalte sich der Schädel wie eine Tomate auf dem Schneidebrett. Am nächsten Morgen würde sie am selben Ort gegenüber dem Haus ihren Kaffee trinken, damit sie keinen Verdacht erregte. Diskret geschminkt sähe sie dem regen Treiben der Polizisten zu.

Erkennen würde er sie sowieso nicht.

Er hatte das Ganze schon lange vergessen.

Das Miststück! Der Glückliche.

Im Übrigen wäre es auch nicht schlimm, wenn er sie erkennen würde. Manchmal wünschte sie sich sogar, dass er sie erkannte, dass er stammelnd zu einer Bitte um Entschuldigung ansetzte, eine Erklärung abgab, denn mit jedem einzelnen Wort würde ihre Kraft wachsen. Wobei es auch sein konnte, dass er sie schon damals, dort auf dem Zebrastreifen erkannt hatte und sie eigentlich erwartete, mit gedecktem Tisch, sanfter Musik, als wäre das Ganze nur ein verspätetes, doch nicht mehr aufschiebbares Rendezvous. Wenn sie davon träumte, sah sie ihn mit Fliege, Smoking und weißem Hemd vor sich, und erst, als das Blut den Stoff zu durchtränken begann, schien er etwas verstört. Den Smoking würde man im Verleih so sicher nicht zurücknehmen.

Sie kannte den Mann schon wie eine Taschenuhr. Seine Gewohnheiten, seinen Fahrplan. Gegen halb acht trat er durchs Tor, um kurz nach fünf stieg er aus dem Trolleybus und erledigte im Laden an der Ecke seine Einkäufe, er sprach kaum mit den Verkäuferinnen, war allgemein etwas in sich gekehrt und mürrisch, außer einer grauhaarigen Frau kam nur die Putzfrau zu ihm. Der typische Junggeselle: Eine Freundin hatte er nicht, oder jedenfalls hielt er sie eifersüchtig von seiner Wohnung fern. Ebenso wie seine Freunde. Die grauhaarige Frau mit dem freundlichen Gesicht musste seine Mutter sein, sie kam jeden Dienstag und blieb niemals bis zum Einbruch der Dunkelheit. So würde er mit großer Wahrscheinlichkeit auch an jenem Abend allein sein. Vielleicht las er oder sah fern. Löste Kreuzworträtsel, wie es alte Leute taten.

Obwohl sie seit einem halben Jahr das Gefühl hatte, alles stehe bereit, zögerte sie die Begegnung dennoch andauernd hinaus. Mal fand sie kindische Ausflüchte, mal gestaltete sie ihren Tag so, dass sie keine Zeit hatte, den ersten Schritt zu tun. Vielleicht war das auch so etwas, grübelte Eszter dann, wie die schlüpfrigen Fantasien beim Sex, wenn sie zwei oder sogar drei Männer zu sich rief, nur um den einen zu vergessen oder um gerade umgekehrt die Fähigkeiten dieses einen zu vervielfachen; wären aber tatsächlich zwei Fremde an ihrem Bett aufgetaucht, zwei fremde Gerüche, zwei fremde Blicke, dann hätte sie statt der Wogen der Lust der Brechreiz überkommen. Eine Sturzflut von Scham und Ekel. Denn es tat zwar gut, dem Mann sogar dreimal am Tag das Leben zu nehmen, aber was wäre, wenn sie dann und dort nicht stark genug zuschlüge? Oder nicht an der richtigen Stelle? Was wäre, wenn er nicht einmal in Ohnmacht fiel? Was sollte sie dann machen? Noch einmal zuschlagen oder um Verzeihung bitten? Die Sache wie einen plötzlichen Wutanfall erscheinen lassen oder damit erklären, dass sie ihn mit jemandem verwechselt hatte? Fürchterlich.

Sie hatte auch schon erwogen, Musaca oder irgendjemandem aus der Straße Bescheid zu sagen, damit sie ihm etwas auf die Bude rückten. Eine saubere Sache, und genug Geld hatte sie auch dafür. Es reichte ja schon, wenn sie ihm ein Bein so brachen, dass er bis ans Ende seines Lebens hinken müsste. Eine oberflächliche Verletzung oder ein paar Ohrfeigen reichten für den Tod des Mädchens, für die Grenze, für den Geruch nach Erde nicht aus. Denn er hatte nicht das Recht gehabt zu wählen, er hatte einfach nicht das Recht gehabt zu entscheiden, wer am Leben bleiben sollte, Eszter oder das Mädchen mit den Zigeuneraugen, die noch weniger als sie begriffen hatte, was um sie herum geschah. Deshalb musste jemand diesen Márton oder Balázs bestrafen, denn sonst würde das niemand mehr tun. Langsam glaubte auch sie selber nicht mehr, dass so etwas hatte geschehen können. Und genau deswegen erschrak sie nicht vor ihren eigenen Gedanken, empfand sich nicht als blutrünstig oder als Mörderin. Sie hielt sich eher für eine Buchhalterin, die eine alte Schuld beglich. Etwas erfüllte, an dem sich eigentlich nichts mehr ändern ließ. Vollkommen egal, ob jemand oder das Schicksal es so geschrieben hatte.

Das Einzige, was sie interessierte, worauf sie jeden Abend in dem blass hinausdringenden Licht eine Antwort suchte, war die Frage, was für ein Leben er hinter den Vorhängen wohl führen mochte. Wusste er das Geschenk zu schätzen, oder konnte er noch immer nichts mit ihm anfangen? Kannte er den Druck des Gestern oder floh er feige? Blindlings nach vorn, weil es so männlich war.

Sie hatte diese Sendung im Fernsehen gesehen. Sie handelte vom Überleben, davon, was man tun musste, wenn man in ein Gelände geriet, aus dem man nicht hinausschauen konnte. Wenn einem das Schilf, der Mais oder irgendetwas über den Kopf wuchs. Wenn man die Richtung nicht sah, keinen Kompass hatte und nicht auf die Sterne warten konnte. Die Lösung war einfach und banal: Man ging zurück, um an den eigenen Spuren zu sehen, dass man geradeaus ging. So lange, bis man den gefährlichen Ort hinter sich hatte. Damals war ihr klar geworden, dass das Problem vielleicht gar nicht bei ihr lag. Sie hatte instinktiv gewusst, was der kahlköpfige Reporter so gescheit vortrug. Seit Jahren brach sie rückwärts durch kopfhohes Schilf, während sie die Augen nicht von dem Abend abwenden konnte, der sie vom Ende des Pfades anstarrte.

Jeder getane Schritt, jede Spur gewann erst im Zusammenhang damit einen Sinn. Zwar gäbe es auch ein Rechts und ein Links. Aber so verirrte sie sich nicht. Lief nicht im Kreis. In gewissem Sinn konnte sie stolz auf sich sein, denn die Reihe des Gestern war pfeilgerade. Das war ihr großes Werk. Andere malten, schrieben Romane, komponierten Opern. Ihr blieb dieser Weg. Diese gerade, unfehlbare Angst. Vielleicht würde es reichen, wenn sie sich einmal umdrehte, und sie käme aus dieser Sache heraus, doch gleichzeitig ahnte sie, egal, was sie unternähme: Auch dort wartete dieser Abend auf sie. Das Gestern würde vorauslaufen und ihr von der anderen Seite aus zuwinken. Das war es, was dort draußen auf sie wartete. Oder dieses Haus, in das sie an dem Abend eingezogen war. Als sie emigrieren wollte. Aus Liebe oder als was sie dieses plötzlich aufsprudelnde, geruchlose Gefühl bezeichnen sollte.

An jenem Augusttag hatte man sie auf den Györköser Hang eingeladen. Die Eltern einer Mitschülerin besaßen eine kleine Datsche hinter dem Strandbad, und Krisztina hatte sich, indem sie sich auf ihr gutes Zeugnis berief und noch bessere Noten versprach, für zwei ganze Tage den Schlüssel beschafft. Es hatte sich eine gemischte Truppe zusammengefunden, alle, die man eben in den heißen Tagen der Sommerferien zusammentrommeln konnte. Manche brachten ihren Bruder mit, die Freunde der Freunde, denn das Wochenendhäuschen war gut gelegen und der Sommer in jenem Jahr schon verdorrt: Er ließ kaum noch etwas erwarten.

Die Eltern hatten nur drauf bestanden, dass auch Erwachsene dabei sein sollten, einige nüchternere ältere Jungen, die die Party nicht ausarten ließen, damit sie nach neun nicht mehr im Garten herumbrüllten, vor allem nicht auf Ungarisch, und die sofort Bescheid sagten, wenn etwas passierte. Anfangs dachten alle, das könne nur ein Scherz sein, den Eltern sei das Regime auf den Verstand geschlagen, aber dann besorgten sie sich doch ein paar Bekannte im passenden Alter, Márton oder Balázs war einer von ihnen; sie nannten ihn unter sich bald den Aufseher und salutierten vor ihm demonstrativ.

In dem Wochenendhaus roch alles nach Thermalwasser. Der kraftlose Lärm des Strandbades schlüpfte durch die Lücken der Zäune, rollte über die schotterbedeckte Straße. Die Möbel, die anderswo schon ausgemustert worden waren, die aufgeblasenen Matratzen, die am Drahtseil trocknenden Kleider und sogar die Teller dünsteten diesen Geruch aus. Sie aßen nur wenig, es waren eher die Mädchen, die pflichtbewusst die mitgebrachten Sandwiches verputzten, die für diese Gelegenheit gebackenen Salzstangen, und am Abend schälten sie Kartoffeln, um sie zu braten, denn die wiesen nicht einmal die Jungen zurück.

Aus dem Kassettenrekorder im Garten sang Boney M., das Band surrte, und manchmal musste man nachsehen, denn der Grundig verschluckte es ab und an, und dann jaulte und stockte »Rasputin«, bis das Band zerriss, aber manchmal setzten sich die Jungen mit Iron Maiden durch, und dann füllte sich der Hof bis zum Rand mit zappelnden, hin und her rennenden Verrückten, Pogo nannten sie das und schüttelten wild die Köpfe. Sie stellten sich vor, wie ihre langen Haare bei den Bewegungen hin und her flogen, so wie sie es in den Zeitschriften gesehen hatten, dabei durfte selbst die längste Mähne auch im Sommer höchstens bis über die Ohren reichen, um dann beim obligatorischen Haareschneiden im September noch weiter gekürzt zu werden. Aber auch so waren sie die schwarzen Teufel des Heavy Metal, picklig und mit verzerrten Gesichtern, mit vielen, vielen unsichtbaren Besen in den Händen, als wollten sie die Straße fegen.

Sie spielen Gitarre, sagte der Aufseher zu Eszter mit einer Betonung, aus der klar wurde, dass er das früher auch einmal gemacht hatte, aber nun darüber hinweg war. Gerade das machte ihn so anziehend; er blieb die ganze Zeit über gelassen, trank insgesamt ein oder zwei Bier, trotzdem sah er so aus, als wäre er gar nicht hier, als lebte er weit weg, irgendwo hinter der Musik, was auch die anderen vorzuspielen versuchten, doch dazu mussten sie sehr viel trinken, und selbst dann gelang es ihnen nur für kurze Zeit, denn nach dem Höhepunkt kotzten sie auch schon überallhin. Vielleicht diskutierten sie deshalb nicht mit ihm, als er ihnen den Ausgang verstellte, damit die, die schon in der entsprechenden Stimmung waren, nicht ans Wasser hinuntergingen. Dabei hätten sie nur durch ein Loch oben auf dem Damm kriechen müssen, aber sie gelangten nicht einmal aus dem Haus. Sprichst du dann mit der Polizei?, fragte er Krisztina, als die Gastgeberin sich wegen der übertriebenen Strenge beschwerte. Er sprach mit gleichgültigem Ton wie eine Maschine. Es war auch gut, dass er nicht mit den Eltern ankam, sich nicht wie ein Streber aufführte, die Polizisten nicht Bullen oder Polente nannte, wie sie im Fernsehen sagten, oder die Grauen, wie sie bei den Leuten aus der Vorstadt hießen, denn so konnte sich jeder die Uniformierten vorstellen, wie sie sich an einer Wasserleiche zu schaffen machten und die damit einhergehenden peinlichen Fragen stellten.

Sie murrten zwar über ihn, lachten ihn aber nicht aus. Das funktionierte auch deshalb nicht, weil seine gleichgültige Stimme sie sogleich zu pubertierenden Jugendlichen degradierte und ihn zu einem Erwachsenen erhob, zu einem, der schon Rasierwasser benutzte, um Mitternacht schlafen ging und vielleicht auch Postinor in der Gesäßtasche hatte. So badeten sie lieber im Thermalgeruch oder in der Staubwolke, die der Wind von den weiß glühenden Hügeln heranwälzte.

Diese Gegend war in den vergangenen Jahren so geworden. Viele hatten an der Stelle der Weingärten Gemüse angepflanzt, Zwiebeln und Paprika, ein paar Reihen Kartoffeln. Dadurch war natürlich alles kahler, der Wind rasierte den Hügelhang manchmal ganz glatt, und es kam häufig vor, dass einem das Sonntagsschnitzel zwischen den Zähnen knirschte, doch man schluckte es hinunter, schließlich war man trotz alledem deshalb hierhergekommen, wegen der brennenden Sonne, damit man das Unterhemd endlich über den Bauch hochschieben konnte, weil es so nicht spannte, und dann jaulte man zusammen mit Pál Szécsi den alten Schlager über das Idol der Frauen, den alten Gedeon, den Damenfriseur. Aber den Györköser Hang konnte man nicht hereinlegen, und vor allem nicht die wer weiß wie viele Jahrhunderte alte Tradition, denn am Ende des Tages wurden Paprika und Kartoffeln doch gegen Wein eingetauscht, denn das hier war ein Ort, der zum Trinken animierte, an dem es immer etwas hinunterzuspülen gab. Auch der Boden selbst war, als lauerten unter dem Sand Unmengen von weit aufgesperrten, durstigen Mündern, denn kaum tropfte ein wenig Wasser herunter, so saugte er es auch schon in sich auf, mit einer solchen Kraft, wie ein Magnet die wehrlosen Eisenspäne anzog. Und man erzählte sich, dass hier nicht einmal die Regenschauer im Mai in die Erde eindrangen, denn ein paar Stunden später war vom Regenwasser keine Spur mehr, und wenn die Hacke etwas Weißes zutage förderte, dann wurde das schnell in die Erde zurückgeschoben, weil es von Nahem betrachtet genauso aussah, als wären es Zähne.

So brauchte man sich also gar nicht zu wundern, dass sie ihren Vorrat nicht gut eingeteilt hatten, denn am Abend, als die Party eigentlich beginnen sollte, waren schon alle von zu Hause erbettelten Getränke aufgebraucht. Bügyüsz, Krisztinas Freund, suchte verzweifelt überall nach einer Flasche finnischem Wodka, die er von seinem Vater zu seinem baldigen Geburtstag bekommen hatte, aber als er die Sporttaschen abgetastet und die Mülltonne durchgesehen hatte, war er sich gar nicht mehr sicher, ob er sie zusammen mit den sauberen Socken und der Unterwäsche eingepackt hatte. Der Sohn vom Apotheker hatte zum Glück eine Flasche reinen Alkohol mitgebracht, den man nur mit Wasser und Zahnpasta verdünnen musste, damit er nach etwas schmeckte, obwohl es auch so nicht leicht war, ihn hinunterzubekommen, aber schließlich seien sie ja nicht zum Spaß hier, schrie einer der Jungs ausgelassen, den sie wegen des Totenkopfs auf seiner Jeans nur den Henker nannten.

Die meisten Pogotänzer hatten da schon ordentlich einen in der Krone, man musste sie beinahe anflehen, damit sie einen zum Tanzen aufforderten. Kurz vor Mitternacht fiel die ganze Party in sich zusammen, nur einige unterhielten sich noch verstreut im Haus. Der Alkohol wirkte wie ein lähmendes Nervengift. Eszter war mit dem Aufseher in der Küche geblieben. Sie rechnete damit, dass der Junge sie bald fragen würde, ob sie draußen nicht ein wenig frische Luft schnappen wollten, dabei würden sie ein bisschen über den fernen Lärm der Nacht lachen, dann knutschte er sie sicher in einer Ecke des Hofs ab und bäte sie um ihre Telefonnummer. Sie würde kein bisschen protestieren, ihm vielleicht sogar gestatten, ihr durch das Shirt an die Brust zu fassen.

Sie war überhaupt nicht so schamhaft wie die übrigen Küken. Sie hatte eine schöne, straffe Brust mit hellbraunen Brustwarzen, die sofort signalisierten, wenn man sie entsprechend berührte: Sie wurden eigensinnig und beinahe fordernd. Das war natürlich jetzt unter dem BH noch nicht zu sehen, aber sie hatte beschlossen, ihn nicht auszuziehen, dem Jungen die Sache nicht zu erleichtern. Ihrer Erfahrung nach mochten es die zwei, drei Jahre älteren Jungs, solche Dinge selbst zu lösen, und in ihrem Streicheln lag viel mehr Wille als im wilden Gehabe der Jüngeren, die ihr zusammen mit den Kleidern gleich auch die Brust abreißen wollten.

Nur ihren Lippenstift hatte sie im Bad nachgezogen und sich am Waschbecken ein wenig mit Krisztinas Fa-Seife gewaschen, die nach grünem Apfel duftete, wodurch sie sich sogleich als herber und geheimnisvoller empfand. Sie brauchte diesen kleinen Trick, obwohl sie sich überhaupt nicht in Gefahr fühlte, aber irgendwie beunruhigte sie das andere Mädchen doch. Vor allem, dass es seine Niederlage nicht einsehen wollte.

Das Mädchen war gar kein Mädchen, sondern nur ein groß gewachsenes Küken mit zwei Pickeln anstelle der Brüste.

Noch dazu von der schlimmsten Sorte: Schweigsam wirkte sie mit jedem nicht ausgesprochenen Wort klüger. Sie war von der anderen Seite der Berge hierhergeraten, man hatte sie wohl zum Urlaub hergebracht und dem, mit dem sie gekommen war, offenbar gedroht, er müsse seine rumänische Verwandte entweder mitnehmen oder könne zu Hause auf seinen vier Buchstaben sitzen bleiben. Also hatte er sie mitgebracht. Sie hatte eine niedrige Stirn und Zigeuneraugen, so glühend schwarz, dass man die Iris kaum ausmachen konnte. Ihr langes Haar trug sie schulmädchenhaft hochgesteckt, und auch beim Tanzen zog sie sich eher in die Ecke zurück, während alles an ihr verriet, dass sie viel leidenschaftlicher wäre, wenn sie ihre Muttersprache sprechen könnte. Aber in der Fremdsprache war es wirkungsvoller, zu schweigen oder die wenigen Wörter zu sagen, die sie bereits aufgeschnappt hatte und die sie der Aufseher immer aufs Neue wiederholen ließ. *Danke, Brot, nach Hause.*

Eszter hätte wetten können, dass sie das *Ich liebe dich* so in Reserve hatte wie sie selbst ihre Brüste. Die kleine Gans! Der Kerl war noch nicht geboren, der Worte begrapschen wollte statt Fleisch. Bei sich selbst nannte sie sie sofort Mihaela wie die Figur im Trickfilm, denn sie war kindisch und ließ sich nicht abschütteln, und wenn Eszter erreicht hatte, dass sie der Aufseher zum Tanzen aufforderte, raffte auch die andere sich ein paar Minuten später auf und wackelte mit ihren schmalen Hüften auf dem Parkett. Dennoch nahm sie sie nicht ernst, da sie wusste, dass der Junge sich sowieso bald entscheiden würde und es natürlich Spaß machte, mit so einer kleinen Naiven zu spielen, sie verrückt zu machen und sie zu vertrösten, aber ernsthaftere Dinge konnte er sich bestimmt nur mit ihr vorstellen.

Das Wort Oppositioneller hörte Eszter ein paar Minuten vor Mitternacht zum ersten Mal in ihrem Leben. Der Aufseher sah sie beide lachend an, er sagte etwas in der Richtung, dass sie ihn gar nicht erst groß einplanen sollten, denn er würde das Land noch an jenem Abend verlassen. Er sei ein Oppositioneller und wolle flüchten. Als er das ausgesprochen hatte, dort am Küchentisch, mit seinen schulterlangen Haaren, dem vorspringenden trotzigen Kinn, wirkte er gar nicht mehr wie ein Erwachsener, sondern wie ein Abenteurer. Ein Entdecker oder ein Indianer aus einem fernen Reservat. Ein Robinson auf seiner Insel mit Sondereingang. So etwas Aufregendes hatte Eszter noch nie im Leben gesehen.

»Ich komme mit«, sagte sie, ohne nachzudenken.

»Ich auch«, sprach ihr Mihaela nach.

Und da war niemand, der hereingekommen wäre und ihnen eine Ohrfeige verpasst hätte. Oder wenigstens den Finger an die Lippen gehoben hätte, um alle zum Schweigen zu bringen, die solche Dinge aussprachen, die nicht dort hingehörten. Das ganze Haus schwieg dunkel mit seinen gleichgültigen Geheimnissen. Sie blieben zu dritt allein mit diesem Wort. Natürlich hatte auch Eszter verschiedene Schauergeschichten über Flüchtlinge gehört, wer hatte die nicht gehört, aber so glaubhaft diese auch waren, so gehörten sie doch zu einer anderen Welt. In jener Welt gab es keine Jungs und Mädchen, keine Partys und BHs, nichts, was auch nur ein wenig der Wirklichkeit nahegekommen wäre. Solche fürchterlichen Geschichten trugen sich mit geschlechts- und namenlosen Leuten zu und waren vor allem zu pädagogischen Zwecken gedacht.

Sie dachte an nichts anderes als daran, wem sie wohl fehlen würde, wenn sie wegginge. Es war dasselbe Spiel, das sie in ihrer Kindheit so oft gespielt hatte: Sie war tot und sah von oben auf ihre eigene Beerdigung hinab. Ließ die Beine baumeln und lachte. Freute sich, dass ihr Vater die Tränen nicht zurückhalten konnte und dass die anderen in Schwarz um ihr Grab herumstanden, Nachbarn, Bekannte, entfernte Verwandte, die in der Schule strengen Lehrer wurden milder, und alle riefen sich sehnsüchtig in Erinnerung, wie gut es doch gewesen war, als sie noch gelebt hatte. Aber sie kam nicht zurück, noch nicht, sie strafte sie mit ihrer Abwesenheit. Vielleicht käme auch jetzt so eine Bestrafung genau richtig. Ihr Vater hatte sie zu leicht gehen lassen, und ihre Mutter würde sie statt einer einfachen Hure nun höchstens als verschwundene Hure verbuchen. Was machte das schon? Und wenn es ihr dort nicht gefiel, dann käme sie eben am nächsten Tag zurück.

Jani Rot hatte sie fast gleich am Tag nach ihrem Kennenlernen hinausbringen wollen. Damit sie die Welt sieht, wie er sagte, und er wollte ganz und gar nicht verstehen, dass Eszters Auffassung nach auch das zur Welt gehörte, was sie umgab. Das war sogar noch eher die Welt, weil es wirklicher war. Nicht so wie eine Ansichtskarte. Und weil es völlig reichte, das zu verstehen, was hier von ihr geblieben war. Wochenlang hatte es sie nicht interessiert, dass sie sich nicht einmal für den Reisepass anstellen müsste, weil Jani Rot das in vier Tagen erledigen würde, sie bräuchte nur zwei Bilder dafür, einen gültigen Personalausweis und fertig. Er lag ihr damit in den Ohren, dass er in München einen Turm kenne, der noch zur Olympiade gebaut worden sei, und in diesem gäbe es in hundertpaarundachtzig Metern Höhe ein Restaurant, das sich ringsherum drehe. Na wunderbar, lachte Eszter, da würde ich das Essen gar nicht bei mir behalten. Sei nicht so dumm, schimpfte er mit ihr, das ist ein Turm und kein Karussell. Es dauert eine Stunde, bis es einmal herum ist, und dabei siehst du die ganze Stadt. Und wie ist die Küche, fragte Eszter, denn sie hatte das Gefühl, es müsse doch ein Haken an der Sache sein, das Drehen sollte wahrscheinlich die Aufmerksamkeit davon ablenken, dass das Schnitzel trocken war und die Pommes im Fett schwammen. Da bestellt man kein Schnitzel, sagte Jani Rot, was sie noch viel mehr zur Verzweiflung brachte, denn es reichte nicht, dass alles fremd und undurchschaubar wäre, in einer ewigen Rotation, noch dazu sollte sie nicht einmal essen können, was sie wollte.

Dem Mann war von Verzweiflung nichts anzusehen: Er bewegte sich selbstbewusst in jener fernen Welt oder kam jedenfalls selbstbewusst von dort zurück und brach Tag für Tag wieder selbstbewusst dahin auf. Und schließlich war es gerade das, was Eszter sich wünschte, nicht den Turm und den Olympiapark, nicht das von sich selbst ach so beeindruckte Panorama, die bunten Häuser und Plätze, sondern diese Selbstsicherheit, die jede Sehenswürdigkeit unter sich begrub, die die Welt mit Ehrfurcht und Gleichmut zugleich betrachtete und sogar ein Stück von ihr mit nach Hause brachte, deshalb also stimmte sie schließlich zu, deshalb stieg sie in das Auto des Kuriers. Jani Rot erwartete sie in München in einem schönen, aber nicht zu teuren Hotel.

Es war ein heißer Tag gewesen, ideal für jeden Ausflug. Sie brauchten nicht einmal eine Stunde bis zur Grenze. Vorher hielten sie noch an einer Tankstelle, und der Kurier befahl ihr regelrecht, sich Erfrischungsgetränke und Wasser zu kaufen, möglichst mehr, als sie trinken wolle, und etwas zu essen, das sie unterwegs verzehren konnte. Auch er kaufte etwa zehn Dosen Mineralwasser und packte sie allesamt in eine große Kühltasche. Im Kofferraum war gar nichts anderes, nur diese Tasche.

Vergeblich hatte sich Eszter geschworen, nie mehr hierher zurückzukehren, sie hatte sich trotzdem mehrmals vorgestellt, wie ein Grenzübergang sein mochte. Die Buden, die Zöllner, von deren Wohlwollen so viel abhing, worauf man würde antworten müssen und wie der erste Stempel in dem noch jungfräulichen dicken Reisepass aussähe. Als würde die Neugier ständig durch die strengen Gitter der Ratio schlüpfen. Oder provozierte sie sie nur? Sie fürchtete sich davor, trotzdem stellte sie es sich andauernd vor. Detailliert, ausführlich. Denn ja, sie hatte sich den ganzen Weg davor gefürchtet, dass ihr wieder die Beine zittern würden, sie sich übergeben müsste, weil sich ihr Magen so sehr verkrampfte, dass sie wieder nur schlucken würde, die Dunkelheit schlucken, die ihr schwer im Magen läge wie ein Stein, doch es stellte sich heraus: Sie hatte keinen Grund mehr, sich zu fürchten.

Wo sie anhielten, war nichts. In den Gräben am Straßenrand siechte das Gras in braunen Flecken dahin. Alles war eher braun als grün. Die staubigen, sich weithin erstreckenden Äcker auf beiden Seiten der Straße, das Fehlen der Bäume. In weiter Ferne stand einsam ein landwirtschaftliches Gebäude, auf seinem Hof ein Traktor mit nur zwei Rädern. Die immer heißer werdende Luft löste den Anblick auf, mischte ihn in das Braun. Wenn jemand die Landschaft hätte malen wollen, so hätte er zwei Linien gezogen: den grauen, sich träge schlängelnden Streifen der Landstraße und den pulsierenden Rand des Horizonts. Was dazwischenlag, hätte er mit Braun und Blau eingestrichen. Mit einem Blau, das schon eher weiß war. Vielleicht wäre es hier am einfachsten gewesen, alles auf den Kopf zu stellen, wie sie es als Kind mit den Bildern in den Bildbänden gemacht hatte. Die Farben vertauschen, und fertig, schon klaffte der Himmel unten, und die Erde begann, schwerelos zu schweben. Die Autos hätten wie farbige Wolken an der Landstraßendecke geklebt.

Der Kurier stellte den Motor des Mercedes am Ende einer Schlange ab. Wo diese Girlande anfing, konnte Eszter nicht einmal abschätzen. Diejenigen, die früher gekommen waren, waren schon aus dem Auto gestiegen und starrten mit demselben hoffnungsvollen und doch verzweifelten Blick auf die weit entfernte Kurve, an der die Schlange gemütlich einbog. Die Neuankömmlinge waren noch nicht ausgestiegen. Vielleicht hatten sie noch nicht entschieden, ob sie bleiben oder umkehren sollten.

»Von hier sind es noch so zweieinhalb, drei Kilometer bis zur Grenze«, sagte der Kurier und schaltete routiniert das Radio an. »Wenn wir gut vorwärtskommen, sind wir morgen früh drüben.«

Drei Stunden später wusste Eszter, wozu das viele Wasser gut war. Unter den senkrechten Strahlen waren die Konturen der Autos kaum noch auszumachen. Vor ihnen stand ein Dacia aus der Gegend jenseits der Berge. Fünf Personen saßen darin: zwei Kinder, die Eltern und die Großmutter. Der Kopf des Mannes war vor Hitze aufgedunsen, jener der Frau klein und mäuseartig. Dort drinnen musste eine unerträgliche Hitze herrschen. Zuerst versuchten sie, die Fenster zu verhängen, um die Kraft der Strahlen irgendwie zu dämpfen, aber dann musste man auch auf die kleine Brise verzichten, die hier und da über die Straße wehte. Schließlich beschlossen sie, sich mit Bewegung vor der Hitze zu schützen. Sie blieben niemals gleichzeitig im Auto, mal stieg der Mann aus, mal die Frau, um den Kindern oder der Großmutter mit einem Zeitungspapier Luft zuzufächeln, aber es half nichts: Nach und nach hatten alle genauso rote und aufgedunsene Köpfe wie der Mann.

Die Zeit verging unermesslich langsam. Etwa alle vier Minuten setzte sich die Schlange träge in Bewegung, und die Autos konnten ein paar Meter vorwärtsrollen. Wer keine Zeitung oder kein Buch mitgebracht hatte, wusste gar nicht, wie er die Zeit totschlagen sollte. Hier gab es nur wenig zu sehen, also starrten sie einander an wie im Theater. Mit etwas Routine war es einfach, Unterschiede auszumachen. Die Benzinschmuggler waren allein und ließen nie den Motor an, weil sie sparten. Wenn die Schlange sich in Gang setzte, öffneten sie die Tür und schoben das Auto selbst. Im ersten Dorf saugten sie das Benzin ab und fuhren auch gleich wieder nach Hause. Zwei- bis dreimal die Woche fuhren sie hin und her, so lohnte es sich. Auch die Gasherdschmuggler fuhren nicht viel weiter. Sie waren wegen der Schlepperei meist zu zweit und verrieten sich dadurch, dass der Kofferraum ihrer Autos tiefer lag als der anderer. Freilich gab es auch welche, die sich gar nicht darum scherten, den Schein zu wahren, und die Rücksitze herausgenommen hatten, denn an deren Stelle passten nämlich, wenn man geschickt packte, zwei Gasherde. Die anderen fuhren nur, um sich umzuschauen, um zu reisen oder einfach sagen zu können, dass sie im Ausland gewesen seien, es sich angesehen hätten wie ein interessanteres Tier im Käfig. So gelangten die meisten nur bis zu dem vier Kilometer entfernt gelegenen Zentrum, wo man eine alte Raststätte umgebaut hatte, damit die Buden Platz hatten. Dort wurde auch Geld gewechselt, wenn sich jemand verrechnet hatte und mehr Waschpulver, Kaffee oder Hähnchenfleisch mit nach Hause nehmen wollte, als er sich aufgeschrieben hatte.

Die Leute im Auto vor ihnen wollten vermutlich viel weiter fahren. Sie hatten unförmiges Gepäck und sogar eine Landkarte dabei, die der Mann von Zeit zu Zeit auf der Motorhaube ausbreitete. Kurz zuvor hatten sie ihre Sandwiches gegessen und die Mineralwasserflasche herumgereicht, die vergeblich im Schatten gelegen hatte, das Wasser war untrinkbar heiß. Der Mann sah auf seine Armbanduhr, als führte sie ihn zu einer sprudelnden Quelle, denn in ein paar Minuten würden die Kinder wegen des abgestandenen Wassers in Tränen ausbrechen.

Genau auf diesen Augenblick hatte der Kurier gewartet. Er war wie ein Magier, der schon wusste, wann das Publikum für die Attraktion bereit war. Er ging nach hinten und nahm die Limonade aus der Kühltasche. Akkurat öffnete er sie und begann zu trinken, dabei halbierte er jeden Schluck, weil er wusste, in solchen Momenten durfte man nichts übereilen. Die Flasche, die er aus der Kühltasche genommen hatte, beschlug sofort. Alle schauten hin. Vor ihren Augen erwuchs eine Oase, mit schattenspendenden Bäumen, mit kühlen saftigen Früchten. Winzige Bläschen krochen die Flaschenwand hinauf, die Kinder zählten sie beinahe einzeln, als wären es Glasmurmeln. Der Kurier sah aus den Augenwinkeln, dass das kleinere den Vater schon am Hosenbein zerrte und auch die Erwachsenen zu tuscheln begannen. Kurz darauf ging der Mann auf den Kurier zu.

»Diese Hitze ist unerträglich«, sagte er.

»Ja, ziemlich.«

»Ich sehe, Sie sind besser vorbereitet als wir.«

Der Kurier nahm das Kompliment mit einem kaum sichtbaren Kopfnicken entgegen. Die noch kühle Limonade interessierte ihn sichtlich mehr als der ihn verschämt hofierende Mann.

»Ich wollte fragen«, sagte dieser schließlich, »ob Sie uns nicht ein bisschen von der Limonade abgeben könnten. Wissen Sie, mein kleinerer Sohn hat sehr großen Durst, und ich habe keine Ahnung, wie lange wir hier noch stehen müssen.«

»Bis morgen früh«, sagte der Kurier.

»Himmel! Das wage ich meiner Frau gar nicht zu sagen. Und meiner Schwiegermutter erst recht nicht.« Der Mann zwinkerte ihm zu. Er war sich schon sicher, mit einer Limonade zurückzukehren.

»Wenn alle Durst haben, warum nehmen Sie dann nicht eine ganze Flasche mit?«, fragte der Kurier plötzlich.

»Ja, geht das denn?« Der Mann machte große Augen.

»Warum sollte es nicht gehen?« Der Kurier ging zum Kofferraum und nahm eine Flasche Cola heraus.

Der Mann wollte schon die Hand ausstrecken, um sich zu bedanken.

»Das macht dann fünfundzwanzig Lei.«

»Was haben Sie gesagt?«

»Fünfundzwanzig Lei. So viel kostet die Cola.«

»Machen Sie keine Scherze, dafür bekomme ich im Laden sechs.«

»Okay, dann kaufen Sie sie dort«, sagte der Kurier und ging zum Kofferraum, um die Flasche wieder wegzupacken.

Der Mann konnte die Augen nicht von der Cola abwenden. Sie perlte auch jetzt noch. Wie in diesen blöden Reklamefilmen. Bevor die Flasche endgültig in der Tiefe des Kofferraums verschwand, fasste er den Kurier am Arm.

»Das können Sie nicht machen! Wir sind doch schließlich alle Menschen.«

Darauf konnte man nicht gut etwas antworten, und so schwieg der Kurier. Vielleicht aus Menschlichkeit.

»Irgendwann werden Sie auch mal Kinder haben«, erhob der Mann die Stimme. Sein Gesicht zitterte, so sehr unterdrückte er seine Wut.

»Dann werde ich vorausschauender sein«, erwiderte der Kurier und schlug den Kofferraumdeckel zu.

Es hatte keinen Sinn mehr zu schauspielern.

»Sie schämen sich wohl gar nicht?! Kommen hierher, um sich am Elend anderer zu bereichern, was?! Saugen dem Volk das Blut aus. Was glauben Sie eigentlich, wer Sie sind?! Dass Sie alles dürfen?! Denken Sie, ich werde Sie nicht anzeigen?! Das können Sie sich abschminken!«

»Wenn Sie meinen«, sagte der Kurier so ruhig, dass es einen zur Weißglut bringen konnte, und setzte sich ins Auto.

Der Mann brüllte noch eine Weile herum, dann ging er zackig, schließlich hatten ja alle sehen können, dass er es diesem Mistkerl so richtig gegeben hatte, zu seiner Familie zurück. Als sein kleinerer Sohn sah, dass der Vater nichts in der Hand hatte, brach er sofort in Tränen aus. Nach kurzem Nachdenken schloss sich der größere an. Seine Frau stand, die Hände in die Hüfte gestemmt, wie der Vorwurf in Person neben dem Auto. Der Mann war gezwungen, alle ins Auto zu befehlen. Jetzt schauten schon mehrere zu ihnen hin. Es half nichts, dass sie die Fenster hochkurbelten, sogar durch die Windschutzscheibe sah man, dass sie sich stritten.

Eine Viertelstunde später öffnete sich die Tür des Dacia wieder. Jetzt kam die Frau auf sie zu, sie war zwar etwas aufgebracht, doch war schon von Weitem zu sehen, dass sie einen Fünfzigerschein in der Hand hatte. Sie bat um zwei Cola, bedankte sich nicht. Wahrscheinlich hatte ihr Mann sie nur unter dieser Bedingung gehen lassen. Mit diesem Kompromiss. Wenn sie schon gerupft wurden, sollte sie wenigstens nicht auch noch auf den Knien kriechen.

»So ist es immer«, sagte der Kurier zu Eszter und richtete den Rückspiegel, um auch die Autos hinter ihnen gut sehen zu können.

Vielleicht dachte er, dass sie die Cola schließlich gerecht teilten: Die Kinder hatten eine ganze bekommen und die Erwachsenen eine, sogar der Mann trank einen Schluck davon, wenn auch mit allen Anzeichen des Ekels ließ er die Oase in sich prickeln, dies war etwas, was er eigentlich jenseits der Grenze hatte erleben wollen, den Luxus, die Verwöhnung, dass man um ihn herumsprang, als wäre er der Herr unter den nicht existierenden Dienern. Von der Cola blieb natürlich nichts übrig, auch den Rest der zweiten Flasche gaben sie den Kindern. So würde ihnen am Abend, wenn die sich verabschiedende Hitze in den Mund zog, pelzig und gnadenlos, und sie weder schlafen noch ohnmächtig werden ließ, als hätte zwischen den Zähnen ein anderes Land sein Lager aufgeschlagen mit seinen eigenen Transparenten und Beifallsstürmen, keine andere Wahl bleiben, als nach hinten zu schleichen und wieder einen Fünfziger von dem Geld auszugeben, dass sie für den Urlaub zurückgelegt hatten.

Eszter war schon ganz schlecht von alledem. Die Hitze quälte sie, auch der Anblick der halb nackten Männer und Frauen, die versuchten, sich neben den Autos zu sonnen, damit das Warten wenigstens irgendeinen Sinn bekäme, und die Spannung, die sich auch beim Ausruhen ansammelte und immer dann ausbrach, wenn eines der Autos an der Schlange vorbeirauschte, noch dazu hupend, damit niemand aus Versehen vor die Motorhaube sprang. In diesen Momenten kam es vor, dass sie dem Wagen aufs Dach schlugen, und wenn der zivile Widerstand allzu vehement ausfiel, dann blieb das Auto, das es so eilig hatte, mit quietschenden Reifen stehen, und es stellte sich heraus, dass die Wachablösung darin saß. Man sah gleich, dass der Zöllner sich die Gesichter der Protestierenden merkte, die keine Zeit mehr gehabt hatten, sich davonzustehlen, und dass sich die Schlange wieder zwanzig Minuten minus aufschreiben konnte, denn denen würde er mit Sicherheit sogar noch in den Hintern sehen.

Sie konnten das als Zeitreise oder als Nostalgie auffassen, und die nächsten vorbeirasenden Autos brachten weitere Minuspunkte, denn sie wagte nun niemand mehr zur Ordnung zu rufen, dabei saßen in ihnen wirklich die Unverschämtesten, denen jede Art des Wartens gegen den Strich ging. Für Eszters Magen war das zu bunt und zu geruchsintensiv, sie hatte sich schon mehrmals fast übergeben, vor allem, als der Kurier vielleicht aus Taktgefühl oder nur aus bloßer Voraussicht auch ihren Proviant verkaufte und ihr dann diskret das verschwitzte Geld hinüberschob. Der gesamte Rummel wühlte sie auf, der Lärm, die Wolken von Abgasen, die zerfließende Schminke in den Gesichtern der Frauen, der wogende Asphalt unter ihren Füßen, alles.

Schließlich rückte auf der rechten Seite ein Maisfeld näher.

Alle freuten sich darüber, am meisten die Frauen. Nacheinander verschwanden sie zwischen den schon mannshohen Pflanzen.

Ihre Frage, was sie dort suchten, war völlig überflüssig, und der Kurier antwortete auch nicht, mit plötzlichem Schamgefühl schwieg er über das, was völlig offensichtlich schien, dass nämlich auch die Natur ein Wörtchen mitzureden hatte, und während die Männer ihr Ding schlichtweg am Rand des Grabens herausholen konnten und den anderen einfach den Rücken zuwandten, fürchteten die Frauen um ihren Busch, um den Spalt, in den der Blick so leicht hineinglitt. Um von größeren Geschäften gar nicht erst zu reden.

Das kann nicht sein, das dürfen Sie nicht zulassen, brüllte Eszter da los, denn nun konnte sie sich nicht mehr beherrschen, schließlich war es nicht nur eine Respektlosigkeit, sondern geradezu eine Schändung, sich auf die Toten zu entleeren, die noch dort lagen mit ausgebreiteten Gliedern, mit erdfarbenen, starren Augen, noch warm unter den Furchen und über den Furchen, vermengt mit dem Unkraut, mit den matten Schollen, überall, denn hier besteht alles aus Toten, aus ihnen wächst es heraus, sie müssen sie essen, die das Schicksal dazu verflucht hat, schrie sie zusammenhanglos, und auch, dass das nicht die Grenze sei, die sie kenne, das könne sie nicht sein, das hier sei eine Schande, ein Betrug, diese Grenze hier könne sie gar nicht überqueren, denn sie führe ja nirgends hin! Derlei Dinge schrie sie, der Kurier verstand rein gar nichts, er entnahm dem Geschrei nur, dass hier etwas ganz und gar nicht in Ordnung war, und so hielt er sofort ein entgegenkommendes Auto an, damit sie nach Hause gebracht wurde. Ihr sei von der Hitze schlecht geworden, sagte er dem Fahrer und am nächsten Abend auch Zmeură, als er endlich in München ankam, es kann nur die brütende Hitze gewesen sein, die diese Hysterie bei ihr ausgelöst hat, sagte er phlegmatisch, denn er wollte auf keinen Fall darüber sprechen, dass es bei all dem Wahnsinn, den die Frau auf dem Beifahrersitz von sich gegeben hatte, auch ihm für einen Augenblick kalt über den Rücken gelaufen war.

Wie viel geheimnisvoller hatte doch alles aus dem Fenster des Zuges ausgesehen!

In dem Abteil, für das ihre Fahrkarten galten, funktionierte das Licht nicht. Eigentlich bedauerte das niemand, denn so schien draußen die Nacht sanfter, in den Lichtflecken der vereinzelten Lampen konnte man die Mauern der Häuser erahnen, die halb zusammengefallenen Zäune, die sich gerade noch aufrecht hielten, die ertappten Straßen, unvorbereitet auf die neugierigen Blicke. Die weiter entfernt liegenden Hütten waren ganz wie in der Dunkelheit kauernde Tiere: Ein Schrei, und sie wären auseinandergestoben. Hier ein Luchs, da ein Rotfuchs und dort ein schreckhafter Hase. Solange sie rätselten, mussten sie sich wenigstens nicht unterhalten.

Sie fuhren mit dem Ferienschnellzug, der die braun gebrannten Urlauber vom Meer heimbrachte und ein Stück der Grenzlinie folgte. Es gab Stellen, an denen man mit bloßem Auge und etwas verschämt, als lugte man ins Schlafzimmer des Nachbarn, in das andere Land hinübersehen konnte. Viele glaubten gar nicht, dass der Wald gegenüber nicht mehr hierhergehörte und man nur diese paar Meter zurücklegen müsste, damit alles anders wäre, wogte doch genau dasselbe verblichene Grün weiter, und auch das Gras war kein bisschen saftiger, die Obstbäume trugen nicht mehr Früchte, wie sollte dann dort eine andere Welt sein? Es hieß auch, dass das ebenfalls nur ein Trick der Jungs mit den Lederjacken sein konnte, sie hätten die Grenze ein paar Kilometer vorgezogen, damit alle davon ein bisschen beduselt wurden, sich vorstellten, auf der anderen Seite zu sein, sich freuten oder enttäuscht waren, den süßlichen Geruch des Auslands in sich aufsogen und mit dem Gefühl ankamen, ihre Sehnsüchte schon abgehakt zu haben und dann wieder als vollwertige Werktätige in den sich ständig erneuernden Produktionswettbewerb einzutreten.

An einem ganz gewöhnlichen Tag im Oktober dann zog jemand die Notbremse, und bevor irgendwer begriff, was da geschah, sprangen die Türen auf, und zwei größere Gruppen machten sich auf den Weg in die Felder. Sie rannten wie die Wahnsinnigen, ließen ihre Koffer zurück, in die sie ohnehin nur überflüssige Lumpen gestopft hatten, wie sich später bei der Untersuchung herausstellte. Die sind bis zum Wald gerannt, ohne anzuhalten, sagte der Schaffner und kratzte sich am Kopf, auch der Lokführer wusste nichts Schlaues hinzuzufügen, denn in solch einer Situation reichten schon ein falscher Halbsatz, eine verfehlte Betonung aus, damit man zum Komplizen wurde, denn für die da konnte sogar das schon verdächtig sein, dass der Zug gerade hier entlanggefahren war.

Nachdem sich dann sonnenklar herausgestellt hatte, dass die Grenze doch echt war, wisperten die gut Informierten auch schon, die zuständigen Organe hätten sämtliche Vorsichtsmaßnahmen zur Vermeidung ähnlicher Vorfälle ergriffen: In die Fahrerkabine sei ein Knopf eingebaut worden, den man an den kritischsten Stellen drücken musste, und dann konnten die Pseudo-Reisenden die Bremsen ziehen, wie sie wollten, konnten ihr Klagelied über leichenblasse Großmütter und blutende Kinder anstimmen, weil der Zug einfach weiterfuhr, und wenn wirklich jemandem schlecht wurde, musste er es eben bis zum nächsten Bahnhof aushalten.

Wer aber nicht an die Technik der Bremsblockade glaubte, raunte eher davon, dass V-Leute durch die Abteile gingen, um die Betrüger rechtzeitig zu enttarnen, und dass sie die Gespräche genauso belauschten wie den Atem der Schlafenden, dass sie sogar die Bewegungen der Einsteigenden heimlich analysierten, was sich in ihrem Schwung oder in ihrer Schwerfälligkeit verbergen mochte, oder, was noch schlimmer war, dass der Geruch, der in den Abteilen herrschte, dass dieser Gestank nach Metall, Kunstleder, Schweiß und zurückgelegten Kilometern, der einen vom ersten Augenblick an überfiel und den man tagelang nicht wieder loswurde, der sich aus Kleidern, Haaren und Haut nicht auslüften ließ, dass also dieser Geruch selbst die Kontrolle sei, den Nasenkanal hinaufkrieche und sich im Körper verteile, um alle Verrücktheiten zu verhindern. Nicht umsonst war die Ehefrau des Genius eine hoch dekorierte Chemikerin.

Der Geruch erschien auch in Eszters Traum. Sie befand sich in einer Konditorei inmitten eines mächtigen Waldes, aber trotz der dicken Stämme konnte man weit sehen, als wären die Bäume aus Glas. Es wurde Dobostorte serviert, und als sie sie zerteilte, kletterten winzige, haarige Menschen heraus; wie sie so auf dem Teller hin und her rannten, schlug ihr der aufdringliche Geruch des Zuges in die Nase. Je schneller die Menschen sich bewegten, desto penetranter wurde er. Sie versuchte, sie mit dem Teelöffel zu verjagen. In dem von großen Tischen umgebenen Pferch klapperte das Besteck wie die Räder eines Zuges.

Die Stimme des Aufsehers weckte sie.

Auf dem Bahnhof von Bükkvárad werdet ihr euch ausweisen müssen, sagte Márton oder Balázs. Es wäre aber gut, wenn sie keinen von uns aufschreiben würden, fügte er hinzu. Da waren sie schon zu viert, denn auch der Junge mit dem Totenkopf hatte sich ihnen angeschlossen. Er hatte sie am Tor erwischt und sofort losgebrüllt, wohin sie einfach so entwischen wollten, die Party sei doch noch gar nicht zu Ende und die Nacht erst recht nicht. Er war betrunken und wollte sich ihre Erklärung gar nicht anhören, so kamen sie schnell zu dem Schluss, dass sie besser fuhren, wenn sie ihn mitnahmen.

Der Aufseher protestierte da gar nicht mehr. Davon, dass Eszter und Mihaela mitkamen, hatte er zuerst nichts hören wollen, er hatte den Kopf geschüttelt und sie ausgelacht, so geht das nicht, hatte er gesagt, das ist hier keine Klassenfahrt, aber da hatte sich das andere Mädchen Eszters Trotz schon zu eigen gemacht, als hätte es sich ihre geblümte Bluse ausgeliehen. Vielleicht hatte der Junge befürchtet, nicht ernst genommen zu werden, wenn er sich weiterhin widersetzte, oder der Grund war ein anderer gewesen, das würde sich nie mehr herausstellen, jedenfalls verstummte er plötzlich, musterte sie von oben bis unten und sagte schließlich, meinetwegen könnt ihr mitkommen, ich bin ja nicht euer Vater. Eszter fragte sich kurz, ob er sie vom Bahnhof nach Hause schicken würde, weil das vielleicht einfacher war, aber nein, er ließ zu, dass sie sich die Fahrkarten bis zur Endstation kauften, damit kein Verdacht aufkam, Mihaela lieh er sogar Geld, sie solle es ihm drüben zurückgeben, sagte er scherzhaft, und darüber lachte das kleine Aas so, als hätte es den besten Witz seines Lebens gehört.

Im Zug sprachen sie jedoch nicht mehr miteinander, sie starrten die schon ab Werk schmutzfarbenen Vorhänge und die leblosen Stadtansichten an der Abteilwand an. Verabschiedet hatten sie sich von nichts, eher versuchten sie, die aus ihrem Magen immer wieder aufbrechende Angst zu verhüllen, die sie um nichts in der Welt zugegeben hätten, denn ihre Reise erzählte von Liebe, Abenteuer, Freiheit, obwohl diese Schlagworte ganz im Inneren so klangen, als hätte man sie in den Nachrichten zwischen der Übererfüllung des Fünfjahresplans und dem erfolgreichen Besuch des Generalsekretärs im Kongo verlesen.

Am Bahnhof brannten die Laternen nur zur Grenzseite hin. Schließlich stiegen sie zu dritt aus, der Junge mit dem Totenkopf blieb im Abteil. Er war schon kurz hinter Apátfalva eingeschlafen, sein Kopf war zur Seite gesunken, in einem sonderbaren Winkel, als gehörte er gar nicht zu seinem Körper. Niemand wollte ihn wecken.

Es ging auf ein Uhr zu, hinter dem Lampenlicht schwebte wie ein undurchdringlicher Vorhang die Nacht.

Nicht weit von der Tür stand auf dem Bahnsteig ein Soldat. Ein paar Schritte von ihnen entfernt wartete noch einer, am Ende des Betonstreifens ein dritter mit einem Hund. Etwas weiter weg rauchten zwei Polizisten vor einem Wachhäuschen. Außer ihnen waren noch ungefähr fünf Personen ausgestiegen. Ein Ehepaar mit bauchigen Koffern, die sofort zeigten, dass sie auf die andere Seite des Bahnhofs wollten, und so kümmerte sich der mittlere Soldat gar nicht um sie. Zwei Männer und einen jungen Kerl hielt der Wächter mit dem Hund an. Sie hatten kein Gepäck, nur eine Schultertasche, die der Größte von ihnen trug.

Der Soldat, der näher bei ihnen stand, schien ein kleiner Mann mit charakterlosem Gesicht zu sein. Einer von der Sorte, die sich niemand trauen würde, in der Kneipe allein zu lassen. Trotzdem konnten sie nicht einfach so an ihm vorüberspazieren. Die Maschinenpistole ließ ihn größer und die Uniform seine Schultern breiter erscheinen. Ein bisschen wirkte es so, als wären nur die Kleidung und die Waffe im Dienst.

»Wohin wollen Sie?«, fragte er Eszter. Seine Stimme spiegelte seine Schüchternheit in keiner Weise wider. Sie war klangvoll und ein bisschen feierlich, als spräche er vor vielen Leuten.

Eszter hörte nicht hin. Sie schaute den drei Männern zu, die von den Soldaten zum Wachhäuschen begleitet wurden. Den einen mussten sie am Arm festhalten.

»Was ist das Ziel Ihrer Reise?«, fragte er noch soldatischer.

»Wir wollen zu Sandu, zur Taufe«, antwortete der Aufseher rasch.

»Ist es dazu nicht schon zu spät?«

»Sie kennen doch Sandu. Bei ihm fängt die Feier jetzt gerade erst an.«

»Verwandte?«

»Ich bin sein Cousin.«

»Trotzdem gehört es sich nicht, um diese Uhrzeit hereinzuschneien«, wiederholte der Soldat.

»Ich weiß, aber was soll ich machen, bei mir war heute Abend auch eine Party.« Er zwinkerte dem Soldaten zu und ging zur Seite, damit er sich auch Mihaela ansehen konnte, nicht nur Eszter. »Die hat sich eben ein bisschen hingezogen.«

»Verstehe.« Der Soldat grinste, drehte sich um und sah zum Wachhäuschen, was die Polizisten machten. Eigentlich hatte er die drei wegen der Mädchen angehalten. Er mochte es, wie sich ihre Augen vor Angst zusammenzogen. An ihrer Stelle blieben kleine Fische. Leblos, ohne Schuppen. Sie erwachten erst wieder zum Leben, wenn die Polizisten sie nach hinten ins Wachhäuschen mitnahmen. Dort wurden sie nass und zappelten und schwammen wie in einem Aquarium. Diese Jugendlichen hier waren aber nicht verdächtig, obwohl es freilich auch nicht schaden konnte, ihre Ausweise zu kontrollieren. Schon wollte er die Hand heben, um einen der Polizisten herbeizuwinken.

»Ach, beinahe hätte ich es vergessen. Sandu hat mir gesagt, ich soll Ihnen das hier geben«, sagte der Aufseher rasch und zog eine Flasche aus seiner Sporttasche. Es war der finnische Wodka. »Trinken Sie ihn mit dem Kommandanten auf die Gesundheit seines Sohnes.«

»Ist es denn ein Junge geworden?«

»Ja, und das passt gut zu den beiden Mädchen.«

Der Soldat sah die Flasche Wodka nur an, wollte aber nicht nach ihr greifen. Mihaela blickte erschrocken mal zu Eszter, mal zu dem Soldaten. Der Aufseher nahm mit demselben selbstsicheren Lächeln, mit dem er das Geschenk überreichen wollte, Mihaelas Hand. Er drückte sie wohl ziemlich fest, denn ihr Handgelenk wurde ganz weiß. Am schlimmsten wäre es gewesen, wenn sie weggerannt wäre.

Der Zug setzte sich mit einem unwilligen Schnaufen in Bewegung, das im Abteil noch so beruhigende Rattern erstarb innerhalb von Augenblicken in der lang gezogenen Kurve. Kahl und verlassen lag der Bahnhof da mit seinem gekränkten Block in der Mitte. Hinter ihm zogen sich die Außengebiete der Stadt hin, dunkle, aneinandergepresste Flecke. Hier konnte man kaum mehr bauen. Der eine Polizist trat wieder vor das Häuschen und zündete sich die vorher beiseitegelegte Zigarette an. Sein müder Schatten hing lang über den Schienen. Als er bemerkte, dass der Soldat sich immer noch mit ihnen unterhielt, gab er ihm einen Wink, er solle sie gehen lassen. Den heutigen Fang hätten sie schon eingefahren.

»Stellen Sie das bei der Kontrolle ab«, sagte der Soldat und wandte sich ab. Sein Kamerad mit dem Hund wartete am Ende des Bahnsteigs auf ihn.

Bevor der Aufseher zu dem angegebenen Ort losging, nahm er eine Jeansjacke aus der Sporttasche und knüllte den leeren Plastikbeutel knisternd in seine Jackentasche. Über die Bahnsteige fegte ein kühler, unangenehmer Wind. Auch Eszter zog die Bluse zusammen, dabei war sie eigentlich nicht verfroren. In der Jacke mit den roten Knöpfen sah der Junge ganz so aus wie ein Ausländer. Mit großen, männlichen Schritten ging er auf das Häuschen zu. Eszter sah ihm stolz hinterher, als gehörte sie schon zu ihm.

Das Wachhäuschen mochte etwa dreißig Schritte entfernt sein und schien immer größer zu werden. Ein kleinerer Tisch und zwei Stühle hatten bequem darin Platz. Hinter den aneinandergeschweißten Eisenplatten drang kein Ton heraus, nur der Flaschenboden schlug leise auf dem Beton auf, als er den Wodka neben das Häuschen stellte. Die ausgedrückte Kippe glühte noch auf der Erde. Der junge Kerl, den sie gerade noch auf dem Bahnsteig gesehen hatten, stand schon draußen. Gelangweilt kickte er einen Stein hin und her, den er zwischen den Bahnschwellen herausgekratzt hatte. Wenn ihm ein Schuss gelang, sah er zur Tür, ob ihn sein Vater oder sein Bruder lobten, aber sie waren noch nicht herausgelassen worden. Der Geruch von Schmieröl, Diesel und Kohlenstaub pulsierte in der Luft, alles, was seine Schüsse aufwirbelten.

»Sie werden sie rauslassen«, sagte er zu den Mädchen, als er zurückkam. »Das Ganze ist wahrscheinlich nur ein Irrtum.«

Die Möglichkeit des Irrtums beruhigte sie beide. Irren ist menschlich, sagte sich Eszter immer wieder. Sie wollte diesen tausendmal gehörten Satz nicht loslassen. Obwohl sich das jetzt eher wie ein Streich anfühlte, wie damals in der Geschichtsstunde, als sie Burebista, dem dakischen Anführer, eine Armbanduhr ans Handgelenk gemalt hatten. Wenn man die Federzeichnung jedoch lange angestarrt hatte, glaubte man nach einer Weile eher an die Armbanduhr als an das gemalte, gen Himmel erhobene Schwert oder an den Text, der darunter stand. Und obwohl es unvorstellbar schien, dass man die drei Männer eventuell um Verzeihung bat, bevor man sie ihres Weges gehen ließ, war es trotzdem leichter, darauf zu vertrauen, als auf den lang gezogenen, klagenden Schrei, der sie an der Schranke einholte. Es hätte auch ein Hund sein können oder ein Fuchs, der in die Falle geraten war.

Als sie den Bahnübergang erreichten, waren von den vier Lampen, die die Schienenpaare beleuchteten, drei erloschen. Bis vier Uhr früh würde kein einziger Zug kommen, es gab keinen Grund, Strom zu verschwenden. Eszters Augen gewöhnten sich nur schwer an die kohlenverstaubte Dunkelheit. Doch das verstärkte jetzt wieder den Geschmack des Abenteuers, sie spürte geradezu, wie ihr die Träger des Rucksacks in die Schultern schnitten.

Sandus Kneipe unterschied sich kaum von den anderen Häusern und lag auf der Hälfte der Hauptstraße, die an der Schranke begann. Aus den der Straße zugewandten Fenstern fiel müdes Licht auf den Gehweg.

»Wartet hier«, sagte der Aufseher.

Durch die sich öffnende Tür drangen die Klänge betrunkenen Singens. Wie Dampf wurden sie rasch von der Dunkelheit aufgesogen. Eszter sah Mihaela, soweit das wenige Licht es zuließ, siegesgewiss an. Es war völlig klar, dass sie hier stehen geblieben waren, um dieses Zeichentrickmädchen, diese schnelle Karikatur, dem Kneipenwirt anzuvertrauen. Am nächsten Tag würde er sie in den Zug setzen und fertig. Auch so hätte sie ihren Freundinnen etwas zu erzählen. Und sie beide würden sich auf den Weg zur Grenze machen. Sie, die Erwachsenen. Das Erste, was sie drüben tun würde, wäre, sich eine große Tafel Milchschokolade zu besorgen. Oder Schokodragees. Sie war nicht so naiv, zu glauben, die Welt da drüben sei besser, aber manchmal genügte es auch, wenn sie besser schmeckte. Eine Weile würde sie nichts anderes essen als Süßigkeiten, bis sie genauso genug von ihnen hätte, wie sie ihr jetzt fehlten.

Sie mussten etwa fünf Minuten warten. Der Aufseher kam in Begleitung eines Mannes mit großem Doppelkinn und glattem Gesicht zurück.

»Kommt«, sagte Sandu.

In der Kneipe waberte der Dunst von vergossenem Bier und billigem Parfüm. In der Mitte, um einen weißen Tisch, saßen die Gäste. Die Dekoration des Raumes war ärmlich, aber man sah, dass den ganzen Tag daran gearbeitet worden war. Die Kneipe hatte eigentlich gar nicht geöffnet, nur durch ein kleines Fenster gab man den einen oder anderen Kurzen heraus.

Sandu roch stark nach Pálinka und war eher trübselig als fröhlich. Er ging mit energischen Schritten vor ihnen her, torkelte kein bisschen. Durch einen guten Kneipenwirt fließt alles hindurch, hatte Eszters Vater immer gesagt, und auch Sandu war diese Bitternis anzusehen: Vergeblich schüttete er den eigens aufbewahrten Aprikosenschnaps in sich hinein, nichts blieb in ihm hängen. Er führte sie zur Hintertür, dann in den Garten bis zum Holzschuppen. Neben der Hütte war eine Tür in den Zaun geschnitten worden. Vom Ende des Gartens sah es aus, als läge hinter ihr eine dunkle Grube, doch zeichneten sich im Mondlicht nach und nach die Konturen eines Feldwegs ab. Es war ein huckeliger Weg, so schmal, dass gerade einmal ein Pferdewagen Platz hatte.

Der Aufseher drückte Sandu die Hand. Er gab ihm ein zusammengefaltetes Blatt Papier, und als das Licht darauf fiel, leuchtete das Graublau eines Hundert-Lei-Scheins auf. Sandu hob die Hand an den Kopf, als wollte er den Hut lüften, dann verriegelte er die Tür hinter ihnen. Zu grüßen oder sich vorzustellen, war keine Zeit geblieben.

»Wir müssen den Akazienwald erreichen«, sagte der Aufseher leise. Es klang, als riefe er sich den folgenden Schritt eines gründlich durchgesprochenen Plans in Erinnerung.

Das Gehen auf dem Weg fiel ihnen schwer. Eszters Sommerschuhe stützten ihre Knöchel kaum, aber sie konnte sie nicht ausziehen, weil unter ihren Sohlen spitze Steinchen knirschten. Nach ungefähr fünf oder zehn Minuten waren sie am Rand der Ortschaft angelangt. Der Wind, der bisher an den Häuserblöcken hinter den Zäunen abgeprallt war, schlug ihnen jetzt ins Gesicht. Sie konnten sich kaum umsehen. Rechts, zur Bahn hin, schwebte der kompakte Fleck der Obstaufarbeitungsanlage im Dunkel. Links wogte eine weite Leere. Der Akazienwald ließ sich leicht ausmachen, da er der höchste Schatten in der ganzen Gegend war. Höchstens ein oder zwei aus Kisten aufgestapelte Türme, die den Weg zur Verarbeitungsanlage säumten, konnten es mit ihm aufnehmen. Das war gut so, denn so kam jeder an ein bisschen Feuerholz für den Winter, und es wurden nicht die noch intakten Kisten aus dem Betrieb gestohlen.

Zum Akazienwäldchen mussten sie den vor ihnen liegenden Kartoffelacker überqueren, danach führte ein schmaler Pfad am Waldrand entlang. Hier war das Gelände leicht und sicher, denn bei jedem verdächtigen Geräusch konnte man sich zwischen den Bäumen verstecken. Zudem fing das Laub den Wind ab, die Tageshitze hingegen saß am Fuß der Stämme fest, als hätte sich der Sommer dorthin gehockt, um seine Notdurft zu verrichten. Alles verströmte einen intensiven Geruch. Wenn der Wind nicht wehte, kam er ganz nah.

Der Pfad war eher sandig als staubig, manchmal sank man bis zu den Knöcheln ein. Der Sand streichelte Eszters durchgefrorene Sohlen beinahe, doch zu rennen wäre der reine Selbstmord gewesen. Sie sprachen nicht miteinander, der Aufseher gab ihnen manchmal ein Zeichen, sie sollten sich beeilen, hätten keine Zeit, sich umzuschauen. Eszter gehorchte etwas beleidigt, denn nicht genug, dass sie das rumänische Mädchen nicht zurückgelassen hatten, der Junge half ihm auch noch, wenn es hier und da über einen Ast stolperte. Dann reichte er ihm den Arm, als stolzierten sie eine Promenade entlang.

Es war nach zwei Uhr nachts, als sie den Rand des Akazienwäldchens erreichten. Von hier an bot nichts mehr wirklich Zuflucht. Das Mondlicht beleuchtete nur spärlich den Anfang der Rübenfelder; weiter entfernt, wo die Dunkelheit immer dichter und undurchschaubarer wurde, musste sich die Reihe der Wachtürme hinziehen.

»Da hinten warten wir die Wachablösung ab«, sagte der Aufseher und zeigte nach links. Der Fleck mit den ungewissen Konturen bedeutete ein nicht allzu breites Maisfeld. Obwohl auch die höchsten Halme den Bäumen nur bis zu den Knien reichten, war es immer noch tausendmal besser als offenes Gelände. Sie gingen vorsichtig voran, denn jedes Geräusch, das lauter war als das Zirpen der Heuschrecken, als das ferne, vereinzelte Bellen oder ihr keuchender Atem, wirkte beinahe wie Gebrüll. Mihaela, die vor Eszter ging, zischte einige Male auf wie ein Mädchen, das nähen lernte. Die länglichen Blätter begannen, schon zu trocknen, und wenn man sie nicht richtig zur Seite schob, schnitten sie wie Rasierklingen. Als sie die lebendige Wand des Maisfelds von allen Seiten umgab, blieben sie stehen. Der Aufseher setzte sich auf den Boden und versuchte, das Zifferblatt seiner Uhr so zu drehen, dass Licht darauf fiel.

»Zwanzig Minuten müssen wir warten«, sagte er schließlich. »Du hältst solange draußen Wache. In zehn Minuten löse ich dich ab.«

Glücklich übernahm Eszter die Aufgabe. Auch das zeigte, dass der Aufseher nur sie ernst nahm. Nur in ihr sah er eine mögliche Partnerin. Selbst wenn Mihaela ihr großes Schweigen unterbräche, bliebe sie nur ein stolpernder Niemand, den sogar ein Maisblatt entzweischnitt. Zwei Schritte vom Feld entfernt bezog sie ihren Posten. Von hier konnte sie sehen, wenn jemand vom Akazienwald auf sie zukam, und auch, wenn sich jemand von den Wachtürmen her näherte. Die Wogen der aufgewühlten Dunkelheit legten sich allmählich, alles wurde wieder so ruhig und teilnahmslos, als wären sie nie hier entlanggegangen.

Eigentlich hatte sie nur vor den Hunden Angst, eine Patrouille passte irgendwie überhaupt nicht in diesen Frieden.

Es gab so eine Art von Stille, die den Menschen nicht mehr duldete. Ebenso gut hätte sie auf dem Hof der Datscha in Györkös sitzen können, nur dass hier der Himmel irgendwie weiter war und es mehr Punkte an ihm gab. In der Stadt war der Himmel immer wie die Decke eines Untermietzimmers, an der sich früher oder später jeder den Kopf stieß, und der Mond wie ein schmutziger Lampenschirm, in dem dringend die Glühbirne gewechselt werden musste. Diese Weite hier war schon die alte Weite wie zu Hause, die ihr doch gar nicht mehr fehlen konnte. Sie ließ nicht zu, dass sie ihr fehlte.

Wieder versuchte sie, sich ihre eigene Beerdigung vorzustellen, aber ständig verdarb sie die Szene: Entweder sie lachte im Sarg, oder sie richtete sich mitten beim Gebet auf der Bahre auf. Deshalb dachte sie lieber an den Geschmack der Schokolade und daran, wie schön es wäre, mit diesem Jungen ans Meer zu fahren. Einmal war sie bei der Prüfung in der Erdkundestunde beinahe durchgefallen, weil sie gesagt hatte, Rumänien habe kein Meer. Und das hatte sie wirklich gedacht. Für ein Meer brauchte man Großzügigkeit, Heiterkeit und Weltanschauung, einen Alltag, den der salzige Dunst durchdringen konnte. Wo gab es so etwas hier, wo sie ihr Leben so mürrisch fristeten? Sie hatte vor der Landkarte gestanden und einfach nicht auf den blauen Fleck des Schwarzen Meeres zeigen wollen, denn das konnte doch nur ein Schwindel sein, oder selbst wenn es das gab, dann hatte man es sicher schon umgepflügt und besät wie die unendlichen Felder des Bărăgan. Wenn sie so ein Land wollten, dann sollten sie nicht mit dem Meer prahlen. Das hatte sie natürlich nicht mehr gesagt, dazu war sie zu feige gewesen, aber auch so hatte sie einen Eintrag des Direktors bekommen, den sie nach dem Unterricht auf der Schultoilette statt ihres Vaters unterschrieb. Dabei war sie eine gute Schülerin gewesen, erziehbar, formbar, nur eben nicht der Augenstern der Lehrer.

Die Zeit rückte kaum voran, trotzdem sagte ihr etwas, dass die zehn Minuten schon längst vorüber waren, dass sie sogar langsam losgehen müssten. Aber sie wartete noch ein wenig, zählte ihre Atemzüge, um nicht übereifrig zu wirken. Als sie sie erblickte, wusste sie sofort: Etwas war nicht in Ordnung. Mihaela trug die Jacke des Jungen, und beide Gesichter waren von demselben Schuldbewusstsein verzerrt.

»Ich wollte gerade Bescheid sagen«, sagte der Aufseher.

»Was denn?«

Es war nicht leicht auszusprechen.

»Ich glaube, wir fahren zurück.«

Eszter stockte der Atem. Und sie hatte noch das Mädchen für ein Kind gehalten! Da er ihr Gesicht nicht sah, verstand der Junge ihr Schweigen als Aufforderung.

»Irina kann nicht hierbleiben.«

»Wer bitte?«

»Irina.«

So hieß sie also wirklich. Irina. Schön. Und sie konnte nicht hierbleiben. Sie war doch klüger, als sie gedacht hatte. Diese offensichtliche Wahrheit hatte sie sich für den Schluss aufgehoben. Die Fragilität, die Angst, die schon fast wie Mut erschien. Es interessierte sie gar nicht mehr, was sie hinter ihrem Rücken gemacht hatten. Ob sie nur geknutscht hatten oder ob sie ihm auch ihren Busen gezeigt hatte, bevor sie in Tränen ausgebrochen war. Aber es war schon wirklich dämlich, wegen einer kleinen Ferkelei bis hierher zu kommen.

»Ich gehe nicht zurück.«

»Mach keinen Blödsinn, das ist hier jetzt …«

»Ich gehe nicht zurück, und Schluss!« Eszter hob die Stimme. Das war gefährlich.

»In Ordnung.« Der Junge zuckte mit den Schultern.

Als sie aus dem Feld kamen, zeigte er auf einen Punkt in der Ferne.

»Siehst du diesen dunklen Teil zwischen den beiden hellen Punkten? Geh entweder rechts oder links lang, aber auf keinen Fall in Richtung Wald. Dort sind Drähte gespannt, wenn du die berührst, starten Signalraketen und es wird taghell. Verstanden?«

»Entweder rechts oder links, aber nicht geradeaus«, wiederholte Eszter mechanisch. In Wirklichkeit verstand sie nicht ganz, was er gesagt hatte, aber das interessierte sie auch nicht mehr. Es war nicht wichtig. Die Schokolade war verschwunden, der himmelblaue Fleck des Meeres hingegen schimmerte auf der Landkarte auf. Die glatte Oberfläche hinter der Ausbuchtung der Dobrudscha. Nicht einmal blind konnte man es verfehlen.

Sie beschleunigte ihre Schritte, wollte nicht sehen, wie die beiden, ein kleinerer und ein größerer Schatten, sich auf den Weg zum Akazienwäldchen machten. Ihren Blick hängte sie wie einen Haken an den hellen Punkt auf der rechten Seite. Sie zog ihn an sich heran wie der trotzige, verrückte Wunsch eines erschöpften Schwimmers das jenseitige Ufer. Mit der zunehmend undurchdringlichen Dunkelheit draußen konnte es nur die Schwärze der Wut aufnehmen, die ihr Inneres fast zum Explodieren brachte. Sie rumorte in ihr, pendelte niederträchtig und stumm hin und her, als suchte sie die Stelle, an der sie an die Oberfläche brechen könnte.

Der Klang des Schusses blieb ihr irgendwo in der Wirbelsäule stecken. Dann hörte sie es noch zweimal knallen und einen Schrei. Das war kein gezierter, zimperlicher Ruf, kein bloßes Erschrecken, wie wenn eine Maus über den Teppich lief, sondern schmerzhaft und angstvoll, als bekäme jemand einen Schrecken vor seinem eigenen Schmerz. Irinas Schrei machte den Knall des Schusses eindeutig und unwiderruflich.

Zuerst hockte sie sich auf die Erde, doch als sie begriff, was geschehen sein musste, rannte sie sofort los. Inzwischen hatte sie den Rübenacker schon verlassen und ein gepflügtes, aber unbestelltes Gelände erreicht. Die Furchen waren oben zu einer harten Kruste festgetrocknet, es war, als würde sie über versteinerte Wellen laufen. Sie berührte den Boden fast nur mit den Zehenspitzen. Dabei fürchtete sie, wenn sie hinfiele, könnte sie nicht wieder aufstehen, würde die Erde das Gewicht der Angst übernehmen und sie nicht wieder loslassen. Jeder Schritt tat weh, aber nach einer Weile erreichte sie der brennende, reißende Schmerz nicht mehr, es war, als verweigerte ihr Körper alles, was nicht zur Flucht gehörte. Als liefe der eine, und der andere ertrüge den Schmerz.

Das Ende des Ackers wurde von einem Graben durchschnitten. Zur Zeit der Regenfälle im Frühjahr und Herbst schwoll er vielleicht sogar zu einem Bach an, doch jetzt glitzerte nur ein dünnes schwarzes Rinnsal an seinem Grund. Als sie mit den Beinen voran hineinstürzte, verschluckte sie die dichte Masse bis zum Knöchel. Eine Weile hatte sie das Gefühl, sie sei nicht in der Lage, weiterzugehen, der Graben sei unvorstellbar tief, der Schlamm ziehe sie hinunter, zerbreche ihr die Knochen, verbrenne ihre Haut blasig wie Feuer. Der an ihren Beinen aufblubbernde Gestank brachte sie wieder zu sich. Irgendwo weiter oben musste eine Kadavergrube sein, deren stinkende Brühe hierhergesickert war, als ob Kellerasseln unter der Erde in Reihen krabbelten. Hier konnte sie nicht bleiben. Wenn sie hier bliebe, würde man sie niemals finden. Statt ihres Körpers würden sie gegorenen Schlamm in ihren Sarg schaufeln.

Sie klammerte sich an den Zweigen eines Ginsterstrauchs fest, der in den Graben ragte, und zog sich so heraus. Schritt für Schritt. Die Erde unter ihren Ellbogen war heiß, ein dorniger Ast riss ihr die Kleidung auf und hinterließ einen brennenden Streifen.

Auf der anderen Seite stand sie nicht sofort auf. Sie versuchte zu lauschen, doch ihr eigenes Keuchen, das Trommeln ihres Herzschlags in den Ohren übertönte alles. Sie konnte nicht unterscheiden, ob der Wind das Kläffen vom Akazienwäldchen her oder aus dem Maisfeld auf sie zutrieb. Ihr Herz ratterte, als ob die Hundemeute schon in ihr drinnen lärmte, mit arhythmischer Entschlossenheit. Obwohl sie es nicht wollte, stellte sie sich immerzu vor, dass der Soldat, von dem sie auf dem Bahnhof angehalten worden waren, Irina erschossen hatte. Sie wussten also schon, dass sie drei Personen suchen mussten. Und eine fehlte … Das plötzlich in ihr aufsteigende Entsetzen drückte sie zu Boden. Hier drüben war die Erde feuchter, sie verströmte den Geruch von bitterem Laub, Rost und verschwitzten Körpern, von einem gewöhnlichen Nachmittag in dem mit Pendlern vollgestopften Zug, von Übelkeit erregender Müdigkeit und der kommenden Beklemmung des Zuhauses zwischen den Rippen, weil sie auch jetzt nicht lange bleiben konnte. Der Geruch zog sie tiefer und tiefer, unter die weiche und krümelige Erdschicht, der nichts mehr entspross, und sollte es dort unten Leben geben, so wartete dieses geduckt und still darauf, dass seine Zeit käme.

Noch immer atmete sie hastig, aber statt des Sauerstoffs verschluckte sie nur die Dunkelheit, die sich in ihrem Magen schon zusammenzuballen begann. Noch ein paar Minuten, und sie würde in langen schwarzen Fäden die Nacht erbrechen. Sie presste die Hände ans Gesicht, damit sie nicht so zitterte. Die Berührung beruhigte sie, als wären es fremde Hände. Als sich ihr Herzschlag normalisiert hatte, versuchte sie, mit ihren ungeeigneten, zum Fluchen bestimmten Wörtern zu beten. Sie wollte zu jemandem sprechen. Vielleicht zu ihrem Vater. Oder zu einem bärtigen Mann, den sie in den Bildbänden, auf teuren Gemälden gesehen hatte.

Sie wusste, sie müsste bald aufstehen, sich einen hellen Punkt am Horizont suchen und auf ihn zurennen, rennen um jeden Preis. Bald käme die Dämmerung. Ganz unten am Himmel öffnete sich schon ein zögerlicher silbriger Spalt, das jetzt noch fahle Morgengrauen würde allmählich die sich wie Bäume erhebenden Wachtürme erreichen. Sie stand auf. Ihr Rumpf suchte, wie im Zirkus, das Gleichgewicht auf zwei Stelzen. Ihr Körper stank nach dem Graben, und sie hatte Durst. Der weißliche Belag des trockenen Mondlichts klebte an ihrem Rücken. Wieder begann sie zu rennen, mit schweren, blutigen Schritten, denn die Erde kratzte und biss. Wenn sie das Gefühl hatte, stehen bleiben zu müssen, stellte sie sich vor, wie die keuchenden Verfolger hinter ihr schon die Waffen an die Schulter hoben. Das Entsetzen trieb sie wie eine Maschine vorwärts. Es folgten eine Weide, ein weicher Acker, danach ein Sandweg, holperiges, unsicheres Gelände, ein paar Bäume huschten rechts an ihr vorbei, dann der tiefe Brunnen der Stille. Sie hörte keinerlei Geräusche mehr. Auch keine Rufe, kein Fußtrappeln. Um sie herum wogte die dem Schuss vorangegangene Stille. Sie war drüben. Sie sprach es laut aus, spuckte es vor sich auf den Boden. Es schillerte stumpf wie eine Münze. Sie musste es sehen, nicht nur daran denken, denn so war es nichts wert. Der sandige Streifen musste die Grenze gewesen sein. Sie schaute sich um. Hier war alles in seiner Fremdheit vertraut: das Laub, das Gras, die schwarzen Holundersträucher.

Der helle Punkt entpuppte sich bald als eine nackte Glühlampe an der Wand eines umzäunten Hauses. Falter und Mücken schwirrten um sie herum, manche waren für immer an dem heißen Glas festgeklebt. Vor dem Haus verlief eine Reihe von Strommasten, behäbig schleppte sie sich den Hügel hinauf. Eszter versteckte sich hinter einem der Masten. Müde lehnte sie sich an die Kühle des Betons, ihr Körper glühte schwarz. Sie wollte Kraft sammeln und an dem Haus anklopfen, um Wasser und Kleidung bitten, mit den Bewohnern zusammen die Grenzer anrufen. Alles in Ordnung, würde man sie beruhigen. Sie ertastete mit den Fingern die Umrisse einer Metallplatte. Die Buchstaben in der Mitte waren erhaben und so groß wie ein Fingernagel. Gierig las sie. *Pericol de moarte,* warnte die Inschrift. Rumänisch!

Sie weinte nicht. Auch Wut empfand sie keine mehr.

Es war ihr egal, warum sie hierhergeraten war. Ob wegen Sandu oder weil das Geld zu wenig gewesen war oder weil sie vielleicht etwas beim Rennen falsch gemacht hatte. Gehorsam ging sie auf das Haus zu. Gehorsam ließ sie zu, dass man sie erschrocken hineinzog, hastig ihre Wunden versorgte und sie dann in den Keller hinunterbefahl, auf eine ausgeblichene Matratze hinter den Kartoffelsäcken, weil dort noch keiner gefunden worden sei. Sie protestierte nicht, als man ihr am nächsten Morgen fremde Kleider zum Anziehen gab, sie auf einen Pferdewagen setzte wie eine entfernte Verwandte, die nur zur Weinlese gekommen war, und sie zum nahe gelegenen ausgestorbenen Bahnhof kutschierte. Für alles bedankte sie sich artig, für die Fahrkarte, für das bisschen Geld, das sie bekam, etwas benommen gelobte sie, wirklich niemandem davon zu erzählen und es auch nicht noch einmal zu versuchen, oder wenn doch, dann nicht hier, nicht in dieser Gegend, wo die Grenze derart im Zickzack verlief, dass man sie, wenn man in die falsche Richtung ging, innerhalb einer Stunde gleich zweimal überqueren konnte.

Ihre Beine schmerzten, doch so gab es wenigstens etwas, was sie pausenlos und hartnäckig darauf aufmerksam machte, dass sie lebte. Noch konnte sie sich nicht darüber freuen, sie nahm es eher nur zur Kenntnis wie ein Telegramm. Lebe. Stopp. Bin zwölf Uhr zehn da. Stopp. Warmes Essen wäre gut. Stopp.

Die Uhr an der Wand des Bahnhofs lief da schon rückwärts.

Kalcsek kam mindestens eine Viertelstunde zu spät. Der Trolleybus Linie sieben hatte an der Kreuzung Mühlenstraße wieder seine Fühler fallen lassen. Die Leitungsverbindungen dort seien schon seit Jahren kaputt, erzählte er Eszter, trotzdem würden sie nicht repariert, und außerdem hätte sich der Busfahrer nicht an die Geschwindigkeitsbeschränkung gehalten. Die Wut auf den Fahrer und die Leute von der Wartung stand ihm ins Gesicht geschrieben. Sie verging auch nicht, als er sich setzte und mit der Hand über die rot karierte Tischdecke strich.

Sie saßen drinnen, hinter den Scheiben des Restaurants. Der kalte Hauch des nahenden Abends umwebte langsam die Häuser; wer jetzt draußen blieb, riskierte eine Blasenentzündung. Bald gehen die Lampen an, dachte Eszter, denn diesen Augenblick mochte sie in der Stadt am liebsten. Wenn sich das noch zaghafte Licht der Straßenlaternen in die grauen Schwaden mischte, sich dann, zu Kräften gelangt, in den Schaufenstern und Scheiben der Wohnhäuser vervielfachte. Dann folgten einem hundert und aberhundert Blicke.

»Ich habe meine Brille nicht dabei«, sagte Kalcsek und schob Eszter die Speisekarte hinüber. Missmutig nahm er zur Kenntnis, dass es auch die Pizza in verschiedenen Sorten gab; mehr noch, langsam gäbe es so etwas wie eine einfache Pizza gar nicht mehr, und man würde nur dumm angesehen, wenn man so eine verlangte. Eszter bestellte für Kalcsek schließlich eine Quattro Stagioni, was sie auch sofort übersetzte, vier Jahreszeiten, vier Geschmacksrichtungen, eine davon werden Sie bestimmt mögen, sagte sie, worauf der Hauswart ergeben nickte, bestenfalls würde er viermal sagen, wie wunderbar die Pizza sei. Für sich selbst bestellte Eszter eine vegetarische Pizza und einen leichten Rotwein.

Nach der Bestellung stürzte eine eigenartige, vielschichtige Stille über sie herein. Kalcsek rutschte auf dem Stuhl hin und her, mal packte er das Besteck mit seinen stumpfen Fingern aus der bordeauxroten Serviette aus, mal wieder ein. Schließlich begannen sie, von Nichtigkeiten zu sprechen, von aktuellen Nachrichten, wie man sie in der Zeitung lesen konnte. Es käme wieder eine Teuerung, und der Sommer werde niederschlagsreicher als gewöhnlich. Kalcseks Missmut griff schließlich auch auf Eszter über, die den Wein auf der Zunge hin und her wiegte, als wäre er ein komplizierter Satz. Das Gespräch ließ sich nicht fortsetzen; aus der zunehmend angespannten Langeweile rettete sie schließlich der Kellner, der zwei riesige Teller vor sie hinstellte.

Jetzt gab es bereits eine Entschuldigung für das Schweigen. Eszter schnitt sich kleine Bissen ab, Kalcsek fingergroße, als wollte er das Ganze so schnell wie möglich hinter sich bringen. Sie waren ungefähr bei der Hälfte der Pizza angelangt, als Eszter es nicht mehr aushielt.

»Ich bin schwanger«, sagte sie.

Kalcsek schluckte. Er legte die Gabel auf den Tisch, als wäre sie aus Glas.

»Von wem?«, fragte er verblüfft. Da war er die ganze Zeit so taktvoll gewesen, und nun bemerkte er nicht einmal die Unterstellung, die in der Frage lag.

»Von Zmeură«, sagte Eszter erschöpft. Es war das erste Mal, dass sie den Namen des Mannes vor Kalcsek aussprach.

»Haben Sie es ihm gesagt?«

»Noch nicht. Sie sind der Erste.«

Nichts wies darauf hin, dass sich Kalcsek geehrt fühlte.

»Behalten Sie es?«

»Darüber habe ich noch nicht nachgedacht. Es ist alles noch zu frisch.«

»Mädchen oder Junge?«

»Ich sage doch, das ist alles noch zu frisch. Ich bin erst im zweiten Monat.«

»Heiraten Sie ihn?«

»Er hat mich nie gefragt.«

»Aber das wird er jetzt, oder?«

»Keine Ahnung, was in seinem Kopf vorgeht.«

»Zumindest wäre das logisch.«

»Bei Gefühlen ist gar nichts logisch.«

»Haben Sie bisher nie darüber gesprochen?«

»Über die Gefühle?«

»Nein, über die Ehe.«

Das Ganze begann, einem Verhör zu gleichen. Wie ein Kriminalkommissar haschte Kalcsek gierig nach jeder Antwort.

»Er ist dem Thema immer ausgewichen, aber in diesem Alter haben die meisten Leute schon Familie. Die Männer kommen schon zur Ruhe.«

»Verlassen Sie sich auf die biologische Uhr?«

»Wieso, worauf soll ich mich denn verlassen? Auf Unterhaltszahlungen?!«

Wütend warf Eszter die Serviette hin. Das hatte sie von Kalcsek nicht erwartet. Es wäre gut gewesen, wenn er ihre Hand genommen und irgendeine banale Dummheit über das Muttersein gesagt hätte, woraufhin sie endlich hätte in Tränen ausbrechen können.

Die Pizza wurde langsam kalt, aber der Kellner traute sich nicht, ihre Teller mitzunehmen. Eine größere Tischgesellschaft weiter drinnen im Raum machte sich zum Aufbruch bereit, die Männer halfen den Frauen in die dünnen Frühjahrsmäntel. Draußen bremste ein Taxi, aber niemand stieg aus. Einen Augenblick lang schienen alle Bewegungen eingefroren wie auf einem gelungenen Foto. Als würde die Frau, die gerade den Arm in den Mantelärmel steckte, für immer in dieser verdrehten Körperhaltung erstarren, und als könnte nichts das halb drängende, halb wohlwollende Lächeln des Kellners auslöschen. Durch die gerade offen stehende Schwingtür war die Küche zu sehen und auch, dass eine der Küchenhilfen auf die grundlegendsten Regeln pfiff und über dem Spülbecken rauchte. Der wächserne Glanz der Geranienblätter verriet, was jetzt gar nicht so auffiel: Sie waren samt und sonders aus Spritzkunststoff. Doch dann war alles vorbei: Die Tür schwang zu, der Mantel wurde angezogen, und auch die rosa Blumen nickten im Luftzug lebendig weiter.

Kalcsek bedauerte seine Taktlosigkeit schon. Als kramte er ganz unten in einem Sack, suchte er nach den passenden Worten.

»Ich möchte Ihnen schon seit einer Weile etwas sagen, aber es fällt mir immer so schwer anzufangen.«

»Das hört sich ziemlich geheimnisvoll an.«

»Denken Sie an nichts Besonderes. Ich möchte Ihnen nur einen einfachen Rat geben.«

»Einen Rat?«, wiederholte Eszter verständnislos.

»Ja«, sagte Kalcsek und holte tief Luft. »Gehen Sie weg von hier. Verstehen Sie? Verreisen Sie für fünf oder zehn Jahre. Und wenn Sie sich dort nur ein bisschen wohlfühlen, dann kommen Sie nicht wieder nach Hause. Es lohnt sich nicht.«

Kalcsek verstummte müde. Mehr konnte er nicht sagen und wollte es auch gar nicht. Etwas dümmlich betrachtete er die Pizzareste wie übrig gebliebene Ersatzteile. Eszter warf ein paar Scheine auf den Tisch, dann verließ sie unter dem nachdenklichen, trägen Blick des Kellners das Restaurant.

Ein paar Minuten später erinnerte sie nur noch der Speisengeruch an ihrem Mantel an das Abendessen. Im Schaufenster des Stoffgeschäfts an der Ecke überprüfte sie verstohlen ihre Schminke, presste die Lippen zusammen und verteilte so den aufgetragenen Lippenstift. Der Abend hielt nichts mehr für sie bereit; sie hatte keine Freundinnen, die sie hätte anrufen können. Vielleicht sollte sie nach Hause gehen und so lange durch die Sender zappen, bis sie ein Film in den Schlaf wiegte.

Würde es wirklich so sein? Heute, morgen und in einer Woche? Sollte sie weggehen? Das war er fähig gewesen, zu sagen? Er musste doch wissen, was er da verlangte. Dass sie Irinas Knochen aus der Erde ausgraben sollte, ihren etwas erstaunten Blick, als die Kugel ihr die Rippen durchbrechend durchs Herz gegangen war, dass sie das Tageslicht ausgraben sollte, das die Wachtürme beleuchtet hatte, sie zu Staub zermalmen und auf sie pinkeln sollte wie in einem gottverdammten Sandkasten, daraus ein formbares Material kneten sollte, aus dem Straßen, Häuser und Städte wurden, jene andere Welt, in die sie gewollt hatten, und sie dann zertreten, über sie hinwegsteigen, denn nur so konnte sie sie hinter sich lassen. Und von morgen an müsste sie noch jemanden dazurechnen. Die rote Linie. Vielleicht hatte sie in jenem Satz im Restaurant zuletzt gelebt. Oder würde vielleicht am nächsten Morgen das letzte Mal leben, wenn sie sich in der Klinik anmeldete.

Wenn sie ihre Angaben diktierte. Diese Eingriffe gehen heute sehr schnell und schmerzlos vonstatten, würde die Schwester herunterrattern und ihr nicht in die Augen sehen. Was nicht zu ihr gehöre, sauge man ab, und schon könne sie wieder gehen. Auf den eigenen Beinen. Könne sich höchstens im Nachbarzimmer noch ein wenig ausruhen. Seelisch. Aber das würde sie nicht nötig haben. Und Jani Rot würde sie auch nichts sagen. Wozu? Es ging ihn kaum etwas an. Vielleicht biologisch. Er musste verstehen, dass das eine andere Art von Gleichung war. Sie hätte an jenem Abend auch etwas dort lassen sollen. So wäre es fair gewesen. Dann tilgte sie jetzt eben. Nachträglich, aber aufrichtig. Mit ihrer Wut konnte sie sowieso nichts anfangen. Vor allem, da sie in ganz besonderen Augenblicken fähig war, das Geschehene mit fremden Augen zu betrachten. Als würde sie sich Kalcseks Blick leihen und so jenen Mann mit dem vertrauten Gesicht in der Beethoven-Straße 18 betrachten, Ágoston Pátkai, einen Niemand, einen Unbekannten, der niemals mit ihr an der Grenze gewesen war, nichts von dem Schuss und Irina wusste und dessen einzige Sünde darin bestand, dass er verdammt schlecht Karten spielte und deshalb seine Schulden nur langsam abzahlen konnte, wofür er aber wahrscheinlich doch nicht den Tod verdient hatte. Mit Kalcseks Augen würde nichts mehr allzu wichtig erscheinen. Doch das war noch lange kein Freispruch, nur reines Glück. Diese belanglosen kleinen Leben führten eine Tragödie auf, während das Ganze nur ein einfaches Theaterstück war, in einem Akt, denn so konnten die Zuschauer in der Pause nicht nach Hause verschwinden.

Sie war schon fast an der Petru-Groza-Straße. Vielleicht hätte sie es verdient, dass die Straße unter ihr krachte und sich der Asphalt langsam von der Erde löste. Aber sie war nicht Roland und auch nicht die Margarita dieses verträumten Schriftstellers. Sie war schwerer, kantiger. Ein zartes Geschöpf war sie nie gewesen. Ihre Grazilität war ziemlich mit dem Boden verhaftet. Darüber musste sie sogar lachen. Ein Mann drehte sich erstaunt nach ihr um.

An der Ecke wäre sie fast gegen die Kirche gelaufen. Sie hatte sich noch immer nicht an sie gewöhnt. Vor zwei Jahren hatte hier noch ein heruntergekommenes Hotel gestanden, das trotz allem Verfall etwas von der Würde der Jahrhundertwende bewahrt hatte. Wie ein unrasierter Bettler, der noch mit Messer und Gabel essen konnte. Aus den Fundamenten der Kirche ragten strenge Eisenträger gen Himmel. Wo sie ihn durchstachen, öffnete sich am Firmament ein kleiner Spalt: Ölige Dunkelheit strömte aus ihm auf die Stadt nieder.

Vielleicht wegen der Kirche, vielleicht wegen etwas ganz anderem: Wieder fiel ihr ihre Beerdigung ein. Diesmal wollte sie es nicht übereilen, wollte sich jede Einzelheit ausmalen. Im schneeweißen Kleid lag sie mit flachem, beinahe nach innen gewölbtem Bauch in dem ungewohnt hohen Sarg. Dann wechselte die Kamera ihrer Fantasie die Perspektive: Zuerst konnte sie die Menschen, die um die Bahre standen, von oben sehen, dann von vorn. Alte Klassenkameraden, den kleinlauten Antal Sprőd, Roland mit seiner Frau, einige Leute aus dem Haus, Kalcsek, der auch jetzt nicht auf seinen vier Buchstaben sitzen bleiben konnte und irgendetwas mit den Totengräbern vereinbarte, die eifrig nickten. In der ersten Reihe stand ihr Vater und auch die Mutter, in normaler Straßenkleidung, Éva Kernitz, die mal wieder nichts begriff, Jani Rot mit den Händen in den

Taschen, als hätte er zwischen zwei Geschäften rasch vorbeigeschaut.

Es war ein ganz besonderer Augenblick, und sie hatte ihn bis jetzt dummerweise immer vom Tod her betrachtet. Dabei wäre es gerade vom Leben her interessant gewesen, wie diese vielen Menschen in ihren düsteren Festkleidern gerade nur in dieser einzigen, erstarrten Szene zusammen sein konnten. Für ein paar Minuten. Dann stoben sie auseinander, schwärmten aus, und der Film zerriss in tausend Stücke. Alles würde unnachvollziehbar und unannehmbar. Würde man ihnen bunte Fäden um den Leib binden, hätten sie bis zum Mittag schon die ganze Stadt eingesponnen.

In Wirklichkeit wäre es, wenn sie sterben würde, die Feier des Lebens. Dieses bunten Knäuels zwischen den Straßen. Das zwar außerhalb ihrer selbst lag, dennoch fest zu ihr gehörte.

Sie schloss die Augen. Die Stadt war verstummt, die Geschäfte hatten geschlossen. Sie allein, nur mit sich selbst. Wie ein Embryo in seinem eigenen Bauch. Aber das war es wert. Noch niemals hatte sie sich derart in Sicherheit gefühlt.

IV.

»AUF DEN FOTOS SAH SIE GRÖSSER AUS«, sagte der Mann.

»Die Optik täuscht manchmal«, erwiderte die Frau.

»So sehr?«

»Vielleicht sehen Sie sie jetzt aus einer anderen Perspektive«, sagte die Frau vage.

»Wie viel Quadratmeter haben Sie gesagt?«

»Vierundachtzig. Drei Zimmer, Vollkomfort.«

»Und kein Fahrstuhl?«

»Nein, deshalb ist sie billiger.«

»Internet?«

»Wurde hier noch nicht angeschlossen, aber im Haus schon verlegt.«

Der Mann betrat eines der Zimmer.

»Das könnte das Kinderzimmer sein«, sagte die Frau sofort.

»Ist es nicht zu dunkel?«

»Nur am Nachmittag. Morgens scheint die Sonne genau hier herein.«

»Ich dachte, die Häuser gegenüber nehmen das Licht weg.«

»Ach was. Das ist ein idealer Ort für ein Kind.«

In den Ritzen des Parketts hatte sich dick Staub angesammelt. Man sah, dass vor der Besichtigung notdürftig sauber gemacht worden war, doch die Farblosigkeit der Wände, dieses matte Schimmern, das alles überzog, konnte man nicht beseitigen.

»Sie muss gründlich renoviert werden«, sagte der Mann nachdenklich.

»Das habe ich Ihnen ja schon am Telefon gesagt«, entgegnete die Frau trocken.

»Kann man sie erweitern?«

»In welche Richtung?«

»Egal in welche Richtung.«

»Der Dachboden ist Gemeinschaftseigentum, aber vielleicht können Sie das bei der Eigentümerversammlung besprechen. Vorher muss sich das natürlich ein Statiker ansehen.«

»Und zur Seite?«

»Die Wohnung nebenan steht auch zum Verkauf.«

»Sind da auch Sie der Anbieter?«

»Nein. Der Eigentümer. Ein Feri irgendwas. Soll ich ihn fragen?«

»Noch nicht. Vorerst denke ich nur laut.«

»Zu wievielt wollten Sie hier wohnen?«

»Nur die Familie«, sagte der Mann ausweichend. »Wie laut sind denn die Geschäfte im Erdgeschoss?«

»Meinen Sie den Friseursalon?«

»Ja, den.«

»Stört Sie das Scherenklappern?«, lachte die Frau, aber der Mann stimmte nicht ein.

»Die vielen Leute stören mich.«

»Wir haben auch ein Haus mit Garten in der Mühlenstraße. Das ist auch nicht teuer.«

»Das ist in der Vorstadt, oder? Die Mühlenstraße.«

»Wie man es nimmt.«

»Wissen Sie etwas über die Nachbarn?«

»Nichts Besonderes.«

»Und über den, der hier gewohnt hat?«

»Der Eigentümer lebt in Kanada.«

»Aber irgendwer wird doch hier gewohnt haben.«

»Eine junge Frau, aber ich weiß ihren Namen nicht.«

»Haben sie sich zerstritten?«

»Wer?«

»Na, die junge Frau und der Eigentümer.«

»Warum hätten sie sich zerstreiten sollen?«

»Aus irgendeinem Grund ist sie doch weggezogen.«

»Ist das jetzt wichtig?«

»Ich weiß nicht, ich frage nur aus Neugier.«

»Die Nachbarn haben sicher etwas darüber gesagt. Ich habe gesehen, dass Sie mit einem auf dem Flur gesprochen haben.«

»Wir haben nur ein paar Worte gewechselt«, redete sich der Mann heraus.

»Und?«

»Eigentlich hat er wirres Zeug geredet. Er muss schon an die achtzig sein, wenn nicht hundert.« Jetzt lachte der Mann. Die Frau strich sich eine Strähne hinters Ohr. Der Haaransatz glänzte silbrig.

»Wollen Sie auch die Küche sehen?«

»Er hat gesagt, sie sei weggeflogen.«

»Bitte?«

»Diese junge Frau. Weggeflogen. Aber ich denke, das ist nicht wörtlich zu verstehen. Das ist nur so eine Mentapher.«

»Metapher. Ohne N.«

Es war spürbar, dass die Frau ihn nicht hatte verbessern wollen, doch den Irrtum auch nicht einfach unkommentiert lassen konnte. Vielleicht war sie Lehrerin gewesen, bevor sie angefangen hatte, sich mit Immobilien zu beschäftigen.

»Alles sieht so ruhig aus«, entfuhr es dem Mann.

»Das ist es ja auch. Hier ist seit Menschengedenken nichts Gewaltsames vorgefallen.«

Es hatte so einen Polizeigeschmack, was die Frau sagte. Der Mann runzelte die Stirn, als ob er ein Kreuzworträtsel lösen wollte.

»Oder man will sich nicht erinnern«, sagte er schließlich.

»Niemand will Probleme haben.«

»Wir auch nicht. Meine Schwiegermutter ist herzkrank.«

»Damit kann man noch lange leben.«

»Ich weiß«, sagte der Mann, doch man konnte nicht wissen, woran er dachte. Ob er verärgert war oder nur die Tatsachen liebte.

»Und das Haus?«, fragte er. »Wissen Sie darüber etwas?«

»Es steht unter Denkmalschutz. Vor zweihundert Jahren gebaut, war es das erste mehrgeschossige Haus in der Gegend«, begann die Frau herunterzurattern. »Die ersten Bewohner waren Kaufleute. Im Hof wurde lange Zeit eine Glaserei betrieben. Die Bombardierungen des Zweiten Weltkriegs haben es verschont, bei der Wende hat es eine umstrittene Rolle gespielt.«

»Das ist nicht viel.«

»Ich finde, das reicht gerade. Die Geschichte ist kein guter Mitbewohner«, philosophierte die Frau.

»Warum wurde noch mal die Marmortafel abgenommen?«

»Es gab irgendeine Diskussion um ihre Rechtmäßigkeit.«

»Darüber habe ich etwas im Fernsehen gesehen. Es gab eine Menschenkette oder so.«

»Die Bewohner haben protestiert.«

»Steigert das den Wert der Wohnung, oder senkt es ihn?«

»Was?«

»Na, dass es keine Tafel gibt.«

»Weiß ich nicht«, sagte die Frau. Die Frage überraschte sie.

»Was sagten Sie, was sie kosten soll?«

»Fünfundzwanzigtausend. Aber Sie können handeln.«

»Das tut dann meine Frau. Sie ist es auch, die auf den Markt geht.«

»Und wann kommt sie zur Besichtigung?«

»Morgen. Sie hat sich einen Tag freigenommen.«

»Zur selben Zeit?«

»Lieber eine Stunde später. Um vier sehen wir uns noch eine andere Wohnung an. Zwei Straßen weiter stadteinwärts.«

»Hinter dem Park?«

»Ja, in der Richtung.«

»Die Gegend dort ist lauter.«

»Ich weiß.«

Die Frau öffnete die Tür. Sie wartete, bis auch der Mann auf den Laubengang getreten war. Wenn sie nach Hause käme, würde sie in Kanada anrufen. Es gab einen ernsthaften Interessenten. Zwar noch nicht hundertprozentig sicher, aber allen Anzeichen nach vielversprechend.

Der Mann sah sich noch einmal um. Dann tätschelte er die Wand, als wollte er Bekanntschaft schließen. Das hätte er nicht tun sollen. Der modrige Geruch klebte noch den ganzen Tag an seiner Hand.

Das Warten hat ein Ende – der neue Faldbakken ist da!

ISBN 978-3-453-27190-6

Leseprobe unter heyne-encore.de